后浪出版公司

海攀 著

混在美国名校

世界图书出版公司
北京·广州·上海·西安

图书在版编目（CIP）数据

混在美国名校 / 海攀著. ——北京：世界图书出版公司北京公司，2014.5

ISBN 978-7-5100-7874-3

Ⅰ. ①混… Ⅱ. ①海… Ⅲ. ①纪实文学—中国—当代 Ⅳ. ① I25

中国版本图书馆 CIP 数据核字（2014）第 080832 号

Chinese edition copyright:

©2014 Ginkgo (Beijing) Co., Ltd.

All rights reserved.

本书中文版权归属于银杏树下（北京）图书有限责任公司。

混在美国名校

著　　者：海 攀	筹划出版：银杏树下	出版统筹：吴兴元
责任编辑：林立扬　张 鹏	营销推广：ONEBOOK	装帧制造：墨白空间

出　　版　世界图书出版公司北京公司
出 版 人　张跃明
发　　行　世界图书出版公司北京公司（北京朝内大街 137 号　邮编 100010）
销　　售　各地新华书店
印　　刷　北京正合鼎业印刷技术有限公司（北京市大兴区黄村镇太福庄东口　邮编 102612）
（如存在文字不清、漏印、缺页、倒页、脱页等印装质量问题，请与承印厂联系调换。联系电话：010-61256142-8021）

开　　本　690 毫米 ×960 毫米　1/16
印　　张　37　插页 2
字　　数　531 千
版　　次　2015 年 1 月第 1 版
印　　次　2015 年 1 月第 1 次印刷

读者服务：reader@hinabook.com　188-11142-1266
投稿服务：onebook@hinabook.com　133-6631-2326
购书服务：buy@hinabook.com　133-6657-3072
网上订购：www.hinabook.com　（后浪官网）

ISBN 978-7-5100-7874-3　　　　　　　　　　　　　　定　价：60.00 元

后浪出版咨询（北京）有限公司常年法律顾问：北京大成律师事务所　周天晖　copyright@hinabook.com

版权所有　翻印必究

目 录

第一部　爱情与美国　1
　　001　混混最无敌　3
　　002　美女有芳心　15
　　003　知识决定命运　34
　　004　追妞不容易　50
　　005　目标是美国　93
　　006　出奇能制胜　117
　　007　展翅高飞翔　153

第二部　大西洋风暴　175
　　008　兴奋与失望　177
　　009　享受美国生活　193
　　010　无奈又无聊　219
　　011　漂亮女跑堂　239
　　012　美国式奇迹　263

013　奋斗与挣扎　285

014　风雨中飘摇　307

015　从结束到开始　332

016　不眠之夜　353

第三部　美丽的崛起　373

017　救命之恩　375

018　夜半惊魂　394

019　西洋美少女　414

020　浪漫与激情　449

021　诱惑与忠诚　480

022　计划外成功　510

023　旧友新侣　545

出版后记　584

第一部　爱情与美国

Love and American Dream

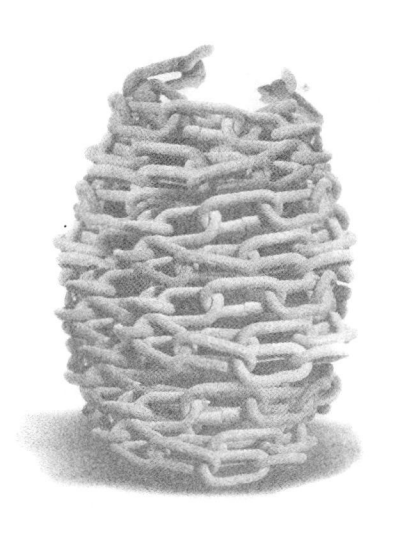

001　混混最无敌

临近夏天，号称全国第一高校的北京综合大学开始流行智商测试。分子生物系二年级班的大部分同学都测过好几轮了，郑卫却一次还没有试过。老七想看他的笑话，这天便不停地劝他也去测一测，对他说："郑卫，你就去测一下吧。咱班谁不知道你特聪明？平常就是你鬼点子多，在咱系里那是鼎鼎大名！有的人不怎么样，都能测出120、130。你要是去了，还不测出200多分吓死他们？"

郑卫在同寝室七个人中排行老六，仅比老七大一个月。在全班同学当中，他跟老七玩得最好。现在他正穿着背心半躺在床上，听老七又来劝他，便朝老七翻翻白眼，一脸不屑地说："少来这一套！小四前天用激将法，说我测不过80，你又来给我戴高帽，说我能测200。你们俩一个唱白脸一个唱红脸，不就是想看我的笑话吗？告诉你，没门！本大侠就是不上这个当。"

老七不肯放弃，继续劝他："小四他自己那次测得不好，面子上过不去，想拉你做垫背的。我可是真的相信你呀！你想想，哪一次打游戏不是你赢？哪一次打牌不是你牛？玩什么别人都玩不过你，是不是？你这次就测出一个高分来，震一震他们，省得这帮家伙总把考试成绩当做智商证明。"

郑卫明白这小子在暗示什么，摇头晃脑地说："哼，我不就是成绩差一点嘛，有什么呀？到时候我还不是跟你们一起毕业，一样找工作？有综大这块牌子就够了，谁会在乎你考第几名？你们爱怎么看我，随便，本大侠不在乎！"他是属于那种很机灵却不肯用功的学生，在综大这所全国排名数一数二兼高考状元成群的名校里，自然成为垫底人物，连续几个学期全班总评成绩倒数第一。可是，他玩什么都很像样子，做起事来又新花样奇多，在同学中间渐渐打出一些另类名气来。

老七的总评成绩在全班排列中等偏上，属于对前面的不服气、对后面的又看不起的那一类人。他既想证明学习成绩与智商成正比，又想证明书呆子成绩好不一定智商就高，所以很热衷于智商测试这类东西。他不屈不挠地劝郑卫："我说，看你平常瞎玩，什么都练，不是上课睡觉就是下课抄别人的作业，可是每次考试前，你只要突击一下，就能低空飞过，很少有擦地的。我觉得你一定是智商奇高，所以我才拉你去测一测。你只要过120，我就请客。"

郑卫的好奇心挺强，对这类新鲜玩意，本来也很感兴趣，只不过最近迷上了一款电子游戏，有一点时间就去打，还没有来得及赶去测智商凑热闹。昨天晚上，他已经冲过那款游戏的最高关，觉得没啥可玩的了。现在正好有人愿意出血，他当即抓住机会出刀开斩："那也行。不过，不管分数多少，你都得请客，干不干？"

老七一看有门，忙说："好啊，中午我请你吃饭。"

郑卫才不上当："不行。晚上，'游水鲜'。"

老七气得大叫："哥们，你也太黑了吧？那一顿要多少钱呀？"

郑卫往床上一仰，伸一个懒腰，说："那好吧，我就不奉陪了。本来我想告诉你，月半这两天就要过生日。这可是一个机会。你既然不肯出血，那就见不到某个人了噢。"他说最后一个"噢"字时，特意拉长声音，提高声调。

老七心头一亮，知道郑卫说得很对，实在是太对了！他追有校花之称的刘娟，已经一年有余，却还是看不到多少希望。月半是刘娟的室友兼好友，如果他以为月半祝贺生日为由，请她们一起去吃饭，刘娟不会不来。好主意呀！一想起刘娟，老七就热血沸腾，心跳180。请客算什么，只要能赢得美女青睐,他出什么都行,性命都可以不要!

他对郑卫说:"那咱们俩一人一半,请她们吃饭,怎么样?"

郑卫一见鱼儿上钩,赶快往上拉线:"你要请人家吃饭,又要让我测智商,合在一起请一顿,不算亏吧?我出钱算什么呀?是你追妞还是我追妞呀?到时间是你给我捧场,还是我给你捧场?别总想不开,就你全请了吧。"

老七知道自己跑不掉,咬牙切齿地用手指着他说:"好,好,算你狠!你小子怎么也得过100分吧!不然让我出这个钱,我可真是不甘心啊!"

郑卫哈哈大笑着跳下床,拍拍他的肩膀,说:"不管测多少,本大侠的出场费,就得这个数。再说,咱们可以叫上刘娟她们跟咱们一起去测呀,一个人看热闹是看,一群人看热闹也是看,本人表演,观众越多越好。"

老七被他一席话说得脸上由阴转晴,原来马上就可以见到心上人了,太好啦!他脸上都是笑意,嘴上却佯怒骂道:"少废话,走吧!看晚上噎不死你!"

老七和郑卫往系教学楼走,路上绕一个圈,去女生宿舍叫上刘娟。女生宿舍昵称"熊猫馆",管理严格。男生进女生宿舍挺麻烦,要讲明理由,还要押学生证。老七带着郑卫转到楼后,直接冲楼上喊:"刘娟,刘娟。"反正他不怕别人听见,只怕别人听不见。

一个胖丫头出现在楼上的一个窗口,笑嘻嘻地对他们喊道:"刘娟不在。"边说边眨眼。

老七不知道是刘娟不想理他,还是月半跟自己开玩笑,赶快拉出郑卫,对她喊道:"哎,月半,你能不能去找找她?跟她说郑卫要去测智商,问她想不想去看一看?"

月半回头说了几句什么,然后转过身来,冲郑卫叫道:"郑卫,你干什么去测那玩意呀?你不知道他们想看你的笑话吗?"

郑卫笑嘻嘻地答道:"他们想看就让他们看呗!反正有人答应今天晚上请客,'游水鲜',为你庆祝生日。"

月半高兴得一下子蹦起来:"真的?太好了,太好啦!你好好测,让他们看一看你的实力。"

郑卫信心满满地说："没问题,您就瞧好吧!"

刘娟这时出现在窗口。她穿着吊带装,露出雪白的脖子和圆润的肩膀,因为她平时总是包得很严,今日春光乍现,郑卫算是开了眼,老七更是激动万分。

她还是挺严肃的样子,简短问道:"去测智商?"看到两个男生都点头,又说:"去就去呗,叫我干什么?"

郑卫抢着喊:"他怕我智商太高,没有人信,请你们一起去做一个见证。"

刘娟当然明白老七他们是什么意思,她可不相信郑卫智商真的很低。不过,谁知道呢?郑卫拖了这么久才去测,可能也是心里发憷。当初她并不想折腾,没什么用,骗人的东西,可是别人都测过,自己连续好几个学期全班总评成绩第一,如果不去测一下,倒显得害怕似的。她只好硬着头皮去测试了一回,还好,拿到146分,还是全班第一,别人无话可说。现在郑卫也出马了。这小子成绩很差,却人人都说他非常聪明,真的挺好奇他到底能测出多少来。刘娟想到这里,便说:"好吧,我一会下来。"

月半在旁边嚷嚷:"我也去,我也去!郑卫,我去为你观敌料阵!"

在楼下等女生时,郑卫忍不住满嘴流口水地对老七说:"刘娟很正呀!皮肤可真好!"

老七却是一肚子酸水,刘娟的肩膀是你小子可以看的吗?恶狠狠地呛他:"你看啥呢看?好好准备测你那点智商吧!"

郑卫哈哈一笑,不跟他计较,心里颇有点占到便宜后的自得。

老七追刘娟这么久,心里还是一点底都没有,因为刘娟对他总是若即若离,动不动就不理睬他了。他也知道刘娟太优秀,自己想高攀,实在有点勉强,只能仗着又是老乡又是同学的关系,企图近水楼台先得月。刘娟性格内向,很少在大庭广众之下抛头露面,外面能接触到她的人很少,而且她虽然容貌端庄秀丽,为人却相当严肃,沉默寡言,加上成绩出众,班上系里喜欢她的人极多，她能看上的人极少。老七认为自己的条件不错，又对刘娟爱得要死要活，便不顾一切地放胆狂追。可是他总能看到梦想，却又总是追不上；拿得起，却放不下，心里天天吊着，可以说是既痛苦又快乐。好在机会还有，来日方长，现在他能做的，只有死缠着刘娟不放。

刘娟出来时，又捂得严严实实。老七松了一口气，郑卫却略感失望。本来郑卫没有太多机会见到刘娟和月半，可是老七自己不敢单独追，总要拉着他去做电灯泡，久而久之，他们四个人俨然成为一个小集体，经常一起行动。他们的行动模式，基本是郑卫出主意，刘娟做决策，月半和老七跟着。刘娟严肃，老七胆怯，场面容易沉闷，好在郑卫和月半一见面就斗嘴，热闹得不行，气氛才显得轻松。

到达系计算机房，郑卫满不在乎地开始做测试题，旁边几个人紧张地看着。148！看到计算机最后打出的分数，郑卫吓了一跳，老七大吃一惊，月半感到不可思议，只有刘娟不动声色，尽管她的脸也有点发红。刘娟平时就觉得郑卫脑子快，点子多，很聪明，可是也没有想到他居然测得比自己还高出2分。另外三人都不相信这是真的，六只手抢着在计算机键盘上按来按去，看看是不是什么地方搞错了。

郑卫突然声音都有点颤抖地问："不会是48吧？"

刘娟说："就是148，别查了。"

三个人停下来，你看看我，我看看你，都有点反应不过来。

月半伸手打郑卫一巴掌，叫道："兔崽子，平常是看你脑子蛮好使的，但也想不到你居然这么聪明！"

老七原本是要来耍郑卫看笑话的，不经意间却发现了一个奇才，实在是大大地失望加郁闷，嘴里喃喃地说："没想到，没想到！"

郑卫也摸着自己的头说："我也没想到啊！我觉得，能有个110、120什么的就高兴死我了！"

过了一会，郑卫清醒过来，猛然站起，向上挥着双手叫道："哇，原来我智商这么高啊！看你们以后谁还敢瞧不起我！"

老七不服道："这东西算不得数！要不，咱们也不用考试，都测智商得了！"

郑卫笑着叫道："你不要不服！考试是考试，智商是智商。刘娟不是也140多吗？"

老七可不敢说刘娟，只好说："也不知道你这只瞎猫怎么碰上死耗子的，有本事你再来一遍！"

郑卫才不上当，高兴地往外冲，嘴里叫着："148就是148！凭什么我测高点你们就不信，只有我测低了你们才相信？"

月半也兴奋地跟着他往外跑，喊着说："我没有不信啊！我早就知道你长着一个机灵的狗脑子，就是不往正经地方使。"

刘娟也笑笑地跟着出去，她有一点遗憾，因为自己的纪录被打破，可并没有多少不高兴，反正是闹着玩。

老七在最后面，一边关机器，一边嘀咕着："什么破玩意，都是骗人的！"

晚上四个人一起走着去"游水鲜"时，郑卫和月半两个人一直又笑又闹，兴奋得不得了。

老七发掘出一个天才，自己还要出血请客，尤其是在刘娟面前丢了脸，心中十分不爽，对他们两个人发脾气道："别吵了，行不行？烦死人啦！"

郑卫转过头来，正准备反驳，突然看见刘娟对他很小地眨一下眼，便一下子明白过来，笑着叹口气说："唉，我这也就是自得其乐呗！平常被你们这群牛人压得喘不过气来，好容易找到一个机会发泄发泄，连这都不准呀？下学期你的作业还得让我参考，别想拿这事堵我。"

老七的脸色好转点，嘴里依然说："不给！你这么高的智商，还用抄别人的作业？"

郑卫满脸诚恳地说："这东西本来就是玩的，哪能当真？我知道你什么都比我牛，我就不能牛一次？"

老七在心上人面前有了面子，转阴为晴笑道："我牛啥？还不是我请客吗？"

郑卫向刘娟和月半拱拱手笑说:"托两位小姐的福。"

刘娟正色道:"跟我没关系。"

月半赶紧揽过来,对老七说:"你的心意姐领了。你过生日的时候,我们三个人请客,怎么样?"老七正愁自己可能要一个人冷冷清清过生日,一听月半这么说,显然刘娟也会参加请客为自己贺生,心里顿时无比的幸福,这钱也就出得痛快多了。

郑卫智商奇高的消息,瞬间传遍全班。大部分人都不太相信,因为这些牛人平常都在暗地里憋着劲比,最看不上的就是郑卫这种垫底的家伙。现在居然说他的智商高过学习成绩第一的刘娟,怎么可能嘛!有的说是郑卫作弊,有的说是计算机软件出了问题,还有一些不敢去测智商的家伙,更说这玩意一点没准,让一只狗到计算机键盘上踹两脚,说不定打分还能过150哩!可也有几个经常跟郑卫一起穷玩的傻小子,坚信郑卫就是智商很高。

不管怎么说,本来不怎么惹眼的郑卫,这一段时间成为大家注视的焦点。等到期末考试成绩一下来,郑卫又有几门课刚刚过关,总评成绩还是全班最低。他头上的那圈光环,一下子就破灭了,大家发现他还是那个整天吊儿郎当的混混,提不起来的臭头。连郑卫自己都不好意思再提什么智商,怕别人把牙齿笑坏了,还要让自己带着去看牙医。

秋季一开学,郑卫又惹出一个大是非来。刚开学,还没有作业,一些男生一个暑假也没有玩够,仍在那儿蠢蠢欲动。郑卫吃过晚饭后,碗都没有洗,就在走廊里大喊大叫:"兄弟们,打牌啦,打牌啦!零缺六!零缺六!"

一个小子冲他叫唤:"哎,你丫捣的什么乱呀!你自己不打,叫什么呀?"

郑卫牛皮轰轰地说:"我得看一看有没有我的对手,要是你们太差,我就去玩'三国'去啦,没工夫搭理你们。"

这时,一个宿舍里传出一个声音:"一缺五。"

另一个宿舍接着叫道:"二缺四。"

水房里钻出一个脑袋说:"三缺一。"

郑卫吼道:"你这人怎么回事,缺心眼呀?我都说六个人打了,你怎么还三缺一呀?玩不玩?说!"

那小子喊了一声:"玩!看把你牛的!"

郑卫继续吆喝:"三缺三!三缺三!"

终于又有一个人忍受不住诱惑,叫道:"算我一个。"

郑卫马上跳过"四缺二",把自己加进去,直接叫道:"五缺一!五缺一!是骡子是马,拉出来溜溜,是公是母,扒开裤子看看,再不来,可就没地方了哦!"

一个男生从宿舍里出来说:"我来跟你们打。"

郑卫一看,很不屑地叫道:"去去去,你小子太臭,不带你玩!"

那哥们当时就急了:"哎,你看你那个球样!牛什么呢?看我今天怎么收拾你!"

郑卫笑起来:"就你这样的,还好意思说收拾我?上次你丫头上、肩膀上都挂满袜子,还坐在上风口,差点没把我熏死!"

那哥们气疯了:"上次俺运气不好,今天咱们再试一试,看我怎么整死你!来来来,开练!"

几个男生聚齐,都对郑卫的嚣张跋扈深感气愤:"郑卫,你划个道道出来,今晚咱们看谁输得惨!"

郑卫自信满满笑嘻嘻地说:"好呀,我郑大侠怕过谁来着!让我想一想。"

第二天下午开班会,班主任老师照例进行一番要收心、要好好学习之类的训话,又总结了上学期的情况和这学期需要注意的地方,还有很快就要进行的班干部改选等事项。讲完之后,他正要宣布散会,看到几个男生把郑卫推着捅着逼他往起站,便问他们有什么事。郑卫很不情愿地站了起来,突然咬牙大喊一声:"报告老师,我是猪!"

老师一下子懵住了,难以置信地问:"你说什么?你是什么?"

班上一群调皮的男生哄笑声中一起尖叫:"他说他是猪!"

女生中也是一阵骚动，大家都不知道出了什么事，互相问："怎么回事？他怎么说他是猪？"

有几个女孩望向刘娟，因为她们觉得刘娟应该清楚。刘娟皱着眉头，对她们做了一个打牌的动作。女生们反应过来了，一个个笑得前仰后合，有的人捶着桌子笑，有的人抱在一起笑，有的人眼泪都笑出来啦。月半更是笑得脸上只见嘴巴不见眼睛，用手指着郑卫，却说不出话来。

这时，又有几个浑小子站起来，接连叫喊："报告老师，我也是猪！""报告老师，俺也是那个猪！"

班主任莫名其妙，他看到了刘娟的动作，却没有明白是什么意思，问刘娟："你说说，这是怎么回事？"

刘娟站起来，说："他们昨天晚上打牌，谁打输了，谁就必须在班会上宣布自己是猪。"她昨晚听到老七汇报说，郑卫他们一帮人聚在宿舍里斗牌，今天上午又听到老七兴奋而又神秘地报告，说郑卫马上就要大出风头了，所以知道事情的来龙去脉。

班主任也禁不住笑起来，又赶紧忍住笑，说："真是胡闹！谁这么缺德，出了这么一个鬼点子？以后不要再打牌了，不要瞎胡闹，要集中精力学习，听到没有？"本来他还想再说几句，可是全班已经笑成一片，没有人听他的，他便喊一声："散会。"然后自顾自地走了。

女生们一边笑，一边猜这是谁的主意，问刘娟，刘娟说："还能是谁？"

有人马上问："郑卫？"刘娟点点头。

又有人问："那他怎么第一个当猪？"

刘娟说："别的人联合起来整他呗。"

结果大家笑得更凶了，都说那句名言"搬起石头砸自己的脚"，没见过比郑卫演绎得更精确的了。以后很长时间，同学们见到郑卫他们几个，就叫"大猪""二猪""小猪"，甚至还有"小猪猪"。月半有一段时间总叫郑卫"聪明猪"，直到郑卫威胁说，要叫她"小胖猪"，她才不敢再叫。

班主任回去后，对同教研室的老师们讲起这件趣事，老师们笑了一阵。

这件事很快传遍全系，成为开学初的一大轶闻。有几个老教师看不惯，说要批评教育这些学生，像什么样子，一点正经样没有。综大要培养的，都是国家的栋梁之才，不好好学习，打牌不说，怎么还能闹出这样的混事来？

系主任梁教授是从美国回来的，见多识广，比较开明，说年轻人有点胡闹没有关系，不出格就行，不要管得太多太死。班主任本来就有点护犊子，又忙于申请职称，不想多事，有了梁主任这句话，也就没有找郑卫他们几个人的麻烦，只是提醒他们，不要再打扑克，别浪费宝贵的时间。郑卫他们一些人后来很长时间也不敢再打牌或惹是生非了。

可是这件事过去之后不久，郑卫还是又出了一回风头。这次是在学校的大礼堂。当时是全校学生文艺会演，庆"十一"，庆"中秋"，兼欢迎新同学。郑卫、老七、刘娟三人和其他一些同学，都来看演出。月半则因为男朋友来京参加一个什么体育比赛，跑去加油去了。进场的时候，郑卫大大咧咧地跟在后面，老七则留了一个心眼，让刘娟坐在最里边，自己当仁不让地紧挨着刘娟，郑卫只好敬陪末座。

那天晚上的节目，平平常常，马马虎虎，不好不坏，都是学生们自娱自乐，许多人是老面孔，有些表演以前都看过。只有一个男女生合演的相声，女主逗，男主捧，还算比较有新意，只是功夫不够，台下笑声勉强。

老七的注意力，都在刘娟身上，时不时对刘娟低声说几句，不怎么理睬郑卫。而郑卫的注意力，则放在新出现的报幕员身上，节目倒在其次。只见这个小报幕员面容秀丽，身姿苗条，举止优雅，台风大方，报起幕来更是字正腔圆，悦耳动听，很有专业味道。他忙向周围同学打听，这是何方仙女呀？有人告诉他说，是子弟班的，叫杨小静，以前是替补，现在刚刚转正。

郑卫感叹一句："盘子好亮呀，条子也巨棒！"

旁边立即泼来无数盆冰水："就你这样的，想打她的主意，下八辈子都没戏！追她的人，绕综大都排好几圈啦！"

郑卫跟其他正规学生一样，对子弟班的学生没有什么好印象，因为大家都知道，他们是学校教师和职工的子弟，最差的那种，考不上大学，才特招进来的，而且只有毕业证，没有学位证。前几年子弟班中还办过一个生物班，本系有老师去教课挣外快，回来后直摇头叹息，说这群子弟兵真是刀枪不入，油盐不进，怎么教反正就是两个字，不会。从那以后，生命学院就再没有为子弟班学生开过课。现在这届子弟班，只有文科班，理工科完全免谈。综大的正式学生，都是全国各地的尖子，千军万马中硬杀出来的，自然是心高气傲，对这些在北京都考不上大学的差生，实在看不上眼，提起来都是不屑。

子弟班的学生都是北京本地的，虽然学习不行，多才多艺者应该不少，比如这个小报幕员，那可真是比风风不语、比花花流泪呀！郑卫没有想到，子弟班中居然还有这号人物，对这位杨小静同学，真是越看越着迷，越看越入戏，只恨节目太长，报幕时间太短。可是，他除了远远地张望之外，一点表达感情的机会都没有。不过，郑卫终于还是找到机会大吼了一嗓子，但不是对杨小静，而是对她的同学。

子弟班那天晚上演出两个节目，一个是男女声对唱，中规中矩，没有多大意思。另一个难一点，也很少见，是跳芭蕾舞。杨小静一报幕，观众们便"哇"声一片，都说子弟班中果然是藏龙卧虎，这玩意可不是谁想玩就能玩的。节目开始后，先是一个女生随着音乐跳着芭蕾舞步出来。她个子虽然矮点，但能看出受过正规训练，跳得相当专业，很有模样。后来听说，这个女生从小就学跳芭蕾舞，后来因为身子长不开，被淘汰下来，这么一耽误，学习也上不去，只好进入子弟班。这个女生前面跳得很好，跳完一段后，她在舞台一侧摆出一个扬手跷足的芭蕾姿势，既漂亮，又优雅。音乐接着一通响，一个男生跳着出了场。台下的学生们当时就哄起来，笑声、议论声响成一片，因为这个男生不仅仅是跳得不好，可以说根本就不会跳，在台上比划得缩手缩脚，模样滑稽猥琐。

老七正在跟刘娟显摆自己的芭蕾舞知识，什么一位手、二位手怎么怎么的啦，看来这小子为了追妞可没少下工夫。

郑卫拉他一下，在他耳边说一句什么，老七又笑又犹豫。郑卫说："你不来，我自己来。"老七不愿意让郑卫一个人出风头，便点头答应。

郑卫数1、2、3，两个人一起可着嗓子大喊："偷鸡摸狗的来啦！"全场哄堂大笑，连刘娟也跟着笑了笑。

这么一闹，那个男生更加慌张，两只手比划得又像是抓鸡又像是打狗。下面有一个托举动作，女生以漂亮的姿势跳起，男生本来应该卡着她的腰，把她托举起来，做一个优美的造型。结果女生跳到最高处时，男生没有使劲，女生往下落时，男生突然发力把她往上举，女生一个趔趄，差点摔倒在地，男生一个恶狗扑食，把她抱在怀中。台下的学生们这下子更是笑疯了，可说是欢声雷动，经久不息。直到那两个子弟班演员狼狈下台，大家还在狂笑，并且报以最最热烈的掌声。那天晚上的所有搞笑节目都没有让大家笑起来，唯独这个芭蕾舞让观众们笑得十分尽兴。子弟班本来是想靠这个节目出风头的，结果却再一次成为全校同学的笑柄。

002　美女有芳心

高考成绩下来后，杨小静整整哭了3天。其后的一个星期，她也不跟任何人说话，整天把自己关在房间里，坚决不出来。同学、朋友来看她，她不出来接待。父亲、母亲想劝她，她不予理睬。她爸爸杨教授本来满肚子是火，一看她这阵势，只好又咽了回去。她妈妈林主任也很失望，可是又怕女儿想不开，闹出什么事来，一句重话都不敢提，反而一直赔着笑脸，给她做好吃的，还一再说，没有什么大不了的，明年考好点就是了。

杨小静一听这话，心里更难过，今年就已经受够了，明年还要再来一遍，那还不如死了算啦。准备高考这两年，实在是苦死了，最后还是这么一个结果，太痛苦了，太残忍了，太不人道了！她从小以美貌聪颖著称，一直都是别人羡慕的中心、崇拜的偶像，虽说学习很一般，但是高考成绩也不能差到这种地步呀，比北京一般院校的本科录取分数线，还低好几分。她向来自视甚高，志向远大，却受到如此巨大的打击，都不知道以后还怎么有脸出去见人，又到哪里去找自己的出路。这些天来，她哭得是肝胆俱裂，痛不欲生，如果不是因为怕疼，她早就跳楼去啦。

杨小静小的时候多病，身体弱，经常进医院，动不动就必须休学回家静养，没少让父母操心。杨教授两口子经常叹着气说，只要这孩子能够平平安安地长大就行，别的什么都不求。十多岁后，小姑娘的身体渐渐好起来，而且越长越漂亮，成为校园里著名的小美人。杨教授事业有成，女儿更是他的骄傲。林主任那时还只是一个办事员，在知识分子成堆的大学里，说别的不敢跟人家比，只有这个宝贝女儿为她争脸。别人一夸她女儿长得俊，她就笑着说："这孩子越长越像我，跟我小时候一模一样。"

杨教授是在年龄相当大时，才拥有这么一个独生女，自然比较娇惯。杨小静因为家庭条件好，本人身体差，就不太能读书，学习成绩不怎么样。她父母也没有送她去什么补习班学艺，总怕把她累坏了，所以她也没有什么突出的特长；能歌唱，不太好，只能进合唱队，能跳舞，挺平常，只能跟着跳群舞。好在杨小静生性乖巧，嘴巴甜，善于待人处事，见到长辈就叔叔阿姨地叫，见了老师更是很远就打招呼致礼，明显家教不错，很懂礼貌。她的父母都是学校里的老人，根深蒂固。她妈妈又很会来事，该打点的地方，一定一一照顾到，丝毫不差，所以大人们对她都很好。她在学校里可算是一帆风顺，受到各种有形无形的关照。

上中学后，负责学校文艺活动的老师看她长相俊俏，声音甜美，就让她做校文艺队的报幕员。她还真是做得很好，记忆准确，口齿清楚，台风落落大方，对于意外事件，也能镇定灵活应对。演出当中，她还负责提醒小演员们，谁下一个上场，谁该做什么准备，有哪些注意事项等等，面面俱到。队里头有什么事情，她也主动出主意、想办法、帮忙，很热心。如此一来，老师和同学对她的感觉都不错，所以她当报幕员，从初中到高中，一当好几年，直到毕业。她也成为这一片的小名人，大家一说起来，几乎都知道那个漂亮的小报幕员。

可是，高考是要看成绩而不是看脸蛋的。杨小静本来就不是尖子，又太想考好，一紧张，考得更差。现在她几乎无路可走，再考一年吧，又要吃一年苦，她想起来就吓死了。出去工作吧，没有文凭只能做工人、售票员什么的，她是宁死不干。而她的父母，更是宁可养她一辈子，也绝不允许她到社会上去瞎混。杨教授知道，自己这个宝贝女儿不是学习的材料，再熬一年上补习班，也不一定能好到哪里去，可能只会徒增痛苦，再丢一次人，所以他不想让女儿复读。好在女儿分数差得不太多，正规大学上不了，就让她上一个非正规的吧，怎么都比在家待业强。

杨教授早已听说，北京综合大学开办有子弟班，便赶快去打听情况找关系。等综大这边有一点眉目，再利用自己系主任的身份，拉上几个感同身受的老同志，向学校建言，应尽量解决教职员工的后顾之忧，应依靠学校的优势，帮助学院子弟就学。他们一出头，后面一群子女没能考入大学的教师和职工也跟着闹，声势很是浩大。校领导一看，这大概是唯一对本校有百利而无一害且不会引起内部摩擦和利害冲突的好事，再说也已经有一些人为此事张罗好几年了，现在又有杨主任等一批老同志出面，正好顺水推舟，何乐而不为？搞电信的，可以打长途不要钱；做银行的，可以使劲给自己发钞票；教大学的，当然要为自家的孩子开办子弟班啦。

他们学校当即与综大商量，出部分资金和师资，让本校子弟加入综大的自费高等教育班学习，毕业后按照市高教局的政策，颁发综大的毕业文凭，但没有国家教委颁发的学位证。靠山吃山，靠水吃水，干一行占一行，教师子弟想学习，想为祖国的现代化做贡献，高教局哪好意思拦？结果很快就批下来，算是两校共同办班，由北京综合大学负责。此事一定下来，林主任赶快把好消息报告给女儿，杨小静这才慢慢地走出自己的闺房。

这一届子弟班共七八十人，分两个专业，一个是文秘班，一个是外语班。杨小静的语文成绩最好，英语也不错，最讨厌的是数理化。所以起初她妈妈想让她上文秘班，以后出来好做文秘类工作。女孩子嘛，抄抄写写，收发文件，最合适不过。杨小静却在她爸爸的支持下，选择了外语班。一来她觉得外语总比文秘强一点，好听一些；二来以后工作选择面宽，公司、学校都可以去。她妈妈想到以后做翻译工作也不错，而且说不定还能找到机会出国转转，最差也可以去中学、小学当老师，便表态同意。

虽说高考失利备受打击，但是杨小静原本就没敢期待自己能考得多好，现在毕竟入学综大，甭管是怎么进来的，有没有学位证，对外面提起来，都是北京综合大学的学生。戴上综大的校徽后，杨小静走起路来又是昂首挺胸，摇曳生姿，可以说是恢复了自信，也可以说是故作高傲。不管怎么说，反正在外人看来，她又成为高不可攀的俏牡丹。

杨小静的档案里，特长一项中注明，该学生当过多年报幕员。加上她本人的确有明星样，她父母再通过熟人打打招呼，她入学之后，马上就加入综大的文艺队，当报幕员。她先做替补，学姐毕业离校后，就走到台前。

就这样，郑卫在学校大礼堂看演出时，第一次见到杨小静。虽然他对这个漂亮的小姑娘印象深刻，钦慕万分，可是一点没有想到自己能跟她产生什么关系。他想的只是，以后只要有演出，一定要来看一看，以便一睹靓女芳容。追美女既没胆也没路，看美女总是可以的吧。而且以他这种综大不起眼的混混角色，就算有胆有路，也绝对是没门。

郑卫没有料到，没过多久，他居然带着杨小静跳上一曲舞，也让这位小美女知道了世界上还有他郑卫这么一个人。大学岁月，正是少男少女们情窦初开的时候，谁不谈恋爱，谁就觉得是浪费青春，既傻又丢人。郑卫他们宿舍的兄弟们，与全班同学一道，全部悄悄地展开行动。校内校外，班内班外，同年级低年级高年级，什么目标都有。还有人好比新式雷达，一次跟踪许多个不同目标，锁定其中最有价值的几个，随时准备出击。

他们宿舍的七个人中，只有郑卫和小四还没有具体对象，因为这两个人各有苦衷。小四是个子小，家里穷，再加上无望地仰慕着刘娟，只好做出一副为了学习而绝不谈恋爱的架势。郑卫是不漂亮的看不上，漂亮的又追不上。像刘娟这样的，他更是不敢打主意，人家要脸蛋有脸蛋，要身材有身材，要头脑有头脑，有地位有地位，自己一个混混，要啥没啥，狗屁不是，还是不要去丢人现眼了吧！况且，他也不好意思跟老七争抢，都是一个宿舍的，别哪天晚上被这小子给暗害了。

不过，郑卫也没有闲着，前一段时间，他迷上跳舞，四处转战校园舞厅，还参加了一个校内交际舞学习班，水平大涨。听说有迎新舞会，他便抛弃牌友，叫唤着要去跳舞。几个哥们嘲笑他想打新生的主意，他却自称要去为美女们免费伴舞。

老七为追刘娟，想尽一切办法，像跳舞这种可以名正言顺地拥美女入怀的活动，他当然要积极参加。最近他跟着郑卫学过几招，正准备找刘娟显摆显摆，一听说有舞会，便拉郑卫帮忙，要一起去请刘娟和月半。

郑卫一听就叫起来："老七，你小子也太自私了点吧？我还不知道你打的什么主意？你自己带刘娟跳，让我带月半，对不对？我正准备在新生中找一个压寨夫人哩，你这不是既毁掉我的青春，又毁掉我的终生吗？"同宿舍的几个哥们听郑卫说得既可笑又吓人，全都跟着起哄，只有小四板着脸不吱声。

老七红着脸辩解道："大家一起跳啊，就是给咱班女生扫扫盲，也不一定就找她们两个人，谁愿去都去呗。"

郑卫正准备再嘲笑老七几句，老七悄悄捅他一下，他知道又有好事了，便不再为难老七。再说，郑卫阴暗的心里，其实也挺想跟刘娟这样的美女跳上几曲，不借助老七，他还真是没有机会。兄弟们都知道老七追刘娟要死要活，一通起哄拉倒。老七假惺惺地邀大家一起去，小四要上自习，其他人各有各的安排，最后跟他出去请女生的，还是只有郑卫。

郑卫一出楼门就说："老七，咱们可说好，我这学期的作业，你承包了，行吧？"

老七敷衍道："回头再说。"他要去邀请心上人，心里正紧张着哩，没工夫搭理郑卫。

郑卫可是想趁热打铁："什么回头再说呀？就这么定了，而且不准再逼我请客。"

老七打郑卫一巴掌："你小子趁火打劫呀？"其实让郑卫抄抄作业，于他没有什么损失，他并不太在乎，问题只是能不能敲诈几顿吃喝而已。

郑卫笑眯眯地说："你想呀，我这是做出多么大的牺牲呀，不能去骗新生美女了，还得带月半跳舞，我容易吗我？"其实新生美女是没影的事，月半虽然胖，为人却热情开朗，郑卫一点都不讨厌她。再说，老七也不敢死搂着刘娟不放，他也能借机会跟刘娟跳上一曲两曲的，悄悄过过瘾。

老七满腹心事地说："好啦，好啦，你一会可要多帮忙噢，请不出她们来，你就得请客。"

郑卫保证道："行，老子拽也要把她拽出来。"看老七恶狠狠地瞪着他，郑卫忙解释说："我是说月半。刘娟归你拽！"

老七跟郑卫两人敲刘娟她们宿舍门的时候，刘娟正在犹豫。其实老七已经央求她好几回了，她都不置可否。一方面，她对老七没有太强烈的感觉，另一方面，都已经上大三了，还没有去过学校的舞会，也挺遗憾的。她已经悄悄地收拾打扮一番，可是听到老七的敲门声时，她却更加犹豫，心想要不就算啦，何必折腾自己，还是去上自习吧。只是打开门一看，老七后面跟着一个挤眉弄眼的郑卫，心里一宽，就把他们放了进来。

郑卫进门就冲着月半喊："月半妹妹哎，今晚你可得教教我跳舞。"

月半笑道："得了吧你！谁不知道你去跳舞班学了两手？你不去追小姑娘，找你大姐开什么心？"

郑卫也笑："我这样的人，哪个小姑娘看得上呀？也只有你这样的有主名花还不嫌弃。"月半的男朋友是她的邻居兼同学，来看过她几回，大家都知道。

月半叫道："告诉你吧，我也嫌弃你。"

郑卫悲哀道："你就不能给我留一条活路吗？咱们同学一场，你不能这么狠心吧？"

月半决心很大的样子说："我就能这么狠心！"

郑卫叹一口气，放弃了："好吧，你要是不去，我们就不走了，就在你们宿舍打牌，打一个通宵，怎么样？"

月半摇着头说："我们没牌，看你怎么打。"

"谁说没牌？你看这是什么？"郑卫往裤子口袋里一摸，果然拿出一副扑克牌来。月半没有想到这个浑小子居然到哪里都带着扑克，鼓着掌哈哈大笑，叫道："怪不得叫你聪明猪哩！"

他们俩这么一闹，气氛轻松许多，刘娟也不由得一笑。看到郑卫和月半都去，她的压力就不那么大了，因为可以算是集体活动，不算一对一的约会。她对两个男生说："你们下去等着，我们一会下来。"

学校的舞会，灯光并不很暗淡，音乐也不是特别响亮。所谓的舞厅，其实就是大食堂，饭桌被推到四周，上面或坐或站着许多人，有好几层，看上去以新生居多，都是来看热闹的，体会一下什么是大学生活。真正想跳舞的，都在前排，也是人山人海，站成厚厚的墙；中间能跳舞的场地，反而不大。好在校团委在食堂屋顶拉起一个旋转彩灯，五彩斑斓的灯光在少男少女们的脸上不停地闪烁，总算给人以舞会的气氛。

郑卫他们四人也站在前排的人丛中。看到跳舞的人越来越多，一曲开始，郑卫推了一把老七，让他赶快邀刘娟，可是老七太紧张，不敢动，郑卫便邀请月半，自顾自先去跳。老七这时才壮起胆子伸手邀请刘娟。刘娟不喜欢老七畏畏缩缩的样子，说："快完了。"板着脸不再理他。老七很尴尬，想对刘娟说点什么，可是又什么都想不起来。

月半果然胖，郑卫搂不住她的腰，也懒得带她跳花步，两个人嘻嘻哈哈地，拉在一起在人群中随着音乐走来走去。月半把头转来转去四处看，说要给郑卫物色一个好看一点的新生。

过了一会，她贴近郑卫的耳朵说："看你右边，小报幕来了。"郑卫急忙扭头往那边看。月半说他："看你猴急的，动作别那么大嘛。"

郑卫看到一张美丽的脸和一个苗条的身姿，然后又看到一张帅气的脸和一个高大的身材。他转过身来，丧气地对月半说："你要气死我呀？你看她男朋友，多帅呀！"

月半转身看看说："哇，比你高一个头，帅两个脑袋。"

郑卫伤心道："那我下辈子也没戏呀！你还是替我物色别人吧。"

月半逗他："那我帮你找一个丑的，行不行？"

郑卫气道："那还用你帮忙？我自己去就行了。"

月半气他："你敢肯定？"

郑卫点头说："这点自信还是有的嘛。"

月半笑道："原来你还自视很高嘛。"

郑卫愤怒地说："你的意思是说，我连丑的都找不到？"

月半分析道："你觉得人家丑，人家还觉得自己多漂亮哩，还是看不上你喽。"

郑卫更生气了："你干脆让我一辈子打光棍算啦！"

月半故作严肃地说："你要做好思想准备喽！"把郑卫的鼻子都气歪了。

他们一曲下来，看见老七和刘娟都板着脸站在那里，也不说话。月半走过去抱着刘娟，叽叽喳喳地给刘娟讲她看到什么人，小报幕的男朋友多帅，她如何把郑卫气得半死等等。

刘娟说："不跳舞，看别人干什么？"

月半笑说："到舞场来就是看人的嘛。"

郑卫也给老七指了指小报幕和她的男朋友，老七和刘娟两人这下子不再那么尴尬了。

下一曲刚开始，郑卫就把老七往刘娟身边推。老七鼓起勇气再次邀请刘娟。刘娟不好意思再拒绝，便跟着他一起走进舞场。刘娟第一次跳舞，连手往哪里放都不是很清楚，老七却急于显示自己，要拉着刘娟跳花步。刘娟本来就紧张，这样一来，连舞曲点子都踩不上，更别说做动作。刘娟一不高兴，老七就更害怕，舞步也乱了套。结果两个人拉来倒去，歪七扭八，都很难受。舞曲还没有结束，他们就下了场。

郑卫和月半两个人又看过一次风景回来，还是嘻嘻哈哈的。两个人都看到刘娟和老七的别扭样，所以下一曲刚开始，月半便冲郑卫朝刘娟这边努努嘴。

郑卫走过去邀请刘娟，刘娟还在不高兴，说："不想跳。"

郑卫嬉皮笑脸地说："给个面子吧。你都跟老七跳了，不跟我跳，这不是抽我的嘴巴吗？"

刘娟在郑卫面前放松得多，脸上也有了一点笑模样，说："我不会跳。"

郑卫说："我教你啦，很简单的，比咱们那些破课容易一百倍。"一提到上课，刘娟就有了信心，她最不怕的就是上课。跳舞比上课还容易，那她还怕什么？不知为什么，她挺信任郑卫的，于是跟着他踏入场中。

下到舞场，郑卫给刘娟讲了讲跳舞的基本姿势，然后就带着她踩着舞曲的点子走步。女孩子其实天生都有音乐细胞，只要男孩带得好，很容易就能学会跳舞。刘娟一放松下来，很快就跟上音乐的节拍，感觉不错。她身材窈窕，腰肢纤细，郑卫搂着她，非常舒服。等刘娟走顺了，郑卫再带她跳两个简单的花步。等她熟悉后，再教一个难一点的。就这样，也就几分钟的工夫，刘娟就觉得自己几乎会跳舞了，心里实在佩服郑卫带人的水平。一曲结束，她竟有点恋恋不舍的感觉，心想要是郑卫追自己，好像也不错，随即想起他那糟糕的成绩和不求上进的瞎混，又觉得自己的念头可笑。郑卫当然也舍不得放手，这样的美女，不是谁都有机会与其共舞的。不过他又觉得，刘娟好是好，可惜太拔尖，什么都比自己强得太多，自己死活高攀不上。

老七和月半也回来了。月半叫唤着，说老七跳得太好啦，教会她许多花步，把她的头都转晕了。老七得意洋洋地傻笑着，兴奋得很。郑卫拉过老七，对着他的耳朵悄悄地说："刘娟刚学，你带她多跳基本步，以后再跳花步。"老七心领神会，转身刚准备邀刘娟，却看到她被一个来舞厅觅食的色狼邀请走了。那一曲他们三个人都没有跳，扎堆在一起聊天。月半一个劲地埋怨他们两个男生不够帅，说要是能够跟小报幕的男朋友跳一曲，她今天晚上就算没有白来。

郑卫刚跟刘娟拉过手跳过舞，心情大好，脑子转得快，胆子也增大不少。他想了一下说："看我的，下一曲我让他邀你跳舞。"

月半不屑道："吹牛吧你！你以为你是谁呀？他邀我跳舞？他恨不得每一秒钟都黏在小报幕身上。"

郑卫信心满满地说："回头你跟我来，我给你变一个戏法看看。"

正好这一曲结束时，小报幕和她的帅哥男友就停在他们不远处。郑卫马上拉着月半，一起走到那一对俊男靓女跟前。郑卫对帅哥说："对不起，我可不可以请你的女朋友跳一支舞？"又指了一下月半，说："这是我的同学，她说你长得特别帅，想请你跟她跳一曲。"

小报幕杨小静难以置信地看着这一幕。她已经拒绝过好几个帅哥的邀请，没有想到又蹿出一小子，居然这么有创意，这使得她大感兴趣。可是他不问杨小静本人，却只问她的同学兼舞伴张前，还说自己是张前的女朋友，这又使她很不满意，难道她做什么要张前说了算？帅哥张前也是吃了一惊。他当然不愿意让出杨小静，可是对方认定杨小静是他的女朋友，还称自己为帅哥，又带来一个女孩主动要求跟他跳舞，使自己在美女同学面前大大地露了一回脸，心里当然很高兴。再说，他要是不跟这个胖姑娘跳，岂不是不承认自己是帅哥吗？

月半没有想到郑卫上去就把自己的心事全盘端出，一下子臊得满脸通红，转身就要往回跑。郑卫手疾眼快一把拉住，对她说："见帅哥要追，不是要跑。"

张前也想显示一下自己的绅士风度，走上前去，对月半做出一个邀请的动作，说："我可以请你跳一支舞吗？"月半没有办法，只好红着脸伸出双手。

郑卫对月半说的那句话，听得杨小静笑起来，觉得这小子挺有意思的，也就不再介意他对自己小小的不恭。郑卫向她伸手邀请时，她就跟着出来。郑卫挺放松的，可没有她习惯了的那种男孩子见到猎物时的紧张。

郑卫笑嘻嘻地对她说："别担心，我这个同学有男朋友了。"

杨小静白了他一眼，说："那是我同学。"停了一秒，又说："你的鬼点子挺多的嘛。"

郑卫辩解道："真是她想要与你的……嗯……这个同学跳舞来着。她嫌我跟我的室友长得都不够帅，海拔也太低。我就说，那我让那个帅哥请你跳舞，她还不信。这不都跳上啦？"他听出杨小静刚才话中的意思，又说：

"我可没有想过要邀你跳舞。"

杨小静哼了一声,觉得这小子假惺惺的,刚才对他的一点好印象,马上一扫而空。郑卫继续笑着说:"我们家很穷,像你这样的美女,我可消费不起,何必自寻烦恼呢?"这是郑卫前几天从老乡那儿听来的俏皮话,被他改编一下用到这里。

关于自己的美貌,杨小静听到过太多奉承,这几句是她最喜欢的。她心里得意极了,但脸上只是微微一笑,一副不太在乎的样子。她对郑卫说:"你们综大的学生不是都很自信吗?"

郑卫郑重地说:"我想向你说明两点,第一,我是综大学生中的混混,愧对这块牌子,所以也没有自信;第二,你应该说'我们综大',而不是'你们综大'。我认识你,综大报幕员,叫杨小静。"

杨小静有点惊讶道:"你还挺能打听的。"她心里更高兴了,因为她知道综大正规生都看不起自己这些子弟班的,而郑卫却把她也归类为综大的学生。

郑卫说:"综大谁不认识你?不过我们都叫你小报幕。"杨小静怀疑道:"真的?"她知道自己有点名气,可不相信综大学生个个都认识自己。她觉得这小子是故意夸张来讨好自己,可是心里还是挺舒服的。郑卫点点头,转身看见月半扬着头对帅哥又说又笑,满脸的喜庆,对杨小静说:"你看,我同学高兴坏啦,梦想成真了!"杨小静朝那边看了一眼,说:"我同学也挺高兴的。"

的确,月半能跟帅哥跳舞,实在是高兴,羞劲一过,她便恢复嘻哈本色,对着帅哥又笑又说,喜气洋洋。张前在杨小静面前既紧张又自卑,现在有女孩子崇拜自己,邀他跳舞,脸上自然恢复自信,结果显得更帅了,又受月半喜庆笑容的感染,心情也是既放松又舒畅。

杨小静看到老七在带刘娟跳基本步。刘娟现在已经相当熟练,跳出点韵味来了。她对郑卫说:"你比那个男孩懂女孩。"

郑卫很奇怪:"我……好像没有啊。"

杨小静说："你刚才带那个女孩跳舞，知道怎么带。"

郑卫解释说："老七，噢，就是那个男生，是我们宿舍的。他上去就拉人家跳花步，那个女孩第一次来，肯定不行，所以我就只带她跳基本步。哎，你怎么会……注意到我们呢？"

杨小静淡淡地说："那个女生长得很漂亮嘛。你为什么不去追？"

郑卫更奇怪了："你怎么知道我没有追？"

杨小静自信地说："你很放松，而且总跟这个跳。"杨小静用下巴点点月半。

郑卫说："不行呀，我是混混，人家品学兼优，年年成绩第一，哪有可能看得上我呀？"

杨小静问："你是真的不行，还是谦虚？"

郑卫信誓旦旦："真的不是谦虚。我天天玩，考试时突击一下，六十分万岁。"

杨小静笑说："我看你好像挺机灵的嘛。"

郑卫也笑道："不务正业啦！自己玩得高兴就好。"

杨小静表面很傲，心里其实很为自己的成绩不好而自卑，听郑卫说他的成绩也不行，不由地把他引为知音，有点相见恨晚的感觉；再说，郑卫没有一点要追求她的意思，她也就没有压力，不用处处设防。所以一曲下来，他们应该分手时，她问了一声："你还没有说你的名字呢。"

郑卫没有想到，这个小美女居然对自己有点兴趣，忙说："郑卫，郑重的郑，卫士的卫。不是政委，我级别不够。"

杨小静笑一笑，对他摇手道别。

郑卫乐颠颠地跑回来，见到老七和刘娟就吹："看到了吧，我带小报幕跳舞啦！"又一指刘娟："她说你长得漂亮。"刘娟微笑一下，没说什么。

老七忙着问："你们怎么弄的？怎么把人家分开的？"郑卫却笑着指指月半。只见月半还在拉着帅哥狂聊，人家几次要走，她都不让。

直到下一个舞曲开始，她才喜笑颜开地跑回来。一到他们跟前，月半就叫唤："小男孩长得好帅呀！可绅士啦！太棒了！"

郑卫笑道："这下子你梦想成真了吧！"

老七还在忙着问："你们刚才怎么搞的？帅哥怎么会邀请你？"

月半连说带笑地把郑卫的"恶行"讲了一遍。老七说郑卫："太流氓了。"刘娟却觉得郑卫这家伙真是很有办法。那一曲他们都没有跳。有人来邀刘娟，她也没有去，四个人扎堆狂侃，都很兴奋。

后面郑卫又带刘娟跳过几回。他们不怎么说话，郑卫也不怎么带她跳花步，两个人只是很默契地慢慢随着音乐起舞。大部分时间，郑卫都是与月半拉在一起斗嘴。见到杨小静和张前，他们两对都微笑点头致意，像老朋友一样。

那天晚上，老七和郑卫都久久无法入睡。老七当然是在想刘娟，思来想去，觉得自己越来越有戏。想起刘娟美丽的面容，窈窕的身姿，实在是爱得要命。郑卫也想到过刘娟，也很喜欢，不过，大部分时间他是在想杨小静。这个小报幕呀，真是勾人心魂！他知道人家已经名花有主，自己一点戏都没有，可还是喜欢得不行。就像青春期少年追星一样，睡里梦里都是她，哪怕永远见不到真实的身影。

杨小静虽然认识了郑卫，并且对他的印象不错，却一点没有想到会与他产生什么关系。每个人或许都喜欢过许多人，而绝大多数很快都成为过眼烟云，况且杨小静现在已经不能再算是无主名花。尽管到目前为止，杨小静嘴上不承认、私下里也不肯给张前一个正式的名分，可是实际上，他们已经出双入对有一段时间了。从上初中开始，她就接到过无数男孩子写来的小纸条和求爱信，她也不是没有对其中几个人有过些许好感，但是她确实没有与什么人谈过恋爱，一则是因为父母管教严格，二则她是一个有上进心的人，不想耽误自己的前程。后来高考失利，她对此不仅没有遗憾，反而有些庆幸，因为即使如此努力，她才勉强进入综大的子弟班，要是她也玩早恋、耍叛逆，那她如今可就真的成为无所事事的无业游民了。

刚上子弟班时，杨小静对自己的要求很严格，学习相当努力，成绩在班上也还不错。她就是不服这口气，不信自己只有脸蛋，没有头脑。当然，青春年华的女孩，没有一个是不怀春的，她也想试一试水深了，也省得众多的追求者总是搅得自己心烦意乱。

她之所以选择张前，当然主要是因为他长得帅。她知道班上有好些女生对张前情有独钟，选择他首先可以满足自己的虚荣心，你们喜欢的，只喜欢我一个，怎么样，我比你们强吧？另一方面，一个班的同学，朝夕相见，也容易日久生情，天天见帅哥，不可能没有一点想法。还有就是张前很有礼貌，相当懂事，对自己百依百顺，为人踏实稳重。不过，她还是模模糊糊地觉得，张前似乎缺少点什么，这让她感到不安。她不肯与张前正式敲定，可以算是考验，也可以说是犹豫不决。

杨小静虽然对父母严格保密，林主任和杨教授还是有所察觉。他们就这么一个宝贝丫头，人又长得漂亮，两个人自然相当操心。她上中学时，她父母的方针是严防死守。她上大学后，她父母的政策改为积极引导。这些天看到女儿放学回来时兴奋的样子，老两口就知道，政策引导的时候到了。

林主任对女儿的时刻表记得很准。每天晚上女儿放学回家时，她都会下楼迎接。表面上看，是为了女儿的安全，是慈母爱女之心，实际上也起到监督作用。女儿要是晚些回来，必须事先告之，还要说明理由。第一年女儿回来基本准时，进家就读书做作业，让父母很感欣慰。第二年女儿回家晚的时候逐渐多起来，理由也是五花八门，小组讨论、同学一起学习是最常见的，周末还有跟几个女同学一起看电影、跳舞什么的。做父母的，当然不反对女儿有社交生活，可是也应该说明都跟谁出去玩了，是不是？千万不要被坏人勾走，一失足成千古恨呀！

这几天林主任下楼去接女儿时，隐隐约约看到一个高个子男孩骑车离去。如果一次、两次还可以说是偶然，见的次数多了，她心里便有了数。她问女儿说："小静呀，你放学都是自己回来的吗？"

杨小静知道东窗事发，故作镇定道："不是。"

林主任继续问："是不是跟同学一起回来的？"

杨小静玩模糊："偶尔。"

林主任很老练地说："那你也应该请同学来家里坐坐呀。"

杨小静有点急了："妈，你别总跟特务似的盯着我好不好？人家顺路一起走，怎么啦？还必须带来让你审查一下，是不是？"

林主任辩解道："你看你这个丫头，妈不是关心你吗？怎么问一声就成特务了？楼后的大宝不是更顺路吗？你怎么不让他送你？"

杨小静撇撇嘴："他？我要是让他送，你还不得气死呀？"

林主任一想也是，那个孩子是要啥没啥，她一点都看不上。可是这个高个子怎么样呢？是不是让人满意？她真的很想知道，也怕等女儿陷得太深，以后想劝就难了。可是她也明白，不能逼得太紧，孩子大了，要给她一定的空间，否则物极必反。

接下来的一些日子，林主任很少再看到那个高个子男孩的身影。她不知道是那孩子不再送女儿了，还是女儿提早让男孩从别的路离去。她的直觉告诉她，多半是后者，可是她也不好多问。

杨小静回来晚的时候越来越频繁，周末几乎都有活动。再看她的学习成绩，多少有所下降。林主任越来越担心，跟丈夫说起此事。杨教授要找女儿直接问，被她拦下来。她觉得女儿虽然年轻幼稚，却还是挺有主意的，也见过一些世面，不是那么容易上当受骗。可是她的心还是吊着，没有看到真人，她怎么都放不下心来。

有一天晚上，女儿又回来晚了。林主任在楼下等候一阵，不见人影，就慢慢顺着女儿回家的路往前走。走了一段，还是没有看到女儿，她想也许是错过了，正准备往回走，突然发现远方的暗僻处有人影晃动，仔细一看，是两个人站得很近，似乎在小声说话。一个人纤细一些，看身形挺像小静。另一位比这个人高出一个头，也许就是那个高个子骑车男孩？她正要凝神细看，突然眼睛一花，发现两个人抱到一起去了。她赶紧走到路灯下面，大声咳嗽几声，然后慢慢往前走。那两个人马上分开了，高个子立即骑车跑掉，另一个人推着车慢慢走过来，正是杨小静。

杨小静脸上的表情又是羞愧又是生气还有几分紧张，看着她妈不说话。姜到底是老的辣，林主任知道摊牌的时候到了，却一点不紧张，笑笑地对女儿说：“小静呀，回来了？咱娘俩一起走回去吧。”

杨小静推着车垂着头走着，不吱声。林主任也不说话，只是看着女儿一直笑。杨小静不由地问道：“妈，你笑什么？”

林主任说：“小静啊，你也快二十了，有好男孩子的话，就赶紧谈，不要错过了。”

杨小静一下子明白过来妈妈的意思，脸羞得通红，娇声说：“妈，我才不找什么人呢！我就跟爸妈一起过。”

林主任笑道：“好啦，好啦，你的心意，妈领了。女大不能留呀！妈可不想让你待在家里做老姑娘。”

杨小静挽着妈妈的胳膊，有些奇怪地问：“妈，你以前像防贼一样怕我跟谁跑掉，为什么现在又把我往外赶？”

林主任生气道："这丫头，谁把你当贼了？以前你小嘛，不能早恋，那个对女孩子伤害大得很。妈还不是为了你好！现在到时候了，要是你总赖着不走，妈才发愁呢！"

杨小静撒娇说：“妈，我就赖着你了，看你怎么办！”

林主任笑道：“我倒是没有关系，可是有人会不同意。”

杨小静装模作样地说：“我才不在乎别人哩。”

林主任笑话她：“你们刚才干什么了？还不在乎呢！”

杨小静羞得抓着母亲的胳膊直摇：“妈！”

林主任笑着说："这事不能告诉你爸，否则他非教育你半天不可。"

杨小静学着她爸的口吻说："你要自重，要以学业为重。我都听过好几千遍啦！"

林主任趁势说："好了，小静，什么时候你把那个高个子同学带回家跟爸妈见个面，好吗？让爸妈也高兴高兴。"

杨小静装傻："什么高个子呀？"

她妈轻打她一巴掌，她才笑着说："什么高兴呀，是把关吧？"

林主任说："你们都这么好了，爸妈总要看一看吧。你别紧张，我相信我女儿的眼光。"

杨小静也觉得，现在是时候向父母公开了。她与张前已经走得很近，人前人后，她也默认了张前是她的男朋友。小伙子人长得帅，温文尔雅，对自己非常好，她当然很喜欢。天天在一起，难免有一些亲密举动，成年人嘛，谁不是这样？但她还是挺小心地把握住分寸，不让张前得到太多。可是，总这样下去，就不好说了。让父母看一看，确定下来，再顺其自然发展吧。

林主任刚跟杨教授谈到此事，杨教授就叫喊起来："什么，她找了一个子弟班的？不行，不行！"

林主任缓和说："咱们家小静也是子弟班的，为什么不行呀？"

杨教授急道："小静是小静，她是女孩子。综大那么多正规学生，她为什么找一个子弟班的？难道就没有更好的男孩吗？"

林主任思忖着："可能是天天在一起学习，有感情吧。再说，他们单独上课，跟综大学生没有多少接触机会。"

杨教授生气地说："她不是报幕员吗？排练节目什么的，有的是机会。以小静的条件，找一个什么样的人不行？为什么非要在子弟班中挑？"

林主任劝解说："可能正好碰上了，也不是非要在同班同学中找。没有调查研究就没有发言权嘛，咱们还是看一看再说吧。"

杨教授想否决，转念一想，态度太粗暴反而会把事情搞僵。他知道女儿有主见，讲道理，还是见一见再说。他同意道："看一看就看一看，看看这个人到底怎么样。就让小静把他带到家里来玩，不算正式见面，大家也不用挑明，这样以后回旋余地大一些。过几天再说吧，等小静他们通过期末考试再说。"

张前按时敲门的时候，杨小静躲在自己屋里装作没有听见，杨教授在客厅里自顾自看他的报纸，林主任赶着去打开门。一看到门口站着一个高大帅气的小伙子，林主任就笑了，女儿果然有眼光，长相很不错。张前说要找杨小静。林主任一边叫女儿，一边把他往家里请。张前进来就叫阿姨叔叔，挺有礼貌。杨小静出来带张前到客厅就座。林主任跑前跑后地倒茶水，拿水果，端点心，又叫女儿给张前削苹果。杨小静拿起一个苹果给张前，让他自己削。张前很拘束，有点事干，放松一些。

杨教授放下报纸，看一眼张前，开腔道："小伙子，叫什么名字？"

张前半个屁股坐在沙发上，上身前倾，恭敬地回答："张前，弓长张，前进的前。"

杨教授说："名字不错嘛。长得很高，有多少呀？"

张前自信地说："一米八五、八六吧。"

杨教授继续问："不错。家住哪里？"

张前答："医学院那边。"

杨教授又问："好啊。父母都是教师？"

张前感觉不太好："不算吧，做行政的。我爸以前教体育，现在到后勤处去了。我妈在图书馆。"

杨教授问："那你体育很好吧？"

张前有点惭愧地说："不行。我爸不让我练体育，说太苦，而且拔尖的没有几个，别的都给耽误了。"

杨教授心里想，别的不耽误，你怎么才考上子弟班？嘴里却说："唔，也对。那你学习好吗？"

张前难受了："这个……一般吧。"

杨教授说："不能一般。你叫张前嘛，就要永远前进，力争上游。"

张前保证道："我一定努力。"

杨教授乘胜追击："那你以后有什么打算呢？毕业以后干什么？"

张前犹豫说："我……还没有想那么远，找工作吧。"

杨教授很有点不屑地问："不想考考研究生什么的？"

张前张口结舌："那，到时候……试一试吧。"

杨小静在旁边见到她爸像审犯人似地审张前，实在看不下去，皱着眉头说："爸，你别这样好不好？"

杨教授也觉得没有什么可问的了，收起报纸说："好，你们聊。我出去还有点事。"

杨教授一走开，林主任就笑嘻嘻地对张前说："她爸当了好些年的教授和系主任，习惯讲课做指示。你别在意呀，来，来，吃点心，喝茶。"

003　知识决定命运

　　杨小静把自己关在屋子里三天了，谁都不理，谁也不见，那个痛苦劲，几乎赶得上高考失利了。高考成绩虽然不好，她心里多少还是有所准备。男朋友被否，她却有些准备不足。本来她以为，依张前的外表和风度，她父母应该是满意的。可是她爸最看重的是学习，是成绩，说这小子徒有其表，绣花枕头，中看不中用，在当今如此激烈的社会竞争中，根本无法生存。她妈不用说，是她爸的跟屁虫，也说这孩子是长得好，可是没有本事，还是不要再跟他交往了吧。

　　本来杨小静是可以跟她爸坚决斗争的，她也可以预料到，如果她坚持到底，她父母最终只有退让。她爸虽然对她大喊大叫，其实她知道，她爸比谁都疼她。问题是，最让她痛苦的，不是父母的反对，而是她自己清楚地明白，她父母是对的。她父母的看法，恰恰击中她的要害。她在心里承认，她父母的担心不是没有道理，而是显而易见，自己学习不好，再找一个学习不行的，都没有什么本事，以后怎么办呢？两个人手拉着手去喝西北风吗？

　　她是很喜欢张前，倒也没有爱他爱得死去活来，可是要她放手，她却心痛得难以忍受。她闭门不出，与其说是跟父母赌气，还不如说是在舔自己的伤口，等着伤口慢慢愈合。她不是没有幻想，不是没有许多似是而非的理由，不过连她自己都明白，长痛不如短痛，还是现在分手最好。可是，这毕竟是她的初恋呀，感情上的事，理智是永远无法替代的。

林主任端着一盘荔枝,敲敲女儿的房门。杨小静知道是她妈,没有理睬。林主任便自己推门走了进来。杨小静头朝里躺在床上,不回头看,也不吱声。林主任说:"小静呀,我刚买了一些荔枝,你最喜欢吃的,吃点吧。"

杨小静还是不吱声,林主任叹口气说:"我跟你爸刚才谈过了。他说他是为了你好,希望你能理解。"林主任看女儿仍然不理她,只好自己继续往下说:"你看你爸对你凶,其实他最疼的就是你。你爸都三十好几了,才有了你这么一个孩子,宝贝得不得了。小时候你总生病,你爸一夜一夜地抱着你,死活不松手。我想换一下,他都不肯。有好几次,他都对我说,要是孩子不行了,我也不想活了,没有意思了。我当时只知道哭。后来你好了,我才想起来,我生病的时候,你爸可从来没有说过他不想活啦。"

杨小静其实听她妈讲起过这件事。要是往常,她肯定会跟她妈搂在一起,笑成一团。可是今天她却觉得,要不是她也很在乎父母,早就跑出去找张前了,所以她还是没有动。

林主任看老办法不管用,只好拿出新办法:"其实,我能理解你。当年我为了要跟你爸好,做出了巨大的牺牲。你可能也知道一点,但是我从来没有从头到尾给你讲过,因为我不想表功。我当年看上你爸,把你姥爷气得拿着擀面杖往死里打我,说把我打死了,他去偿命。要不是你小姨趴在我身上护着我,我可能就真的被你姥爷打死了。"

杨小静小的时候,姥姥过来带过她好几年,所以她也见过姥爷。那是很亲切、很和蔼的一个老人,怎么会因为她妈要跟她爸谈恋爱就要打死她妈呢?听到这里,不由地轻声问了一句:"真的?"

林主任见女儿终于开口了,受到很大鼓舞,也希望自己的经历给女儿以启发,就继续往下讲:"真的!你小姨也是半边身子都被打肿了,要不怎么我跟你小姨关系特别要好呢?你想呀,你姥爷是工人,那时候是领导阶级,地位高得很。他又在厂里干了很多年,虽说没有文化,脾气倔,不会来事,从来没有当过官,但也是老人了,谁都认识,怎么也算是有头有脸的人物。你爸那时候是发配到我们工厂的,是臭老九,接受再教育的,跟现在的劳改犯差不多。这是有阶级差别的。而且你爸那时候都过三十了,我才十几岁,二十不到,年龄也不般配。我那时候呀,说实在话,长得可俊啦,要模样有模样,要身段有身段,皮肤白得呀,怎么晒都晒不黑。也是小地方嘛,别人都不怎么样,我就显出来了。不是我自夸,要是现在,我可以叫厂花了。那时没有这种说法,可是大家心里都有数,明里暗里追我的人,多得很呐,有工人、复转军人,还有当小领导的、出去做工宣队什么的。我当时傲得很哩,谁都看不上。"

林主任沉浸在回忆的激动中。杨小静不由地转过身来问:"那你……怎么会……"

林主任趁机抓住女儿的手说:"怎么会看上你爸的?我那时候哪里会看上他呀?你看你爸现在又是教授又是主任的,一副德高望重的样子,当年他才窝囊呢,谁都看不起他,因为他当时犯了大错误,说是作风问题,被人骂成陈世美……"

杨小静大吃一惊:"什么?陈世美?"

林主任说:"以前你小,也不算什么光彩事,所以我和你爸都不提。这里离我们老家远,也没有几个人知道。其实你爸根本没有跟他们邻村的那个姑娘结婚,实在不是什么陈世美。可是人家告呀!那年头,最时兴的就是人整人,啥事情没有,人家都要整你,要是有点把柄被别人抓住,那还不把你往死里整呀?"

杨小静忍不住好奇地问:"那……到底是怎么回事?"

林主任说:"好,我就从头说起。你也知道,你爸家是农村的,还好,不算太穷,你爸又聪明好学,后来考上了大学。他们那里,方圆几百里,只出过两三个大学生。你爸一下子就出名了。家里没什么钱,上大学的城市很远,路也不好走,你爸读大学四年,只回过一次家,那还是你爷爷连写了几封信,把他叫回去的。回去后他才知道,是让他结婚。你爷爷是农民,总想快点抱孙子。那时候你大伯早就有孩子了,可是连生了三个丫头。你爷爷都快急疯了,就把你爸叫回去结婚,让你爸给他生孙子。那个女的,家是邻村的一个大户。人家肯嫁到你爸家，还不是看你爸是大学生，以后吃公家饭呗。你爸一点心理准备都没有，也不愿意跟一个从来不认识的女人结婚，坚决不同意，说没有感情。在家没住几天，他就半夜跑回学校了。你爷爷气得没办法，就说先订婚，等你爸毕业后，回来就结婚，还收了人家女方家的彩礼。你爸毕业后，没有回他们县，分配到我们地区的中专教书。他还是死活不肯跟那个姑娘结婚。隔好几百里，你爷爷也管不到他。实在没有办法，你爷爷只好去退彩礼，求人家退亲。当地要退彩礼，都是女方……这个……犯了大错，或者男的死了什么的。人家姑娘在家好好的，你儿子毕业了，还耽误女孩两年，又说不要了，人家的脸没有地方搁呀。再说，那是一个大户人家，人多势重，也不能吃这个亏。你爷爷他们赔礼道歉，好话说尽，都没有用。那个村的一帮小伙子，就跑来要扒你爷爷家的房子。后来被公社领导给拦下了。那时候管得严，一般人也不敢闹得太厉害。可是对方咽不下这口气呀，公社领导就说，我给你们开证明，出介绍信，这个人，就是你爸，是腐化堕落分子，有资产阶级思想，读了书就不要咱们农村人了，是当代陈世美，让他们单位处理。结果那家出了两个人，到你爸他们学校去告状，说你爸是混入革命教师队伍里的坏分子，是一只披着羊皮的狼，有作风问题，还是资产阶级分子、修正主义分子……"

杨小静听得犯迷糊："什么修正……什么？"

林主任摇着手道："哎呀，你不懂，苏联就是苏修，现在成了俄罗斯。反正都不是好词。人家开有正式的介绍信，说是组织上派来的。那阵当权的是工宣队，就开会，噢，对了，工宣队就是工人毛泽东思想宣传队，是工人到学校当领导。叫你姥爷去，他不肯去，说他管不了人。怎么管我倒紧得很？说哪了？对啦，学校就开会批判你爸，还让他写检讨，让女的村里人带回去。当时把你爸整得够呛，风头过后，也灰溜溜的，一直没有谈上对象。再后来，他们学校解散了。你爸有问题，就被发配到我们工厂当工人。那时候，谁有点啥事，全厂人都知道。他一进厂，大家都说，他上了一点学，就不要农村媳妇了，肯定在大学里有作风问题，人品多差多差，搞得大伙都不理他，都看不起他。其实他根本没有结婚，也没有见过那个女的，怎么能说他人品有问题呢？人呀，都是喜欢说别人坏，说自己好。那年头阶级斗争为纲，人人都斗红了眼……"

杨小静对她父母那一代的稀奇古怪，既不懂也不关心，正听到关键处，见她妈跑题了，就问："那他怎么追上你的？"

林主任激动道："他哪敢追我呀？都怪我自己好奇心太强。你爸喜欢看书，反正也没有人理他，中午休息时，下了班以后，别人都成群结队地玩闹、说笑、打牌、喝酒，就你爸一个人抱着书看。人家讽刺挖苦他，他也不在乎。我开始以为他在看小说，别人说不是。要是小说，大家早就传着看了。那时候基本上没有什么小说可看，要是看'文革'前的，抓住要批斗。挺不可思议的，是吧？我就知道你会这么说。我奇怪，不是小说能是什么，就去问他看什么。他说是物理。过几天换了一本，又说是数学。后来又是化学、机械什么的。我知道他是大学老师，可是怎么什么都教呀？他说他原来的学校解散时，图书馆把存书当废品卖，他就买了很多回来，反正也没事，有书看，日子好过些。你姥姥从小就对我们说，要尊重先生，先生看了很多书，学问大得很，什么都知道。你姥姥自己一个字都不认识，可就是特别尊敬有文化的人。你姥爷就不是，大老粗，还以此为荣……"

杨小静轻轻碰她妈一下。

林主任忙说："好，好，我继续往下讲。我就对你爸说，你就算读了书，也不应该看不上农村媳妇呀。他说我根本就没有过农村媳妇。我说那人家怎么都说你怎么怎么样。他说根本不是那么一回事，其实是这么这么一回事。我那时候也傻，你爸一说，我就觉得他被冤枉了。我想有学问的人，是不会说谎的，当然后来发现可不是那么一回事。我就到处给别人解释，说老杨是冤枉的。别人都不信，说他档案里这么记载,还会有错？还有人笑话我，说我看上老杨了。我那时候年轻，也挺犟。你们不想让我理睬老杨，我偏要去找他。其实真的不是看上他了，就是喜欢听他说事情。他在城里上过大学，又爱看书，比我们懂的多得多。什么事情经他一说，我就觉得特别清楚，特别在理。有一次我问他，你就是一个工人，比别人还惨，连家都没有，你看这么些书有什么用呀？他没有回答我，只是把眼睛看着外边，过了好一阵才说，你真的认为，这么大的国家，这么多人，就不需要知识吗？停了一会，他又说，没有文化，国家会垮，民族会亡。我后来觉得，我就是在那个时刻看上他的，可能是觉得，他是一个大丈夫，国家民族就靠他了。"

林主任笑起来，杨小静也不由地笑了一下。林主任转过头，眼睛看向窗外，仿佛想透过低垂的云层，看到自己遥远的过去。

她摇着头说："不容易呀，真的不容易！我知道他喜欢我，看他的眼神我就知道。可是最后先开口的是我，他不敢呀，觉得配不上我。其实所有人都觉得他配不上我。只有我一个人很高看他，总觉得他就像一个不幸落难的公子，比我周围的人强一百倍。我只要跟他在一起呀，就觉得特别高兴，特别舒服，一天没有见到他，就特别想，见到他，就不想走。很快就谣言四起，还有人当面讥笑他，叫他别做梦了，你一个资产阶级分子，还想找工人阶级最优秀的女儿？他也开始躲着我走。厂革委会主任，噢，就像现在的党委书记一样，我们厂最大的领导，也找他，说要给他介绍一个对象，是一个寡妇……"

杨小静吃惊地轻叫起来："真的？"她也听到她父母说起过他们年轻时不容易，可是从没有想到她爸爸居然这么坎坷，没有结婚却成了陈世美，想谈恋爱又被领导安排了一个寡妇。

林主任长叹一口气："真的！唉，那个时代，你不懂的，没有人懂。其实那个女的也挺年轻，结婚没多久，男人就死了，给她留下一个孩子，遗腹子，是男孩。你爸还真的去见了那个寡妇。他后来告诉我说，男人总要负责任，不能害了我，反正自己年纪这么大了，随便找一个算啦。他跟着主任去了那个女的家，觉得那个女人挺善良的，人家也不挑他，说只要对她的孩子好点就行了。你爸就想，凑合吧，还能怎么样，根本看不到出路嘛。厂里就那么大一点，我很快就听说了。本来没有觉得多么喜欢他，这一下子却觉得没有他可不行，真的有那种没法活下去的感觉。我就去找他，我也顾不上什么了。你爸当时低着头不看我。我问他，你去相亲了？他点点头。我又问，你同意了？他犹豫一下，又点点头。我就问，那你喜欢她吗？他摇摇头。我就说，那你为什么同意？他不吱声。我只好又问，那厂里有你喜欢的吗？他点头。我问，是谁？他又不动了。我说，是不是我？他看了我一眼，使劲点头。我就问，那你为什么还……？我一下哭了起来。他总算说话了，说我不能害你，我不配呀。我边哭边说，你配不配，我自己知道，不用你来操心。他就过来，很小心地给我擦眼泪。那时候的人，跟现在不一样，也没有拥抱、亲嘴什么的。他就是给我擦了擦眼泪，我就觉得，这辈子就是他的人了。"

说到这里，林主任激动得手都有点颤抖。

杨小静笑说："怪不得你总听我爸的，是你先提出来的嘛。"

林主任说："其实你爸也听我的，只不过我不跟他硬顶。我们这样过来的，感情很深很深的，你们呀，很难理解，理解不了。你想不到吧，我在他面前说也就算了，后来我还当着全厂人的面说来着，说是我追他。"

杨小静又吃了一惊："真的？"她没有想到，温和柔弱的妈妈年轻时居然如此猛烈。

林主任继续讲："没办法嘛！你姥爷听说我跟你爸好了，实在是气炸了肺。你姥爷是工人，是领导阶级，是老大哥，是主人翁，现在居然被一个臭知识分子给欺负到头上来了，说什么也不能咽下这口气。你爸比我大那么多，又有文化，人家都说是他骗了我。你看你姥爷后来挺和蔼的，当年可凶啦！他冲进车间，一脚就把你爸踹倒在地，还一个劲地踢，嘴里喊着，我踹死你这个王八羔子，看你还敢不敢勾引我女儿。我急了，也不在乎丢不丢人啦，扑过去抱住你姥爷的腿，使劲叫，是我追他的，跟他没关系，是我追他！你姥爷在全厂人面前丢了面子，简直气疯了，回去后就用擀面杖往死里打我，嘴里还嘟囔着说，打死了我，他去挨枪子，反正他也不想活了。你小姨扑到我身上，护着我，结果你小姨也被他打得全身是伤。好在他舍不得你小姨，下手轻多了。就这样，他还把擀面杖都打断了。你姥姥在旁边只是哭，看他进屋去找打我们的东西去了，就朝我们两个人挥手，让我们快跑。她自己跟进去插上门，堵住不让你姥爷出来。我和你小姨互相搀着往外跑，没跑多远，你姥爷就追了出来，还是邻居们把他给拦住了。我和你小姨还有你爸，都在床上躺了好几天，打得可狠了。你姥爷还不肯善罢甘休，还要来打。领导们知道你姥爷的驴脾气，怕他真打出人命来，他们没法交代，找他谈了话，他才没有再打我们。不过，也不再理我们。他疼你小姨，你小姨不怕他。你小姨说他就是嫌我们俩姐妹不是男孩，才把我们往死里打。他不吱声。他可能也有点后悔，觉得下手太重了。可是他一辈子都没有向我们道过歉，他就是那样一种人。"

林主任一边讲，一边剥了一个荔枝，送到女儿嘴里。剥另一个荔枝时，她想到自己谈恋爱时都吃的什么："我们那时候，可是什么都吃不上，也不像你们现在，有这么多好玩的，唱歌、跳舞、看电影、下饭馆、玩游戏。我们什么都没有，谈恋爱谈恋爱，真是只有谈呀。你爸看的书多，见识广，总给我讲各式各样的东西，连数学、物理什么的都讲。其实我哪里听得懂，可我还是痴痴地听着，只要能看到他，听他说话，我就觉得真好呀，真快乐！周末有时候我们也去县城逛街。那时候我们都没有什么钱，街上也没有什么东西可买的。说逛街，那就真是逛，一边走，一边还是聊天。走累了，走饿了，就找一家小饭馆，合吃一碗面条、一盘饺子什么的。你一筷子，我一筷子，互相让着吃。吃完了喝汤，你一口我一口，就在一个碗里喝。一点不觉得苦，心里可甜可甜啦，真是幸福死了。你爸总是让着我，一定要我吃饱，他才吃剩下的。有什么好吃的，他总是留给我，说我还小，还要长身体，其实我都多……多大了……"

林主任的眼泪流了出来。

杨小静拿起一张面巾纸，帮妈妈擦泪水，问道："然后你们就结婚了？"

林主任摇摇头，又叹了一口气说："唉，没有那么简单，难呀！你姥爷不同意我们的事，工厂也不给我们分房子，我们没有办法结婚呀。好在'四人帮'倒了，你爸对我说，会有转机的，肯定会有变化。我那时其实什么都不懂，看你爸高兴的样子，就觉得很有希望。过了一阵，听说恢复高考了。你爸说要招研究生，就是比大学生还高一级的学生，他要再考学，再读书，这样我们就可以离开这里，去省城，去北京。他白天黑夜地看书，也不跟我聊天了，还拿些书让我看，说以后没有知识不行。我那时候年轻，学得快，还有你爸辅导，学了不少东西。当然也很累，不过还是没法跟你爸比。我看他是拼了命了，他自己也说，这是他唯一的机会，不抓住这辈子就完了。他那时候满眼血丝，瘦得不行。你小姨让你姥姥做些好吃的，偷偷送给我们，让我们补身体。我让你爸吃，他不肯，要我吃。我就抓住他的书说，你要不吃，就不准读书。他没有办法，就边吃边看书。他说他无论如何要争口气，不光是为自己，也是为了我。他说我跟着他，受的委屈太多了，他要让我也光鲜一回，要让别人明白，我没有看错人。他就这样拼命读呀读，可是到了最后关头，却被厂领导一棍子打死了。"

杨小静紧张起来："怎么回事？为什么呀？"其实她已经知道，她爸没有真的被打死，后来也读了研究生。

林主任悠悠地说："政审呗，就是政治审查。现在很少提了，那时可是要命的事。厂领导本来就看不上你爸，现在他又勾引走了我这个厂里最漂亮的小姑娘，人家当然更恨他了。你爸考研究生，必须要厂里的介绍信，要通过政治审查。领导就说，你爸向往腐朽堕落的资产阶级生活方式，是没有改造好的落后分子，作风也有问题，政审不合格，不准参加考试。你爸天天去求人家，就是不行，就是要关门打狗，把他往死里整。你这样的人，还想攀高枝，想去好地方，就是不准，你要死也只能死在这里。我跟着去哭，去求，去闹，结果更糟，他们说我忘本了，变质了，跟工人阶级不是一条心了。那个时候的人，心都硬极了，你想象不到的，真的是不给一点出路呀！最后我们绝望了，你爸也不看书了，躺在床上，几天不吃不喝，都爬不起来了。我就坐在他的床边，陪着他，一直劝他想开点，总会有办法的。我觉得，要不是因为有我，你爸他真的活不下去了，一点希望都没有，唯一的出路也被堵死了。我和你爸就待在那里等死，看着时间一分一秒地过去，最后的时刻一点一点地到来。那个时候，都麻木了，也不恨那些人了，就是这么待着等死，逃不掉的，没法逃的，反正是要死了。"

林主任这时也坐在床边，握住女儿的手，就像当年握着爱人的手一样。

她完全回到了那艰辛可怕的过去，眼睛空洞，不再说话，仿佛也麻木了，坐在那里静静地等待着最后时刻的到来。世界上的一切都不存在了，只剩下她和她的爱人，两个人手拉着手，静静地坐在那里，守护着他们的爱情，等待着末日的降临。

杨小静等不及了，摇摇妈妈的手，轻声问："后来呢？怎么办呀？"

林主任回过神来，继续往下讲："你小姨知道了我们的事，气得不行，可是也没有什么办法。眼看就要到报名截止日期了，我们也不找人了，也不求人了，死就死吧，没有办法可想。你小姨气得受不了，就去埋怨你姥爷，说你就会打我们，现在姐和杨哥都要被别人整死了，你怎么不吱声了？你打人的本事呢？你姥爷其实早就知道这事，他沉着脸坐在那里，坐了一个下午，什么都不说。天快黑了，他叫你姥姥去打来一斤散白酒，再买一条"前门"烟，最好的那种，他平常只抽旱烟和"羊群"什么的。他拿起酒，咕咚咚喝下半碗，剩下的都倒在身上，又进厨房拿了一把菜刀揣在怀里，拿起香烟就往外走。你姥姥和小姨吓坏了，要去拦他。他摇摇手说，我没醉，这不是还有烟嘛，好说好商量，坏说坏商量，我知道他这个人。他走到主任家，推门就闯了进去，把烟往主任面前一拍，说，孩子考试的事，你就高抬贵手吧，不要把别人的活路都堵死了，否则自己的路也就走到头了，对不对？主任一看你姥爷满身酒气，衣服上明显有个菜刀的印子，吓得直点头。他知道你姥爷的脾气，一急起来，真敢杀人，嘴里讲，好说，好说。你姥爷把烟往主任面前推一推说，小辈孝敬的，他要没出息，咱也给过他路，他要出息了，咱就多一条路，对不对？主任忙点头说，对，对。你姥爷转身往外走，一出门，风一吹，哇一下就吐在门口。主任赶快跑过来，把门关上。第二天厂里派人把你爸叫去，说即使有缺点，也要给出路，给他把介绍信开了。你爸说他当时跟做梦一样，半天说不出话来。主任会做人，上来握握他手说，好好考，你要是考上了，咱厂里就出了一个大人才。你爸转身就往外跑，跑到县里就把报名表办好加快信寄出去了。主任好人做到底，考前还特批他三天假。前几年他来北京旅游，你爸还请他吃过好几顿饭，陪他转了几个地方。主任都老得不行了，总说他当年早就看出你爸是一个大人才，怎么怎么照顾你爸来着。人呀，变化真大呀！"

林主任笑起来。杨小静也笑了，问她妈："我看到爸跟姥爷挺好的，原来还有这么多故事呀。"

林主任说："你爸当时不知道是怎么回事，也顾不上想，只是拼命学，要把落下的那些时间补回来。后来我送你爸去地区考试，考完问他考得怎么样，他说感觉不错，可是全国竞争，只要有一个人比他强，他就完了。回厂的路上，他又对我说，咱们还是赶快结婚吧。我就知道他相当有把握。当时我又羞又喜又发愁，你姥爷要是不答应怎么办？就算我们能办下结婚证，没有洞房怎么结婚呀？你爸说回他家办，可我也不能不理父母就自己跑了吧……"

杨小静心情放松下来，插嘴道："那叫私奔。"

林主任轻打女儿一巴掌，说："我们又不瞒着他们，还在厂里工作，不是什么私奔。回厂后，你小姨跑来问考得怎么样，我说挺有希望的。她说我就知道杨哥肯定行。我说幸好厂里最后批了，不然就完了。你小姨说，全是爸找主任要拼命，他们才松了口。我们很吃惊，问你小姨是怎么回事。你小姨就从头到尾说了一遍。我和你爸一直莫名其妙，不知道厂领导怎么会一下子来了一个一百八十度的大转弯，这下子全明白了。你爸激动得眼睛都红了，说这是救命之恩啊！要是主任不同意，你爸真的会把他砍了，那他自己也会被枪毙。你爸拉着我上街去买了一条烟、一瓶酒，提着去见你姥爷。他进门就跪在地上给你姥爷叩了一个头，又叫我拿来一个碗，他倒进去半碗酒，然后双手捧着给你姥爷敬上。你姥爷没说什么，一口而尽，指了指旁边的凳子，让他坐。你爸坐下后，你姥爷只说了一句话，对我女儿好点。你爸立即发誓说，我要是做一点对不起你女儿的事，你就用刀砍死我。我忙捅他一下，让他吐口唾沫，让不吉利的话失效。你爸不理我。那还是他第一次不听我的话。"

杨小静对此评价道:"现在全是你听他的话了。"

林主任笑说:"一般说来是这样,人家水平比我高嘛。不过我真的坚持,你爸也会让我的。"

杨小静嘟囔着:"我怎么没看见过?"看她妈要辩解,就接着问:"那你们结没结成婚呀?"

林主任笑道:"当然结了,不然哪来的你?"摸了摸女儿细嫩的脸蛋,笑着往下讲:"过了一阵,录取通知下来了,你爸要进京读书了。那可真是全厂轰动呀!大家都说这就是古时候中了进士,不得了呀,以后要当大官的。你爸只好到处解释,说是去上学,不是当官。不管怎样,大家可高看你爸了,连主任见你爸都拍他的肩膀,说以后到北京开会就找他玩。其实主任最多到地区开会,省城都很少去,北京他不够级别。别人也都夸我有眼力,说他就是落难公子,我就是富家小姐,我们厂就是后花园,我们一见钟情,私订终生。其实哪有那么浪漫呀,太难了!也有人眼红,说你爸进了北京,肯定不要我了,再做一次陈世美什么的。我是真相信你爸,觉得他根本不是那种人。你姥爷也说,我看过他,老实人,只喜欢看书,连牌都不打,不会有花花肠子。你爸说,走之前一定要把婚结了,他太老了,怕我跑了,还说要带个媳妇回去给爹娘看一看。你姥爷也同意,我也就只好结了。结婚那天可热闹了,全厂人都来了。主任代表组织讲话,叫你爸好好学习,学成归来为四化做贡献,叫我早生……这不就有了你。"

杨小静笑了,问她妈道:"那你们结了婚也没法住在一起,对吧?"

林主任说:"没有办法。他们'文革'后第一届研究生,年龄都大,基本都结了婚,只要家不在北京,就两地分居呗。直到你爸研究生毕业,才把我调到北京。本来他可以留校的,可是家属不好解决,他就来了这个学校,把咱娘俩也调进北京。你姥姥也跟了来,我们都忙,她要照顾你呀,你身体不好,不能送幼儿园。我那时候压力真大,唉,也怪自己太要强,不想让别人总把咱当土包子看。别人都羡慕你爸找的老婆年轻有模样,你爸也没有给我什么压力,可是我不能就在后勤混一辈子吧。我那时啥都不懂,说话带口音。我就拼命学,上成教班,学北京话,折腾了好几年,才算融入北京，也有了文凭。后来调我到系办公室，我是不惜力气，起早贪黑地干活，做事尽求完美，谁也说不出什么来。后来才升成办公室主任。你姥爷到北京来时，说我出息了，不然也就是一个干粗活的工人。他很知足，说这辈子能来北京走走，到天安门广场转转，也就够了。他还说我当时这一步走得对，不然哪有今天？我说你不要把我说得跟势利眼似的，我当年一个小姑娘，哪能想这么远？就是喜欢知识人呗！你爸也说，我表面上温和，其实内心刚强。我也不知道是不是。反正我觉得，在这个社会上，没有本事肯定不行。张前这孩子长得不错，待人、家教都可以，就是能力不太够……"

林主任一提起张前，杨小静的心又痛起来了。她从妈妈手心抽出自己的手，躺下去，把身体转向里面。

林主任怕女儿觉得自己在说她也不行，就说："你是女孩子，能上综大子弟班，就不错了。凭你的长相和能力，以后找一个好工作很容易。再说，咱们家在北京十几年，认识的人不算少，都可以帮你。我们也不是不能帮他。可他一个男孩子，也学外语，好像没有硬本事。我们又能帮多久？以后怎么办？现在竞争就这么激烈，综大的学生都有找不到工作的，过几年就更难了。你知道吗？就是咱们学校的外事办，也只收学英语的研究生……"

杨小静脸冲着里面不转身，怄气道："你不就是说我太笨，不能再找个笨蛋呗！"

林主任温和地说："不是的。你妈工人出身，哪有资格嫌你这个大学生笨呢？我只是觉得，我跟了你爸这么厉害的人，自己还是吃了很多苦，受了很多委屈，才走到今天。如果当初我也找一个工人，那我这辈子就是一个工人，恐怕连奋斗的机会和动力都没有，现在也该下岗了。我知道我女儿聪明能干，长得又很漂亮，以后一定前途似锦。我只是说，如果一个家里，男的不够强，女的就会很累。你是含着金钥匙长大的，从小啥都不缺。其实生活中很多事情都很实际。人家买车了，你买不买？人家买房了，你买不买？人家的孩子有这个，有那个，你给不给你的孩子买？这些都是钱……"

杨小静忍不住了，讽刺她妈妈说："妈，让你搞行政太委屈了，你该去当预算师。"

林主任并不生气，她知道怎么对付女儿："小静，别生妈的气。我知道你刚谈恋爱，妈就跟你算这些，实在不浪漫。当初你姥爷把我往死里打，我都不屈服。你真像你妈！"林主任摸一摸女儿的头发，继续往下说："如果你真的喜欢张前，一定要跟他好，妈也不拦你。你爸喊得凶，其实他比谁都疼你。我要是站在你这一边，他到最后总归会同意的。凭你爸和我的身份地位，以后也能帮张前找一个工作。再往后，就看你们自己了。唉，一个人有一个人的命，别人是没有办法强求的。你爸妈就你这么一个女儿，尽心尽力了，也就问心无愧。我想趁假期送你去你小姨那里玩一玩，散散心，你也可以冷静下来好好想一想。你自己决定吧，回来告诉我们就行了，行不行？你爸那边的工作，我会去做的。来，吃个荔枝吧。好好，我放在这里，过一会你自己剥着吃。"

林主任慢慢站起身来往外走，走到门口又转过身来，像是自言自语，又像是对杨小静说："你长得这么漂亮，综大学生那么多人，怎么会没有人追你呢？难道他们都是书呆子吗？"说完摇摇头，关上了门。

杨小静躺在床上，心里依然非常难受。她理解父母的苦心，也明白她妈妈讲这么多的用意。问题是，感情就是感情，不是你盘算了利害关系就能忘掉的。

她是一个有远大志向的人，以前她对爸爸的处级、妈妈的科级很有点不屑，现在轮到自己了，才发现连稍微像样一点的工作都难找，更别说当领导当干部了。自己以后能做什么呢？是到外事办做一辈子迎来送往跑腿的？还是到外资企业给老板提包打杂？如果再嫁一个跟自己一样甚至比自己还差的男人，以后还会有什么指望呢？就这样在社会底层混一辈子吗？别人起点低，能挤进北京，能有一份工作，就很满足了。自己家庭条件好，长得也不错，为什么要去吃这个苦受这份累呢？

可是，张前真的对自己很好，自己也真是蛮喜欢他的，实在有点放不下。

她知道自己要是非跟他好不可，父母最后只能将就。可是，本来就知道是自己错了，为什么非要一条路走到黑？跟谁赌气呢？父母有什么对不起自己的地方吗？其实当初自己就觉得好像有问题，怪就怪自己的虚荣心太强，喜欢张前长得帅，又看到有许多女孩追他，就跟他好上了。付出了这么多感情，现在要断，哪有那么容易？

她想起妈妈的奇怪。她知道她妈认为，她要是嫁给一个综大的正规生，前途不会差。其实，综大学生中追求自己的人，不仅有，而且多得很，可就是没有合适的。她现在已经是综大的主力报幕员了，要才有才，要貌有貌，名气相当不小，综大饿男成群，怎么可能没人狠追呢？

可是你看一看那些人，有的太土，有的太呆，有的太腼腆，爱得要命，就是不敢说，有的很"渺小"，穿上高跟鞋都比自己高不了多少，还好意思腆着脸往上凑。还有的极自恋，动不动就吹，俺是俺村第一名，俺是俺县的状元，这么牛那么牛，回去跟你们村、你们县里的人吹去呗，我这个落榜生不爱听。有几个倒是不错，可人家早就有女朋友了，就算他们愿意弃旧迎新，我杨小静也不想要。本人清纯貌美，凭什么就该吃别人的剩菜？

想着想着，不知怎么就想到了郑卫。自从那次跟他跳过一次舞，彼此就再也没有什么接触。不过，她在路上碰到过他几次，每次他都是赖唧唧地笑着向自己挥挥手。有一次她和张前一起碰到他，他还给他们俩行了一个美式军礼，挺像样的，逗得他们直笑。还有一次她骑车碰到他，他突然右手斜着一伸，对她行了一个纳粹军礼，嘴里喊的却是："嗨，小报幕！"把她吓了一跳。她能感觉到他肯定喜欢自己，自己对他也不讨厌。他可能是唯一一个不给自己以压迫感的综大正规学生，没有一点自命不凡的样子。她觉得要是能跟他成为朋友，倒也挺不错。

过了两天，杨小静听她妈的，去了小姨家。正如她妈建议的，她也想离开一段时间，静下心来好好想一想。

她小姨一听说她的事，可不像她妈那样绕圈子，直截了当地开始训她："你傻呀你！还大学生呢！不趁着年轻漂亮找一个好的，难道要跟你小姨一样找一个工人？都是一奶同胞，你看你妈过的是啥日子，我过的是啥日子？你妈在北京做主任，养尊处优的，走到哪里，都有人捧着贡着。我呢？提前下岗了，工龄买断了，给一点点钱，就把我打发回家等死了。我离死还早着呢！我总要吃饭吧，对不对？现在给人家当保姆，起早贪黑的，累死累活的，见人就赔笑脸，低三下四，这日子好过吗？我跟你妈比，缺啥呀？不就是她嫁了一个教授，我嫁了一个工人吗？还主人翁、领导阶级呢，连劳动的权力都没有了！什么主人翁呀？连饭都吃不上了，什么领导阶级呀……"

小姨喊叫的时候，小姨父在旁边抽着烟，不吱声。等小姨告一段落，跟复读机式地不断重复那几句话时，小姨父才对杨小静说了一句："先找好的，不行再找差的。"

小姨一听又来劲了："什么？你的意思是说，我找不到好的，才找了你，是不是？告诉你，我当年找谁都行，有的是人追我。我真是瞎了双眼，就图你老实厚道。我后来才知道，老实厚道就是窝囊无用。下海的，当官的，人人都发财了，就我们吃不上穿不上，已经被淘汰了。你知道吗？已经被淘汰了……"

杨小静本来是要来静一静的，这下子可被小姨吵得脑袋疼。她猜到妈妈让她来小姨这里玩的意思了。对于一个女人来说，嫁给不同的人，结局会非常不一样。她又不是那种找一个男孩玩玩就算了的人，谈恋爱就是为了找丈夫，可是如果要结婚的话，对自己来说，张前显然难以托付终身。

004　追妞不容易

月半去图书馆，半路上看见前面有一个高个子男孩低着头慢慢走，便加快步伐追上去，兴冲冲地喊道："哎，帅哥，去哪儿？"

张前回过头来，月半见他满脸憔悴，胡子也没有刮，不由地喊道："哎哟，你这是怎么啦？哪个谁呢？"还没等张前回答，她自己马上反应过来："噢，你失恋了，对不对？是她蹬的你，还是你蹬的她？我知道了，是她蹬的你，对吧？你说这个小报幕脑袋进水啦还是怎么着？这么帅的小伙她不要，她想找谁去？怎么回事，快给你姐说一说。"

张前原本心情暗淡，被月半这么一嚷嚷，一下子好转许多，尤其是她一口一个帅哥，把张前快要流光的自信，拉回来不少。他叹一口气说："嫌我学习不好呗。"

月半叫起来："她嫌你学习不好！她跟你不是一个班吗？她学习能好到哪里去？我男朋友是体育学院的，整个一个文盲，我不也没有嫌弃他。小报幕又不是今天才认识你，早干什么去啦？这不是拿别人开心吗？你可不能饶过她！"

张前倒没有月半那么激动，慢悠悠地说："是她父母不同意。"

月半继续叫唤："她父母？听说还是教授呢，怎么这样？干涉别人的恋爱自由！你再去找找她，只要她坚决，她父母迟早会同意。我父母还不是不同意我找那么一个，最后没有办法，也只好认了。你得再去找她！"

张前依旧丧气地说："她也觉得跟我没有前途。不耽误彼此吧。"

月半高声说："她有啥前途？大家不都一样吗？谁比谁差呀？嗯，她长得倒是还可以。算啦，不理她了。你长得这么帅，还怕找不到女朋友？我要是……我们班就有好些女孩喜欢你，你看得上哪一个？姐给你介绍。"

张前脸上有了一点笑意："谢谢，不用费心了。跟我一个水平的都瞧不上我，你们……我还是找一个学历低点的吧。"

月半还是生气："都什么年代了？什么学历高的低的？你就是找一个女博士，又怎么样？你喜欢谁，就找谁，你还怕没有人喜欢你？我要从这边走了，再见。"她走开几步，又回过头来对张前喊："你一定找一个比她更漂亮的，气死她！"

月半气愤愤地四处一嚷嚷，把郑卫的心叫活了。他倒不是立马要去追小报幕，而是觉得总算可以望见偶像的倩影了。还是像追星，以前看到的都是银幕上的影子，现在算是排上队了，等着要人家的签名，不管队伍有多长，排队的人有多少，好歹都算有了一点盼头，有了一丝希望。

郑卫悄悄地喜欢小报幕，已经很有一段时间。一开始只是觉得她长得好看，总想多看几眼，纯属男性的自然反应，并没有多想。后来带她跳舞，聊过几句，发现人家谈吐自然大方，气质极佳，并不像正规班同学间常说的，子弟班的学生都是社会上的痞子，素质很差。后来只要有演出，他无论如何都要去看。本来他就好玩好热闹，这下子又有一个美女让人惦记，那就更得去了。当然，他知道去那里也只是养护一下眼睛，人家美女早已有帅哥相伴，不可能跟他有什么事。好在他属于那种随遇而安没有什么野心的人，既然没戏，他也就不强求，所以当偶尔在路上碰到小报幕时，他并没有感到紧张，反而是一脸的亲切自然，一副痞里吧唧的样子。

现在听说小报幕课间休息，有了一些空闲，郑卫就琢磨着自己能为她做点什么。美女嘛，甭管有戏没戏，有目的没目的，男人总是会去献殷勤的。郑卫正经学习没劲，这种歪门邪道他倒挺能折腾。不过，在他看来，向小报幕献殷勤，纯粹是给月亮敬礼，自己逗自己玩。

2月14日是西方的情人节，商家以此为卖点，爱赶时髦的学生们也热情跟风。要是还跟张前好，杨小静当然可以得到一大束花，还有别的好东西。可是现在他们两个人形同陌路，互相躲着走，谁都不理谁，她肯定不能再做这份盼望。寂寞肯定有，孤单肯定有，可是她也并没有太在意，因为分手之事的思考与刺激，她已经痛下决心，一定要好好学习。本来就比别人差一大截，再要是这么瞎混，这辈子可就真的算是彻底完了。

杨小静下午上课。她刚走进教学楼，突然从旁边过道里窜出同班的一个男生，手里抓着一束鲜花，一边往她手里塞，一边嘴唇哆嗦着说："杨……小静，给……给你！"

杨小静吓了一跳，一面本能地往后躲，一面摇着手说："不要，不行，不要。"

那个男生更加紧张，一边追她，一边继续说："还……请你吃……吃饭。"

杨小静一面往楼梯上跑，一面举着手做着推挡动作，急急忙忙地拒绝道："我已经有安排了，对不起，对不起！"说着就逃似的跑上楼。那个男生懊丧地呆站在那里。旁边几个过路的学生偷偷地发笑。

杨小静跑进教室刚刚坐下，还没有来得及喘一口气，他们班的班长，一个个头不高、喜欢耍酷的男生，抱着一大捧花从前门走了进来。他往讲台前一站，对大家说："全班各位女同学，大家都知道今天是情人节。本人为了竞选大众情人，特意为全班每一位女同学各买了一枝玫瑰，敬请笑纳。"说完就开始一枝一枝给女同学们发花。全班都在笑。一些男生起哄，也要花。班长一边推阻，一边笑着说："我可不是同性恋。你如果是的话，请找你的同类给你送花。"全班更是笑成一团。

在场的只有两个人没有笑。一个是刚才给杨小静送花遭拒的那位。他不知道把花藏到哪里去了，现在正坐在后排蔫头耷脑地难受哩。另一个就是张前。他知道班长早就对杨小静很有意思，只不过杨小静当初选择了自己。

现在杨小静不要他了,班长正好乘虚而入。他猜得到班长一定会送一枝最大、最红、最漂亮的玫瑰花给杨小静。他冷冷地看着,心里很不舒服。

果然,发到杨小静时,班长递给她的是最好的一枝。谁知杨小静并不接受,她笑着摇手,对班长说:"谢谢,真心感谢!不好意思噢,我老妈今天早晨叮嘱了我好几遍,不要收别人的东西。刚才在外面有好几个人,好像也是想当大众情人来着,要送花给我,我都谢绝了。你的心意我领了,我也投票选你做全班女同学的大众情人。玫瑰我就不收了吧,你可以多发展一个情人。谢谢,谢谢!"这次杨小静因为有准备,话说得大方自然,滴水不漏。

班上好些人都猜到这出戏的主角是杨小静,而班长的目标也正是杨小静,别的人只是陪衬。可是他没有想到,绕了这么大一个弯,杨小静还是不领情,一下子有点发怔,半笑不笑地说:"怎么,不给面子?"

杨小静安慰他说:"不敢,不敢,我哪敢不给你面子呢?"一边说,一边站起来,伸出白白的小手,拍拍班长的肩膀,又低下头去闻闻花,说:"这玫瑰真漂亮,我真的很喜欢,可是我没有收别人的花,只收你的,有点说不过去,人家不会饶过我的。班长,你大人大量,请多多包涵,好吗?"

杨小静把话都说到这种地步了,班长也知道无法强求。好在杨小静用她那白嫩的小手抚摸了自己的肩膀,已使他全身酥麻,像是中了阴柔内力,险些半身不遂,这些花可以算是没有白买。他只好随风使舵道:"那好吧,不用送花也选我做大众情人,我算是赚了。"说完哈哈干笑两声,继续发花。

一些人跟着笑,一些人不作声,气氛有点尴尬。几个女生互相看看,都撇撇嘴,对杨小静的牛皮表示不满。可是大家都看得出来,杨小静说的大概是事实。谁叫人家长得漂亮,又是名人呢!前面两个不笑的,现在心里舒服多了。杨小静拒绝别人,张前当然高兴,至今为止,自己还算是她的唯一嘛。那个送花的男生,听说还有几个人也被杨小静拒绝,心情立即好转,既然大家都倒霉,自己这点痛苦,也就不算什么了。

下课回家时,又碰到几个给她送花、请她吃饭的,都被杨小静微笑着——谢绝。虽然今年的情人节她没有收一束花,心里其实挺高兴,也很感激那些送花的人，因为他们使她的自信心大有提高，而且她还发现，离开张前后，自己的天地似乎更加广阔了。

一见到女儿回家，林主任就笑嘻嘻地对她说："刚才你的两个朋友给你送来一束花，还说祝你节日快乐。"

杨小静挥挥手说："今天有好几个人要送给我花，我都没有要。怎么还有人追到家里来了？谁呀？真烦人！"

林主任看女儿的得意样，既高兴又担心，心想要是有好男孩送花，你也应该收下呀，嘴里说："他们说自己是综大的学生，你的朋友。不过，他们不肯告诉我他们叫什么。"

杨小静不耐烦地摆着手说："综大的学生？还是我的那些同学吧？我们哪好意思自称综大的？扔了算啦！"

林主任拿出一束花给她看，嘴里说："我看他们真是综大的正规学生，说话有点外地口音。你看，这花上还带有一张纸，我也猜不出是什么意思，你想一想是谁。"

杨小静拿过来一看，花中夹着一张图片，是一群光屁股幼儿在海边沙滩上奔跑的背影，天真纯洁，满怀童趣。她不禁笑道："好可爱呀！唔，不像是我们同学，没有那么俗。"

翻着图片看来看去，也没有签名什么的，看看花，也很一般，不是什么高档品。她奇怪地问她妈："我想不出是谁。他们都长得什么样？"

林主任回忆着："就学生样吧，穿着一般。两个人都一米七几吧。我一开门，他们就说，阿姨，这是送给杨小静的花，请收下，祝她节日快乐。我叫他们进来坐，他们不肯进来。我让他们给你留一张纸条什么的，他们也说不用。临走时还说，只要你高兴就行。"

杨小静越听越迷糊："这是谁呢？综大的学生，我认识的不少，可是都没有什么深交，我也没有告诉过别人咱们家的地址呀。"

林主任说："人家可以打听嘛。送花的那一个，脸比较圆，表情也比较正式。另一个像是陪他来的，脸长一点，一个劲地笑，临走时还捅他一下。"

杨小静还是想不出是谁来。也许是张前派来的？不像呀。她拿着花进自己屋去换衣服，一会又出来问："妈，咱家有花瓶吗？"

林主任连忙说："有呀，我去找。"她一面找，一面笑，显然，对这件事情很满意。

郑卫能让老七陪自己去给杨小静送花，是有交换条件的，那就是他也要陪老七去给刘娟送花。老七死追刘娟这么久，刘娟的态度却总是不明朗，老七也不敢公然以她的男朋友自居，所以给她送花只好找郑卫陪同。不知怎么回事，老七总觉得，只要郑卫在旁边，刘娟对自己就会好一些。当然，他可不觉得刘娟会喜欢郑卫这么一个不求上进、整天只知道玩的混混。可能是郑卫一胡闹，气氛就会轻松许多，刘娟也就不再那么严肃。刘娟不爱说话，老七一紧张就说不出话，而郑卫与月半见面就抬扛斗嘴，他们也就免除掉冷场的尴尬。

两个男生一起走进女生楼时，老七紧张得手都有点哆嗦。今天是情人节啊，刘娟收不收这束花，对他来说，意义可太不一样。越走近刘娟她们寝室门口，他的手就抖得越厉害。要不是有郑卫在旁边跟着，他很可能会掉头跑回去，压力实在太大了！他的心里其实很绝望，觉得刘娟不会收，肯定的！

果然，他们敲开门，老七把花递给刘娟，鼓足勇气说："送给你。祝节日快乐！"刘娟根本不接，相当冷淡地说："谢谢，不用了。"看样子，她早就猜到老七会来送花。老七一下子满脸涨得通红，原先想好的各种对策，全部忘光了，站在那里不知道该怎么办好。刘娟沉着脸看着旁边，不理睬他。

月半是过来人，赶快跳出来解围，冲老七叫道："哎，凭什么只送花给刘娟，不送花给我呀？"

一直在旁边笑嘻嘻地看热闹的郑卫，这时也赶快粉墨登场。他一把抓过花，放到她们的桌子上，嘴里说："好，就算送给你们全宿舍的。"又对老七说："叫你趁她们不在的时候来吧，你不听，看，碰壁了不是？"

老七抓住机会下台，反驳道："谁像你？送花跟做贼似的。"

女生们马上听出这里面有问题。月半当即大叫："郑卫，说，你给谁送花了？"刘娟也抬起头来看着他。

郑卫把手一抱，头一扬，一副大义凛然、视死如归的样子："不说。不告诉你。打死也不说。"

月半拿起一本书，朝他扔过去："你别跟我玩宁死不屈，看我怎样收拾你，说！"

郑卫忙把书接着，翻了翻说："你写的情书呀？这么厚？你可真有才啊！"

月半骂道："看你一个小屁孩，以为你只会玩呢，居然学会给女孩送花了。"

郑卫嬉皮笑脸地说："我脑子发育慢、身体发育快还不行吗？"

月半做呕吐状："去，你别恶心了！"

刘娟看他们两个人战成一团，郑卫死活不肯说，就转向老七命令道："你说。"

老七见刘娟居然对自己说话，好像接到圣旨一般，就差没有跪地磕头谢恩了，忙揭发道："是小报幕。"

郑卫指着老七愤怒地大叫："你这个叛徒、内奸、特务分子！"

月半同时指着郑卫愤怒地大叫："你这个坏家伙、狗东西、王八蛋！你为什么挖帅哥的墙脚？"

郑卫的愤怒是装的，其实他早就知道，老七见到刘娟恨不得句句掏心窝里的话，不可能为他保密。他也没有想对刘娟、月半她们隐瞒这件事，就这么几个朋友，又不是什么坏事，也不可能有戏，有什么好瞒的？

月半的愤怒是真的，她没有想到郑卫挺好一个人，居然干出这么缺德的事，竟敢去追小报幕，抢张前的心上人。

郑卫转过头来，对月半说："你也太抬举我了吧？我有那个本事吗？"

月半有点反应过来了，帅哥与小报幕吹掉在前，郑卫送花在后，不能算是挖墙脚，再说，小报幕有可能看得上郑卫吗？可是她不肯认输，又叫：

"那你送花干什么？"

郑卫自我解嘲说："我这不就是自作多情嘛！我们连她的面都没敢见，名也没敢留。"

月半听不懂："你们没见到她，怎么送花呀？"

老七缓过劲来，他本能地感觉到，越揭发郑卫，刘娟就会对自己越好。他抢着说："郑卫头天去打听好小报幕家的住址，今天趁小报幕上课时去她家，跟她妈说我们是小报幕的朋友，她妈就把花留下了。"

刘娟冷冷地看看郑卫，说："挺用心嘛。"

郑卫委屈道："我也没想干什么呀，闹着玩呗，让她猜去吧。"

月半随即嘲笑郑卫是抛媚眼给瞎子看，郑卫说冲着瞎子练习练习抛媚眼也没有什么危险。刘娟不理他们，找出一个水瓶，往里装些水，把花插进去。

老七在旁边看得心花怒放，脸上也漾起幸福的笑容。郑卫一看，知道给他放血的时候到了，对老七说："你不是说要请大家去看电影吗？"

老七怔了一下，顺水推舟说："要不，咱们去看电影吧？"刘娟不说话。

月半问："什么电影？"老七和郑卫都回答不上来。

郑卫说："到那里再看吧。"月半等着刘娟做决定。郑卫与老七看着刘娟，心里都说没戏。

谁知刘娟拿起衣服，说："太闷了，出去走走。"月半也回身穿衣服，嘴里说："有好电影就看电影，没好电影你们就得请我们吃冰淇淋。"郑卫马上接口道："买三个就行，你不用吃。"月半举手要打，说："你敢说我胖？"郑卫忙告饶说："你不胖，不胖，只是丰满……"月半一笑，刚把手缩回来，郑卫嘴里又蹦出两个字："过度。"说完回头就跑，月半跟着就追。

天色已黑，校园里很热闹，路边一对对情侣相依相偎，学生宿舍楼上传来各式各样的笑声和叫声。刘娟和月半手挽着手走在中间，老七在刘娟一侧忙着献殷勤，刘娟则面无表情地听着月半跟郑卫抬杠。

月半说："好吧，你就去追小报幕吧。"

郑卫笑说："你批准了？谢主隆恩！"

月半很自然地回道:"免礼平身。反正她也看不上大帅哥,与其跟什么小痞子,倒不如跟你算了。"

郑卫可没有那个信心:"她连大帅哥都看不上,能看得上我吗?"

月半给他打气道:"你不是综大的正规生吗?她看不上子弟班的,还看不上你?"

郑卫很有自知之明:"综大有你们这样的精英,也有我这样的混混。"

月半恨铁不成钢:"你不是脑子很好使、智商特高吗?为什么就不肯学习呢?"

郑卫苦笑道:"我有啥智商呀,那都是骗人的把戏。我是高考时学伤了,那么长时间没日没夜地学,一分钟没有玩过,太痛苦了。现在我得好好玩,把失去的时间补回来。"

月半不屑于郑卫的瞎混,就刺激他:"你这么混,毕得了业吗?"

这点自信郑卫倒是有:"没问题。你看我也没有几门课补考的,是吧?考试前突击一下,我就能低空掠过。这就是本事!"

月半恨道:"你总玩超低空飞行,不怕撞山呀你?"

郑卫很得意:"我技术高超,没事。"

月半继续逼他:"那你毕业后怎么办?"

郑卫无所谓:"回家呗,继续玩。"

月半嘲笑他说:"你倒是挺有雄心壮志嘛!"

郑卫毫不在乎:"活到老玩到老,干吗跟自己过不去?你就算当上教授、博导,整天累得半死,有什么意思?"

刘娟突然插话道:"别说了,烦!"

郑卫忙说:"好,好,不说了,煞风景。咱们来合唱一曲《春江花月夜》,如何?"

开始不觉得,碰到过几次后,杨小静发现,近来路遇郑卫的次数好像挺多的。他还是那个老样子,笑嘻嘻的,招招手或者敬个礼。杨小静有点怀疑,也许这是他故意来这儿转悠,以便见到自己。她倒没有觉得烦,因为郑卫似乎就是把她当作一个熟人，没有一点过分的表示，比如要跟她交朋友，要拉她去吃饭看电影什么的，甚至没有跟她说话的意思。碰到的次数多了，她就有些习惯了，有时候好几天没有看到他，还觉得有点怪怪的。

这天下午，她刚进校门，就看见郑卫一个人往外走，依旧一副嬉皮笑脸的样子，冲她挥挥手。她也笑着点点头，继续骑车奔教室。

在经过他身边的一瞬间，一个念头突然出现，对了，是他，应该是他，她一下子猜到是谁给自己送的花。情人节过去这么久了，她本以为会有随花而来的狂热追求，却并没有出现，送花的人，也再没有亮相。这使得她除了纳闷还是纳闷，甚至以为是谁送错了地方。可是她妈说过，人家明明白白说是送给杨小静的。问题是送了花却不展开进攻，那要不是脑子进了水，就真是钱多得没地方花了。她还是有点怀疑是张前派人送来的，可是看到他对自己那一副恨之入骨的样子，怎么都不像。现在她突然明白，只有一个人会做出这种让人难以理解的事，他就是这个喜欢自己却不敢来追的傻"政委"。

杨小静骑车来了一个一百八十度的大转弯，追上郑卫。郑卫刚才看到心上人，正在心潮起伏，激动不已，突然见到美女从天而降，杀奔回来，真是又惊又喜，手足无措。

杨小静直截了当地问："是不是你送的花？"

郑卫知道东窗事发，涨红着脸又点头又摇手地说："真的没有别的意思，就是……反正我也没有别人可以送。"

杨小静倒是很镇定："你们班不是有好些女生吗？"

郑卫满脸通红："太熟悉了，容易误会，我也没有那个意思。"

杨小静又问："那个白白的女孩不是很好吗？"

郑卫说："你说刘娟吧？人家成绩那么好，现在又当上班长，怎么可能搭理我？"

杨小静说："你们是一个班的，都差不多吧。"

郑卫摇手："差得远！他们是国家栋梁，我是混混。"

杨小静被他勾起心事,黯然神伤:"我们才是混混呢,混个文凭吧。"

郑卫连忙讨好道:"你们也是栋梁,出来大家都一样,都算综大的毕业生。"

杨小静所认识的综大学生,几乎都是一开口就吹自己,只不过有的人是直接吹,有的人拐弯抹角吹罢了。像郑卫这样真诚地自称是混混的,她还是第一次碰到。她最讨厌的,就是别人自夸学习多么多么好,成绩怎样怎样牛,郑卫的谦恭,让她大感舒服。当然,她并不真的认为郑卫就是一个混混,能考上综大的人,怎么也是千里挑一、万里挑一的人物,怎么混都比自己强得多。

关键是态度,态度好是最重要的。杨小静心里高兴,脸上并没有显出来,只是淡淡地说上一句:"以后不要偷偷摸摸的了,再见。"随即骑着车离去。

郑卫先是激动得发晕,后来想起小报幕说"以后不要偷偷摸摸的了",那不就是可以公开找她玩去吗?他高兴得手舞足蹈,在路上就扭将起来。太好啦,可以找小报幕玩了,真棒!他开始琢磨找她一起去干什么好,吃饭?跳舞?还是唱卡拉OK?

想了一阵,心情平静点,他的自信便开始退潮。他本来就不是那种自以为"可上山打虎,可下海擒龙"的人物,学习又不肯用功,别的也看不出有什么长处,像小报幕这种谁见到都会流口水的美女,怎么可能看得上自己?想来想去,还是算了,能认识就好,别自作多情,别白日做梦,希望越大,失望也就越大,得到的越多,失去就越痛苦。他以前也暗恋过几个女孩,结果都是以失败告终。当看到心仪的姑娘牵着别人的手欢快地跑远,他除了回家大被蒙头躺上一天之外,什么也不能说,什么也无法做。那种滋味,他想起来仍是痛苦。

当初他也不是不喜欢刘娟,可是他还没有来得及往围着她的密密麻麻的人丛中挤之前,就被她那出众的外表和极端的聪明以及不拘言笑的表情给吓了回来。还是做朋友好,自由自在,大大方方,轻松愉快,只要有所求,就会有压力,就会很紧张,就少掉很多乐趣。小报幕,算了吧,能做朋友就不错了。女朋友嘛，还是回家去找吧，乡下妞看着就踏实。

　　机会不久就来了。班上宣布组织春游爬山。有人问可不可以带男女朋友。刘娟犹豫一下，想着跟外面谈朋友的同学也没有几个，何必扫人家的兴，就说可以。大家一阵哄笑，都说便宜了那几个家伙。还有人提议带异性朋友来的同学，必须表演几个"三级"亲热动作，以证明他们真的是男女朋友。大家都起哄说："那是必须的！"

　　郑卫也跟着起哄，明知道月半的男朋友在外地，却对她说："月半小姐，你也把男朋友带来，给大伙秀一秀什么叫'爱情'，好不好？"

　　月半也不怯场，反击道："行呀，你给多少出场费？"

　　郑卫笑道："那要看你们给大家表演些什么了。"

　　月半做妩媚害羞状道："你过来，我悄悄告诉你。"

　　郑卫知道靠过去准没有好事，就拉旁边的老七，说："快去听呀，月半要告诉咱们她的表演计划。"

　　老七一心在刘娟身上，对他们两人的斗嘴没有兴趣，说："不就是拥抱呀、对嘴呀，有什么意思嘛！"

　　郑卫对月半叫道："哇，他居然对你的表演不感兴趣。"

　　月半回击道："他对你的表演最感兴趣。"

　　郑卫回说："我跟谁表演呢？要不我自己亲自己？"说着就把手举到嘴前做亲吻状，还发出几声怪响。

　　月半大笑道："那算啥意思？有本事你去把小报幕叫来呀，对，你去叫小报幕！"

　　郑卫心里"扑通"一下，心想这可真是一个好机会，表面上却做出一副无所谓的样子说："叫就叫，你以为我叫不来呀？"

　　老七在旁边一下子来劲了，推着他说："你叫呀，叫呀！你连人家的面都不敢见，还叫人家呢？吹牛也没有这么一个吹法。"他并不知道郑卫与小报幕相遇和小报幕叫他"不用再偷偷摸摸"之事。

　　郑卫也是一点把握都没有，嘴上却不肯服输，继续牛道："我才不叫呢。

我要叫的话,她肯定来。不过,她一来,不知道会便宜了哪个王八羔子!我才不会给别人做嫁衣呢!"

月半和老七都认为他纯属胡扯,一起对他表示鄙视。不过后来老七向刘娟汇报时,刘娟却说:"有可能。"

自从上次与郑卫在路上聊过几句之后,杨小静又碰到郑卫几次。他还是跟以前一样,笑着招手或者敬礼,只不过显得更熟悉更自然一些。杨小静本以为郑卫很快就会凑上来套近乎,却见他一如既往,还是老模样,心里多少有点失望。

这并不是说郑卫在她心中多么重要,可是在她看起来还可以的综大学生中,只有郑卫给她轻松放心的感觉。别的人要不就是追得太紧,要不就是吹得太凶,使她很有压迫感。尽管她很自信,肯定郑卫不可能不喜欢自己,可是他总是一副吊儿郎当、不紧不慢的样子,又使她怀疑他根本就没有那个意思,或者他在外地已经有女朋友了。不过,她并没有多想。她的事情很多,认识的人也很多,郑卫只是她生活中很小很小的一个点,他不行动,她也就把他忽略过去。

这天下午,她骑车刚进校门,就看见郑卫站在路旁,向她挥舞着一张卡片,招手示意请她下车。她一下车,郑卫就把卡片双手呈上,是一张请帖。他略带紧张地说:"我们班下周末去爬山,请你参加。"

杨小静看到郑卫终于开始行动,心里高兴,嘴里却说:"为什么叫我呀?我又不是你们班的。"

郑卫把准备好的理由往外掏:"你在我们班可有名啦,所有人都认识你。大家都想请你来帮我们撑门面、壮声威。"

杨小静知道自己是有些名气,可综大这么大,说学生们都认识自己,可能有点夸张,便笑着问:"都认识我,不会吧?再说你们班里组织活动,拉上我干什么?"

郑卫见她笑了,心情放松一点,笑着说:"可以带朋友的,我们宿舍没人可请,就请你啦。"

杨小静笑说:"人家说的是特殊朋友吧? 我跟你们都不怎么认识。"

郑卫摸着头笑着说:"没有说是特殊朋友呀。你是我们的偶像明星,也算一种特殊朋友吧,务请大驾光临!"

看杨小静拿着请帖犹豫不决的样子,郑卫赶快说:"集体活动啦。有谁敢想入非非,我就把他踹下山去。"

杨小静心想,你要是想入非非,谁把你踹下山去呀? 不过,毕竟是很多人一起活动,又不是单独跟他一个人出去,不算危险。她有点担心,自己去后郑卫可能会以她的男朋友自居,可是她确实很想与综大正规学生一起活动,看看这一群神仙到底是何等模样。她心里同意了,嘴上却说:"我也不知道到时候有没有事,下周再说吧。"

郑卫不放手:"那我怎么联系你呢?"

杨小静自然道:"给我打电话吧。"

郑卫追问道:"我不知道你家的电话号码呀。"

杨小静嘲弄他说:"连我住哪里你都打听得到,怎么会打听不到我家的电话号码呢?"她有点不满意郑卫一本正经的样子。

郑卫一下子闹了一个大红脸,不好意思地说:"上次太冒昧了,对不起,我可是真的没有什么恶意呀。要不,我再沿路打听去?"

杨小静看他窘迫的样子挺开心,笑着说:"不用了。"便把自己家的电话号码说给他。

郑卫高兴死了,嘴里一个劲地重复:"尽量来噢,尽量来噢,我们全班同学都盼望你来。"

杨小静骑车走时,嘴角带着微笑。年轻女孩不怕人追,就怕冷场。她这样的人物,当然有的是人追,可是全是一些自己看不入眼的人捧场,又有什么意思? 郑卫这样纯纯的综大学生,正合她的意。当然,现在她还谈不上有多么喜欢他。

杨小静没有回头,所以也没有看到郑卫在她后面兴奋得脸都有些扭曲变形。有戏呀,仙女要下凡了! 甭管以后她跟谁,今日潇洒走一回。她能来就是胜利!

班上统计人数时,郑卫报有两人。大家都奇怪,没有看到郑卫跟谁好呀,但也都知道,这小子鬼点子多,不知从哪里骗来一个,大概是亲戚、老乡之类。有浑小子叫唤:"只准带异性,不准带同性。"郑卫一副信心满怀的样子说:"绝对美女!"全班"哇"声一遍。

老七和月半更是惊讶不已,猛问:"你真请到了?"

郑卫一副牛皮轰轰的样子说:"我只要出马,她不能不来!"

月半半信半疑地说:"瞎吹吧你?"老七信得多一点,因为刘娟说有可能。一帮同学都在打听,谁呀,谁呀,老七和月半都不肯说,只说到时间看。结果全班同学心里都有了一丝莫名的期待和兴奋。

其实郑卫还没有得到小报幕的准信,可是班上已经要统计人数了,他只好先吹出去。要是最后小报幕不来,自己就丢人丢到姥姥家啦。不过,这对他来说,算不得什么,反正自己给全班当笑星也不是一回两回了。可要是小报幕真来了,自己那就牛大啦,让你们知道知道本大侠的厉害!

过了几天,郑卫给杨小静打去电话,她妈妈接的。他说:"请找杨小静。"她妈妈问:"你是哪位呀?"他说:"综大的,姓郑。"她妈妈停了一下,接着叫道:"小静,电话。综大的学生,姓郑。"

杨小静拿起电话,又询问一些活动细节,郑卫毕恭毕敬地一一回答,还做出一大堆各式各样的保证,意在打消她的顾虑。杨小静问是谁主持的这个活动,郑卫说是刘娟。

杨小静说:"就是那个挺漂亮的女孩子,是吧?怎么你们班选出一个小姑娘做班长呢?她是不是很凶?"

郑卫说:"没有,一点都不凶。当时争的人很多,都想当班长。其实很多人心术不正,争权夺利什么的。刘娟那时是学习委员,没想当班长,是我们一帮人硬把她选上去的。她学习好,人特别正直,没有任何歪门邪道。别人谁上去都有人不服,只有她上去没谁敢说什么,所以就她当啦。"

杨小静问:"她跟你关系很好吧?"

郑卫说:"挺好的。她跟我们宿舍的老七是半个老乡,老七追她很久了。我跟老七最好,所以跟她还有月半都不错。"

杨小静想起胖胖的月半，心里有了底，说："你明天再打过来吧。"

郑卫第二天又打电话过去，杨小静确定去。他吊起来的心，一下子放下来，高兴得不得了，可以说是心潮起伏，浮想联翩，食不甘味，夜不能寐。

全班集合好准备出发的时候，郑卫领着杨小静出现了。乱哄哄的人群突然安静下来，所有人都朝着他们两个人看。不知道是谁"嗷"地叫唤一声，结果几乎全班男生都"嗷嗷"地吼起来，跟一群狼似的。杨小静有点吃惊，不知是怎么回事，转头一看，郑卫一脸的得意非凡，才明白是那些饿狼因为看到自己而表现得兴奋过度。作为美貌女孩，她看惯了别人爱慕的眼神，可像今天这样的欢迎仪式，她还是第一次碰到，不禁又高兴又紧张。他们一走近，女生"哗啦"一下子上来围住杨小静，男生则一下子围住郑卫。

月半一把抓住杨小静的双手，笑得眼睛都快找不到了，一个劲地嚷嚷："你真的来啦？太好了，太好了！"她性格直爽，觉得既然杨小静看不上张前，与其便宜别人，不如跟着郑卫，再说有这样的美女到场，一路上一定有很多好戏可看，所以高兴得不行。别的女孩也是有的抓胳膊，有的搂肩膀，一个个亲热得很，因为她们都见过杨小静报幕，都认识她，觉得跟熟人似的。这个问："你报幕报得真好，很专业，学过吗？"那个说："下次有演出，你帮着搞几张票，行不行？"七嘴八舌，唧唧喳喳声一片。

那边郑卫则受到不同待遇，有的敲头，有的拍背，嘴里都是："真有你的！"有一个过来当胸一拳，叫道："说，怎么搞到手的？"还有一个一脚踹到他的屁股上，喊道："我最恨别人女朋友太漂亮！你还让不让我活啦？"郑卫本来笑嘻嘻的，一听大家都把杨小静认做自己的女朋友，吓得又作揖又鞠躬，嘴里压低声音说："哥们，哥们，小声点，别瞎说。我们真的只是普通朋友，她是被我硬拉来一起玩的。你们看我这样的，人家看得上吗？"众男生听到郑卫说杨小静不是他的女朋友，心理平衡许多。有几个小子发现自己原来还有机会，觉得郑卫真是办了一件大好事，心思当即转到那一边去了。

杨小静还在女生们的包围圈中。一个女孩摸摸她衣服的料子说："这衣服真好。多少钱呀？"因为是要跟综大的正规学生一起出去春游，而一般学生都没有什么钱，穿着普通，所以杨小静也特意找来一身牛仔服穿上，以示跟大家一样，可是她的牛仔服是名牌货，还是引来别人询问。她不好说价格，只说是亲戚买的，自己也不知道。又有一个女生伸手摸摸她的脸蛋，说："你皮肤更好，都用什么护肤品？"杨小静讲解说："化学的东西尽量少用，尽可能用纯自然的。我现在一般什么都不用，冬天抹一点甘油就行了。当然，上台的时候必须化妆，挺伤皮肤的。"还有人摸上她的头发，说她发质好，发型也好看。

旁边一群男生看不下去了。一个小子喊："你们这是干什么？强抢民女呀？"另一个叫道："这怎么比男的还色！"众女生这才发觉她们的确有点过分，放开杨小静。月半冲出来叫道："你们没资格碰，吃醋了是不是？"男生女生一起哄笑。

虽说杨小静见过不少综大的学生，可与综大一个班的牛人一起参加正式活动，这还是第一次，心里不免有点忐忑不安。现在看到同学们一点不见外，都对她挺好，心里非常高兴，觉得自己这次算是来对了。后来她才想明白，其实这些学生更看重的是她的靓丽和名气，对她是不是子弟班的、学习是好是坏倒并不在乎。

只有一个女生对杨小静不屑一顾，严肃的脸上似乎还有些许敌意，她就是刘娟。杨小静知道漂亮女孩之间很难成为朋友，心里明白刘娟有可能是心怀妒意，而她可一点不想成为刘娟的敌人。她只用一句话就化敌为友了。

上车的时候，她走过刘娟时，停下来情真意切地说："娟姐，我真的很崇拜你！你看你这么聪明，学习总是第一；又这么能干，当上班长；还这么漂亮，谁都比不上。你为什么这么完美呢？"刘娟本来觉得这个花瓶跑来扰乱了军心，现在却觉得她其实只是一个挺纯的小女孩，又被她夸得有点不好意思，笑一下说："哪里呀？欢迎。"

月半跑过来拉杨小静走，嘴里说："你怎么见领导这么会说话呀？来，给姐也说几句好听的。"

杨小静说:"月半姐,我知道你也聪明得不得了。我要是有你一半聪明,我妈我爸都得高兴死了。"

月半倚老卖老地说:"傻丫头,长得漂亮比脑袋聪明重要得多。你看这帮秃小子,全冲你流口水,没我什么事。"

杨小静说:"我也一般。再说谁以后老了还漂亮呀?脑袋好使可以用一辈子的。"月半也被她的迷魂汤灌得全身舒坦。不过杨小静倒不仅仅是嘴甜,她是真心崇拜这些全国顶尖的大学生。人都是缺什么想什么,别人羡慕她的美貌,她却羡慕别人的聪明。

杨小静一路上大多数时间与郑卫、老七、月半和刘娟在一起。她比大家都小一点,所以见女生就叫姐,见男生却不肯叫哥。老七、郑卫逗她玩,让她叫哥,不然就告诉她妈妈,说她不懂礼貌。

杨小静很懂得怎么反击,说:"娟姐也比你们小吧?你们怎么不让她叫哥?"老七看了一眼刘娟严肃的脸,不敢吱声了。

月半插进来说:"别理他们!姐姐妹妹没有关系,哥哥妹妹那就有问题啦。"这下子郑卫也不敢再提此事。

月半悄悄问杨小静的生日,杨小静悄悄告诉她。两个女孩又咬着耳朵议论一番这个班上的男生女生,杨小静算是对这些爬山同伴有了大致的了解。

上山的时候,几个人时聚时散。有几个男生趁机献殷勤,要帮杨小静背包,都被她婉言谢绝。老七要帮刘娟背东西,刘娟也摇头不肯,指了指月半,老七只好问月半要包。月半身体重,爬山非其所长,能去掉一些包袱,当然舒服得多,就把包让给老七背。

郑卫看杨小静气喘吁吁的样子,就说:"要不我也帮你背一会包吧?"

杨小静因为刚才拒绝过别人,不好再让郑卫背,就说:"不用了。"

郑卫说:"那我帮你背水吧。"那是她包里最重的东西。杨小静其实挺累,就点点头。郑卫把她的水瓶拿出来,又去问刘娟要水瓶,这次刘娟也没有拒绝。郑卫细心地在水瓶上做好记号,以免回头拿错,这才放到自己包里,帮她们往山上背。

两个女孩顿时觉得轻松不少,又见郑卫做事有条不紊,都觉得这小子还真是不一般。只有老七哭丧着脸,情人需要帮助,帮她的却不是自己。他倒是背得不少,却没有一件刘娟的东西,前两天刘娟对自己还不错,怎么一出来就又不行了呢?

到达山顶,郑卫把水瓶还给两个姑娘,全班同学一边休息,一边吃东西喝水。随后是自由活动时间,大家随意照相看风景。想跟刘娟、杨小静一起照相的男生很多,刘娟是不肯照,杨小静是可以照,但必须大家一起照,不能两两单独照。一阵混乱后,几个蠢蠢欲动的男生围住杨小静,想方设法地套近乎、博好感。郑卫则跟着几个傻小子在远处的山坡上玩什么"飞花弹叶"的武功。老七仍然一步不落地跟着刘娟。月半想给他们一些空间,就自己走开了。

月半转悠一会,看到一群好色之徒围住杨小静,男主角郑卫却找不到人影。她搜索一番,终于发现郑卫他们练功的地方,几个傻小子正在比试看谁能把树叶弹得最远。弹来弹去,最多也就三四米,还是在下坡。

郑卫嘴里念念有词,说什么:"只要内力足够,任何东西弹出去都可以伤人。你看那空间垃圾,每秒七八公里的飞行速度,卫星只要碰到一颗螺丝都得完蛋。"

月半上去拉过他说:"你的女朋友都快被别人抢走了,你就别练什么内力啦!"

郑卫咬文嚼字道:"她要是我的女朋友,别人也抢不走。她要不是我的女朋友,别人抢走了又跟我有什么关系呢?"

月半吼道:"你看谁的武打小说看多了?你不去追,人家会跟你?你以为你是谁呀?"

郑卫伸脖子往那边看了看,说:"我没戏,他们也没戏。"

月半看着这个扶不起来的阿斗实在生气,嘟嘟囔囔地走开了。

郑卫当然喜欢杨小静,而且喜欢得要命,不然他又给她送花又邀她春游,费那么大的劲干什么?可是他对自己实在没有信心,怎么想都觉得这个大美人不可能看得上自己。她肯来春游,就已经给自己天大的面子,他又怎敢奢望太多?现在杨小静反正不缺人陪,他也就不用跑去惹她讨厌了。

杨小静看过一遍这个班的男生,没有发现像张前那样的帅哥,围着他的人,不是跟郑卫差不多,就是还不如郑卫,而且他们还没有郑卫那样的淡定,说不了几句,就想办法吹捧自己,目的十分明确。已经有人问她要电话号码了,她推说她妈不准别人给她家打电话。

正好看到月半朝这边走来,杨小静趁机突围,对月半喊:"月半姐,你去哪里?"

月半说:"我到那边看一看风景。"

杨小静赶快说:"我也去。"向那些男生挥挥手,便款款走开。有人想跟着,可是看到她们两个人没有带他们的意思,跟踪几步只好讪讪停下。

月半走开稍远,便对杨小静说:"这些人真是的,郑卫带你来的,他们凭什么围着你转呀?"

杨小静微笑道:"没有啦,也就是大家一起聊聊天。"

月半不屑地扫了一眼她那些既丑又矬的同学,奇怪地问:"你跟张前,帅哥美女,多般配呀!怎么就吹了呢?"

杨小静被她揭开伤疤,又觉得她的意思是说,你们两个人都是花瓶,正好配成一对,一时百感交集,说不出话来。停了一下,杨小静才慢慢地回答:"父母不同意呗。"

月半知道自己不该提起这件事,赶紧拉起杨小静的手说:"对不起,我不该提这些。过去的就让它过去吧,不想它。你看我,好容易出来玩一次,高高兴兴的,又扯这个干什么?姐是直性子,你别跟姐计较。"

杨小静勉强笑了一下,说:"没事的,反正都过去了。"

两个人沉默一会,都不知道应该聊点什么好。杨小静想起那个邀自己来的人，便问："郑卫呢？怎么一直没有见到？"

月半说起就来气："在那边练什么'飞叶伤人'武功呢！都多大的人了，也不知道干点正经事！他把你请来就不管了，哪有这样招待女孩的？走，咱们找他算账去！"她对郑卫的武功招式实在搞不清楚，结果把"飞花弹叶"说成了"飞叶伤人"。

她们找到郑卫时，他已经改变项目了。大概是武功太低，"飞花弹叶"练不出来，现在他正趴在地上撅着屁股跟人下五子棋哩。他们在石头上画出一个棋盘，一个人用石子，另一个人用树枝，就战斗起来。

月半上去照他屁股就是一脚，骂道："有你这么待客的吗？把人家小报幕请来就不管了？"

郑卫跳起来，嘴里叫道："大胆妖女，竟敢踢本大侠的屁股！"

月半斥道："你叫谁妖女呢？看我不踢死你！小报幕，来，咱们一起踢他。"

郑卫学着武林人士的口气说："你们想倚多为胜吗？本来我也不怕你们，不过看在这位远来的侠女的面上，在下就不跟你们计较了。"

月半对杨小静说："你看，他把你叫侠女，把我叫妖女，典型的重色轻友，是不是？"

杨小静可不愿聊这种话题，对郑卫说："我们想到那边转转，你能不能帮我们背点东西？"

能为美女服务，郑卫巴拉不得。他一边对杨小静道歉说："对不起，我看到很多人围着你，我也挤不进去，就自己玩来了。"一边把她们的背包都拿过来背上。一转头，又对跟他下棋的对手说："我再有两步就五子连星了，你又输啦。"

那小子也不是善茬，说："你走了，就等于自动弃权，是我赢了。"

郑卫立即对两位女生说："等我一分钟。这小子想要赖，看我怎么收拾他！"

月半眼睛一瞪，大喊一声："走！"

郑卫只好放弃，边走还边回头喊："都赢你四五回了，你还敢不服？行，我就让你一回,让你也淋浴一点春光。"

杨小静在旁边直笑,觉得郑卫还真是蛮可爱的。她见多了死缠烂打的男生,像郑卫这样对自己很好,又不过分纠缠的,她感觉更轻松也更舒服。

他们在山上四处随意闲逛,欣赏着春季的风光,大家说说笑笑,心情都挺好。月半余怒未消,还在数落郑卫:"你这个人就是没心没肺,一点也不会照顾别人,哪有你这样把女孩子请来就不管了的?"

郑卫回击道:"需要我时,我就出现,不需要我时,我就消失,我这叫多心多肺。"

月半怒道:"是呀,你除了人心、人肺,还有狼心、狗肺。"

郑卫也不生气,笑说:"我这人最温柔善良啦,怎么到你这里就变成狼心狗肺了呢?"

月半恨道:"你要是温柔善良,怎么处处跟我作对?"

郑卫来了一段伟人语录:"哪里有压迫,哪里就有反抗。"

月半颇感意外地问:"噫,你在哪里学的?好像都几十年了吧?"

郑卫笑嘻嘻地说:"这是我爸天天对我妈说的话。"两个女孩乐得弯腰大笑,知道肯定是他妈在家总欺负他爸。月半不再生气了,杨小静则觉得郑卫还真是一个温柔善良的人。

转悠一会,又碰到刘娟和老七,于是五个人合兵一处。刘娟因为爬山,脸蛋白里透红,相当娇艳。杨小静羡慕道:"娟姐,你的气色真好!"刘娟笑笑没说什么。郑卫看杨小静的脸色也好得很,心里爱慕得不得了。

老七看见郑卫背着三个包,把自己的和刘娟的也给他套上,笑说:"你这个苦力大大的,多背两个包应该的。"郑卫也不推辞,说:"饭都吃完了,水也喝差不多了,就剩几个空包,我怕啥?"月半大讲郑卫的劣行,说就他这样的,还自封为大侠,也不撒泡尿照照自己,还把他爸天天对他妈背语录的事也讲述一遍。三个女孩笑成一团,郑卫也跟着傻笑。老七却在后悔,怎么把刘娟的包也给郑卫啦?这小子便宜占大了!

下山时，他们大多数时间仍在一起。有男生找机会把杨小静叫开说一点什么事，一会儿她便自动回到郑卫身旁。杨小静嘴甜，会说话，没有得罪任何人，而她一直不离郑卫左右，又使得郑卫心里别提多么得意。杨小静在郑卫身边时，有一种很放心的感觉，就像对方是好朋友、大哥哥一样，也就是爬上几个小时的山，就觉得很熟悉很信任了。

回到学校后，全班解散，郑卫当仁不让地送杨小静回家。迎着夕阳，美女在旁，郑卫幸福得都快飘飘欲仙了。

杨小静说："今天玩得挺高兴，谢谢你。"

郑卫忙说："其实是我该谢谢你。"

杨小静笑道："你为什么要谢我呢？"

郑卫说："你肯赏光，给了我天大的面子。我们班同学都没有想到我能请动你。这下子我可是牛大了！"

杨小静笑道："我算什么呀？你怎么把我说得跟电影明星似的？"

郑卫说："你不是明星，胜似明星。那些什么明星，都是文盲加流氓，哪能跟你这样的清纯美女大学生比？"

杨小静笑道："你怎么尽拣好听的说呀？"

郑卫说："我说的是真心话。下次要是再有活动，我们还请你，好不好？其实……我们也不敢有什么幻想，也就是想保养一下眼睛。"

杨小静知道自己漂亮，可是别人夸她美貌，她还是很高兴。她笑说："刘娟也很漂亮呀。"

郑卫摇头："人家是班长，学习尖子，什么时候正眼看过我们？你看我们同学，都来找你说话，没有几个人敢找她聊天的，是不是？"

杨小静叹一口气，说："我傻傻的，你们不在乎呗。人家刘娟方方面面都很优秀，你们觉得比不上，对不对？你觉得老七能追得上她吗？"

郑卫想一想，说："难说。很多人都去追过，都没戏，老七是最能磨的。他们是老乡，有先天优势吧。"

杨小静随便问："那你去追过吗？"

郑卫叫起来："谁？刘娟？我哪敢呀？她可能最瞧不起的就是我了！我

可是最有自知之明的。"

杨小静不懂:"她为什么瞧不起你呀?"

郑卫回答说:"她是尖子,我是混混,两个极端嘛。"

杨小静就喜欢郑卫的谦虚平淡,笑道:"都是一个班上的,差多远呀?"

郑卫说:"差的也蛮远的。不过,也无所谓了,最后还不是都一样毕业?所以我是抓紧时间猛玩,学习嘛,六十分万岁。"

杨小静说:"那你都玩些什么?"

郑卫说:"什么都玩,打牌,打游戏,跳舞,踢足球,打网球……"

杨小静惊奇道:"你还会打网球?"

郑卫说:"还行吧。"

杨小静本来想跟郑卫学一学,可又不想一下子靠郑卫太近,就没有说出来。她虽说对郑卫颇有好感,可要说喜欢得不行,还谈不上。看到离家不远,她对郑卫说:"我快到家了,你回去吧。谢谢你送我这么远。"

郑卫摇摇手说:"不用,不用。"脸上恋恋不舍的表情,又使她感到相当温馨。

月半又一次碰到张前,已经是两个月之后。这次张前刮掉胡子,做好发型,打扮得很精神,跟上次像是完全变了一个人。

月半奇怪地问:"张前,你怎么越长越帅了?还得意洋洋的。怎么回事?"

张前笑笑说:"还不是一样?有什么可得意的?"

月半猜测道:"是不是又找到一个女朋友?你当然不缺女孩追啦!是不是特漂亮?"

张前忍不住得意:"一般吧。"

月半哈哈大笑,眼睛又快找不到了:"我一猜一个准。你做啥事都瞒不过你姐!"其实她跟张前没有见过几次面,她说得倒像是多年的老朋友似的。她喜欢张前的帅气礼貌,见到他就觉得很亲近。张前也蛮喜欢她大大咧咧喜气洋洋的性格,觉得人家一点没有瞧不起自己这个子弟班的学生,所以跟她也不见外。

月半一伸手，说:"拿来，你女朋友的照片，给姐看一看。"

张前双手一摊，说:"没有。"

月半叫道:"不可能！赶快拿出来！要不然我可要搜身了噢！"

张前笑道:"光天化日之下，你在校园里都敢抢劫？还是女的抢男的！"

月半做出一个抢劫的样子，笑道:"谁叫你长得帅来着？你拿不拿出来？我要动手啦！"

张前没有办法，只好从怀里拿出钱包，从中抽出一张照片，递给她。月半一看，叫起来:"真漂亮呀！比小报幕还好看呢！跟电影演员似的！"

张前笑说:"其实她本人比照片要好看些。"

月半追问道:"真的呀？真有你的！干什么的？怎么搞到手的？快说！"

张前说:"中学同学。现在在读护校。"

月半问:"护校？不错，以后不愁找工作，到处都缺护士。那你怎么把她追到手的？天天去找人家？"

张前解释说:"正好相反，她听说我这边……不是那个什么了嘛，就天天跑来安慰我。本来我觉得她像是社会上的人，太花哨，可是人家对我真的挺好的，再说我也不怎么样，就同意了。"张前的语调里，有得意也有心酸，可以说是五味杂陈。

月半却没有注意到这些，只是不住地羡慕:"人长得帅就是好呀，漂亮姑娘自动投怀送抱。你可要对人家好一点噢，别变成花花公子啦！"

张前哭笑不得地说:"你看我像吗？"

月半笑道:"反正你有这个能力。"

张前是既高兴又难受，有这个能力，还不是被别人蹬掉吗？可是这个刚走，那个马上就找上门来，也不能说太惨。

月半找到郑卫，一个劲嚷嚷:"快追小报幕！快追小报幕！张前有新女朋友了，可漂亮啦！"

郑卫"啊"一声，惊讶道:"这才几天呀？他倒是够快的。"

月半跺脚说:"是那个女孩狂追他，人家长得帅嘛！哎呀，我男朋友要有他的十分之一帅，就高兴死我了！"

郑卫嘲笑她："看你那副色迷迷的样子！我还以为色狼专指男的呢，原来也包括女生。"

月半不在乎："怎么啦？赏心悦目有什么不好？凭什么你们男的都要找漂亮的，我们女的就不行？你快去找小报幕吧。你再不快点，小心她跟别人跑了。"

郑卫吓一大跳："她……她跟谁好了？"

月半不耐烦地一甩手："我是说追她的人多着呢！你不抓紧，就有可能被别人追走。"

郑卫放下心来，奇怪道："你以前怎么没催我。张前这一……"

月半说："嗨，以前我还以为他们俩会破镜重圆呢。你看，他们俩多般配呀，帅哥靓……"

郑卫不爱听这些，打断她说："哎哎，我怎么就比不上张前？为什么我跟小报幕就不般配呢？"

这下子轮到月半嘲笑他了："你看你，要长相没有人家的长相，要个头没有人家的个头，家还不是北京的。你说说看，你有什么出众的地方吧？"这话可一下子戳到郑卫的痛处，还好月半嘴下留情，没有提他学习不行，整天瞎混。

郑卫垂头丧气地说："明知道没戏，那你还叫我去追她干什么？这不是自找没趣吗？"

月半不再拿他开心，安慰他说："你虽然不比别人强，也不比别人差呀。同等条件下，谁追得最早，追得最紧，谁就最有希望。姐那会不是年轻嘛，我男朋友又死缠烂打，才被他骗了，要是现在呀，他根本没戏。姐这不是向着你，叫你赶快去追嘛。"

郑卫听她说得有道理，眉开眼笑地说："好，好，我就去试试。谢谢妹子！"

没过两天，系里举办舞会，月半推着郑卫说："快去，快去！"一帮雄性色狼也变着花样地要他去请小报幕。有的是假装正经："可以带舞伴的，要是那个女孩愿意来，你就带她来吧。"有的是激将法："上次不知你是怎么把人家骗来的，有本事你再去请一回呀！"外班有人更是直言不讳："哎，哥们，听说上次你们班春游，你把子弟班的那个报幕员请来了，是不是？这次也一定要请来啊，让我们也见识一下美女的风采！"

郑卫知道这帮家伙都想一近美女芳泽，说不定还有人打算借机挖自己的墙脚，可是他实在没有勇气请小报幕单独外出，参加集体活动怎么说都是一个很好的借口，而且上次她跟着全班一起春游过，也算挺熟了。至于那些想打歪主意的，他并不是很担心，本来小报幕就是他请来给自己做舞伴的，谅那些家伙不敢太过分。另外还有月半帮自己守着呢，自己只要尽量多请，少给别人机会就行。再说，自己的跳舞水平在班上可算是数一数二，在系里也排得上号，这点自信还是有的。

郑卫鼓起勇气给杨小静打电话，打去好几次才找到她。杨小静这些天正难受着哩，原因也是知道张前又找到一个女朋友，而且非常漂亮。本来是她不要张前的，张前现在跟她一点关系也没有，两人见面都不说话。人家现在另谈女朋友，按说不关杨小静什么事，可是她还是大受打击，难受得不得了，倒好像是张前甩掉她去找别人了似的。她觉得要找，也应该是自己先找，就算张前先找，也不能找一个长相能赶得上自己的。她想张前这么快又找到一个，还特别漂亮，就是为了给她看，是报复自己。她表面上做出一副不屑一顾的样子，实际上心里还是翻江倒海，痛苦不已。

接到郑卫的电话时，杨小静正是情绪最低落的时刻，而且又正好来例假，所以她想都没想就一口回绝掉："我这两天身体不舒服，作业也挺多的，就不去了吧。"郑卫可算知趣，没有硬拉她，只说请她多保重，便挂掉电话。

其实一放下电话，杨小静就有点后悔，觉得与其闷在家里，心里堵得慌，还不如出去透透气，也可以验证一下自己在综大学生中受欢迎的程度。如果郑卫多劝她一阵，或者再打一个电话过来，她也就答应了。可是郑卫没有，她说不去，郑卫就不再请。杨小静发现郑卫原来是一个胆小鬼，虽然喜欢自己，可是稍遇挫折，就往回缩，一点不敢硬追，更没有一些牛皮轰轰的家伙那种势在必得的狠劲。本来这是她欣赏郑卫的地方，可是碰到具体事情，她又觉得郑卫要是能更积极主动一点就好了。

　　上次能够请到小报幕一起出去春游，可把郑卫激动坏了，再加上一些人有意无意地把她说成是自己的女朋友，也让郑卫野心大增，觉得自己还是有点戏的，至少赶在别人的前头。可是这次去一请，才发现根本不是那么回事，人家一句话，就把他给顶了回来。郑卫的情绪一下子落到冰点，刚升起来的那点自信，又被丢到美国去啦。好在郑卫也习惯了，难过两天，就缓过劲来，又是一副"我是混混，我不在乎"的模样。有些家伙跑来打听他是否要请小报幕来，他还做出一副牛牛的样子说："懒得请她！"或者："不想便宜了你们这群狼！"其实别人每问一次，他的心就多流一次血，刚刚升起一点希望，马上就是更大的失望，谁碰到都是痛苦。

　　其实最能看穿郑卫的，还是刘娟。她看到郑卫在舞会上虽说摆出一副一切正常的样子，可是跳舞跳得少，而且时不时坐在那里发怔。刘娟本人可是热得烫手，尽管她那严肃的表情举系皆知，来请她跳舞的人还是排起长龙。老七在旁边左拦右挡，还是堵不住冲向她的滚滚洪流。他又不敢以刘娟的正版男友自居，把住刘娟不准别人靠近。刘娟是一曲不落地跳，直到大汗淋漓。她看到郑卫失魂落魄的模样和老七哭兮兮的表情，心中有些不忍，就找机会走过去对老七说："太热了。叫上月半、郑卫，出去走走。"老七看到刘娟当众主动要自己一起出去，一下子又幸福得眼泪都快落下来。他知道郑卫和月半都是障眼石，自己才是主角，于是得意洋洋地向他们两个人招招手，四个人一起走出舞场。

　　还没有出楼门，郑卫便开始装酷，对刘娟说："班长小姐，您可累坏了吧？"

　　刘娟不理他，板着脸问道："没请到？"

　　郑卫只好说："人家不来。"

　　月半在旁边叫道："你不是说你'懒得请'吗？"

　　郑卫强词夺理："她不来，我就懒得请她呗。"

　　老七糗他说："逻辑不通！请不来就是请不来嘛，什么叫做懒得请？"

　　刘娟用手扇着风说："看看我，她不来也好。"

郑卫忙说:"她哪能跟你比呀?差得远了去啦!"

刘娟说:"她会来事。"

老七加注解道:"刘娟号称雪美人,对人比较冷,这帮家伙还发疯似的邀她跳舞。小报幕对他们笑一笑,那还说不定有多少人来狠追哩。"

月半紧接着说:"就是嘛!你一定要搞定以后才能带她出来,别成为运输大队长了。"

郑卫很感激几个好朋友的劝慰,失落的心,又找回半个。

他笑说:"她要是来了,刘娟的压力会小一点。"

刘娟突然说:"我以后不跳舞了。"

老七紧张,郑卫奇怪,一起问:"为什么?"

刘娟板着脸,不吱声。

直到他们回去继续跳舞,郑卫带月半时,月半才悄悄告诉他:"刘娟开始猛学英语,准备考托考寄要出国啦。"

郑卫一算,是到了应该准备的时间,也就没有觉得奇怪。他问月半:"那你呢?"

月半摇摇头说:"你看我那位,能出国吗?去餐馆给人家洗一辈子碗吗?"

她反问郑卫:"你想出国吗?"

郑卫哈哈大笑不止,边笑边说:"我出什么国呀?我是爱祖国爱家乡,就准备回家跟我妈过一辈子。"然后还高唱一嗓子:"我们爱祖国噢,我们爱家乡。"

月半叫道:"好!咱们就来一个《五星红旗迎风飘扬》!"两人在舞场当中,一边高声歌唱,一边走正步,一副雄赳赳气昂昂义无反顾的样子。

老七正带着刘娟跳舞,看到他们俩这副怪样,对刘娟说:"这两个人又在搞什么笑?"刘娟看了一眼,笑了一下,那一瞬间,她的脸上尽是妩媚。

杨小静今年的生日不是在周末,所以她跟她的几个闺蜜、发小提前几天凑齐就去庆祝。几个人一起到饭店大撮一顿,还喝了一点酒,然后又到歌厅去唱歌,玩得很尽兴。她回家时将近午夜,把她妈急得在楼下转悠了无数圈。

尽管知道女儿是和同学、朋友一起出去开生日聚会，女儿回来一晚，林主任还是忍不住紧张。女儿大了，又长得如花似玉，不看紧点，出了事可不得了。其实作为高级知识分子之家，他们从小就给予女儿很好的家教，从不允许她与外面的胡同串子和街头混混有任何接触，她也相信女儿会自重自爱，不会干出什么出格的事来。可是他们刚刚强行中断女儿的初恋，她这个做妈的，多少都有点担心女儿会想不开，自暴自弃。直到看到女儿高高兴兴地回家，她的一颗心才落了地。

不过，林主任还是在想，女儿已经二十岁了，也应该注意着找一个合适的男朋友。她留意过杨教授的几个研究生，不是农村的，就是形象太差，或者已经有女朋友。这年头，好小伙子真少呀！前一阵有两个综大的学生跑来送花，她看着挺满意的，后来他们还邀小静去春游来着。不知为什么最近再没有消息，她又不好直接问女儿。孩子小时候受累，孩子长大后又操心，做父母的，什么时候是头呀？

等到杨小静真正过生日的那一天，她下课回家时，已经比较晚了。林主任特意做好一桌菜，里面有好几个是女儿最爱吃的。杨教授也打开一瓶美国红酒，是同事从美国回来送给他的。他要跟女儿干一杯，祝她二十岁生日快乐。杨小静礼数周到地谢谢妈妈爸爸，还喝下一点酒，为她爸助兴。席间她爸边品酒边感叹，说这辈子最大的遗憾，就是没能去美国进修，要不然这洋酒可有得喝。她妈打岔说，洋酒有啥好喝的，酸酸的，还不如喝点咱们中国的甜葡萄酒。她爸笑话她妈没有见过大世面，说真正好喝的还是白酒，不过好的红酒也是很有风味的。杨小静对酒一点兴趣都没有，觉得还不如喝点可乐、七喜什么的，不过她并没有说出来。

杨小静表面上跟爸妈一起说说笑笑、吃吃喝喝，心里其实快快不乐。二十岁生日，算是一个大日子，没有什么朋友来祝贺，还得跟老爸老妈一起过，自然高兴不起来。虽说前两天已经热闹过了，可是那不是正日子。再说没有男朋友来祝贺，总觉得差了点什么。要是自己还跟张前好，他们两人现在肯定在哪个地方浪漫哩。要是跟郑卫说一声，他也肯定会叫上老七、月半、刘娟他们一帮人，到哪个饭店闹腾一番。现在可好，冷冷清清一家人，好像自己没人要、没人理、嫁不出去似的。唉，平时忙忙碌碌的，没有什么感觉，逢年过节到生日，有没有男朋友就是不一样啊！

吃完饭，她妈端出蛋糕，杨小静和她爸都摇手。杨小静是怕胖，也没有胃口，就说太饱，一会再吃。她爸血脂、血糖、血压都偏高，不敢吃。林主任只好说："那就一会再吃吧，意思到了就行啦。"杨小静心想，反正就是那么个意思，走走过场，心里更觉得没有意思了。

杨小静回到自己的闺房，歪在床上随便找一本书翻翻，也不想复习功课做作业。没过一会，楼下突然传来"嗵"的一声巨响，接着窗前升起一朵焰火，然后又有"穿天猴"发射和其他焰火爆炸。

林主任开始不满地唠叨："都多晚了，又不逢年过节的，放什么焰火呀？这是谁家的孩子？"

杨小静却马上意识到，这可能与自己有关，穿上拖鞋就往阳台上跑。她刚打开阳台门，还没有来得及往下看，就听到一个高八度的男声大喊："杨小静！"然后是一群男女合声尖叫："我想你！"接着又换了一个人叫："杨小静！"然后又是合喊："我想你！"不停地重复："杨小静！""我想你！"每次换一个人喊："杨小静！"然后再众人齐叫："我想你！"有的小子故意带点口音，有的用方言，有的干脆用英语，男声中还夹着女声，这个热闹哟！

杨小静从阳台上往下一看，只见楼下站着七八个综大的学生，都是郑卫他们班的，有两个人提着灯笼，一个人端着蛋糕，郑卫手上拿着一筒不知道什么东西，老七则拿着一些烟花。来的都是男生，只有月半一个女生，只见她满脸堆笑，高举起双手向她致意。其他男生见她出来，也是一边向她挥手，一边继续大喊大叫。杨小静也向他们招手，因为实在没有想到，一下子心情非常激动，眼睛都有点湿润。她妈她爸也到阳台上来了，林主任一眼就认出那两个送花的男孩，对杨教授说："综大的学生，小静的朋友。"接着对杨小静说："小静啊，快请他们上楼。"

杨小静向郑卫他们招手，请他们到家里来，回身准备去开门欢迎，突然想起自己穿着太随便，赶快叫她妈去迎接，自己紧急回屋换衣服。林主任下楼,刚走到门洞口,学生们已经陆续进楼,见到她都叫一声:"阿姨好!"林主任也笑容满面地回道:"你们好!你好!"他们快到杨小静家门口时,杨小静也换好衣服出来迎接了。月半上去一把抱住她,笑说:"漂亮妹子哎,姐可想你啦!"老七在旁边嚷嚷:"这年头怎么时兴同性相吸了?"月半转身叫道:"去你的!我一会还要去抱刘娟呢!"

杨小静看大多数都是男孩,只有月半一个女生,就问她:"月半姐,你怎么也来了?"

月半笑说:"他们非叫我来,说这样才能证明他们是大爱,不是自私的爱。还说我要是不来,你妈就会把垃圾桶往他们身上扔。"

林主任笑道:"不会的,不会的。这些孩子!"

杨小静又问:"你们怎么没上楼,在楼下就叫起来?"

月半说:"郑卫的主意呗,学那个什么电影。他们一听这么疯,都高兴得不行!这帮臭小子可喜欢这些了!"

杨小静又问:"那怎么还换着人喊呀?"

月半说:"开始说一个人叫你的名字,其他人一起喊'我想你'。可是谁都想领叫,只好一人一句。结果谁先叫又扯不清,只好抓阄。"

她一指那个跟郑卫下棋的小子说:"他抓到最后一名,就说必须每人喊一次,不然他就吃亏了,所以你走了,我们还在叫。"

那小子一副正儿八经的样子说:"俺是真心想念,不求回报。"

月半斥道:"想什么呢你?让你上来坐一坐就不错了,你还敢想回报?"

杨小静和她妈都笑。杨小静没有问是谁带大伙来的,因为她太知道是谁了。

杨小静家的客厅不算大,一下子多出七八个人,就挤得满满的,只听这个说:"快关灯。"那个喊:"先点蜡烛。"还有的叫:"火呢?火在谁那儿?"剩下的有的看着杨小静傻笑,有的叫:"皮沙发真舒服!"有的问:"电视能看多少台,能不能看球赛?"七嘴八舌的,热闹非凡。

一阵乱后,林主任把自家的蛋糕也端了出来,每个上面插一根蜡烛,都点上火，然后关掉灯，大家在烛光下开唱："祝你生日快乐，祝你生日快乐，祝你生日快乐，祝你生日快乐！祝小静生日快乐，祝小静生日快乐，祝小静生日快乐,祝亲爱的小静生日快乐！"有几个坏小子故意把"亲爱的"三个字喊得山响，惹来一阵哄笑。杨小静吹灭蜡烛，在大家"嗷嗷"的欢呼鼓掌声中，郑卫打开电灯。

接下来是林主任切蛋糕，杨小静亲手端给每一个人。除了月半只吃一点意思一下外，别的小伙子都是每人至少两块，两个蛋糕很快便一扫而空。郑卫吃完后还拍着肚皮叫唤："我还没吃够呢，怎么就没了？"

林主任急忙转身要去厨房找吃的，月半拦住她说："阿姨，别理他。"又对郑卫叫："你舔盘子呀，上面还有好多哩。"

郑卫没脸没皮地说："好主意！"真的端起蛋糕盘子低下头开舔，舔了两下还抬起头来说："这剩下的盘底最好吃，也最有营养。"搞得大家笑成一团。

老七笑道："郑卫舔得真干净！你这技术是不是跟狗学的？"

郑卫斥道："胡扯！是狗跟我学的！"大家更是笑坏了。

杨教授十分高兴，笑着说道："年轻、活泼、聪明、可爱，你们这些孩子，前途无量啊！"他一一问了这些学生来自哪里，又说："能上综大，说明你们是这一代青年中的佼佼者，中国的未来，就寄托在你们身上啦。"

一帮傻小子迷迷瞪瞪地傻笑着，不明白自己怎么会对中国的未来有那么大的影响。杨小静有这么多综大的高材生跑来捧场，本来就幸福得不行，现在听她爸这么说，她对好学生的崇拜情结往上一翻，更觉得这些男生个个聪明可爱，相比之下，张前长得帅实在算不得什么。

林主任又去切了一些水果端出来。月半说："阿姨你别忙了，我们马上就走，还要上自习哩。"

林主任笑说："多坐一会吧，吃完水果再走。"

大家正吃着水果，郑卫咳嗽一声，拿起身边的圆筒，递给杨小静说："杨小静同学，这是我和老七送给你的生日礼物。"

老七拍拍他的后背笑道："哎，别扯上我呀。"

月半大叫:"哎呀,当众求爱啊!"杨小静和郑卫两人的脸一下子都红透了。

郑卫狂摇手道:"不是,不是,只是一个小礼物。"杨小静糊里糊涂地接过来,不知道该怎么办好。她父母也是既兴奋又紧张。一个学生喊:"打开看看。"另一个叫:"情书!给大伙念一念!"杨小静没有办法,犹犹豫豫地打开盖子,往里一看,只见一个东西毛茸茸的,还在里面动,吓得她"啊"的一声惊叫,一下子把圆筒扔到地上。

圆筒在地上滚了几圈,从里面钻出来一只小老鼠来,探头探脑地四处跑,尾巴上还拖着一个红纸条,上面用毛笔歪歪扭扭地写着"小老鼠也有春天"。学生们一边哄笑,一边伸手,有的赶,有的抓。他们做实验时,已经杀过不少老鼠,对这种小东西一点都不陌生。

月半很是失望,对郑卫喊道:"你几岁了?还玩老鼠!生日礼物哪有送这个的?"杨小静却明白,郑卫说他是小老鼠,自己是春天,心里很有感触。月半从一个小子手里把老鼠要过来,让杨小静摸。杨小静看这个动物虽然长得贼头贼脑,倒还温顺,大着胆子伸出一个指头碰了一下,赶紧缩却回来。

林主任出来打圆场说:"心意我们领了,老鼠没有时间喂。要不还是先装回筒里,明天送给楼下的小虎?"

学生们走后,杨教授感叹地笑道:"到底是综大的学生,很有创造性。尖子呀,都是各个省、各个地区的状元,至少前几名,不得了呀!"

杨小静正帮着她妈收拾,心里也赞同她爸的说法,嘴上却说:"不也就那样吗?一个鼻子两只眼睛。"

杨教授摇头说:"不一样呀,不一样!天资不一样,起点也不一样!开始都差不多,越往下走,差距就越大喽,唉!"

杨教授叹一口气,喝一口茶,继续感叹着:"我当年要是出国进修一下,镀一层金,现在该是院级喽,差这么一点,就只能做到系一级。"

林主任忙说:"系主任都忙成这样,要做院长,少活好几年。"

杨教授笑道:"也对,也对,可是人啊,总要力争上游嘛!"说完站起来,边笑边摇头，慢慢走进书房看书去了。

林主任也摇摇头，对女儿说："你爸没有出成国，总是遗憾。唉，运气不好，没有办法。综大出国成风，这些孩子，将来很多都会出国的，对吧？"

杨小静还在为刚才的事激动，对她妈的话没怎么往心里去，只是说："听说签证不容易。"

林主任说："我看姓郑的孩子不错，人挺机灵的，长得也可以。"

杨小静心里慌乱，嘴上平淡地说："一般吧。"

她妈却不肯罢休，对女儿笑说："我看他挺喜欢你的，想追又不敢追，是吧？"

杨小静娇嗔道："妈，人家没有追我。"

她妈说："又送花，又邀你春游，还来庆祝你过生日，当然是追你嘛。他人挺老实吧？"

杨小静点头"嗯"了一声。

林主任继续说："老实最好，千万不要找花心的。女人嘛，安全第一。"

杨小静撒娇道："妈，那我哪也不去，就跟着你。你最安全啦！"

林主任笑说："妈哪舍得你走呀？你要是找一个外地的，你们结婚以后，就住在这里，还不是跟没走一样？"

杨小静抱着她妈不依道："妈，你也太自私了，想这么远，连以后……我谁也不找！"

林主任也抱一抱女儿，哄着她说："好，好，谁也不找。其实只要你过得幸福就好，我和你爸真的无所谓！"

回校的路上，月半特意把郑卫拉开，给他上爱情指导课："你没看出来吗？她父母都很喜欢你，她对你也不错。"

郑卫没把握地说："她好像对谁都一样，就是客客气气的呗。"

月半鼓励他说："是你领着大伙来的，她对大家好，就是对你好，懂不懂呀你？"

郑卫一点都不自信："可是我总觉得，自己太差了点，配不上人家。"

月半真是恨铁不成钢:"你哪差啦?比谁差啦?你要不快一点,追的人多着呢,到时间你可别后悔!"

郑卫想着杨小静那明媚秀丽的脸蛋和窈窕可爱的身姿,实在是爱她爱得要命,下决心道:"那你说,我现在应该怎么办?"

月半笑骂道:"真笨!看你平常挺机灵的,点子多着呢,怎么一到追女孩的时候就没有主意了?"

郑卫忙拍她的马屁:"我就会瞎玩,干正经事哪能跟你比呢?你是最聪明最能干的了,还请月半小姐多多指导!"

月半高兴起来,笑着说:"这话姐爱听!我跟你说啊,你不能总邀她参加集体活动,要单独约她出来,一起聊,一起玩,发展感情。"

郑卫说:"可我怕……人家不肯。"

月半说:"真没用!你知道女人最怕什么吗?最怕追!她拒绝你一次,你就请第二次;拒绝你两次,你就请第三次。再说啦,人家也要考验考验你,看你是不是真心的。要是人家一拒绝你就撤退,显然不够爱她嘛。要脸皮厚一点,决心大一点,听到没有?"

郑卫忙答道:"对,对,追女孩要脸皮厚。"

月半继续说:"当年我男朋友追我,我根本就没有看上他,这家伙死缠烂打,而且对我好得不行,我说什么就是什么,最后我没有办法,只好投降了。小报幕总要谈恋爱吧?总要嫁人吧?嫁谁不是嫁?你不追怎么知道自己没戏呢?"

郑卫还是发愁:"怎么办呢?找一个什么理由呢?就这么叫她出来?肯定是不会来呀!"

月半想一想说:"要不就说我过生日,请大家吃饭?"

郑卫忙说:"我出钱,没问题!"

月半笑说:"当然该你出钱,为了你,我连生日都改啦。吃完饭后你送她回家,趁机套近乎,怎么样?"

郑卫感激不尽:"谢谢您呐!"

杨小静下课回家的时候，见到郑卫在楼下等她。听说是月半过生日，她当即说来，只是自己晚上有课，要晚一点。郑卫一看自己和月半的诡计就要得逞，高兴得几个晚上睡不好，不停地盘算着怎样赢取美女芳心。

郑卫带着杨小静走进"游水鲜"时，月半、刘娟、老七都已经先到。刘娟和老七一人捧着一本英语书在背单词，月半边喝茶边东张西望地看有没有帅哥。

杨小静一坐下就问："娟姐，你们怎么这么刻苦？这么一点时间都要背单词。"

刘娟对她一笑，没有说什么。

杨小静伸头过去说："让我看一看能认识几个。"

刘娟把书递给她，她扫了一眼，很是吃惊："怎么这么难呀？一页我才认识两三个。我可是学英语的耶。娟姐你可太厉害了！"

郑卫不屑道："那都是'寄阿姨'（GRE，美国研究生入学考试）单词，特偏。你一辈子除了考'寄阿姨'，别的时候根本碰不上！"

杨小静担心地说："那我学英语的也应该懂呀！不然以后碰到这些词怎么翻译呢？"

郑卫安慰她道："以后碰不到的。那都是变态美国人弄来整外国学生的，咱们正常人根本不用那些玩意儿。"杨小静本来对自己的学习成绩还算满意，没有想到人家别的专业的学生认识的英语单词都比自己这个英语专业的多，自信心又受到打击，吃饭时就有点闷闷不乐。

其他几个人来这里，一则为郑卫捧场，二则图免费吃喝，其实学习都很忙，也不愿多耗时间。大家匆匆吃完就撤退，刘娟他们三人去教室，郑卫送杨小静回家。

两个人第一次晚上单独在一起，都有一点紧张。郑卫事先准备好的几个笑话和一些闲话很快就说完了，紧张之中又实在想不出应该再说点什么，尴尬地噎在那里。

杨小静倒是很快就镇定下来，看郑卫没话可说，就问他："今天真的是月半的生日吗？"

郑卫更紧张了，哆哆嗦嗦地回道："好像……好像是吧。"

杨小静说："得了吧，连个'生日快乐'都不说。我还送一个礼物给她，你们怎么什么都不送？你看她接礼物时脸上那个表情，很尴尬，是不是？"

郑卫知道自己这帮人演技太差，这个美女又太聪明，要瞒是瞒不过去的，心里直想"完了，完了"，索性实说："其实就是想请你出来吃饭，怕你不来，所以……"

杨小静还在为自己刚才的发现郁闷："我有什么好请的呀？我还是学英语的，英语水平还不如你们学生物的高。"

郑卫忙说："不能这么说吧，英语包括听、说、读、写，光懂几个怪词，不见得就是英语水平高吧。"杨小静想一想也是，心理平衡许多。

杨小静又问："那你也会那些'寄阿姨'单词吗？"

郑卫回说："我哪会呀？我又不想出国，不背那些玩意。"

杨小静天真地问："为什么刘娟他们想出国，就你不想？"

郑卫苦笑道："刘娟是尖子，年年成绩第一。老七也不错，成绩排前头吧。我就是混混，哪敢跟人家比？"

杨小静追问："你不是也考上综大了吗？怎么就不能跟他们比呢？"

郑卫坦白道："那都是我妈打的，硬把我打进综大。"

杨小静奇怪问："真的？打就能进综大？"

这一下子，郑卫来劲了，这故事他已经讲过无数遍："我小时候不爱学习，特调皮，做孩子头，领着一帮小孩天天四处淘气。我妈说我新花样特多，大人们防不胜防。我妈忙，也不太管我。我就这样做坏学生，一直玩到小学五年级。我爸说再不管教，这孩子就废了。我妈就开始打我，我一玩她就打，逼着我学习，说我要是考不上好初中，她就打死我。我没有办法，只好死命学，成绩很快就上去了。我妈还给我定指标，考试成绩必须多高，否则就把我按在床上使劲打，打得我屁股都烂了，走路都走不动，也没办法出去淘气了。"

杨小静笑道："结果你就考上好初中了，对吧？"

郑卫也笑："是啊，第二名，老师和同学都吓一大跳。"

杨小静笑问："从此你就成为好学生啦？"

郑卫接着往下讲："哪里呀？上到初中，我妈一不管，我的老毛病又犯了，不好好学习，整天玩，看闲书，打游戏，打球，什么都折腾，就是不读书。临考试时，就突击几天，成绩中等偏下吧。进到初三，我妈一看，这哪行呀？肯定考不上重点高中的。上不了重点高中，就上不了大学，又开始打我。还把我关在屋里学习，不准出去，不准干别的。我妈下手可狠啦，我只要成绩不好，我妈就往死里打我，打坏了笤帚用擀面杖，打断了擀面杖又去买来一根假警棍，专门用来打我的，可把我打惨啦！"

杨小静笑道："结果又把你打进了重点高中，对吧？"

郑卫也笑道："是啊，我一使劲，成绩又上去了。统考时考了个第三名。"

杨小静拍手笑道："都说'棍棒底下出孝子'，你这是'棍棒底下出学子'呀！"

郑卫大笑道："对呀，我也觉得，我这人就是不打不成器。"

杨小静继续问："然后你就好好学习，最后考上了综大，是不是？"

郑卫说："你看我像那种人吗？我一上高中，又泄了气，我妈总结说，我是'打游戏打得天昏地暗，看武侠看得彻夜不眠'，其实没有那么夸张，我也就是偶尔为之。我当时主要迷机械和电子，把我们家的钟拆掉装上，又把自行车拆掉装上，再把摩托车拆掉装上，又把彩电打开琢磨是怎么回事，还自己装了一台电脑。我那时候对什么新东西都着迷，没事就往街上跑，逛书店，逛电脑城，看有什么新鲜玩意。我妈说我整天比总理还忙。谁家什么东西坏了，都找我去修，一般都能修好，至少搞清楚是什么地方出了问题，人家换零件也容易。所以我人缘好着呢，在学校里大家都知道我是怪才。成绩嘛，也就是中等偏上。"

杨小静笑说："上到高三又开始挨打，对不对？不然你就来不了综大了。"

郑卫笑道："你猜对一半。是，到了高三，我妈又逼我猛学，可是不能再打我，我都老大了。我妈就天天威胁我说，我要是考不上大学，她就死给我看。"

杨小静鼓掌大笑道："你妈太有趣啦！这叫做以死相逼呀！"

郑卫也笑说："是啊，我总不能逼死我妈吧。我爸也说，咱们家既没权也没钱，你要是考不上大学，我们帮不上你，你就跟着那些民工一起去工地干活吧。其实我上大学问题不大，我是要上重点大学。我那时已经懂事，知道自己得努力，高考决定一辈子嘛。那时学得真是辛苦啊，没日没夜的，那可真是死咬牙关硬拼呀，可把我学伤心了。不过成绩下来全校轰动，连我都没有想到，全校第一，全地区第一，省里也是前几名。然后嘛，我就来到综大。"

一说起高考，两人就拥有共同话题，郑卫说得手舞足蹈，杨小静听得津津有味。两个人一边聊一边很默契地在校园里转起圈来。杨小静不说回家，郑卫当然巴不得继续往下走。杨小静听到郑卫原本是地区状元，不由自主地大感崇拜。难得的是他居然从来没有吹过，也从不以此为傲，可见他是既聪明又谦虚，什么混混之类，根本就是开玩笑。

杨小静笑说："那你还是真聪明，一努力就往上走。我妈不打我，我也就考不上好大学。"

郑卫忙说："甭管怎么上的，你现在也是综大学生。那你妈使劲逼过你吗？"

杨小静伤心道："我小时候身体不好，进医院抢救都好几回。我妈说我能活下来就行了。高考时我妈怕我累出病来，不但不给我加压，还总劝我多休息，别累坏了。你说这样哪能考出好成绩呀？要是把你妈和我妈加起来平均一下就好了。"

郑卫笑道："我妈也太狠，不是把我往死里打，就是自己闹着要去寻死，还是你妈好，这样你心里没有阴影，以后爱学习。"

杨小静很没有自信："我再学习也没有用。你们多聪明呀，我可是太笨了。"

郑卫鼓励道："你爸是大教授，你妈是办公室主任，对吧？根据遗传学原理，教授跟主任的孩子，一定聪明。"

杨小静客观地说："我爸是聪明，我妈也就是比较能干，谈不上聪明。"

郑卫赶快跟着吹："那你就是又聪明又能干又漂亮了！"

杨小静知道他是在恭维自己，可是心里还是很高兴，学着西方礼仪，说一声："谢谢！"她跑了几步，跳起来，从路边树上摘下一片叶子。

郑卫喊一声："看我的。"也助跑几步，往上一跳，从更高处摘下一片叶子，然后摆出击剑的姿势，要去刺杨小静。杨小静也用树叶还击，在空中虚打，两人嘻嘻哈哈地，又笑又闹，跟老朋友一样。

玩闹一阵，杨小静说要回去了，不然她妈会担心的。郑卫便送她回家。他们刚从饭店出来的时候，两人走路时中间隔得很开，现在就挨得相当近了，有时两个人的胳膊会碰到一块。起初两人还躲，后来都装作没有感觉到，就这么挨着走。

走到能看到杨小静家楼门口的地方，杨小静说："不用送了，你回去吧。谢谢！"

郑卫觉得机不可失，时不再来，鼓起勇气说："我听说，刚开始放一部美国大片，我想请你一起去看，行不行？"

杨小静笑笑说："再说吧，再见。"说完挥挥手走了，走开几步，又回过头来，做了一个打电话的姿势。

郑卫见她没有答应，心沉了一下，接着看到她的手势，明白她是让自己给她打电话。这么说有戏啦！看来胜利在望呀！哇，太好了，太好啦！他越想越高兴，在回去的路上又蹦了无数次高，摘下无数片树叶。

年轻人谈恋爱挺简单的，看着喜欢就爱上了，没有这样那样的顾虑，也没有这条件那条件的考虑，而且感情发展迅速，很快就如漆似胶，难舍难分。郑卫没有想到自己这样的居然能找到这么一个美丽可人的女朋友，爱杨小静爱得死去活来，不用说一日不见如隔三秋，一时不见也会想得要命。杨小静能找到一个综大的高材生，又机灵又活泼，对自己绝对百依百顺，心里也很满意。更关键的是郑卫没有一点综大学生牛皮自傲的破样子，为人谦恭平和，从没有一点瞧不起子弟班的意思，特讨杨小静的欢心。两个人除去上课或睡觉，整天黏在一起，总是喜气洋洋，天天都算过节。

热恋中的年轻人，随便干点什么都是快乐。春天的夜晚，一起在操场边坐几个小时，说一些无意义的话，傻傻地笑一通，便觉得神清气爽。看一场电影，听一场音乐会，打一场球，到博物馆转一圈，玩一阵电脑游戏，在街头漫无目的地闲逛几个小时，凑够钱就去撮一顿，"K"两场，都很高兴，都满溢着幸福。青春的绚丽，就在于要求不高，无忧无虑，也纯洁无瑕。两个人每一分每一秒都生活在兴奋快乐之中，一想起对方，心中就是甜蜜。

他们这一对恋人天天风花雪月，尽情欢乐，另一对恋人则是没日没夜地书山苦读，只有艰难，无一丝浪漫。

老七本来很看不起杨小静，觉得她就是一个狗屁不懂的花瓶。可是郑卫能够追上她，还是让老七大吃一惊。想起自己努力这么久，还没有结果，心里更加焦急，把刘娟缠得更紧，也对刘娟更好。

刘娟学习、工作压力都很大，挺需要有人帮助和照顾，再加上自己年纪渐长，同龄人基本上都已经出双入对，连郑卫都跟着杨小静跑掉，她也该考虑了。这边老七对自己可以说是好得不能再好，鞍前马后地跟着，白天黑夜地捧着，早晨带早点，中午帮买饭，晚上送回家，自己让他做点什么，他费多大劲都一定要办到，这份情意，刘娟也只有感动。虽然没有那种要死要活的感觉、头晕眼花的浪漫，可也有点点滴滴的温馨，长久相伴的默契，于是她默认做老七的女朋友。

老七追刘娟这么久，总算成功到手，高兴得要飞起来。实在是美梦成真呀！实在是难以想象呀！刘娟这样十全十美的超级大美女，居然肯下嫁给自己，实在是太幸福、太美好了！本来他想大大地疯狂一番，可看到刘娟淡然处之，自己又忙得没有一秒钟时间，也就只好化激动为力量，更加努力学习上进。

其实老七的压力比刘娟更大。刘娟是横下一条心，一定要出国，其他的一概不考虑，连系里推荐她免试直读博士，她都谢绝。老七没有刘娟那份实力和自信，所以只好再考一次研究生作为备份。本来因为刘娟、小四几个人都不肯读研，他有机会获直接推荐不必再考，可是那样的话，学校就不准他再申请出国。没有办法，只好两手抓，出国要出，研究生也要考。这样虽然要准备的科目更多，好在至少英语这一科考研可以拿高分，考托考寄也可以算是内外皆修了。

最难受的还是月半。以前她跟刘娟、郑卫、老七几个人形影不离，干什么都在一起。现在刘娟与老七组成一对拼命学英语，郑卫与杨小静黏糊得一刻不分离，就剩下她一个人落了单，无论参乎哪一对都是给人家当电灯泡。去学习吧，又没有目标和方向。学英语出国，那男朋友怎么办？他是体育学院的痞子，二十六个字母可能都认不全，出国当跑堂恐怕都没有人要。考研究生吧，男朋友也不愿意，说离他越来越远，更加不般配了。她想自己不比谁差，怎么摊上这么一个男朋友就啥都不能干了呢？气得她打电话回去，跟她男朋友叫喊着要吹灯拔蜡，不跟他好啦。她男朋友吓坏了，立马赶到北京，低声下气地猛哀求，一再保证"革命战士心向党，永远忠于小月半"，又带着她到高级饭店、豪华歌厅一通疯玩，而且动之以虚情，晓之以歪理。小女孩嘛，最怕哄，又没有什么社会经验，男的一番连蒙带骗，她也就回心转意，准备着一毕业就打起行李回家，跟着他安安静静地过日子。

005　目标是美国

杨小静一跟郑卫好上，她父母马上就知道了。她也不瞒他们，因为她知道她父母就是想让她找一个综大的正规生，而且他们也都见过郑卫，对郑卫相当满意。她爸高兴地说，姑娘么大了，谈恋爱很正常嘛。她心里嘀咕，那怎么我跟张前谈就不正常呢？她妈因为强行拆散她和张前，毁掉她的初恋，一直心中有愧，这次大放手，不多干涉，只是有时对她进行一点"传统"教育，暗示一些她要注意的"成人"问题。结果弄得她又羞又气，直喊："别说了，知道啦！"心想这都是什么年代了？她妈还跟老古董似的，把她也当成出土文物了。她与郑卫感情火热，有些亲密举动在所难免。男孩子嘛，当然有冲动，不过郑卫爱她如天使，她完全可以控制住局面，只要她俏眼一瞪，郑卫再有什么想法，都只能老老实实，不敢乱说乱动。

当然，女孩子的心理也很矛盾，男孩如果上来就动手动脚，她会觉得他为人轻薄，不尊重自己，是一个无行浪子，可要是男孩目不斜视，坐怀不乱，她又会怀疑是否自己魅力不够，或者他对自己爱得不深。杨小静对郑卫倒是没有什么不满意的，因为她觉得郑卫跟自己亲热，都发自内心，也恰到好处，而且都得到自己的批准。女孩子也有情感和身体上的需要嘛，没有必要隐藏起来。

刚开始时，郑卫对杨小静敬重无比，一点都不敢碰她，生怕这个小仙女一不高兴就不要自己了。杨小静算是有经验人士，知道怎样让男孩子感觉到自己的心意，跟郑卫在一起时，时不时贴他很近，用身体语言告诉他，胆子可以再大一点，步伐可以再快一点。

有一次两个人说笑着高兴，郑卫突然一下子抓住杨小静纤细的小手。杨小静当时没有准备，吓了一跳，猛然甩开郑卫，还说一声："你干什么？"郑卫吓得连忙道歉，一副诚惶诚恐的样子。

杨小静看到他那么害怕，不由地一笑，伸出手说："好吧，别使那么大劲。"

郑卫赶快把那只柔软的小手握在手心里，激动得不得了，嘴里不停地说："小静，我喜欢你，真的是太喜欢你了。"

杨小静追问道："仅仅是喜欢吗？"

郑卫涨红着脸很不好意思地说："不，不仅仅……喜欢，是……爱，真的，很爱！"

杨小静又娇羞又得意地哼了一声，心里很满意郑卫的单纯可爱。

后来有一次下细雨，郑卫没有带伞，杨小静只有一把花伞，本来是用来遮太阳的，小小的那一种。郑卫便替杨小静打着，自己在外面淋着。杨小静看一看四周没有熟人，便悄声说："你进来吧，别病了。"

郑卫钻进伞下，可又不敢搂着杨小静，只是肩贴肩地一起走，结果杨小静的右肩和郑卫的左肩都淋在外面。杨小静用胳膊轻轻碰一下郑卫，撒娇道："你怎么了嘛？"郑卫这才大起胆子搂住杨小静的香肩。

杨小静明显感觉到郑卫的身体有点颤抖，低声问："冷吗？"

郑卫激动说："不是。第一次。"

杨小静笑话他说："你不是也带女孩跳过舞吗？"

郑卫分辩道："不一样，那还要做动作。"

杨小静故意斥道："你还想做什么？"

郑卫急忙解释："不是，我不是那个意思。我是说跳舞也就是做动作时搂一下，跟咱们不一样。"

杨小静假装正经说:"也就是下雨,以后不准了噢。"

郑卫没有说话,他正在用心地感受着少女腰部的曲线和臀部的柔软。他的心狂跳着,觉得小静真是太美好了。

当然以后郑卫就经常找机会把杨小静搂在怀里。他已经有点明白,无论什么时候你想接触女孩,她总会说"不"。如果她是撒着娇说"不",那其实就是"可以"。只有她生气地说"不"时,那才是真正的"不行"。就这样郑卫从侧抱、背抱,到正抱,一点一点地贴紧心上人的全身。他感觉到杨小静的身材真好,每一次抱紧她,自己的心都要融化了。

有一次看电影,黑暗中他伸出右手去搂杨小静,不经意间却握住一手的柔软。杨小静一下子打开他的手,郑卫这才意识到自己刚才抓住了什么。

杨小静打他两下,又把嘴伸到他耳边骂道:"你这个坏蛋,竟敢在黑暗中偷袭。"

郑卫忙说:"我不是故意的。"

杨小静才不信哩,说:"我回头再找你算账。"

晚上他们一起在操场边上坐着聊天时,郑卫搂着杨小静的腰。说什么说到高兴处,杨小静趴在郑卫的腿上笑。郑卫能感觉到她胸前两团突起的柔软,忍不住便伸手去捏住。杨小静把他的手推开,他又摸上来,再次推开,他再次冲上来,最后两只手都占领她的秀峰。

杨小静推不开他的手,只好一边感觉着他的抓揉,一边嘴里娇叫:"流氓,流氓,不许耍流氓。"渐渐地便全身发软,香气微喘。

郑卫还不满足,还想把手伸进她的衣服。杨小静使劲推开他,挣扎着爬起来,一边整理衣服,一边说:"你不要得寸进尺。走,送我回家。"郑卫一再道歉,说他是因为爱,不是耍流氓。

这种抓揉又重复几次后,郑卫终于趁杨小静意乱神迷时,把手伸进她的衣服。杨小静娇叫着:"坏蛋,坏蛋,你这个大坏蛋!"也就任其所为了。杨小静的乳房不大不小,足够郑卫全掌盈盈一握,他的双手便在那翘立的双峰上，左旋右转，前后驰骋。郑卫发现杨小静的右乳略微大于左乳，问她为什么。杨小静说她也不知道，好些女孩的乳房都不完全一样大。杨小静叫郑卫多揉左乳，这样左边就会长得快一些。郑卫问她舒服不舒服，杨小静含羞带笑地点头"嗯"了一声。不过，杨小静要是什么时候感觉身体不舒服或者心情不好，不准郑卫碰她，郑卫也不敢用强。

郑卫很快便问杨小静，他是不是第一个摸她胸部的人。她笑道："当然啦。谁有你这么坏？"其实她发现男人都是一样的，张前以前也是这样一步一步爬上她的胸口的。不过，后来他们很快就断了，这一切便风过无痕。显然，她是永远不会对郑卫说起这个事。她很清楚，亲吻、抚摸都不是不可逆的，只有最后那一步才要千万小心。

杨小静也能明显地感觉到郑卫身体的变化，也就是他中部的隆起，有时候顶着她的腰，有时候顶着她的肚子。开始郑卫还试图躲避，后来就越来越不在乎，有时甚至故意撞她。

杨小静起初还装作没有感觉到，后来装不下去了，就小声骂郑卫："什么东西吗？真烦人！"郑卫在她耳边说："好东西。"杨小静娇笑道："不对，是坏东西，比你还坏！"

时间一长，随着杨小静的玉体一寸寸地失守，她对郑卫的好奇心也越来越大。有一次她又被郑卫抚吻得浑身发热，看到他的隆起，便伸出小手轻打一下那里说："都是这个坏东西在作怪！"

郑卫没有提防，"哎哟"一声后叫道："你把它打坏了。"

杨小静"吃吃"地笑了一阵说："就是要打坏它。"

郑卫引诱她说："想不想摸一下。"

杨小静一边转身躲开一边娇羞道："不要不要，才不要哩。"

郑卫从后面抱住她，抓住她的小手，按在自己的身上。杨小静娇笑着，也不好意思回头，随着郑卫的手感觉一下，悄声惊叹道："这么大、这么硬呀！"

郑卫骄傲地说："就是。"

杨小静心里害怕，小声说："不准用它碰我。"

郑卫小声说："迟早的事。"

杨小静钻到郑卫的怀里蠕动，嘴里不停地喊："不准嘛，不准嘛，不准嘛。"

郑卫哄她说："好，好，不准就不准。"其实他真的不太懂，再说也没有一个安全封闭的地方，总不能在这夜幕下的广场上就体验人生吧。

两个人情深意浓黏在一起闲聊时，自然东拉西扯无所不包。郑卫说起刘娟出国呀，老七考研呀，月半回乡呀，还有谁一心留北京，谁定要去深圳，谁只愿回上海等等等等。

杨小静问他怎么办，郑卫笑说："以前想回家，照顾老爹老娘。现在有领导啦，领导让我去哪儿，我就去哪儿。"

杨小静当然明白他所说的领导是谁，娇嗔着说："你爱去哪去哪，我才不管哩。"

郑卫忙拱手做哀求状："领导您不能不管我呀！没有您的指导，小人真的不知道应该怎样活下去啦！"

杨小静回家后，把他们这些闲扯讲给她妈当笑话听。

林主任问："怎么他不考研究生或者出国深造呢？"

杨小静笑说："他整天混，就会玩。"

确实，郑卫太会玩了，年轻人流行的各种玩意，没有他不会的。杨小静跟他在一起，永远不会无聊，而且他的点子还奇多，总能玩出新花样来。林主任把这些事反映给杨教授。杨教授想一想说："是有那么一些孩子，很聪明，但不努力。对这种学生，要严加督促，指明方向。这样对他们自己，对国家和社会，都是有好处的。"

杨小静对郑卫，倒没有太高要求，像她这样的子弟班学生，能找到一个综大的正规生，已经觉得很不错了。出国当然好，可是她跟着出去能干什么呢？教美国佬英语吗？或者变成健步如飞的女跑堂？她又不想待在家里做一辈子家庭妇女。郑卫能考研究生当然好，现在不考她也无所谓，反正不着急，过几年考也行，有的是时间。她正在热恋期间，说不完的情话，品不尽的幸福，弄得她昏头昏脑的，也想不到那么远。

　　这天吃晚饭，杨教授对女儿说："小静呀，你跟那个综大的学生，郑卫，是吧？也谈了一段时间了，应该把他带到家里来，让我们老两口见一见嘛。"
　　杨小静笑说："你们又不是没有见过他，有什么好看的？"
　　林主任跟老伴自然是心有灵犀，附和说："以前他来是学生，现在是你的男朋友。他应该来跟我们正式见个面嘛，不能总躲着我们，是吧？"
　　杨小静一想也对，郑卫拥有正式名分，就可以自由出入她家，方便许多。家里有什么事，也可以让他来干活。这次她并不紧张，知道父母肯定同意，就点头答应说："那好吧。"
　　杨教授笑道："对喽，丑媳妇总要见公婆，傻女婿迟早也得见岳父母嘛。"
　　杨小静羞道："谁是你们的女婿，你们就见谁去。"
　　林主任搂抱着女儿笑道："好，好，请你的男朋友来家里坐一坐，吃一顿便饭，这总可以吧？"

　　杨小静传下她父母的令旨，郑卫是既高兴又紧张。高兴的是见过她的父母，自己就算跟杨小静正式定下来，关系更进一步。紧张的是怕她父母不同意，怕自己表现不够好，还有说不清的七七八八。他认识张前，知道论长相和家庭条件，他都比不上人家。他觉得杨小静要找一个像张前一样又高又帅、比自己学习更好的综大正规学生，也不是没有可能。可是这一关无论如何都得过，总不能说不去吧，他对自己鼓劲说："一定要表现得好一点！"
　　郑卫忙于准备，问杨小静说："我带点什么礼物好呢？"
　　杨小静随意地说："不用带什么，我们家什么都有。"
　　郑卫叫道："那哪行呀？我空着手去，也太没有礼貌了吧！"
　　杨小静很不在乎地说："那你就随便买一点点心、水果什么的，意思到了就行啦。"
　　郑卫还是觉得档次不够。他回去后四处找老乡，搜罗家乡的特色东西，工艺品、纪念品、稀奇古怪的吃的玩的，总算找到几件。然后又要费心怎么打扮，还要准备说些什么、做些什么等等。他问杨小静，她很奇怪，叫他不用折腾，平常是啥样就是啥样，又不是没有见过。他只好又去找月半。月半倒是很给他出了一些似是而非、似非而是的主意，搞得他最后还是没主意。

到了约定的周末，郑卫上街去买来一些进口水果，打份齐整，带上礼物，惴惴不安地去女朋友家赴宴。他敲开门后，叫声"阿姨、伯父"，忙着递上礼物。林主任眉开眼笑地跟他客气一番，然后叫杨小静带郑卫到客厅里去坐，还说菜都准备好了，马上就下锅，一会就吃饭。杨教授也到客厅来陪着郑卫，问一些他的情况，父母好吗，家乡怎样，学习紧张吗，小静有没有耽误你太多时间？郑卫直挺挺地坐着，有一句答一句。

杨小静听到与自己有关，就说："是他耽误了我的时间！我才没有耽误他的时间呢！"

郑卫笑一笑，没有反驳。杨教授也只认为她是小女孩撒娇，不用当真。

他又与郑卫谈论一番综大的情况，感叹综大全国一流，人才济济，成绩出众。他说他当年高考也报了北京综合大学，成绩应该差不多，可是不知道怎么就没有去成。那时候什么都是组织上说了算，人也很淳朴，不挑不拣，不吵不闹，都是为国家嘛，都是干革命嘛。如果当年他能上综大，今天就不一样了。

杨小静笑说："那你就碰不到我妈，也就没有我啦。"

杨教授笑道："好，好，还是现在这样好。"

林主任那边菜已经做好，叫杨小静过去帮她端菜。郑卫忙按照月半的指示，要去帮忙，被杨小静拦下，说："你毛手毛脚的，什么都不熟，还是跟我爸直接上餐桌吧。"杨教授也拍拍他的肩膀，做一个请的手势，把他直接带往餐厅。

两个人坐定，杨教授放低声音对郑卫说："男人嘛，就应该做大事。像这些家务事，咱们是比不过女同胞的。"郑卫觉得既亲切又惶恐，不知道自己这样的，能做什么大事，要是玩游戏打牌也能算大事的话，自己倒是一把好手。

林主任上桌就客气地说："没怎么准备，做得也不好，小卫呀，你就凑合着吃一点吧。"郑卫一看，七八个菜，个个都很精致，与综大食堂的大锅菜相比，简直是一个天上、一个地下。每个菜盘上都放置一双公共筷子，而且与吃饭用的筷子不一样，更显现出主人的生活趣味和品质。郑卫粗菜淡饭习惯了，没有见过这种阵势，嘴里口水直流，却不知道应该怎么下手。

还是林主任贴心，每个菜都给他夹一点，让他先尝一尝，哪个好吃，就多吃点。郑卫每吃一个菜，都说："好吃，太好吃了！"林主任笑道："都是家常菜，比较清淡，对身体好。"她说自己工作常有应酬，在外面吃的次数很多，其实饭馆里的东西，油多、盐多、味精多，对身体很不好。郑卫几口菜下肚，底气足了，又见未来的丈母娘如此随和，拘谨之心渐消，跟林主任、杨小静也有说有笑起来。他说起谁在食堂吃米饭被沙子磕掉半颗牙，谁又从食堂的菜里捞出一根钉子来，听得母女俩惊叫连连。

杨教授今天没有喝酒。通常有这样的宴席，他都会来一杯小酒，不多不少，一两左右，可以舒心活血，振奋精神。这次一来郑卫是学生，头一回正式上门，他觉得还是以不喝酒为好；二来他还有重要的话题要跟郑卫讨论，必须保持头脑清醒。

看到郑卫精神放松下来，饭也吃得差不多了，他便咳嗽一声，把话题转向正轨，问道："小卫呀，最近都在忙些什么？"

郑卫答道："也没忙什么，还是一样，上课、做作业、做实验，还有……"笑着看一眼杨小静，心想大部分时间都跟杨小静黏在一起。

杨教授继续问："快毕业了吧？还有多久？"其实他早就算清楚还有多久。

郑卫答道："还有一年多吧。"心里开始犯怵，感觉问题要来了。

杨教授问："毕业后有什么打算呀？"

郑卫伸手摸摸头，犹犹豫豫地说："以前……想回去照顾我妈。现在……小静……"

杨小静有点脸红，嗔道："你回去呗，我又不拦你。"

杨教授微笑道："不一样喽。以前，你是一个人，现在，你要考虑两个人喽。"杨小静知道她爸说得对，只是害羞，低头玩手，谁也不看。

郑卫一来谈恋爱谈得云天雾地，没有想那么远那么多，二来内心深处也在本能地逃避。是啊，要想娶杨小静，只能留北京，带她回自己家乡那个又小又破的地方，根本不可能。他不知道说什么好，只是点头回道："是，是，谢谢伯父提醒！"

林主任一看郑卫那副窘迫的样子，忙站出来打圆场："老杨呀，让孩子先吃饭吧。吃完饭再说也不迟嘛。"

杨教授举起筷子朝郑卫摇摇说："小卫呀，别紧张，吃饭，继续吃，啊。我只是想着，你们年轻人，没有社会经验，有些事可能没有想到，给你们提个醒，这是我们做长辈的责任嘛。"

郑卫忙答道："伯父说得对。我应该……想一想，好好……哎……想一想。"

杨教授说："是啊，早点想清楚好，不然临时就可能抓瞎。我们也只能帮你们理一理思路，最终怎么走，那是你们自己的事，我们也代替不了，对不对？"郑卫忙点头。

杨小静心里却在嘀咕，肯定没有那么简单，不过，她没有说出口。

杨教授提醒道："你的同学们都是什么打算啊？"

郑卫答道："回家，找工作，考研……"心里有点明白了，想留北京，怎么也得考个研究生吧？不是说北京是教授满街走、博士不如狗吗？本科能干什么？当农民工去挖地基盖房子吗？

杨教授问："你选哪一个？"

郑卫知道想逃是逃不过去的，只好吞吞吐吐地说："要不……考研？"心里算计着，考综大，那是不可能的，要不，考别的什么烂学校或者研究所，总还是可以试一试吧。他一边想着，一边夹起一口菜，放进嘴里，为自己的大胆决策压惊。

这时只听杨教授朗声道:"是要读博士。不过,不应该是综大的博士,而是美国的博士!"说完缓缓点头,一副郑重其事、决策于千万里之外的样子。

杨小静吃惊地瞪大眼。郑卫一口肉卡在嗓子里,咽也咽不下去,吐又不能吐出来,茫然地凝视着未来的岳父大人,典型的目瞪口呆。好半天他才囫囵吞下嘴里的肉,张口结舌地问:"您……您是说……出……出……出国?"

杨教授慷慨激昂地说:"对,到美国去读博士!到最先进的国家去,学习最先进的科学技术,这是你们这一代人的责任,也是你个人的最好出路。你说是不是?"

郑卫还是反应不过来,心里怕得要死,嘴唇哆嗦着回话:"我……不……没想过。"他不敢说自己不想去,只好推脱说没有想过。

杨教授坚决地说:"要想,而且要做,现在就应该开始做。"郑卫震惊地呆坐在那里,翻着白眼,一脸的绝望。

杨小静心疼自己的小情人,不满地对她爸说:"爸,这是你的事情还是他的事情呀?怎么他干什么要你说了算呀?"

林主任也出来说:"老杨,你让孩子吃完饭再说,好不好?小卫,你继续吃饭,别紧张。你伯父当然是为你好,不过,出不出国什么的,主意还是你自己拿。回去想一想再说吧,噢?"

杨教授也缓和道:"小卫,别着急。你阿姨说得对,这是你自己的事,我只是帮你出出主意。唉,我是过来人了,这么多年,有时候晚上睡不着的时候,我就想,你说深造也好,镀金也罢,你不出去一趟,那就是抬不起头来呀。我是为了你好,不是要逼你出国。唉,你问问你阿姨,还有小静,我一直在吃这个亏哟!继续吃啊,继续吃。"杨教授摇着头,一副痛心疾首的样子。

郑卫可没有心思关心他为什么不吃饭只吃亏,神思恍惚地扒拉着饭菜,满嘴的芳香已经变成满腹的苦涩。没想到呀,真是想不到,到小静家吃顿饭,吃出一个鸿门宴来！就我这样的混混，还想去美国？天大的玩笑！

傍晚时分，杨小静说要去上自习，从家里跑出来。到学校主楼前花园里一找，果然看见郑卫在那里蔫头耷脑地转悠哩。郑卫魂不守舍地告辞离开她家时，杨小静曾悄悄地捏他的手一下，他便知道她会到这里来找他，所以正在等候。

杨小静一见到郑卫，就气愤愤地说："我跟我爸吵了一架。"

郑卫问："为让我出国的事吗？"

杨小静气道："那还能为什么？我说：'你凭什么对人家指手画脚呀？'我爸说：'他是我未来的女婿，我当然要替他着想。'我说：'谁是你女婿了？就算是，出不出国也是我们的事，跟你没有关系。'"郑卫拉起杨小静的小手，对杨教授心存感激，因为他已经把自己视为未来的女婿了。

杨小静继续讲："我爸说：'小孩子不懂事！北京是那么好待的吗？他没有一个博士学位能行吗？他不出国镀层金，以后不受别人的欺负吗？'我就说：'他既不想升官，又不想发财，也不想当教授，为什么非要出国？'我爸说：'我这是为他好！他一个综大的毕业生，以后过得比别人差很多，好意思吗？他要是干得不如人家，一辈子都被人指指点点，那滋味好受吗？'我说：'那他就回家去呗。'我爸说：'那你呢？你也跟他去？'我说：'去就去！北京有什么好，压力大死了。'我爸冷笑说：'好啊，你刚谈一个对象，就不想要爹娘了。你要走就走吧！'"

郑卫听到杨小静为了跟他好，宁愿离开北京，心里感激万分，伸手搂住她，杨小静也反手抱着他的腰。两个人的心，紧紧地贴在一起，都觉得只要彼此相爱，怎么样都行，吃多大苦都行。杨小静继续讲："我就说：'是你不要我的！你逼着我们出国，那不是离你们更远了吗？'我爸强词夺理说：'那是你们要求上进，我不拦着。你们自甘堕落，我当然要管！'我一生气就说：'还不是你自己想出国没出成，就逼着我们出国！'这一下子可把我爸气坏了，对我吼着说：'我自己没本事，不怪别人！他一个综大的学生，同学中那么多人考出国，他为什么就不能去考？他为什么就比别人差那么多？'我妈怕我爸气坏了，他有高血压，就把我拉开。我妈就会和稀泥，其实她什么都听我爸的。我妈说：'你爸也就是叫小卫去试一试。他要是实在不愿去就算了，我们也不嫌弃，好不好？'我就说：'要试也是你们自己去试，哪有强迫别人的？'我妈就说：'好，好，你们自己决定。'又去哄我爸说：'老杨呀，小卫也没有说不去，是不是？你别生气了，好不好？'我回到屋里，还听我爸在唠叨：'能出国，为什么不去呀？都躲在山沟里，能有今天改革开放的大好局面吗？不向先进学习，就会永远落后。落后就要挨打，就要灭亡！为了国家，为了民族，他也应该去。'你看我爸，当官都当出病来了，在家吵架都是官话。要是都跑出国了，谁来建设祖国呀？"说完一嘟嘴："哎，我怎么也开始说官话了？"

郑卫没有心思笑话她，疑惑地问道："你爸怎么说，他吃亏就吃在没有出过国？他以前是不是想出国来着？"

杨小静撒撒嘴说："当然想过！岂止想过，折腾了好几年呢，都没有走成。要不怎么现在一提起出国，他就痛不欲生呢？我爸说，咱们搞学术的，不出国镀镀金，说话都不敢高声。前年升副院长，就是因为没有出过国，没有洋学历，他没有上去，可把我爸伤心坏了。所以现在，他才把希望寄托在你身上了。我是不行的。"

郑卫奇怪地问："你爸挺牛的呀，怎么会没有出成国呢？英语不行吗？"

杨小静解释说："我爸难受就难受在这里了。他说要凭考试，他不比谁差。他的英语还是很不错的，都是他自己一点一点坚持学的。这不是组织选拔吗？领导不让你去，你有什么办法？我妈当时就让他找找人送点礼拉拉关系，我爸死活不干，说什么建设国家不用走后门，结果就没去成英国。后来……"

郑卫打断她，问道："是去英国呀？我还以为是去美国呢。"

杨小静说："一开始是去英国。很早了，八几年的事吧，我还小。我们院有几个名额，我爸争来争去没有争到，没有去成。后来又有去美国的名额，人家该出去的都出去过了，总算轮到我爸。什么都准备好了，连出国的衣服都做了，大箱子也买了，可是美国领事馆又拒签，把我爸活活气死啦！"

郑卫有点吃惊道:"你爸不是公派进修吗?怎么也拒签?"

杨小静说:"谁知道呢?运气不好呗。去签证好几回,都说他有移民倾向,不给签。后来大家都说,我爸是上了美国人的黑名单,再想签过不可能了,我爸才死掉这份心。折腾好几回呀,一开始特激动,说要多挣点钱,多带几个大件回来,就是电视、冰箱什么的,那时候这种东西很稀罕。还说条件许可的话,要带我出去读中学,结果他自己都没有走成。唉,我又不争气,连大学都考不上,更不用想出国,所以他才盯上你了。"

郑卫听到这里,叹一口气说:"我也是不行的。要不你找别人吧?"

杨小静推他一把,气道:"你怎么这么说话?我又不想出国,是我爸叫你出国,你别拿我出气好不好?"

郑卫赶紧搂着她的肩膀道歉说:"对不起,对不起,我是恨自己不中用!"想了一想,问她道:"你说,要是有可能,你想不想去美国看一看呢?"

杨小静当初虽然年幼,但听爸妈把美国说得那么好,跟天堂一样,自然产生向往,可是希望过后是失望,再希望,再失望,到最后她觉得,去美国简直比登月球还难。中学毕业后,高考不成功,只能上子弟班,她与父亲一致选学外语,隐隐约约也有点弥补当年出国不成的遗憾之意。杨小静想都不用想就说:"我当然想去美国看一看啦!谁不想呀?可是又有几个人去得了呢?算了吧,我不是那块料。"

郑卫听到心上人也想出去看一看,老丈人又逼得要死要活,更觉得自己是责无旁贷,只好又叹一口气,咬咬牙说:"那好吧,我就去试一试。我刚才想来想去,你爸说的也对,现在没有一个牌子,不好混呀。试一试吧,没准我的运气好呢!"

刘娟和老七正在教室看书,只见郑卫一脸悲壮地走了进来,往他们俩前一排一坐,转过身来低声对老七说:"给我来本英语书。"

老七和刘娟都惊奇地看着他。

老七笑着用半专业术语问道:"你这是脑海马体发生了变异,还是脑垂体出现了短路?"

刘娟则直截了当地问："吹啦？"

郑卫摇着头，一脸痛苦地说："更惨！她爸逼我出国！"

老七和刘娟都笑起来。刘娟的笑容是一现即逝，老七则是笑得不可收拾，还用手捂住嘴，怕声音太大影响别人上自习。

郑卫做出一副大义凛然、视死如归的表情说："笑什么笑？就兴你们出国，我就不行？别看不起人噢！"对老七伸出手说："快拿本书来。"老七找出一本自己看完的英语单词书递给他。

他接过书，一边转身一边嘟囔说："哼，就算出不了国，咱也要做出一个想出国的样子来，对吧？"惹得老七和刘娟又是一阵笑。

刘娟一边看书，一边注意着郑卫。只见他没有看几分钟书，就抬起头来东张西望一番，一会揪耳朵，一会挠头发，又是打哈欠，又是伸懒腰，忙得不行，半个小时了，都没有翻过一页纸。

刘娟便低声叫："郑卫。"

郑卫一回头，刘娟用手一指自己旁边的座位："过来。"

郑卫一挪过去，刘娟就拿起他的书，翻过几页说："从这儿到这儿，两个小时背完，一会我检查。"

郑卫吓一跳，哭丧着脸说："班长大人哎，您这是要我的命呀！"

老七在旁边幸灾乐祸道："对你这种人，就得来狠的！"

郑卫隔着刘娟对老七骂道："你小子竟敢助纣为虐！"

老七把成语反着解释："你就是纣，就应该虐。"

刘娟命令道："看书。"

两人这才不斗嘴了，都低下头看起书来。不过，有了目标和方向，再加上刘娟的压力，郑卫的心总算静下来，一个晚上还真的记住不少生词。

第二天白天，刘娟如法炮制，强迫郑卫看书。郑卫唉声叹气一会，也就只好专心攻读。晚上三个人继续看书，没过多久，月半就听到消息兴冲冲地赶来。

她进门就冲郑卫猛笑，说："哈哈，你也有今天呀你！好，好，太好了，看你还整天胡混不！"

郑卫气道："怎么你们一个个都落井下石呀？没有一点同情心！"

月半笑眯眯地说："我这不就是来同情你来了？姐也跟你们一起学。"三个人都是一愣。

郑卫叫道："怎么，你也要出国呀？"

月半一甩手说："我出的什么国？不出国就不能学外语了？"

郑卫没有想到还有人自觉自愿找罪受，冲月半大叫："不会吧？原来你是自虐狂啊！"

月半骂道："自虐你个头！我以后上班了还要考职称呢！现在借你们的东风，学一点是一点。"

郑卫本来跟着刘娟和老七多少有点电灯泡的味道，现在多出一个月半，感觉自在多啦，忙说："欢迎，欢迎，热烈欢迎！请坐，请坐，敬请上座！"

刘娟也对月半说："你来挺好。"

月半笑道："连郑卫都开始学习了，我能不来吗？"

郑卫生气道："你什么意思呀？好像我是落后分子似的！"

老七笑道："你怎么可能是落后分子呢？'书中自有颜如玉'嘛！"

月半会意，做一个托举的动作，笑道："泰山压顶！"

郑卫反击老七笑问："那你急着出国是为什么？你的'颜如玉'在哪儿？"

刘娟说一句："快看书。"另外三个人相视一笑，俯身继续学习。

学了一阵，郑卫站起来往外跑。刘娟看他一眼。

郑卫忙解释说："我去送小静。"

月半笑说："早点回来哟，别一去不返喽！"

郑卫边叹气边往外走，嘴里嘟囔着："怎么谁都要管我呀？我就那么烂吗？"剩下的三个人都在后面乐。

郑卫回来得挺快，后边还跟着杨小静。她过来就对刘娟说："娟姐，谢谢你催他学习。他这个人特不自觉，就得要有人管着。他说他上大学都是被他妈打进来的。"几个人都听过郑卫被他妈狠揍的故事，都看着郑卫微笑。

郑卫有女朋友在旁，老实很多，也不说什么。刘娟觉得有点不好意思，自己怎么跟郑卫他妈似的，对他还挺负责。

杨小静又去跟月半拉手，说："月半姐，你也来了？"

月半笑说："凑个热闹吧，没气氛也学不进去。"

杨小静点头道："对呀，真的！我回家东一转西一转，就是看不进去书，还总爱吃东西，越长越胖。所以就到这里来，跟你们一起学，顺便减肥瘦身。"说完又觉得不好，怕月半多心。谁知月半一点不在意，对她做一个看书的动作，就自顾自地看起书来。

接下来的几个小时，杨小静算是初步体会到综大学生的坐功。几个人全都一声不吭地埋头猛学。郑卫为了在女朋友面前撑面子，也是一副勤学苦练的样子。杨小静几次想出去走走转转，一看大家都在用功，自己也只好咬牙挺住。不过，虽说累得半死，她还真是一下子学进不少东西。

最后还是月半捅一捅郑卫，说："太晚了，你送小静回家吧，她妈该着急了。"

郑卫其实早就有点坐不住了，只是硬撑着，现在有月半给他台阶下，便装出一副恋恋不舍的样子，又背了几个单词，才送杨小静往外走。月半还拉着杨小静的手把她送出门外，刘娟和老七却只是抬起头来向他们挥手道别，马上又低头继续往下练。杨小静看了，真是佩服得五体投地。

杨小静回到家，一看她妈果然急了，见她就喊："你跟小卫怎么玩到这么晚？都不知道回家了吗？"

杨小静叫道："玩什么玩？陪他学习去了！"瞥了她爸一眼，嘴里嘟囔一句："都是你们逼的！"然后把书包往桌上一扔，一头栽倒在沙发上，一副难过的模样叫唤："哎哟，累死了，累死啦！妈，帮我按摩一下好吗？头都快爆炸了！"

林主任急忙过来，抱住宝贝女儿的脑袋轻按，心疼地问："到哪儿学习去了？怎么累成这样？"

杨小静说："在他们教室。几个小时一刻不停地学，连气都不带喘，真够狠的！"呻吟两声又说："人家都说综大的学生个个是牲口，我看真的是这样，太玩命了！幸亏我没有考上综大，不然非死在里面不可！"

林主任问："他们怎么学的？"杨小静于是把刚才的经历大体描述一遍。

杨教授听完后，又是一番总结，说："光聪明不学习，怎么会掌握知识？有能力不努力，怎么会出成绩？能上一流大学，聪明和努力是都要具备的。小静呀，你要多向他们学习哟。"

杨小静说："好了，爸，我哪是那块材料呀？累死也不行！不过，今天晚上效率真高呀，顶我学好几天的啦！"

第二天晚上，杨小静早早就回家了，也没有让郑卫送，说是不耽误他的学习。回来后，一会看电视，一会嗑瓜子，一会跟她妈聊天，很是轻松自在。

杨教授问她怎么不看书，她说该看的昨天都看过，没什么可看的了。杨教授思考一阵，终于做出决定，把杨小静叫过来说："小静哪，我在想，你是不是也跟着小卫一起考托福呢？"

杨小静吃一惊："爸,你说什么呀？我……我考什么托福？我又不出国。"林主任倒像是早就料到似的，没有怎么惊讶。

杨教授说："不是真考，是去试一试。反正咱们也不缺那二三十美元，你就去练练手吧，省得整天无聊，转来转去地浪费时间。"

自从高考失利，杨小静已经害怕考试，又因为父母逼郑卫出国，搞得他们连谈恋爱都没有时间，倒像是她又跟男朋友吹掉似的。她淤积在心头的不满，一下子都爆发出来："哎，爸，你就是看不得我闲一会，是吧？考托福？我才不去呢！我倒是不怕吃这个苦，可我这个学英语的，到时间还考不过人家学生物的，多丢人呀！再说，就算考得好，也没有什么用。我这样的，能出国吗？出国干什么去？去刷一辈子盘子吗？还有，托福成绩两年就过期，那时候我还没毕业呢。我跟人家挤什么挤呀？我不去，就是不去！"

杨教授看女儿反应强烈，也不好硬逼，便以退为进地说："我只是提一个建议，你可以好好想一想嘛。考试不是目的，成绩也不重要，关键是对你的学习要有所促进。你才上大学二年级，他们都上三年级了。你只是练习，他们要成绩。就算考不过他们,也没有什么不好意思的嘛。你的学习要想上一个新台阶,就要敢于跟最好的同学比。你说对不对?"他小心翼翼地不提她只是考不上大学的子弟班的学生,当然不好跟综大的尖子生们比。

杨小静自然体会得到她爸的弦外之音,更气愤了,想起她爸以前强行拆散她和张前,现在又逼郑卫出国,心里更难受。她气哼哼地说:"你叫郑卫出国,又让我考托福,非要把我们赶走,是不是?你怎么就喜欢强人所难呀?不考,我就是不考!"

杨教授强作镇定说:"我说过,考不考由你自己定,我只是给你一个建议。学习,出国,是为了你们自己,不是为了我们。你们都走了,我们孤家寡人的,过着有什么意思?可是我们是做长辈的,有义务提醒你们一下,希望你们进步,对不对?我们没有强求,也不会强求你们做任何事。"杨小静既不愿听她爸的大道理,更不愿去考试,转身进屋关门,再也不出来。

杨教授倒没有怎么生气,反正这事并不算重要。杨小静考得好不好,对郑卫出国都帮不上什么忙。他只是想,有杨小静跟着一起学,郑卫不分心,也更努力。他当然看得出来,郑卫没有什么心思出国,只不过是惧怕他这个未来的老丈人,才勉强一试。学习要靠自觉,如果他只是应付你,不自觉自愿,又怎么能考好?考不好英语,又怎么出得去国?女儿呢,聪明还是聪明的,就是从小身体不好,娇生惯养,学习不努力,现在上子弟班,成绩也只是中等偏上,算不得拔尖,如果能借考托福的东风,促进一下,也许成绩就能进入全班前列。现在看女儿激烈反对,那就等几天再说吧。

第二天,杨小静把这件事给郑卫一说,没想到郑卫倒挺高兴,说:"好啊,来吧,跟我一起学,这样我就安心了,不用老想你。"

杨小静担心道:"那要是我以后考不过你们,多丢人呀!我可是专业学英语的哟。"

郑卫从来没有过这种想法,见杨小静还没学就开始比,忙劝她说:"咱不比,不跟别人比,好不好?他们两人本来就是尖子,又已经准备小半年了,咱们怎么跟人家比呀?你水平肯定比我强,只要考过我就行。再说你一会要准备排练，一会要出去演出，耽误多少时间？就算考得不理想，也是情有可原嘛。"

杨小静本来是想找男朋友寻求安慰的，没有想到郑卫也拉她一起考托，心里很不爽，发火道："你们是不是都觉得我学习不好，非要逼我学习，对不对？我就是笨，有脸蛋没脑子，就这样！学不过你们，还不能不学呀？"

郑卫一见女朋友生气，赶紧低声下气地安慰："哎哎，小静，小静，你绝对聪明，比我强多了！你看我什么事不都求着你拿主意？就是因为你比我聪明得多，而且你也肯定不比任何人差。你不就是小时候身体不好，耽误了吗？你要不想考就不考算了。说实话吧，我拉你考，主要是不放心。你看，你这么漂亮，又这么有名，我要准备考试，没有时间陪你，万一你这……太无聊，跟别的什么帅哥跑了，那我可不惨透啦？出国没出去，女朋友又跟别人跑掉，那我还有什么脸面活在世上呀？"说完拉着杨小静的手做姿势往窗口跑，嘴里还喊着："别拉我，别拉我，女朋友不要我了，我要跳楼啦！"

杨小静这才明白郑卫拉她考试是舍不得自己，心里舒服许多，说："是我们家逼你出国的，我怎么可能趁机跑掉？你把我当成什么人啦？"

郑卫忙说："我相信你，没问题。就是怕你总是一个人，太寂寞。你知不知道想打你主意的人有多少？你要是在我身边，我就放心了。"

杨小静不生气了，说："我也不是想跟你们比。你们都是综大的，全国的尖子，我比什么比？就是怕要是考得太差，信心都没有了。"

郑卫想一想，说："要不你就陪我学习，别提考托的事。到时间看，做模拟题，有把握就去考，没把握就算啦，行不行？"

杨小静一想这个主意不错，这样郑卫也好安心学习。可是一想到考试，她心里又不高兴，一把丢开郑卫的手说："我爸把我往水里推，你把我往水里拉，就怕我不下水。怎么就没有一个人对我好呢？"

郑卫赶忙过去抱住她说："我对你好，我对你好嘛！你知道我就是喜欢玩，要不是为了你，我能吃这个苦、受这个罪吗？要不你就坐在旁边，看小说、玩游戏，什么都行，反正你只要在我跟前，我就特幸福。"

杨小静其实也很喜欢跟郑卫在一起，听他这么说，一咬牙道："既然去了，玩什么游戏呀？学就学，反正我不考试。"

杨小静回去就对她妈说："妈，我以后会回来很晚的，跟郑卫学习去了。"又冲她爸一撇嘴说："哼，就是看不得我闲一分钟！想把我往水里推，没门，我只学习，不考试。"

杨教授又来劲啦，说："学习不是目的，考试更不是目的，这些都是手段，目的是提高自己……"杨小静最怕她爸没完没了的大道理，赶快开门跑出去，心想她爸都可以去报社兼职赚外快了，专门写社论。

可是杨教授和林主任看见杨小静抱进抱出的都是托福书，心里就有了底，也不去说破。林主任更是做了许多好吃的，让女儿连吃带带，加强营养。

没过几天，杨小静回家一照镜子就喊起来："妈，你看我现在都憔悴成什么样子了？都是你们逼的！我怎么显得这么老呀？"

林主任一看，女儿的肤色确实不如以前光亮，嘴里却说："没有呀，跟以前一样嘛，没有什么变化。是不是刚刚开始这么使劲学，心理压力大呀？你又不考试，能学多少是多少吧，别太累了。"

杨小静一想，人家刘娟学得可比自己苦得多，而且天天这样，多少年都过来了，不也还是挺漂亮的嘛？也许，自己过一段时间适应了就好了。她去买来一大堆进口高级护肤品涂在脸上，有时间也做做面膜、贴贴黄瓜片，尽量保持吧。至于学习嘛，既然上了贼船，想下来是不可能的。

每天学习到半夜，消耗又大，不补充点能量肯定顶不住。郑卫提议大家比赛背单词，谁输谁给大伙买夜宵。大家都说好。由于有比赛，个个学得更起劲。可是这事坚持没有两个星期，就坚持不下去了，因为刘娟和老七很少输，全是郑卫、杨小静和月半请客，尤其以月半请得最多。这下子月半不干了，叫唤说："我本来就是陪太子读书的，俺又不出国，凭什么你们外国人欺负我们中国人呀？我不干了，我不干啦！"

另外四个人也不好意思，都是穷学生，请一两顿的还可以，天天吃一个人的，搁谁都吃不消。大家便商量着决定，以后吃夜宵轮流买单，谁背单词背输了，改为罚打手心，让他长记性。五个人通常一起出去吃点小吃，来一碗汤圆、一份凉皮什么的，大家一边吃一边聊，都说这小日子过得挺不错。杨小静又时不时从家里带一些酱牛肉、卤鸡蛋等好吃的来，给大家改善生活，吃得人人兴高采烈。几个人都觉得，好朋友抱团一起学习，心情好、效率高、出成绩。这里面，郑卫是最愿意跟大家一起学的，要不是有刘娟和老七带头，又有杨小静盯着、月半陪着，他早就学不下去了。

除了背单词，后来对其他考项，如语法、阅读、听力、逻辑、数学什么的，大家也都照此办理，互相考，谁输谁挨打。按照规定，每次考完，由考得最好的，打考得最差的，其他人在旁边加油。

结果大部分时间都是刘娟考得最好，其他人各有千秋。刘娟打月半和杨小静时轻描淡写，拍两下完事。打郑卫和老七时却狠得多，找出把尺子使劲打，每打一下还要求挨打的喊一声："打得好！"郑卫挨完打后会摸着手哀叹："痛彻骨髓呀！比我妈还狠！"杨小静就会悄悄地帮他揉一揉手。老七倒觉得这样好，他可不想看到刘娟白净的小手扣在郑卫粗糙的大手上。

一忙起来，时间过得飞快，眨眼到了期末，大家不得不暂缓学英语，集中精力以应付专业课的考试。杨小静倒不用做什么调整，把自己的教材拿出来翻一翻就行了。考试的时候，她拿到试卷就笑，这都是些什么呀，实在太小儿科，跟托福没有办法比。几门考试，她大多只用一半多一点时间就做完交卷走人。她提前出考场，倒不是为了显摆，实在是忙不过来。她得抓紧每一分钟，赶紧背托福去，不然一比赛全垫底，一个晚上挨好几次打，这个打完那个再来打，让本姑娘的嫩脸往哪里搁呀？

期末考试成绩一公布，杨小静两门功课考全班第一，一门考第二，还有一门考第三，总评全班第一，名次大幅提高。她表面不动声色，心里还是蛮高兴的，可也只是高兴一会，就又忙着备考托福去了。她已经不把自己的同学当成比赛对手，现在她要追赶的是综大的正规生，是全国的尖子。

杨小静回家把成绩给她父母一汇报，可把杨教授和林主任高兴坏了。

林主任立即说:"小静呀,进步这么大,你想要什么奖励,尽管去买,多贵妈都掏钱。"

杨小静哀叹道:"我哪有时间呀?"

杨教授笑着一个劲地点头说:"好,太好了!这就叫以考促学。无论你考不考托福,只要把学习抓上去就行。看来我们是做对了。"

杨小静意兴阑珊地说:"对什么呀?把我都累死啦,比准备高考都累。再说,子弟班里考第一算什么呀?我去跟小学生比,还永远第一哩!"

杨教授反对说:"子弟班的第一,也是第一。你以前拿过第一吗?没有呀。这就是进步!再远的路程,都是一步一步走过来的嘛。"

杨小静还是觉得没有意思,嘟着嘴说:"可是,我还是学不过郑卫他们。我可是专门学英语的,怎么连人家读生物的都学不过呀?"

林主任一手抱着女儿的肩膀,一手握住她的手安慰她说:"他们比你大嘛,你又不考试,又不出国,事情又多,比不过他们也是正常的嘛。"

杨教授也对女儿说:"考试不是目的,重要的是提高自己。他们要出国,必须考高分。你要分数也没有用。学到真本事,以后能够拿得起工作就行了。你不要总认为我给你讲大道理,我说的都是实在话。不要去比了,没有意义。"

杨小静这次觉得她爸说的还是有些道理的,再转念一想,自己的口语比他们几个强,以后做口语翻译好了,心里舒服不少。

杨小静正想回屋休息片刻,杨教授又说:"小静呀,我这里还有一个好消息。你去跟小卫说,他的工作有眉目了。"

杨小静奇怪道:"你不是让他出国吗?怎么又帮他找工作呢?"

杨教授不屑道:"你们这些孩子,想问题都是一条线的。他要是考得不好怎么办?就算他考得好,人家美国领事馆不给他签证怎么办?还不是要找工作?去哪儿找呢?"

杨小静忙考托忙得晕头转向,根本没有想这事,随口说:"他还有一年才毕业呢,现在着什么急?要是出不去,就找一家公司去干呗。"

杨教授耐心地说:"公司好找吗?办不办得了户口?北京户口容易搞得

到吗？再说，刚进公司要熟悉业务，忙得很，怎么准备再考呀？"

杨小静惊问道："你是说，他这次要是出不去，还得再考，是不是？"

杨教授肯定说："当然喽。他一个综大的高材生，去公司打杂不是太可惜了吗？"

杨小静语带挑战地问："那你已经把他安排到哪里了？"

杨教授倒不在意："我能说上话的，只有咱们学校。团委有名额，我已经跟他们谈过，还只是一个意向，没定，不过，我估计问题不大。"

杨小静不满地说："那到团委工作就有出息了？"

杨教授解释说："过渡一下嘛。那里工作不算忙，而且环境好，他可以继续考出国。他那么年轻，只要留在学校里，以后就好办。"

杨小静一想，怎么他们的一切，都是她爸说了算呀？心里不是一个滋味。可是她也知道，她爸是好意，就凭她和郑卫两个人，没有她爸帮忙，留北京可太不容易了。那么多硕士、博士都没有办法留，郑卫一个本科，凭什么留呀？就算去公司，公司能弄得来户口吗？如果有户口指标，人家也给关系户了。这些事情，简直就是常识，人人都知道的，杨小静又怎么会不懂？

她去跟郑卫一说，郑卫愣了一会，也说："姜还是老的辣，你爸想得远。要没有他老人家帮忙，我要想留北京肯定没戏。帮我谢谢你爸！"他感激是感激，可是一想到这次要是出不去，还得不停地再考，心里就发毛。他咬着牙对杨小静发狠道："看来，逃是逃不过去的，我得拼命啊！不然明年还得再来一遍，更要命！"

来到暑假，只有月半一个人高高兴兴地回家看父母和男友去了。刘娟、老七和郑卫三人都留在北京全力冲刺，准备夏末的托福、"寄阿姨"考试。杨小静因为学习成绩大幅跃升的鼓励，心气也上来了，决定跟他们一起考托福。四个人参加英语学校的托福加强班，整天做仿真题和考过的真题，做完回去继续按成绩打手心。除了杨小静，三个综大学生还参加"寄阿姨"冲刺班，也是整天做模拟题和以前考过的真题。虽然刘娟的寄阿姨成绩总体来说还是比两个男生强，尤其是语言部分，可是郑卫的逻辑时不时能考出出奇的高分，数学嘛大家差不多都是满分。他们三人说好"寄阿姨"是按项目打手心，所以郑卫偶尔也有机会去打刘娟的小手。老七看得很是心疼，像是别人占了自己女朋友的便宜似的。其实郑卫已经完全学傻了，对打美女什么感觉都没有，再说老七也打过一两回杨小静的玉手，他倒没有觉得自己也占了郑卫的女朋友的便宜。

郑卫现在真是发疯似的狂学，只要没睡着，就在学英语，连吃饭、上厕所都在看书、背纸条，平常那股机灵劲全没了，人显得呆头呆脑，嘴里念念有词，看人眼睛发直，做事丢三落四，跟精神病患者一模一样。本来郑卫学习是要靠别人催促的，现在杨小静倒要时不时拉他出去走走，逼他去洗澡、理发，借此休息一下，怕他走火入魔。原先他的水平跟杨小静差不多，比刘娟、老七要差一大截。他这么一拼命，很快就赶上来，吓得刘娟和老七也更玩命了。杨小静现在成为落后分子，托福都比那三个人差，"寄阿姨"不参加考试，更是不用比了。

临近开学，几个人接连参加了托福和"寄阿姨"考试。考完之后，他们几乎虚脱，都是躺在床上几天爬不起来。拼命这么久，突然停下来，郑卫回头一想，真是恍如隔世啊！

个人资料（请务必完整填写并回馈）

姓名 _____ □先生/□女士

Email _____ 生日_____年___月___日

固定电话 _____ - _____ 手机 _____

单位 _____ 职业 _____

地址 _____

QQ/MSN _____ 邮编 _____

读者调查表

您从哪本书得到这张卡片的？ _____

您从哪里购得本书的？ _____

您的阅读方向？ _____

您还希望我们出版或引进哪类书？ _____

您的意见或建议？ _____

如何加入后浪读书俱乐部

1. 拨打热线010-57499090，向客服人员登记您的信息。
2. 发短信至18811421266，我们将回电登记您的信息。
3. 将此信息登记表传真至：010-64018116
4. 登陆网站：www.hinabook.com，点击右上角"注册"，填写会员信息登记表。
5. 邮寄至：北京市东城区景山东街纳福胡同13号北楼2层 后浪出版咨询（北京）有限责任公司 邮编：100009

后浪微信：hinabook

后浪官方直营店 http://bjhlts.tmall.com
服务邮箱 buy@hinabook.com
服务电话 13366573072 010-57499090

欢迎加入后浪读书俱乐部 www.hinabook.com　　后浪出版咨询（北京）有限责任公司　拍电影网
www.hinabook.com　www.pmovie.com

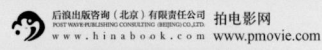

- 加入我们，可以得到定期的新书信息、电子读书报、活动信息、后浪小礼物、购书优惠券、作者签名书籍和海报、毛边书等等。
- 俱乐部将从每月新增会员中抽取 3 名赠送当月最新出版的书籍一本。
- 会员书评投稿如获纸媒发表将有机会获得后浪新书 1 本。
- 欢迎登陆 http://www.hinabook.com 和 www.pmovie.com 了解更多活动信息。

*本活动最终解释权归后浪出版咨询(北京)有限责任公司所有

006　出奇能制胜

考试过后一个星期，杨小静请一起学习英语的四个综大学生去她家，庆祝大伙浴火重生。林主任做了一大桌菜，杨教授拿出几瓶白酒红酒，让大家随便点，放松放松。

林主任是第一次见到刘娟，直夸她："这姑娘长得真俊！"

杨小静说："妈，人家不光长得漂亮，学习更好，还是班长呢！"

刘娟不好意思地说："小静更好看，比我懂事。我太死板。"

杨小静搂着她的肩膀说："你们看娟姐的气色多好。你才考完托考完寄哎！你看我考完托福都多久了，到现在还恢复不过来，皮肤发暗，还是你的皮肤好。"确实，刘娟喝下一点红酒，脸蛋秀丽鲜艳，十分诱人。老七看后爱得要命，郑卫也暗暗羡慕。

只有月半在旁边郁闷道："我的朋友怎么都这么漂亮呀？我跟你们在一起，不成陪衬人了吗？"

杨小静赶快拉起她的手说："月半姐，你看你多喜庆呀！人再漂亮又能有几年，性格好才是最重要的。"月半本来就不是小心眼，听杨小静这么一说，很快又喜笑颜开了。

不用说，饭前餐后大家议论的都是考试的事和下一步怎样递申请。

郑卫说："要是早知道考托考寄这么苦，我可能一开始就打退堂鼓了。"

杨小静笑道："你不是也顶下来了吗？"

老七恨道："这小子后来进步神速，逼得我们只好跟着往死里学。累死了，累死了！"

刘娟也点头说："提高百分之十以上。"

郑卫喜道："这么说，我的功劳大大的啦！"

杨教授在一旁感叹说："人都是要逼的！这一逼，潜力就出来了，对吧？"大家都点头，只有杨小静摇头，她觉得自己就是被逼死了，也没有办法赶上这帮综大的天才。

又过几天，托福成绩下来，刘娟六百五十多，老七六百二十多，郑卫六百一十几，杨小静六百出头。郑卫吃亏就吃在听力上，落下好多分，毕竟这不是靠突击就能完全上去的。杨小静别的考项都比不上他们，听力却几乎赶上刘娟，比郑卫、老七都高。

郑卫感叹说："要是能夫妻俩合算总分就好啦，把你的听力加上我的语法和阅读，我不就快赶上刘娟了嘛？"

杨小静笑说："谁跟你夫妻呀？那要是把你的那两项加到我头上，我不也超牛吗？"两个人抱在一起，哈哈大笑。

又过一段时间，"寄阿姨"成绩也下来。刘娟还是最高，达到二千三，郑卫和老七都是二千一百多，郑卫比老七高出几十分。老七早就知道自己逻辑部分考不过郑卫，叹口气就算了。他想自己托福分数高，平时功课成绩比郑卫强得多，显然自己出国的希望更大。刘娟就不用说啦，谁都知道她要做的，就是回家收拾行李买机票准备走人。郑卫则是喜忧参半，喜的是自己的托福、"寄阿姨"虽不算顶尖，却比自己以前估计的好得多，忧的是自己专业课成绩太差，现在想补都来不及，能不能出国，只有天知道。认识他的大多数人，都对这个吊儿郎当的混混能考出这样的成绩而颇感惊讶，而对他的出国梦，几乎所有人都认为那只是一个幻想，除非美国佬就喜欢收中国的渣滓。

寄阿姨成绩下来没过几天，杨教授就让杨小静给郑卫带话，说请他周末去吃一顿便饭。郑卫一听就知道没有那么简单,对这位未来的岳父大人,他可真是有些害怕,可是一则要娶人家的女儿,二则要仰仗他的关系留京,这杨教授可是万万得罪不起。

杨小静也知道郑卫担心,给他打气说:"别害怕,有我呢!"边说边贴在他身上。郑卫伸手把杨小静搂在怀里,顿时感觉豪情万丈,心想为了至爱心上人,他就是上刀山下油锅,眉头都不皱一下。

郑卫来到杨小静家,杨教授当即表示祝贺:"小卫呀,成绩不错,祝贺你喽!"

郑卫赶快称谢:"谢谢伯父!"

杨教授问道:"听小静说,跟你一起考的同学,也考得很好,是不是?"

郑卫答道:"是啊,刘娟考得特好,老七托福比我高,寄阿姨比我低一点。"

杨教授总结说:"这么说,都差不多嘛。你起步比他们晚,成绩却不比他们差,这说明你冲刺能力很强,脑瓜子聪明。"

郑卫在综大经常被人轻视,所以抗打击能力超强,又因为很少受到夸奖,享受赞赏的准备严重不足,今天突然在女朋友面前得到她父亲的肯定,乐得差点就要晕过去,激动中也忘掉谦虚,只是满脸堆满傻笑。杨小静本来全心戒备,只等着她爸出招,没有想到她爸居然高度评价郑卫的表现,不由地也是笑靥如花,点着郑卫的脑袋说:"他这个聪明呀,以前全用到玩上了,你要是不让他学习呀,他现在还在混哩。"

杨教授也笑说:"年轻人嘛,能玩不是坏事,并不是说死读书就好。不过,玩也要有档次,打牌下棋、唱歌跳舞,那都算不了什么,能到美国去玩,那才是真正能玩。"

杨小静眼睛一亮,说:"对呀,要能到美国去玩就好啦!我们前两天学过科罗拉多河和大峡谷,真是气势非凡,好棒噢!"

郑卫也跟着起劲:"我要去漂流。托福里有一篇就是在科罗拉多河漂流的,太刺激啦!"

杨小静激动地叫道:"还有拉斯维加斯,听说离大峡谷不远,开车一会就到。"

郑卫双手伸出，想要搂住什么似的喊道："黄石，还有黄石，太漂亮了！冰川就在旁边……"

郑卫和杨小静还没有来得及倾诉完兴奋，杨教授的冷水就泼将下来："问题是，你们要能去得了呀！小卫啊，申请学校了吗？"这一下子，郑卫和杨小静都清醒过来，全都蔫了。

郑卫回答道："正在准备。唉，事情真多，我还以为考完就没有事了呢。"

杨教授微笑道："这才算是万里长征迈出第一步，下面的路还很长。这样吧，咱们三个人拉一张单子，看一看都要做些什么事，我们都能帮你什么忙。"

杨小静一看又来了，不耐烦地说："郑卫知道做什么啦！他的那些同学不都在申请吗？你们能帮什么忙？"

杨教授不慌不忙地说："我们还是能帮上一点忙的吧，比如说申请费，我们就可以赞助嘛。"

杨教授这一击，可算是打中这一对小恋人的要害。杨小静立即不吱声了，因为她自己没钱，吃住还要靠家里，而郑卫家也不富裕，供他在北京上大学就不容易。她知道当年她爸为了出国，换回一些美元，现在还在银行里存着。

郑卫脸红了，连忙说："伯父，不用，我，我去问亲戚……嗯……还有朋友，借吧。"嘴里这么说，他心里也知道，每个学校的申请费，少则三四十美元，多则五六十美元，申请几所学校，再乘八乘九，那就是好几千人民币，他一个穷学生，实在是很吃力。还有，他没有什么门路，只能到黑市上去兑换美元，要小心不要被人骗了。他们前一届就有一个师兄，用几千元人民币换回几张假美元。一想起这些，郑卫就头痛不已，当初只想到要命的事是考托考寄，没想到还有这么多的麻烦，真是烦死人啦！

正在这时，林主任从厨房里伸头出来喊道："吃饭喽。小静，来帮我端菜。老杨，你带小卫到餐厅坐。"

郑卫赶快站起来说："阿姨，我也来帮你端菜。"郑卫现在不算是客人，林主任就让他跟着女儿一起帮忙。

几个人开始吃饭,林主任给郑卫夹上几筷菜,说:"小卫呀,你要多吃点,你比以前瘦多了。"

杨教授也说:"是啊,小卫,多吃点,这一段时间你也真够辛苦的,不过,成绩很不错嘛。你考得好,小静跟着你一起学,也提高很多。这是我们最高兴的。"

杨小静撒娇道:"把我累死了,怎么功劳倒都成了他的?"

郑卫忙说:"有小静跟我一块学,我也提高很多。"

杨小静笑说:"这还差不多。"

郑卫也笑道:"你就像是督战队的,往那儿一顶,我就不敢退。"

杨小静嗔道:"你居然把我说得凶神恶煞一般。"

郑卫笑说:"也有美女督战队啦。"

杨教授听了一段"小两口"的调笑,转向正题,对郑卫说:"小卫,申请费的事,你就不用操心了,我这里有一点美元,你拿去用吧。别的材料就靠你自己准备,我们也帮不上什么忙。"

郑卫坚持说:"谢谢伯父伯母,我还是自己想办法吧,这么多钱,不能让你们替我出。"

林主任抢着说:"这孩子,什么你们、我们的,都是一家人嘛。"

杨教授怕郑卫接受不了,说:"这样吧,现在你急用,就拿去用,以后你出了国,有了钱再还我们就是。"

郑卫犹豫道:"那要是我出不去呢?"

杨教授断然道:"那就不用还了!做什么事情都是冒险,不冒险哪里会有成功?小卫呀,不要推喽,你还有很多事情要做,不要耽误时间。"

郑卫见杨教授很坚决,自己确实还有太多麻烦事,只好说:"那,我都不知道应该怎么感谢你们。"

杨小静笑说:"对我好点呗。"

郑卫急道:"我对你还不好吗?伯父不给我钱,我也会对你好呀!"

杨小静满脸幸福的笑容,杨教授和林主任也都在笑。

杨教授继续说："咱们……噢……你们，一会拉张单子，一条一条列出来，看都有什么事要做，哪些先做，哪些后做。首先是申请哪些学校？确定学校后，才好给他们寄你的托福和寄阿姨成绩，寄申请材料，还有报名费。所以选学校是第一步。考托福和'寄阿姨'的时候，美国的考试中心已经免费把你的成绩寄给三所学校，对吧？它们都包括在你的申请学校里，是吧？"

郑卫说："应该吧。当时我忙不过来，就问刘娟随便要来三所学校的代码填上。这三所学校得报吧，要不然托福、'寄阿姨'成绩就算是白寄了。"

杨教授说："这个没有关系，也就几十美元，几百块人民币，看起来不少，不过对于出国这种大事来说，算不得什么。关键是要报对学校，这里面很有技巧。"

郑卫有点惊讶杨教授如此熟悉，不过想起他自己就曾经申请过出国，又在高校工作，可能学生中间有不少出国的，也就觉得正常。

杨小静近来自然相当关心出国的事，插嘴说："那是呀！咱们前面那栋楼的那个小个子，也是综大的，学计算机嘛什么来着，特牛，前年说出国，只报常春藤名校，结果没走成，人家比他差的都走了。"

林主任说："他不是去年走了吗？"

杨小静说："是呀，比人家晚一年，最后去的还是一个二流学校，叫什么来着？我都记不起来。郑卫，你能出去就行，不要只盯着名校。"

郑卫苦笑道："能不能出去都不好说，还去什么名校啊！去年我们系考英语的一大堆，最后走掉的也就三分之一多一点吧。"说完直摇头。

提到名校，杨教授思考着说："这要辩证地看问题。好学校不容易录取，但容易拿奖学金。差学校倒是容易进，可是很难拿到奖学金，也容易被拒签，还是没有用。名气很重要呀！综大出来的学生能跟我们学校出来的一样吗？综大有多少钱，我们又有多少钱？别人一捐款就想着综大，我们学校想募捐，难得很哟！"说完他也直摇头。

杨小静问郑卫："你填的那三所学校算好算差？"

郑卫回答说："两所普通，一所烂校。名校我哪敢报啊？"

杨教授问:"你们上届出国留学的情况怎么样?跟他们相比,你的托福、'寄阿姨'成绩算是什么水平?"

郑卫说:"一般吧,不好不坏。"

杨教授继续问:"那么像你这个水平的都出去了吗?"

郑卫答道:"有的走了,有的没走成。这事只能碰运气。不过,好像没有听说有谁像我这样分数的进入名校。"

杨教授问:"你平常成绩好吗?"

这一下子戳到郑卫的伤口,郑卫"啊"了一声,瞪着眼张着嘴愣在那里,不知道如何回答。

杨教授以为他没有听清,又问一遍:"你的平均成绩好吗?这个很重要,如果托福、'寄阿姨'分数一般,平均成绩好也行。"

郑卫结结巴巴地说:"也……也一般吧,我是概念都清楚,就是没有怎么抠细节,所以……"郑卫虽然告诉杨小静说自己是混混,可是从来没有说自己平均成绩全班倒数第一。对杨教授,那他是打死也不敢讲。

杨小静拍拍他的肩膀说:"还是玩得太多了吧。"

郑卫急道:"那些细节书上都有,为什么非要死记硬背?"

杨教授一看郑卫的尴尬样,就知道他的平均成绩帮不上忙。他可没有想到郑卫的平均成绩是要帮倒忙的。要是他早先知道真相,恐怕连赶郑卫出国的念头都不会有了。他说:"要是这三个成绩都一般,那就只好申请一般学校了。"郑卫和杨小静都不说话。林主任给郑卫夹菜,可是郑卫一点也吃不下去。杨教授吃一口菜,细细地嚼着,咽下去后才说:"没关系,那就多报几所吧。一般学校容易进,但不好拿奖学金。多报几所,得奖的几率会大一些。"

从杨小静家出来,郑卫低着头,心情非常沉重,本来就很没有把握的出国,经杨教授这么一番分析,只觉得更加没有戏唱。杨小静说要帮郑卫准备申请材料,也跟着出来。

她原本也有点情绪低迷,看到郑卫一副垂头丧气的样子,只好安慰他说:

"碰运气吧，去年不也有跟你差不多分数的人走了？实在不行的话，明年再试吧。"

郑卫难受地说："今年就折腾死了，明年还要再来一次呀？这平均成绩还不是一样？"

杨小静想一想说："要是托福、'寄阿姨'成绩再高一些，希望就会更大吧。"郑卫低着头不吱声。

杨小静琢磨着说："怎么才能把平均成绩提上去呢？"

郑卫说："听说别的学校有改成绩单的。综大不可能，规定严格得很，交钱到学生处，学生处转给教务处，教务处直接把你的成绩单寄到国外你所指定的学校。谁想玩花样，门都没有。"

杨小静说："综大是名校，管理当然严，这样也好，在国外声誉好，可信度高，人家容易接受。"

郑卫还在懊丧："以前一点都没有想到要出国呀，不然平时考好一点没有多难嘛。我就想着在国内混，国内找工作，关系第一，谁看你成绩单呀？"

杨小静推推他说："好啦，好啦，都到这一步啦，该吃的苦也吃了，该受的累也受了，怎么着也得试一试吧。走，去图书馆，咱们查一查资料，先多选几个，然后再定报哪些学校。怎么样？"

郑卫点头道："行，死马当活马医吧，下个星期必须定下来。"

两个人钻进图书馆，找到好几本介绍美国学校的大册子，什么学校排名、研究生院排名、生物专业排名、科研经费排名等等，搞得他们头昏眼花。郑卫专心只记有可能报名的学校，杨小静则忙着看那些大名鼎鼎如雷贯耳的名校，每看到一所就叨叨一番，这所学校怎么来的，怎么怎么好，怎么怎么牛。她是学英语的，对这些知道得还特别多。

郑卫有点不耐烦地说："你不要扰乱军心好不好？我又不报那些名校，看它们干什么？"

杨小静拿书一敲郑卫的脑袋："你敢对我凶？"

郑卫忙赔笑道："不敢，不敢。现在咱们还是集中精力找我能报的学校，等咱们去了美国，再去参观那些名校，怎么样？"

杨小静一脸崇拜地说："好呀，我太想去看一看了！只要能去那里看上一眼，这辈子都值了！看一眼，真的，只看一眼！"她对郑卫伸出一个指头，好像是央求郑卫，又好像是乞告上苍。

郑卫突然想起来，说："你知道吗？刘娟报王冠了。"

杨小静惊讶道："啊，王冠大学，真的呀？她可太牛了！"

郑卫说："综大每年都有几个去王冠的。这一届生物系刘娟要是不去，那谁还能去？"

杨小静感叹道："王冠这名字就吓死人了！要是我，连想都不敢想。你说王冠会要她吗？"

郑卫分析说："我想还是很有希望的。王冠要是不录取中国学生，那就算了。只要录取中国人，综大的，学习又是第一，肯定就是她。"

杨小静又问："那会给她奖学金吗？"

郑卫笑起来："王冠那是什么学校？只要能录取，绝对全奖！你知道吗？王冠每年的运行经费，比很多小国家的国民生产总值都高。它收到的捐款，花都花不完。奖学金算什么？毛毛雨啦！"

杨小静一脸羡慕不已的样子，也不知道她是羡慕王冠，还是羡慕刘娟。

杨小静又问："那刘娟还申请别的什么学校？"

郑卫说："另外报了两所，也是名校。她总共有三所，就是考托考寄免费直寄的那三个。我听月半说，她只盯着王冠，别的都只是陪衬。人家那真是牛人啊，咱是没有办法比的啦！"

杨小静接着问："那老七呢？他也报王冠了吗？"

郑卫摇头道："他不敢，实力不行，浪费精力，浪费钱财。他在王冠附近申请好几所学校，离刘娟近一点就好。另外那两所名校他倒是递了申请，总共好像是六七所吧。"

杨小静感叹道："老七也挺不容易的，找一个女朋友什么都比自己强，压力好大噢！"

郑卫看杨小静对刘娟的那个羡慕样，心里酸溜溜的。他靠实力无法取胜，只好耍嘴皮子凑趣："我也很不容易呀，女朋友也是什么都比我强。"

杨小静果然大大地高兴，笑嘻嘻地问："那我什么比你强呢？"

郑卫扳着指头数："第一，比我漂亮，绝对美女。第二，比我聪明，什么都懂。第三，家庭条件好，父母也特别好。总而言之，你什么都比我强。"

杨小静笑道："那我怎么会看上你呢？"

郑卫也一脸奇怪地说："是啊？你怎么会看上我呢？也许是我前辈子积下很多德吧。"

杨小静逗他道："那你怎么报答我呢？"

郑卫乖巧地说："你让我干什么，我就干什么。"

杨小静下命令道："好，我要你带我出国！我要去参观王冠！我要去大峡谷和拉斯维加斯！"

郑卫只好咬牙挺胸抬头大声保证道："好，我一定带你去美国，带你去参观王冠。瞧我的吧！"

申请留学美国的过程既琐碎又麻烦。郑卫和杨小静先给美国几十所大学发信要申请材料，然后再一个一个地仔细查看，从中选出十个他们认为最合适的学校，然后就是填申请表，交报名费，写短文表明志向决心，再让美国英语考试中心把自己的托福、"寄阿姨"成绩寄到学校，还要交钱到学生处让教务处把成绩单直接发过去，最后还要请求老师给自己写推荐信，连同其他申请材料一同寄往美国。郑卫和杨小静整天都在折腾这件事，虽然烦得要死，贵得要命，但毕竟是希望所在，所以还能忍受。

他们时不时也跟刘娟和老七那一对一起讨论出国之种种事项。晚上回到宿舍，郑卫和老七自然也会通通消息。宿舍里的哥们，毫不掩饰他们的看法，觉得郑卫想出国，纯属白日做梦。

小四就说他："即使我去，也不一定能成。就你那个破成绩，真是花钱找丢人。"

老七也经常对郑卫说："我出不出得去都很悬，你就别想太多。"郑卫心里不爽，可又不好说什么，谁叫自己平时成绩过低呢？

月半却总是鼓励他:"你这么聪明,比他们谁差呀?不试一试怎么知道?"

刘娟一般不吱声,只有一次,郑卫唉声叹气地说自己没有什么希望时,她突然说出一声:"你行!"搞得郑卫有一瞬间还以为她是在说别的什么人。

班上的同学也大都认为,郑卫要想拿全奖出国,非得有买彩票中大奖的运气不可。

这天郑卫从体育馆出来,迎面碰上刘娟,旁边还跟着一位本系男研究生。郑卫跟那小子不熟,只知道他喜欢咋咋呼呼,大伙都叫他阿咋。这家伙不知怎么在路上截住美女,一边缠着跟她说话,一边直往她身上靠。刘娟一躲再躲,都快走到路旁水沟里去了。看见郑卫,刘娟像是见到救星,连忙向他招招手说:"跟我去系办。"郑卫猜到是怎么回事,当即来一个英雄救美,冲了过去。刘娟马上走到郑卫的另一边,把郑卫当做隔离墙。

阿咋见郑卫就喊:"你不是那个谁吗?什么卫来着?"

郑卫淡淡地回道:"郑卫。"随即转身问刘娟:"老七呢?他今天怎么没有护送你?"

刘娟说:"去银行了。"郑卫其实知道老七今天要去银行换美元汇票,这么问实际是说给阿咋听的,提醒他,这个美女已经有男朋友,你就别对人家胡搅蛮缠了。

阿咋当然知道刘娟已经名花有主,只不过好容易撞见美女独行,忍不住上来蹭点便宜。阿咋开叫:"对对对,郑卫,郑卫,就是那个成绩垫底还想出国的,是吧?"

郑卫不高兴地说:"哎,怎么说话哩?我成绩不好就不能出国了?你成绩好,去年不也没有走成?"也揭他的伤疤给他添堵。

阿咋一副不屑的样子说:"不好意思,我这个人就是直。别人都这么说你,只不过他们不当着你的面说,只在背后说,不然我是怎么知道的?我是有话说在明里!"好像他特坦诚似的。

郑卫讽刺阿咋:"哟,你还挺开诚布公嘛!你今年不再折腾出国了?"

阿咋叫道:"我没那么傻!我是想明白了,出国有啥意思?在国内放着主人不做，去给洋鬼子当小工？我才不会去哩。你们瞎折腾什么劲呀？出去后你们就知道什么叫做上当受骗了。"

郑卫笑说："你去年不也是想去受骗来着？怎么我们就不能去上上当？"

阿咋继续叫着："那是我年轻不懂事。要搁现在，请我去我都不去！千辛万苦跑半个地球去受那洋罪干啥？你们知道美国佬的种族歧视有多么严重吗？你们知道美国老板有多么狠吗？不扒你们几层皮才怪哩！你们在这儿放着大爷不做，非要跑到国外去当孙子，那不是有病吗？"他这一通咋呼，刘娟自然不爱听，可也懒得理他。郑卫是看情况，出不了国这话就算有理，出得去国这小子就是放屁。

郑卫继续问他："那你的托福、'寄阿姨'成绩不是作废了吗？"

阿咋说："没有，我上研究生英语免修。听说你考托考寄也是不高不低，是吗？你要不就考高点，要不就别考，就你那平常成绩，这不是开玩笑吗？"

郑卫感到他嫌自己阻碍他蹭刘娟，所以才说话这么冲，跟他对呛道："你自己出不去，不一定别人也出不去吧？我去不了好学校，上一所烂校总可以吧？"

阿咋可能也觉得自己说话太过，收敛着说："对不起，兄弟，我这是好意，实事求是嘛。我可不会表面上尽找好听的说，心里面笑话你。烂校是容易录取，可很难拿奖学金。我去年录取通知也有好几个，还有一个半奖，这不也没有走成？现在美国佬卡得多紧呀！咱们又是学生物的，没有全奖，几乎不可能给你签证。听说还有拿着烂校全奖都被拒签了的。我说实话呀，要不你就申请名校，要不你就别折腾啦，出不去的。"

郑卫心里虽然不高兴，但又觉得阿咋说的很有些道理，便不跟他计较，跟他商讨："那我多申请几所一般的、二流三流的学校，不行吗？"

阿咋很耐心地解释说："人家只看你三个成绩：托福、'寄阿姨'和平均成绩。你托福高吗？不算高。'寄阿姨'呢？也是一般。平时成绩呢？还很低，谁会给你钱呀？一年二十多三十万人民币，在中国都可以开一个工厂了。人家凭什么给你呀？他认识你吗？他知道你是谁吗？别抱幻想啦！我就把话搁这儿，你要是能出去，我就把头割下来给你当球踢！"郑卫半天说不出话来，心像是落进冰窖，都不会跳了，只剩下冷。

这时刘娟对阿咋说："你不是去实验室吗？那边。"

阿咋一边恋恋不舍地往那头走，一边对刘娟笑说："我有一个亲戚在国航。你要买去美国的机票，找我，保证便宜。拜拜了您呐！"

郑卫跟刘娟默默地走了一会，心情沉重地叹口气说："唉，白折腾了！"

刘娟轻声说："别听他的。"同时用胳膊肘轻轻碰他一下。那一瞬间，两个人的心里都是一颤，有一种难舍难分的感觉。

郑卫不由自主地稍稍拉开与刘娟的距离，转移话题说："你来系办干什么？"

刘娟说："找梁主任给我写推荐信。"

郑卫问："去王冠？"他知道梁主任以前在王冠大学进修过。

刘娟说："三个学校都写。"郑卫点点头。

走到系办门口，郑卫说："那我回去了。"刘娟凝视着他，点点头。

郑卫见到杨小静，把阿咋的说法给她重复一遍，当然，他讲的是一个删节版，把阿咋说他成绩垫底的话给过滤掉了。杨小静听后，心也直往下沉，觉得他们俩离美国梦越来越远。回到家里，她把郑卫的情况说给她爸听，不知不觉间，她已经把老爸当成同一战壕里的战友。不过，她把郑卫的说法又做出进一步的删改，说他的平均成绩一般，英语成绩也不够好，所以进不去美国名校，所以很难拿到奖学金，所以希望有限。

第二天杨小静找到郑卫，给他传达杨教授的指示："我爸说，不到水落石出，不能轻言放弃。你现在该干什么，就干什么，把报名表填好点，一定要仔细。短文写好点，找外教帮你改一改。还有推荐信，请你们老师尽量多说好话。只要尽到努力，成不成都没有关系。今年不行，明年再来，明年不行，后年再试。他叫你一定要相信自己，人家出得去，你就出得去。"

郑卫听说明年、后年还要考，头痛得要命，哭丧着脸说："一年一年往下考呀？这得要多大的毅力啊？"

杨小静说："我妈说，她有一个熟人的女儿，考托考寄六年才出去。"

郑卫惊叫道:"啊,六年还没有被折磨死呀?她可太强大了!"

杨小静继续说:"我爸叫你不要在乎钱,多报几所学校,这样成功的可能性大一些。"

郑卫说:"我已经申请十所啦,你都知道的。"

杨小静说:"我给他们说过。我爸说他听说有报二十所、三十所学校的,还有报五十所的呢!"

郑卫叫道:"那不是疯了吗?综大这里没有听说谁报那么多学校的,那要多少报名费?"

杨小静解释道:"那是人家国外有亲戚。"

郑卫说:"我申请十所,已经很不少了,我都不好意思对别人说。人家刘娟才三所,老七七所,我已经跟他们加起来一样多了。要是这些学校都不收,别的学校也不太可能要我,还是给你们家里省点钱吧,明年说不定还要考哩。"

杨小静说:"也行,明年你把托福、'寄阿姨'考高点,再多报几所学校,希望更大些。"

郑卫叹道:"我看今年是很难了,只好明年再说吧。你看每年那么多人考托考寄,不是大部分都走不了吗?"

杨小静鼓励他:"你是综大的呀,又是学生物的,都说学生物的好出国,是不是?我爸还说,万一你今年走不成,也不要落了英语,一定要继续学。"

郑卫痛苦道:"好吧,那还能怎么办?"

两个人沉默一会,杨小静问:"推荐信说好了吗?"

郑卫回答说:"说好了,我们班主任一份,另外又找了两个教授,都是给我们班上过课的,跟我关系不错。"

杨小静叮嘱道:"请他们尽量写好点。"

郑卫说:"我也是这么对他们说的。不过你想,每年那么多学生找他们写推荐信,他们肯定是拿一个模板稍微改一改,每一个人都差不多。这也就是走一个过场,美国那边谁知道你是谁呀。我听说除非你认识人,否则人家根本就不看。"

杨小静说："我爸说，他听说在国外，推荐信是很重要的。"

郑卫说："我听我们老师也这么说，尤其是校友的推荐信，还有熟人的推荐信。刘娟想去王冠，就找梁主任给她写的推荐信，我们梁主任在王冠进修过。听说他本来可以在那里读一个学位回来的，好像是家里出了什么事，没有读成。"

杨小静向往道："你要是也去王冠的话，也请梁主任给你写推荐信。"

郑卫苦笑着摇头说："我要能去王冠，你就可以上月球了！唉，能有哪个烂校肯要我，就已经高兴死我啦！"

郑卫加上杨小静，折腾来折腾去，总算把所有材料都准备齐全，把所有申请都寄了出去，剩下的事情，就只有听天由命，等待好运气了。郑卫心想，急也没用，不如不急，便又过上东游西逛、快快乐乐的好日子。除了跟杨小静花前柳下、卿卿我我之外，便是找张三打牌、拉李四练球，或者跟电脑大打出手。杨小静叫他学英语，他不敢不去，可是去了也是过眼不过心，啥都学不进去。杨小静说过他几次，他总是嬉皮笑脸，说什么大战过后，应当休养生息，积蓄力量。杨小静心存幻想，说不定这次就走了呢，总要等结果下来再说吧，所以也没有使劲逼他。

刘娟现在也轻松下来，总是跟月半在一起，有什么事就差郑卫去跑腿，因为老七要考研究生，现在又独自投入水深火热之中。有时候郑卫一个男生带着三个漂亮姑娘在校园里转悠，左顾右盼，真是得意洋洋啊！他长了这么大，还是第一次享此艳福。

郑卫轻松没有两周，老泰山又来找事了。这天杨小静一见到他就说："郑卫，你别玩啦，我爸叫你去考研究生哩！"

郑卫吓死了，指着自己的鼻子说："你说什么？我……去考研究生？"

杨小静说："对呀，我爸说你与其这么悠闲，不如去考研究生。你读研究生成绩好的话，不就可以盖住本科成绩了吗？"

郑卫结结巴巴地问："考……考哪儿的？"

杨小静说："肯定是综大的呗，我爸就认综大。"

郑卫快崩溃了，向心上人打躬作揖道："小静呀，你就饶了我吧！这个出国就把我折磨得半死，再考研究生，我实在是没有办法活下去啦！现在都什么时候了？马上就要开考，我就是想复习，也来不及呀！"

杨小静难受道："都怪我！我爸问我，你都在干什么，我说你天天玩。这不，他就给你找事来了，唉！"

郑卫怀带希望说："你爸不是说把我安排到他们学校工作吗？"

杨小静说："这个应该没有问题吧，可是你迟早还不是要走？或者出国，或者考研，逃是逃不掉的！"

郑卫其实心里一直惦记着这个事，只不过尽量不去想它，能拖多长拖多长，能逃多久逃多久，现在看来，真是没法拖，没法逃，拖不下去，逃不掉了。他呆呆地站在那里，嘴里如失去控制似地不停地呢喃："怎么办呢？怎么办呀？"

杨小静看郑卫痛苦成这样，心里难过，跺一下脚说："算了，我就跟我爸说，今年考研报名日期已过，要是走不了，明年再考吧。"

郑卫双手抓住她细软的小手，心里满是感激。杨小静乖巧地投入郑卫的怀抱，用自己的小脸蹭着郑卫的耳朵和脸颊。郑卫抱着她，心里暗下决心，无论上天入地，就算是拼掉自己的小命，也要带心上人出国！

就这样，郑卫恢复机灵劲没有几天，巨大的压力又把他变成祥林嫂。他整天恍恍惚惚地，嘴里不停地念叨："怎么办呢？怎么办呀？"简直比当年找对象还发愁。以前追杨小静，因为实在没有把握，心里反而是拿得起放得下。这次可不行，没有选择，必须成功，不准失败。今年出不去，明年出，明年出不去，后年出，三五年出不去，还要去考研究生。如今居然变成上完研究生后，还是要出国，不管怎么样，不出国就是不行，死也要葬到美国！杨教授简直是把他往死里逼呀！要是别人，他早就跟丫拼了！可是他太爱小静，小静想出国，他无论如何也要带她出去。杨教授是够狠，可那也是为自己好。现在是竞争社会，你拼命干还不一定过得好，要是瞎混，马上就会被淘汰。出国吧，一定要出去，既然根本无路可逃，那么无论如何今年都要走，不然明年要考研还要考托考寄，岂不是更完蛋？

郑卫如今是神神叨叨、魂不守舍，不停地琢磨着怎样才能出国。他一会想，说不定运气好，哪一个学校会给他一个全奖，一会又觉得，不能自欺欺人，一定要想出一个办法来。他想，正常的路，他能走的都走了，下面能做的，大概也只有按照武侠小说上写的"剑走偏锋"，或者按照兵书所言"出奇制胜"了，可是想来想去，也想不出什么妙招来。怎么人家一瞬间就能想出那么多惊人的好主意来，轮到自己就什么都不行了呢？怎么办呢？怎么办呀？

这天夜里，郑卫躺在床上，把申请留学的各个环节再次捋了一遍，还是找不出在哪个部分、什么地方、用怎样的办法，才能提高自己出国的可能性。再多报几所学校？没有多大用。修改成绩单？根本不可能。再一次考托考寄？已经来不及。

迷迷糊糊睡了一会，他突然惊醒，一下子坐起来。一个念头涌上来，对了，推荐信，推荐信！要是能有一封极强的推荐信，也许会很管用。他现在的推荐信，纯属应付差事，几个老师写的东西，也都是千篇一律，泛泛而言，要是能精确打击，对，直接把推荐信寄给某一个美国教授，那不就把握大多了吗？

郑卫赶紧往下琢磨。找谁呢？班主任，不行，他连国都没有出过，听说现在也正在联系出国到什么学校去进修。那两个教授，一个也没有出过国，另外一个倒是出去过，不过听他说去的是一个研究所，不是学校，只收博士后，不招博士生。还有谁呢？谁认识外国的教授？郑卫突然想起来；哎呀，梁主任，刘娟找的梁主任！他出过国，认识很多外国大牌，尤其是那个叫詹姆斯·巴特曼的教授。梁主任给他们上课时总吹，说这个人跟自己关系多么铁，又如何聪明肯干，现在已经当上王冠基因系的系主任。不过，梁主任去的可是王冠呀！开什么玩笑？你疯了啊，还是狂了呢？郑卫躺回床上，心想这又是一个死胡同。

可是，郑卫却再也睡不着了。王冠，王冠，这个名字一旦进入他的头脑，就再也赶不走了。要是能去王冠，那就像是登上月球，不，就像是登上火星那样不可思议，那样无比辉煌！可是，连刘娟都没有把握，自己这样的，不是异想天开吗？不是痴人说梦吗？不是幻化成妖了吗？不是脑子进水了吗？可是，可是，只要王冠能够录取，就等于拿到奖学金，拿到签证，飞向美国，那可真是一箭穿心啊！

不过，梁主任会替自己美言吗？不可能，根本没有希望！梁主任非常"西化"，特别注重个人信誉，根本不会做假，而且就算梁主任肯为人"美言"，那也绝不会是自己，一个跟梁主任八竿子打不着、什么也不是的学生，还是一个坏学生。他琢磨起自己跟梁主任的交情，基本上可以说是一无所有。梁主任给他们班讲课时，对所有同学都是不冷不热，不远不近。他教过那么多班，那么多学生，对于他这样一个普通得不能再普通的学生，有没有印象都很难说。他记得那门课他学得还算不错，成绩中等，因为毕竟是系主任的课，他既没敢逃课，也没敢睡觉。要不，就求梁主任写一封推荐信，他爱说啥就说啥去吧？郑卫狂想整整一夜，也没有理出一个头绪来。

第二天整个上午，他都是躺在床上发呆。他知道，自己绝对不能找别人商量，无论谁知道，都会说他是神经病，想出国想疯了！找梁主任去？他老人家会替自己写推荐信吗？就算他肯写，也是实事求是，可是他如果直说自己成绩如何差，什么都不行，那不就变成劝王冠不要收自己吗？自己不就是花钱费劲自找没趣吗？模模糊糊中，他突然产生一个主意，可是太遥远，太不清楚，他还要再想一想，边走边想。

没有时间了，也没有办法了，与其坐以待毙，不如冒险杀出一条生路来。郑卫决定，这条路无论如何都要试一试，哪怕半路走不通也要试。他想来想去，觉得唯一不会笑话他而又肯帮助他的，只有刘娟。他估计刘娟周末下午十有八九在图书馆看书，心里祈祷着最好老七不在，月半也不在。

很巧的是，他找到刘娟时，老七和月半果然都不在，可是她周围还是有一些同学或者熟人。

他进去把刘娟叫出来，犹豫着问："老七呢？"

刘娟说:"刚走。"

郑卫又问:"月半呢?"

刘娟说:"上街去了。"

郑卫苦恼地低着头,不知道再说些什么好。把刘娟叫出来之后,他的勇气一下子消失,自己发神经也就算啦,何苦还要拉着别人跟自己一起抽风呢?人家刘娟多牛的人,才敢报王冠,自己是什么东西,也敢往那里想?沉默一会,说:"没事,算啦,我走了。"

刘娟早就已经看出他有事,而且是大事,侧身拦住他,抬头盯着他畏畏缩缩的双眼,严厉地说:"说!"

郑卫没有办法,吞吞吐吐地说:"我想……我想找梁主任……写推荐信,不知道……"

刘娟当即说:"他是你老师,没问题。"

郑卫嚅嗫着说:"那……那好吧。"

刘娟突然猜到他的意思,有点惊住了,半晌才说:"试一试总没错。"

郑卫点点头,低声说:"想……试一下基因系。"他知道刘娟报的是分子生物系。詹姆斯·巴特曼教授是基因系的,他稍微改一下方向,与刘娟并不冲突。说完他也忘记跟刘娟道别,转身就跑开。

郑卫从图书馆出来后,在校园里漫无目的地转悠几圈,边走边想刘娟的话,是啊,不试肯定没戏,试一下,不成也不亏什么,顶多又交一笔申请费。万一冒险成功,那可就赚大了。王冠,王冠,绝顶的王冠!为了王冠,什么险都值得冒,什么代价都值得付出!再说,他还有路可走吗?没有,一点都没有!不是他想冒险,而是他不得不冒这个险,只能拼了!

杨小静又去排练节目了,晚上才回来。郑卫把她叫出来,两个人一起往学校操场走,那是他们通常晚上聊天、嬉戏、打打闹闹的地方。

杨小静这一阵心情也很抑郁,尽管还心存幻想,但是她也明白,出国的希望实在太渺茫。看到郑卫这几天一副萎靡不振的样子,她的心情就更加低迷。现在看到郑卫似乎有点紧张,以为他难受,便安慰他说:"结果还没有出来，你不用太悲观，说不定你的运气好哩。"

郑卫又有点犹豫，杨小静看他欲言又止的样子，奇怪地问："怎么啦？有话说呀！"

郑卫一咬牙，嘴唇哆嗦着说了出来："我想……报王冠。"

杨小静嘻嘻一笑，用小拳头捶打着他说："都这个时候啦，你还有心思开玩笑！"

郑卫认真地说："我真的是想试一下。"

杨小静吓一大跳，好一会才叫出来："你怎么啦？脑子急坏了？这根本不可能呀！"

既然谈开了，而且杨小静的反应与自己估计的一模一样，郑卫反而镇定下来，思路也清晰起来，开始侃侃而谈："就是因为没有多少人敢报，我才想着冒险一试。这叫做出其不意，攻敌不备，险中求生。反正就算试过不成，也不亏什么。已经这样了，还能坏到哪里去？我就死马当活马医呗！"

杨小静被他这通大道理说得是将信将疑，可是她要的是实实在在的操作方法，而不是放之四海而皆准的废话。她反驳道："如果连那些烂校都不要你，王冠怎么可能收你？你现实一点行不行？就好比你高考分数连上本科都不够，你还想上重点，那不是做梦吗？"

郑卫一副成竹在胸的样子说："咱们这里是分数定终生，人家美国是看综合素质。它要看你的托福和'寄阿姨'成绩，要看你的专业课平均分数，还要看什么呢？还要看你的推荐信。我赌就赌的是推荐信！"

杨小静心头一亮，可还是疑惑万分："那你去找哪一个巨牛的人给你写推荐信呢？咱们国家还没有人得诺贝尔奖吧？就算有，像你这样的，人家会推荐你吗？"

郑卫引经据典："我记得我跟你说过，上次环保系请来一个美国教授做讲座，选出几个英语最好的学生提问题，结果那个美国人下来就挑上两个学生跟着他走了。美国教授权力很大！"

杨小静急问："你们系最近也有美国教授要来吗？"

郑卫回说："没有。我的意思是说，要是找一个认识美国那边教授的人为我美言几句，那不就希望大多啦？"

杨小静追问道："那你找谁？"

郑卫压低声音说："梁主任。"

杨小静不服："人家肯为你乱说吗？你以为你是谁呀？"

郑卫知道必须图穷匕首见了："他不肯，我自己悄悄写一个还不成吗？"

杨小静大吃一惊："你想伪造？"

郑卫狡辩说："我请他写一封推荐信，自己再悄悄改一改，这也可以叫做毛遂自荐吧。"

杨小静叫道："那也还是伪造呀！"想一下，又说："算了，你也不是想坑人骗钱，就是想出国深造，不是什么坏事。"

郑卫叹道："唉，其实有戏没戏难说得很。我也不是想害谁，实在是没有办法嘛！万一梁主任发现，我再去赔礼道歉得了。他还能怎么样？给我一个处分？"

杨小静还是想知道具体应该怎样操作。她妈妈是系办公室主任，跟她议论起工作上的那些事时，总说细节决定成败，没有细节的原则，再好也是空谈，不可能得到贯彻执行。她问郑卫："梁主任会为你写推荐信吗？"

郑卫说："我问过刘娟，她说梁主任给我们上过课，我是他的学生，他有义务为我写推荐信。"

杨小静接口道："但是怎么写就是他的事，对不对？"

郑卫摇头叹息："是呀，他那个人死板得很，肯定是什么就写什么，不会为我这么个破学生瞎编的。"

杨小静追问道："那你怎么办？"

郑卫悄悄说："我都想过了。他写好信，签上字，就会封起来，又在封口处签上字，再把信给我。每个教授都这样，他帮刘娟写时也一样。只不过别的老师都是准备一个模板，给谁写的推荐信都差不多，有的老师更差，让学生自己写，他签字就完了。就是这个梁主任，特认真，每个人都是专门写一封信，到我这儿，肯定没有好话。不过，不管他，等他的信到了我的手，我这么神不知鬼不觉地一改，不就成了吗？"

杨小静现在也觉得这个方案好像可行，出国的希望似乎一下子增加不少，高兴地捏了一把郑卫的腰说："行，就这么办！我们的目标一定要实现！"

郑卫跟着喊："我们的目标一定能够实现！"

两个人搂在一起，笑成一团。

杨小静在郑卫怀里钦佩地说："你怎么会想出这么一个怪主意？真聪明！怪不得你测智商那么高哩！"

郑卫趁机在她脸上唇上亲来吻去，自豪地笑道："我这么聪明，就应该去王冠，对吧？"

杨小静在他怀里喃喃低语："王冠，王冠，真是太不可思议了！"

第二天上午，郑卫起床就给杨小静打电话，说他昨天忘了提，叫她不要把推荐信的事告诉她妈她爸，也不要对任何人说，包括月半、刘娟、老七。杨小静回一句："这还用你说？"然后又急匆匆地说："我也有事找你，一个小时后校门口见。"

杨小静一见郑卫就说："你那个方案有一个大漏洞。梁主任每年都要给王冠写好些推荐信，今年至少就有刘娟，他的签名你要是模仿得不像，美国那边一看就看出来了。"

郑卫自信道："我想到过的，咱们先试一试，要是实在不行的话，只好叫小四帮着签。我给你讲过的，小四学人家签名绝对逼真。我当然不想让他知道这件事，可要是真的没有办法，就只好跟他说了。"

杨小静怀疑说："他肯帮忙吗？这又不关他的事，如果被抓住，可有他的麻烦。"

郑卫信心满满："没问题！一个屋的哥们，这么多年，这点忙还是会帮的。怎么会被抓住呢？不可能的！"

杨小静继续忧心忡忡地说："那些秘书，对签名可敏感了，再说，他们基因系的主任，那个叫什么詹姆斯·巴特曼的，是吧？你不是说以前跟梁主任是同事吗？他肯定很熟悉梁主任的签名。这事一旦揭穿，你不但出不成国，还弄一个灰头土脸，而且麻烦可能会很大！"

郑卫坚持说:"不会那么悲惨吧?你没有见过小四学别人签名,绝对像极了,根本看不出来。"

杨小静不听他的,继续往下说:"那要是那个巴特曼打电话来问梁主任呢?要是揭穿了,处分倒不至于,可是明年、后年再找人写推荐信可就难啦。"

郑卫急道:"这两个人都是忙人,怎么会为了这么一点小事打国际长途?那么多学生申请,他怎么可能打电话一一核实?还明年、后年呢,这样折腾下去,美国不一定去得了,我肯定会被折磨死的!"

杨小静看郑卫一脸痛苦,知道这是他的最后一根救命的稻草。其实她又何尝不想让郑卫今年就走?也许是自己太悲观了?她只好说:"那好吧,咱们先准备申请吧。推荐信的事,你明天就去找梁主任,要是他连写都不肯写,咱们也不用折腾了。"

郑卫说:"他写还是会写的,问题只是他会写成什么样子。"

郑卫拿到梁主任的这封至关重要的推荐信时,已经离王冠的报名截止日期不远了。能不能去美国,能不能进王冠,就看这点睛之笔画得怎么样。郑卫拿起信先对着太阳光照一照,看到信很短,只有寥寥几行字,心立即凉掉半截,觉得现在是连一点幻想都不用抱了。等他用蒸汽弄湿封口,小心翼翼地揭开信封一看,果不其然,没有一句好话,尽是事实陈述:

我应这个学生的要求,为他写这封推荐信,这是我作为他的任课老师及他所在系的系主任的责任。在我教授的"细胞机理"这门课中,他的成绩中等;据我查阅我校的成绩记录,他在他们班上的总评成绩迄今为止排名末位。但是北京综合大学是中国最好的大学之一,能够进入这所大学的学生当属中国最优秀的学生,请你们考虑他的申请。

郑卫一看,这叫什么推荐信呀,就差没有直接叫人家千万不要收这个综大最烂的家伙了,气得他差点没把这封破信三把两把撕成粉末。好在他早有心理准备，总算控制住自己的不良冲动，把信仔细地收好，因为上面有梁主任龙飞凤舞的签名，还有他写信的风格。

郑卫把信拿给杨小静一看，她当时就叫喊起来："你是不是得罪过这个梁主任呀？这不是明摆着把你往水里扔吗？"

郑卫忙说："我这个档次，想得罪他也不可能呀！他写信大概就是这种风格。"

杨小静气愤道："你看一看别人的推荐信，哪有这种写法？都是这个人如何聪明，如何勤劳，成绩多好。你看过他给刘娟写的推荐信没有？"

郑卫说："他从来不让学生看推荐信的，都是直接封起来，谁都不知道他的推荐信是怎么一个写法。这次幸亏我找了他，不然咱们照一般的推荐信的模式写，王冠那边一看就知道不对，他不可能那么写的。"

杨小静又看了一遍信，疑惑地问："他上面怎么说你成绩最后呢？你不是中等偏下吗？"

郑卫当时脸就红透，赶紧做出愤怒的样子掩饰道："也不知道他怎么查的！要不就是他把成绩不好的都说成是排名末尾。这人也太差啦！"杨小静天性善解人意，知道在这种事情上较真纯属愚蠢，也就不再提。

两个人又看过几遍信，心情也渐渐平静下来，都明白现在只能面对现实。郑卫说："我那里准备了好多推荐信的例子，肯定是用不上。咱们得重写，照梁主任这种样子写。"

杨小静思忖着说："他可能学的是西方大牌那一种，只写事实，不加形容词。"

郑卫佩服道："对，对，没虚的。我记得有一个诺贝尔奖获得者，他的老师给他写的推荐信只有五个字，'此人是天才'。真绝啦！"

杨小静问："那你有什么事实可以证明你是最优秀的呢？"

郑卫为这事已经琢磨很久，说："就说我这个人点子多，不死读书，还有，不适合中国填鸭式教育方法，但很符合西方启发式教育体制。"

杨小静猛点头说："好，好，外国最强调的就是要有创造性，要有新主意，这是你的强项。"

郑卫被女朋友这么一吹，不由地面露微笑，觉得自己好像真是挺牛的，可是杨小静接着又说："前一段还是用梁主任的，你在后面再加上一段你自己的吧。"

郑卫惊讶道："那怎么成？这不是说我不行吗？"

杨小静解释说："他的说法，要跟你的成绩单对得上，是不是？"她不便说破这是死里求生的招数，只能强调郑卫创意多，不爱死读书，不肯循规蹈矩，所以成绩不好。她现在已经有点明白，为什么郑卫一提起考研究生就吓得要命。

两个人照着这个路子，修改好几遍，总算把信写好。估计梁主任也不会写得很长，所以他们只是在后面加上一段，除了强调郑卫创意多之外，还说他是一个与众不同的人，只要给他机会，一定会大有作为。这样一来，整封信的基调就完全改变，把冷冰冰的敷衍，改成为热情的肯定。当然，最后注明本信转交系主任詹姆斯·巴特曼教授同阅。

一切都准备妥当，信也从计算机上打印出来，就差签字。梁主任的签名很草，有点像中文又有点像英文。郑卫奇怪地说："我在我们系办公室见过梁主任的签名，不是这样的。这个可能是他去美国时改的。"

杨小静回忆说："我们系外教专门给我们讲过一节课，说西方人，尤其是大人物，签名都是练过的，有的还特意换一个手签，就是要有特点，让别人难以模仿。她还让我们每个人都为自己设计一个签名，我的签名可没有梁主任的这么复杂。"

郑卫一边仔细看，一边说："这家伙就是崇洋媚外，什么都学美国人的。你看这字签的，中国人看像英文，美国人看像中文，让咱们怎么学嘛！"

杨小静也知道这不是什么光彩事，能不让外人知道最好，所以还是说："咱们俩都练一练，看谁学得像一些。"

他们两人各用一张纸，一边学一边画，每个人都画了几十遍，看上去还是不像。杨小静叹着气说："咱们没有这方面天赋，不行呀！"

郑卫去找来一张半透明的纸，盖在梁主任的签名上描。这一下有一点像了，可是笔画显得滞钝，怎么看都不像是一笔划出来的，模仿的痕迹十分明显。郑卫也没有办法了，只好说："还是去找小四吧。"

杨小静担心道："小四能行吗？"

郑卫很有信心地说："他在这方面绝对是天才。你是没有看见过，看见你就明白，那可真是牛啊！"边说边收拾起东西往外走。

杨小静叮嘱道："你记住让他千万别说出去！你也要多请人家几次客。"

小四在全宿舍兄弟中年龄排名第四，因为个子小，结果室友都叫他小四。他来自农村，家里相当穷，上面有两个姐姐，据他说学习成绩比他好得多，可是家里养不起，为了给他让路，初中没有读完就都出去打工挣钱了。他为人老实沉默，学习非常刻苦，成绩也相当不错，只是因为家境太差，多少有点自卑，不是很合群。

临近毕业，大家各有打算，好一点的或出国或考研，差一点的就尽量找好工作。本来以小四的成绩，前两条路都可以走，可是他不行，他必须赶快毕业出来找工作挣钱，好帮二姐办嫁妆，帮大姐养外甥女。姐姐们已经为他做出太多牺牲，现在是他报答的时候了。

他们家属于纯农民，能攀上的最大的官就是村长。显而易见，这种官对他找工作一点忙都帮不上。北京他当然喜欢得要命，可是他一个小本科生，又没有一点关系，想留北京压根不可能。连省城那样的大地方，他也不敢想。尽管他是综大的高材生，可是学历并不高，又没有帮忙使劲的人，进大城市属于做梦。他的最大期望，就是能回自家的县城，到他毕业的县第一重点中学去做一位生物教师。他觉得以他的聪明才智和全国第一高校的文凭，干上几年肯定能去教高中毕业班，那时候收入和地位就都有了，自己也算衣锦还乡光宗耀祖了。

他托以前的班主任去找中学校长。校长说非常欢迎，肯定没有问题，一来因为校长本来就认识他这个鼎鼎大名的状元郎，二来县一中迄今为止还从来没有从综大这种顶尖大学回来的人当老师，现在这位高材生自愿回来，那是为本中学增光添彩，当然好得很。

可是过了没有多久，校长又说，县里领导班子调整，几个新上来的领导，有意安排自己的子女进重点中学教书。这样一来，能不能给他挤出位置，就不太好说，让他跟下面的一些中学也联系联系。

小四被一瓢冷水从头浇到脚，失望万分，难道自己奋斗这么多年，当初光鲜鲜地进北京读书，就是为了回到县里一个普通高中混日子吗？出国吧，他哪有钱给国家交培养费？光是申请费和联系邮费他就交不起。继续读研吧，等到他硕士、博士读出来，二姐早就老得没有人要了，大姐的孩子也会被耽搁掉。他是家里唯一的男丁，是家中的长子，父母岁数已经很大，姐姐们为他又吃过那么多苦，他怎么能不管呢？别人快毕业了，都兴高采烈，充满憧憬，只有他一个人整天板着脸，一副难受样。

郑卫与小四的关系不好不坏，都是一个屋的哥们，平时兄弟相称，没有什么大矛盾，但是因为性格相差较大，志向不同，一般也玩不到一块去。有时候郑卫找小四想抄他的作业，他虽然不说不给，可是臭着一个脸，搞得郑卫挺不舒服，所以郑卫只要能抄别人的，就不会去找小四。

小四虽然学习好，郑卫倒并不在意。全班三十二个人，三十一个人都比他学习好，难道他个个都要去崇拜吗？可是小四有一个本事，不仅郑卫佩服，全班同学个个称赞，那就是字写得非常好。无论钢笔字、粉笔字、毛笔字，人家小四写出来，那是怎么看怎么好看，怎么看怎么顺眼。大家都说，这要是在旧社会，光凭他写的字，就能当秀才，可以娶好几房媳妇。宿舍里的几个兄弟，心血来潮时要跟着小四学写字，可是没有写两次，小四就不耐烦了，说你们这样嘻嘻哈哈地不认真，永远不可能练出来。他说他小时候跟着村里的老先生学写毛笔字，写得不好是要打板子的。他还说他学过这种体那种体，又练过谁谁谁和谁谁谁的什么什么字帖，十几年的功力，又岂是你们这样乱七八糟就能学会的？郑卫、老七他们本来就是闹着玩，没想到这又是一门更艰难的功课，当即作鸟兽散。

小四对同宿舍的这些哥们，多少有点看不上眼，觉得他们要学习学不好习，要写字也写不好字，都是一些被惯坏的富家公子，整天只知道玩。他最钦佩最敬慕的，是班长刘娟。他觉得人家小姑娘学习好，自己怎么赶都赶不上；做事也非常严肃认真，大家都十分佩服；人更是长得又白净又端庄又漂亮，依他看来，比电影明星都强得多。当然，他太知道自己是谁了，刘娟对他来说，就是天使，永远在天上飞，可望而不可即，他连做梦都没敢想过要去追求她，他只能远远地凝望着，悄悄地爱慕着，默默地敬仰着，深深地崇拜着。

小四把自己的感情隐藏得极深，没有人知道，只有刘娟稍微有一点感觉，因为有时候功课太忙，别人请他去写板报写标语，他都不肯去，而只要刘娟出面，他一准来，哪怕是熬夜或者耽误学习，肯定要做到最好最棒，而他对老七隐隐约约的敌意，也使刘娟有所猜测。不过，两个当事人，都没有把这件事太当真，谁都可以有一些想法嘛，可是在我们的一生中，大多数愿望，永远都不可能实现。

不过有一次，小四还是做出一件自认为很龌龊很无耻的事情。那是全班出去集体活动，每个人发了一个一次性塑料杯，让大家喝水。别人喝完水之后，都把杯子扔掉，只有小四装作帮大家收垃圾，悄悄地把刘娟用过的杯子换过来，然后说成是自己的留下来。以后很长时间，他都用那只杯子喝水。室友们笑话他太省，却不知道，他与刘娟同饮一杯水时，心中是多么甜蜜。当然，他永远都不会把这件事情告诉任何人，这是他最深刻、最美妙、也是最丢人的秘密。

小四的另一项神奇绝技，更使得全宿舍兄弟们对他崇拜得五体投地，那就是能模仿他人的签名，而且学得极像。隔壁宿舍邻班有一个哥们，比郑卫还能混，可以说根本不学习，不及格的课程太多，被学校除名赶回家。他临走时，几个宿舍的哥们会餐送行，他说他实在学够了，这样也好，提前出去找工作混日子吧，只是没有校长签名的那个小本本毕业证，以后找好工作可就难啦。

回来后小四跟大家胡吹："那有啥呀？他只要找来那个壳子，我帮他签好了。"

室友们全都轰他,老大说:"你拉倒吧!你字写得好点,就能帮人家签名?那是两码事!"

小四狂妄地说:"不信咱们试试!"于是几个人都狂草着签上自己的名,让小四模仿。

小四把每个签名都仔细地看了看,然后一挥而就,果然个个极像。同宿舍的几个人看后,都惊呆了。郑卫更是大叫一声,扑到床上,从外衣口袋里摸出银行卡,藏到自己箱子里头锁起来,嘴里叫唤着:"这家伙签我的名这么像,要是到银行里去取我的钱,我还不完了?"大伙一阵笑,小四得意非凡。

老大不信邪,找他的研究生老乡借来人家的毕业证,让小四模仿。小四找来一根一样粗细的笔,把校长的签名仔细看一会,在空中比划几下,然后提笔凝神签字。几个人一看,怎么也分不出真假来,实在是太像了。

哥几个都说,小四你有这么一个绝招,还怕发不了财,学当官的或者大款签一个名,那不就是要钱有钱、要利有利嘛?

小四一听吓坏了,使劲摇着手说:"你们就是打死我,我也不会做那种事!那是违法乱纪,是要坐牢杀头的!"他还告诫室友,千万不要把这件事情拿出去乱说,不然大家就做不成兄弟。

老大也说:"兄弟们一定要小心啊,要是真有什么人想借小四这个绝招干点什么坏事,我们大家都得跟着倒霉。"连郑卫、老七这种平常嘻嘻哈哈的人,也知道这事非同小可,都点头说:"保密,一定保密。"

小四当时万万没有想到,他的这一天赋,有一天会帮上郑卫的大忙,也彻底改变自己的命运。当他正为自己的前途焦心不已、沮丧万分的时刻,这个傍晚,郑卫突然跑到教室找他,满脸郑重地把他叫出去,急切地说:"四哥,帮帮忙,帮我签一个字吧。"

郑卫平常都叫他小四,现在一脸巴结地叫他四哥,可见不是小事。小四问他要签什么字,郑卫压低声音说:"我不是联系出国吗?我请咱们系梁主任帮我写了一封推荐信。他说写可以,但要实事求是。我能有什么办法,只好说没问题。后来他把信给我,我悄悄打开一看,这哪里是推荐信呀,整个一个告密函!四哥,你也知道,我这人学习不怎么样,表现也一般,可他就不能美言几句吗……"

小四反应过来:"你是说,让我帮你篡改梁主任的推荐信?"

郑卫说:"是我往好里改改,你帮我签一下字就行。"

小四叫道:"那不一样吗?不行,我可不敢干这种事,抓住那还得了啊?"

郑卫抓住他的胳膊,一个劲地央求:"四哥,兄弟一场,这事对我太重要了,帮个忙吧!我请客,请多少次都行。帮个忙吧!"

小四有点不好意思,只好说:"你找谁写推荐信不行呢?为什么找他呀?我听说……"

郑卫丧气道:"我知道,可是申请这个学校只能找他。谁知道他这么死板,把我查个一溜够,最后写出这么一个东西,唉……"

小四劝道:"那你就用别人的吧。"

郑卫急道:"不行,梁主任以前去美国进修时,跟那个詹姆斯·巴特曼在一个实验室干过,所以他的推荐信非常关键。他们很熟的,经常联系。我的成绩不行,托福、'寄阿姨'也不拔尖,只好靠这个。四哥,你就大笔一挥,救兄弟一次吧!"

小四一听梁主任与那个什么詹姆斯·巴特曼很熟,还经常联系,更加害怕,推开郑卫的手说:"不行,这要让梁主任发现,我非挨处分不可,这都快毕业了……"

郑卫沉不住气,当时就急了,提高声音说:"四哥,咱们一起这么多年,关系不错吧?这又不是抢银行、骗政府,不就是一封推荐信吗?这可事关我的前途呀……"

他一提到"前途"两个字,小四的火"腾"地一下就起来了,你小子整天混,现在居然漂亮姑娘谈着,好去处等着,还想出国,让我为你做出牺牲,凭什么呀?你有什么啊?不就是城里人吗?他难以抑制地吼道:"前途?你就想着你自己的前途?要是出了事,谁倒霉?还不是我?凭什么我就该为你倒霉?我的前途在哪里?我想回我们县城当一个中学老师都不行,我哪有前途？"他喊得既愤怒又伤心，把这些日子郁积在心里的怒火，全都冲郑卫发泄出来。吼完他转身就回教室，把郑卫一个人丢在黑暗中。

郑卫本来还想再磨一磨，谁知忍不住埋怨几句，惹得小四翻了脸，这下子就更难办了。他在教室外垂头丧气好一阵，实在想不出什么办法来，只好回去找杨小静报告。

杨小静本来满怀希望，因为郑卫信心满满地说，他跟小四怎么哥们，小事一桩，没有问题。等他回来说没有办成，自然生气，因为她太知道这个签名的重要性，不禁埋怨郑卫说："你看，要是你学习好，跟刘娟似的，哪还用求他？"

郑卫也知道是自己不好，低头道歉说："是，是，怪我，怪我。"接着又辩解道："可我也没有想到你爸会让我出国呀！"

杨小静纠正道："是我想出国。"她想起自己的学习成绩那么差，也不好只埋怨郑卫不好好学习，于是把出国的责任往自己身上揽，她知道自己对郑卫的魔力。

两个人又试签几十遍，可是不管怎么写，就是不像，而且觉得越写越不像。最后两个人都放弃了，坐在那里半天不吱声，好像都在等着对方首先提出算了，不折腾了。可是没有这封信，王冠根本不可能去，而王冠不收，别的学校也没有什么戏，这出国还有什么指望？不行，无论如何都必须要到这个签名。

两个人几乎同时抬起头来，杨小静说："要不咱们再找找别人代签看行不行？"

郑卫说："咱们哪知道谁能学得像呀？再说时间也来不及了。我还是再去找小四好好说说，无论如何得让他帮着签。"

杨小静没有把握地问："都谈僵了，再去说能行吗？"

郑卫也是一点信心都没有，只好说："再试一试吧，给钱、下跪，什么都行！"

杨小静摇着头，心想这类办法不会有用，突然想起她妈妈给她讲的一个原则，凡事都是交换，除了父母，没有人天生欠你的。她思索着说:"咱们能帮小四什么忙呢？"

这可真是一语点醒梦中人，郑卫拍一下自己的头，叫起来:"对了，对了，小四正为工作没有着落，愁得睡不着觉。我光想着让别人给我帮忙，就没有替人家想，这哪成呀？我要是走了，你爸为我跑的位置不就空出来……"

杨小静跳起来，笑着鼓掌:"好啊，好啊，我爸这两天也正在唠叨，说小卫要是走了，他好容易跑来的指标就作废了，给别人吧，又不甘心。这个位置给小四正好，两全其美，还落一个人情。我这就跟我爸说去，你等着。"

郑卫忙跟着跑:"我也一起去。"

杨教授仔细询问一番小四的情况，当郑卫说到小四家很穷，什么关系都没有，现在想回中学教书都不成时，杨教授气愤了:"怎么能这样呢？综大是什么学校？他学习这么好，又多才多艺，怎么连去一个县城中学教书都不行？这个社会怎么会变成这样了？"

杨教授长出一口气，身子靠在沙发上，语气沉重地说:"我也是农村出来的，特别清楚农村孩子是多么不容易！生活苦，学习条件差，能考上综大这样学校的，如果说城里的学生是千里挑一，那农村的学生就是万里挑一、十万里挑一。他们实际上比你们优秀得多，明白吗？可是他们出来不容易，找工作更难，这是不公平的，是不行的。你去给你这个同学说，如果你出国了，这个位置就是他的，这个忙我一定帮！社会总要有一点正义吧，全是歪门邪道怎么行？"

郑卫回到宿舍时，小四已经躺在床上要睡觉了。郑卫走过去，拍拍他，指指门外。小四心情很差，本来不想理他，可是又不愿当着同宿舍兄弟们的面跟他吵架，只好披衣下床，跟着他出来。小四心想，人反正得罪也得罪了，以后自己上街要饭，郑卫见到他，也不会理睬，所以他摆出一副绝交的样子，手抱在胸前，眼睛看着别处，好像对面的郑卫根本不存在似的。

郑卫开口了:"四哥，我有一个两全其美的办法。"

小四口气冰冷:"说吧。"

郑卫尽量镇定地慢慢讲:"你可能也听说过,小静他爸已经在他们学校为我要到一个工作名额。你要是帮我去了美国,这个名额不就空出来了吗?"

小四没有反应过来:"那又怎样?"不过已经转过头来看郑卫了。

郑卫压低声音说:"小静跟她爸说了,她爸说我要是出了国,就把这个名额让给你。"

小四脑袋里"轰"的一声巨响,大张着嘴,惊讶得心都不会跳了,半天才说:"你说……啥?"

郑卫解释说:"小静他爸费了很大劲,才搞到这么一个留京指标。我要是出了国,这指标不就作废了吗?要不就给了什么跟咱们没有关系的人。她爸说,那还不如给我的哥们,以后你们互相还可以有一个照应,再说,谁都想拉自己的队伍……"

小四打断郑卫的解释,几乎是喊着说:"你说,我……留北京?"他每一个字都听得非常清楚,可就是无法理解郑卫的意思,刚才还连回县城当中学老师都不可能,现在居然要留北京当大学老师了,这不是魔幻电影吧?

郑卫继续解释他的计划:"对呀,咱哥俩互相帮忙,你帮我出国,我帮你留京,两全其美,怎么样?"

小四还是难以置信,用手指着郑卫说:"你……你……没骗我吧?"

郑卫已经学会帮对方着想,当即说:"我怎么可能骗你?绝对没有问题!不信,咱们可以签一个协议什么的。不过,我可要跟你说清楚,如果我走不了,这个指标还是我的。"

小四现在已经有点明白,可是还是觉得天旋地转,什么都想不清楚,只好说:"我明天给你答复……明天答复。"说完转身扶着墙慢慢往回走,只觉得双腿发软,浑身冒虚汗。

后面传来郑卫的低语:"这点小险,值得一冒!"

那一个晚上,小四几乎一夜没睡,起先极度的震惊和其后巨大的喜悦完全带走他的睡意,好像天快亮时,他才打了几分钟盹。当他的头脑刚刚开始恢复工作的时候，他就立即知道，他必须冒这个险，他根本无法抵挡这样的诱惑。

北京，对他来说，就像玉皇大帝的宫廷，是天堂中的天堂！小时候，他的最大梦想，就是长大后能到北京去看一眼，哪怕待一秒钟都行，因为从此他就能跟村里人说，咱是去过北京的人了。高考时，支撑他拼命学习的最大动力，也是去北京，不管什么学校，只要能进北京就成。他离村赴京时，连村长、支书都来送行，村长还对他说，以后你就是北京人啦，跟咱农村人不是一个阶级了。

等来到北京，他才知道，比他有权的，比他有钱的，比他有才的，实在是太多太多了，就他这样的想留北京，根本没有一点可能，即使他考上硕士，考上博士，再读博士后，想留京都很难，因为听说现在北京高校只收留洋的或者门路极硬的人，等到他过几年毕业时，恐怕不拿诺贝尔奖都不行啦！

而现在小四看到的，简直就是一个奇迹，比天还大的奇迹。只要他帮室友签一下字，他就能留北京，他就能留高校，他就不用看着那些大字不识几个的当官子弟去教重点高中，而他自己只能教普通高中，他也不用再看着省城的小学老师都羡慕万分。还有，他的父母以后在村里说起他来，该是多么自豪，走起路来，一定昂首挺胸。两个姐姐提到他时，该是多么骄傲，她们为他所做出的牺牲，全部得到最好的回报。他一定要使劲干，拼命干，多挣钱，为二姐办最体面的嫁妆，送外甥女进最好的学校。他还要把父母接到北京看一看，让他们开开眼。等姐姐们的孩子长大，他也要把外甥、外甥女们接到北京来上学……

现在，小四觉得没有任何问题，不就是在推荐信上帮别人签一个名吗？又不偷又不抢，没伤着谁没害着谁，哪条法律说不准了？推荐信嘛，都是走一个过场，谁还会真的个个去对证一番？梁主任确实是写过推荐信的，内容上有点变化，谁会注意到？就算万一被抓住，梁主任顶多会批评自己几句，给处分都找不到理由。他想呀想呀，越想越觉得这个交易实在是太赚了，简直是花两块钱赌百万，不不不，是千万、亿元大奖，而且中奖概率很高，怎么也有百分之六七十吧。郑卫这小子挺灵的，应该能走吧。他现在后悔了，觉得自己太笨，反应太慢，这样的好事，应该马上答应，犹豫什么呢？郑卫会变卦吗？应该不会，他急得不行哩。好吧，明天早晨立即敲定，千万别傻，千万别丢掉这个天上掉下来的极好机会！

小四的生活相当规律，早晨六点半起床跑步，七点回来刷牙洗脸，七点二十吃饭，七点四十到教室预习当天的功课。要是一二节没课，他就上自习、做作业、看书。今天是做实验，早去一会晚去一会无所谓，大家赖床，小四也没有起来，昨天一夜没有睡好，有点累，主要还是想等郑卫。七点多陆续有人起床时，都奇怪小四今天是怎么回事，问他，他也不理。

郑卫心里有事，也睡不着，爬起来说："小四，是不是身体不舒服呀？我陪你去学校吧。"

老七正准备出门，看郑卫跟小四套近乎，奇怪地问："哎，你起这么早干吗？改美国时间了？最近你怎么神经兮兮的？"

郑卫反驳说："谁神经兮兮的？这不是你起来了，闹得我睡不着嘛。"

郑卫跟小四走出楼门，马上问："四哥，怎么样？互相帮忙吧？"

小四其实早已下定决心，可还是不放心地问："你说的都是真的？"

郑卫保证道："绝对没问题！我们昨晚跟小静她爸谈了，她爸说他也是农村出来的，特别知道农村孩子不容易，我又说你多才多艺，她爸说他们需要的就是你这样的人。"

小四听到那一句"农村孩子不容易"，眼睛都湿润了，就冲杨教授这句话，他也豁出去了，下决心说："好吧，我帮你签。"

郑卫一颗吊起来的心，一下子放下来，高兴地一把抓住小四的手说："太好了！四哥，咱们俩组成那个叫做什么来着，对了，利益共同体，我出国，你留北京，大家高兴。我这就去机房，一会到教室找你。"说完就狂奔而去。

郑卫把文件都准备好后，去教室找到小四，两个人一起到图书馆找到一个偏僻的角落坐下。郑卫把梁主任的原信和他改过的信都拿出来。小四也没有看他都改过些什么内容，只是仔细看了看梁主任的签名，随后找出同颜色的笔，在一张纸上先练习几次，然后再在郑卫打好的信上签名。第一次可能有点紧张，签得不是很像。

郑卫立即又拿出好几张同样的信来，说："四哥，你随便签，不行我再去打印几份。"结果第二张就签得极像。

郑卫一看就说："行了，四哥，谢谢！"

小四说："那你就快去寄吧。"

郑卫高兴死了，边喊："回见！"边飞快地跑走，那速度都能赶上飞向美国的飞机了。

007　展翅高飞翔

刘娟这一段时间正在闹心，因为王冠的奖学金通知至今未到。她递交入学申请的三所学校中，另外两所都已经给她发来录取通知，并愿意为她提供全额奖学金。正如所有人预料的那样，她飞往美国已成定局。即将成行，她却没有特别高兴，对于没有悬念的事情，很少会有人过分激动。可是偏偏她最想去的王冠大学，至今没有回音，这使得她的心吊起来，最后的结局是十全十美还是刚刚满意，就看王冠的决定了。

刘娟早就听老师和前辈师兄师姐们讲过，留美所读学校的好坏，对于今后一生的发展，极为重要。其实，在中国也是一样，好学校与差学校相比，毕业后的工作、将来的升迁、毕生的成就、收入的高低等等，都会显著地不一样。

对于她这个综大分子生物系的第一名来说，出国不算什么，去不去得了王冠才是最重要的。她已经有两个全奖在手，如果去别的学校，虽然也说得过去，多少还是有些遗憾。如果有比自己差的人都入读王冠，而自己却没有去成，怎么都会觉得丢人。

她想到过，万一不成，还可以到美国后重新申请，再往王冠转，可是那样既麻烦又耽误时间，还不敢说有十足的把握。当然，这两所学校也是非常好的，亦属一流，谁能进去，都会非常满意，可是王冠就是王冠，就像你在中国上大学总想上综大一样，去美国留学，最理想的就是王冠。

刘娟估计王冠的奖学金通知这两天怎么都应该下来,就从班里的生活委员那里要来信箱钥匙,一天几次往收发室跑。这天下午,临回宿舍前,她又一次去翻查信箱,终于在里面看到那个带有熟悉徽标的大信封。

她急忙抽出来一看,却十分惊奇地发现,收信人不是自己,而是郑卫。来信又大又厚,依照她的经验,应该是好消息。她既有点失望,又非常高兴,替郑卫高兴,也为自己高兴。要是郑卫和自己都能去王冠,那该多好啊!老同学,老朋友,彼此有个照应,而且,说不上为什么,她真的很希望郑卫也能去美国。自己肯定是走,就算没有去成王冠,上学的地方离王冠也不远,周末可以去找他玩。郑卫这小子那么能折腾,只要他在附近,自己要是有什么急事,就可以找他,在美国也就不会孤单。她对郑卫去王冠倒没有一点嫉妒,因为正数第一是不可能嫉妒倒数第一的。

刘娟拿着信就往郑卫住的男生楼走,一点没有耽搁,因为她很想马上知道信里的内容。郑卫他们的宿舍门大开着,一帮男生在里面吃饭的吃饭,玩闹的玩闹。刘娟把信藏在背后,敲敲房门以引起大家的注意。屋里的人马上一起抬头看过来,老七是又惊又喜,没有想到刘娟会到宿舍来找他。小四是又喜又惊,没有想到突然看到自己的偶像。

郑卫正在吃饭,看见刘娟后纯粹是高兴,口齿不清地笑着来一句:"班长来看望我们了。"

刘娟脸上似笑非笑地看着大家,停顿一秒,然后把信从身后拿出来,伸向郑卫说:"郑卫,你的信!"

郑卫已经收到六七个大学的回信,全都是拒绝,连一个半奖都没有,搞得他是失望之后更失望,现在连盼望都不敢了。不管有多么好的心理准备,失败总是会给你带来痛苦而不是欢乐。当然,他还在等王冠大学的消息,毕竟,他的宝几乎全部都押在王冠大学和詹姆斯·巴特曼教授身上。不过,他远没有刘娟那么心急。对他来说,拿到王冠大学全奖的可能性,比刘娟小得太多,刘娟都还没有消息,他急什么,跑去等来拒绝信岂不是更恶心。所以当刘娟递给他美国来信时,他下意识地准备着接受另一个噩耗。

可是当他看到那巨大而厚重的信封和王冠那极端自信的校徽时，突然意识到自己的命运马上就要有一个急转弯。他丢下碗、蹦出去、抢过信，双手剧烈地颤抖起来。

老七也激动万分。看到刘娟亲自来给郑卫送信，他就猜到这里面的意义非同小可，而这又是一封王冠大学的信，那就更是重要非凡。真想象不到呀！怎么可能呢？难道郑卫这种混混居然要去王冠？他冲上来大声叫着："快拆！看看有没有录取，有没有拿到奖。"其实那一瞬间，他心里最盼望的是郑卫没有录取，也没有拿到奖，尤其不要拿到王冠的全奖，因为他自己迄今为止，只拿到两个半奖，而且是两个二流学校的半奖。

最夸张的还是小四，他本来正在凝视着刘娟那端庄俏俊的脸蛋发呆，此时突然想到，这封信对他来说，比对郑卫更为重要。他觉得郑卫根本不在乎去不去得了美国，都是被他那个女朋友的老爸给逼的。就算他去不成，还可以留在北京，而且以他那个成绩，留学美国还不如就在国内瞎混好。而对小四自己来说，能不能留在北京，简直比是生是死还要重要，对他的父母和姐姐们来说，那就是天堂与地狱的区别。

那一瞬间，他已经完全忘记刘娟，只见他那瘦小的身躯像弹簧一样弹了出去，把他屁股底下的凳子踹倒在地，发出一声巨响。他冲过去，双手像铁钳似地使劲捏住郑卫的胳膊，仿佛一松开自己就会掉进万丈深渊似的。他的脸也恐怖地扭曲着，狰狞得好似恶魔发火，使正对着他们的刘娟看到后不禁花容失色，深感惊诧。

郑卫痛得"哎呀"叫一声，使劲摔一下胳膊，却没有能把小四甩开，只使得小四的双手捏得不再那么使劲。他哆哆嗦嗦去扯信口，一使劲，一下子把信封拦腰扯断。他抽出信纸，扫了一眼，只看到几个字，很高兴，包括学费和生活费，还有一串天文数字般的美元数字，随即他就像是被雷电击中一般，发出一声惨叫，然后猛然把双手高高举到空中，扬着头，嘴对着屋顶，"啊啊"地发出极端狂喜的大叫。

小四的眼睛已经不能聚焦，根本没有看清信上写的是什么，可是郑卫的反应明确地告诉他，他就要留在北京了，他的全家都解放了，他这个农村孩子的命运，在这一眨眼间，已经完完全全地改变了。太爽了！太棒啦！比做梦都好得多，比上天堂更美妙！他一只手抓住郑卫的胳膊，另一只手举向空中，也跟郑卫一样，疯狂地大叫起来。他们两个人狼也似的吼叫，震天动地，声势惊人。

屋内的兄弟们全都明白过来，郑卫拿到了全奖，而且是王冠的，真是太奇怪、太惊人、太不可能了，都跳起来又叫又嚷，乱成一团。刘娟笑靥如花，鼓掌称庆。老七却抢过郑卫的信，仔细读起来，心里万分羡慕加万分嫉妒，极为后悔自己当初怎么就没有敢报王冠，太胆小、太没用、太保守了，郑卫这样的混混都能去，自己肯定没问题。他一点都不知道，郑卫其间花费多大的力气，使用多少阴谋手段，才拿到这封信。

郑卫激情挥洒告一段落，从老七手中抢过信，撒腿往外跑。所有人都知道，他这是要去向女朋友报喜。跑过刘娟身边时，他突然停下来，一把抓过刘娟的手，握了一下，喊一声"谢谢"，又狂奔而去。刘娟笑着甩甩被他握疼的手，对大家挥手告别。老七赶紧跟上来说："我送送你吧。"

要是以往，刘娟会说："不用。"她就是那样的人，保守而不解风情，可能今天心情好，也可能是老七沮丧的表情使她动了恻隐之心，这次她没有拒绝。

下楼梯时，老七叹道："真想不到，郑卫这样的，居然……居然……"

刘娟理解地说："他其实不差。"

老七悲哀道："可是他运气更好呀！难道我比他差吗？唉，我怎么办呢？只有两个半奖。"

刘娟安慰他说："再等一下。"老七只剩两所学校没有消息，心知希望不大，不由地摇摇头，叹一口气，又摇了摇头，一副垂头丧气的样子。

出了楼门，默默地走了一会，刘娟说："不行就用那两个半奖申请签证吧。"

老七说："可是美国那么贵，怎么生活呀？"

刘娟不看他，停一下说："我有钱，两个人够用。"

老七明白她的意思，感动得眼泪汪汪。他突然抓过刘娟的手，低下头以迅雷不及掩耳之势亲了一口，吓得刘娟赶忙抽手，还向四周望了望，幸亏没有人注意到。

老七的痛苦，瞬间已经变成激动和幸福，还有什么比爱人的承诺更美好的吗？他没有来得及仔细体验，刘娟就急忙岔开话题问："小四今天怎么了？"

老七回一下神，想起来也觉得不可思议："是啊，挺怪的，他怎么也激动成那样？他这个人平常挺沉稳的。郑卫跟他，也就一般吧。今天他是怎么了？"想一想又说："快毕业了，大家好像都不一样了。"

刘娟看他一眼，不知道他所说的大家包不包括自己。

又过去两天，刘娟也收到王冠大学的全奖。两个月后，全班同学终于明白，为什么郑卫出国，小四也会激动到发疯。

郑卫跑到杨小静他们教室门口时，里面正在上课，他等不及，向一个女孩比划比划，那个女孩又捅一捅前面的人，前面的人再捅一捅更前面的，直到杨小静转过头来看到他。见到郑卫激动得满脸通红的样子，杨小静就知道有大事发生了。她举手对老师报告说，有人找。老师本来教子弟班就是混时间数钱，才不在乎他们想干什么去，挥挥手让她走。杨小静一走出教室门，就把食指在嘴上一吹，意思是让郑卫噤声，她可不想让自己班上的同学知道她的秘密。

两个人手拉着手往外走，杨小静明显感觉到郑卫的身体在微微颤抖。拐进大厅，她马上问："怎么样？好事坏事？"

郑卫压低声音有点口齿不清地喘着气说："拿到了……全奖！"

杨小静又惊又喜，又有点半信半疑，急忙问："真的？哪里？快给我看一看。"

郑卫激动万分地说："绝对！王冠！"边说边把那封大厚信塞给她。

尽管想象过千百遍，美梦成真的那一刻，杨小静还是觉得不可思议。她木木地接过信，看了一眼，接着一声尖叫，一下子扑进郑卫怀里。楼厅里过路的人全都转过来，盯住他们俩看，不知道发生了什么事。郑卫抱起杨小静，把她拖到楼外面的花园树丛里。

一路上，杨小静嘴里不停地重复着："是真的吗？真的吗？我不是在做梦吧？你打我一下！你打我一下！"

郑卫一直说："真的，真的，不是做梦！"并不停地轻拍着她的后背。

来到外面的草坪上，杨小静突然松开郑卫，借着不远处的路灯，仔细通读一遍来信，然后又一次扑进郑卫的怀抱。两个人抱在一起，紧得像连体婴孩一样，跳呀跳，转呀转，不停地叫喊着，又是亲又是吻的，幸福得一塌糊涂。

杨小静一个劲地说："我爱你！我爱你！"郑卫则一个劲地叫："我更爱你！我更爱小静！"两个人跳呀、叫呀，仿佛都看到大洋彼岸那神仙般的生活，实在是太幸福太快乐了！

激情挥洒得差不多后，杨小静说："走，咱们告诉我爸我妈去。"两个人手拉着手蹦蹦跳跳地往杨小静家走。一路上，他们憧憬着到美国后就买车学车，然后去各个地方玩，纽约、迪斯尼、黄石、旧金山花街、西雅图不眠夜，还有好莱坞，还有拉斯维加斯，太多了，太好了，太美了！简直还没有来得及多想，不知不觉就走到家。

杨小静让郑卫留在门外，自己拿着信进门。她妈在厨房做饭，她爸在客厅看报纸。

见到女儿回来，杨教授问："怎么今天这么早？"

林主任也奇怪："不到下课时间呀？今儿怎么啦？老师没有来，还是小卫找你有事？"

杨小静想装出悲痛的样子，可是又装不像，只好极力忍住激动，满脸通红地先拿着信给她妈看。林主任不懂英文，一面炒菜一面侧头看一眼，说："上面写的什么？你的功课吗？"

杨小静骗她说："是郑卫被拒了。"

杨教授远远地听到，从报纸上抬起头来说："又被拒了一个？还有希望没有？拿来让我看一看。"

林主任边炒菜边唠叨："都拒了也好。你要是走了，我们老了靠谁去？小卫这孩子，好像不是学习的材料，什么都能玩，不踏实！"

杨教授接过女儿递过来的信，看了两眼就大笑起来："哈哈，哈哈，太好了，真是天大的好消息呀！你这个孩子，骗你妈干什么？让她先高兴高兴嘛。"

林主任听见外面的动静，知道有新情况，手也来不及擦，急步走了出来，忙问："怎么了？什么太好啦？老杨，什么事这么高兴？"

杨教授笑得满脸开花地说："小卫拿到奖学金了，王冠的奖学金！真是想不到呀！我早就说过，这孩子灵得很呐！这下子我们小静要去美国喽！"

杨小静推推她爸，说："爸，是郑卫要去美国，不是我。"

杨教授继续笑说："一样的，一样的，他先去，安顿好后，你再去。好几万美元一年呀，比我干十年挣得还多！"

林主任还是有点迷糊："真的吗？你们俩没有骗我吧？"她抓过信看了看，尽管没有看懂几个字，可是那上面的阿拉伯数字她是认识的，接着也叫喊起来："太好了，太好了，这孩子真争气！妈当初没有看错他，好孩子，能干，有出息！对了，你们要马上结婚，这样你才能跟着出去陪读。"

杨小静不好意思地嗔道："哎呀，妈，你扯哪去了？"她光顾着高兴，没有想到自己这么大一点就要结婚了。

杨小静依偎在她爸身旁，心里很感谢老爸当初的坚持，不然她和郑卫这辈子都不可能见到美国的影子。

杨教授拍拍女儿的胳膊，喜笑颜开地问："小卫呢？他把你送到门口就走了？你怎么也不请他进来坐一坐？"

杨小静晃着脑袋得意洋洋地说："我才不让他进来呢，让他在门外待着吧。"

杨教授叫起来："嗨，这丫头，像什么话？快请小卫进来。"

杨小静笑嘻嘻地打开门，把郑卫拉进来。郑卫进门就喊："伯父好！阿姨好！"杨教授两口子一起兴高采烈地向他表示热烈祝贺。郑卫一个劲地称谢，一个劲地傻笑。

杨教授春风满面地说："小卫呀，你干得好，实在太好了！王冠大学！小林呀，你知道这个王冠大学吗？那是全美一流大学，当然也是全球一流大学喽，真是最好的！小卫，你一定要珍惜这个来之不易的机会，好好学习，以后回国做大教授，做院士，当校长！我年轻时没有机会呀，那么多年，都浪费了。不然我也进一所好大学，拼一个博士回来。那时候的留美博士，现在怎么也应该是院长，说不定院士都当上喽。不说这些，咱们先庆祝庆祝。小林呀，你去订一下座位，咱们明天晚上找一家最好的饭店，全家聚餐，祝贺小卫留美成功！"

杨小静笑着说："爸，我明天晚上有课。要不，我就不去上课了？"

杨教授却说："唔，不行，有课怎么能不上呢？这样吧，那就改周末。星期六晚上，小卫你过来，咱们全家去吃饭。"

郑卫听到杨教授一口一个"咱们全家"，知道老两口已经完全认可自己这个女婿，高兴地拉着杨小静的手不肯松开。杨教授则看得更远些，他觉得自己应该好好想一想，下一步要做些什么，一切都变了，他也要随机应变。

星期六傍晚，杨教授全家带同未来的女婿郑卫，来到学校附近的一家高级餐馆，进入楼上订好的一个雅间。杨教授一坐下就嚷着先来两碟冷盘，再来一瓶白酒。

林主任笑道："你看你，一高兴就想喝酒。喝是可以，但要少喝点。"

杨教授笑说："人生得意须尽欢嘛！咱们小卫有这么大的喜事，我能不喝吗？平常应酬是不想喝也得喝，今天是想喝，当然要尽兴。"转过头来对郑卫说："小卫呀，你也喝点吧，今天咱们就不点洋酒了，你出国以后想喝洋酒容易，想喝咱们中国的二锅头就难了。"

郑卫假装为难地说："我不太能喝酒。要不我喝点饮料吧？"其实他还是能喝酒的，以前跟哥们、牌友晃荡时，时不时一起来两杯，不过在未来的岳父岳母大人面前，他知道要装得越清纯越老实越好。

杨教授笑说："饮料那是女人喝的。你这个大小伙子就要出征美国了，只喝饮料像什么话？来来来，少喝点也得喝！"

林主任笑说："老杨呀，你就别为难孩子了，少喝点意思意思就行了。"

杨小静突然拿起酒杯说："爸，给我也倒一点。"她听她爸说饮料是女人喝的，自尊心有点受伤，偏也要喝点酒。自从高考失利后，她就变得敏感起来。现在郑卫突然"发达"了，她多少有点更加敏感。

林主任故作生气打一下女儿的手，说："这丫头，也跟着起哄！"说完又笑起来，说："好，好，你们都喝，我送你们回家。"

酒过三巡，凉菜、热菜也尝遍，杨教授适时结束祝贺，开始进入正题。他对郑卫说："小卫呀，我和你阿姨商量过了，你出国嘛，机票钱，自己出，签证费，自己出，培养费嘛，我和你阿姨出。你看怎么样？"

郑卫吃了一惊，没有想到好事之后还有好事。飞机票几千块钱，签证费几百块钱，他家里出得起。国家培养费好几万，他家里一下子还真拿不出来，肯定要四方筹措。当然，他并不太发愁，借呗。他到美国读书，拿的是全奖，一个美元顶八九块人民币，他真不用怕以后还不起。他没有想到女朋友家主动提出要掏钱，这又没有结婚，实在有点不好意思。

郑卫忙回说："不用，伯父，我爸妈已经找亲戚朋友去借了，没有问题的。"

杨教授坚持说："我们有钱，为什么还要找别人借？"杨教授说着转向女儿："这钱就算是我们小静出的，好不好，小静？"

杨小静脸红起来，说："我才不管呢。"其实一开始杨小静是反对的，她倒不是心疼钱，从小到大，她要啥有啥，对钱没有太深的概念。她是怕别人以为是她倒追郑卫，上赶着送钱。她爸劝她说："今年小卫出去，明年他回来接你出去，出国算是咱们两家的事。咱们一点钱不出，就算小卫对你好，以后你在他家里人面前抬得起头来吗？再说小卫家借的钱怎么还呀？还不是用他的美元还？那些钱就不能存下来等你去美国后再用了。我们给他钱，其实是给你，对不对？"

郑卫见杨教授对自己这么好，既高兴又感激，说："伯父，阿姨，谢谢，谢谢！不过，真的不好意思总要你们的钱。报名费就是你们出的，现在又让你们出培养费，也太不像话了。我们家会想办法的。"

杨教授还是要给，郑卫坚辞不受。他还是觉得这笔钱太大，虽说他爱小静爱得要死，小静对自己也好得要命，可是总从对方家里拿钱，怎么都有点说不过去。

林主任看到他们两个人推来推去，觉得自己应该出场了，便慢条斯理地开口道："小卫呀，你是不是觉得，从别人家里拿钱不好意思呀？"

郑卫不知道该说"是"好，还是说"不是"好，只好傻笑。

林主任继续说："要不这样吧，你和小静谈恋爱挺长时间了，感情也很好很稳定，要是你们两个人都不反对的话，你们就订婚吧。这样咱们不就成为一家人了？"

杨小静大吃一惊，没有想到她妈出了这么一个主意，红着脸大叫起来："我不干，我不干，我才多大点，订什么婚呀！"

林主任说："你已经二十一了，明年就该二十二了，又不是结婚，订婚不算早嘛。"

杨小静叫道："二十一怎么了？我要三十才结婚。"扭头一看，郑卫笑得眼睛眯成一条缝，举手给他一巴掌，嗔怪道："笑什么笑？就你，我才不跟你订婚呢，没门！"

她是真的不高兴了。她爸妈这是怎么回事，又要给钱，又要送女儿，也太让自己丢面子了。平常在郑卫面前，她骄傲得像一个公主，虽不怎么使小性子，做什么事那也是说一不二，郑卫只有听的份。怎么郑卫才拿到美国大学的奖学金，就好像比自己高出一大截？就算要订婚，那也应该郑卫求她三五次以后再说，哪有自己妈妈提出来的？自己在郑卫眼里多掉价呀？

杨教授听到夫人突然说给两个孩子订婚，也怔了一下，又看到女儿羞答答地不干，不禁笑起来，说："订婚？好主意，我倒没有想到。你们也不用大办，随便一点，是一个意思就行。下面的事情很多，护照、签证、毕业、出国，一个接一个，很忙。小卫呀，咱们也不用争。订婚的事，你去办，培养费，我们出，怎么样？"

郑卫本来生怕自己不在身边，漂亮的女朋友会被别人拐跑，要是订了婚，那就多一层保障，自己怎么一点都没有想到呢？幸好小静妈妈提出来。可是怎么一个订法？他是一点概念都没有。

郑卫还是老办法，跑去问月半。月半当即笑道："没想到你这个臭小子现在倒成个宝啦。你未来的丈母娘怕你跑掉，是不是？当初你费尽心思去追都追不上，现在可是牛起来了。"

郑卫不在乎她笑话，又得意又担心地说："我也害怕呀！她以前就有一个帅哥跟着，比我高一个头帅两个脑袋，以后我不在身边，万一她跟谁跑掉怎么办？"

月半笑道："不会的，有她爸妈替你盯着哩，再说她自己想去美国，她父母也特想送她去美国，这对你不是双保险吗？"

郑卫仍然不放心："综大每年多少人出国？没有我，她还不是可以找别人一起出去？"

月半安慰他说："你可是去王冠，又有几个人能去得了王冠呢？"

郑卫知道杨小静极端崇拜王冠，而且他们俩现在的感情的确非常好，心里觉得应该不会出什么问题。

月半继续拿郑卫开心："咱们来说你订婚的事。这样吧，你去买两床被子，再打一个柜子，推一辆自行车，抱一台电视机送过去就行了。"

郑卫愣了一下，笑着说："是啊，俺们乡下都是这样送彩礼的。送进门后，女家再给俺下一碗鸡蛋挂面吃吃。"

月半哈哈大笑说："看人家教授不把你打出来！还想吃挂面哩，你这个乡巴佬！"把郑卫取笑够了，她才说："你别急，让姐去帮你打听打听。"

郑卫气愤道："敢情你也什么都不知道啊？白让你占了这么长时间的便宜了！"

过了两天，月半兴冲冲地来找郑卫说："我去问过刘娟，她说要是按西洋方式的话，就要买一个钻石戒指送给未婚妻。她说她是在学英语时看到的。"

郑卫隐隐约约想起来，自己好像也读到过这么篇东西，只是当时没有往心里去。月半当即拉他到周围两个商场转一转，一看吓一跳，带钻石的戒指，怎么也要好几千。他这才明白小静妈妈为什么坚持培养费由她家出，这个订婚确实很不便宜哩！

没有办法，舍不得孩子套不到狼，这钻石戒指是非买不可的。郑卫与月半约好去给杨小静买订婚戒指的时候，意外地看到刘娟也来了。

月半对他说："姐的手指有点粗，让刘娟帮你去试一试吧。"

郑卫说："没想到你心还挺细的。买好戒指我请客。"他看看刘娟的手，白白净净又细又小，心想这只手戴上钻戒一定十分好看。

在北京城里连逛好几个大商场，累得半死，总算挑到一个不算太贵又看得过去的钻石戒指。刘娟左瞅右看，一试再试，很喜欢的样子。

郑卫说："要不，让老七也给你买一个？"

刘娟脸一沉，把戒指还给他，冷冷地回一句："不用。"

郑卫有点讪讪的，不知道自己怎么得罪了这位冷面美女。

月半在旁边笑说："这就是一个圈套，我们才不上当哩。"

郑卫连忙笑着说："女人嘛，迟早总要上当的。这个圈套太小，你们还是找一个星光灿烂的大圈套往里钻吧。"

郑卫与刘娟没有预约到同一天去美国领事馆申请签证。刘娟由老七陪同先去，很顺利就拿到了。郑卫由杨小静陪同后去，也很顺利签了下来。只是在门口排了很长的队，进入领事馆后又是排长队，一大早就去，折腾到下午挺晚才算完事。时间漫长不说，一直提心吊胆也够烦人。一起排队的人，听说郑卫是去王冠留学，都羡慕得不得了，说他铁定签上。只是郑卫自己心里一直打鼓，不知道美国中央情报局是不是真像传说中的那么厉害，把他伪造推荐信的事都能查出来。好在签证官不是中情局派来的，一看是王冠全奖，说一声"祝贺"，就给他盖上章。郑卫心里吊着的最后一块石头，总算落下地。

郑卫满头大汗地出来一看，杨小静正在门口打着小花伞，站着丁字步，亭亭玉立地等他，身边居然男男女女围着好几个人。

见到郑卫，杨小静迎上来，镇定地问道："签了吗？"

郑卫笑着点点头，得意地说："没问题！"

杨小静于是转身，很优雅地向那些满脸钦慕的一小群人挥挥手，挽起郑卫的胳膊款款离去。

郑卫不解道："你怎么到哪里都是明星呀？那些人围着你干什么？"

杨小静做出一副满不在乎的样子："那几个男的是来问我是不是也要到美国留学。还有两个人说他们签证过了，马上要去美国，要跟我互留地址。我没理他们，告诉他们说，我男朋友正在里面签证呢。他们问去哪里，我说，王冠。看他们那一脸的绝望呀，笑死我了！"

郑卫也笑，深知自己的女朋友到哪里都不会给自己跌份，对自己这样的居然也能给女朋友带来骄傲而深感满意。可是他还有不明白："那几个女的围着你干什么？"

杨小静说："都是互相打听家属怎么出国的呗。其中有一个女的签了四次，就是不给她签，说她先生钱不够。另外有两个是前两天去签没有通过的，再有就是近期要签，来打听消息的。她们都说我这种情况没有问题，全奖，男的还是读王冠，一准过。"

郑卫听杨小静说明年肯定也去美国，心里高兴，调笑道："什么男的呀，那叫老公。我得回来跟你结婚。"

杨小静做出一副不屑的样子说："你不回来也行。我就到美国领事馆门口等，谁签上证，我就让他把我带到美国去。"

郑卫做出一副害怕的样子说："你可不能这样呀，那我只好跳进太平洋去了，不对，是大西洋。"

杨小静高兴地晃头笑道："你敢跟我斗，看谁狠！"

郑卫悄悄地在她身上捏一把，说："今天晚上我才让你知道谁狠！"

杨小静红着脸娇声斥道："不许！"

随着郑卫的层层推进，杨小静的阵地逐渐失守，不过，遵照她妈的教导，她还是坚定地守卫着最后一道防线。郑卫的要求实际上只是雄性动物的本能，他对女孩子并不是太懂。尽管他学过生理课，也偷看过一些情色文学和"家庭生活指南"，可是理论与实际之间，总是有着巨大的鸿沟，他还是不太清楚具体应该怎样操作。再说，他们也没有什么可靠的地方可以超越界线，在操场旁、树林中，他们能做的也就是亲吻、抚摸，浅尝辄止。

杨小静保持着自己的神秘，却对郑卫知之甚多，因为看到郑卫憋得难受，她便羞答答地允许郑卫暂时放松一下。第一次看到男性那个张牙舞爪的东西，杨小静觉得既丑陋又可怕，再加上羞涩难当，立即命令郑卫把它收回去。后来郑卫又"强迫"她看过几次，渐渐地也就不再觉得它很讨厌了，可还是无法接受那个怪东西进入自己的身体。郑卫悄悄地给她讲一些黄色笑话和情色内容，她越来越明白这是上苍的安排，自己迟早总是要接纳它的。

郑卫冲动起来，有时就拉着杨小静的小手，要她把握自己的突出。杨小静心怀好奇，半推半就没有太抗拒。她发现那个小东西挺有意思的，热热的，硬硬的，还时不时地颤抖。郑卫说这东西名为老二，除了生命最重要，第二个就是它。她却说那是作案工具，因为世界上许多坏事都因它而起。他们俩调笑着争论一番，其实两个人都清楚，这个东西的好坏在于它的主人，而不是它本身。

虽然起初很抗拒，后来熟悉后，郑卫又一再央求，杨小静便含羞带笑地同意抓住他的那个东西把玩。这种时候，郑卫的脸上常是一副心醉神怡的模样。以后郑卫又要她上下套弄，第一次她不懂，觉得它突然发热膨胀，吓得她想缩手，郑卫却紧抓着她的手不放，加快运动，接着便有液体喷射而出。她躲闪不及，一些落到衣服上，大部分流到他自己身上和她的手上。杨小静知道那是什么，心里有点恶心，埋怨郑卫把自己的衣服弄脏。郑卫一个劲道歉，后来又一个劲感谢。杨小静回家后怕她妈妈看到，只好自己勤快一把，亲自去清洗衣服。林主任有些奇怪，但见她洗的不是内衣，也就没有往那个方面想。

后来杨小静看郑卫学英语学得很辛苦，便温柔地安慰他。她已经拥有经验，总是准备好卫生纸。郑卫有时累得睡不好觉，却发现只要发泄一下，睡眠就会好很多。这下子杨小静更得帮忙。不过她听说这种事做太多不好，只肯隔几天才帮郑卫弄一次。郑卫一再说自己年轻身体好，天天做都没有问题，她坚决不同意，叫他以大局为重。好在那时候郑卫忙得焦头烂额，也没有太多时间找机会去折腾这类事情。

在郑卫通过签证的那个晚上，杨小静终于放弃自己的最后一道防线。郑卫瞎扯说自己这么大岁数了，还不知道女人是怎么回事，出国后让洋人笑话，丢中国人的脸。杨小静本来就想奖赏郑卫，也觉得到时候了，郑卫再次试图伸手进来时，便没有使劲反抗。郑卫乱摸一阵，只觉得非常复杂，后来又感觉到她的湿润，以为出血了，吓得要死。杨小静脸红气喘地说没有事，郑卫琢磨好一阵，才有点明白是怎么回事。

临近夏天，杨教授经教委组织，去外地给其他高校做教学评估，林主任则要随全系职工去承德旅游。林主任临走时吩咐女儿要关紧门窗，查看火炉，有什么事可以找谁或谁，还想叮嘱点什么，欲说又止，叹气离去。这样，杨小静在家里便拥有完全自由。

不用说，杨小静把郑卫招到家中，两个人不用再在外面黑暗中偷偷摸摸，都兴奋不已。在家里疯狂追逐打闹一番后，郑卫终于如愿把杨小静按倒在沙发上，然后就去扒她的衣服。杨小静嘴里娇叫着不行不要，却并没有坚决反对，结果郑卫第一次在灯光下看到杨小静雪白的裸体。郑卫冲动不已，一个劲地央求杨小静给他，杨小静用一只胳膊遮住脸，另一个手指一下自己的房门，郑卫便抱起自己的小爱人，进入她的房间。

他把杨小静放在她的床上，自己脱掉衣服，也爬上去，两个人赤裸裸地抱在一起。郑卫喘着气，紧张地不知道该怎么办。杨小静悄悄分开腿，轻声说："上来吧。"郑卫莽撞地往她身上爬，好几次压得杨小静直叫，郑卫只好不住口地道歉。杨小静等郑卫摆好身位，半天却不见郑卫的动静，伸手一摸，才发现郑卫居然软了。

等了一会，杨小静知道郑卫不行，便说："下来吧。"伸手摸过一件衣服披在身上，打开台灯一看，只见他的小弟弟一副垂头丧气的萎靡模样，不由地笑道："我还是第一次看见它这么乖。"

这时只听郑卫痛苦道："我是不是……有问题。"

杨小静抬头一看，只见他满脸的惊恐和沮丧，便伸手摸一摸他的脸，嘻嘻一笑说："你是太色，太急！你，我可是知道，最大的问题就是这个东西总想干坏事。"

杨小静这么一说一笑，郑卫安心许多，想起自己平时好得很，今天可能是太紧张，也就不再担心。两个人相拥着看电视、吃东西、说笑，如没事一般。过了一阵，郑卫又有了想法。杨小静一碰，果然昂首挺胸。

这回轮到她害怕了，说："下次吧，我怕怕。"

郑卫忙着说："没事没事。"并把她往屋里拽。

杨小静临上床时，悄悄拉过一条毛巾垫在身下。郑卫上去后找不到门路，在外面捣鼓几下后，忍不住一泄如注。郑卫一脸难过，杨小静倒是如释重负。郑卫还想再等等，杨小静把他赶回家。

晚上林主任打电话回来，问她是不是一个人在家，杨小静说："当然啦。郑卫刚才来过，坐一会走了。"

第二天晚上郑卫如约再来。这次两个人有了默契，都觉得总攻的时刻到了，因为郑卫待不了多久就要出国，而杨小静一则觉得自己到年龄了，二则为了使郑卫放心，也该给他了。郑卫一想要，杨小静便毫无抵抗地让他为自己脱去衣服，并把自己抱到床上。郑卫很急，可又害怕杨小静怀孕，抱着她不知道该怎么办好。杨小静知道他担心什么，悄悄说："没关系，安全期。"

郑卫上来后，还是在外面乱转，不得其门而入。杨小静没有办法，只好伸手帮他找准方向。可是郑卫一对上来，她就感觉到疼痛和紧张，一再娇声低语道："轻点，慢点。"

郑卫已经紧张得发晕，也不知道怎么才能轻和慢，还担心自己一会又不行了，便鼓足勇气突破进入。杨小静一声轻叫，双手推着郑卫的胸部。郑卫抽插时，杨小静痛苦地呻吟连连，郑卫既紧张又担心，没来几下便喷射而出。其实杨小静虽有撕裂的疼痛，却也感到一种无法言喻的快乐。

事后两个人看了看，发现杨小静并没有流太多的血，大部分都是郑卫的东西。郑卫长时间地抱着杨小静，不停地说："我爱你，我爱你，我一辈子都爱你。"

杨小静躺在那里，一点一滴地感受着人生一大瞬间的喜悦和痛苦，尽管她觉得有点简陋和随便，可是也有一种放松和成就。

这种事情，一旦突破，再次发生便成为理所当然。随后的几天，两个情深意浓的年轻人，几乎每天都要来几次。起初杨小静只是为了照顾郑卫，她自己除了疼痛就是刺激，还有隐隐约约的便意。当她终于有了一点感觉、准备人生的第一次高潮时，例假却降临，随后她的父母也回来了，他们也就失去机会。

杨小静愤愤地对郑卫说："怎么你们男的说来就有，我们女的就这么难？"

郑卫悄悄地告诉她："我听说女的不容易到高潮，可一旦真来了，比男的快乐得多。"结果杨小静嘴上不说，心里更想。她希望在郑卫走之前自己也有那么一次，不然就要等一年，实在是浪费青春。

杨小静不愿意去别的地方，只肯在自己家中，这样才感觉安全。父母总有都不在家的时候，而郑卫即将远航，多去看一看女朋友也是情有可原，所在他也天天待在那里。郑卫还跑到离校园很远的一个地方，厚着脸皮偷偷买来几只避孕套，这样他们就可以在任何时间放心大胆地寻欢逐乐。他们试了一下，郑卫觉得不够敏感，但可以持久，杨小静则没有任何不同的感觉。郑卫也已经开始尝试不同的招式，正面、侧面、背面、上面、下面等等，还说别人都是这样，杨小静只好羞答答地配合他，确实发现有不同的刺激，也越来越有感觉。他们就这样试啊试，爱呀爱，终于在一个中午，杨小静的高峰突然汹涌而至，把她冲上最高的云端。那一瞬间，她失去一切其他感觉，只留下无穷无尽的快乐及深远而悠长的美妙体验。

郑卫这边基本搞定，便如约带小四去见杨教授和林主任。尽管郑卫一再保证没有问题，小四还是紧张得不得了，又是找服装，又是买礼物，还找郑卫商量，见到杨教授应该说些什么。郑卫说这又不是面试，也就是去见一个面，熟悉一下；去朋友家嘛，不用穿得太正式，干干净净就行；礼物根本不用买，你家那么穷，他们家什么都有，不必给他们送礼。

小四想一想也是，太隆重不好，便计划穿上衬衣、西裤、皮鞋，体现重视，也表示尊重。礼物是一定要送的，人家帮这么大的忙，生死攸关，没有一点表示，无论如何都说不过去。他又去问郑卫，郑卫也想不出来送点什么好，便说杨教授喝酒，要不你就买一瓶二锅头吧。小四还是觉得一瓶酒拿不出手，买茅台、五粮液又实在买不起，只好加上一瓶中央电视台新闻联播前做广告的那种酒，算是赶潮流，也才二十来块钱，名气还不小。

到达约定时间，规规矩矩的小四跟着吊儿郎当的郑卫一起到杨家拜见杨教授和林主任。寒暄几句后，杨教授对小四说："叫你来，只是认识一下。你的情况小卫都跟我们讲过，我们很满意。你学习好，人品好，又有才华，你这样的人我们不要，我们还能要什么人？再说你是小卫的室友、好朋友，那你就跟我们的孩子一样。"杨教授又把他的理论讲了一遍，农村的孩子很不容易，能考上综大的农村孩子，那就更不容易，一定是出类拔萃、又聪明、又能干、又踏实、又正直的人，不会像城里的那些纨绔子弟，只知道吃喝玩乐，吃不得苦，受不了累，根本靠不住。这些话真是说到小四的心里去了，听得他激动不已，热泪盈眶。郑卫则在旁边呆呆地发窘，觉得杨教授骂的那些人，怎么听起来挺像自己呢？

杨教授叫小四面试那天先去找林主任，由她带着去，什么都好说。林主任告诉小四，其实都讲得差不多了，简历和成绩单已经送过去，你的大致情况团委都了解，所以不用紧张，基本上就是走一个过场。林主任又嘱咐他说，面试不是谦虚谨慎的时候，优点和能力一定要说足，还让小四回去再好好练一练字。小四千恩万谢，觉得有杨教授推荐，林主任保驾，这件事情应该能够办成。

回来后小四就抓紧准备，除了搜寻如何应对面试的各种技巧外，就是疯狂地练字。室友们都挺奇怪，不知道小四整天神神秘秘地搞什么鬼。郑卫也悄悄对他说："四哥，不用练啦。你就是把你的水平拿出一半来，就够镇住他们的了。"可是小四还是紧张，这可是要命的事，千万别在最后关头出一个什么差错。

　　面试在团委的小会议室里进行。团委的几个人，一看到林主任亲自出马，就知道这个面子不能不给，甭管他是谁，大家轻轻松松应付一下拉倒。再一看小四其貌不扬，穿着一身不知问谁借来的肥大西装，还扎上一根大红领带，整个一个乡巴佬，更是看不起。他们只跟林主任说笑，对小四爱理不理。

　　林主任当然明白他们的心思，聊上几句，便介绍小四说，这个学生我刚刚认识，不是什么朋友熟人，真的是给你们送人才来了；他能上综大，就不得了；而且成绩非常好，要不是家里太穷，出国、读研都没有问题；这孩子朴实肯干，感恩知足，没有现在许多年轻人干得少要得多那么些坏毛病；他家不在这里，也没有什么牵挂，周末半夜，任何时候随叫随到，一天工作十几个小时、一周干七天都没有问题。我觉得他正是你们团委需要的人。

　　林主任这么一说，团委那些人都觉得挺有道理，对小四也就不再那么轻视。面视官们围绕着小四的情况，你问一个问题，我问一个问题，小四用他那半咸不淡的普通话一一作答，居然滴水不漏。

　　林主任在旁边看差不多了，又对他们介绍说，这个学生多才多艺，字写得非常好，你们要不要看一看？当即有人问小四会写什么样的字。小四说钢笔字、毛笔字、板书、标语，他什么样的字都写过。

　　有人拿过纸和笔来，让小四写几个字看一看。小四抖擞精神，写下几个不同字体，递给面试人员传看。大家一看都是惊叹，团委书记更笑说，这字写得太漂亮了，相比之下，我那字写得就像是狗爬。又有人找来毛笔，小四问要什么字体，团委书记问他都会什么，小四扳着指头说会十几种。书记就说仿宋体和楷书吧，板书标语常用。小四信心十足地挥笔而就，面试人员又是一阵惊叹，都说现在能写毛笔字的人就很少，像小四这样能写得这么好的，简直可以到国学院当老师了。

面试结束时，团委书记热情地握着小四的手说，真没有想到你这么厉害，我们最想要的就是你这样的人，你就回去等通知吧。不过，来之前你必须签一个合同，五年之内不准调走。小四忙说，多长时间都行，我真的是无处可去。听得团委书记哈哈大笑。他又跟林主任握手说，非常感谢杨主任和林主任给我们送来这么好的人才，你们真是慧眼识珠啊，我们就是全国招聘，也很难找到这么好的。

小四没有想到自己居然能留在北京，还进入高校，见到郑卫都不知道应该怎样感激才好，搞得郑卫很不舒服。

郑卫悄悄对小四说："四哥，咱们这是互相帮忙。没有你，我也去不了美国，你不欠我什么。不过，小静她父母年龄大了，我们出国以后，照顾不到，他们看病呀、搬重东西什么的，你帮着点，好吧？"

小四立即诅咒发誓道："你去跟杨教授和林主任说，无论什么事，无论白天黑夜，他们只要一叫，我绝对马上就到。我要是做不到这一点，就叫我生一个儿子没屁眼！"

郑卫表示感谢，却对小四的誓言觉得怪怪的。他不知道这是小四他们家农村最重的誓语，因为生下儿子没有屁眼，那就等于绝后，比挖人家的祖坟还坏。

最悲惨的算是老七。他家里借来很多钱存入银行，并开来银行证明，说他到美国后生活费可以自理，学费则由学校出。可是美国签证官连看都不看，撇着半生不熟的中文说一句："你不会回来的。"当即就把他拒签掉，理由是他有移民倾向。老七痛苦至极也愤怒至极，说起来就骂："那个美国王八蛋是白痴还是他妈有病遗传给他了？哪一个去美国的人没有移民倾向呀？他奶奶的会相面还是脑子里进屎啦？怎么就知道我去了就不回来？就他们那一个个长得跟畜生似的，我才不想与他们为伍哩！"

大家都知道，老七要出国都是为了刘娟，他这一被拒签，十有八九算是没戏了。刘娟这样的美女出了国，中国同志、港台同胞，再加上国际友人，哪一个会放过她呀？她顶得住张三，顶得住李四，还能顶得住山姆或者约翰？而老七最难受的，也正是这一点，没出成国本来就够痛苦，要是拼死拼活追到手的天仙再被人拐跑，那还怎么活？同学们劝他说，每年被拒的都一大堆，你就别太难过，回头再签吧。可是老七还是伤心得不行，因为连郑卫这样的都走了，凭什么就该他倒霉？后来还是刘娟说一声："我等你。"老七才稍觉安慰。

　　郑卫本来也想劝劝老七，可是老七一看见他就板起脸，说起话来全部语带嘲讽，搞得郑卫有好些天都是躲着他走。后来老七的气愤消下去一些，郑卫又请他吃饭压惊，说你顶多一年半载就出去了，刘娟我替你看着，有什么事我帮着，有人追我挡着，等你一过来不就什么都好了。老七也明白，这事都怪那个他娘的脸长得跟屁股似的美国佬，与郑卫没有关系，而且郑卫以后还大大地有用，所以当即恢复与郑卫的传统友谊。

　　不过，他对郑卫也不太放心，半真半假地警告说："你可不要监守自盗噢。"

　　郑卫忙安慰他道："我跟小静这两天就要订婚，钻戒都买好了，还是刘娟帮着挑的，你又不是不知道。再说，刘娟那样的人能看得上我吗？你小子也不知道怎么交了狗屎运才把她搞到手的。你知道有多少人恨死你了吗？"

　　刘娟就是老七最大的骄傲和自豪，郑卫这么一说，老七忍不住笑出声来。

　　可是郑卫知道最大的威胁来自哪里，他说："问题是国外那些色狼，凶得很呀！这帮家伙又有钱、又有才、还有绿卡，我也不知道能不能拦得住他们。"

　　老七更是担心得不行，只好自己安慰自己说："刘娟不是那种人，再说刚过去会很忙，应该没事吧。"

　　郑卫宽慰他道："你多给她写信，联络感情，刘娟这人不是那么容易变的。你们在一起这么多年，应该不会有问题。不过，你还是尽量早点出来，咱哥们好一起在美国闯天下。"

老七下决心说:"我尽快,尽快!"又叮嘱郑卫道:"别人问起来,你就说刘娟有男朋友。"

郑卫说:"那当然,还用你说?刘娟也肯定会这么说。"心里却想,外国那些野狼,可不会在乎她有没有男朋友。

好在老七已经拿到综大的直通博士研究生录取通知,并不是没有出路,而且在外人看来,也算是混得非常好的。老七决心不放弃英语和留美申请,回头加上综大的研究生学历,再把托福、"寄阿姨"考高点,不信就去不了美国,不信就进不了王冠。他向刘娟保证,早则年底,迟则明年,他一定会来王冠与她汇合。

郑卫拿到去美国的学生签证后,便去见杨小静。她自然好奇,说要看一看他的美国签证是什么样子的。

郑卫小心翼翼地从口袋里摸出护照,双手捧起递给杨小静。

杨小静拿着护照觉得有点奇怪,说:"加一个签证怎么厚这么多?"打开一看,签证上面还有一个明晃晃闪亮亮的钻戒。杨小静嘻嘻笑道:"你真的买钻戒了?"拿起来看一看问:"真是钻石的吗?多少钱呀?"

郑卫说:"几千块钱吧,不算太贵。肯定是真的,有证书。"从她手上拿过钻戒,给她戴上,笑着说:"好啦,这下跑不了啦!"

杨小静娇笑道:"那可不一定。"

郑卫上去抱着她,说:"这样呢?"杨小静在他怀里笑得直抖:"跑不掉啦!"郑卫更加使劲地抱紧她,杨小静边笑边叫:"勒死我啦!好,好,不跑了,不跑了!"

第二部　大西洋风暴
Atlantic Storms

008　兴奋与失望

北美秋日的阳光，透过机场巨大的落地窗，照在杨小静洁净的脸上，使她显得异常光彩夺目。横跨半个地球的长途旅行，并没有让她稍显疲惫，她那生气勃勃的面容，更像是清晨刚刚走出家门。看到身穿皱巴巴的西服，手捧有些干枯的花束，神情既激动又紧张的郑卫，杨小静不由地笑起来。郑卫迎上前去，献上紫红色的玫瑰花，又轻轻地拥一拥自己新婚燕尔的小媳妇。杨小静轻笑着，也回抱一下自己的小丈夫。就像他们结婚时一样，两个人的心里都觉得有些奇怪，想不到双方还如此年轻，就已经结为夫妻，而且马上要在异国他乡开始他们的婚姻生活。如果不是因为出国，他们现在大概还在花前月下卿卿我我憧憬未来哩。要知道许多年轻人，在他们这个年龄，仍没有正式谈过恋爱。

杨小静比郑卫更快地进入状态，毕竟这几个月来，她都是以妻子的身份办理各种出国手续，而且她那个富有经验的妈妈，也给她讲之再三关于做恋人与做夫人的不同，要她调整心态，以主妇的身份严格要求自己，不能再耍小女儿脾气。

她很自然地替郑卫整理一下衣服，嘴里笑嗔道："真土！怎么穿着一身西装来了，还不扎领带，也没有熨过，看着跟农民企业家似的。"

郑卫放松下来，笑着回应："我没有熨斗，也不会熨。领导驾到，我怎么也得正式点吧。国内做的这身西服，还从来没穿过，今天我就穿出来，显得隆重。这是我的处女秀。"边说边挺胸抬头板脸以示庄重。

杨小静笑说："那你为什么不扎领带？要正式，穿西服就应该扎领带。"

郑卫习惯性地摸摸自己的后脑勺笑道："我试过好几遍，就是扎不好，没办法，只好不扎了。"

杨小静嘻嘻直笑，娇嗔道："怎么这么笨呀？啥都不会。回家我给你熨衣服，我带来一个小熨斗。以后你要去作报告，我给你扎领带。"郑卫心想不知要过多少年才能轮得到自己作报告，可是为了不扫杨小静的兴，他并没有说出来。

郑卫拖起两个大箱子，杨小静挎着背包手捧着鲜花一起往外走。杨小静发现一些人在看自己，猜想是因为自己手里的这束玫瑰，感觉非常高兴和骄傲。她笑眯眯地闻闻花，对郑卫说："这花有点干。"

郑卫解释道："我怕弄湿了你不好拿，所以没有插到水里。"

看到有人推着行李车，杨小静便叫郑卫："小卫，你去推个行李车来，省劲得多。"

郑卫苦笑一声说："我看啦，要三个美元哩，我还是自己挣这笔钱吧。"

杨小静"哦"了一声，笑笑说："真是资本主义国家，连用一下行李车都要钱。"

郑卫有点吃力地拖着箱子，笑着问："你这里都装着些什么呀？怎么这么沉？你是不是从你家顺出好些金块来？"

杨小静笑得直颤："我家要是有金块，我还会嫁给你这么一个穷小子？我妈筹划好几个月，把所有居家用品都置办齐，还有备份，这次全带过来。我说我这是去美国，不是去非洲。可我妈说，小卫是学生，你以后也要上学，能省一个钱就省一个。"

郑卫说："上次我不是已经带来两大箱？我还以为这次你只要带上自己的衣服就行了。"

杨小静说："你带的都是咱们结婚的东西，大部分是从你家背到北京的。像你们家的那床被子，大红被面上边还绣着一对鸳鸯和两个男孩，多扎眼呀！"

郑卫有点不好意思地说："那是我们家亲戚送的，我妈肯定不会买这种被面。"

杨小静噘噘嘴瞥了郑卫一眼说："你姑妈还说，美国不实行计划生育，祝我早生贵子，多生几个。"

郑卫这下子更尴尬了："别听她们的，瞎操心！我妈可没有这么说。"

杨小静接着说："我妈可是交代，千万别急着要孩子。她说咱们俩都还是孩子，再来一个就全乱套了。"

郑卫忙说："不要，不要，咱们自己都忙不过来，哪有时间照顾小孩？能照顾好自己就不错了。"

郑卫拖着箱子一边走一边问杨小静："你临走前又给我家打电话了吧？"

杨小静笑道："那当然。我平常也打，要走了，更得打声招呼，看你爸妈有什么话要带给你。你妈说了，让你对我好点。"

郑卫怀疑道："我妈真这么说的？她应该看得出咱们俩谁是领导呀？"

杨小静笑道："我逗你玩呢！你妈说，我是一个教授的女儿，没有吃过苦，过日子不容易。大概是给我打预防针吧。她还说'小卫上学、工作很辛苦，不要让他太累了'。这不是让我伺候你吗？"

郑卫笑道："不用，我哪用你伺候？我自个儿在这里不也过来了？"

杨小静故作生气地说："你妈还绕一下圈子，我妈可是直截了当。她都唠叨无数遍了，叫我以后多做家务，学会察言观色，叫我收起小姐脾气，要有艰苦奋斗的准备。总而言之，要我以后就像她现在天天对我爸那样，看着你的脸色过日子。"

郑卫没有料到自己原来这么重要，他可是没有一点野心要抢占领导位置，他看看杨小静的脸色，赶快故作幽默地笑道："我这脸可没有什么好看的，你长得比我漂亮多啦，还是我以后看着你的脸色过日子好些。"

杨小静高兴地笑起来。她知道郑卫不是一个难缠的人，在他家里就是他爸听他妈的，这是他们家的优良传统。

郑卫岔开话题问道："你路上还顺利吧？累不累？"

杨小静说："挺顺利的，没什么感觉就到达美国。可能是上飞机前哭得太凶，这两天四处告别也太累，所以我上飞机就睡觉，醒来离美国就不远了。"

郑卫同情道："你从来没有离开过父母，他们肯定很舍不得你，你也很难过，是吧？"

杨小静的感情说来就来，眼圈又红起来："告诉你，我差点就不来了。我没有想到我妈会哭得那么厉害，我也越哭越凶。我妈一个劲地说，静呀，你是妈的心肝宝贝呀！你走了，妈可怎么过呀？我就哭着说，妈，我不走了，就守着你。"杨小静说到这里，眼泪流出来。郑卫只好放下箱子，上前抱住自己的小爱人。

杨小静继续抽泣着说："我跟我妈抱着哭，我爸就环住我们俩劝，说女大不中留，迟早总要走，现在我们送她去最好的地方，有最好的前程，应该高兴才是。我爸把我往检票口里推。我妈哭着说，只要你过得好，妈什么也不求，紧紧地抱我一下，也把我往里推。我上飞机后好一点，飞机一起飞，又哭了好久。后来想起我是要来见你，才慢慢平静下来。要不是因为你，我才不会离开我父母哩。"

郑卫拍拍杨小静的后背，劝她说："我一样会对你好的。咱们赶快走，回去就给你父母打电话，他们肯定等着哩。"

走到汽车跟前，杨小静已经缓过劲来，打量着郑卫来美后花1300美元买的二手小车说："比照片上看起来旧一点，比夏利可是好多了。"

郑卫一边把行李往车上搬，一边说："这边工资高，车又便宜，咱们过两年有钱了，再买一辆新车，一点问题没有。"

杨小静坐上车，郑卫给她介绍一番车里的各种装置，又让她系上安全带，说这是美国的法律规定，这边人命值钱，不像国内似的，既不把自己的命当回事，也不把别人的命当回事。

杨小静顺从地扎好安全带，很新奇地左摸右摸，试用车上的各种装置，嘴里叨叨着："不错，不错，我们学车时用的都是大卡车，连助力器都没有，把我的胳膊都累肿了。哇,这车还有CD机,还有电动窗,不到一万元人民币,太值啦!我考一个驾照都花掉快一万。"

这时他们的小车已经上了高速,郑卫把车窗放下来,把音响开到最大,播放起重金属音乐。风把杨小静的头发吹得飘起来,她双手高举,大声喊道:"噢,我来到美利坚合众国啦!"

郑卫也跟着凑趣:"噢,我们家领导驾到!"

激情片刻,杨小静让郑卫把车窗关上,把音乐放小,说:"这种吹法太伤皮肤,尽量少来。"然后又问:"刘娟的皮肤怎么总是那么亮?她还是那样吗?"

郑卫说:"好像没有什么变化吧。"

杨小静叹一口气说:"她跟老七,看来是不行了。我走的时候,给老七打过一个电话,问他要不要给刘娟带点东西,或者带一封信。他说不用,前两天刚给刘娟寄过一封信,美国什么都有,也不用带东西去,代我问她好就行。我问老七下一步有什么打算,他说他准备拿到博士以后再说。我说那刘娟怎么办,他说你去问刘娟吧。噢,对啦,他让我问你好,说你小子总是福星高照,要啥有啥。"

郑卫笑着叹气道:"我有啥呀?不就是找到一个漂亮的小领导吗?其他都算不上。在美国读书太他妈的累了,这王冠更不是人待的地方。他要是真来就会知道,不死扒层皮呀!上学期我三门都拿B,差点没搞一个C,这学期可得小心。万一读不下来,那可是连退路都没有。"

杨小静赶紧安慰他说:"不会的,你不是两个学期都顶下来了吗?已经坚持一年多了,再往后还能坚持不下去?"杨小静没敢说,她和她父母当时最担心的,就是郑卫坚持不到她来,就已经顶不住了,毕竟王冠可不是什么人都能读下来的。郑卫来信说有人跳楼,可把杨小静和她妈吓坏了。她妈一个劲地念叨,小卫去王冠干什么呀,随便找一个大学就好啦,可不能把命都搭进去。她爸却说,这孩子只要能读出来,就是世界一流人才。

郑卫心里舒服一点,可还是压力巨大,苦笑着回道:"咬紧牙熬呗,尽力而为吧！刘娟那样的，都念得苦不堪言，我就更是难受死了。"然后开始盘算："这学期有一门实验方法我挺上手，应该能拿Ａ。还有一门医学课，全是巨多、巨长、巨偏的医学生词，搞得我很头痛。刚才等你时，我都在背单词。你看……"他边说边伸手去摸裤子口袋，找那些记着生词的小纸片。

杨小静急忙喊叫："好好开车！"

郑卫收回手，继续说："这门课我跟刘娟一起读。刘娟叫我每个周末用一个晚上互相考生词，谁输谁挨打，结果是我每周跑去挨她一顿打。"

杨小静忍不住笑，用手点着他的头说："你呀，就该打，没人督促不行。"

郑卫继续盘算："这学期问题不大，就算得一个Ｃ，也还有一个Ａ填。唉，下学期要选课，还要准备博士资格考试，那才更要命。以后进入实验室，应该会好很多。"

杨小静听他的口气，似乎问题不大，便鼓励他说："你这么聪明，没有问题。你只要能毕业就行，成绩好坏无所谓。"

郑卫摇摇头，仍然信心不足，但对杨小静的态度非常满意，笑着说："你怎么跟美国佬似的，真会说好听的。对了，你是学外语的，西化了是不是？"

杨小静摇头晃脑地笑道："气可鼓不可泄，这是我爸说的。他老人家早已料到，说你遇事总往后缩，让我来当督战队，逼着你往前冲。"

郑卫认真地说："我可是已经尽到最大努力啦。"

杨小静双手抱团做乞求状笑说："你是我的长期饭票，可不要把我的饭碗砸掉。"

郑卫也笑着表决心道："不会的，我一定要让我们家小静吃饱吃好。"

杨小静不愿让郑卫总是纠缠他那些烦心事，就提起刘娟的烦心事："你跟刘娟说过老七的意思吗？她怎么讲？"

郑卫说："说了。我说老七总是被拒签，过不来，我叫老七向你求婚，老七说，本来我就配不上人家，现在更是高攀不起，我哪好意思求她带我出去？刘娟说那我就应该求他跟我出来吗？我说你们俩僵在这里，就没有办法了。刘娟说他这么自卑，以后怎么处呀？我说老七也说，就算出去了，以后的日子也不会好过。我们又不是老夫老妻，她不欠我什么。刘娟说可能没缘吧。我说可是老七是非常舍不得你的。刘娟点点头就不说话了。不知道他们后来是怎么商量的。我看她忙得要命，恐怕也顾不过来。"

杨小静琢磨一下说："我看十有八九是没戏了。男高女低什么都好说，女高男低怎么都不好办。"

郑卫笑道："那你既比我聪明又比我漂亮，我也很麻烦啦，对吧？"

杨小静知道这是自己的小爱人哄自己开心的传统项目，笑着拍他一小巴掌说："你这个王冠博士敢笑话我？不过，我这个长相，在你们王冠还是拿得出手吧？"

郑卫狂拍马屁："岂止拿得出手，绝对震倒一片！你去看一看王冠的女生就知道了，晚上看见不小心会吓死人的。"

杨小静高兴地嘻嘻直笑，骂郑卫说话太损，不厚道。

汽车开下高速，在林荫道里穿行，间或有几栋小房子一闪而过。杨小静觉得这景象跟自己期盼的高楼林立、车水马龙完全不同，问郑卫说："王冠快到了吗？"

郑卫回道："一会往右拐就是去王冠。咱们还是直走先回家。"

路边的建筑逐渐多起来，虽不算破旧，却大都相当苍老，可能有她爸那个年龄。杨小静觉得像是来到城市郊区。再看路边的小店，门脸相当小，有点像国内小县城里的景色，只不过上面是英文。

汽车拐进一条更窄的街道，弯弯曲曲，破破烂烂，两边歪歪扭扭趴满旧车，路边全是一些三五层高的灰蒙蒙的小楼。杨小静问道："这是哪里？怎么跟贫民窟似的？"

郑卫回道："这是学生区，住的大部分是王冠的学生。"说着一拐，进入一个小停车场，说："到了。"

杨小静一看，一栋饱经风霜的小楼立在眼前，失望之情不由得浮上脸面，扫兴地说："就这里呀？没有好一点的地方？"

郑卫强调："这就是附近最好的住处，有停车场，别的楼汽车都得趴在路边。再往外走，有大公寓，比这里好得多，那可是又远又贵。"

杨小静争辩说："咱不是有车吗？"

郑卫解释道："那也交不起学校的停车费。上学还是得靠走，离学校太远肯定不行。"

杨小静没有办法，只好跟着郑卫快快地往楼上搬东西。进门一看，浅黄色的旧地毯上，立着一个金属腿的破桌子，桌面上的裂缝，像老人脸上的皱纹，横七竖八地伸展着。桌子周围是几个样式各异的凳子，也都年届老迈，跟桌子配合得天衣无缝。桌凳旁边是一个长沙发，比桌子稍显年轻，可也是人到中年，疲态尽现。

杨小静沉着脸问郑卫："你这些家具都是哪来的？"

郑卫回道："桌子和凳子都是街上捡的，沙发是人家送的，书架是朋友给的，电视是前室友留下的。"

杨小静高声叫道："那你还有没有一件东西是新的？"

郑卫知道不好，领导不满意，忙说："有呀有呀，你过来看，咱这席梦思床是新的，名牌货，花去我四百多大洋哩，从山姆俱乐部拉回来的。"说着拉拉杨小静，讨好地说："你上去躺一躺，可舒服啦。我想咱们结婚不能没有一件新家具，就买来一张床，别的东西咱们以后再慢慢置办，好不好？"

杨小静脸色稍晴一点，可还是挺不高兴。自己的新婚生活，就要在这一堆破破烂烂的家具里起程，她怎么可能不难过？要是在国内，肯定全部要新的，要最好的，别说是捡来的，就是全新的，只要不满意，她都会扔出门去。

郑卫知道杨小静失望，便拉她说："走走走，咱们先吃饭，我带你去吃麦当劳，这旁边就有，出门左拐，一会儿就到。"杨小静比较喜欢西餐，这一通折腾，也有点饿了，这破家看着憋气，还是到外面转一圈吧。

出来仔细看了看，又觉得也不是那么差，怎么都比国内的学生宿舍强得多。再说还有这许多汽车，有的看上去蛮不错，都是学生的吧，国内怎么可能，教授也没有车。想到这些，心情好一点。

等走进麦当劳，只见窗明几净，没有几个人，远不像国内麦当劳那么嘈杂拥挤，再吃块麦香鱼，喝杯可乐，心情就完全恢复过来，她对郑卫说："我还以为美国人人都住别墅哩，怎么你们住得这么差？"

郑卫笑她："你是美国电影看多了吧？上当受骗了不是？人家也是正面报道为主。哪没有穷人呀？咱们现在就是穷人。"

杨小静也笑起来，说："那富人区什么样？都是别墅吗？"

郑卫说："富人区什么样，我也不知道，听说都是大厦。中产区我知道，一般只要有工作，就是中产阶级，可以买一栋独立房屋，带花园的那种，回头我带你去看一看。我去逛车库售卖时转过，没有多远。"

杨小静兴奋道："好，快带我去看看。等你一工作，咱们就买一栋房子，不用多大，能让我躺在草地上晒太阳就可以。"

郑卫笑道："不准脱衣服噢。"杨小静伸手给他一巴掌。

回到屋里，杨小静叫唤着："太脏啦，我得洗一个澡。"进盥洗室一看，心又开始发凉，因为无论坐便器还是洗澡池，都真够旧的，污迹斑斑。

杨小静嘟囔着："这么脏，怎么洗？"

郑卫说："你洗淋浴吧，拉上浴帘就行。"

杨小静本来准备用热水泡一泡，这下只好算了。她脱去衣服，正准备开洗，郑卫想擦一把脸，一推门，发现锁上了，便敲门喊："小静，开开门。你怎么把门锁上了？"

杨小静在里面应道："我洗澡啊，怎么不锁门？"

郑卫说："可是我想擦擦脸。"

杨小静说："等我洗完澡才准进来。"

郑卫停了一瞬，在外面大喊一声："这是我老婆吗？"杨小静在里面哈哈大笑。

杨小静洗完澡，穿着睡衣出来，很舒服地伸着懒腰说："我困了，想睡一会。你要干什么？去学校？"回头一看郑卫两眼放光地盯着自己，慌忙说：

"你快去洗脸。"

郑卫上前要捉住她,说:"我已经在厨房洗过了,现在该咱们进洞房啦。"

杨小静边笑边躲,说:"大白天的,不能干那种事,晚上吧。"

郑卫一边把她往床上拖,一边说:"交税要及时。"

杨小静边娇笑边挣扎:"给你免税,免税……"

两个人激情过后,郑卫起身边穿衣服边对杨小静说:"我要去学校,一大堆作业等着做呢。你好好睡吧。"说完拍拍自己漂亮的小媳妇。

杨小静是真累了,翻一个身说:"美国的第一晚,做一个好梦。"可是总觉得还有点什么事没有做,突然想起来,爬起来喊:"哎呀,要给我父母打电话。"

郑卫忙说:"对呀对呀,刚才还想着,后来被你一诱惑,我就忘了。"

杨小静笑说:"得了吧你!就是一个色鬼。"想到自己也忘掉,赶紧说:"怎么打?快告诉我。"

郑卫拿出一张纸来说:"用电话卡,才两毛多钱一分钟,比电话公司便宜得多。你随便打,想打多久打多久。不过质量不太好,有时候会断线。"

电话接通后,郑卫先向岳父母问一声好,便向杨小静挥挥手,自己去学校了。

郑卫半夜回来时,杨小静睡得正香。郑卫一看她四仰八叉地睡在床中间,怕把她弄醒,便自己抱起一张小毛毯,轻手轻脚地挪到客厅的沙发上去睡觉。沙发还是小,不知睡了多久,郑卫一个翻身,"噗通"一声掉到地上。

杨小静听到动静,打开台灯,从里屋跑出来,看到郑卫正坐在地上揉眼睛。杨小静推推他,问:"你怎么睡沙发上?摔着没有?"

郑卫迷迷糊糊地看看杨小静,这才想起老婆大人已到,说:"怕吵醒你,没敢上床。这里有地毯,没事。"笑一下,又闭上眼睛。

杨小静上前抱着他往起拉,说:"快到床上睡去,怎么在地毯上又睡着了?"

折腾到床上,郑卫有点清醒过来,问杨小静:"现在几点?"

杨小静说:"刚过五点。"

郑卫又问:"那你几点醒的?"

杨小静说:"四点多。"

郑卫一算,说:"哎,你的时差一下子就倒得差不多了嘛。"

杨小静说:"都是在国内累的,临走这几周,我都没有时间睡觉,白天黑夜地会朋友、同学,吃饭、唱歌、跳舞、吹牛,折腾死我啦。"

郑卫笑道:"也得意坏啦,是吧?"

杨小静瞥他一眼,说:"那有啥得意的?还不是为了陪你?"说完又笑起来:"综大子弟班多少人,我是第一个出国的,而且还是来王冠,绝对轰动!他们好多人连工作都还没有着落哩。开始我也想,悄悄走算了,可是你来美国都一年了,谁都知道我一毕业就要走,瞒都瞒不住。结果挨个都得见,都要告别,不然人家就会觉得我瞧不起人。唉,我不就是找到一个好老公吗?靠我自己,这辈子都没戏!"

郑卫听得心里非常高兴,嘴上却说:"反了,反了,是你们家先帮我出国,我才又把你拉出来。我出国你家花掉多少钱呀!这次回去结婚,我怕花销大,钱不够,问刘娟借来二千美元,又是你妈掏钱帮我补上。我搭上你们家,真是占大便宜啦!"

杨小静心里也非常高兴,知道就算自己出来陪读,靠着郑卫生活,他也不会看不起自己,她的老爹老妈,绝对先知先觉。

这时杨小静想起来,对郑卫说:"我又带出来六千美元,这下子可把我们家彻底掏空了。"

郑卫吓一跳:"哎哟,带那么多!赶快存起来,以后你读书好用,平时用我的助学金就够。回头我把咱们家的账户全部交给你管。我太忙,没时间折腾。你英语比我好,就当咱们家的财务大臣吧。"

杨小静看郑卫对自己如此信任,心里很满意,笑着说:"我妈刚才还说,小卫这孩子,人很好,肯定不会亏待你。"

郑卫也笑:"我还亏待你呢?你不欺负我就不错啦。你爸妈还说些什么?"

杨小静"哼"了一声说："批我呗，说我从小娇生惯养，又懒又馋，吃不得苦，受不了罪，眼高手低，志大才疏，耽于空想，不切实际，让我做好艰苦奋斗、白手起家的准备。"她边说还边数手指头，汇总她爸说她的诸多缺点，逗得郑卫直乐。

杨小静继续说："当时我还顶我爸几句，后来我妈说，她想我想得一夜没睡，说得我挺伤心。打完电话一想，我都结婚离家了，怎么还跟小孩子似的，跟老人怄气。其实我爸说得对，我现在已经够好了，比我们班同学好得多，比老七都强。可能我把美国想得太完美，跑来一看，跟电影上的不一样，就失望啦。"

郑卫笑道："人都是欲望无止境。以前咱们说，只要能来美国就行……"

杨小静抢着说："只要能看一眼就行。"

郑卫扮鬼脸说："现在你已经看了十几个钟头啦。"

杨小静笑起来："要从入关算起，已经一天多啦。"

两个人都笑，相拥相偎，心满意足。

第二天郑卫去学校上课做作业，天擦黑才回家吃晚饭。进屋一看，杨小静已经做好米饭，还炒好两个菜，正等着他。

郑卫高兴坏了，一个劲地叫："谢谢！谢谢！我还琢磨着给你做什么好哩。"

杨小静笑说："谢什么？我在家待着没事，本来就该我做饭呗。"

郑卫客气道："不用，我回来做也行。"

杨小静问："你都学会做什么菜了？"

郑卫扳指头说："西红柿炒鸡蛋、拌黄瓜、炖排骨、红烧鸡腿、煮方便面……"

杨小静嘲笑他说："你连煮方便面都算？水平真高呀！"

郑卫笑道："自己做过一年饭，水平当然有提高啦。煮方便面也是一顿饭，怎么能不算？"

杨小静在那张破旧的桌子上盖上一块新桌布，看上去漂亮很多。两个人边吃边聊，郑卫一个劲地唠叨："幸福呀！太幸福了！回来就有饭吃，这是多少人梦寐以求的幸福生活啊！"

杨小静笑道："还是有一个老婆好吧？"

郑卫猛感叹："好，太好了！不仅仅有饭吃……"边说边冲杨小静坏笑。杨小静知道郑卫在说什么，晕红了脸，又伸手轻打郑卫一下。

郑卫觉得菜的味道不错，问杨小静道："你什么时候学会做饭的？咱们结婚时，你好像还不太会。"

杨小静说："你结婚走后，我不是还在家待过几个月吗？我妈就逼着我学做饭。她说我以后就是郑家的媳妇，不再是杨家的大小姐，啥都不会做，非被婆婆骂不可。我说郑卫才不会哩。我妈说你在美国无亲无故，以后只能靠着郑卫。你在家尽吃闲饭，郑卫能不嫌弃？"

郑卫忙接口道："不嫌弃，不嫌弃，你这样的美女，是用来赏心悦目的，不是用来干活的。"

杨小静心里高兴，嘴上嗔道："你把我当花瓶了？"

郑卫笑说："我宁肯要一个什么都不干的花瓶，也不想要一个丑陋的佣人。当然，要是又漂亮又会做饭，那就更好啦。"

杨小静笑道："你看，什么便宜你都要占到。"

郑卫笑说："男的都一样啦。"

郑卫刚好吃完一碗饭，正准备站起来自己去盛，杨小静心情好，又坐得离厨房门近，伸手要过他的碗，说："我来给你盛饭。"站起来转身开灯走进厨房。

郑卫在外面晃着头叫唤："太感动啦！实在是太感动啦！"他还没有感动完，就听见杨小静"啊"的一声惨叫，接着便是碗掉到地上摔碎的巨响。

郑卫吓坏了，像箭一般地冲进厨房，只见杨小静左手颤抖着，指着地上飞快地爬着逃走的一只小黑虫，声嘶力竭地喊道："这是……这是什么？"

郑卫忙冲过去，一脚把它踩死，说："噢，蟑螂。"

杨小静大叫道："蟑螂？美国怎么会有蟑螂？"

郑卫有点不屑地说:"美国啥都有!"

杨小静的眼睛里一下子充满泪水,郑卫忙走过去拥着她往外推,嘴里说:"咱们出去吧,这里我一会来收拾。"边说边轻拍她纤细的后背安慰她。

杨小静趴在郑卫的怀里,放声大哭,旅途的劳累、新生活的压力、理想的破灭,一下子全部迸发出来。她边哭边喊:"搬家,咱们搬家,我不要跟蟑螂住在一起!"

郑卫心疼自己的小爱人,可是搬家却没有那么简单,因为已经签订合同,毁约至少要罚一个月的租金,而且好一点的单元都太贵,便说:"我去把蟑螂都杀干净。"

杨小静尖叫一声:"我要搬家!"

郑卫只好说:"好,好,咱们搬家。"郑卫哄了半天,才把杨小静哄得不再哭。

郑卫说:"走,我带你去买杀蟑螂的药,顺便带你看一看附近的夜景。"

杨小静还是有点抽泣,低声问:"商店还开门吗?"

郑卫说:"开,洋人的食品超市二十四小时都开。"

杨小静又问:"那你不去学校了?"

郑卫说:"你刚来,我就待在学校不回家,那像什么话?今天我就给自己放一晚上的假。"

杨小静听他这么一说,心里好受多了,很懂事地说:"你还是去学校吧,我自己看电视就行。"又很担心地问:"蟑螂会不会爬到客厅里来?"

郑卫正想逃学,又见小爱人害怕,更找到了理由:"不会。蟑螂只在厨房转,那里才有吃的。再说咱们一会就把它们全杀光。我今天就不去学校了,没有项目到期,也就是看书做作业,回头我抓紧点补回来就是。"

转眼就到周末,郑卫带杨小静一起去看刘娟。刘娟打开门,杨小静上去抓住她的手说:"娟姐,我来啦!"刘娟笑笑说:"太好了,欢迎。"杨小静从国内给刘娟带来一个小礼物,递给刘娟说:"娟姐,送给你的。"刘娟连忙道谢。

杨小静说:"本来我一到,就说给你送过来,可是郑卫说你太忙,所以拖到今天。"

刘娟说:"我正好有一个考试,还有一个项目到期,这几天几乎都是忙通宵。"

杨小静说:"我知道你们王冠的学生真是太不容易了。不过,娟姐,你还是那么漂亮,一点都没有变。"其实她发现刘娟比以前还是略显憔悴,可能是这些天睡眠不足的缘故。

刘娟笑一笑说:"哪呀,老喽。"

郑卫在旁说道:"被王冠这么折磨,能保持成你这样,已经是奇迹。你看我,是不是成熟多啦?"

杨小静笑说:"你本来只比娟姐大几个月,现在看上去像是大好几岁。"

这一对小夫妻在那儿一唱一和,刘娟只是淡淡地应着。杨小静猜想可能与老七有关,就说:"我走的时候,给老七打过一个电话,他说没有什么可带的,还说刚给你寄来一封信。"

刘娟回头从桌子上找出那封信,递给他们,说:"你们看吧。"

郑卫打开念道:"刘娟同学,你好……哎,这老七怎么回事,怎么也得套套近乎吧?"

杨小静赶快捅一下反应迟钝的郑卫,他就不再耍贫嘴。两个人一起默默地往下看。老七的信不长,只是简单地说,他来不了美国,不想再耽误刘娟,希望以后只做朋友;听郑卫说,刘娟在王冠是校花,追求的人很多,请她早做选择;国内有什么事需要他做,他一定尽力而为。

郑卫看完信后,大声骂道:"老七这个王八蛋,我叫他早点求婚,他倒来了一个写信断交。你算是白等他啦,耽误一年多大好时光。早知如此,我在国内先踹他三个霹雳无影脚。"

杨小静嗔怪地瞪郑卫一眼,问刘娟道:"那你打算怎么办?回信没有?"

刘娟点点头,神情黯然道:"就做朋友呗。"

郑卫心知也不能指望刘娟坚决要求嫁给老七,叹口气说:"这么长时间的感情，难道就这样完了？太可惜啦！"

杨小静却知道，其实他们两个人早就都有心理准备，也明白刘娟心里难过，走过去抱着刘娟说："娟姐，是挺遗憾的。"刘娟抱着杨小静，抿着嘴，眼睛里隐约闪着泪光。屋里气氛很低沉，三个人心里都很不好受。

杨小静松开刘娟，帮她理一理头发，劝她说："娟姐，别难过，这也是没有办法的事，人生没有一帆风顺的，再说，断了也不一定就是坏事。"

郑卫和刘娟马上想起杨小静和张前的故事。杨小静继续说："我觉得老七也是为你好。他也算是挺有男子气的，主动提出分手。他要是跟你拖下去，你也不好办，对不对？"刘娟微微点头。

郑卫也说："我知道老七的，他可真是喜欢你喜欢到骨头里去了。他说分手，也是为你好。"

杨小静搂着刘娟说："女人是耽误不起的。你看，我这么大一点，都已经结婚了。你比我漂亮十倍，聪明一百倍，肯定可以找到一个比郑卫好一千倍的男朋友。"

郑卫在旁边听着，有点不乐意，说："你也太夸张了吧？谁能比我好一千倍？"

杨小静生气道："都这个时候了，你还比什么比？"

郑卫连忙说："好，好，你就找一个比我好一万倍的。"

刘娟低声说："忙死了，没有时间。"

杨小静劝她道："你也不用花太多时间，有人来追你，你看着要是还行，就不要拒人于千里之外嘛。"刘娟不吱声。

郑卫也说："问题不是有没有人追你，问题是你能看得上谁，你要给帅哥们机会。算了，走吧，我带你们去逛商场去。"

杨小静拉刘娟说："好啦，娟姐，咱们去逛它一天。你刚考完试，正好散散心。他都跟我吹过好久啦，我要去看一看商业中心就是叫'莫'（Mall）的是什么样子。"

009　享受美国生活

　　杨小静戴着墨镜，酷劲十足地开着车在高速公路上飞奔。现在她已经来到美国，她有车，有腿，也有自由，她要好好享受一下这种风驰电掣的感觉，她要随心所欲地在北美的天空中翱翔，她要让自己的身心在阳光中绽放，她要……

　　等一等，这是什么声音？怎么有一辆警车闪着灯紧跟着我？杨小静从陶醉中醒来，紧张地思索着自己应该怎么办。也许警车是追别的车？她转换一条车道，警车立即跟过来，还是盯住她。她心知糟糕，只好把车慢慢地停到路肩上。警车不叫了，可是灯还是闪着。

　　她等待一会，不见动静，就开门走出车，想过去问一问警察出了什么事。警察叔叔正在低头捣鼓什么，突然发现一个人走过来，立即紧张地把手伸向腰间，等看清是一位年轻的亚裔女子，他才放松下来，挥手示意让杨小静回到自己车里等候。

　　又过去好几分钟，警察叔叔这才下车慢慢走过来。这时杨小静已经卸掉墨镜，做出一副柔弱清纯楚楚可怜的样子。

　　警察叔叔看着她，脸色明显不再那么严厉，嘴角甚至有一点点笑意。他慢慢地问道："小姐，我可以看一下你的驾驶执照和汽车保险卡吗？"杨小静赶快掏出来递过去。

警察叔叔看一眼说："噢,你三天前才拿到驾照?"

杨小静回答:"是呀,这是我第一次开车上高速。"

警察叔叔说:"我查询过数据库,这辆车属于一个叫'卫郑'的人。他是王冠的学生。你跟他是什么关系?"

杨小静答道:"他是我丈夫。"

警察叔叔说:"这么说,你已经结婚了?可是汽车登记上没有你的名字。"

杨小静回答道:"他买车的时候,我还没有来到美国。"

警察叔叔问道:"你到美国多久了?"

杨小静回答:"刚过一个月。"

警察叔叔说:"你来美国一个月就拿到了驾照?真够快的。"

杨小静说:"我在中国就会开车,所以到这里不用很长时间学习。"

警察叔叔继续问:"那么在中国,高速公路上的限速是多少?"

杨小静说不上来:"这很难说,你知道,中国高速公路并不多,上面的车却很多,无法开很快。"

警察叔叔笑了笑说:"你知道吗?你刚才超速了。在五十五迈限速的地方,你的车速已经达到七十一迈。"

杨小静张口结舌地说:"我不知道……没有注意……"

警察叔叔安慰她说:"不用担心,因为你刚刚拿到驾照,而且在中国也没有太多经验,我这次只给你一个警告,不给你开罚单。"

杨小静忙表示:"真是太感谢你!我以后会很小心的。"

警察叔叔回警车里开警告单去了,杨小静放松下来,这才想起,这位警察叔叔实际上是一个高大英俊的白人小伙子。

警察叔叔回来后,把警告单递给杨小静,再次安慰她说:"警告是不会有记录的,只是告诉你以后不要再违规,不用担心。"

杨小静忙说:"非常感谢!"

警察叔叔笑笑地说:"也许我不应该这么说,可是我知道,男人看见可爱的女士总是很难狠下心来。"

杨小静开玩笑道："那也是为什么很多女间谍都是漂亮的姑娘。"

警察叔叔笑问："那么你愿意做女间谍吗？"

杨小静笑道："恐怕我没有办法做，因为我的丈夫是不会允许我与别的男人套近乎的。"两个人都笑起来。

警察叔叔问道："你刚来到美国，为什么能说这么流利的英语？"

杨小静说："我是学英语的大学毕业生，不过，这还是我第一次在美国用英语与美国人长时间交谈。"

警察叔叔说："我很荣幸。那么你喜欢美国吗？"

杨小静说："非常喜欢！尤其是王冠大学，真是超乎梦想。"

警察叔叔更高兴了："那是全世界最聪明的人都向往的地方。你会去那里上学吗？"

杨小静耸耸肩摊摊手笑说："恐怕我不行，我没有那么聪明。"

警察叔叔也笑道："我也不够聪明，所以只好跟随我爸爸的脚步，做一个警察。"

杨小静问："我听说在美国做警察很危险，是吗？我看你带着枪。"

警察叔叔说："是的，这里人人都可以拥有枪支，当然危险，所以我要给你一个忠告，警车追到你时，你的标准动作是放下车窗，双手扶把，等待警察过来。你不应该自行下车，因为警察不希望看到有人向他们射击。"

杨小静忙说："对不起，我不知道，可是我从来没有摸过枪。"

警察叔叔笑道："像你这样漂亮可爱的女士，最好还是不要摸枪。"

杨小静忙说："谢谢！"

这时警察叔叔的对话机响起，他讲几句话后，对杨小静说："我要走了。很高兴碰到你。欢迎来美国。"

杨小静也说："很高兴遇到你。你真是一个好人。"

警察叔叔说："谢谢你！说实在话，有一些人并不喜欢新移民，因为很多新移民从来不学英语，不想融入美国社会，只想挣钱寄回他们原来的国家。我相信每个人都会欢迎像你这样的新移民。"

杨小静回去后，跟郑卫吹嘘半天她的奇遇。郑卫奇怪道："美国警察执法时是不能跟对方聊天的呀。"

杨小静更得意了，说："那就更说明本小姐魅力无穷！"

郑卫嫉妒道："你不就是脸蛋好看一点吗？上次我因为在红灯前右拐没有停，就被一个警察抓去罚款九十多。"

杨小静叫道："你怎么没有告诉我？"

郑卫笑说："我告诉你，那不是找骂吗？你妈一听，我平白无故就把她一个月的工资打了水漂，一生气，说不定就不准你嫁给我了。"

杨小静对他施以粉拳，说："你这个坏蛋，还挺有心机的。"

郑卫笑说："这是本能，谁叫俺长得不漂亮哩。"

杨小静说："你是没有见到那个警察，真是又高又酷，长得很有型，特有男子气，比中国的那些男演员强多了。中国好多男演员都是娘娘腔，尤其是香港的那些什么天王，长得没有女人高，说话嗲声嗲气的，还自鸣得意得不知道自己是谁……"

郑卫说她是崇洋媚外，杨小静说自己是实事求是。

因为早有准备，杨小静一到，马上进入角色，力求把自己变成一个贤惠的妻子。她接过家里的财政大权，并开始操持家务，买菜做饭，洗衣拖地。她做的第一件事，就是把他们的小屋重新布置一番，墙上贴上画，窗口摆上花，再用新布罩上旧沙发，整个房间马上好看不少，也温馨许多。郑卫是愣头青小伙子，没有多少反应。刘娟看到大表赞赏，说她很能干，会布置。

杨小静又让郑卫上网查找打印回来很多菜谱，每周都拉一个单子，写好每天要吃的菜，然后贴在冰箱上。周末他们去食品超市和中国店备齐原料，每天她照谱做菜，搞得井井有条，一丝不乱。

对吃的，郑卫还是很敏感，所以对她的做法钦佩不已，恭维说她天生就是当官的料，很有组织管理才能。当然，每个人都是在工作和生活中逐渐成长起来的，她也有盐放多了、菜炒老了的时候，郑卫从不挑剔，总是说比汉堡包好吃得多。

只是有一点，郑卫时常提抗议，就是杨小静用钱太大手大脚，没有多少省钱的概念。想来也是，她从小养尊处优，基本没有缺钱的时候，对钱自然不知珍惜。郑卫和其他F2（学生家属）告诉她，什么时候买什么东西合算，怎样用折扣券，慢慢地，她也学会精打细算。再说掌管家务后，她自然要进行成本控制，改掉这一毛病并不难。

后来很久，她都会给朋友讲他们家的一个经典故事。她来到美国后，第一次跟郑卫去食品超市，郑卫去买杀蟑螂喷剂，让她一个人推着小车拣菜。她看什么菜好就拿什么菜，有些很奇怪的菜没有见过，也拿些准备回去尝尝新，压根就没有想到要看价格。等郑卫回来问她，这个菜多少钱，那个菜什么价，她是瞪着眼睛什么都不知道。他们只好回去一个一个查。郑卫说这个太贵，等降价时咱们再买，那个不会做，咱们以后打听好怎么吃再说，还有什么什么中国店有，比这里便宜得多，结果把她搬到车里的东西，几乎全部放回去，搞得她很没有面子。从此她才开始懂得世道之艰难，生活之不易，才明白钱是要省着花的。

当然，在郑卫给她讲解一番搬家所带来的毁约罚款、上涨的租金，以及来回学校的不便，她也就不再坚持搬家。多一只蟑螂等于省一块美元，这个买卖很合算。从此郑卫也找到一个乐子，就是经常半夜手持大规模杀伤性武器冲进厨房，看见蟑螂就向其喷出化学毒剂，然后再看着蟑螂痛苦地狂奔，最后身体不支倒地翻滚，肚皮朝天蹬腿而亡。

每次郑卫都看得哈哈大笑，宣称又一次打猎成功，而她每次看到这一幕时，总是皱眉厌恶，对郑卫的这一个游戏，一点都不感兴趣。不过，时间久了，她就不再害怕这种小虫，看见就踩死它，再用报纸夹着拾起来扔进垃圾桶。她也打电话找过房东，房东说既然你们喷药杀过，那些蟑螂有可能来自隔壁，要等每年一度的全楼统一杀虫时才能解决。郑卫说美国的房子都是木板搭的，到处是缝隙，根本杀不尽。再后来，她对这种小东西已经没有感觉，好像它们就是自己生活中的一部分。

经过这些事，杨小静现实多了，经常唠叨说："美国怎么这样呀！"

郑卫说："美国就是美国，另一个国家呗，又不是天堂，还能怎么样？"

杨小静问他："那你为什么不早一点告诉我？"

郑卫大感委屈："我就是说了，你会相信吗？"

杨小静不是无理取闹之辈，想一下承认道："我肯定不信，还会怀疑你不想让我过来。"

郑卫大点其头："就是呀！像你这种看美国电影中毒太深的人，别人说什么你都不会信，只能让你来眼见为实。"

杨小静听说过很多婚后磨合期的艰难，心里也做好充分的准备。来到美国后才发现，以前的种种顾虑，大部分是多余的，她几乎没有感觉到什么问题，他们俩就已经相处得相当好。一方面郑卫是一个很随和的人，什么都是无可无不可。二来他又深爱着杨小静，总觉得自己能找到这样一个美女，实在是太幸运，自然一切都由着她。

其实更关键的，还是郑卫太忙，整天鸡飞狗跳的，一大早出去，半夜才回来，接着就累得马上上床睡觉。两个人在一起相处的时间很少，好容易见面，亲热都来不及，也就没有时间和精力闹矛盾。

杨小静也不知道自己哪来的那么强的自律精神，结婚后马上就从任性的少女，变成温顺的小媳妇。她很知道收敛，很懂得与人相处。作为独生子女的她，家境好，人又漂亮，按理说应该是又蛮横又跋扈，可是在她身上却很少看到。这可能来源于她那个世事通明的妈妈，更可能来源于高考失利的巨大打击。读了四年子弟班大学，使她已经深深明白自己是谁，根本没有资格要求过高。还有就是她所接触到的人，比如说刘娟，要长相有长相，要聪明有聪明，人家都不牛，她杨小静哪好意思瞎牛呢？还有，她现在是F2，是学生家属，是跟着郑卫来美国，靠着郑卫生活的，她怎么也不可能太过分吧。

当然，新婚生活虽然充满欢乐，多多少少还是需要协调。两个来自不同地方、不同背景、不同家庭的人，要长时间地生活在一起，都必须有所改变。

郑卫大大咧咧的，有娇妻陪伴，一切心满意足，对杨小静没有什么要求。

杨小静却给郑卫立下一些规矩。比如吃饭夹菜一定要用公共筷子，睡觉前一定要洗澡，说话不许带脏字，吃东西不得发出声音等等。

郑卫说："咱们夫妻俩哪天不得亲好几个嘴，这夹点菜还必须换一双筷子，麻烦不麻烦呀？"

杨小静笑骂道："你再这样就不准你亲了。这叫做文明！"

郑卫嘟囔着："这是虚伪。"

杨小静控诉道："我去你们家时，你妈动不动就用她自己的筷子给我夹菜，我不都忍了？现在轮到你进步了。"郑卫笑起来，当时他也觉得她妈不卫生，又不好说什么，怎么你刚吃两天洋面包就嫌弃你娘啦？好在杨小静懂事，硬是挺着把菜都吃掉。这事只好就依老婆。

睡觉前要洗澡，郑卫也知道对，可是深更半夜回来，早就累晕了，有时候真是不想再等一秒钟，只想立即上床倒头大睡。杨小静规定，不洗澡不准上床。郑卫没有办法，想一亲芳泽，就得干干净净。好在洗澡确实解乏，郑卫逐渐也就习惯。

男孩子从小就骂骂咧咧的，而且觉得说话没脏字就是娘娘腔，所以经常不自觉地就爆出"三字经"。杨小静说你结了婚就是成年人，不能再说脏话。郑卫只好注意着，尽量正儿八经地说话，不再胡扯乱喊。

至于吃东西要带消声器，郑卫是无论如何做不好。大吃大嚼惯了，现在让他小心翼翼，吃饭都吃不痛快，人活着还有什么意思？杨小静想来，他要走上洋人的席面还早得很，也就不再做硬性规定。

来美的第二天，杨小静就嚷着要去王冠校园好好转转，因为那是她的梦想，也是她的精神支柱。可是郑卫又要上课又要做作业，实在没有时间陪她，劝她先好好休息，倒倒时差，王冠就在旁边，你什么时候想去就去，好比物入囊中，你任何时间想取，还不就是伸手的事？杨小静一想也对，就没有坚持。

等到周末，她再次要求郑卫带她去王冠，因为她要与王冠合影留念。

郑卫惦记着一堆作业和项目，说："你急什么吗？"

杨小静说："我妈和我同学都等着看我的照片呢，我总要给他们一个交代吧。"她又给郑卫讲解一番，子女就是父母最大的骄傲，咱们要尽量满足他们的成就感。

郑卫说："那怎么我妈我爸就没有让我照几张王冠的照片呢？"

杨小静笑道："你们那个小地方，只要知道你来美国就够了，哪懂得什么王冠呀？"

郑卫拿了岳父母家那么多钱财，当然要让他们知道自己的投资的确物有所值，只好带着杨小静去王冠几个地标性建筑前猛照一下午相。等杨小静把照片寄回家，果然赢得父母的欣慰和赞赏。她猜想她妈妈肯定拿着照片满校区地炫耀，收获一串串恭维。想起自己这个曾经使父母备受打击的人，现在居然成为父母的极大骄傲，心里很是得意，再想起自己的同学们个个嫉妒得眼红如炬，她又有些好笑。

从那以后，杨小静经常独自跑到王冠校园里闲逛。她最喜欢去的时刻是傍晚。那个时候，校园中那些夕阳映照下的欧式古楼，显得非常庄严肃穆，充满高贵深邃的气息，那么圣洁，又那么辉煌。杨小静身处其中，总有一种想要流泪的感觉。她可以静静地坐在那里，慢慢地欣赏着光和影的变化，直到夜幕降临。而在幽暗的夜色里，楼前路旁的华灯，又把王冠打扮得神秘而美丽，优雅中充满诱惑。她慢慢地走，悄悄地看，全身心地感受着这所世界著名大学的一点一滴。她相信那些在此读书的天才们，肯定没有时间来细细品赏王冠这与生俱来的典雅。而她，一个几乎没有资格走入大学校门的人，今天却有幸感受到王冠的所有价值。她觉得自己真是太幸运了，人生如此，夫复何求？

很长一段时间，杨小静都是王冠的常客。她几乎每天都往王冠跑，逛来逛去，看东查西，不放过任何一点细节。她还查看了很多有关王冠的历史资料和现状介绍，对王冠的了解，比郑卫、刘娟他们多得多，也详细得多。郑卫说她是有关王冠状况的顶级专家，可以去给游客做导游，能够挣许多小费。杨小静说可惜她不是王冠的学生，没有那个资格。郑卫说他在王冠里都快要转吐了，怎么你还有那么大的劲不停地转。杨小静笑说，你感到的都是压力，我享受的都是美丽。郑卫说你怎么也变成诗人了？杨小静重复起刘娟当年的名言，女人都是浪漫的。郑卫笑着向她作揖，表示自己佩服。

进入寒假，郑卫和刘娟都清闲许多。杨小静立即搬出自己拟定已久的计划，要去滑雪，要逛纽约，要看教会，还要滑冰、跳舞、唱卡拉OK和打保龄球。郑卫一听，也高兴得不行，他最喜欢的就是这些东西，读书对他来说就是酷刑，狂玩才是正道。不过，他也知道这不现实，他问杨小静："你算过吗？咱们要花多少钱？"

杨小静说："咱们不是还有六千多美元垫底吗？"

郑卫理智地劝她："那钱不能动，要留给你上学用，再说你父母好不容易存下这点钱，咱们都用在吃喝玩乐上，那不是良心大大的坏啦？"

杨小静扫兴道："天天熬，总算熬到寒假，你还让我在家待着？我都闷死了！"

郑卫安慰她说："咱们就拣那最关键的地方去，好不好？"

杨小静挑拣说："滑雪一定要滑，纽约可以只逛不花钱，教会不用花钱，这样好不好？"

郑卫兴奋地喊道："好！"

杨小静要拉刘娟一起去。

刘娟说："我成电灯泡了。"

杨小静劝道："娟姐，你就跟我们一起走吧。我是谁都不认识，整天睁眼闭眼就看到郑卫那一张不变的脸，实在看烦了。娟姐你这么漂亮，到哪里都会引人注目，肯定有许多帅哥找你搭讪，我也好顺便饱饱眼福。"

郑卫作势要打杨小静："你这个色女！"

杨小静铮铮铁骨："欣赏帅哥，天经地义！"

郑卫败下阵来，只好说："好吧，只许看，不许摸。"

杨小静笑着诱惑他："带老婆玩算什么本事？有娟姐这样的美女跟着，你还不高兴死了？你想不想来一个美女环绕？"

郑卫做幸福陶醉状道："那我也过一下明星瘾。我站在中间，做出牛皮轰轰的样子，美女们围着我唱歌跳舞，等待着我的青睐……"边说还边板着脸装牛，又学少女跳舞。杨小静和刘娟笑弯了腰。

杨小静拉着刘娟说："娟姐，你一定要去，你一定要帮郑卫实现他的美好梦想。"

刘娟本来就不愿意跟别的人出去，又要防又要躲，压力太大，郑卫脾气好，杨小静喜欢热闹，又是多年的老朋友，彼此信得过，跟着这两口子出去玩，确实是一个不错的选择，便答应下来。

滑雪是王冠大学国际学生办公室组织的，专门为寒假节日期间留校的国际学生活跃假期生活，有专车送学生们前往滑雪场，还包午餐并补贴门票，这样每个学生只需要交五十美元就可以成行。即使这样，还是有许多人嫌太贵，中国学生只去了十几个人。刘娟的室友本来说去，可是她的男朋友说，两个人一百美元，可以买好几件衣服或者一个名牌包了，她便说滑雪没有什么意思。

在体育馆大厅里等车时，有几个中国学生跟郑卫打招呼，有的他好像见过，有的他一点印象都没有。起初他还洋洋得意，在夫人和班长面前尽显自己的好人缘。随即他看到那几个人的目光一直对着他身旁的两位美女扫来扫去，才明白这些家伙其实是醉翁之意不在酒。

上车以后，杨小静拉刘娟坐在一起，郑卫只好与另一个落单的老外坐在她们前面。他们屁股还没有坐稳，前排一个小个子中国男生便站起来转过头跟郑卫打招呼，说："你好，你是医学院的吧？我见过你。"

郑卫赶快回答："你好，早上好。"心里实在想不起来这位是谁。

那位很热情地伸手跟郑卫握手，还问："你贵姓呀？"郑卫与他交换名字，知道这家伙肯定是冲着女孩们来的。

果然，那小子接下来便看着两个女孩问郑卫："这两位是？"

郑卫只好说："我夫人和她的朋友。"杨小静正在和刘娟咬耳朵，两个人根本不抬头，小个子想套近乎却没有机会，只好笑一笑然后对郑卫说："一会一起滑雪。"郑卫礼貌性地笑笑，没有说什么。

其实杨小静一看到这种瘦小枯干又自信心超强的人就倒胃口，故意拉着刘娟说话，不愿搭理他。她悄悄对刘娟说："娟姐，你其实还小，不用急，一定要找一个条件好的。像这些学生就算了，要啥没啥，好多看着还不如郑卫。"

刘娟叹一口气说："要有感情。"

杨小静问她："你看着这种小猴子会产生感情吗？"两个人偷偷地笑。

杨小静向往道："最好是教授，或者富豪，至少是带绿卡的帅哥。"

刘娟说："哪有那么巧呀？"杨小静急道："哎呀，娟姐，你也太不了解自己的价值！就你这长相、智商，再加上王冠的牌子，可以说是完美，是所有男人的梦想！"

刘娟还是说："要有感情。"

杨小静说："你太理想化了吧？要不你多谈几次恋爱，就清醒了。"

刘娟说："太累了，这博士学位还要不要？"

这一下子轮到杨小静叹气了："你们太忙，我太闲。你是没有时间谈恋爱，我是有时间却不能谈恋爱。咱们俩能不能平均一下呢？"

刘娟点头苦笑道："我也想这样。马上要考资格，进入实验室就要出论文，我哪会有时间折腾？"

滑雪场其实就是半座山上建起两条索道，滑雪的人坐索道升到山腰或山顶，再顺着代号绿、蓝、红、黑等不同难度的雪道出溜下来。

郑卫本来觉得："滑一次雪要五十美元，真他妈的贵！"等到那里一看，滑雪靴和滑雪板都包括在里面，索道随便坐，可以玩整整一天，高兴地一个劲嚷嚷："太值啦，咱们来对了！"

杨小静哼了一声说："本姑娘的选择，怎么会有错？"

刘娟看到茫茫雪山上，那么多人穿着红红绿绿的衣服在飞腾跳跃，心情好得很，笑话她说："别自称姑娘，小心有人盯上。"

杨小静心生一计，对郑卫说："小卫，你别跟我套近乎，我要试一试本人的魅力。你负责保护刘娟。"

郑卫傻小子一个，碰到新鲜事就跟着起哄，笑说："没问题。要是没人理你，你可不要哭着回来找我噢！"

山下专门围起一块平地，滑雪场派人来教初学者基本的滑雪知识。欧洲来的白人大多直奔山顶享受快乐去了，其他学生如中国的、印度的、菲律宾的、墨西哥的，几乎全部来这里报到。

老师们把大家分成几个组，大致讲解一下基本动作，前后不到十分钟，就把他们打发到旁边的练习场，让他们自己练，接着教下一批人。学动作时，刘娟就摔两跤，杨小静摔一跤，郑卫晃过几次，总算平衡性强，没有摔倒。

等进入练习场，三个人就比赛着往下摔，看着没有多大的坡，滑不了几步就是一个跟头。

郑卫叹气道："我这一辈子从来没有摔过这么多跤呀！"

杨小静说："我屁股都摔痛了。"

刘娟坐在雪地上笑。杨小静想上去拉她，结果自己差点摔倒。郑卫过去扶住她又拉起刘娟，三个人团在一起笑。

郑卫说："咱们不能急，先到平地上练熟基本动作再说。"三个人在平地上练一阵左蹬右滑、右蹬左滑，再上坡道一试，果然滑得远多了。郑卫又仔细琢磨一番别人的滑姿，再提醒两位女士注意重心，注意弯腿，结果大家越滑越好，跤越摔越少。郑卫已经敢狠蹬快跑，刘娟慢慢悠悠也能从头滑到尾，只有杨小静胆子小，总怕摔跤，所以总不敢滑。

郑卫信心大振地叫道："走啊，咱们上索道去。"

杨小静不敢，说："你们先去，我要再练一会。"

郑卫看到有几个中国男生在旁边探头探脑，便冲杨小静眨眨眼，带着刘娟走了。

蓝道和绿道的缆车前人山人海，郑卫和刘娟排好一会队，才轮到他们坐椅子上山。郑卫坐在缆车上居高临下环顾四周，心情大爽，说："咱们坐上来就滑下去，然后再坐再滑，一定要过足瘾。"

刘娟极目远眺，看见黑道上飞落而下的滑雪者，感叹道："真快呀！今天能滑好绿道就不错了。"

郑卫牛皮道："怎么也得是蓝道。"

正说着，到站了。他们两个人学着前面的人，在缆椅稍停的一瞬间，一跃而下，可是人家都是漂亮地滑下去的，他们却是屁股着地滚下来的。刘娟的滑雪板摔飞了，衣服里进了雪。郑卫不仅滑雪板飞出三米远，墨镜也找不到了，还是一个洋人小伙帮他捡起送回来。两个人连滚带爬地往旁边跑，怕挡住后边下缆车的人。

好容易镇定下来，站在坡顶往下一看，两个人顿时又傻了眼。

郑卫哭丧着脸说："这从下面往上看没有多陡，从上面往下看怎么跟悬崖似的？"

刘娟定定神说："上来了，就滑下去。"

郑卫只好说："好吧，咱们尽量慢点往下滑。"

刘娟突然一指索道说："小静上来了。"

两个人仔细一看，杨小静身边赫然坐着那个小个子中国学生，都忍不住笑起来。那个男生很起劲地对着杨小静讲着什么，她却脸朝别处，不理睬他。郑卫知道杨小静下不来缆车，便跑到出口处去接她。

杨小静往下跳的时候，大喊一嗓子："老公！"郑卫张开手，一下子把扑过来的美女抱在怀里。

那小个子本来以为走掉的那两个是两口子，剩下这一个是"第三者"，没有想到他狂献半天殷勤的是正主，杨小静这一声高呼，把他刚学会的一点滑雪技术全喊没了，脚没着地便翻着跟头滚出去。他又是身轻如燕，飞出去十几米都止不住，直到一个好心的中年洋人拦住他，他才算停了下来。郑卫他们三个人看到后都是偷笑。

杨小静噘着嘴说:"这还不如没人理我,什么人呀!"

郑卫笑道:"我说过你会哭着回来找我的吧!"

杨小静悲痛地说:"欲哭无泪呀!我怎么掉价掉得这么厉害?"三个人背过身去捂住嘴笑。

杨小静笑够后往滑道一看,才发现问题很严重:"怎么这么陡?谁敢滑呀?"她从小身子弱,胆子就小,本来她不想上山,可是郑卫已走,她被那个小个子纠缠得受不了,只好跑上来找老公,可是到山上一看,这陡坡简直比那个小个子还可怕,不由得埋怨起郑卫来:"我说不要上来,你非要上,现在怎么办?要不咱们走下去?"

郑卫说:"那多丢人!没事,你看不行就赶快往下坐,顶多摔几个跟头。咱们还能摔得比那小子更狠吗?谁怕谁呀?"三个人又笑起来。

郑卫琢磨一下滑雪的技术动作,大喊一声:"同志们,跟我来!"率先往下滑去。他喊得虽凶,起步却很慢,顺其自然慢慢往下滑,一点没敢蹬腿。他还不会左右旋转减速,只好把两脚往里撇,尽量踩着刹车往下滑,居然慢慢地溜到山底,最后还来了一个大转弯减速站住。这小子在下面哈哈大笑,远远地向坡上挥手喊:"下来吧,没事!"

两个美女在坡上面面相觑,还是害怕。杨小静建议说:"娟姐,咱们还是走下去得了。"

刘娟反对道:"他能滑,咱们就能滑。我先走,你慢慢来。"一咬牙就冲出去。她没有郑卫的技术好,出发时又蹬了一脚,速度一快就保持不住平衡,一跤摔下去滚出老远。她爬起来穿好滑板,继续往下滑,结果又摔一大跤。直到第三次,她才滑到郑卫身边。

杨小静在上面越看越害怕,她可没有刘娟那种狠劲,可是又不能不往下滑,看着没人,便斜着往滑道的另一端滑,这样明显下坡缓得多。可是速度刚起来,她又害怕了,索性一屁股坐在地上。过一会再站起来,再向另一个方向"之"字形往下滑。

在她摔第三跤的时候,一个巨高的洋人小伙子滑过来,帮她捡起滑雪板和滑雪杆，还问她感觉如何。她说没有问题，那个洋小伙子笑着说："你很聪明，这样斜着滑就不会速度太快。"接着洋小伙教她减速技术，说只要会转弯就可以减速，还给她示范一遍。杨小静跟着学，比刚才好一点，可是还是歪歪扭扭地倒下去。大个子扶起她，再教，她再学，又好一点。等他们一起到坡底时，杨小静已经能转几个弯了。

杨小静刚才被小个子骚扰，现在却受到大个子青睐，心里得意极了，小脸红彤彤地满是笑意。他们滑到郑卫和刘娟身边，杨小静给洋大个介绍说，这个是我丈夫，另一个是朋友。

洋大个笑道："中国人都结婚很早吗？"

杨小静说："我要从中国到美国来陪他读书，只好结婚。"又指着刘娟说："她跟我一样大，可是连男朋友都还没有。"刘娟脸红，不由自主地往郑卫身后躲。

洋大个说他是丹麦移民来美的，现在在王冠读医学院，很高兴认识他们几个人。他又给几个中国人讲解一番减速原理，带着他们在练习道上左旋右转几次。等他们几个差不多练熟，四个人再一起坐缆车上山。杨小静自然跟郑卫坐在一起，刘娟就只好跟着洋大个一起坐缆车。

杨小静坐在缆车上，转身看一看刘娟和洋大个，只见洋大个微笑着对刘娟说着什么，刘娟一句句地回应着。她回过身来问郑卫："我给刘娟带来的洋哥哥怎么样？"

郑卫做出一脸嫉妒的样子说："也太他妈的帅了！怎么长的呢？"

杨小静笑着打他一下，嫌他说脏话还小心眼。的确，这洋大个足有一米九，而且身材挺拔，无一丝赘肉，跟美国大胖子很不一样。杨小静继续说："我怀疑他是故意来找咱们的，他那个水平，滑黑道都没有问题，而且你看他对刘娟多么热情。"

郑卫拍老婆马屁道："好像他一开始是看中你，后来发现你已经名花有主，只好去追刘娟。"杨小静笑道："本姑娘不幸，只好跟着你混啦。"说完挽起郑卫的胳膊，一脸的幸福。

他们四人顺序从绿道上往下滑，由郑卫打头，杨小静第二，刘娟第三，洋大个断后。这次郑卫滑得比上次轻松许多，尽管还是有点晃晃悠悠。杨小静慢慢地滑，居然没有摔跤就到达山底，高兴得直叫："我有感觉了，真爽呀！"刘娟滑得不错，一高兴滑快一点，结果中间摔一大跤，正好给洋大个一次机会，他赶快上去扶起刘娟。

四个人马上又去乘缆车上山，再滑三次绿道，一次比一次顺，个个兴高采烈。郑卫叫嚷着要去滑蓝道，洋大个也说他们没有问题。只有杨小静犹豫，说她想再滑一次绿道。等另外三个从蓝道凯旋后，杨小静也鼓起勇气上了蓝道，虽说心里怕怕，还是好好地回来了。

下午快结束时，郑卫和刘娟想要试一下红道，杨小静坚决不去。于是另外三人上到山顶，杨小静在下边负责接应。郑卫和刘娟小心翼翼地往下滑，洋大个跟在后面担任保镖，顺序滑到底。

郑卫兴奋地叫唤："太快了，太快了，比汽车还快！"

刘娟说："我汗都吓出来了。"

洋大个祝贺他们说："好，你们成功了，你们学得很快。"

杨小静代表三个人感谢洋大个。

回校的车上，洋大个去找自己的朋友，郑卫他们三个人还是坐在一起。那个中国小个子最后只滑到绿道，还摔得够呛，看刘娟比自己滑得好得多，还有一个洋巨人随时护航，知道自己完全没戏，也就不认识郑卫了。

杨小静早就把小个子忘掉，她现在最关心的是大个子。她跟刘娟咬耳朵，问她对洋大个感觉怎样。刘娟说没有感觉。

杨小静说："你看人家长得就跟欧洲古典的大理石雕像一样，真是帅呆了。我也就是没有选择权，不然我可不放过这个机会。"

刘娟说："我接受不了。"

杨小静劝道："就是交一个朋友呗，也不是说一定要嫁给他，你应该试一试。"刘娟笑笑摇头。

杨小静问:"他有什么表示没有?"

刘娟说:"他问我要电话号码。"

杨小静惊喜道:"嗨,有戏呀!"

刘娟说:"我没给他。"

杨小静遗憾地直摇头:"打打电话嘛,有什么可怕的呢?"

刘娟说:"太忙,反正我跟外国人没有可能。"

杨小静叹道:"我听说在美国挣钱第一的是律师,第二就是医生。别的女生想找机会都没有,你却送上门来都不要。"

刘娟说:"我靠自己,够花就行。"

杨小静还是有点不甘心:"就这么完了?"

刘娟说:"他说也许以后在医学院还能碰到。"

杨小静高兴地拍手道:"那还是有戏啊!我说呀,要是实在找不到合适的中国帅哥,找这么一个能挣钱的洋哥哥也是很不错的。"

回去后杨小静跟郑卫聊起刘娟和洋大个,郑卫也说:"刘娟很保守的,不可能嫁老外。"

杨小静替刘娟发愁:"那她能嫁给谁呢?你看那些中国人,不是矮矬子就是面目狰狞,你们王冠男生怎么都长成这样呀?"

郑卫得意道:"只有一个帅哥,还被你霸占了。"

杨小静笑着去刮他脸:"真不害臊!就你这样的还敢称帅?人家刘娟会看上你吗?"

郑卫也笑:"我看她宁肯上吊自尽,也不可能看得上我。"

杨小静笑说:"你也没有那么差吧。不过刘娟真是条件挺好的,脑子聪明,学习好,长得又漂亮。"

郑卫说:"就是不够活泼,既高傲又冷淡,总是板着脸,还是你能说会道、表情丰富、待人亲切最好。"

杨小静高兴地说:"对呀,她智商高,我情商高。"

郑卫又替刘娟说话:"她也是当过班长的人,不能说不懂事,就是性格比较安静罢了。"

杨小静生气道："那我什么都比不上她了？"

郑卫说："你长相不比她差，又比她活泼可爱，为人落落大方，特别善于待人处事。你看今天那个洋大个还不是先看上你？"

杨小静心里高兴，嘴上却说："可是我胆子小，比不上她。她有一股狠劲，要做什么事，就拼命做，不达目的誓不罢休，这才是我最佩服的。你看今天滑雪，她就敢滑，我就不敢。"

郑卫总结说："女的要读博士，没有一点狠劲恐怕不行。你就不要跟她比了吧。"

两个人回到家，洗一个澡就睡觉，实在是累坏了。第二天两个人很晚才醒来，都不愿往起爬，赖在床上聊天。杨小静说她还是觉得自己浑身酸痛，骨头都要散架似的。郑卫则是身上东青一块西紫一块，自我感觉快要变成金钱豹了。

说起昨天的滑雪，两个人又兴奋起来。杨小静突然抱着郑卫说："老公，谢谢你！"

郑卫奇怪道："谢我什么？"

杨小静妩媚地说："我真的好高兴好快乐！美国真好！没有你，我怎么能来美国？"

郑卫笑道："要不是你们家连踢带踹，我也不可能来美国呀！咱们这叫做互助互爱！"

两个人都笑，相依相偎，幸福无限。

郑卫一行三人跟着教会的车去纽约玩。本来他们可以自己去，但是一来人生地不熟，乱跑乱撞既花钱又浪费时间，二来纽约那么多玩的地方，一天肯定逛不过来，住旅馆又太贵，还是集体活动合算，三来刘娟的情况有变，现在应该多认识一些人。

当然最后一条是杨小静与郑卫私下商量的，并没有敢对刘娟说，因为他们知道刘娟脸皮薄，说穿了她会不好意思。杨小静自己其实也有一个自私的理由，就是找几个玩伴。她整天待在家里，实在太闷，要是能够碰上几个学生家属，大家扎堆一起玩，岂不快哉？

杨小静的愿望并没有实现。到教会后上车一看，像她和郑卫这样青春年少的对子有几个，但都看着像是情侣而不是夫妻。郑卫也说，别的学生家属上学的上学、打工的打工，跟教会出来活动的不多。再说人家不是去过纽约，就是打算自己单独去，享受二人世界，不太可能跟着教会走。

杨小静倒也没有时间失望，郑卫去过几次教会，认识一些人，别人一打招呼，他就要把夫人介绍过去。杨小静很大方地跟那些人寒暄，有几个人直截了当地夸杨小静长得好，说得她和老公都暗暗得意。也有几个人想起郑卫以前身边跟着美女刘娟，现在太太过来一看也这么漂亮，他还一个人带着两个漂亮妞，看他的眼神就比较复杂。刘娟其实也见过这里的几个人，可她冷冷地看着窗外，谁都不理。

汽车快开时，匆匆忙忙跳上来一个小伙子，一米八出头的身材，圆圆的脸，白白净净，看上去很文气又有点羞涩的样子。杨小静悄悄捅一下刘娟，刘娟看了一眼，没什么表示。郑卫坐在另一边的座位上，正好旁边没有人，杨小静又伸手捅一下他。郑卫别的不一定会，这种鸡鸣狗盗小聪明不学自通，当即心领神会，看帅哥四处张望找座位，便冲他招招手，指一指身边的位置。帅哥当即过来坐下。

郑卫装着随口问道："你一个人？"帅哥点头称是。郑卫往旁边一指说："我们三缺一，咱们一起走吧，晚上好打牌。"帅哥一看两个美女，脸上兴奋之情自然浮现，当即称好。

郑卫这边忙着拉帅哥入伙，无暇顾及他人，杨小静却发现，车上其他一些女孩凝望帅哥的目光里喷出熊熊火焰。她撇撇嘴，心想长成那样，还好意思打帅哥的主意。

不过，她不能让帅哥搞错进攻方向，便隔着郑卫跟帅哥闲聊，问明他是从加州过来的，在那边拿到一个硕士学位，现在来王冠读博士。杨小静自然而然地说，她刚来美国几个月，是来跟郑卫依亲团聚。

刘娟坐在里边，他们聊天时，她也向这边看了几眼。她当然知道她这两个朋友的好心，可是她既不热衷于以貌取人，又不相信一见钟情，所以神情漠然，没有多少热情。杨小静后来介绍他们认识时，她只是板着脸点点头。帅哥没有想到自己会碰到如此冷遇，脸上不禁有几分尴尬。

汽车把学生们放在河边，牧师率领大家坐火车经地下隧道进城。他们的第一站是登世界贸易中心双子大厦，又乘地铁又走路，好容易到达，还要排两个小时的队才能上楼。即使这么折腾，大家仍然兴致不减，毕竟出来游逛玩耍说说笑笑，比书山苦读赶项目应付考试快乐得多。

帅哥时不时找机会跟刘娟搭两句话，刘娟也不是横眉冷对，可是刘娟话不多，帅哥又不是太能聊，两个人很多时候只好沉默相向。杨小静尽可能活跃气氛，拉他们一起聊天侃山。郑卫则是兴勃勃地东张西望，看到一些别人没有注意的东西，比如说纽约地铁里面有老鼠，曼哈顿的许多大楼是外面旧里面新，世贸双塔中间的风很大等等。杨小静说："你这个人怎么这么怪？不好好看风景，尽注意那些犄角旮旯的事干什么？"刘娟倒是面露钦佩之情。帅哥也说，来纽约瞎玩的人群中，能注意到这些的，大概只有郑卫一个人。

登上世贸中心楼顶时，所有人都兴奋万分，这里不仅仅能畅观大纽约的风景，更有立于世界之巅的豪迈。学生们又叫又嚷，四周张望，不停地照相。杨小静自己照，杨小静跟郑卫照，他们两口子跟刘娟照，他们两口子跟帅哥照。后来杨小静拉刘娟跟帅哥两个人合影，刘娟不干，帅哥也不好意思。这时上来一个丑妞，请帅哥帮她跟同伴照相。杨小静满脸不屑地对刘娟说，她看到那俩丫头好几次想上来找帅哥，都没有找到机会，现在她们终于出手了。果然，从此那俩丫头跟定帅哥，一会找他照相，一会找他帮忙，再请他吃东西表示感谢。那丑妞做出张手、翘足、伸舌头等各种自认为妩媚的姿势让帅哥给她照相，还想方设法在帅哥身上蹭来蹭去，看得杨小静直骂，说这可真是丑人多作怪！刘娟倒是不在意。郑卫也说，帅哥是不可能看上她们的。杨小静比他们两人有经验，说女追男，那就不一定了。

下午他们去看自由女神像，在寒风中坐船过海，又在寒风中排队等待，把大家都冻得不行。好容易轮到了，进女神肚中一看，暗暗窄窄的，大伙都说没有什么意思。

郑卫发挥道："这东西跟美国一样，宜远观不宜近瞧。"

杨小静不同意，说："美国里面有很多东西，这个塑像肚子里可是空空如也。"看见郑卫、刘娟他们在笑，也跟着笑说："就跟我一样。不像娟姐，外表亮丽，学习也永远第一。"刘娟不好意思地直摇手。

帅哥自然问她是哪里毕业的。郑卫代答道："综大的，还是我们班长。"帅哥虽然也是国内著名大学出来，但比北京综大还是有差距，又听说刘娟迄今为止，在王冠还没有拿过B，更是钦佩万分。丑妞在旁边听到后，黑着脸很久不吱声。

到了傍晚，他们全体到纽约唐人街，找到一家中餐馆狠吃一顿。大家个个赞不绝口，都说这里的中餐馆比王冠那边的强太多，跟国内差不多。席间杨小静发现，帅哥跟刘娟说话时总有点畏畏缩缩，跟丑妞说话倒是随便自然。回来的路上，她悄悄跟郑卫讨论。

郑卫琢磨道："可能是被刘娟的光荣业绩吓倒了。"

杨小静说："那咱们不是帮倒忙吗？"

郑卫说："迟早都是要知道的。唉，这叫做高处不胜寒！"

杨小静气愤道："你们男的怎么就没有这个问题？"

郑卫笑说："你不是说过吗？男高女低容易，女高男低就麻烦了。"

杨小静发愁道："怎么办呢？总不能让她也说是综大子弟班的吧？子弟班的怎么可能上王冠嘛！"

郑卫打牌的愿望没有能够实现。晚上来到市郊的旅馆，牧师组织学生们学习圣经上关于旅行的阐述。大家是吃人嘴软拿人手短，只好乖乖地听讲。杨小静表现积极，还提出一个问题捧场。

当她准备提第二个问题时，突然看见前面有一个中年妇女偷偷地在座位上向她摇手，就咽了回去。散会后那个妇女过来悄悄对她说："不要再多问了，我父母都累坏了，想早点休息。"

杨小静忙说："对不起，我是怕冷场不好意思。"

中年妇女笑说："我知道,不怪你。我父母年纪大，比不了你们这些小孩，走了一整天，实在有点顶不住。"

杨小静猜测道："你是博士后吧？怎么带着父母还……"她想博士后有收入，一般都会自己开车来玩。

中年妇女边走边说："我哪是博士后！我是打工仔，跑堂的。我老公在王冠做博士后。我父母过来给我们看孩子，半年多没有出过门，跟坐监狱似的。这个周末我让我老公看孩子，我请了假，带父母逛逛纽约。你说我爸妈都这么大年纪，还跟着我们来美国受苦，我们也太不孝顺了，是不是？"杨小静知道她是说给父母听的。

果然她爸转过头来说："我们天天看外孙，也乐在其中。你们有你们的难处。像我那个姑爷，我们来美国后就没有见过他几面。他一大早就走，晚上我们睡觉后他才回来，周末也不落家。美国资本家剥削很残酷。"中年妇女和杨小静都笑。中年妇女说她姓齐，杨小静便叫她齐姐。

住宿是男女分开，四个人一个房间。齐姐拉着杨小静跟她和她妈一起住。杨小静去问刘娟，刘娟说她也挺累，想早点睡。杨小静怕跟那个丑妞住在一起，又怕别的学生闹到很晚不睡，便答应跟齐姐母女俩住一个房间。杨小静请老太太先洗先睡。

她和刘娟往床上一躺都叫："真是太舒服了！"

杨小静说："美容的第一要诀，就是睡眠要足够。"

齐姐看着她们俩笑说："你们两个长得真漂亮呀！我在美国很少见到像你们这么漂亮的女学生。"

杨小静说："她是高材生，我是F2（学生家属）。"

齐姐叫道："你是F2呀？你想不想到我们餐馆打工？我们那里正缺人。"

杨小静志向高远，从没有想过要去做跑堂，马上谢绝道："我明年夏天要去读书。"

齐姐继续劝说："明年夏天还早着哩！你打打工挣些钱好交学费。"

杨小静很坚决地说："我要准备考英语，打工不考虑。"

齐姐不好再劝，便说她留下联络方式，让杨小静什么时候想打工，就去找她。她说她所在的"亚洲村"餐馆生意很好，忙都忙不过来，就是服务员不好找。很多F2都是学几门课，就去搞计算机做会计挣大钱了。杨小静一听，更不愿意去，凭什么人人都做白领，就自己该当跑堂？

第二天，大家先去唐人街去吃中式早餐，烧饼、油条、豆浆、豆腐脑，真是香甜！然后集体去逛时代广场。出地铁口一看，全体傻掉，也就是一个三岔路口，哪里来的广场？杨小静一个劲地怀疑，是不是走错了地方。郑卫说看着有点像，忙着查地图证实。这时牧师跟上来，告诉大家，这就是时代广场，美国人比较夸张。大部分人都"噢"的一声，表示失望。

齐姐她爸说："这叫什么呀？怎么能跟咱们的天安门广场比？比我们家门前的街心花园还小。"

杨小静拉着郑卫的手直笑，说："这不是时代广场，叫时代街角才对。"

郑卫倒不在乎，说："山不在高，有仙则名嘛。在别的地方这就是街角，在纽约这就是广场。"

帅哥笑道："好莱坞大道也是这样，很窄的一条。在中国就该叫好莱坞胡同了。"

丑妞鼓掌大笑道："好莱坞胡同？你太有才啦，真好笑啊！"

刘娟则说："这是商业和娱乐中心。"意思是说，大小无所谓，周围是谁才最重要。

其实无所谓逛不逛，本来就没有多大点，站在原地四周望一望就可以了。大家边嘲笑边照相，背景不是拥挤的汽车，就是密密麻麻的广告。当然，那个"时代"的标志一定要照下来。

郑卫特意照了几张"纳斯达克"和"道·琼斯"的股市报价广告条，嘴里一个劲嚷嚷："又涨了，又涨啦！哈哈，我赚啦！"他现在正忙于炒股，最近股市只涨不跌，让所有人都赚翻。

刘娟则对百老汇的歌舞秀很感兴趣，跟歌舞广告合影留念。

杨小静四处张望一番说："这种人多的地方不会有精品店，咱们去第五大道吧。"

帅哥在给丑妞照相，她的大嘴裂得能把时代广场吞下去。

牧师宣布下面是自由活动，要大家注意安全，下午四点准时回到集合地点，然后一起乘车回王冠。齐姐要带父母去参观大都会博物馆，她爸说啦，那里有很多美国从中国抢来的东西，咱们去看一看，也算补回一点。杨小静一行是由此出发去逛第五大道，它的名气杨小静在读书时就知道，现在要去圆梦。帅哥当然愿意跟着刘娟走，追不追得上另说，赏心悦目也很重要。丑妞犹豫一下，还是厚着脸皮跟上来，说："我什么都买不起，就跟着你们去长长见识吧。"她的同伴则去看帝国大厦。杨小静很烦这丫头，可又没办法，总不能直接赶她走吧。刘娟一脸的随你便，帅哥是长得不错，可就凭这一点想让她动心，还差得远，她又不是月半。

他们一路上逛了一串世界名牌时装精品专卖店，后来又进入一家据杨小静说最有名的品牌店。她看见什么都说好，一个劲地向刘娟介绍和推荐。刘娟只看不吱声，郑卫则在旁边说风凉话，说这些东西跟他们家附近小商品市场里的玩意儿差不多。这下子可把杨小静气坏了，严令郑卫到门外凉快待着去，不准在这里捣乱。她向一班王冠学生介绍说，这款式、风格、面料、做工，绝对是世界一流，中国的那些仿冒伪劣商品，根本没有办法比。丑妞在旁边幽幽地说："可是这价格也吓得死人耶！"杨小静一听，马上蔫巴了。确实这里随便一件东西都要成百上千美元，几千上万的皮包、腰带也不罕见，肯定不是他们这些穷学生能买得起的。刘娟说："看看就行。"帅哥附和道："至少知道什么是好坏，开拓了眼界。"丑妞也说："对呀，以后别人说起来，我们也知道是怎么回事，不会让人看不起。谢谢你！"杨小静这才颜色稍和。出门时大家很团结地走在一起，像是一群难友。

郑卫笑嘻嘻地站在门口，手里拿着照相机，对同伴们说："虽然咱们买不起东西，可是咱们可以在这里照几张相呀。"

大伙全笑起来，都说好主意，于是一个接一个地跟闪亮的店名和名贵的橱窗合影留念。杨小静站成丁字步，嘴角含笑，一副舞台上光彩照人的形象。丑妞又是张手翘足，要抢商店的样子。帅哥双手插兜，酷酷地抿着嘴。轮到刘娟，她倒是站得很直，可就是板着脸，没有一点表情。

郑卫叫道："班长大人哎，您能不能笑一笑？这里你会是第一个能买得起名牌的人。"刘娟不由得一笑，郑卫赶快按下快门。

后来他们进入一家中档美国名牌店，郑卫看一下价格，便大包大揽道："小静，你喜欢什么东西，尽管说，我给你买，算是我送给你的圣诞和新年礼物。"

杨小静怀疑道："你哪来的钱？"

郑卫得意洋洋地笑道："最近炒股赚到不少。"

杨小静高兴坏了，觉得老公真懂事，在同伴面前给足自己面子。左挑右拣一番，她选中一条一百多美元的漂亮腰带。郑卫给她买下后，她很懂事地问他："那我送你点什么呢？"

郑卫笑道："送我一些微笑就好啦。"

杨小静立即做妩媚状向他送秋波，郑卫却一个趔趄，一屁股坐到矮衣柜上。杨小静嗔道："我笑得那么难看吗？"

郑卫边往起站边说："没……没有，我是被……这个……迷倒的。"其实他正好看到丑妞在杨小静身后咧嘴一乐，那模样可不是一般人能承受得了的，吓得他腿都软了。

不过，此时杨小静对丑妞的看法却发生了根本性的转变。她试腰带的时候，对着镜子摆几个姿势。

丑妞过来对她说："哇，你以前一定是做演员的，对吧？你身材这么好，长得这么漂亮，扎上这根腰带，真的好好看耶！你是不是大卫回国选美选来的呀？"

杨小静虽然很烦这丑丫头，可是这丫头的话字字都往自己的心窝里窜，她要不高兴就不是女人了。她笑着解释几句，说他们是半个同学，丑妞又恭维她说，能上综大的都不得了。杨小静心里更加受用。

　　后来大家告别时，杨小静留下帅哥和丑妞的电话，说以后有聚会请他们来玩。郑卫当然理解她是想给刘娟创造机会，杨小静却悄悄对他说："估计没戏。刘娟的性格太冷，男孩不追她两年，根本不可能成。帅哥有那么多女孩追，不会有这个耐心。"

　　回到家后，杨小静还是有点闷闷不乐，说："那么多好东西，咱们什么时候买得起呀？"

　　郑卫安慰她说："等我工作以后就好了。"

　　杨小静说："我问过齐姐，她说她老公做博士后，一年只有三万多，吃喝刚够，存钱买房子根本别想。她才只好去餐馆打工。你出去就能做教授吗？肯定也要做几年博士后吧。"

　　郑卫想一想说："那我就去药厂工作。那里工资高，也没有这么辛苦。"

　　杨小静说："那还得等多少年呀？"

　　郑卫吹牛道："我不是正炒股吗？等我赚够钱，马上就给你买。"

　　杨小静对郑卫的本事还是很信服的。虽然她觉得炒股不怎么靠谱，看他一副志在必得的样子，也高兴一些。

　　不过第二天，她自己又想通了，对郑卫说："就这样也挺好。以前总想，能来美国就高兴死了，没想到来到美国，还进了王冠，又逛过纽约，可是还是不知足。人呀，总是得陇望蜀，没有一个尽头！"

　　郑卫故作高深地总结说："这才是人的本性，也是人类发展的动力。"

010　无奈又无聊

　　新的学期开始后，杨小静的生活开始归于平淡。初来时的新鲜和激情，渐渐让位于日常生活的琐碎及无聊。她并不习惯睡懒觉，一般和郑卫差不多时间起床。等郑卫走后，她便吃早餐，洗漱，做一阵子美容，看一会电视，练几段英语口语，有时给国内打一两个电话，或者跳跳健美操，也就该吃中午饭了。如果天气还可以的话，下午她会出去四处走一走，可是大部分时间，她只能像狗熊冬眠一样，蜗在家里以躲避严寒，也还是看一会书，看一看电视，再收拾一下东西，洗洗衣服，然后就该做晚饭。虽然对她来说，这是晚餐，而对郑卫来说，杨小静做的则是他第二天的午餐加晚饭甚至夜宵。一个人味同嚼蜡地吃点东西后，又是看电视。因为没有钱装有线，她只能看节目不多而广告巨长的无线电视台，结果她对美国正在炒卖的东西一清二楚。如果她有钱的话，这些登广告的公司会发大财，而她实在没有钱，看了也是白看。好容易有几个电视剧，还是每一个星期放一集，要是记性不好的话，看下一集时，都已经忘掉上一集是什么内容。直到深更半夜，她才能见到一脸疲惫蹒跚归来的郑卫。很多时候，这也是她全天唯一见到的一个人。当然，郑卫已经没有多大兴趣陪她说话，洗一洗就上床直接进入梦乡。

　　这样的日子，杨小静生活不到两个星期，就快要崩溃。她觉得这比关监狱还要惨。监狱里还有狱友说说话吧，还可以看到不同的看守，现在她却连被看守骂的机会都没有，简直就是被关入小黑屋。她现在有点同意郑卫在自由女神像里的说法，美国就跟那个塑像一样，在外面看着光鲜，在里面住着就很压抑。她对郑卫抱怨说，她这个人不适合待在家里，再这样下去，非疯掉不可。结果郑卫不但不表同情，还说自己太想在家里好好休息几天，说她是身在福中不知福。杨小静知道郑卫很累，就说那我帮你做项目吧。郑卫嘲笑说她是异想天开。她看几眼郑卫的作业，发现确实隔行如隔山，连人家要做什么她都看不懂。

郑卫见她闲得难受，便说你不是准备读书吗？那就学一学英语吧。其实她也不是没有试着准备考托福，可是实在提不起劲来，在国内时是想出国，想参观美利坚，是为实现梦想而奋斗，现在已经在国外，王冠校园都转悠无数遍了，哪里还有什么动力考托福？何况她也已经打听过，附近的罗格克大学研究生入学只需托福成绩，不需要考"寄阿姨"，她就更不用担心。而且那个破学校托福的入学分数线也就是五百多一点，在国内时她还考六百多，来到这里还用再学吗？她又闷又烦，脾气就不好，总找郑卫的茬。郑卫起初忍着，但后来总听她唠叨，就顶她几句。杨小静一生气，郑卫只好道歉，可是过不了多久，他们又得为一些芝麻大点的小事吵起来。郑卫说，要不你就去打工吧，学校的电子信箱里，几乎天天都有餐馆招人手的告示。可是杨小静实在放不下架子，丢不起脸，她的美国梦，可不是跑来伺候美国大爷们吃饭的。

后来郑卫想到一个主意，说这里的社区图书馆有很多电影录像带和光碟，你只要办一个借书证，就可以免费拿回家看。杨小静一听还有这样的好事，马上跑去借，果然当时就拿回来六七盘电影带，都是她最想看的。从此她总算找到事做，每天从早到晚不停地看各种美国电影，虽然大多年代久远，可是她没有看过，所以就跟新的一样。

想起当年在综大，租一盒模模糊糊的盗版美国电影录像带，看两个小时要交五块钱，够她在食堂里买一荤两素三个菜，现在是成百上千部美国电影，她想看几遍就看几遍，想什么时候看就什么时候看，还一分钱不要，真是太棒了，美国真好！很多美国经典影片，她都看过好几遍，有些著名台词，她都能够背下来。

她不但自己看，还经常给郑卫和刘娟讲电影故事，并推荐他们也去看。刘娟说等到假期有时间再去借。郑卫倒是跟着她看过几部，却兴趣不大，因为他喜欢看的是科幻片、战争片、武打片，而她推荐给郑卫看的，却多是爱情故事和历史传说。

她还学会预订，新的磁带或光碟一来，她马上能借到手。她也学会网上转借，能把其他图书馆的电影也借来看，所以她的片源更加广泛。她给国内朋友打电话时，往往大谈特谈她又看了什么电影，刚出来没有多久，如何如何好看，结果通常引来一片羡慕，使她备感满足。有的时候，她看得太上瘾而没有做饭或者做得不够，郑卫也不抱怨，只要老婆不闹事，他怎么都好说。

再好吃的菜，天天吃也会倒人胃口。疯狂地观看一阵电影录像后，杨小静的兴致渐低。她对郑卫说："就算天天有好电影看，我也只是从低档牢房转到高档牢房，还是一个犯人。"

郑卫有点不耐烦地问她："你到底想要什么呢？"

她说："我要有事做，要跟人交流。"

郑卫说："那你去上学，不就忙起来了吗？而且会有很多同学的。"

杨小静快快地说："我是想上学，可是不想考试。"

郑卫嘲笑她说："上学不考试？我从没听说有这种好事。不考试谁会下工夫读书呀？"

杨小静强词夺理道："刘娟就会。"

郑卫笑说："那是，她是不读书就活不下去的人。大部分人都跟我一样，恨不得天天待在家里玩。你知道吗？你这待遇是多少人梦寐以求的啊！"

杨小静想想也是，知道自己不应该要求过高，可是她心里还是难受，总这样下去怎么行？她不知道自己的未来在哪里，也不知道自己想干什么，又能干什么。

郑卫和杨小静带刘娟一起去逛中国店时，杨小静发现刘娟一直闷闷不乐，便问她："娟姐，你怎么了？好像不太高兴？"

刘娟说："没事，学习上一点小麻烦。"

郑卫叫道："你学习还会有麻烦？开什么玩笑！"

刘娟解释说，她做过几次项目展示，成绩都不如预期。老师总说内容很好，但她不知道怎样秀给别人。

郑卫问她："影响不影响最后成绩？"

她说："不影响，我别的项目和考试成绩都还可以。"

郑卫说："那不就行了？差一两分，最后还不都是A？"

可是刘娟还是挺委屈，觉得不公平，说有些学生干活不如她，成果也不如她，就是能吹，展示的成绩却比她还高。她说她大部分时间都用于干活，那些人大部分时间用于吹牛，专门练如何把一点点东西花里胡哨地吹出来，老师却给他们打高分，这不是本末倒置吗？

郑卫被老生教导过，在这一点上比刘娟成熟。他劝刘娟说："人家美国人不练别的，就练吹牛。你写展示板用多长时间？"

刘娟回答："没几分钟。"

杨小静忙说："娟姐，你要学会秀自己。"

刘娟说："把东西说清楚就行了。"

郑卫启发她说："你记得时代广场吗？不夸张哪有那么大的名声？"

刘娟就是老实人："那不成骗子了？"

杨小静说："娟姐，你这个观念有点落后。我看过很多好莱坞电影，我发现同样的东西，用不同的方式展现出来，效果真的不一样。"接着她大侃一通这个电影的一个情节是怎么样，那一个电影又是怎么样，同样是爱情，有的很丑陋，有的很美好，怎样表现太不一样了。

她自告奋勇要去帮刘娟做展示板。郑卫就怕杨小静没有事做，又来找自己的麻烦，忙鼓励说："这是我们家小静的长项。她从小就做报幕员，知道怎样展示自己最美好的一面，绝对是专业人才。"

杨小静还真上心，回来后马上跟着郑卫一起去学校，钻进图书馆上网，搜索出很多展示板，又下载一些她觉得最好而且最酷的展示，然后去找刘娟，帮刘娟把平实的展示，加上很多炫耀的元素。她又跟刘娟讲解一通自己这几天上网学习得到的结论，就是展示时应重结论而少讲细节，多显示图片而少给大段文字，公式和表格可以给，但是不要多讲，别人提问题时，你再细细讲给他听。

来到周末，她还特意拉着刘娟和郑卫一起去学校，找到一间空教室，由刘娟在上面讲，她和郑卫在下面扮演观众。她给刘娟提供一些建议，姿势怎么摆，手势怎么做，表情一定要生动，说话一定要有激情。

刘娟说她最欠缺的就是这个。杨小静问："你当过多年班长，怎么说话这么平淡？"

刘娟说："有什么就说什么，交代清楚就行，哪会像现在跟表演似的？"

杨小静强调道："展示就是一种表演，就是把你做的东西，以最好的方式展现出来。你以后当教授，会经常做各种展示，还是把这个练熟好。"郑卫也鼓励刘娟多说话，多表现自己，美国人可不认什么沉默是金，不会表现自己，其实是一种缺陷。

刘娟说："我也知道不好，可就是改不过来。"

杨小静说："你只要注意，慢慢改，总会有进步。"

刘娟再次做展示时，按照杨小静的教导，激情演绎一番，其实她心里直发虚，觉得自己怎么这么夸张呀，像是喝醉酒、吃错药似的，结果老师却对她大加赞扬，说她改进许多，还应该更有力更自信一些。当然，老师也给予她很好的分数。刘娟很高兴，回来非要请郑卫两口子吃饭，说经常坐他们的车，又帮这么大的忙，她现在知道以后应该怎么做了。郑卫也说，经过这么一番折腾，他也学到不少东西。杨小静很自豪，发现自己还是有一点用的，居然可以教导王冠的高材生。

杨小静趁势劝刘娟说："娟姐，你挺能说的嘛，怎么平时不爱说话？"

刘娟笑一笑不吱声。

郑卫说:"人家不是不能说,就是不爱闲扯,要说都是正经的。"

杨小静边思考边说:"其实人和人之间的信任关系,很多都是通过对话不断建立起来的。比如说谈恋爱,首先是要谈呀。你总不吱声,彼此怎么加深了解呢?"

刘娟知道她说得对,说:"不知道该说什么。"

杨小静顺着郑卫刚才的话往下说:"其实就是闲扯……"

郑卫抢着说:"天气好坏,哈哈哈;总统混蛋,哈哈哈;奇闻轶事,哈哈哈,顺着别人的话题往下扯,扯哪算哪。当年我就是跟小静狂扯我妈把我打进大学的事……"

这下轮到杨小静抢话:"才把我骗了,对吧?"两口子哈哈大笑,刘娟也跟着笑。

郑卫接着说:"美国人很重视社交,他们都有'幸福时光',大家混到一起喝酒聊天,这样拉近感情,申请钱呀、评职称呀、发文章呀,什么都容易得多。你以后是要当教授的,现在就应该注意这些。"

刘娟点点头,又摇摇头,说一句:"江山易改,本性难移。"

杨小静说:"也不难,你就把它当成一项任务,训练自己使劲多说就行了。"

刘娟点头说:"好吧。"

杨小静强调道:"娟姐,你不应该每次只说几个字。这样吧,每次你要说至少两个完整的句子。比如说,刚才你不能只说两个字'好吧',而应该这么说:'那好吧,我就把它当成一个任务,见人就说话,没话找话也要说。'"然后推推刘娟。

刘娟笑起来,学着说一遍,又加上一句:"怎么这么别扭!"

郑卫和杨小静一起赞道:"就应该这样。"

帮刘娟学会"表演"之后,杨小静也因此喜欢上互联网。这时候春暖花开,杨小静更愿意出来走走。她跑到王冠,钻进计算机房或图书馆,用郑卫的账号在网上转来转去。经常会有些青春期雄性跑来跟她套近乎,有中国人,有白人,还有一个黑人。对于同胞,她总是第一时间告诉他们,自己是F2，让对方知难而退，不要浪费时间和感情，大多数情况下，他们也都会讪讪而去，再不回头。偶尔有纠缠不休的，她就把郑卫叫来，让那家伙看一看谁是真命天子。白人帅哥们往往比较绅士，她只要表示没有兴趣，对方便会知趣离去。倒是那个黑人比较难缠，怎么说也不走。她问过教会的人，他们说黑人什么都不在乎，就是想"做性"。她说王冠不是很高档吗？怎么还有这样的人？别人告诉她，王冠的学生当然不错，可是许多黑人是特招的，而且如果是工作人员就更难说了。后来有一次她看见一个校警路过，便走去与校警聊聊天，那个黑人看到后，再也不来打扰她了。郑卫知道这些事，倒是处之泰然，他知道自己的老婆是标准的美女，人见人爱纯属正常。杨小静其实并不很讨厌这类"艳遇"，因为这些可以证明，本小媳妇是宝刀不老，魅力依旧。

杨小静上网并没有什么目的，就是瞎转悠，读读新闻，看看笑话，翻翻小说，有时候也跟网友聊聊天。

郑卫担心她上当受骗，杨小静笑说："我不骗别人就不错啦，别人还想骗我？我可知道网上没有什么是真的。"

原因是有一次杨小静在教会里说起，自己喜欢上网，有一个徐娘已老、风韵全无的中老年妇女说，她也有一个网名，叫"甜蜜小猫"，当时吓杨小静一个跟头，从此再不相信网上有真人。

杨小静无聊时，还逛过国内的征婚网站。她发现有一个女生的照片很漂亮，就替郑卫的一个哥们发去一封电邮，询问具体情况，结果对方马上回信说，他们班有一个同学不幸诊断为白血病，希望美国大老板赞助二十万。这事自然成为笑话，谁听说都笑。

郑卫叫唤道："这骗子的水平可太低了，怎么也应该再装几天吧？小静，写信去骂他。"

杨小静笑答："我还没有无聊到那种地步。"

郑卫自己则忙于网上炒股，天天给杨小静广播一些耸人听闻的消息，什么什么股票一天涨50%，什么什么股票3天翻一番，一个劲地嚷嚷："太刺激啦！太刺激啦！我要发大财了！"

杨小静也很高兴，觉得豪宅、名牌离自己已经不远。郑卫叫杨小静也跟着炒，毕竟他要上课、要应付考试和作业，时间不够用。她小试几天，发现这玩意一点规律都没有，没人能知道你那块云彩后面有雨，比赌博还难猜，她本小利微，心理素质也不够强大，只好告诉郑卫，自己干不了这种事。

郑卫又发现一个赚钱的办法，就是上网挣点击，有人掏钱，让你去点击网上的那些广告，然后他们再拿点击率去找做广告的公司要钱。他让杨小静上网使劲点。

杨小静开始挺高兴，后来直点得指酸臂痛，算一下也没有几个钱，便罢工不干，说："累成这样，才挣这么点钱，还不如到餐馆去端盘子哩。"

郑卫有办法，一通搜索试验，从网上下载一个小软件，可以自动点击广告。这下子小两口高兴坏了，计算机一开，美元滚滚来，真爽！可惜好景不长，人家商家也不是傻瓜，很快就取消掉这一单生意。两个人一通感叹，想挣点钱怎么就这么难呢？

周末杨小静有时也去参加教会的查经班或者礼拜。她去过几回就不爱去了，虽然教会的人很好，也不明着逼她信教，可是他们殷切的眼神和过度的热情，还是使杨小静备感压力。再说，他们说的那些虚无缥缈的东西，她觉得实在难以置信。后来，她要去就去参加教会周日礼拜后的讲座。她在教会碰到过齐姐和其他几个学生家属，这些人不是在上学，就是在打工，都很忙。齐姐又拉她去打工，她又以很快要上学、现在正在准备考托福为由应付过去。

其实她也没有怎么学英语，除去上网、看录像，还有就是去逛商场、逛超市和厂家直销中心。她发现许多国内声名赫赫的名牌服装，在这里有时便宜得惊人。可是她没有太多钱，总是千挑万选、左比较右淘汰才买回几件。当她得意洋洋地穿给郑卫看时，他虽然口头称好，其实根本懒得看，还嘲笑她说，她是王冠第一大美女闲人，别人的时间不够用，她的时间用不完。杨小静也觉得总这样下去不行，说："唉，挺无聊的，这种混法，把大好青春都耽误了。"

因为无聊，也出于好心，杨小静很关心刘娟的个人感情。她要求刘娟详细地讲给她听，不能说几个字就把她打发掉。刘娟自己没有一个准主意，有个朋友商量一下也好，同时顺便练习一下胡聊乱扯，便尽可能详细地讲述一番追她最狠的几个学生的情况。

杨小静当场就帮她拒了，说："别理那几个家伙，都什么条件呀？要钱没钱，要身份没身份，要长相没长相，还不如我们家郑卫。你找他们可是亏大了！"

郑卫本来在旁边听着好玩，突然发现自己成为坏典型，无比气愤地说："你别总拿我当坐标好不好？你知道吗？你又一次伤害了我这个脆弱的小心灵。"杨小静和刘娟两个人拉着手大笑。

杨小静继续帮刘娟分析说："老七虽然不怎么样，毕竟这么多年一起过来的，知根知底，安全系数高。我跟郑卫嘛，算是两个可怜人，他没有女孩要，我又不能读书，只好凑到一块。你找这些男生干什么？一无所有，连感情都要从头培养，你又不是嫁不出去，为什么要便宜他们？"

郑卫虽然心灵受伤，可还是强忍住疼痛，劝刘娟说："班长哎，您这条件，要是找一个还不如我和老七的，让我们心理咋平衡呀？"

刘娟说："我其实不行，远不如小静。"

杨小静本来心里有一点点不舒服，因为郑卫这种说法，好像刘娟比自己强很多似的，虽然她也知道这是事实，可是被丈夫说出来，还是不太好听，现在听刘娟这么说，心里很高兴，嘴上却说："娟姐，你别拿我开心了。你们都往前奔，只有我一个人原地踏步，天天混日子，都快成废物典型了。"郑卫和刘娟都安慰杨小静，说反正你很快就要上学。杨小静其实根本不愿意读书，可是走投无路，又没有其他办法，只能去学校，所以也不想让他们多提起。

她岔开话题，关心起那一中一西两个帅哥的情况。刘娟说，那个中国帅哥曾经打电话给她，问她愿不愿意一起去看一场电影。她当时正好有一个考试，就说以后吧，结果那个帅哥就没有再理她。

杨小静问："是不是只有你们两个人去？"

刘娟说："好像是。"

杨小静分析道："你这种回答，他理解为你不愿意。如果你说，下个星期这个时间你再给我打电话，他才会明白你是同意的，这次是真的有事。"

刘娟说："就算这样，他只试一次，说明不是真心。"

杨小静思忖道："是啊，追一次不成就退，说明他爱你爱得不深。不理他算了，追他的女孩那么多，他可能没有那个耐心拼命追你。"

郑卫插嘴说："班长，你条件这么好，根本不用急。那小子除了长相还凑合外，别的都不怎么样，你就把他变成过去时吧。"

刘娟笑笑说："我一点不着急。"

杨小静其实更关心那个洋帅哥的情况，问刘娟后来见过他没有。

刘娟说："见过。"杨小静见她没有下文，便做出一个"请"的手势。

刘娟一笑，练习着多说："餐厅碰到的。他过来跟我们一起吃饭。"

杨小静问："他都说些什么？"

刘娟说："平常话，新闻什么的。"

杨小静问："他就没有一点表示？"

刘娟说："上次我一个人吃饭，他过来请我周末去参加他们的聚会。我说忙，没同意。"

这次杨小静赞同刘娟的选择，说："你千万不能去。电影上有的，我在网上也看到过，这些大学生的周末聚会，都是喝酒、吸毒、乱搞，可吓人啦！"

刘娟怀疑道："王冠的学生，不至于吧？"

杨小静坚持说："进王冠做学生，只能说明学习好，不能说明道德高尚，再说他们美国人根本没有觉得这有什么不好，这就是人家的文化。"

刘娟想想说："他看着不像。"

杨小静也不想把话说死，万一以后人家成为恋人呢？就说："反正你一个人去太危险，要不，派我们家郑卫去给你当保镖，去两次看着没事，你再单独去。"

郑卫笑道："你怎么又给我派活啦？就我这块头，人家用指头就能把我挑出门外。我倒是不怕死，只怕把刘娟小姐给害了。"

刘娟笑一笑说："我不会去的，本来就没有那个意思。"

杨小静却说："我倒挺想去看一看，真想知道他们的聚会是什么样的。"

郑卫叫道："你可不能去！我不想戴绿帽子。"

杨小静照后脑勺给他一巴掌，说："胡说什么呀你？我只是想去看一看，可不是想跟他们乱搞。"

郑卫知道老婆是表忠心，也就不计较挨打的事。他叹一口气说："其实我也想去看一看。"

这回轮到杨小静不干了："不许去！那帮洋妞动不动就脱衣服，就你这定力，不扑上去才怪！"

刘娟在旁边，郑卫大大地不好意思，红着脸说："你怎么把我说的跟流氓似的。我可是正经人！"眼睛一亮叫道："你可以女扮男装！对了，你们俩都可以女扮男装，这下子咱们三个就都可以去了。"杨小静和刘娟都笑了。杨小静说郑卫异想天开，刘娟说郑卫总有许多怪主意。

杨小静问他："要是那些洋学生让咱们喝酒、吸大麻，怎么办？要是哪个洋妞看上你……不对，看上我们俩怎么办？要是被人揭穿，你能保护我们俩吗？"

郑卫摸摸头笑道："喝酒、吸大麻还好躲，咱们装一个样子，不真喝真吸就是。不过洋妞喜欢尝鲜，看上我的可能性比较大……"两个丫头一起嘘他，他赶快说："不是我长得多好，我个子最高嘛……"

杨小静抢白他说："你就别臭美了！人家要看上也是看上我们俩。"

刘娟不喜欢这种话题，说："我反正不会去。"

杨小静想想说："娟姐，我也觉得洋人不太适合你。你好像不是很容易接受别人，是吧？"

刘娟点点头说："我妈总说男人不可靠。别人谈恋爱亲热点，她就说人家是破鞋。"

杨小静也点头说:"中国人你都不好接受,外国人就更不用说。唉,都怪这老七,好容易谈这么久,他又过不来。"刘娟不吱声。

郑卫怕她伤感,说:"没关系,一定能碰到好的。"

杨小静琢磨说:"还是要在王冠找,选择面广,男生质量也高。一定要男比女强,不然容易闹矛盾。"

郑卫说:"刘娟到哪去找比她强的呀?能找一个跟她差不多的就不错了。"

杨小静又说:"一定要找一个他爱你,你也喜欢他的,七天二十四小时在一起,没有感情可是太痛苦了。"

刘娟越听越没戏,心情黯淡地说:"这到哪里去找?"

杨小静忙说:"你根本不用找,等着就是,有的是人会来找你。"

郑卫也说:"你就是咱们王冠选择面最广的人。记不记得那个丑八怪?你看她急成啥样?"两个女孩都笑。

杨小静笑说:"你也太损了吧。她不太好看就是了,丑也丑不到哪里去。你不要看不起人家,说不定她能把帅哥追下来。"

郑卫猛撇嘴,表示绝对不可能。

左拖右躲,过去好几个月,杨小静还是不得不走上考场,再考一次托福。尽管没有花多少时间复习,压力也不大,可是总有一个事情在那儿吊着,心里总是轻松不下来,现在好了,考吧,考完就好了,不对,考完就有更多要考的了。

杨小静快快地跑去,蔫蔫地回来,郑卫还以为她考砸了,问她,她回说还可以。等成绩下来一看,比上次少三分,虽然语法和阅读都有所下降,听力却几乎满分。

郑卫狂流口水说:"我要有你这个听力,上课轻松一大截。"

杨小静说:"都是看电影看的,有什么意思吗?"

郑卫说:"这下都齐了,你赶快去报名吧。"

杨小静不高兴地说:"我真的不想去。唉,可是没有办法,总不能做一辈子家庭妇女吧。要是能不上学直接工作就好了。"

郑卫笑话她:"有呀,端盘子的,还有售货员,你愿意干吗?要想找好工作,就得读书。再说美国缺的是高档人才,不是普通工人,让咱们来美国,就是要挖咱们的智力,不是让你来抢美国人的饭碗的。"

杨小静继续噘着嘴说:"有你出心,我出力还不行吗?"

郑卫难受道:"我也不愿动脑子!我最喜欢的就是修车,要不修电脑、电视也行,可是这种活轮不到我干。唉,咱们两个人都不爱学习,可是又来到美国,这可怎么办?"

杨小静只好去罗格克大学报上名,准备下学期正式开读工商管理硕士(MBA)中的会计学。那个学校是纯粹的教育学院,基本上你只要交钱就可以上。杨小静托福六百多,在入学的外国学生中,属于凤毛麟角。她的大学成绩也不错,又肯付出大把银子,学校当然欢迎,只说她不是本专业的,没有相应基础,必须先学六门预修课,如会计学原理、管理工程等等。杨小静一看,这一学期学费近四千,六门预修课一读,还没有等到正式读MBA,自己带来的六千美元就全搭进去了,心里真是不乐意。她其实蛮抵触这种烂校破专业的,可是,就算王冠请她去读,她也不敢去,她跟名校无缘,而不读这个专业,她又能读什么?还学英语吗?那才是浪费时间、浪费精力、浪费美元哩。

不过,杨小静也知道,MBA在国内火得很,自己要是能在美国拿一个学位,至少在国内说出去脸上很有光彩。其实,她一则在家待不住,二来对郑卫也越来越不放心,不敢专心当家庭妇女,把一切重担都压在他身上。

本来她是蛮相信老公的,知道他脑子灵,反应快,可是现在她发现,他是满脑袋小聪明,很不踏实。他不爱读书,更不喜欢看论文,最愿意做的,就是修车、玩电脑,可是你来王冠是读博士的,不读书,不看论文,怎么可能毕业?再说你又不是学生家属,想干点什么,就去干点什么,你必须对这个家庭负责。杨小静说过他几回,这小子表面上哼哼哈哈地答应着,碰到一点诱惑,马上又忍不住跑出去玩。杨小静说多了,他还不耐烦。

杨小静也不愿太伤夫妻感情，不好把话说绝，她想郑卫总有一天自己会意识到，在王冠你拼命努力还不容易读下来，想混出来根本不可能，这儿又不是综大。

果然，期末郑卫参加博士资格考试，回来就抱着头说完了。成绩一下来，刘娟高分通过，郑卫名落孙山。

杨小静把郑卫狠狠地数落一顿，郑卫不敢还嘴，只是解释说："我还以为可以刚刚过，没有想到这么难。"他的老板詹姆斯·巴特曼教授也大为不满，说："你要是连资格考试都过不去，怎么可能读博士？下学期还有一次机会，希望你能留下来。本来系招生委员会并不同意收你，是我说梁教授推荐的人不会差，希望你不要让我失望。"

这下子郑卫知道害怕了，开始坐下来玩命学，有时候他也对杨小静叨叨："要是实在过不了，我就转学吧。"

杨小静质问他说："你在别的学校能申请到奖学金吗？咱们怎么生活？"

郑卫没招，只好说："那要不行，咱们就只好回国。"

杨小静叫起来："你就不怕丢人呀！当初得意洋洋地出来，现在灰头土脸地回去，你怎么交代？工作位置已经没有了，培养费也交过了，你说怎么办？还有，我爸会饶过你吗？你想不想离婚？"说完自己也觉得有点过，有些后悔。

看到郑卫痛苦不已的样子，她又柔声劝道："小卫，别担心，人家能过，你肯定也能过。我知道你很聪明，就是努力不够，再使把劲，下次一定过，噢？"郑卫点点头，只好更拼命。杨小静当年就是因为讨厌综大学生的嚣张傲慢，才看上谦恭平和的郑卫，没有想到出国后才发现，谦恭平和的另一种解释，就是不求上进、能混则混，这使得杨小静很郁闷，同样的品质，为什么在一种情况下是优点，在另一种情况下就是缺点？

秋季开学之后，杨小静正式开始她在美国的读书生涯。她每周开车去罗格克大学两三次，只是去上上课，做作业和项目都在自己家里，或者在王冠的图书馆里。她从不参加那所学校的任何活动，跟同学们都是泛泛之交，大多是作业往来。她英语好，别人专业好，可以互通有无。当然也有很多男生企图跟她套近乎，而她总以老公这边有急事搪塞，对方一听王冠的鼎鼎大名，大多自惭形秽并偃旗息鼓，既然她是有主的人，老公又那么牛，谁还敢打她的主意？也有人看出她很有号召力，劝她参加罗格克大学中国学生会组织的各项活动，都被她婉言谢绝，因为她从心里觉得自己是属于王冠的，她可不想跑到那么一个破学校去扬名立万、叱咤风云。

杨小静虽然没有在罗格克大学投身江湖，却不经意间在王冠一夜成名。王冠的中国学生学者联合会每年总会在秋季搞一次大的活动，以庆中秋、贺国庆和迎新生。刘娟因为已经开始在实验室之间轮转，忙得要死，没有时间去凑热闹。郑卫要再考一次博士资格，想去而不敢去。

杨小静生气道："总不能让本姑娘一个人孤零零地去吧？小卫，你必须送我去，再给我找一个伴。"

郑卫连忙说："好吧，好吧。"心里巴不得跑去玩一个晚上，再也不回教室。

他们两个人进去时，吸引住全场的目光。其实无论谁进来，大家都会扫上一眼，因为秋季是打猎的最好季节。问题是今年没有来刘娟，只有两三个看上去还凑合的新生，每个人都已经被八道目光盯牢。杨小静去年的迎新晚会没有赶上，所以今年也算新人。她的打扮明显有别于学生，薄施脂粉，长发披肩，深色碎花长连衣裙，中间扎着郑卫在纽约给她买的名牌腰带，衬得她肌肤如雪，身形婀娜。她的出现，有如长夜里的一道闪电，引来在黑暗中摸索很久的人们长时间关注。杨小静见到这种场面，心里得意，更加挺胸扬头，走起路来屁股扭动的幅度也更大。

杨小静正在忙着秀自己，突然听到近处传来一声呐喊，接着一个人冲上来，一把抱住她，嘴里喊道："小静啊，原来是你！我说哪来一个大美女，看着还很面熟。哎呀，半年不见，你怎么长得更漂亮啦？"

杨小静一看，正是逛纽约时认识的丑妞，她在大庭广众之下不但如此热情，而且喊得都是杨小静的心里话，可把杨小静高兴坏了。她原本最看不上这个丑丫头，现在才发现，就算她是恐龙，那也是一条特别可爱、特别善解人意的恐龙。

杨小静这下子一点都不孤单了，丑妞把她拉过去同坐，还给她介绍了一大批男男女女，包括她早已熟悉的帅哥。不远处坐着滑雪时碰到过的小个子，这时也冲她打招呼。她心情好，当即招手回应。杨小静找到时间，回过头来向郑卫挥手，意思是让他回去看书。

郑卫气愤愤地过来冲她低声吼道："过河拆桥，卸磨杀驴！"

杨小静笑道："谁让你资格考试不过的？去看书吧，郑卫同学，你要好好学习，天天向上哦！"郑卫只好做着抹泪动作，一步三回头地离开。

杨小静看帅哥化好妆，便问他："你一会要表演节目吗？"

帅哥说："他们非要让我唱一首歌，我也就是卡拉OK的水平，万一跑调怎么办？"

丑妞说："你就是全跑调，也没有关系，你只要上台站一站，就可以让许多女孩在王冠的生活不再那么痛苦。"

帅哥不好意思地说："这都是什么呀！"

杨小静却发现，丑妞虽不好看，却很会做人，她这句话显然又说到帅哥的心坎上去了。

演出开始没有多久，丑妞就悄悄地对杨小静说："小静，你的腰带实在很漂亮，可不可借我戴一会？"

杨小静不是小气的人，当即往下解，同时问道："你也有节目吗？"

丑妞说："没有，我什么都不会。"指一指帅哥说："我要给他献花。"原来每个节目表演中间，都会有人上台献花。杨小静心想，丑妞抢来这个美差，就是摆明告诉大家，帅哥是属于她的。

可是临到帅哥上场后，丑妞把花都拿到手上有一会了，却突然卸下腰带要还给杨小静，急急忙忙地说："不行，不行！小静，还是你去吧。"说着又帮杨小静扎腰带又把花塞给她。

杨小静大感吃惊："怎么回事？你去呀，你们不都说好了吗？"

丑妞急道:"我不行,越想越害怕,要是有人喝倒彩怎么办?你去吧,你去吧!"

杨小静忙说:"我去算什么?我连学生都不是,你不想去,另找别人吧。"

丑妞把嘴对着杨小静的耳朵说:"找别人我不愿意,你就帮一个忙吧。"

杨小静一听,这下子再推脱都不行,丑妞不会允许别的女生给帅哥送花的,她赶快静一静心,想好所有步骤。没过两分钟,就轮到她登场。她可不像那些丝毫没有舞台经验的生瓜蛋,不管别人唱到哪里,低着头跟跟跄跄地冲上去,把花往演员怀里一塞,然后就逃也似的跑下台。

她先在台下等着,直到帅哥唱完上半节,站在台上听着音乐过门等着下半段时,她才迈着训练有素的舞台步,摇曳着窈窕的身姿,不慌不忙地走上前去,先伸出小手跟帅哥握一下,再捧上鲜花,微微鞠躬献上。她的所有动作都优雅漂亮,非常大方得体,转身下台时,她也是缓缓而行,脸上浮现着自信的微笑,扫视一遍台下的观众,还冲丑妞这边微微地招招手。她这套纯熟的专业动作,把王冠这群书呆子们全看呆掉。他们想不到本校居然还有如此出色的尤物,简直艳冠全球。

丑妞率先鼓起掌来,台下顿时鼓掌声、口哨声、欢呼声响成一遍。几个认识她的学生,加上小个子还有他的朋友,更是喊得震天动地,嗓子都叫哑。杨小静当然知道这是王冠的学生们在向自己致敬,便向观众鞠躬致谢,身姿美妙可爱,结果引来更为强烈的欢呼声。那个晚会上,她给王冠学生们留下经典的一幕。

杨小静走回座位时,仍然有很多人的目光追随着她,所以她一点不放松,依然挺胸抬头摆臀,更是风情万种。

丑妞看不过去,张开手脚冲过来,一把抱住她说:"小静,你可太坏啦,你把咱们大帅哥的风头全抢走了!"

杨小静笑着说:"不是你非要让我上去献花的吗?我也不知道他们怎么会冲着我来。"

丑妞笑道:"你是专业级别的,谁能跟你比?这样也好,咱们杀一杀大帅哥的锐气,省得他不知道自己是谁!"

晚会结束后，杨小静跑到教室去找到郑卫，把他拉出来大大地吹嘘一番自己如何火爆成名。

郑卫听后愁眉苦脸地说："我可怎么办呢？我这要是混不下去，回国都得一个人走，你随便就能换一个帅哥呀！"

杨小静嘻嘻直乐，说："你知道就好，不过你也不用担心，本小姐自重身份，不会再理会别人，跟着你就是过一辈子的。"

郑卫心里感动，保证说："我一定会尽最大最大的努力！"

杨小静也鼓励他说："你就是功夫不到家，混得太厉害，你好歹也是地区高考状元，这么一个资格考试算什么呀？你好好学，这次一定过。"

可是，屋漏偏逢连阴雨，这天郑卫去上课，老师一上台就无比兴奋地宣布："你们知道吗？股市大跌！美国第一富豪比尔·盖茨先生，昨天一天就损失几十亿美元。真是太刺激了！"

郑卫一听脸都白了，心里直叫："完了，完了！"那节课老师讲的什么，他基本没有听进去。前一段时间他看股市涨得没完没了，把胆大的撑死，把胆小的气晕，就跟杨小静商量，要把她交完学费剩下的两千美元也追投进去，说保证大赚其钱。他还说什么："你以后就不用工作啦，就等着在家数钞票吧。"杨小静见郑卫把握十足，牛皮吹得山响，年轻人嘛，容易受蛊惑，心神一荡，就把钱全拿给他。郑卫这阵子忙得要死，没有时间去盯股市，怎么会想到这东西说垮就垮，一点面子也不讲？

他下课后急忙去查，发现自己的账上余额损失一大半。他回去跟杨小静一说，又被老婆臭骂一顿，说他不务正业，尽想这些歪门邪道的东西，既害自己，又害家人，没有见过他这么差劲的家伙，还叫他赶快把剩下的钱都从股市里取出来。郑卫说什么遇低出手太傻，至少应该等到大盘技术性反弹，结果只见跌不见涨，他买的一些小股票干脆跌停盘,血本无归。这时他才知道，末日已经来临，不能再心存侥幸，等到他抽手时，他自己以前挣的钱已经赔得干干净净，杨小静的钱也所剩无几，等于输光玩尽。丢钱不说，从此他在老婆心中的形象也大跌倒地，杨小静再也不把他奉为神明了。

本来说杨小静出两千，郑卫再把股票卖掉挣两千，够杨小静再读一个学期的学费。这下子钱完全赔光，杨小静只好失学回家。不过，说实话，她实在不喜欢上那个破学，大笔大笔地交钱，无穷无尽的作业，又黑又远的前途，她有必要把青春和金钱都赔在上面吗？现在正好郑卫把钱都玩没了，她也就名正言顺地不用上学了。想想父母挣这些钱多么不容易，杨小静很心疼，可是丢都丢光了，郑卫又是家里的顶梁柱，她除了吵几句外，还能怎么样？不仅如此，她还得强颜欢笑，安慰郑卫，说没关系，钱没有就算了，你只要考过资格考试，咱们以后多少钱都挣得回来。郑卫也知道，自己无路可退，无论如何都必须过这一关，连老婆的嫁妆都赔干净，就算杨小静愿意跟他回国，他又有何面目去见国内的父老乡亲？

还真是一分耕耘一分收获，郑卫经过几个月的艰苦拼搏，总算通过博士资格考试。喜讯传来，杨小静比郑卫还要高兴，因为这样一来，他们俩人就算在美国站住脚，郑卫同学现在怎么说也是王冠的博士候选人了。

郑卫长松一口气，觉得去实验室干活，应该比上课轻松得多。刘娟却对他说："以后就要读论文，靠自觉。"刚过一关，马上又面临更大的考验，这痛苦的日子还有没有尽头？好在郑卫属于得过且过性格，先乐几天再说，车到山前，有没有路咱再找呗。

杨小静在罗格克大家也已学完一个学期，成绩一般般，两A两B，她有点遗憾，却并不太在意，因为就算她考得再好，下学期也没钱再读，而她即使考得再差，也不影响大局。她彻底原谅郑卫玩光赔尽家里的钱，反正只要郑卫有学上，她就有饭吃。郑卫看到老婆因为没有钱交学费，不得不再次蜗在家里，很感内疚。杨小静劝慰他说："没关系的，就算咱们能再交一学期、两学期的钱，仍然读不完，我还是出去打工吧，挣到钱我不就可以重新上学了吗？"

的确，杨小静本来就不是能够闲得住的人，整天没有事情可做，又看不到任何前途和希望，实在太难受，简直是生不如死。现在，她下决心抛弃虚荣，放下身段，去餐馆打工。

刚开始找体力工时，她不好意思，让郑卫去替她问，后来她自己也厚着脸皮冲上去，因为郑卫说，人家肯定更喜欢漂亮女孩，可是，折腾来折腾去，还是没有一家餐馆肯要她。这时她才发现，世道已经完全改变，以前天天贴广告招人的中餐馆，现在居然人满为患，据说是因为网络泡沫破灭，电脑公司的精英们，全都挤进餐馆来端盘子来了。而杨小静因为没有身份，美国人的餐馆她去不成，所以选择面很窄，只能是中餐馆，打黑工。她本来以为只要自己放下架子，餐馆还不是抢着要？现在才知道，她居然连端盘子的工作都找不到，心里之伤痛和郁闷，真是达到极点。

郑卫进实验室后，发现远不是他想象的那么轻松，有时候压力甚至更大，这不是打A打B的问题，也不是你自己一个人的问题，你必须出研究结果，还必须对得起你的老板和他的钱。

看杨小静也很难受，就跟她叨叨说："大家都说，在美国只有两种人混得好，一种是书呆子，另一种是二杆子。我不是书呆子，你又不是二杆子，咱们俩是很难混的啦！"

杨小静瞪起眼睛大叫道："那你就变成书呆子，我就变成二杆子，我就不信咱们在美国就混不出一个人样来！"

又在家傻吃等死几个星期后，杨小静实在是待不下去，只好找出齐姐当初留给她的电话，厚着脸皮打过去。齐姐人挺好，一点讽刺挖苦的意思都没有，还很高兴地告诉杨小静，自己又怀了孕，已经告诉餐馆老板要辞职，她去了正好顶上，可是当齐姐听说杨小静一点餐馆经验都没有，也从未打过其他工时，还是说不好办，因为人家要的是熟手，现在经济这么差，谁还会去培训新人？杨小静请她帮忙指点一二，自己去碰碰运气，齐姐便在电话上教导她一番，并祝她好运。

011　漂亮女跑堂

　　杨小静上穿肥大的旧西装，下着破旧的七分裤，卸掉耳环，抹去口红，弄乱头发，还把指甲涂成大红，以她自认为最邋遢、最土气，也最像农村劳动妇女的形象，走进了餐馆"亚洲村"。

　　来此之前，齐姐告诉她说，这里的经理李三姐最怕富家小姐跑来"串门"，做了两天刚刚培养成熟手，不是做不下去，撤了，就是找到更好的工作，跑啦，害得餐馆只好重新招人，重新培训，浪费时间，浪费精力，浪费金钱，还打乱了正常的工作节奏。齐姐让她一定要以苦大仇深的底层劳动人民群众的面目出现，尽可能让李三姐相信，她是会在这里做一辈子的，她一定誓与餐馆共存亡。

　　于是，杨小静跑到慈善商店买来这身可怕的衣服，又尽力把自己打扮成最能干苦活、累活、脏活的模样，就差没有往脸上抹灰了。她还在手里提着一瓶矿泉水，这才拖着脚，一摇三晃地走进"亚洲村"。

　　现在是下午客人最少的时候，只有一对美国老头老太太在吃东西。接待柜台里有一个很精干的中年女同胞正在劈里啪啦地打算盘，见杨小静走进来，用英语来了一句："我可以帮助你吗？"

　　杨小静心想，这大概就是李三姐，但还是用中文问："请问李三姐在吗？"

　　那个女同胞回答："我就是。有什么事？"

杨小静有点怯生生地问:"请问您这里需要人吗？"

李三姐迅速地扫了她一眼，说:"对不起，我们不缺人。"

杨小静还想争取一下，说:"听说你们这里需要人手，所以……"李三姐很干脆地拒绝道:"我是这里的经理，我正式告诉你，我们不需要人。"

杨小静本来就在车里犹豫半天才下定决心走进来，其实她才不想当什么女跑堂，这不是实在无路可走了吗？现在人家不要，她正好找到借口不用干了。她的表情轻松下来，身体也挺直了，拧开矿泉水瓶盖喝一口水，笑着问:"你怎么还用算盘呀？这还是我到美国后第一次看见有人打算盘，现在中国都很少有人用了。"

李三姐听后，表情不再那么严厉，回答说:"好多老美也这样问我，还有人为了看我打算盘而专门跑来吃饭。中国人就知道崇洋媚外，其实只算加减的话，算盘比计算器快多了，还不容易出错。"

杨小静说:"可是现在没有几个人会，也没有人教。我妈还会的，我就没有学过。"

李三姐解释道:"我也是下乡时学的，不会打算盘就当不了会计，下地干农活可是太苦太累了。"

杨小静有点意外:"你还下过乡？你年龄不大呀。"

李三姐说:"赶着一个尾巴，后来一高考，我就回城了。"

杨小静同情道:"你们那一代是最惨的。我爸是大学快毕业时赶上'文化大革命'。你们好像连学都没得上，是吧？"

李三姐一提起那段峥嵘岁月，就会激动不已，现在正好没有多少事，盯着杨小静就大讲特讲起来。杨小静只见到她鲜红的嘴唇上下翻飞，声音又急又快:"可不是嘛！我还在上小学，就说停课闹革命了。复课没有几年，又让我们下乡跟贫下中农再学习，战天斗地一辈子。那可不是像你们现在这样，跑到餐馆来过渡一下，辛苦两年，就去找好工作了。那可真是要在农村干一辈子的，连户口都迁下去了，想回城根本不可能。唉，那可真叫苦呀，不光干活苦，心里更苦，绝望呀，根本没有出路。乡下穷死了，而且特别落后，跟两千年前一样。后来恢复高考，才算看到一线生机。我们白天还要干活，晚上拼命看书，那真是把吃奶的力气都用上了。你们不理解的，你们不可能理解。"她边说边摇头，无限感慨。

杨小静说："我理解……嗯……一点点。我爸那时候在工厂当工人，也是绝望得很，后来拼命考研究生，才出来的。"

李三姐算是找到知音，继续兴致勃勃地往下说："真的很难很难！幸亏我父母都是知识分子，平时逼着我们读点书，不许参加什么运动，说咱们这种平头老百姓，一旦卷进去，有成绩是别人的，出错误是自己的。以我这样的性格，最容易被人煽动着跳出来。还好我父母看得紧，总给我布置家庭作业，不然后来天天修地球，怎么可能考得上大学？我要是上不了大学，即使回城，也不好找工作。当时一家只给一个顶替指标。给谁呢？给我还是给我弟弟？好在我上大学走了，不然就得闹矛盾。我是老大呀，只能我让他，那我怎么办……"

杨小静奇怪，插嘴问："你老大呀？我还以为你老三哩。那怎么你叫李三姐？"

李三姐笑起来："李三姐怎么啦？不好听吗？有刘三姐唱歌，杨三姐告状，现在又有李三姐开饭馆，不好吗？"

杨小静也跟着笑，说："所以你就让人家把你叫三姐，是吧？"

李三姐笑说："不是的。我跟着先生来美国后，去读下一个电子工程学硕士。老板看我还行，拉我读博士，我坚决不干，还到处瞎讲，说这个世界上，有三种人，一种是男人，一种是女人，第三种是女博士，意思说女博士不是人。后来我拿到硕士，怎么都找不到工作，在家熬了一年，实在太难受，没有办法，只好又回到学校读博士。结果我的朋友、同学就把我叫'三种人'，后来就演变成'李三姐'。"

杨小静吃惊地张大嘴："你是博士啊？崇拜崇拜！那怎么到这里来做经理了呢？"

李三姐对杨小静的反应很满意，解释说："我坐不住，根本不是搞科研的料。再说我爱人总换工作，每次我都得跟着换，找工作哪么容易？后来干脆就在餐馆里干得了，反正跑来跑去的挺开心，挣得也不比他少。"

杨小静反正没事，继续拉家常问："那你先生做什么呢？教授吗？"

李三姐说："他一个破大学的博士，做什么教授呀？换了几家公司，身份不好解决，只好到王冠大学做博士后。前两年才把绿卡办下来。"

杨小静套近乎说："你先生在王冠呀？我老公也在王冠。你先生是哪个系的？"

李三姐有些疑惑地说："电子工程系。你老公也做博士后？你怎么这么年轻？哪个系的？"

杨小静有点得意地回答："他在读博士，基因系的。"

李三姐直言快语道："在王冠读博士呀，那可是真金的，不像博士后，是镀金的。"杨小静摇头以示谦虚。

李三姐继续说："王冠的教授钱多，四处找人进来当廉价劳动力，所以进去做博士后不难。读博士可就不一般了，入门太不容易。你老公国内是哪个学校的？"

杨小静不无骄傲地回答："北京综合大学。"

李三姐羡慕道："大名牌呀，怪不得呢！你是哪个学校的？"

杨小静不敢说自己也是综大的，她可丢不起那个人，只好打马虎眼说："很破一个学校，说了你也不知道。"

李三姐问："也学生物？"

杨小静说："学英语的。"

李三姐"哦"了一声，大概是觉得杨小静学英语，长得又不错，所以才在综大钓到一个高材生。

李三姐低头继续打她的算盘，好像在琢磨什么。杨小静想一想没有什么可说的了，就说："三姐，那我走了。"

李三姐问："你怎么来的？这儿离王冠可不近。"

杨小静说："我开车来的，没有多远。"

李三姐似乎有点生气地说:"你年纪轻轻,会英语,又能开车,不去读书,跑到餐馆来混什么?"

杨小静辩解道:"我没有专业呀,能学什么?再说我老公那点奖学金,刚够我们俩生活的,哪里还有钱交学费?"

李三姐说:"学MBA呗,这里没有专业的都学那个。"

杨小静苦着脸说:"学啦,我去罗格克大学学了一学期会计,自己很累不说,别人还都说,这种大学出来的,找工作很难。就算找到工作,工资也不会高,二三万吧,还要考职业会计执照,就是CPA,猴年马月的事,实在是没有意思。我老公去炒股,又把我从国内带来的一点钱都炒没了,也没有钱交学费。唉,现在只好在家待着,整天百无聊赖的。我跟你一样,在家待不住……"

李三姐这时候做出决定,说:"那你就下个星期一来上班吧。"

杨小静惊喜道:"三姐,你要我了?"

李三姐继续说:"大家都愿意打周末,星期一、二只有两个人,我就给你这两天。你先做一做试一试,专管领位、接电话和包外卖,一个小时七块钱,行不行?"

杨小静忙说:"行,行,有点事做就行。"

李三姐直截了当地说:"从来没有打过工,对吧?还打扮成这个鬼样子,想瞒过我?你以为我是冲进村里找花姑娘的日本鬼子吗?"

杨小静不好意思地笑说:"我以为打扮得土一点,你就会以为我是劳动人民。"

李三姐不屑道:"我一看你的长相和身材,就知道你是一个娇小姐。你知道什么人最好用、最能干活?就是那些五大三粗生了孩子的中年妇女。"

杨小静表决心说:"我会好好干的。"

李三姐说:"你干不动。你就当领位吧,钱少点,可也不那么辛苦。这是菜单,你回去把菜名给我背熟。换身好点的衣服,化淡妆,打扮精神点,因为顾客进门第一眼看见的就是你。下个星期一上午十点钟你到这里来。

头一天算培训，没有钱。如果没有问题，星期二才算正式开工。怎么样？"

杨小静心想这种活怎么还需要培训？可又不敢讲价钱，只好说："没问题，下个星期一我一定来！"

星期一上午，杨小静准时到"亚洲村"报到。李三姐打量一下杨小静，说："我要不是看上你这个脸蛋，才不会要你。我估计你会给我们带来一些顾客。你这个鞋跟太高，明天换一双低跟或者平跟的来，不然时间长了脚受不了。"杨小静嘴里答应着，心里五味杂陈。别人说她长得漂亮，本来应该高兴，可是李三姐的说法，好像要她出卖色相似的。

李三姐拿出一个本子，要杨小静把英文名和电话登记上，说："我知道你们都是打黑工，反正我给现金，所以也不要社会安全号码。你机灵点，万一移民局、税务局来检查，就说你是我的朋友，临时来帮忙的，不拿钱。你要多缠他们一会，我好让其他人从后门跑出去。这里只有我和大厨还有一个越南人是上税的，属于正式职工，其他的都是黑工。我们降低经营成本，你们也有活路，对不对？"杨小静心惊肉跳，这怎么在美国卖苦力都这么危险？

李三姐看她害怕的样子，说："别担心，我在这行做很多年了，还没有碰到有人来查。只不过跟你说一声，以防万一。其实政府对这种非法工作是睁一只眼闭一只眼，把这些人都赶跑，餐馆就得大幅涨价，增加社会成本。"

李三姐随即领她参观整个餐馆，并不算大，除了大堂就是厨房，还有一男一女两个小厕所。李三姐介绍说，中餐馆遍地开花，像这间算是中等规模的，大多数小餐馆都是纯外卖店。这家餐馆是分店，主店在城里，老板是台湾人。她以前在主店做了好几年，老板看她可靠能干，就把她派到这家店做经理，老板偶然过来看一看，平常不管，她隔一天送钱过去就行了。李三姐当时没有提，后来杨小静听说，实际上她在这家店有百分之三十的股份，所以也算是老板之一。这里只有一个大厨，是台湾人，老板的亲戚，也是老板的眼线。还有两个帮厨，都是墨西哥人，有劲、好用、要钱少，但得盯着，懒得很。

　　餐馆一周开门七天，人歇馆不歇，轮流转的男女跑堂有十几个人，有做两天的，有做三天的，最多只给五天，只有李三姐一个人是做六天甚至六天半。杨小静有点吃惊道："这么多人呀？"李三姐说："平常你看不到多少人，可是这个餐馆一周开七天，一天十几个小时，有堂吃、有外卖、还要去送，你算一算，这要用多少人？所以服务业虽然辛苦，挣得也少，可是给了很多人饭碗，这也是政府不太管的一个原因。"

　　随后李三姐又介绍说："工作日是中午忙，周围工厂、公司上班族来吃午饭的人很多。周五、周六是晚上比较忙，一般是拖家带口出门打牙祭的。平时大家各收各的小费，周六、周日打'共产'，就是小费统一收上来，大家集体平分。"

　　杨小静好奇地问："为什么呢？"

　　李三姐说："传统吧。周末客流不好说，有时候人很多，像母亲节、父亲节什么的，有时候人很少，比如夏天特别热的时候，或者冬天特别冷的时候。最近经济不好，周一到周三就派'当牛做马的'两个人就够了……"

　　看杨小静一副不解的样子，李三姐解释说："两个女的，一个姓牛，一个姓马，所以她们俩自称'当牛做马的'。对了，你姓什么？"

　　杨小静一直不肯说自己的姓名，只说自己英文名叫"斯佳丽"，就是电影《飘》里的女主角的名字，可是现在连姓都不提也不太好，只好说："我姓杨。"

　　李三姐笑起来，说："这下好了，牛、马、羊都齐了。不过你可要小心点，这'当牛做马的'是能干，也喜欢炀蹶子，说不定会找你的麻烦。老娘们，有家有口的，把钱看得特别重，不过人不坏。"

　　接着李三姐考了考杨小静的英语菜名，什么甜酸鸡、蒙古牛、捞面、炒饭、春卷，杨小静早已倒背如流。顾客打电话订餐，杨小静必须正确无误地记下来。

　　李三姐又打开地图，指着几条街和附近地区，让杨小静千万记牢，这些地方我们不送外卖，就说送外卖的人没空，随便找一个理由，车坏了、人病了、奶奶死了，反正是不送。杨小静什么都不懂，又问为什么。

李三姐不耐烦地指着地图说："你看这些地名还不知道？三街、五街、主街、'晚'大道，全城百分之九十的凶杀案都发生在这里，谁敢去呀？我们这里以前有个小子舍命不舍财，非要去，结果第二个星期就被老黑在车上打了两枪。幸亏他机灵跑得快，不然把命都搭进去了。后来我就坚决不准去，他死了我怎么向他老婆交代？要赔多少钱？我这餐馆还开不开？"

杨小静被吓得一愣一愣的,怕怕地说："我听说很乱，没想到这么厉害！"

李三姐很不屑地说："还有比这个更厉害的哩！我都被人拿枪指吓三回啦，一回顶着脑袋，两回指着胸脯。你知道什么叫做出生入死了吗？干这行就是！"

杨小静叫起来："真的呀？那太可怕了！"

李三姐安慰她说："你怕什么？老黑只劫财不劫色，你又不管钱，他们不会打死你的。"可是杨小静还是吓坏了，要是跑到美国来没有挣到钱还被枪毙，那才是冤到姥姥家了！

看到杨小静小脸吓得煞白，李三姐很为自己的勇敢而自豪，继续讲："有一回，一个半大黑小子提着一杆AK47冲进来……"

杨小静不解地问："什么47？"

李三姐说："就是冲锋枪。我特镇定，把钱点了一点，全交给他。后来想起来才后怕，他要是手一哆嗦，我就会被打成纱窗。他其实也很紧张，抓过钱就跑。我回头一看，全餐馆的人都趴在地上，那场面才是壮观。"李三姐说得笑起来。

杨小静可惜说："那你们不是一天都白干了？"

李三姐说："我每天下午存一次钱。这样他顶多抢走半天的现金收入。唉，能保住命就不错了！"

这时，两个略微年轻一些的中年妇女前后脚走进餐馆，杨小静当即猜到这两位就是"当牛做马的"。李三姐给她们彼此介绍，杨小静忙叫牛姐、马姐。那两个人立即把她当成威胁,很不友好地上下打量着她。

马率先发难:"哎哟,小嘴倒是怪甜的,可惜这里不是靠嘴吃饭的地方。"

牛接着说:"你看她打扮的!来这里吃饭的可没有什么富人,还想挂一个怎么着?"

杨小静第一天上班,哪敢跟这样的"滚刀肉"斗,赔着笑脸解释说:"是三姐让我穿好一点,说让我领位。我本来不想……"

牛嘴里继续找茬:"领位也不用这么夸张嘛……"

马反应快,脸上像变戏法似的突然展现出灿烂的笑容,走过来拉着杨小静的手说:"小姑娘嘛,就应该打扮得好一点,我看着喜欢。"

牛怔了一下,也清醒过来,伸手搂住杨小静说:"欢迎你来。你这身材可真好!"

杨小静被她俩折腾得云里雾里,不明白是怎么回事,一边跟她们聊天,一边猛琢磨。开工后一看工作流程,她很快就明白了,原来领位拿死工资,不跟端盘子的争小费,可是把什么顾客领给谁服务,却大有讲究。跑堂的工资极低,一个小时两块多钱,收入多少,全靠顾客的小费。顾客很不同,有的出手大方,有的次次"打铁"(不给小费)。如果领位的每回都把要"打铁"的主往你桌前领,那你今天就算白干了。"当牛做马的"显然不敢得罪杨小静,如果她故意领三桌黑大妈带小黑孩给你,累你一个半死不说,还一分钱没有,保证让你哭都找不到调门。

这时又走进来一个墨西哥人。李三姐说他是帮厨,叫乌戈。这小子看见来了一个新人,还是美女,立即满脸堆笑地上来要拥抱杨小静。杨小静怔在那儿不知道该怎么办,马一把推开他,嘴里叫道:"滚,又想占便宜!"乌戈双手一摊,嘴里含糊不清地说两声:"朋友,朋友。"一点不恼火,笑嘻嘻地走进厨房。

李三姐笑说:"人还可以,就是有点懒,还比较色。"

牛抢话道:"哪是比较色?是很色!他这么年轻,在墨西哥就已经有老婆和孩子了,这边还有一个女朋友,不知道哪来那么大的劲!"

马慢悠悠地损她说:"他天天干体力活,当然有劲啦,比你老公厉害吧?"

牛气道:"比你老公更厉害!"

李三姐叫道:"哎,你们俩人怎么说话哩?人家小姑娘刚结婚,你们别没脸没皮的好不好?"

杨小静有些尴尬,没话找话说:"你们先生也在王冠工作吧?"

牛说:"不是……"

马脸一沉,怪里怪气地说:"哟,想不到你还是王冠的家属哩!这么牛怎么跑到这儿来卖苦力来啦?"

牛也来了气:"大家都是在这里打工。你老公是王冠的又怎么啦?有本事你去挣大钱,别到这里来抢别人的饭碗!"

杨小静后悔不已,连忙解释说:"我没有那个意思,真的!我老公就是一个混混,在王冠快混不下去了,所以我才出来找活干。""当牛做马的"心里好受点。李三姐发话说:"快去准备吧。"她们才一起走开。

那天中午一直都是李三姐领位、接电话、结账,杨小静跟着学,并时不时跑去包外卖。下午、晚上便是杨小静接电话和结账。李三姐对杨小静的英语十分满意,说可以跟洋妞相媲美。一干活时间过得飞快,不知不觉一天就过去了。临走时李三姐塞给杨小静二十块钱,说她干得不错,明天正式上班。杨小静拿着平生第一次挣到的二十美元,高高兴兴地回了家。她想把这二十美元给郑卫,郑卫不要,让她留下做纪念,她就把钱收藏起来。这样又站又走地干了一天,回到家一放松感觉还是蛮累的,浑身都疼。好在她一周只做两天,这要是干不下去了,那才是笑话哩!

第二天杨小静开始领位。头一天她仔细观察了李三姐的领位原则,发现一般是轮着来,同时做一些调整,尽量做到平衡,让"当牛做马的"挣得差不多。当然她对顾客了解少,有时搞不清楚那些人大致会给多少小费,李三姐会及时提醒她,比如这一桌应该给谁。"当牛做马的"虽然嘀咕,但是看杨小静没有出大错,挺会搞平衡,便没有闹事。再说有顾客找她们的麻烦时,她们的英语不灵光,还要找杨小静帮忙解释。一来二去,她们也就接受了这个新领位，有时候还会带点小礼物来跟她套套近乎。不过，对于她们最喜欢聊的小孩、家庭还有东家长西家短，杨小静并不参和，她觉得自己还没有老到那种地步。

美国佬中有许多很有个性的人，杨小静第一天正式上班，就碰到这么一位。下午她准备把一对夫妻领到靠角落的一张桌子，马跑过来说不行，说一会迈克就到，接着跑进厨房让后边准备好饭菜。

杨小静问李三姐，李三姐说迈克是这里的老顾客，每周二下午六点准时来，坐同样的桌子，点同样的菜，给同样的小费，风雨无阻，周周如此，都好几年了。李三姐还说咱们最喜欢这种顾客，很稳定，好伺候。她说还有几个类似的老顾客，让杨小静一一记熟。

六点整，迈克果然准时驾到。这是一位老先生，显然对这里很熟，见到杨小静就问："你是新来的？"杨小静忙介绍自己叫斯佳丽，很高兴认识他，直接把他领到角落上的那个位置，饭菜也正好上桌。迈克一边享受着自己的标准晚餐，一边找机会与斯佳丽聊几句。杨小静知道这种老先生缺人交流，别的跑堂语言又不行，只好由自己出面，尽量跟他闲侃。迈克临走前还站在门口，跟杨小静聊了十分钟，都是朋友之间的趣事什么的。李三姐嘴上不说，看得出很高兴，因为跟顾客建立起感情联系，才是最好的行销。

实际上，他们得到的回报，比他们所能想象的还早得多，也大得多。第二周周一晚上，开始下美国东海岸早春的最后一场雪，一直到周二中午才停。晚上六点多，一个包扎着脚踝、拄着拐杖的黑人妇女蹭了进来。杨小静迎上前去问她是否要吃饭。她说："把你们经理叫出来。"杨小静只好找来李三姐。

那个黑人妇女说："我今天早晨在你们餐馆门口摔坏了脚，你们必须赔偿。"

李三姐定定神说："我很抱歉。可是我们一大早就扫过雪，你不太可能是在我们餐馆门口摔伤的。"实际上她十点钟才派那两个墨西哥人去扫掉雪，但是李三姐碰到过多次这种敲诈,自然有应对之道。

那个女的说:"我今天早晨七点钟去食品店路过这里,你们那时没有扫雪。"

李三姐说:"但那并不能证明你是在我们餐馆门口摔倒的。"

那个女的坚持说:"我就是在你们门口路边摔倒的,很多人都看到了,我可以找到五个证人。"

李三姐知道碰到麻烦了,她要是找来五个亲戚朋友死咬你,这不是也说不清嘛,就息事宁人说:"你摔伤了,我们很同情,可是那并不是我们的责任。这样吧,我给你几张餐券,你可以来餐馆免费吃饭。"

那个黑女人不依不饶:"你们有责任打扫干净门前人行道上的积雪。你们必须赔偿我两千美元,否则咱们就法庭上见。"

这时杨小静突然想起,上次聊天时,迈克说过他以前在法庭工作,就给李三姐做了一个暂停的手势,跑去找迈克。

她说:"迈克,我们碰到麻烦了。你愿意帮助我们吗?"

迈克笑着说:"对我来说是好消息,我找到机会帮助你们了。"起身跟着杨小静走过来。

那个黑人妇女一看见白人老头,气势先短三分。杨小静请她重复一遍她的故事,她讲的时候就有点犹豫。迈克认真听完,开始问她一些问题,比如家住在哪里,附近有没有食品店,当时雪有多厚,是否有人踩过等等。那个女人越答越迟疑,最后干脆拒绝回答,只说法庭上见。

迈克说:"女士,我以前就是法官,我不认为法官会采信你的说法。你为什么一大清早跑如此远来这里?这附近并没有食品店。你说你可以找到五个证人,可是你怎么让法官相信,在下着大雪的早晨,会有五个人站在雪地里等着看你摔跤。我劝你还是放弃你的诉讼吧。"

他又转身对李三姐说:"如果她真要上法庭,我可以作为你们的证人出庭。"

那个女人没有办法,只好说:"算了,也许我打不赢官司。不过,我觉得你们还是应该给我一点补偿。"

李三姐松一口气,说:"那好吧,我送你一份外卖,可以吗?"

那个女的说:"我感谢你们。"

那个黑人妇女一走,杨小静就说:"凭什么给她一份外卖呀?"

迈克也说:"李,你不应该纵容她的这种行为。"

李三姐说:"非常感谢你,迈克。她是一个可怜(穷)人,就给她一份吃的吧。你今天的晚餐也免费。"

迈克很生气地说了一声:"不!"之后就径直走回座位。李三姐不敢惹他,便给杨小静做一个手势,让她陪迈克回去。

杨小静对迈克解释说:"她只是想对你表示感谢。"

迈克仍然不高兴地说:"我理解。可是她说声'谢谢'就足够。她这样做,好像是要贿赂我。她给那个黑人妇女免费餐也是不对的。"

杨小静说:"这是我们中国的文化,我们习惯于用礼物来表示感谢。"

迈克说:"我们也是用礼物来表示感谢的。那是朋友之间,做生意就是公事公办。"

杨小静说:"我们分得不是很清楚。"

迈克气有点消了,说:"这里是美国,你们应该按美国的做法办。"

杨小静立即站起来说:"那好,我这就出去给你买花。"

迈克笑起来,伸手拦住她说:"好啦,好啦,斯佳丽,你看着我吃完饭就可以了。"

迈克吃完饭付了饭钱和小费走了。李三姐过来对杨小静说:"羊,辛苦你了。"

杨小静说:"没想到开一个餐馆有这么多麻烦。"

李三姐叹道:"这种事情挺多。那些黑人没有钱,又想吃好的,就来敲诈。前两个月是一个黑人男的,说菜里吃出蟑螂,要告我们。我过去一看,蟑螂都是干的,告诉他说,这不可能是我们餐馆的。他就要求这顿饭免费,我只好答应。这钱都是我的,我能不心疼吗?可是没有办法。他们不工作,可以没完没了地找我们的麻烦,我们哪有时间陪他们玩?迈克高高在上,哪能理解我们的无奈?"

杨小静做工一个多月后,餐馆的生意明显好起来,一则是因为天气暖和了,二则也可能与外形靓丽、英语流利的新领位有关。许多顾客只是喜欢跟杨小静聊几句天,也有人来套近乎打探情况,一般都被杨小静以不亢不卑的态度圆滑地应对过去。实在对付不了的,还有李三姐哩。

时间一久,杨小静就觉得一天六七十元的收入有点少,尤其在顾客多的时候,活多了,工资还是一样,而端盘子的,则是顾客越多挣得越多,一般可以上百,忙起来一百五、二百都有可能。同样干一天,却比别人少挣那么多,她自然不服气。李三姐既然对杨小静相当满意,总让她拿这点钱也不好意思,所以有时就自己在前台顶着,让杨小静到大堂里去端几桌盘子,反正顾客太多,"当牛做马的"在高峰时确实忙不过来。

杨小静刚开始端盘子时,真有点吃不消。人家"当牛做马的",托七八个盘子在手上,走路又快又稳,她端四个盘子走路就开始晃,而且人家跑一趟,她就得跑两趟,干活慢不说,还累很多。再加上别人是把盘子托在肩上走,她是抱在肚子上挪,非常地不专业,被"当牛做马的"嘲笑得要死。好在她外形靓丽,沟通能力强,有些顾客专点她的桌,给的小费也好一些。这样相对于付出来说,她的收入其实比牛、马还稍好一点。为这些事,"当牛做马的"又没少说难听的。不过她们也不敢太过分,因为杨小静还在前面当领位,她们害怕杨小静故意整治自己,而且如果顾客有什么问题找她们的麻烦,她们还需要杨小静来救场。万一杨小静不帮忙,或者故意害她们,顾客不肯付小费,她们都不知道问题出在哪里。

可是杨小静毕竟分去一些她们要挣的钱,她们对杨小静的态度,远不如以前友好。还经常到李三姐那儿去抱怨,说凭什么没人吃饭时,轮她们看桌,有钱挣时,杨小静就来分钱。正好齐姐辞工走了,又开掉一个打工太差的博士后,李三姐便做出调整,让她们三人打周六、周日和周一三天。

现在周末生意好，牛、马当然高兴。杨小静加一天，也挺满意。不过她在周一仍当领位兼跑堂，周末则做全职跑堂。

真去全天干活，杨小静可累惨了。她那个杨柳春风的体态，看上去好看，干起活来可远比不上桶状身材的大妈。她还好强，心想我干不了别的，难道连跑堂都干不成吗？非要咬牙拼到底不可，有时候累到几乎虚脱。

郑卫劝她："人家是什么块头，你又是什么块头？那些老娘们能干着哩，你就别跟她们比了。"

杨小静说："我还比她们年轻哩，我就不信我不行！"

可是，先天弱势是很难消除的。人家一天干下来，有说有笑轻松愉快，她却累得要死要活。除此之外，大家在一起打工，为了干多干少，挣多挣少，少不了又有一番明争暗斗。杨小静心里总是难受，觉得自己怎么跟这种档次的人混在一起，还要跟她们天天过招，实在是太掉价了！

问题很快就出现了，就是周六、周日的"打共产"。"当牛做马的"两个人，都把钱看得重于生命。原先各打各的桌时，两个人的关系还不错，反正井水不犯河水，只要领位的分桌公平，得钱多少看各人的造化，谁也说不出什么来。现在"打共产"，不管干多干少，最后都是平均分配，这两个人就变着法子偷懒，而杨小静则不敢也不愿跟她们斗，结果反而是杨小静干得多一些。后来李三姐给她们三个人分了区，你的区主要是你负责，只有你忙不过来时，别人有空才过来帮你。这样一来，情况好一些，但是在谁帮谁上，她们还是斤斤计较。她们俩人一对着干，杨小静的日子却好过多了，因为她们都想拉杨小静做同盟，至少要让她保持中立，也就不敢对杨小静横挑鼻子竖挑眼了。而杨小静当然力求超脱，谁都不得罪。

另一个问题就是有人偷钱。既然"打共产"，大家都应该把收上来的小费，放入柜台下的一个小纸盒里，等全天工作结束后，几个人再算账平分。可要是有人把钱悄悄塞进自己腰包，那就是偷钱。所以一般跑堂们都会互相监督，防止别人占自己的便宜。只是一忙起来，这种事还是防不胜防，而且就算不忙，彼此也很容易互相猜疑。"当牛做马的"总觉得自己偷得少而对方偷得多,所以越来越紧地盯住对方。她们知道杨小静脸皮薄,不好意思偷,其实杨小静是不屑做这种龌龊事。可是杨小静也不傻,她多次看到"当牛做马的"把收上来的钱悄悄塞进自己的口袋,或者多收少交,而她们两个人都偷,最吃亏的就是自己。她很生气,可是只能先忍着,因为她本能地感觉到,这种情况不可能长久持续下去。

这天马看到牛去上交小费,她便假装转过身来收拾桌子,然后突然一扭头,正好看见牛把几块钱往裤子口袋里塞。马当即大喝一声:"你又偷钱!"

牛被抓到现行,只好把钱掏出来,嘴里喊道:"你才偷得多哩,别以为老娘我不知道!"

马嘴硬:"你有什么证据?凭什么诬蔑我?"

牛叫道:"你敢把你口袋里的东西掏出来给大家看一看吗?你不敢!"

马死硬到底:"我掏出来又怎么啦?就算有钱那也是老娘我自己带的!"

牛高叫道:"你掏呀!你掏呀,让大家都看一看你偷了多少钱!"

马软了,缓和说:"你凭什么搜我的身呀?你以为你是警察呀?"

杨小静出面劝道:"好啦,好啦,算啦,以后都不要再拿了。"

李三姐也在远处喊了一声:"够了,干活去!"

"当牛做马的"两个人都是做贼心虚,有台阶下就不再吵了。马转身走过牛身边时,嘴里却小声嘀咕一句:"不要脸!小偷!臭贼!"牛本来就恼羞成怒,牛脾气一上来,飞起一脚踹在马屁股上。马反应也快,回身就给了牛一个大耳光。牛奋不顾身地冲上去,一把抓住马的头发,另一只手照脸打去,却被身手敏捷的马挥手挡住。马的另一只手也揪住了牛的头发。两个人都被对方抓住头发,弓着身子,一只手搏斗,两只脚互踢,嘴里同时高声叫骂,战成一团。

杨小静哪见过这阵势,吓得手足无措,一边叫着:"别打啦!别打啦!有话好好说嘛!"一边想去拉架。可是她那个纤弱的身体,冲都冲不进去,几次还险些被牛和马的炮火误伤。

她只好跑去找李三姐,叫道:"三姐,她们打起来啦!"李三姐打着算盘,头也不抬地说:"让她们打,打累了就不打了。"杨小静只好又去叫乌戈。按说男人力气总比女人大得多,而且乌戈年轻,又是常年打体力工,分开两个中年妇女还不容易?可是这小子不真拉架,上去一会抱抱这一个,一会抱抱那一个,有时还把两个人都搂在怀里,满脸堆笑,好像十分享受。大厨和另一个帮厨也出来了,两个人也是笑容满面,在一旁看得津津有味。牛或马打到对方一下时,他们还一起鼓掌欢呼。

　　杨小静这时镇定下来,心想谁叫你们两个偷钱的,互相打几巴掌也是应该的,就懒得再管。牛和马势均力敌,也打累了,只好僵持在一起。

　　这时李三姐慢慢悠悠地走过来,淡淡地说:"你们如果再打,一起开除,我马上就能找两个博士来接替,你们信不信?"

　　"当牛做马的"不敢再打,可又互相纠缠着,谁都无法先松手。李三姐威严地叫了一声:"乌戈。"乌戈不敢再占便宜,插到她们两个人中间一使劲,就把她们分开了。牛、马一边整理衣服头发,一边互相叫骂。

　　李三姐又说了一句:"一个人罚二十块钱。谁再骂一句,罚一块。以后羊负责收钱,你们两个不准动。"牛马都不敢再骂。马悄悄地对牛竖了一下中指。

　　李三姐明察秋毫:"马再罚五块。"马想要争辩,李三姐淡淡地对她说:"你要再吵,明天就不用来了。"马这下彻底蔫巴了,啥也不敢再说。牛本来对自己被罚二十块钱心疼得要死,现在听到马比她还要多罚五块,脸上立即现出笑容。杨小静对李三姐处理此事的手段和威势钦佩不已,很长时间都在琢磨这件事。

　　打过一架之后,"当牛做马的"谁也不理谁,可又没有人说话,便都找杨小静聊天。杨小静对她们那些孩子、老公、东邻西舍之类的话题实在不感兴趣,总是敷衍几句就走开,使得这两个人郁闷得不行。

　　有一次牛和马端盘子正好打一个照面,两人都是头一侧谁也不理谁擦身而过。牛向旁边让得多了一点,衣服碰到桌上的碗具,一只碗差一点翻下去,要是掉到地上摔碎,她可是要陪的。

马手疾眼快一把扶住，牛说了声："谢谢！"

马当即说："谢什么谢？你上次没把我打死！"

牛说："你打我才狠哩！我现在脸还疼。"

马说："我屁股更疼。"

两个人相视而笑，马上成为无话不谈的好朋友，拉在一起狂侃不止。

杨小静跟李三姐谈起这件事来，李三姐轻描淡写地说："我早就料到了，她们俩谁也离不开谁。"

杨小静按着胸部说："上次她们打得好凶。"

李三姐说："虚张声势。多大的仇呀？不就是为了那点钱嘛。英语不太会说，跟别人也谈不来，她们两个不凑到一起，还能跟谁在一起？"

杨小静问："要是她们俩人继续打，你会把她们都开除吗？"

李三姐笑了一笑说："熟手不好找，稳定的队伍也很重要。她们没有地方可去。你是迟早要走的，她们就只能在这里长期做下去。"

杨小静痛苦地说："谁说我要走呀？我能去哪里？我又能干什么？我就跟着你做一辈子吧。"

经此一役，"当牛做马的"双方关系比以前好了很多，整天拉在一起聊天，还经常从家里带些自己做的小东西来共同分享。杨小静看明白了，因为现在"打共产"时，收钱都归杨小静管，她们彼此信不过，却都信任杨小静，所以就没有什么大矛盾。杨小静也想明白了，制度很重要。建立一个好的制度，划清利益界限，保持公正公平，就能够减少冲突，还能够提高工作效率。

内部的问题解决后，外部的冲击又来了。又一个周日，还是她们三个人"打共产"，杨小静把收到的钱，都放到门口柜台下面的一个小纸盒里。中午进来一群黑人，其中有一个十三四岁的小黑孩，总在柜台周围晃悠，东张西望地，还随着音乐跳几步舞，因为这种现象太多，大家都没有怎么在意。杨小静她们三个人在大堂里忙，李三姐接到一个叫外卖的电话，拿着单子给厨房送过去。

这时那个小黑孩突然冲进柜台，抓起那个放钱的纸盒，转身就往外跑。杨小静看见了，边追边喊："抓住他！抓住他！""当牛做马的"也跟着追出来。乌戈正好在门口进货，一见杨小静向他挥手，又看对方是一个小孩，只觉得向美女献殷勤的时机到了，拔腿就追上去。

李三姐在餐馆里问："这是谁家的孩子？"那些黑人都说不认识。杨小静她们也没有办法，总不能跟着顾客去他们家里查吧。过了一阵，乌戈气喘吁吁满头大汗地回来了，结结巴巴地说："他跑，我跟，距离，大了又大。太快了！"

三个女跑堂又失望又气愤又伤心。马大骂乌戈："你这个笨蛋！这么大一个人，连小孩都追不上。"还让杨小静翻译给乌戈听。乌戈辩解说："黑人，跑得快。墨西哥人，能干活。中国人，脑子聪明。"要是平常，她们一定会高兴的，可是现在刚刚被人抢走钱，谁也没有心情听他胡扯。尤其是杨小静，心里想："我要是脑子聪明，怎么也在这里当跑堂卖苦力呀？"

李三姐问她："抢走多少钱？"

杨小静说："怎么也有六七十吧。"

李三姐很大度地说："我也有错，没有想到这个小黑孩子会冲进来。这样吧，我给你们每个人补十块钱。"三个跑堂齐声感谢，谁都明白，老板就是一分钱不给你，你也说不出什么来。杨小静更是感叹李三姐会做人，区区三十元钱，就让下属感恩不尽。杨小静当即跟"当牛做马的"商量，说以后她就把钱先放在自己的口袋里，隔一段时间再送到前台的一个角落里去藏起来，这样省得每次收到小费都要往柜台跑，而且也不容易再被抢。"当牛做马的"知道这个王冠的家属牛得很，不会贪她们的小钱，都表示同意。

第二天，乌戈买来一束花，要送给"三个漂亮的女士"，以弥补他昨天没有抓住"强盗"的过失。杨小静谢了一声接过来，心想不知是哪个廉价店买的便宜货，转身就给了"当牛做马的"。牛说她还从来没有收到过别人送的花，连老公都没有送过。马很骄傲地说她老公倒是送过她花，不过那也是十几年前的事了。她们一起感叹说，怪不得乌戈既有老婆又有女朋友，原来这小子这么会讨女孩子的欢心。马笑话牛说，当初她们打架时，乌戈抱过她好几次。牛反击说，他是先抱的马，抱得还特别紧。马恭维牛说，她是丰满性感女士。牛夸奖马道，她是圆润有料少妇。两个人一致认为，乌戈趁她们自顾不暇时，占她们的便宜，是一个典型的流氓加混蛋。不过她们在声讨乌戈时，脸上笑眯眯的，没有一丝愤怒或者悲痛的样子。

顾客是商家的衣食父母，杨小静的体会再真切不过，因为吃饭的客人临走时丢在桌子上的小钱，几乎是她的全部收入。所以只要在餐馆打过工的人，对顾客留没有留小费、留多少小费，都极其敏感。可以说顾客一进屋，跑堂们的心就提起来，直到顾客离开，他们的心才会回归原位，或高兴，或满意，或生气，就看顾客在桌上留下多少钱了。杨小静对郑卫说，她现在就是典型的市侩，吃饭的家伙多留一块钱，她就高兴，少留五毛钱，她就生气，都成了斤斤计较的市井小人了。郑卫不疼不痒地安慰她说，自己辛苦劳动的报酬嘛，当然会在乎啦。她慢慢地悟出，像郑卫他们这种在名校拿奖学金的天之骄子，是不可能完全理解她们这些臭跑堂的。

杨小静也越来越泼辣，动不动就来一句"老娘我"怎么怎么的啦。每天脚不沾地地跑来跑去，干的又是粗活累活，听这个呵斥，受那个使唤，哪还容得下她端小姐架子，要小资浪漫，没几天就被改造成为劳动人民的典范。餐馆那种环境，也跟原始社会差不多，就是弱肉强食，优胜劣汰。你要是软了，从无赖顾客到那两个老娘们，都会天天收拾你。再说身在社会最底层，受气受压比谁都多、比谁都狠，你不骂上几句，非把自己憋死不可。所以她也跟着"当牛做马的"学，心里一不痛快就骂骂咧咧，没有了多少教授女儿的模样。她的教授父亲和主任母亲没有看到，不然非心疼死不可。

在餐馆里干久了，她发现美国人给小费的差异很大。白人比较认真，吃高兴了、伺候舒服了，会给你餐费百分之二十、三十的小费；不高兴时，就随意扔点钱在桌上。黑大妈要求巨多，还带一群小黑孩，吃得满桌满地都是饭渣，最后肯定一分钱没有。中国人事少，给钱稳定，不管服务好坏，都是百分之十五到二十，一般跑堂大多喜欢，因为心情放松，可预测性强。教会出来的一坐一大片，给钱却不怎么爽快，大概钱都献给上帝了。当然她也发现，年轻教徒比中老年妇女强得多。

李三姐待人还是很不错的，只要她有空，如果看见进来的顾客明摆着要"打铁"，就自己亲自上前服务。杨小静知道纽约有些餐馆直接收顾客百分之十五的服务费，问李三姐为什么不这样做。李三姐说，咱们客流少，多为回头客，人家肯来就不错了，哪敢强收顾客的小费。杨小静一想也是，有没有小费是跑堂的事，来不来消费则是老板的事，利益不同嘛。是呀，是呀，每个人都有不同的利益，站到别人的角度一想，马上就明白他为什么那样做。

这天杨小静不太顺，几桌客人给的小费都偏少，也就差不多百分之十。一个黑大妈带着四个小黑孩还"打铁"，不给钱。她心里正犯嘀咕，李三姐给了她一大桌白人，带给她很大的希望。听他们聊天，好像是儿子一家带孙子来给老爷子祝寿。杨小静跑前跑后一个多小时，递这个收那个，买蛋糕点蜡烛，虽说挺累，心情还不错，看他们点了七八十块钱的饭菜，这小费怎么也得十多块吧。最后一看是老头掏腰包，杨小静心里就"咯噔"一下。果然，老头最后只留下三块钱在桌子上。杨小静的火"腾"地一下子冒了起来，没见过这么欺负人的！

她拿起三块钱追上去，大声对老头说："对不起，先生，你把三块钱忘在桌子上了。你收回去吧！"全餐馆的人都抬起头来看着那个老头，脸上大都现出鄙夷嘲笑的神色。

老头的脸涨红了，叫道："你侮辱了我，我要到法庭去告你！"杨小静笑着说："我等着，希望能很快再次见到你！"

老头拿着他的三块钱飞快地跑了。他儿子一家从头到尾面无表情地看着这场戏，没有一个人出面解围，这时也跟着走了。

马高声骂道："真他妈的无耻！对这种人就应该这么治他。"她受这种气受得多了，苦于英语不好，无法反击，杨小静今天算是也帮她出了一口恶气。

牛也大骂："哪有给老爹祝寿让老爹自己掏腰包的？他儿子更他奶奶的不是东西！"她以前也碰到过类似情况，老人都抠，给钱都少，可是做儿子的也这么不要脸就少见了。

杨小静照看的另一桌，是一对中年白人夫妻，他们也说："我们支持你，你就应该踢回去。"杨小静说了一声："谢谢！"转身跑进厕所就哭了。过一会她回来时，那一对中年人已经走了。他们吃去二十块钱，却在桌子上留下十块钱小费。杨小静一看，泪水又流了出来。

杨小静在前台当领位时，打扮比较时尚，还画淡妆，当然看上去相当惊艳。她当过多年报幕员，很会摆姿势，站立走行也很优美，一些男性顾客因为想看看她而专门跑来吃饭，不算什么新闻，这也是李三姐当初雇她的原因之一。而她那时大多站在柜台后，顾客们只能远观而无法近触，她也就没有碰到多少贴身骚扰。后来到大堂里端盘子，按照餐馆的统一要求，必须白衬衣黑裤子，没有多少花样可变，可是粗衣陋服，不掩国色，比起那些又肥又壮的美国女孩来说，她无疑是一道亮丽的亚洲风景线。一些美籍登徒子，就设法找机会挨挨擦擦，在她手上、身上揩油。杨小静又躲又藏，可是防不胜防。有时候她的小费挣得多一点，"当牛做马的"就讽刺她说，是她让人占了便宜。杨小静反击道，根本不是，没有那么多人这么下流。

这天一个中年白人大叔来吃饭，本来李三姐要把他给牛，可是他非要让杨小静伺候。牛看就他一个人，顶多一两块钱小费，说不定下一单是大桌，就大度地让给杨小静。杨小静感觉不好，可又没有办法，便远远地递上菜单。

过了一会，大叔说要点菜。杨小静问他要什么，他说他不知道这是什么，让杨小静过来看看。杨小静靠近他低头看时，他突然伸手在杨小静的屁股上狠狠地捏了一把。

杨小静一声惊叫，大喊："你干什么？"

大叔笑嘻嘻地说："我什么也没有做呀。"

杨小静气极骂道："你这个恶棍，狗屎！"边骂边哭着跑开。

李三姐过来说："你对她做了什么？"

大叔双手一摊，满不在乎地说："没做什么。"

李三姐指了指屋角暗处说："那里有一个摄像头，我们可以一起到法庭上去看录像。"

大叔这下子慌张起来，说："如果我不小心碰到她的话，请你替我向她道歉。我还有事，不吃饭了。"说完就急急忙忙跑掉。

杨小静回家哭了一个晚上，吃苦受累，低三下四，还要遭人侮辱，被人捏屁股，这都是打的什么工、过的什么日子呀？这就是她的美国梦吗？郑卫左劝右劝都不行，她实在是伤心透了。郑卫发狠说要去找那个洋鬼子拼命，杨小静哭着说那个王八蛋早跑啦，再说人家有枪，你去了还不是送死？郑卫叫她别打工了，她说那她整天待着干什么呀？等老等死吗？郑卫难受，说自己太无用，让老婆在外面受苦。杨小静摇头说，跟你没有关系，是我自己没本事，是我自己没有用。小两口相对无语，愁云惨雾，一片黯然。

第二天，李三姐开导杨小静说："羊呀，年轻时吃点苦，不是坏事，人都是这么过来的。就连牛和马有时也被人骚扰，只不过她们没有闹出你那么大的动静罢了。"

杨小静问："真的？"

李三姐说："亚洲人显年轻。我前几年还被人抓过胸哩。"

杨小静吃惊道："那你还不气死了？你有没有去告他？"

李三姐："怎么告呀？没有证据，也赔不起时间。昨天我吓唬那个洋王八蛋，说咱们有录像，其实哪有？以后小心点就是。"杨小静叹口气，点点头。

李三姐说："你不会在这里干久的，以后总会有出头的一天。"

杨小静说了一声："谢谢你。"又叹气摇头说："我什么本事都没有，我能去哪里呢？又能干什么？"

李三姐认真地说："我见过的人很多，像你这样的，很肯干，英语好，长相也不错，总会有更好的前程，因为只要有机会，你就能抓住。现在在这里经历一下，没有坏处。你记住，电影里的、宴会上的，都是表面上的美国。你要想了解美国，就应该到餐馆来做一段时间，你在这里看到的，才是真正的美国。"

012　美国式奇迹

杨小静现在每周打五天工,成为"亚洲村"的主力跑堂。剩下的时间,她用于洗衣服、睡觉、保养皮肤、练习英语,很少做饭。她有时会从餐馆给郑卫带回一些饭菜,有的是自己点错了,有的是顾客打电话要外卖却没有来拿,结果郑卫把什么甜酸鸡、陈皮牛、佐公虾都吃腻了。她的生活忙碌而疲惫,不仅身体累,心也累,天天计算着那点小费,挣得多点,她就高兴,挣得少点,她就难受,什么叫唯利是图,她算是有了真切体会。她笑话自己就是职业端盘子的,要为美国中餐业的发展贡献青春。她脸上笑着,心里却满是迷惘和苦痛,不知道自己的前途在哪里,也看不到一丝希望的光亮。对国内的朋友,她则根本不敢提自己打工,只说仍然在读MBA。她甚至都发愁,再过几年该怎么给国内的朋友说呢,她这个MBA不能永远读不完吧。

郑卫知道杨小静很不快乐,劝她说:"你钱也挣得不少了,还是回学校读书吧。"

杨小静回道:"我一走,这个位置就没有了。就我那个破学校烂专业,经济好时出来都找不到工作,现在经济这么差,毕业以后出来连端盘子都不要想了。"

其实她实在不愿读书,虽然咬咬牙也不是读不下去,可是读完又有什么用呢?连好听都算不上,还不如现在头上这块北京综合大学的牌子。她听说最近从罗格克大学毕业的中国学生们，有的在家带孩子，有的在餐馆或加油站打工，有的打起行李回国，最好的也是转学去别的学校继续往下读，没有听说谁找到好工作了。

她觉得自己能在餐馆打工，其实就算幸运，还有很多人根本无工可做。每次看到有中国人或者美国人推门进来找工作，她和"当牛做马的"都会高兴一阵。她们不爽，还有人比她们更不爽，不是吗？人呀，都是在这种自我安慰中，熬过一天又一天，一年又一年。

这个周日，杨小静从餐馆回来，见郑卫正在看电视，懒洋洋地问了一句："你又没去实验室呀？"

郑卫答道："去了，刚回来。"

杨小静转身去洗澡。她出来后正在用干毛巾擦头发，郑卫有点犹豫地对她说："我这里有一个好消息，不过你可不要期望太高噢。"

杨小静抽抽嘴笑一下说："有好消息就行，我有啥期望呀？"

郑卫说："我听一个印度同学说，他那个实验室正在招人，助理研究员。"

杨小静淡淡地说："这也算好消息？跟咱们有什么关系吗？"

郑卫说："你可以去试一试……"

杨小静很不屑地苦笑一声道："你怎么回事？脑子短路了吧？这种活，博士都抢！老娘我什么都不懂，人家怎么可能要我？我要是去报名，你们老板会把大牙笑掉的！"

郑卫过去摸摸她的头说："你听我说完，好不好？你现在怎么这么负面？"

杨小静一脸的不耐烦："好，好，好，你说！"

郑卫组织一下思路，有板有眼地开讲："你就这样去报名当研究助理，就是实验员，那是绝对不会有人要的。可是这里不是有一个位置吗？你就去干，而且不要钱，做志愿者，我们老板说不定就会要你了，对吧？"

杨小静想不通："做志愿者？不要钱？那我图什么呀？我在餐馆干一天还至少百八十块哩！"

郑卫一副深谋远虑的模样："杨小静同学，你不要这么短视好不好？你图的就是未来！你给他免费干上一年半载，什么都搞熟了，他还好意思永远不给你钱呀？那时候……"

杨小静反应过来，高兴地一拍手："那我就混进去了，对不对？"

郑卫得意洋洋摇头晃脑地说："对，对，就是这样。"

杨小静上前一把抓住郑卫，扭着身子直往他怀里钻，高兴得不得了："老公，真有你的！怎么想出这么一个好主意？"

郑卫笑嘻嘻地说："我都琢磨好久了，也听说有人这么干过。你总不能一辈子在餐馆里混吧？"

杨小静有点犹豫："那我去你们那里免费干半年，不等于这边少挣好几千块钱吗？"

郑卫恨铁不成钢地说："杨小静同学，你不要这么小心眼好不好？为了远大前程，暂时做出一点牺牲算什么？你要是当上研究助理，那不比博士后还强吗？他们是临时的，你是长期的，知道不？"

杨小静一下子就想通了，毕竟她是教授的女儿，不是没有见过钱的农村丫头。她高兴得手舞足蹈："太好啦，太好啦，我要进王冠了！我可真是想都不敢想！"她小脸上的灿烂笑容，郑卫很久都没有看到过了。

可是，郑卫知道现在高兴还太早，赶紧说："慢着，慢着，我不是跟你说过吗？不要期望得太多。这个志愿者，也不是你想当就能当上的。"

杨小静奇怪道："我不要钱还不行吗？免费给他干活哎！"

郑卫甩着双手道："这是王冠啊！你就是想免费给人家干，人家也不一定要。人家招人，就要合格的、能干的、有经验的、上档次的。人家有的是钱，你就算不要钱给人家白干，也不一定行。"

杨小静这下子熄了火，脸上又恢复了通常的刚强冷漠，一边拿起毛巾继续擦她的头发，一边撇着嘴斜着眼睛说："那你扯这些干什么？你们王冠多牛呀！我不要钱你们都看不上，老娘我还不想干哩！"

郑卫劝她说："我去试一试吧。美国嘛，什么都可以"踹"（try）。反正就算不成，咱们也不会失去什么，是不是？"

郑卫去找老板巴特曼博士的老秘书麦瑞打听情况。他知道麦瑞是老板的大管家，已经跟他十多年了，老板的日常琐事和实验室的行政工作，都归她管。郑卫跟老太太混得挺熟，时不时帮老太太做一些杂七杂八的事。

他问麦瑞："听说咱们实验室要招一个人做研究助理，是不是？"

麦瑞说："是的，很快就要对外打广告。"

郑卫小心翼翼地问："我太太想进来做志愿者，可以不可以？"

麦瑞说："这是一个正式的位置。你太太想要申请的话，就把简历递上来，不用做志愿者。"郑卫解释一番自己太太的情况，说她没有学历和经验，在家里待着没事，就想来做志愿者，帮帮忙，不要钱。

麦瑞脸上的表情分明是不行，嘴上却说："我可以跟吉姆讲一下。不过，咱们实验室从来没有招过志愿者，所以你最好还是直接跟吉姆谈。你知道，这个实验室吉姆说了算。"

郑卫一想也是，麦瑞传话怎么都比不上自己去跟老板当面讲来得清楚。如果麦瑞去说，大卫的太太一点不懂生物，也从来没有在实验室里干过，现在想来从头学起，那老板肯定是不会要的。尽管他很有点怕老板，总是看见老板就躲着走，可是这么大的事，关系到老婆的未来，自己怎么都必须咬着牙亲自出马。杨小静听说他们实验室从来不招志愿者，也说算了吧，根本没戏。郑卫还是说，咱们就去"踹"一把，无所谓的，又不会丢掉什么。

巴特曼博士是系主任又是学术领导，要做行政工作，要教书，要申请科研经费，还要管理指导手底下好几个实验室，一大帮人，非常非常忙，郑卫不敢贸然打扰。找麦瑞约一个时间正式去见老板，他更不敢，老板会以为是有关他的研究项目的重要事情。想来想去，郑卫最后把跟老板谈此事的时刻，选在每周一次的实验室大会后。他等到老板检查完每个人的工作、做完各种指示准备离开时，才鼓足勇气从后面追上去，叫住老板。

巴特曼博士停步回头，看着郑卫："大卫，你想跟我谈什么吗？你刚才在会上可以说嘛。"

郑卫怯生生地说："是，我是想谈……一点私事。"

吉姆问:"那是什么?"

郑卫一紧张,说英语就有点结巴:"我太太……这个……她可以讲很好的英语,也很能干。我听说,实验室有一个位置,就是研究助理,这个……不知道……她可不可以……嗯……来做志愿者?"

吉姆问道:"她在实验室做过吗?有经验吗?"

郑卫更结巴了:"没有……这个……她很能干,真的。她要做事……不用付工资……"

吉姆又问:"那么她现在在做什么?"

郑卫不敢说在餐馆打工,就说:"没有工作,待在家里,她希望能进实验室做志愿者。"

吉姆可没有时间跟这个差学生磨牙,直截了当地拒绝了:"我很抱歉,我们需要合适的人来做研究项目,我们必须把项目做成功。当然你可以把你太太的简历递到麦瑞那里,可是说实话,她不会有太大的机会。如果你想谈谈你的研究课题的话,随时可以来找我。"郑卫说了一声谢谢,心里又难受又害怕。他清楚地感受到老板的鄙夷和不满,真后悔自己怎么就这样不长眼,跑来自找没趣。

在生活的磨砺中,杨小静已经学会不抱幻想,泼辣坚强。郑卫回去跟她一说,她就冷笑道:"跟你说不可能,你非要去'踹',这下被老板踹回来了吧?"

郑卫强辩道:"我这不是看你太辛苦,才去试一试吗?反正咱们又没有失去什么。"其实他心里很是郁闷,因为他更强烈地感觉到老板对自己的反感,谁叫自己的研究总是没有多少进展。

杨小静"哼"了一声,就不再提起此事。实际上,她的情绪也低落了好些天。打工有空闲时,她也不跟别人聊天,总是坐在那里发呆。连李三姐都问她,出了什么事,她只好说有点累,没事。问题是,如果没有指望,根本不去想,也就无所谓;给了希望,又去粉碎,才最让人痛苦。她甚至想,哪怕去做两年志愿者,只要能进王冠就行,不要钱也行,可是现在才发现,你想去给别人免费干活，人家都不收。唉，自己这样的，还能干什么呢？整个一个废物！王冠又不是垃圾站，怎么会要自己？算了算了，继续当自己的跑堂挣自己的小费吧。就这么想来想去，最后都麻木了，心想自己就是在餐馆里打工端盘子的命吧，也只能这么慢慢地熬着，等郑卫学出来以后再说。他是王冠的博士，到什么学校去做几年博士后，再当一个小教授，应该不难吧。到了那个时候，自己再设法去找出路。

过了一个多星期，郑卫兴冲冲地回来告诉杨小静："我们老板下个周末晚上邀请大家去他家聚会，幸福时光，可以带家属。"

杨小静一听也大为高兴："我这千辛万苦跑到美国来，没想到变成职业跑堂啦！这下子总算可以到美国大教授家里去参加聚会了！"

郑卫解释道："这不是正式宴会，就是我们整个大实验室的人聚一聚，都是我们老板的部下，大家喝点酒，聊聊天，吃些水果点心，这是美国很普通的社交活动。"

杨小静还是十分向往地叫道："能认识认识你们实验室的人、看看你们老板的大房子也好得很嘛！你看我整天接触的都是一些什么人？能跟你们王冠的大牛们交往交往多好啊！"其实她的内心深处还有一丝不服气，想好好秀一秀自己，让郑卫的那个看不起人的大牌老板好好看一看，老娘我水平不高，长相可不差！

过了两天，郑卫又带回来一些小道消息兼八卦新闻，说他们老板离婚后，从来不在自己家里开聚会，这次破例，是因为看上了实验室里的一个小女孩。

杨小静问："是白人吗？哪里来的？有多大？"

郑卫回答说："当然是白人，就是美国的，很年轻，可能比我还小一点。"

杨小静又问："你们老板多大了？"

郑卫猜测道："四十多岁吧。"

杨小静笑话说："那也差距太大了吧，站在一起，不是跟父女俩似的？"

郑卫笑道："我们老板显年轻，再说人家美国人也不太在乎年龄差距。"

杨小静又问："那个小洋妞漂亮不漂亮？"

郑卫叫起来："我不是跟你提到过吗？就是我们系最好看的那一个。要不我们老板怎么会看上她？人家那是要啥有啥，又漂亮又性感，我靠……"

杨小静一跺脚："你说什么？"

郑卫忙赔礼道："我可没有那个意思！当然人家也不可能对我有什么意思。那个小洋妞可牛气啦，根本不理我们这些学生，见我们老板都不怎么给笑脸。我跟她不是一个小实验室的，一点都不熟。不过，我听说追她的人海了去啦，跟刘娟似的。大家都说，她根本看不上我们老板。"郑卫又介绍一番各种情况，把这个小洋妞说成是美籍天仙，外加牛皮大王。这下子更激起杨小静的好奇心，不但盼着去看一看郑卫老板的豪宅，还惦记着去见一见那个傲气冲天的小洋妞。

杨小静去找李三姐请假，说要跟着老公去他们老板家聚会。李三姐当然准许。"当牛做马的"既嫉妒又高兴，能去王冠大牌教授家做客，当然让人羡慕，不过杨小静不在，她们就可以多挣点钱，更让人高兴。

李三姐特意把杨小静叫来，吩咐半天："你不要只看多么大的房子，多么贵重的家具，如何富丽堂皇，那些都不重要，最关键的是细节，是每一个微小的部分。洋人家里最核心的价值，就是非常精致，每一个细微的地方都很讲究。这才是咱们最应该学的，也是最难学的。中国人的家你去过的吧？有的人房子也不小。可是一座大房子，满屋破家具，到处都凑凑合合，装修也落伍得不行，细节更不在乎，还舍不得开空调，夏天热得要死，冬天冷得要命，什么钱都不肯花。你去后一定要注意细节，体验精致，从这些地方才最能看出人家的品位和档次。"杨小静全部记在心里，要去好好长长见识，以便回来后跟李三姐吹它四个星期。

对于穿什么衣服去，怎样打扮，杨小静也着实动了一番脑筋。依她以前的性格，素衣淡妆就可以了，相信自己的容貌举止、体态风度、谈吐学识才是最重要的。可是刚刚受过郑卫老板弃如敝屣的刺激，又想跟那个美貌的小洋妞争艳，她决定打扮得精心大气一些，不敢说艳压群芳，至少不能被那个小洋妞比下去。

想来想去，她决定穿上自己从国内带来的那件紫红色带花旗袍，妆也画得浓一点，这样在幽暗的灯光下，显得更明艳一些。郑卫劝她不要太隆重，幸福时光嘛，就是放松放松，应该随便点。

杨小静赌气道："我就要争这口气！老娘我是女跑堂，可我天生丽质。你们王冠的怎么啦？有几个比我年轻比我漂亮的？再说旗袍也是咱们中华民族的传统服装，我带到美国来这么久都没有机会穿，此时不穿，更待何时？"

郑卫叹气道："你这是跟谁赌气呢？至于吗？"杨小静不理他，心想你到餐馆干半年就理解了。

等杨小静化好妆一转身，郑卫又吓一跳，叫了起来："你这也太夸张了点吧？这跟去报幕都差不多了！"

杨小静心里也犯嘀咕，可是一想起来到美国后受过的那么多窝囊气，到哪里都得夹着尾巴做人，好容易轮到一次酒会，难道还要看别人的眼色吗？给他免费干活他都不要，我还怕他呀？她一咬牙一跺脚说："他们怎么看，老娘我不在乎。我是跑堂，我怕谁呀？就这样了，走！"

詹姆斯·巴特曼教授住在离王冠大约25分钟车程的一个高尚小区里。这儿都是些两三层楼高的大房子，彼此之间离得比较开，而且街道整洁，绿树成荫，房前屋后花木茂盛，大片大片的草坪修剪得非常漂亮。

杨小静一看就叫："这才像美国电影里的场景！我还以为美国全都是这样哩，到这儿才知道，还有咱们住的那种破地方。"边说边嘟起嘴。

郑卫说："在美国两岸，当然只有有钱人才住得起这种地方，要是去了内地，人人都住这么大的房子。"

杨小静叫道："那边连人都没有，要那么大的房子有什么用？我就喜欢海边，喜欢这儿的环境和房子！"

郑卫很没有信心地说："要想在这里买这么大一栋房子，咱们这辈子都没戏。"

杨小静不服气道:"那可不一定!只要咱们努力,我就不信连这样的房子都买不起。"

郑卫理智地说:"我们老板都做到王冠的系主任了,才买得起这样的房子。你看我什么时候能干到系主任?你就是当上餐馆老板,也买不起吧。"

杨小静当然知道他说的是事实,可还是难以放弃自己的美妙幻想,强词夺理道:"咱们两个对他一个,使劲存钱还不行吗?"郑卫来不及说什么,他们的破车已经停在一座豪宅的门口了。

按响门铃后,他们听到一个浑厚的声音喊道:"请进。"接着一个学生打开门。杨小静一眼望去,看到屋子中央站着一个气宇轩昂的中年白人,她马上猜到,这就是那个著名的詹姆斯·巴特曼教授。而巴特曼教授看到她时,眼睛也明显睁大了,显然感到惊讶。

他微笑一下,气势十足地走过来,一边说着欢迎,一边与郑卫和他的妻子握手,而且握太太的手的时间略长于丈夫。

郑卫在旁边介绍说:"这是我太太,静。这是我的教授,巴特曼博士。"

巴特曼教授说:"很高兴认识你。"

杨小静也笑吟吟地说:"很高兴认识你。"

巴特曼教授放慢语速说:"你穿的这身衣服真是非常漂亮!"

杨小静则很快地回答:"谢谢,这是中国的传统服装,今天是我来到美国后第一次穿上它。"

巴特曼教授恢复正常语速问道:"真的?你为什么不穿呢?它很适合你。"

杨小静说道:"我离开中国前做好这身衣服,可是我来到美国后却没有机会穿上它。"

巴特曼教授笑道:"很高兴我提供给你这样的机会,希望你以后还有很多机会穿上它。现在你们可以加入我们,也可以四处走走看看。"

这时又有人到来,巴特曼教授走过去寒暄。郑卫向实验室的同事们介绍自己的小太太,对方也向他们介绍其他外来人。碰到那个最漂亮的小洋妞时,郑卫介绍说:"这是丽莎。"丽莎相当冷淡地碰了碰杨小静的手,杨小静也满不在乎地应付一下,然后马上把头转向她身旁的一个满脸雀斑高高瘦瘦的小伙子。丽莎介绍说,这是她的男朋友。郑卫心想,老板没戏啦。杨小静却不自觉地有点高兴,因为这样一来,老先生就不会把全部精力都放到这个牛皮轰轰的小洋妞身上。接下来大家边吃边喝边聊,几个中国人很自然地凑到一块。大妈大叔们都说郑卫找到一个好媳妇,脸蛋漂亮,身材出众,给咱们中国人争了脸。这些话听得杨小静非常高兴。

巴特曼教授看到人来得差不多了,就拍拍手请大家安静下来。他首先感谢大家的到来,也感谢大家常年辛苦的工作,说在大家的共同努力下,整个实验室运转正常。接着他又开了几个小玩笑,说大家可以放开喝酒,谁喝醉了可以住在他这里,一个晚上一百块钱。

又说他没有想到中国人穿上他们的传统服装会如此好看,感谢大卫的太太秀给大家,还问那几个中国老太太为什么不穿同样的衣服。中国大妈们都说自己太胖太老,穿旗袍不好看。他笑道,那你们就只好穿美国人的衣服了,对吧?这么说来,美国的衣服就是给难看的人和年老的人穿的,是吗?

他又说自己远不如家里的钟点工了解自己的家,所以如果你们有人需要找什么东西的话,不要问他,应该直接打电话去问家政公司。下属们不管听懂没听懂,好笑不好笑,他说什么,大家都哈哈大笑。

接下来参加聚会的人自然分成不稳定的几拨,边吃、边喝、边聊、边听音乐、边看电视。巴特曼教授四处巡游,面面俱到,还与丽莎的男朋友聊了一会,并制止了几个人讨论学术问题。正好电视里播放美式足球赛,郑卫便凑过去,跟一帮球迷们边看边议论。杨小静主要是跟一些美国人东拉西扯,炫耀自己的英语,享受他们的恭维。

尽管她很少四处张望,可是却始终留意着这栋房子的主人,因为她知道谁是这儿最重要的人物。运气不错,礼数周到地招待客人一番之后,教授大人缓缓地来到她的身旁，加入他们的闲聊。

他问杨小静为什么可以说这么流利的英语，并说她的英语比许多美国人说得更标准更地道。马上有人附和，聊起各地美国人的不同口音和彼此理解错误所闹的笑话。杨小静对这番恭维当然连说几次谢谢，她也知道人家是以外国人的标准来衡量自己的。

巴特曼教授又问杨小静什么时候来到美国，对美国感觉如何，想不想念家乡和朋友，会不会开车，都去过哪里等等。总之，他提出的话题，都是围绕着杨小静展开的，对她的一切似乎都很感兴趣。其他人都知趣地慢慢散开了，后来只剩下他们两个人各自手拿一只酒杯，站在壁炉边起劲地聊天。

原本应该是晚会第一女主角的丽莎，却总是臭着脸，对谁都不太理睬，她的男朋友又谁都不认识，所以两人也走到电视机前当起观众来。郑卫对这玩意并不太懂，也就是看一个热闹，喊叫几嗓子。听到丽莎男朋友爆出一串串专业词汇，他便虚心求教，两个人很快聊得火热。

他心里还惦记着老婆，回头看过几次，见太太跟老板谈兴正浓，也觉得高兴，自己不招老板喜欢，老婆帮忙巴结一下老板，也是好事。他说非专业英语时多少有点发憷，老板的严威更让他害怕，他可没有胆量凑过去跟着侃。再说丽莎轮廓分明的侧影和火爆半裸的胸部也带给他额外的刺激，当电视上的场面不太激烈的时候，他的眼神就激烈起来了。

巴特曼教授问杨小静，来美国后都做过些什么。她说她在家待过，上过学，现在在餐馆打工。她以为巴特曼教授会看不起端盘子的，不过也无所谓，爱看得起看不起，咱们臭跑堂的反正不在乎。没有想到巴特曼教授说她的生活丰富多彩，不像他自己不是开会就是钻实验室。杨小静说餐馆干活很累，巴特曼教授说他知道，他十多岁时也去餐馆干过，还剪过草、砍过树、送过外卖，干过很多体力活。他那时对刚刚出现的个人计算机特别痴迷，他的父亲不肯给他买，他只好自己去挣。

杨小静笑说干体力活挣一个计算机有可能,想买这么大一栋房子就不可能了。巴特曼教授说这个房子是一个很好的买卖,前主人实际上是他的朋友,因为退休后要搬到佛罗里达去住,这个房子已经六十年了,一直保养得很好,怕别的人把它糟蹋坏,非要卖给他不可。杨小静惊讶道,这座房子看起来很新,居然已经六十高龄。巴特曼教授说,其实老房子用料很好,做工也讲究,只要保护得好,比新房子更结实可靠。当然,老房子设计会旧一些,所以他搬进来时花掉不少钱,重新安排了内部结构。

杨小静说起北京的很多老房子比美国的历史都长,即使要翻新,也不做任何现代化改造,只能照原样来。巴特曼教授笑说他只懂得一点点生物知识,不太了解美国历史,请杨小静给他讲一讲。杨小静当然明白教授大人比自己知道的多得多,可是聊天嘛,就是顺着话题往下溜达,所以知道什么就说什么,时不时还问教授到底是怎么回事。说到英国新教徒来到北美大陆,杀光印第安人,又不停地掠夺扩张,才有了今天的美国,巴特曼教授很哲学地说,文明都是建立在野蛮之上的。聊到南北战争,杨小静提起电影《飘》,结果他们的话题又转向好莱坞。杨小静能记住许多美国著名电影的内容甚至精彩对话,使巴特曼教授备感惊奇。两个人从这个电影聊到下一个电影,又聊到再下一个。他们的电影还没有看完,来喝酒的人已经走得差不多了,他们也只好提前散场。临走时巴特曼教授还很有点依依不舍地说,谢谢你们给了我一个愉快的夜晚。

接下来好些天,杨小静跟郑卫的话题都是这次幸福时光。郑卫问杨小静,她跟巴特曼博士哪来的那么多话题可聊?杨小静一一详细讲述了他们之间聊过的话题,使郑卫好生佩服,说用英语讲那么深、那么广的东西,他可没有那个本事。杨小静说她觉得郑卫他们的老板真好,水平高超,地位显赫,却非常平易近人。郑卫说他们老板其实平时派头十足,挺凶的,可能那天晚上是幸福时光,丽莎又带来一个小伙,让他下不了台,他才对杨小静格外亲切。杨小静点头称是,还画了一张丽莎的外形示意图,脸小小的,身材曲线夸张。

郑卫一看，大笑着说："你可真是抓住了丽莎的神韵，腿长、身短、腰细、脸小、臀翘、胸高，真是性感呀！人家那胸部，绝对又高又大又白，真他妈的诱人！不过，她胸口上面的皮肤好像不怎么好，上面有些斑点。"

杨小静生气道："你是不是偷看人家的胸部了？"

郑卫笑道："没有，真的没有。我怎么会偷看呢？我是光明正大看的！全世界人民都可以看，我为什么不看？"

杨小静挥手要打，郑卫抱头鼠窜，边跑边叫："我替咱们家占便宜了呀！你要是被别人看了，咱们才吃亏了呢！"

杨小静有好些天总是想起巴特曼教授来，总觉得这么一个高不可攀、不可一世的大人物，居然对自己如此亲切，真是不可思议！杨小静向李三姐讲述了自己去郑卫老板家的方方面面和种种经历，可就是讲不出教授家房屋的细节，因为她根本没有时间注意。

李三姐笑话她说，是不是你老公的老板看上你了？杨小静笑答，咱是已经嫁了人的黄脸婆啦，王冠的大教授要是能看上咱，一定是脑仁抽筋了。杨小静把老公打听来的小道消息也给李三姐描述一番，说那个小洋妞确实太漂亮了，比电影明星还好看，不过人家把男朋友都带来了，显然不可能跟他们老板。自己是一个外国人，还是臭跑堂的，而且老公就在旁边盯着，那就更不可能了。看来大教授想找小老婆，仍然是"路漫漫其修远兮"的啦！

过了几天，郑卫收到麦瑞的一个电话："大卫，吉姆刚才问我，为什么没有收到你太太的简历。"

郑卫犯迷糊："我太太？简历？"

麦瑞提醒道："我记得你提起过，她想申请咱们实验室的工作，不是吗？你去找吉姆谈过，对吧？"

郑卫马上想起来了，说："是的，我跟巴特曼博士讲过，可他说他需要有经验能马上干活的人，不要志愿者。"

麦瑞停顿一下，说："不知道为什么他又来问我。你还是给我一份你太太的简历吧。"郑卫只好说："好吧。那么你能不能告诉我，你已经收到多少份申请了？"

麦瑞说："让我看一看。"过了好一会，老太太才慢慢悠悠地回答："三十多份吧，不算太多。"

郑卫说一声谢谢，挂掉电话，心里愤愤地想，都有三十多个牛人报名了，还不算多，还要让一个职业女跑堂来凑份子，也太他妈的不是东西了！

郑卫等杨小静打工回来，把这事告诉她。杨小静也大感奇怪，问道："你们老板当初真的说过我递简历也没戏吗？"

郑卫急了："这事我能搞错吗？当时我连撞墙自尽的心都有！"

杨小静已经被生活折磨得信心全无，"呸"了一声，说："拿老娘我开心呢？是不是？"转身进了洗手间。

郑卫看不惯一向温文尔雅的太太变成满嘴"老娘"的社会痞子，在后面追着叫道："你才多大点呀？怎么整天老娘老娘的？"

杨小静在里面强悍地回应："我就是一个臭跑堂的，就是老娘！"郑卫无可奈何地直摇头。

杨小静洗完澡出来后，一边用毛巾擦干头发，一边思忖着说："是不是咱们去你们老板家一趟，他对我……嗯……这个……印象不错？"

郑卫一副不值得一笑的样子说："酒会是酒会，工作是工作。你会做什么实验？连瓶子都没有刷过。他那次是利用你去气那个丽莎呢，你还看不出来？"

杨小静也气哼哼地说："你瞧他那个牛皮轰轰的样子，对我这样的人，利用完就忘掉还算好事，说不定现在正在嘲笑我哩。"

郑卫劝道："人家好歹还记得你，这不是让你递简历呢吗？"

杨小静没好气地说："老娘我天天打工，哪有时间折腾那东西？等我休息了有时间再说。"

过了两天，麦瑞又打电话来找郑卫："大卫，吉姆说他需要马上决定人选，问你太太是不是在餐馆干得高兴，对这个位置不感兴趣了？"

郑卫心想老板怎么这么损，谁在餐馆打工不是迫不得已？嘴里却忙应道："她非常感兴趣，正在准备简历。我会尽快把她的简历交给你。"

他回家对杨小静说："秘书又来催了。这洋人的想法真是搞不懂，明明不可能要你，还非让咱们递简历，真烦人！"

杨小静懒洋洋地说："我还没有写过简历呢，好吧，明天就写，反正我休息，只当练习吧。"

杨小静做事认真，第二天真的跑到王冠上网查找到一些范例，准备照猫画虎仿着写自己的简历，可是她马上发现，自己跟别人实在太不一样，因为别人都是东西太多，要拣最重要且最需要的写，她是东西太少，根本没有什么可写的。你看吧：学历，英语本科；经验，空白；著作，没有；证明人，老公。这叫什么玩意呀？世界著名学府王冠的生物实验室怎么可能会要这种人？她几次都恨恨地说不写了，可是又怕郑卫为难，心想："好吧，你们要看我的笑话，老娘我也不是吃素的，看我的！"

于是她抱着恶作剧的心态，在学历上加上在罗格克大学学过四门会计预修课，在经验上写上在"亚洲村"当跑堂，在著作上写上自己做过多年报幕员，证明人是郑卫、刘娟和李三姐。她将将就就地凑了大半页纸，就拿给郑卫。

郑卫一看就嚷嚷："你这也太惨了点吧？这都什么呀？"

杨小静发起火来，高声叫道："你说我写什么？有什么可写的？"

郑卫连忙息事宁人："好，好，就这样吧，反正没人会看的。"然后又打着京腔来上一句："娘子，有劳你了！"

杨小静又有点担心，说："你说你们老板会不会觉得，我这是在侮辱他呀？"

郑卫依照自己对美国人的理解想了一想说："不会吧，他应该觉得你是幽默，对呀，你这就是幽默！你是女的呀，美国人把男女分得特别清。女的可以说的话，男的不能说。女的可以做的事，男的不能做。比如跳舞，女的和女的跳可以，男的跟男的跳就不行……"

又过了几天没有消息，郑卫以为这事就算过去了。谁知一个多星期后，麦瑞又打来电话，说："大卫，吉姆想要给你太太一个面试。他下个周五的中午十二点有空，问你太太可以不可以来？"

郑卫简直不相信自己的耳朵，就这简历还给面试，老板疯了呀？可是老板给脸，他敢不要脸吗？他赶快说："没问题，她一定来。"放下电话，郑卫心里很是郁闷，这玩起人来，还没完没了了呀？

杨小静一听倒很是喜出望外："哈哈，我能去王冠面试啦！这还是我第一次正规的工作面试哩！就算一点戏都没有，能到王冠去面试一趟也不得了呀，对不对？这下子我可有得吹了！那三十几个牛人里面，又有几个能拿到面试的？哈哈，老娘我也有今天！"

郑卫琢磨道："肯定是上次去巴特曼教授家，他对你印象不错，所以给你一个面子。"其实这也是杨小静大为高兴的另一个原因，只不过她不便直说。要不是当初她跟巴特曼博士谈得那么投机，那么合缘，那么心旷神怡，这位大老板大教授就算是上了吊，见了鬼，神经失了常，也不可能给她这么一个狗屁不会的人什么面试吧！看来自己还真是很有魅力的，王冠的大教授都给自己面子呀！

杨小静知道不应该提，可还是忍不住吹了一把："那当然，老娘我以美貌善谈赢得王冠的面试，哈哈哈！"

郑卫怕她回来后失望，假装生气道："别臭美了！被人踢回来后可不准哭噢！"

杨小静笑道："我哭什么呀？能去面试就高兴死我了！到时间我要穿上职业白领女性服装，先在王冠校园里大大地转上一圈，让你们这些王冠牛人也看一看老娘我的绝世风采！你们又有几个能在王冠拿到工作面试的？你记住回头给我照几张相噢，我要给我妈寄回去。我妈肯定到处吹，我女儿在王冠面试啦，这次虽然没成，下次肯定就行。我们母女俩的笑声，将会洋溢在太平洋两岸，多好！"见老婆高兴成这样，郑卫也高兴起来。他知道杨小静压抑得太久，有这么一个面试，也够她在餐馆里美好几个月了，尽管这个面试来得有点不明不白。

杨小静很认真地开始准备起面试来，从穿什么衣服，怎样举止言谈，到如何回答问题，都一一做好设计。她还上网搜查来各种帮助和案例，做好应对各种情况的准备。她觉得巴特曼教授这么给自己面子，就算走一个过场，凑一下份子，她也要做到最好。

她还让郑卫去打听有多少人面试她，以什么样的形式等等。郑卫去问了一圈，听说对招聘重要人物，通常是轮转，每个教授或主要人物面试半个或一个钟头。对于一般人员，则多是在一个会议厅里，集体面试一两个小时。杨小静自然按照一般人员的面试模式准备。郑卫又去问了一下麦瑞，老太太说她只知道吉姆会参加，别的有什么人不清楚，没有让她通知。郑卫还想多打听一点情况，老太太很职业地给他一个一问三不知，他便知道老太太不想给自己惹任何麻烦。

郑卫这么积极也有他的想法，他对杨小静说："说不定巴特曼教授改主意了，会不会又同意你去做志愿者了？"

杨小静现在凡事都不抱希望，一脸负面地说："不可能的！你看一看我的简历，那才叫真正的白丁，完全是什么都不懂。唉，要早知道他还能给我一个面试，我就不那么写了。可是我又能怎么写呢？"

面试的时间转眼即到。杨小静打扮得素雅大方，化上淡妆，手里拿着一个空文件夹，一副职业白领丽人的模样。郑卫送她去见麦瑞时，故意走在她后边。她问郑卫："你怎么啦？"郑卫笑说："人家做跟班的都走在主人后面。"杨小静轻轻一笑，对老公的安慰心存感激。

按照网上的建议，杨小静提前五分钟到达。麦瑞说吉姆不在，请她先在小会议室坐着等待。杨小静四下打量一番，这是一个大套间，秘书室在门口，侧边是一个能坐十几个人的会议室，后面是巴特曼教授的办公室。王冠的工作楼非常拥挤，有的设备都摆到走廊上，巴特曼教授能有这么大一块地方，也显示出他在王冠的地位和身份。人跟人真是不一样呀！不过，杨小静连羡慕的心都没有，天上地下，差别太大，根本够不着嘛。

过去将近十分钟，巴特曼教授手里拿着一盒沙拉匆忙赶回，见到杨小静就笑着说："静，你来了，很高兴再次见到你！"大步走上前来，跟她握手。

杨小静微笑着握住他伸过来的手，觉得他的手大而温暖并且有力。巴特曼教授随后打开自己办公室门，对她说："请进，咱们到里面谈。"杨小静迷迷糊糊地跟着他走进去，觉得这不像是面试，倒像是老朋友会面。

巴特曼教授的办公室也不小，有大半个会议室那么大。他请杨小静坐在一个小沙发上，自己则坐在办公桌前，拿起桌上的几封信扫了一眼，丢到一旁，打开沙拉盒，用叉子塞了一口菜叶进嘴，嚼几口咽下去后说："对不起，不太礼貌，我太忙。我们只有半个小时……"看一下表："哦，二十分钟时间。"说完又是一大口菜叶。杨小静忙笑着说："没有关系，好好享受你的午餐。"这种情形跟她设想的面试完全不一样，可是不知道为什么，她见到巴特曼教授后感觉相当亲切，好像很熟悉，就应该是这样。她觉得这个中年人挺有朝气，也挺有魅力。她现在一点都不紧张，因为根本没有面试的气氛。当然，有希望没把握才会紧张，压根没戏也没有什么好紧张的。跟这个大人物聊聊天也行，二十分钟，那就二十分钟吧。

巴特曼教授边吃边说："我已经面试过你了，对吧？这是你的简历……"

杨小静奇怪道："你面试过我？什么时候？"

巴特曼教授笑起来："就是那次在我家。我面试你将近两个小时，记得吗？我已经知道你的所有情况，比任何一个候选人都多。"

杨小静吃惊地说："我不知道……那是面试。"

巴特曼教授笑起来："我当时也不知道，后来我才发现，那其实是最真实最可靠的面试。"

他拿起一张纸边扫视边嘟囔："这是你的简历。唔，北京综合大学，很好的学校，说明你很聪明。我对中国的学校了解不多，但是这儿的人都知道那所大学，也有很多人来自那里。餐馆服务员，身体很强壮，能够努力工作，经历过职业训练，对吧？报幕员，很好，很有天赋，说明你有很好的个性，也善于与人相处。还读过MBA，不错，懂得组织管理，唔，不错。"

杨小静没有想到自己那份丢死人的简历还可以这么解释，吃惊地睁大眼睛盯住巴特曼教授。如果是中国人，她肯定以为对方是在讽刺自己，可是她看巴特曼教授的表情，好像他真的就是如此认为的。她头脑高速运转着，心里想，老外的思路，确实猜不透，难道，我居然有戏啦？

巴特曼教授吃完最后一点菜叶子，用餐巾纸擦擦嘴，说："好吧，我给你这个位置。你有什么要求吗？"

杨小静几乎不敢相信自己的耳朵，就我这样的，什么都不懂，他居然同意让我来做志愿者了，真的吗？跟做梦一样！这么说，她就要进王冠了，再也不用在家无所事事了，要也不用每天在餐馆盯着顾客掏出的一块五毛了，她的生活从此有了希望，有了前途！行，太行啦！不管是免费做一年两年，还是三年五年，只要能让她来王冠上班，她就高兴死了。她一下子激动得浑身微颤，两只眼睛直愣愣地盯着巴特曼教授，嘴里半天才蹦出一个字："没。"

巴特曼教授太忙，事太多，没有注意到杨小静的表情，只是满意地点点头，接着说："好。工资是三万块一年，你接受吗？"

杨小静听不明白："多少？"

巴特曼教授解释说："三万。当然不是太多，可是你刚刚开始，等你以后有了经验，我会提升你的。"

杨小静无比震惊，完全丧失掉理智，居然非常愚蠢地结巴着说："可是，我以为，以为……我，我是来……做志愿者的呀。"

巴特曼教授也糊涂了："我这里只招研究助理，没有志愿者。难道你不是来申请做研究助理的吗？"

杨小静异常惊奇地看着巴特曼教授，呆呆地问："你说……你让我做……研究助理？"

巴特曼教授回答："是。"

杨小静再问："三万？"

巴特曼教授看着她说："是。"

办公室里有一瞬间变得很静，杨小静突然抽泣起来，泪水大滴大滴地从她脸上滑下，她的双眼仍然死死地盯住巴特曼教授，仿佛要看清楚，他说的是不是真话，有没有骗她。这种奇迹，太不可能了呀！

巴特曼教授吓坏了："静，出了什么事？你为什么要哭？"

杨小静哭着问:"你真的……真的……给我……"

巴特曼教授很肯定地点头说:"是的,我决定了。这是我的实验室,请相信我。"

杨小静哭得更大声了,边哭边说:"我……我什么也不懂,真的!我没有希望呀……我只是一个跑堂……我的生活只有黑暗……"

巴特曼教授眼睛里充满怜爱地对她说:"请你相信我的眼力。我不在乎你过去做什么,我只关心你的未来。我相信你一定能做得很好。我喜欢聪明能干的人,而你正是这样的人。"

杨小静继续哭着说:"谢谢你,谢谢你!我不会让你失望,绝对,我保证!我一定会努力的,非常非常努力,我保证,我保证……"

巴特曼教授站起来说:"好吧,下面你找麦瑞商量怎样办手续。"边说边走过去打开门。他知道有女孩在自己房间里哭很容易引起误解,连忙给麦瑞解释说:"她没有想到我会给她这个位置,太激动了。"

杨小静一边往外走,一边不停地哭着说:"谢谢你!太谢谢你了!"巴特曼教授回身拿了一份文件,跟她握一下手,匆匆出门,说:"我还有一个会议。很高兴你愿意来我们实验室工作。回头见。"杨小静还在不停地哭。麦瑞上来抱着她的肩膀说:"祝贺你!下周一上午你来一下好吗?带上你的驾照、毕业证和社会安全号码,我们一起开始办手续。"

杨小静没有马上去找郑卫,而是慢慢地走下楼,慢慢地走到楼前花园里,在她熟悉的长椅上,慢慢地坐下。她的头脑里似乎一片空白,又仿佛想着很多东西,千头万绪,奔驰而过。刚到美国时,她曾经无数次坐在这里,无比仰慕地看着王冠的天之骄子们匆匆而过。今天,她也要进王冠了,不是作为学生,而是要在这里工作。这是做梦吗?怎么可能?她看一看太阳,看一看绿树,又看一看青草,不,这不是做梦,是奇迹出现了,是在她无路可走绝望到心死时,奇迹发生了;在她毫无准备,连想都没敢往那里想的时候,奇迹突然降临了!

不知道过去多久,郑卫小跑而来,见到她就说:"我就知道你会在这里。

我去老板办公室探听情况,麦瑞说你已经走了。怎么这么快?哎,你怎么好像哭过?没关系的,本来就是来玩一趟呗。怎么了?我们老板说难听的了?别理他,好吗?他就是那样的人!"

杨小静痴痴呆呆地看着郑卫,梦呓般地说:"他人真好!"

郑卫不解道:"那你哭什么?不甘心?"

杨小静继续梦呓道:"给我了。"

郑卫吓一跳:"真的?让你做志愿者了?不可能呀!哎,这事可不能开玩笑噢!不好笑,不好笑的……"郑卫急切地盯着杨小静的脸看,想要搞清楚她说的是真是假。

杨小静脸对着他,眼神却像是看着他身后遥远的地方,空洞而虚散,嘴里喃喃地说:"研究助理。一年三万。"

郑卫一下子从惊喜变成惊慌:"哎,哎,你怎么了?疯了吗?学生物十年的博士后才是这个价!唉,压力太大了!咱们回家,好好休息一下。"他抱着老婆,心里吓得要死,早晨来时还好好的,怎么面试一下就犯了神经?

杨小静继续低声说:"星期一找麦瑞办手续。"郑卫难以置信地盯着她看了几秒钟,突然跳起来飞跑而去。

几分钟后,郑卫狂奔而回,喘着粗气一把抱起仍然有点痴痴呆呆的杨小静,无比兴奋地狂叫着:"是真的!是真的!我问麦瑞了。太好了啊,太好了!我靠,咱们发财了!你要来王冠工作了,你要做研究助理了!太牛啦,你可真他妈的牛!"他抱着杨小静又蹦又跳,一会把她抛上空中,一会又把她砸向地面。

不知道是因为郑卫这一通折腾,还是因为她听到"王冠工作""研究助理"这几个词,杨小静突然清醒过来,她一把抓住狂欢中的郑卫,大叫:"大卫,快,快,带我去实验室,教我做实验,快,快!"

郑卫刚说了一句:"着什么急呀?"被她拉了一个趔趄,只好跟着她往实验室跑。跑了几步想起来,郑卫拉住急不可耐的杨小静说:"你还没有上班,不能动我们实验室里的东西。"

杨小静又叫:"那咱们晚上来,干通宵!"

郑卫想了一下说:"你要先看书,要了解一些生物实验的基本知识,这样才会学得快,学得扎实。"

杨小静叫:"好,好,给我书,我马上看,我要马上看!"

郑卫说:"我有本《生物实验指南》,没带出国呀,刘娟应该有,去找她……哎呀,图书馆,你英语好,没问题。"

杨小静回身就往图书馆跑,郑卫跟在后面就追。杨小静边跑嘴里边嚷嚷:"给我借书,快给我借书!老娘我拼了,我拼了,我拼啦!"

013　奋斗与挣扎

接下来的日子，杨小静真的是拼命了。她先是给李三姐打电话，小心翼翼地说她要辞工。李三姐没有惊讶也没有责怪，好像她早已经知道似的，只是说："你再坚持一个星期吧。给我一点时间，找一个合适的人。"杨小静尽管急得要死，可是人家李三姐在她最困难的时候收留下她，她现在说走就走，已经觉得有点对不住人家，更不好意思坚持马上就洗手不干。

她回去打工时，李三姐问："找到工作了？"杨小静听她妈说过，瞒不住的事情就不要瞒，便把她要去王冠工作的事情告诉李三姐。

李三姐淡淡地说："祝贺你。即使有经验的人，新到一个地方，头半年也很难熬。你要小心呀！"

杨小静真诚感激道："谢谢你，三姐，真的谢谢你照顾我这么长时间！不好意思，我要走了。"

李三姐很自然地说："你这样的素质，迟早会找到好工作。你有好去处，对我们也是好事，以后有机会的话，帮忙推荐推荐我们餐馆，好吗？"

杨小静保证道："绝对！"

李三姐找到替换的人手后，杨小静马上辞职。临走的时候，她与李三姐和"当牛做马的"——拥抱，洒泪而别。一起做了这么久，可谓患难之交，不管怎么说，都还是有感情的。

牛和马都说："你是个好人，以后发达了，不要忘记我们。"

杨小静压力巨大，摇头道："能不能站住脚都难说，别提什么发达了，说不定我还会回来继续做的。"

李三姐更了解职场情况，说："你有了实验室工作经验，以后再找类似工作很容易。关键是开头难，你把头一年做好，以后就好办。"

杨小静咬牙道："我一定尽全力！"乌戈也过来要跟她拥抱，她躲开了，只是让他握了握自己的玉手。她觉得乌戈人还是不错的，也挺聪明，就是不爱学习，只喜欢在餐馆打工。看他整天也过得快快乐乐的，杨小静心中感叹，人呀，活的其实就是一个心态。

接下来的日子，杨小静就是在王冠生物实验室拼命学加拼命干，尤其是办好工作手续进入实验室后，她是天没亮就往里窜，不累趴下绝不出来。她太珍惜天下掉下来的这个绝佳机会，也太喜爱王冠职工这块牌子，也太明白她的一生都系于这个工作，所以她竭尽全力，整个人都陷入疯狂状态。几乎每个早晨，她都把郑卫往实验室拽，几乎每天深夜，郑卫都不得不把她往家拉。她总是叫嚷："姑娘我拼了！这是我最后的机会，也是我唯一的机会，我必须抓紧！我宁死不回餐馆！"

杨小静工作两个星期后，收到她的H1B工作签证。郑卫拿着她的签证左看右看，羡慕不已，开玩笑说："想不到老娘你也有今天！你都可以申请绿卡了。"要是往常，杨小静肯定会高兴万分，得意非凡，可是现在她压力大到几乎崩溃，实在没有心情跟着郑卫逗趣。她在餐馆做时，每一分钱上面都滴着一滴汗水。现在老板给了她三万块钱，那就是要她流三百万滴汗水，她必须拼命。本来她干活太累时，就会不停地念叨："老娘我拼了！老娘我拼了！"郑卫提醒她道："你现在已经是研究助理了，别总是老娘老娘的，让人家听见多不好。"杨小静这才开始自重身份，把口头禅改成："姑娘我拼了！"

巴特曼教授指定几个实验员轮流培训杨小静各种基本生物实验技术，等她有了底子再正式派她进项目组。有的人好，尽心尽力地教她。有的人欺她什么都不懂，就摆出一副瞧不起的样子，挑三拣四地找她的毛病。杨小静全都忍了，不管怎样，都把人家当成老师，始终恭恭敬敬。她不仅非常认真地学习，而且有眼力，很勤快，各种实验室的杂事，像洗东西、倒垃圾、整理收拾台面什么的，她都抢着干。她还学"当牛做马的"，总是带些小点心、小糖果之类到实验室来，请大家分享。从她嘴里出来的，也永远是好听的。不管是对教她的人，还是周围的人，她总是一副崇拜加钦佩的样子。那些人自然心里舒服，都对她越来越好。虽然也有闲言碎语，说是因为她长得漂亮，老板才把她特招进来，可是她把中华民族谦虚谨慎加任劳任怨的优良品质发挥出来，还是赢得大家好评如潮。

杨小静白天跟其他实验员学，晚上就拉郑卫教她。郑卫虽然不爱学习，动手能力却很强，实验做得又快又好。老婆现在挣大钱了，郑卫哪敢不全心全意？他讲得既细致又明确，手把手地示范如何做，杨小静又是极其认真地学，自然每个晚上都有进步。她的几任老师都发现，头天下午她还不会干的工作，第二天早晨就已经能做了。听她说是老公头一天晚上教的，大家全都赞赏她的努力。许多实验方法和手段，虽然有所不同，却有很多相似的地方。杨小静悟性不错，把郑卫教的和前面学的都综合起来，后面就进步得越来越快。学新的技术方法时，她总能提前很多达到目标。每次实验员向巴特曼教授汇报说，她已经学会某项技术时，老板总会表示惊讶，说："非常好，她进步得很快。"私下里，巴特曼教授也对杨小静说："静，我相信我没有看错人。你证明了这一点。"

除了在实验室做试验，只要有时间，杨小静就看书。从《生物实验指南》到《生物学原理》，她能看都看，能懂多少算多少。她是书香门第出身，知道如果"知其然而不知其所以然"，是很难做到最好，所以很努力地去学一些基本的理论知识，要求自己至少明白大概。她有不懂的地方，就去问郑卫，有郑卫这样的家庭教师在旁指导，她的生物学知识也在日积月累。

当然，别人学习十年八年的东西，她不可能一夜掌握。郑卫总劝她说："你就是一个做实验的，做出来就行，不用去管为什么要那样做。"可是杨小静不听，说："太高深的东西是你们的事，可是我至少要知道最基本的吧。"她的读书能力还是差一些，所以学得很艰苦，经常通宵达旦。有时候郑卫睡过一觉醒来，她还在客厅里看书。

有一天晚上，郑卫半夜起来，看到杨小静还在死拼，便拉她睡觉。杨小静既疲惫又沮丧地说："我特别困，可我还是没有看完这一段。我定好今天一定要看到这儿的。我怎么这么笨呀！我不想再去餐馆打工了，我不想再过没有希望的日子了！"说完她痛苦地趴在桌子上大哭，哭着哭着，一下子就睡了过去。郑卫怕吵醒她，不敢把她往床上抱，只好拿起一件衣服给她披在身上。

杨小静不仅晚上闹，有时候大清早也爬起来闹。有一次天还没有亮，她就像发癔症一样，突然从床上跳起来喊叫："快点，快点，要迟到了，赶快走！"

郑卫被她吵醒，很不高兴地说："今天星期六，一大早的，你干什么呀？"

杨小静"哦"了一声，躺下了，没过两分钟，又爬起来说："我要去看书。"

郑卫不满道："你至于这么紧张吗？你的进步已经够快啦，已经会干许多活了。"

杨小静边穿衣服边说："差得远，好多东西我都不会。有些会的，也不知道为什么，我要再查一查。"

郑卫劝她说："那也得慢慢来，哪有像你急成这样的？"

杨小静急道："这里是美国，老板就是资本家。老板付了钱，我不干能行吗？就算我拼命干，要是没干好，他也不会饶过我。美国是什么样子，我可比你清楚得多！"说完就跑到客厅里看书去了。郑卫这下子睡不着了，老板也付给他钱，还要给他学位，他要是总是这么混，不出活，老板能饶过他吗？

杨小静本来很怕那些贼头贼脑的小老鼠，现在她却以大无畏的跑堂气概，变成了鼠类天敌。从养鼠、喂鼠、杀鼠、打针、剥皮，她什么都做。对于狗、猴等大动物，她也是该出手时就出手，所向无敌。这一点，连一些老实验员都佩服。当然,一些太专业的东西,比如说剥鼠心、切猴脑之类的专家绝活,她不会,老板也不要求。但对于显微镜下数细胞、看结果等比较细心的工作,因为她眼睛好精力集中,有时候做得比老实验员还漂亮。

等到培训结束,进入项目组,方向比较专一,杨小静便逐渐积累起自己独特的经验,发展自己特有的技术。她始终非常努力,每天在实验室工作十几个小时,周末也大多不休息。因为住得近,有些家在远方或者有小孩周末不能来的同事,就托她帮忙,做些喂鼠、打针之类的事情。她基本上是有求必应,觉得这样既可以多学点东西,也可以广结人缘。郑卫笑话她没有安全感,总怕自己做不好。杨小静说:"我不是科班出身,又是新人,一定要比别人更努力、做得更好才行。我这辈子要靠这个生活,无论怎么学都不够。就你这种混法,我哪敢靠你呀?"

与杨小静奋发努力、突飞猛进相比,郑卫显得越来越落后。以前杨小静在餐馆打工,对郑卫的情况不甚了解,虽然觉得他好像有点闲散,可是郑卫总有种种理由,她也没有办法深究。现在进入实验室,她才发现郑卫跟别的博士生、博士后和教授们比起来,实在太过懒散、太不求上进,有的时候根本就是提不起来。

的确,刚来王冠时,郑卫诚惶诚恐,生怕在这个世界一流大学里跟不上,学习确实非常用功。后来几个学期对付下来,也算摸到了一些门路,他发现在王冠虽然不好混,却也不是不能混,老毛病便又犯了,慢慢便有些松懈。等到博士资格考试失败,老板威胁着要开除他,他才又开始玩命苦读,总算在最后关头惊险过关,基本完成课业。读书是硬约束,有成绩要求,有大大小小的作业、项目、考试天天逼着,郑卫必须努力。

等到进入实验室搞科研,只有软约束,没有谁天天盯着他,也没有迎面而来的考试压住他,他便放松下来,每天到实验室转几圈,有实验做就做做实验,没有实验就东转一会,西转一会,然后就不知道跑到哪里玩去了。杨小静看他早出晚归,以为他在实验室,实验室里人却总见不到他,他又说他去图书馆读论文了。可是当巴特曼教授检查他的进度时,他不是说他还在学习，就是找几个论文上的疑问来对付老板。慢慢地，大家都知道他在混，巴特曼教授的脸色也越来越难看。可是巴特曼教授实在太忙，郑卫见他又躲着走，他还没有来得及追究郑卫的问题。后来巴特曼教授见到郑卫那个令他惊为天人的太太，便把注意力转向杨小静，郑卫得以又蒙混几个月。

其实说郑卫完全在混，也不算公平，他还是在按巴特曼教授的指令做实验，并发表过一篇会议论文。这要是在其他一般学校，都还算凑合。可是在名校王冠，跟同学们一比，他便相形见绌。跟他一起进实验室的几个人，最少也有三篇会议论文，有一个甚至在杂志上都发表了论文。

杨小静刚进实验室时，天天忙得要死，无暇顾及郑卫的事情，而且郑卫还要帮她，也耽误一些时间，可是在与周围的人接触时，她明显能够感觉到他们对郑卫的轻蔑和不满。等到进入项目组，她缓过些劲来，打听一下实验室的情况，马上发现郑卫属于落后分子，处境相当不妙。她赶快找郑卫谈："小卫，你怎么回事？人家都有那么多篇会议论文，还有人都发杂志了，你怎么才一篇？老板迟早会找你的。"

郑卫不是傻瓜，当然也明白这样下去不行，可是他总是躲，今天推明天，明天推后天，不是找这个理由，就是找那个原因，怎么都没有勇气和毅力往前赶。现在见老婆打上门来，郑卫忙替自己开脱："发杂志的那家伙都多大岁数了？他是拿到硕士又工作两年再来读博士的，基础好得很，我哪能跟他比？还有你们实验室的那一个，论文水分多大呀，稍微改一下，就投稿三个地方，真不害臊！"

杨小静急道："别管别人怎么样，结果在那儿摆着呢！老板就看这个。你还有没有别的？"

郑卫说："我正在准备第二篇会议论文，快出来了。"

杨小静忙说："快点，赶快出东西。"

郑卫有点勉强地说："好吧。"

其实在杨小静进实验室之前，刘娟已经催过郑卫好几次。杨小静去"亚洲村"打工不久，刘娟就搬家了，住进一个单室带厨房和厕所的单元。一个人住一个套间，当然舒服很多，可是价格也翻番。刘娟说她想接父母出来看一看，没有车不行，可是她以前住的那个宿舍很难停车，而且室友的车被砸、被撞过好几次，现在这栋公寓高档得多，有专门的停车位，也有门卫警报系统，不划卡进不来，很安全。郑卫知道追刘娟的人很多，有的人还纠缠不休，有了这套安全系统，刘娟会清静许多。当然，谈恋爱也会方便更多，没有人打扰。不过，他可不敢把自己的想法说出来，他对这位美丽的老班长总是心怀敬畏，不敢乱开玩笑。

他去帮刘娟搬家时，大包大揽地说，可以帮刘娟挑车，谁谁谁的车就是他帮着挑的，谁谁谁的车又是他给修的，什么什么样的车有哪方面的优点和缺点，你又是适合买哪一年的哪种车等等。刘娟自然表示感谢，但又提醒他说，这些都不重要，关键是你要把研究搞好。

一提到研究，郑卫就蔫巴了。刘娟问他："你们老板给你选好课题了吗？"

郑卫说："差不多吧，他给我几个方向，让我自己挑。"

刘娟继续问："那你选定没有？"

郑卫回答说："还没有，我先看一看，做一些外围研究。"

刘娟说："我不耽误你的时间，你告诉我什么车好，我自己去车行买。"

郑卫知道刘娟是好心，可是他谁的忙都帮，怎么能不帮刘娟？他几乎用哀求的口气对刘娟说："还是我帮你选吧。你一个女孩子，什么都不懂，很容易受骗。你找别人帮忙，说不定他又要打你的什么主意。我一定抓紧，你放心吧！"

后来还是郑卫帮刘娟买来一辆车，四千多块钱，年头长，迈数不高，保养不错，性能良好。刘娟很满意，请郑卫和杨小静以及她的前室友一起去大吃一顿洋人的龙虾餐。后来主要是她的前室友教她开车，她坚决不准郑卫教，倒是杨小静休息时还带过她两回。刘娟不爱说话，心里却十分有数。她要求郑卫每天晚上坐她的车去学校，再跟她的车一起回来，说是自己没有正式驾照，必须有老司机坐在旁边。这样郑卫就被拴住了，刘娟要去学校，他就必须去，刘娟不走，他就不能走。他想找借口溜出去玩，刘娟坚决不同意。

就这样盯他几个月，这小子总算写出一篇会议论文。

　　随着刘娟拿到正式驾照，她的办法不再奏效，郑卫又放了羊。杨小静当时还有点嘀咕，刘娟怎么总盯着我们家郑卫？她哪里知道，要不是刘娟看得紧，郑卫拥有一篇会议论文垫底，说不定等不到她进去，她那个太会玩的老公就已经被老板踢出来了。

　　杨小静进实验室后，本能地采取刘娟对付郑卫的办法，绑着他同去同回。郑卫也知道总这么混不行，看巴特曼教授那个凶狠劲，是绝对不可能饶过自己的。所以他开始还算听话，跟着杨小静死干一阵。可是没有过多久，他就受不了，对杨小静不停地抱怨："一天在实验室干十几个小时，你当我是铁打的金刚呀？"

　　杨小静说："我不是也这样吗？你怎么就不行？"

　　郑卫为自己的懒惰猛找借口："你们女的耐力强，我们男的可没法比，再说你做跑堂经过锻炼，我可没有。"

　　杨小静只好说："那你要是太累了，可以在实验室找一个地方休息一会。"

　　郑卫从此便以此为尚方宝剑，干不了一会就不见人影。杨小静跟他不在一个小实验室，也没有办法时时刻刻盯住他，要是去查看发现他不在，他还总有理由，说实在太累，去哪哪哪休息一会，真的，就一会儿，不耽误事。

　　杨小静看这样下去肯定不行，就拿郑卫的同学激励他，说："你看你们实验室的那个同学，一天干多少小时？我们实验室的学生，一天做十二个小时都不止。怎么人家能做到，你就做不到？"

　　郑卫狡辩说："我比他们效率高多了，他们做实验的水平真差，纯属磨洋工。"

　　杨小静气道："那为什么人家的论文比你多？"

　　郑卫又胡扯说："我的质量好呀，他们那是凑数。"

　　杨小静急道："不管他们怎么样，东西摆在那里。你有本事也凑数啊！"

　　郑卫不屑道："你是要一堆跳蚤还是要一头狮子？你看着，我不发是不发，要发就上《科学》，上《自然》，上《细胞》。"杨小静气得说不出话来，就他这么一个混法，还上《科学》、上《自然》哩，连会议论文都发不出去。

为这些事，两个人没少吵。起初杨小静是柔声细语地提醒郑卫，郑卫是嬉皮笑脸地保证不再犯。后来是杨小静板起脸来要求郑卫必须用功努力，郑卫一会是严肃地表决心，一会又跑得没人影。

最后杨小静发火了，郑卫先是忍，后是不耐烦，最后是跟杨小静对着吼。杨小静气极了叫道："那咱们离婚！我可不想跟着你这么一个不求上进的东西混一辈子！"

郑卫冷笑道："把心里话说出来了吧！我帮你进了王冠，现在看我不顺眼了，是不是？过河拆桥，卸磨杀驴，准备攀高枝了，对不对？"

杨小静大叫一声："你放屁！"哭着跑出去。

郑卫吼完也觉得后悔，知道自己说得太重，而且纯属胡扯。杨小静是跟老板的关系挺好，可是谁不想跟老板搞好关系？是有人在下面传一些流言蜚语，肯定是因为嫉妒，因为郑卫太知道杨小静都在做些什么。她一天在实验室干十几个小时，见得最多的就是老鼠，累都累死了，哪还有时间折腾别的事？杨小静一跑，郑卫赶快去追，找到后又是赔礼、又是道歉、又是赌咒发誓绝不再犯，一定听老婆的话，努力上进，奋勇前行。费了好大的劲，才算把杨小静哄过来。

话都说到这种地步，杨小静也不好再死逼郑卫，要不然真的就是分手了。一个人一个命呀，人不可以跟命争。杨小静认命了。有时候她也想，郑卫把自己带出来，又想方设法给自己找到这么好一个位置，帮她在王冠基本站稳脚跟，也算很不错了，虽说他越来越不争气，以后要自己养着他，她也值了。

可是更多的时候，她还是对郑卫恨铁不成钢，你又不比人傻，不比人差，为什么别人能拼命，你就不能努力？人家能出论文，你就不能出成果？人家能在王冠拿到博士，你就拿不到？杨小静心里憋屈，不愿意理睬郑卫。郑卫心中惭愧，也不好意思经常找杨小静搭搁。

两个人就这样陷入冷战，除了吃饭、睡觉、到实验室干活，再没有什么交流。其实郑卫知道自己这样下去非完蛋不可，他心里也很害怕，可就是不敢面对现实，就是推，就是躲，就是逃，真是推过一次是一次，躲过一刻是一刻，逃过一天是一天！他也很痛苦，很绝望，可是他已经混习惯了，让他一下子变成刘娟那样的好学生，杨小静那样的苦干家，实在是太难太难了！

虽然杨小静天天在实验室里干到深夜，累得半死，虽然郑卫不争气，家里没有多少温暖，她的生活也不是全无亮点。她与他们的老板巴特曼博士每个晚上几乎固定不变的"会晤"，就是她每天最兴奋、最快乐的时光。

巴特曼教授的事情很多，有行政上的，有学术上的，还要管理和照顾手下直系的一大帮子人，所以他的工作时间也是一天十几个小时，有时候周末有事情还会来。好在他是单身，家里的杂事有钟点工打理，他没有什么可牵挂的。

每天晚上他离开学校回家前，都要到办公室和各个实验室转一转，看一看有什么事要做，关心一下群众，也监督监督下属干活。每次来，他都能看到杨小静在实验室里跑前跑后地忙碌。这倒不是杨小静知道老板要来而秀给他看，她确实特别努力，非常想把事情做得又多又快又好。巴特曼教授见人总要聊两句，开开小玩笑，询问一下进度等等。对于面目姣好、英语流利而且又青春灿烂的杨小静，他自觉或不自觉地会多说几句，多待一会。杨小静对这个气质高尚、说着不紧不慢的美国上流社会标准英语的老板，也是大有好感，会很热情地陪着他聊。结果两个人越聊越投机，越聊时间越长，越聊越兴致勃勃，渐渐成为实验室每天晚上一幅固定的风景。郑卫听到的流言蜚语，大部分也是由此而来。

杨小静在实验室待久了，各种有关老板的小道消息听到很多。巴特曼教授虽然位高权重，识广学深，却有着一颗年轻的心，时不时跟别人谈论他的各个女朋友。每到周一大家见面时，都要互相询问一下对方周末过得怎么样。巴特曼教授的回答，经常是又交了一个女朋友或者是又吹掉一个女朋友。交女朋友正常，像他这样的钻石王老五，不仅有人给他介绍，也有女孩毛遂自荐。他自己看上谁，还会去追，比如上次他好像看上了丽莎，可惜没有追上。他也不是太在乎，该干什么还是干什么。那么吹掉女朋友总要有原因吧？别人问起来，他说这个女孩太年轻，脑子里什么都没有，上次那个女人又是太胖太老，缺乏吸引力。大家私下里说起来都笑，说他这么挑肥拣瘦，非把自己挑老掉不可。杨小静觉得他在工作上凶神恶煞、一丝不苟，生活中却有点天真烂漫，孩子气十足。

杨小静跟老板的聊天，开始都是实验的事，渐渐就聊起来各种新闻和趣事，后来从个人的生活经历、各国的文化历史到最新的电影、电视、政治、球赛，什么都侃，什么都聊。

虽然是跟老板闲扯，杨小静还是有点不好意思，说没有好好工作。巴特曼教授忙说："静，你不能这样干，会把你累死的。你应该放松一下。"杨小静只好称谢。

巴特曼教授又很直率地说："我很享受跟你的闲聊。"杨小静心里也这么想，可是不敢说出来。她觉得自己年龄不大，经历不少，脑袋里有东西，身形又很曼妙，再加上东方女性特有的温柔、内敛、忠诚、细腻，应该正符合巴特曼教授的要求，可惜自己已经名花有主，没有机会再结良缘。

有一次巴特曼教授说："我相当累，想去喝一杯咖啡。静，你愿意跟我一起去吗？"

杨小静犹豫片刻说："这么晚了，我不能喝咖啡，否则我会睡不着觉。"

巴特曼教授说："你可以喝杯饮料。来吧，休息一会。"说完又去叫其他正在实验室里干活的人。杨小静赶快跑到郑卫实验室一看，这家伙又不知道躲到哪里玩去了。

最后有五个人跟着巴特曼教授一起来到王冠的咖啡厅。巴特曼教授兴高采烈地把这次喝咖啡叫做小幸福时光。大家在灯光幽暗的咖啡厅里，听着轻柔的音乐，漫无边际地闲扯，在高压力、长时间的工作后，确实很幸福、很放松。杨小静这时候才发现，美国生活中，真的有像电影般的场景，真的很舒服，很有档次和品味。对于一个从中餐馆奋斗上来的女人来说，那一刻真是如梦似幻！

杨小静回去跟郑卫说起这件事来，他并没有太在意，反而庆幸自己不在实验室，因为他很怕巴特曼教授，别说跟着去喝咖啡，躲都来不及。既然杨小静是跟着一群人去的，也就不会有什么猫腻。杨小静问起他干什么去了，他说实验室太吵，他去图书馆看论文去了。杨小静没有追问，她的心思还在老板身上。她知道巴特曼教授经常满世界跑，欧洲有时一年就跑好几趟，最远去过澳大利亚。她想象着他这种档次的成功人士，肯定很习惯逛高档酒吧和夜总会，出入著名的剧院和音乐厅，那是多么美好的生活呀！自己什么时候能够达到那种高度呢？此生此世几乎没有可能了。

有了第一次，就有第二次，有了第二次，就有第三次，巴特曼教授从此隔三差五地拉大家去咖啡厅过一段"幸福时光"。晚上能干活干到如此晚的，自然都是很忙很上进的人，谁有那么多时间陪他？他问起工作来，可不管你是不是跟着他去喝过咖啡。再说能在王冠里混的，谁都不傻，谁都能看得出这里面的女主角应该是谁。所以几次之后，跟着他到咖啡厅去"幸福"的，就只剩下杨小静一个人了。

杨小静非常喜欢那里的情调，也喜欢跟见多识广、才华横溢的老板聊天，再说自己的饭碗是老板给的，她也不敢不卖老板的面子。不过在郑卫问起时，她还是不由自主地撒了一个小谎，说还有谁和谁也去了。郑卫自己也碰到过一次老板装模作样地拉人，他说他有一个实验做到一半，实在走不开，推脱过去。既然他自己不愿去，杨小静跟老板走就属正常。不管怎么说，两口子都要靠着老板吃饭，不跟老板搞好关系怎么行？

杨小静的工作刚刚步入正轨，却意外地被拉去参加了另一个使她的声名更加远扬的活动。那天下午，她去主校区听完一个学术报告，正急急忙忙往回赶，突然听到有人叫她，扭头一看，居然是丑妞和帅哥两个人，而且丑妞还挽着帅哥的胳膊。

杨小静还来不及惊讶，丑妞就冲上来，抓住她的手说："哎呀，小静，你怎么在这儿？怎么穿得这么正式？还步履匆匆？"

杨小静笑着回答："我已经在基因系找到工作了。"

丑妞夸张地叫道："这么说你也是王冠的人啦？真正的白领丽人！太好啦！太好啦！"杨小静以为她是说自己找到这么一个工作太好了，其实他们还是学生，还没有体会到找工作的艰难。

丑妞转身对帅哥喊："就是她了！多好啊！太合适啦！"

帅哥也笑道："那当然好，就是不知道人家肯不肯赏光。"

杨小静问道："你们在说什么？"

丑妞高兴地拉着她的手蹦蹦跳跳地说："学生会要搞一个联欢晚会，他是男主持人。我们一直找不到合适的女主持。现在好啦，就是你了。你一定要来，一定要来！"

要是往常，杨小静肯定喜滋滋地就去了，像这种抛头露面的事，谁不想光辉灿烂一把？何况杨小静从中学到大学，做报幕员和主持人都有十多年，在王冠主持晚会，不仅是专业对口，而且应该鹤立鸡群，可是她现在的工作对她来说太重要了，她实在没有时间去照顾自己的虚荣心，只好推脱说："我刚进实验室没有多久，实在太忙，你们还是另外找人吧。"

丑妞拉着杨小静不依："不行，你一定得来。周六的晚会呀，你周末不休息吗？"

杨小静很自豪地说："一周七天，每天十二到十四个小时。"

丑妞尖叫起来："这也太狠了！王冠根本不是人待的地方！"

杨小静解释说："也不是都这样，我刚进来，要学的东西太多，没有办法。"

丑妞还是不干："那就算你休息一下呀，你总这样会把自己累垮的。再说，你这么有经验，根本耽搁不了多少时间。"她抬头想了一下说："彩排你来一下，然后就是演出，真的花不了你多少时间。"

杨小静有点心动，犹犹豫豫地说："就没有人愿意做主持？"

丑妞说："有的是人想做！我还想做呢！那这个晚会是什么质量？"她

指一指帅哥，说："他也是第一次。没有一个有经验的人，效果不会好。你看上次，都搞的什么嘛！"

杨小静笑问："你怎么这么操心？你在里面做什么？"

丑妞说："我是策划兼导演啦。累死了，事太多！唉，早知如此，我才不接这个活呢！"她叹完气后，又拉着杨小静的手摇着哀求说："帮帮忙呗，小静，帮帮忙吧！都是为中国人耶！"

帅哥也在旁边使激将法："是不是瞧不起我们业余的呀？我早就说人家不会赏光的。"

杨小静见他们这么高看自己，心中高兴，笑着说："我也是业余的，不知道能不能做好。"

丑妞信心十足地说："就凭上次你给他献花时那台步那姿势，绝对迷倒一片！到现在大家一说献花美女，老生十有八九都知道。你就为大家再服务一次呗！"

杨小静也觉得再不同意就有点不近人情了，下决心说："那好吧，我来。"

那两个人高兴坏了，问杨小静要来电邮地址，说马上把节目单寄给她，请她有时间想一想串联词，到彩排时再跟帅哥对一对。帅哥说，他怕到台上太紧张，万一说错、忘词或者有别的意外，请杨小静圆场救场。这些都是杨小静的长项，她一一答应下来。

杨小静回来后给刘娟打电话，通报一下情况，说："没想到她长成那样，居然把帅哥追到手了。"刘娟后来再没有跟帅哥有什么联系，又是满心课题，都快把帅哥忘光了。

她不以为意地说："男追女，一座山，女追男，一根簪。"

杨小静琢磨道："不知道她用的什么办法？"

刘娟分析说："她挺活泼的，性格好。"

杨小静说："可是她长得真不怎么样。"

刘娟顺口说："看久了，也就习惯了。"

杨小静心里点头，深知不管是老是丑，看久了，都会习惯的。

她对郑卫说，她要去主持王冠中国学生学者联合会的晚会。郑卫兴高采烈，老婆声名远扬，他也满脸放光。说起丑妞和帅哥居然搭成对，郑卫笑说："这叫做：有好汉，无好妻，懒汉娶个娇滴滴！他是好汉，没有好妻；我是懒汉，娶了一个娇滴滴的美女！"

杨小静可没有心思跟他调笑，觉得这家伙不求上进，只会耍嘴皮子，厉声道："你为什么就不能变成好汉？"郑卫收起笑容，灰溜溜地躲开了。

举办晚会那天下午，杨小静特意给自己安排半天假，把实验室的工作能往前赶的往前赶，实在不行的就放一放。她先在家里睡了一个午觉，保证自己晚上精神抖擞，体力充沛；又用水汽蒸了蒸脸，使自己看上去容光焕发，美丽超群；还用个把小时温习一遍彩排的内容，设想一些可能出现的状况和应对之道。

下午四点多，她就来到学校的活动大厅。她要化妆、换衣服、熟悉场地、临场合练，都要尽力做到最好。她觉得自己的优点，就是做事认真，像自己这种不算聪明的人，如果再不认真努力，在美国就没有办法待下去了。在蒸脸的时候，她也感觉到，其实自己还是挺想做主持人的，虽说是有一点虚荣心，但更重要的是，因为一直不顺，她总想证明自己。现在她已经是王冠堂堂正正的研究助理，也该扬眉吐气一回了。想到这里，她不由得笑了。经过这么长时间的艰辛，总算走上安身立命之路，自己真是既幸福又幸运的人呀！

临开场前半个小时，郑卫才匆匆赶到刘娟实验室，接上刘娟去看演出。他今天又跑去帮别人修车去了，然后再被人请去吃自助餐。要不是老婆有令，必须把刘娟接来，他可能现在还在细嚼慢咽其乐无穷哩。杨小静不仅请了刘娟，还通知了齐姐、李三姐以及"当牛做马的"等几乎所有她认识的人。她们来不来是她们的事，自己如果不请，就显得不够朋友了。

刘娟听说是杨小静主持，那是非来不可。其实刘娟已经有很久没有敢在这种场合露面了，因为每次来，她都会受到一些男性的纠缠甚至骚扰。

如果都是帅哥、牛人，至少还不令人讨厌，可是蜂拥而至的，大多是一些自命不凡的猥琐男人，她通常都以一副不理不睬的态度应对之。即使如此小心，她还是给自己惹下一个不大不小的麻烦。

有一次，一个蛮阳光的新生跑来跟她套近乎。她看是一个小孩，就没有那么冷淡。没有想到，现在的小孩激素吃得多，成熟得早，他其后就天天往刘娟的实验室跑，一副死缠烂打不搞姐弟恋就不行的架势。刘娟一再叫他不要来了，他怎么都不听。后来闹到她几乎无法工作，只好叫来校警。一个大块头警察跑来，对小男孩说，如果他以后进入刘娟一百英尺之内，就把他送进监狱里去。小男孩知道自己彻底没戏了，在楼道里大哭不止。此事立即全校轰动。有好长时间，刘娟走到哪里都低着头，一副犯了错误的样子。好在像小男孩这种感情丰富的人，学习不太可能很好，在王冠读书没有多久，就不得不转学离开。刘娟这才松了一口气。

郑卫带着刘娟进入活动大厅时，当真是顾盼自如，得意洋洋。才貌俱佳的老婆马上就要闪亮登场，身边又跟着一个人见人爱的大美女，搁谁都一样，想不骄傲都难。大厅里摆着很多大圆桌，各张桌前都坐着一些人。当他笑嘻嘻地往一群冲他招手的狐朋狗友桌旁钻时，刘娟轻轻拉一下他的衣角，指指一个几乎坐满家属的桌子，郑卫这才想起，刘娟属于珍稀动物，需要严加保护，只好冲哥们的桌子拱一拱手，跟着刘娟坐进妇女小孩窝。这个桌前只剩下两个座位，他们填进去正好满员。刘娟坐好后，抬头一看，迎面射来好些聚焦的目光，赶紧低下头在桌子上找东西吃。郑卫则是向张三招手，朝李四点头，忙得不行。

就在此时，郑卫侧前方有一个面相成熟、身材中等的男性向他笑着点头，他一看不认识，没有理睬，可是那个男的又站起来向他招手，他左右看一看，没有别人跟那个人有目光交流，便指指自己，意思是问，是不是跟他打招呼。那个男的站起来往这边走，他马上明白，又碰到登徒子了，心里直后悔自己怎么得意忘形，根本不该理这个家伙。他用胳膊轻轻碰一下刘娟，刘娟抬头扫了一眼，又迅速低下头去。

那人走过来用英语说："我见过你们。我也在医学院工作。我是洪博士。"

说着向郑卫伸出手来。

郑卫没有办法，只好跟他握了一下，用中文来了一句："你好，洪博士。"心里想，这名字听起来就像"红脖子"（乡巴佬）。

他又把手伸向刘娟，嘴里说道："我知道你，就是那个小男生为之哭泣的人。"刘娟最怕别人提起此事，心里烦得很，装作没有看见，不肯理他，可是这小子脸皮极厚，硬勾身把手伸到刘娟的眼睛跟前。刘娟抬头冷冷地扫他一眼，晃晃自己手里拿着的食物，表示没有办法跟他握手，然后把头转开。这个红脖子在大庭广众之下也不好强抢民女，只好讪讪地收回手，对郑卫用英语说："你的朋友好像不是很友好呀。"

郑卫见到红脖子在这个中国人成堆的地方，坚持说一口带有浓厚中国乡土气息的英语，心里直感叹王冠怎么什么鸟人都有。红脖子又用英语说一通会场布置不错、人很多之类的闲话，郑卫左张右望心不在焉。

红脖子大声问："你在听我说话吗？"

郑卫只好用中文回答："我英语不好，你能说中文吗？"

红脖子这才用中文回道："当然。"

这时坐在刘娟旁边的小孩跑去跟别的小孩玩，红脖子很不客气地立即坐到刘娟的身边。刘娟不理他，悄悄地往郑卫这边靠。红脖子没有办法，只好越过刘娟问郑卫学什么呀，在哪个实验室工作呀，说得比英语流畅多了。刘娟站起来拉一下郑卫，郑卫就势跟她换了一个座位。这下子红脖子问话方便了，可是也没有兴趣再问什么了。

晚会就要开始，来的人越来越多，许多人没有座位，只好站在四周。学生会工作人员用小推车从仓库里推出一些凳子，请站着的人每人取一只凳子到各个桌子旁挤一挤。郑卫马上感觉到，又要有人加入了。

果然一个衣着笔挺、文质彬彬的大个子提着一只凳子走过来，指指郑卫和刘娟的身后，很礼貌地问他们："我可以坐到这里吗？"

郑卫笑嘻嘻地说："没问题。"他说声谢谢，坐了下来。

见郑卫手里拿着一张节目单，他请求道："我可以看一下你的剧单吗？"

我来时已经没有了。"郑卫把节目单递给他，他又说："谢谢！"

郑卫对红脖子实在不感冒，却对这个大个子蛮有兴趣，侧脸见他边看边轻轻摇头，就问："怎么啦？你看不懂？"

大个子迷惑地问："这个，南泥湾，是一个城市吗？"

郑卫见他的做派明显与众不同，听他说话口音发嗲，而且居然不知道南泥湾，就问他："你怎么连这个都不知道？你是哪里来的？"

大个子忙道歉说："对不起，我忘记介绍自己。我是台湾来的，十二岁到美国。"边说边拿出钱包，从中取出几张纸片，说："这是我的名片。"微微躬身双手一一奉上，发给郑卫、刘娟、红脖子及桌上的其他成年人，礼数十分周到。

郑卫扫了一眼他的名片，见上面用繁体写着主人名叫肖君杰，英文名叫杰克肖。他笑着问他："你怎么也参加我们的晚会？"

肖君杰欠身答道："都是中国人嘛。我是王冠商学院毕业的，现在在金融公司里面做。大陆进步这样快，我准备向大陆发展。我很喜欢大陆的，将来一定会去大陆。"

郑卫顿时对他心生好感，连刘娟也不由地微微点头。肖君杰趁势问道："可以请问各位的姓名吗？"郑卫、刘娟、红脖子都报上自己的名字。肖君杰同郑卫和红脖子握手，嘴里还说："幸会，幸会！"他却没有找刘娟握手，只是微微鞠躬说："很高兴认识你！"其他人马上猜到，他一定看到刚才刘娟拒绝跟红脖子握手那一幕。刘娟正琢磨着要不要跟他握手，怕一握手红脖子又来找自己的麻烦。现在看到他这么懂事，心里对他的好感又多了一层。

红脖子直着嗓子对肖君杰叫道："你们搞金融的，就是倒卖货币，以钱生利，对吧？你们不创造财富，收入还很高，这公平吗？"

肖君杰好脾气地说："有人需要，我们才会去做啦。"

红脖子继续尖着嗓子喊："我们这些做研究的人，才是社会发展进步的关键。你看我，论文有二十多篇，分值都很高。我当第一作者的论文，就有七篇，可以毫不夸张地说，我走到了世界科学发展的最前沿。我很快就要去名校做教授，我也要带很多像你们这样的博士生。"他指了指郑卫和刘娟,继续滔滔不绝地往下吹,他的老板多么有名、多么重视他,他又去过世界哪里开会,又去过哪里做报告,别人对他又是如何崇拜,他的前途又是如何美妙,等等等等。晚会都开始了,他还没有吹完。

杨小静发髻高卷,装扮靓丽,身穿紫红色旗袍,随同一身白西服的帅哥,款款走上台来。在众人为之惊艳的一瞬间,郑卫率先跳起来欢呼,顿时全场欢声雷动。杨小静很大方地微笑着向台下轻轻挥手,帅哥则明显有些紧张,手脚都不知道该怎么摆。接下来便是献词,帅哥讲中文,杨小静讲英文。台下又是一遍惊叹,观众们没有想到杨小静的英语说得这么好。

刘娟对郑卫说:"小静的英语是越来越好了。"

郑卫说:"她天天跟我们老板聊天,自然大有长进。"

红脖子问:"你们认识她?"

郑卫得意地说:"那是我太太。"

红脖子惊得直瞪眼:"你这么年轻就结婚了?老婆还这么漂亮?"

肖君杰这时候已经坐得离他们很近,也探过身来问:"请问那个女生是谁?"

郑卫重复道:"那是我太太。"

肖君杰羡慕道:"你真是幸运!"郑卫满脸是笑,幸福到了极点。

刘娟却在琢磨郑卫的说法,心里隐隐觉得不妥。

晚会的表演者都是学生,而且大多是新生,质量一般般,观众的注意力,大多放在美貌绝伦的报幕员身上,一如当年看演出的郑卫。每次杨小静出场,很多人眼睛发直。丑妞是对的,这台晚会有了杨小静,就算成功一大半。杨小静知道大家都很欣赏她,心里高兴,越发显得自信自然,容光焕发,大方得体。场上有些小状况,她总能随机应变,谈笑自如。

有一个小伙子太紧张,唱歌有点跑调,台下有人起哄,搞得小伙子很尴尬。杨小静上台后笑说:"唱歌走调是我的专利呀,你什么时候偷走的?小心我叫警察噢!"台下笑声一片。

郑卫始终兴奋不已,肖君杰有几次问他问题,他都没有听见,刘娟只好代他回答。红脖子问郑卫："你老婆是演员吧？你回国找的？"

郑卫得意非凡地说："我们是北京综合大学的同学。她现在在我们老板手下做研究助理。"

红脖子难以相信地嘀咕着："怎么可能呢？这么年轻！综大的？还这么漂亮！"

晚会结束后是舞会。跟往常一样，大家把桌子往墙边一推，关掉一部分灯，放上音乐就开始。杨小静已经换下旗袍，穿上长裙，再把头发放下来，变成披肩发，把浓妆抹去，化上淡妆，结果又是一番风情。她走过来与郑卫他们汇合，一经老公介绍，马上与肖君杰和红脖子握手言欢。她的表现与刘娟完全不同，小媳妇的成熟妩媚与大姑娘的羞涩清纯，各有各的风韵，同样引人入胜。

闲聊一会，她便把刘娟拉到一旁，窃窃私语说："娟姐，这个杰克肖很不错。他长得可以，个子也蛮高的，还是公民。听说他们做金融的工资可高啦，说不定比我们老板还高。你千万不要放过这个机会！"

刘娟说："不了解，人家也没有追我。"

杨小静面授机宜道："你当然不需要太热情，吊一吊他，他要是来追，你不要拒绝就行了。"刘娟笑一下，不说话。

舞曲一响，马上有人上来邀杨小静。她这一走，很久都回不来。郑卫望着满场飞舞的老婆，不由地又一次感叹："这是我老婆吗？"红脖子上来就拉刘娟，被刘娟拒绝，说没有准备好。郑卫只好陪着刘娟坐了一曲。

第二曲一开始，他赶快拉刘娟起身。第三曲也是他带刘娟跳。红脖子看郑卫占着老婆还霸着美女，气得两只小眼睛变得血红。其实郑卫心里也嘀咕，不同老婆跳，专跟另一个美女跳，这合适吗？刘娟也明白，不能一晚上都黏着郑卫。

红脖子再次上来邀时，她就没有好意思再拒绝。问题是，这老小子一点乐感都没有，点子也踩不准，他跳舞的唯一目的，就是一亲少女芳泽。他抓住刘娟的纤腰使劲往怀里拉，刘娟双手使劲顶住他往外推，两个人拉来推去像打架一样。好容易舞曲停下,红脖子搂住刘娟的腰居然不松手,刘娟赶快挣脱往边上逃。红脖子还不死心,亦步亦趋地紧跟着刘娟,刘娟怎么躲都躲不开。

刘娟急了,下一曲音乐刚一响,她就冲过去抓住郑卫说:"咱们跳!"

郑卫边跳边问:"怎么样?"

刘娟气愤不已:"太差劲。"

郑卫骂道:"你对他别客气,这小子一看就是性压抑,想女人都想疯了!"说完又觉得不好,忙道歉说:"对不起。"

下一曲红脖子又来邀,刘娟不客气地回绝:"不想跳。"她的一个同学来请,刘娟跟着上场。可是这个男生跳得也不好,刘娟只好将就。

郑卫趁机去问肖君杰:"杰克,你怎么不跳?"

肖君杰说:"我不会多少啦。"

郑卫劝道:"你可以请女孩了教你嘛,你不主动,难道还要女孩来邀请你吗?"

肖君杰笑说:"是的,我是要努力的,我会去请。"

下一曲开始前,他便走到刘娟身边说:"刘娟小姐,我可以请你教一教我吗?"刘娟点点头。舞曲一开始,他们俩便一起步入舞场。红脖子也不邀请别的女孩子跳舞,脸色阴沉地看着这一对。肖君杰会走一些基本步子,刘娟教他几个花步,他很快也算大概其可以跳。他个子高,带女孩有优势,而且一点没有要占女孩子便宜的意思,所以刘娟还算满意。

肖君杰邀请刘娟这一曲,郑卫请丑妞一起跳舞。

丑妞上来就说:"大卫,你要小心啦!小静的魅力超强,想追她的男生至少有两个连。"

郑卫扫了一眼一曲不落被不同男生邀舞的老婆,笑着回道:"她的魅力再大,那也是有主名花呀!我相信自己的实力。"

丑妞笑道:"小心啦,小心啦,这里是美国!"不过这曲跳到一半,她就感叹道:"大卫,你跳得真好!怪不得你能追上小静呢!"郑卫笑嘻嘻地没有说话,心里却十分受用。他觉得这丫头虽说长相丑陋,表情夸张,可是却善于发现别人的长处,而且敢爱敢追,怪不得她能搞定帅哥呢!

杨小静急急忙忙跑回来,拉上郑卫跳了一曲,她不想太冷落老公。他们俩是老搭档,非常熟悉,又都跳得很好,所以一上场立即引起轰动,大家全都指指点点地看着他们这一对美妙娴熟的舞姿。一曲结束,好些人鼓掌,主要是杨小静的那些崇拜者们。郑卫是洋洋得意,杨小静则声色不动。

后来就主要是郑卫带刘娟跳。他们俩几乎不怎么跳花步,只是很默契地相拥而行,随着音乐缓缓地漫步。刘娟觉得,在郑卫怀里很安全、很放松。郑卫也觉得,在刘娟身边很安静、很温馨。

他们一曲接着一曲地跳着,几乎不说话。郑卫慢慢地体验着这种没有压力也没有烦躁的感觉,而刘娟也在静静地感受着这不期而遇的轻盈。她拼搏奋战太久太久了,已经很长很长时间没有如此身心俱宁了。她抬头看了一眼郑卫,郑卫对她微微一笑,她赶快把脸转向旁边。他们四目交会的瞬间,她几乎落下泪来。

014　风雨中飘摇

　　这场晚会之后，杨小静的芳名响彻王冠校园，问起那个报幕员，只要是中国人几乎没有不知道的。郑卫沾老婆的光，也成为校园的风云人物，经常有人对他指指点点，互相传颂着："这就是那个报幕员的老公。"别人对他的态度，有羡慕，有嫉妒，也有不屑，时不时还有人诅咒他："看吧，他老婆迟早会被别人抢走的！"

　　杨小静晚会之后也兴奋许久，一遍又一遍地回忆着自己如何在舞台上大放异彩，又如何在舞场中艳冠群芳。在王冠校园里走起来，她也开始昂首挺胸，显得轻松而自信，不再像刚进来时那样，低眉垂目，忐忑不安。

　　不过，她还像以前一样努力，每天十几个小时地拼命干。她知道像她这样从头学起的人，要赶上那些已经做过多年的精英，无论多么努力都是应该的，而且她也深深地喜欢上这个给予她收入和地位的工作。她会感到累，却没有觉得苦，相反，如果有一天因病或因事没有能去实验室，她就会很难受很不安。直到又看见那些四处塞得满满的瓶瓶罐罐和各种仪器，她的心里才会变得充实而安详。

　　杨小静给她的老板看她在晚会做主持所照的相片时，受到教授大人的"严厉批评"："静，你是不对的。你怎么能够不告诉我这件事呢？我多么想去看一看你做主持人呀！"

杨小静抱歉地说:"对不起,可是你去了,我会很紧张的。"

巴特曼教授说:"你有很多观众,不是吗?为什么我去你会紧张?"

杨小静说:"因为你是我的老板,巴特曼博士。"

巴特曼教授很郑重地说:"我想请求你做两件事,第一,请叫我吉姆,好吗?第二,请把我当成你的朋友,行吗?"

杨小静既高兴又紧张地笑道:"好的,我叫你吉姆,可是,你还是我的老板呀!"

吉姆也笑了:"老板也可以是朋友,对吧?你当然可以跟你的朋友谈谈你的工作并接受他的劝告嘛。"杨小静笑着点头,她知道吉姆是在讨好自己。

吉姆每看一张照片都会说:"你太漂亮了!你真是让人惊奇!"杨小静既兴奋又羞涩,因为吉姆的这些夸奖相当亲密,不像是一个老板在对下属说话。

杨小静现在几乎每天晚上都会跟吉姆一起去王冠的咖啡厅坐一坐,而且他们会很默契地一起悄悄走,再也不叫别人。他们有许多共同话题,而且无论说什么,两个人都兴致勃勃。他们聊音乐、聊电影、聊文学、聊艺术、聊历史、聊文化、聊人性,东方的、西方的、中国的、美国的、世界的,什么都可以聊,一聊起来就没有够。

其实杨小静并不懂得太多,吉姆也不是所有方面的专家,可是杨小静知道的,吉姆正好不知道,吉姆知道得多的,杨小静却正好知道得少,所以他们总会有很多东西要探讨和交流。有的时候,吉姆因为开会或者出差而不能去时,杨小静会怅然若失,闷闷不乐。而吉姆回来后,又会给她讲自己的新见闻,他们又拥有许多新的话题。

当他们坐得太久而不得不离去时,吉姆总是说:"怎么会这么快?我多么想再坐一会,哪怕坐到明天早晨。"杨小静笑一笑不说什么,其实她也非常享受他们在一起的每一秒钟。

郑卫再迟钝,也早就听到风言风语。

他问杨小静:"你怎么总跟老板一起去喝咖啡?"

杨小静辩解道："他来叫我，我有什么办法？"又连忙安慰老公："你放心，他知道我是不可能的了。"

郑卫说："我知道暗恋你的人很多。他要是想打你的主意，你不要给他机会就是了。"

杨小静正色道："他根本就不是那种人！他要是想找女人上床，有的是人愿意。我们喝咖啡，多数都是好些人一起去。偶尔就我们两个人，也是在校园里，他根本没有机会做什么。再说他是系主任、大教授，不会为了一个下属给自己惹麻烦的。"

郑卫放心一些，说："我就怕别人说闲话。"

杨小静气道："别理他们，嫉妒！下次我拉上你一起去。"

郑卫赶紧摇手说："别，别叫我，我见到老板就害怕。"

郑卫现在是越混越厉害，越混越没有信心，以他这样的混法，见到老板要是不害怕，那可真是超级傻大胆了。杨小静跟他吵过无数次，问他为什么别的人每天可以在实验室里做那么久，而他干不了几个小时就不见人影？郑卫以前还可以胡扯什么自己效率高之类，现在杨小静已经对生物实验相当熟悉，他不敢再提那些鬼话，只好说自己去图书馆看论文了。

杨小静不是傻瓜，暗中一调查，发现他这个老公除了研究课题，什么都干，打球、打牌、打游戏、打麻将，没有他不玩的。杨小静愤怒地揭穿他的谎言，他又说自己要劳逸结合、保持健康之类。

杨小静气急了吼叫："你再这样鬼混，我就跟你离婚！"

郑卫嘴硬道："离就离！我知道你翅膀硬了，看不起我了。"

杨小静骂道："放屁！你自己不求上进，还好意思怪别人？"接下来就是例行的争吵和持续的冷战。

杨小静知道，一味来硬的不行，等两个人都平静下来，又苦口婆心地劝郑卫："大卫，不是我逼你，我犯得着跟你怄气吗？你自己想一想，你这么混，老板能饶过你吗？"

在这个世界上，郑卫最怕的就是老板。他也知道自己不对，忙做保证道:"我会尽力的,真的!老板问起来,我就说我底子差,需要时间。"

杨小静追问:"那要是老板不给你时间呢?"

郑卫只好说:"那咱们家就全靠你了。"

杨小静气得要死,可又没有办法,只能鼓励他说:"你是咱们家的顶梁柱。我干一辈子,也就是一个实验室打工仔。你拿到博士以后,就可以去做教授,我也就可以做教授夫人了。"

郑卫想起教授,就觉得跟自己的距离不止一千个光年,可是上了这条贼船,想下也下不来啊!他只好痛苦而无奈地说:"那我就尽力争取做教授吧。"

杨小静吵一次、劝一通,郑卫会勤快一阵。过不了几天,老毛病就会又犯。杨小静实在没有办法,跑到刘娟那里去搬救兵。

刘娟拿出班长的派头,找郑卫谈:"郑卫同学,这里是王冠。你能到这样的名校学习,一定要珍惜机会。你也知道,很多人想来都来不了。你要是不努力,对不起国家,也对不起你父母,还对不起你的家庭。"

郑卫素来有点怕刘娟,被她几顶大帽子一扣,吓得不轻,不停地解释说:"班长哎,我不是不想好好干,就是提不起劲,又太贪玩,今后一定改,真的改!"

刘娟板着脸说:"你都多大了?结婚都好几年了,为什么还贪玩?你对自己、对家庭、对国家,是认真负责的态度吗?做研究是你的工作,提不提得起劲,都必须去做。有多少人是因为喜欢而工作的?为什么别人可以吃苦,你就吃不了?"

郑卫完全蔫巴了,是啊,自己总是躲,要躲到何年何月去呢?他认输了,对刘娟再次保证道:"我一定努力,赶快把我那个会议论文搞出来。哎,班长,你平时不说话,怎么一说就这么多?"

刘娟不跟他贫嘴,说:"你必须早上九点以前进实验室,晚上八点之前不准离开,我和小静会不定期检查。"

郑卫嬉皮笑脸道:"那我要是不在呢?"

刘娟严厉地说："用戒尺打手心，再不改就打脸。"

郑卫"啊"的一声，说："你也太狠了！我服了！我服了还不行吗？"

刘娟这一阵子烦心事也不少。一个是她的老板对她有一个评价，说让她做什么事都可以做得很好，就是没有多少自己的创意。她这个人从小到大都是尖子，学习永远是第一，怎么轮到做研究就不成了呢？她也知道自己喜欢按部就班，没有多少新点子，可是她从来都是兢兢业业踏踏实实的，那种乱云飞渡般地胡思乱想，她哪里会呀？这让她很郁闷。

另一个就是红脖子。这老小子天天往她实验室跑，搞得她烦得要命。她说过无数次，让他不要来了，对他丢脸子、发脾气、说难听话，可他还是经常找些不是理由的理由跑来黏糊，脸皮厚得是古今旷有，举世无双。刘娟最后不得不用老办法，威胁他说要叫校警，红脖子这才有些害怕，不敢再来骚扰。他自认是要进名校做教授的人，当然不能搞坏名声。

肖君杰则好得多。他打来几个电话问候刘娟，说要请她去吃饭，请她去跳舞，请她去爬山，刘娟总推说，最近太忙，以后吧。肖君杰知道这次碰到了硬钉子，只好迂回进攻，想单独约美人出来不可能，他便给郑卫打电话，说他们公司发下高档餐厅的免费餐券，想请他们俩口和刘娟一起去吃饭。这样，他才算把刘娟请了出来。

两个穷学生加一个实验室打工仔，什么都不懂，随随便便就去赴约。肖君杰开车来接他们时，杨小静和郑卫一看就叫起来："BMW啊，还这么新，你这家伙可真有钱！"

肖君杰谦虚道："没有很多钱啦，喜欢就好。"

杨小静冲郑卫发狠道："我也喜欢，郑卫你给我买！"

郑卫苦笑道："这辈子希望不大，要不下辈子吧？"

杨小静正在生气，肖君杰对她说："你来开好啦。"

杨小静高兴得就要往上冲，郑卫一把拉住她，劝她说："别给人家把车碰坏了，咱们赔不起的。"

肖君杰笑说："没有关系啦，我买了全额汽车保险的。"

杨小静虽然觉得杰克肖这个人真是很好，可还是不好意思去开他的车了，要是真出了事，人家就算不追究，你自己也会很不好意思嘛。

餐馆的门脸不算大，也不算豪华，却古色古香，欧式风格。门口的接待很气派，全是VIP待遇，他们四个人下了车，直接往里走就行，有专人去为他们停车。接待小姐询问肖君杰的名字，查验登记，才领他们去专门的桌子。肖君杰对三个发愣的生瓜蛋说："这里是要事先预订的，要提前很久。"杨小静眼尖，发现吃饭的人都衣冠笔挺，有的人还很夸张地穿着燕尾服，扎着领结，只有他们三人是学生装休闲打扮。她问肖君杰，他只是说："这里比较讲究的。"杨小静很后悔没有打扮得好一点，又不好责怪肖君杰事先没有告诉他们。

等菜单一上来，他们三个人又吓了三个大跟头，所有菜品都贵得吓人，最便宜的都要四五十美元。

肖君杰连忙说："没有关系的，我有餐券啦。这里的牛排很有名，我们一个人点一份牛排，可不可以？"

郑卫一看，七十元一份，小声嘟囔着："龙肝凤胆啊，也太贵了点！"

不过人家提供的是套餐，从头盘、主餐到甜点，都包括在内。那牛排还真是做得好吃，四个人都连连称赞。

杨小静点头说："一分钱一分货呀！"刘娟不说什么，只是很高兴的样子。肖君杰心想郑卫俩口是一对，他和刘娟自然就是另一对，所以对刘娟关怀备至。刘娟虽然有点不好意思，可也觉得挺舒服。

两个女生去洗手间时，郑卫问肖君杰，刘娟对他怎么样，他说刘娟还是不肯跟他约会。

郑卫说："她才认识你没有几天嘛。她绝对不是一个随便的人。你要有耐心。"

肖君杰点头说："谢谢。"又说："为什么大陆女生有的很保守，有的很随便？"

郑卫说："好女孩子保守，坏女孩子随便。"说完又觉得是一句废话，说了等于没说。郑卫知道肖君杰怎么想，说："她也许不算一个好情人，但绝对会是一个好太太。"肖君杰使劲点头，因为这正是他心里想的，而且他肯定，刘娟会是一个既聪明又漂亮的最好的太太。

吃完饭后，肖君杰递上餐券，又在桌子上放下六十元钱。

郑卫问："这么多呀？"

肖君杰说："这里都是这样的。"

杨小静郁闷道："在这儿做服务员，小费一天就会上千，真不得了！"

肖君杰解释说："他们要分给老板和厨房的，还要上税，所以也不会剩太多，不过，据说这里有好多服务员是有博士学位的。"

杨小静意有所指地问："有王冠的吗？"

肖君杰想着说："博士吗？我不知道，可是上次我碰到一个王冠读不出来的。"杨小静和刘娟都往郑卫脸上看。郑卫咬着牙低下头，有一种想要以头撞柱的冲动。

肖君杰又提议大家到海边去散散步，消消食。郑卫马上大声叫好，杨小静悄悄拉一拉他，让他明白谁是主角。两个人一起看着刘娟，刘娟仿佛没有听见似的，没有反应。他们认为这意味着同意，所以再次表示赞同。这回刘娟让杨小静坐汽车前排。杨小静吃饱喝足，又坐上BMW到海边兜风，高兴万分，在前边摸摸这看看那，喜欢得不得了。

肖君杰把他们带到海边的一个码头，有很多游艇停泊在那里。几个人吹着海风，欣赏着白帆点点的蔚蓝色大海，个个心旷神怡，其喜洋洋者矣。

杨小静叹道："这才应该是美国的生活！"

肖君杰说："船没有多贵，可是码头的租金很可怕。"

郑卫没有听他们在说什么，却对远处一座耸立在海边的小山颇感兴趣，往那儿一指说："咱们去爬山吧，上面的风景一定很漂亮。"

肖君杰说："那座山没有开发。"

郑卫奇怪："建成一个公园多好。"

肖君杰笑道："山太小，没有办法修公路上去，不可以开车。美国人是不肯自己爬的。"

大家都笑："美国人真懒，怪不得那么胖。"

从此以后，肖君杰与刘娟的关系就算不错了。可是当他想请刘娟出去玩时，她总说确实没有时间，有什么什么实验必须马上做，有什么什么论文必须立即写。肖君杰只好周末中午跑来，陪刘娟在王冠餐厅里就餐，虽说不太好吃，环境也差，可是有美女在旁，吃什么都会很香。

红脖子很快发现了他们的秘密，经常强行插进来，跟着他们一起吃饭。他每次来，总是不停地吹嘘自己的研究如何达到了世界最先进的水平，自己马上就要去名校做教授了。刘娟和肖君杰只好默默地听着，心里盼望着他早点去赴任，省得别人吃饭都吃不清静。

杨小静把他们去高档餐厅吃饭的事讲给吉姆听。吉姆说他也挺喜欢那家餐厅，每年总要去几次。另外还有几家，也很不错。有专门做素菜的，有只有一个菜的，有只有一桌菜的，各有各的讲究，各有各的专门顾客群。

杨小静郁闷地说："反正都不是做给我这样的人吃的。"

吉姆说："你可以去吃呀。"

杨小静说："我可花不起那么多钱。"

吉姆开玩笑道："你是说你想要提升工资，对吗？你可以跟你的老板说呀。等一下……我想起来你的老板是谁了！"

杨小静笑起来："我并没有那个意思，我很满意我的薪水。"

想起杰克漂亮的BMW，杨小静知道吉姆开的是一辆凯迪拉克，就问他宝马与凯迪拉克哪一种车比较好。

吉姆说："每个人的选择不一样。一般说来，老板们喜欢凯迪拉克，而公子少爷们喜欢宝马。"

杨小静不敢再说她买不起，只好说："我喜欢小一点的，大的不好开。"

吉姆问："你喜欢什么颜色的车？"

杨小静笑说："红色。"

吉姆也笑起来，张开双手耸耸肩膀感慨道："年轻姑娘！"

吉姆真的把杨小静当成自己最亲密的朋友，渐渐地开始讲起他的私事。他说他跟前妻是青梅竹马，很小就认识。大学毕业后两个人匆匆结婚。后来他读博士时，没日没夜地在实验室里干，连妻子长得是什么样子都快要忘记了。他的前妻要求离婚，他当即同意，反正是一个陌生人要离开，他没有理由反对。杨小静问他想过复合没有。吉姆说他的前妻早已再婚，嫁给一个商人，有两个小孩。他有时会打电话过去聊聊天。有一次还去她家住过三天，跟她现任丈夫也成为好朋友。杨小静心想，外国人真是看得开！吉姆又谈到他约会过的女人，说那些只是追逐性，而不是爱，而他想找一个两者兼备的女孩。他停下来不再讲，凝视着杨小静。杨小静不敢抬起头来，好半天才说："咱们该回去了。"

从那以后，吉姆讲话的时间越来越少，凝视杨小静的时间越来越多。杨小静也时常脸红，不好意思，说话断断续续，时常失魂落魄，仿佛坠入爱河一般。她知道什么事情要发生了，而那又是绝对不应该也不可以发生的。有好几次她都想，不能再跟吉姆一起出去喝咖啡了，可是每一次她又忍不住，还是跟着他一起出来。吉姆是心事重重，欲言又止，她是想听又不敢听，又爱又怕。

终于有一天，吉姆开口了："我知道这是不应该的。我也知道这样有可能毁掉我的职业生涯。在开始时，我只是觉得你很可爱，所以很喜欢跟你在一起。等到我发现自己陷进去的时候，我已经来不及制止自己了……"

杨小静猛地站起来，眼中含泪摇头叫道："吉姆，请别说了！不可能的！肯定不可能的！"她哭着跑出去，在黑暗中的王冠校园里，不停地走呀走呀，直到筋疲力尽，直到头脑麻木。

杨小静回到家时，郑卫已经沉沉睡去。她洗澡后躺在床上，一点睡意都没有。郑卫翻身时，她推醒他，脱掉睡衣钻进他的怀抱。他们做爱时，杨小静非常兴奋，激情四溢。他们已经很久没有这样了，以往杨小静不是说太累，就是应付差事。郑卫奇怪地问她，怎么回事？她只是说："没什么，突然很想要。"郑卫随后又昏昏睡去，而杨小静则睁着眼睛直到黎明来临。

杨小静自觉自愿地担负起督促郑卫进步的任务。别的忙她帮不上，就时不时跑到系图书馆，查一查生物学类杂志和文献。一旦发现有与郑卫研究方向相关的论文，就拿来逼着他读。这天，她看到新来一本会议论文集，翻开一查，发现有一篇文章跟郑卫正在做的课题很像，就把它借来，拿着去找郑卫。郑卫这一段时间收敛多了，一则因为杨小静和刘娟盯得紧，再则有一个会议论文的截止日期马上就要到，他必须尽快呈递上去。在实验室里已经工作这么长时间了，还没有几个像样的研究结果，实在是说不过去。杨小静找他时，他正在把实验数据列成报表，准备开始动手写论文。

杨小静把会议论文集翻开递给郑卫，他扫了一眼题目，又急忙往后翻了一页，脸色一下子变得煞白。

杨小静一看不对头，忙问："怎么了，大卫？有参考价值吗？"

郑卫以手扶头，满脸痛苦："完啦，人家比我先发表了！"

杨小静大吃一惊，依然怀疑地问："跟你的论文很像，是吗？你再看一看。"

郑卫细看那篇论文，不住地摇头："几乎一样，除了几个细节有一点不同，其他完全一样。完了，完啦！"

杨小静不死心："真的，你再仔细看一看，只要有所不同就行。"

郑卫几乎垮掉："同样的目标，类似的方法，差不多一样的结果。唉，我算是白做了！我怎么这么倒霉！"

杨小静冲口就要喊出来："你天天混！要是早几个月做出来，不就没这事了？"看到郑卫痛不欲生的样子，她只好强行忍住自己的愤怒，安慰他道："咱们做别的，有这个经验，做别的会很快。"

郑卫还是痛苦不堪，嘴里一直在呻吟："完了，完啦，真他妈的倒霉！"

随后几天，郑卫彻底失去了对研究的兴趣，也完全丧失了对自己的信心。他变得痴痴呆呆，整天一言不发，在家里他一坐下就发愣，到实验室也不干活，不是发怔，就是摇头叹气。

杨小静尽管对他非常不满，可还是尽可能不去刺激他，一句埋怨话都不敢说，只是不停地劝他："人嘛，总有不顺的时候。前一段咱们太顺，这一下子算是找平了。你不用太难过,继续往下做。你一定能行的!"郑卫不吱声。

杨小静使出媚功,推着他撒娇道:"老公,别这样嘛,就算是我的错,好不好?跟我进实验室比起来,你这点小挫折算得了什么?总的来说,咱们还是赚的。"

郑卫叹口气,深深地垂着头,低声说:"也许,我……我不适合搞科研,我想……要不……退学算了。"

杨小静大吃一惊,厉声反对:"不行,不行!你不读了,我怎么办?你不能这样不负责任!"

郑卫解释说:"我去找老板,让他给我一个硕士文凭好了。"

杨小静吼叫道:"那也不行!人家都能读下来,为什么就你不行?你要是只有一个硕士学位,到哪里去找工作?不行,不行!"

郑卫耐心解释:"我一看论文就头痛。有一个硕士学位,可以到实验室做实验员,只做实验,不用写论文。"

杨小静根本不想听他说,使劲叫道:"你就是懒!就是爱玩!谁读论文不头痛?别人都能读下去,为什么你不能?"

郑卫也急了,对她喊道:"我就是懒,就是喜欢玩,就是不爱读论文,怎么啦?别人怎么样我不管,我就是不想读了!"

杨小静气极冷笑道:"好啊,你牛!吉姆是从来不招硕士的,他会给你硕士么?他不给你写一封好推荐信,你能找到工作吗?"

郑卫狂喊:"那我就去打工,不用你养我!"

杨小静想起自己不堪回首的打工生涯,哭着叫道:"我可不想跟跑堂的过一辈子!离婚,我跟你离婚!"

郑卫也大喊:"你滚,你给我滚!"

杨小静哭着跑出家门,到实验室去坐了一会,实在没有心思做实验,想起刘娟来,便到她的实验室去找她。刘娟正忙着,听杨小静边哭边说,了解到大概情况。她让杨小静稍等一会,自己把手头的活处理完,就跟她走。

两个女孩进屋时，郑卫正蔫巴巴地躺在沙发上发怔，见她们进来，便站起来。刘娟很冷静地询问郑卫一些技术问题，然后说："是你们老板给你布置的课题，主要责任不在你。"郑卫脸色明显好转。

杨小静觉得刘娟很聪明，这时候追究郑卫的责任，只会把他吓得更不敢读下去了。刘娟继续说："要是不发生撞车，你觉得这个课题分量如何？"

郑卫说："这不是人家都已经发出论文来了吗？"

刘娟说："对呀，所以说你只是运气不好，能力没有问题，读博士没有你想的那么难。要是你这篇论文发了，你就可以做开题报告了，对不对？"

郑卫低声说："可我还是不想读了。"

刘娟说："有些教授是不肯给学生改硕士的，怕开了口子，以后很麻烦。你们老板怎么样？"

郑卫低头道："不知道。"

刘娟问："如果你们老板不同意，怎么办？"

郑卫只好说："那就没有办法了。"

刘娟又问："小静每天在实验室里工作十几个小时，容易吗？你这样对待她，公平吗？"

郑卫其实心里后悔得要死，他也知道当跑堂没有前途，更不可能拿到绿卡。刘娟虽然比他还小几个月，可是给他当过班长，他又素来佩服刘娟，便听话地转身对杨小静说："小静，对不起！我实在太点背，心情不好，不是冲你来的。对不起，是我混蛋！"杨小静委屈得直哭，郑卫犹豫着要不要上前去抱住她。

刘娟一看这情形便说："我还有事，先走了。"

刘娟的课题进展顺利。她的指导教授指派给她一个需要认真仔细地做大量实验却并不需要有太多创意的大课题。当然，她如果愿意做一些别的项目，也可以提出来。王冠的学生嘛，科研自由度相当大，问题只是你要能出成果。

刘娟比较烦心的，还是个人问题。追她的人很多，可她看得上眼的很少，条件好的更少，其实只有一个，就是肖君杰。肖君杰不仅有钱、有车、有身份、有相貌、有个头、有品位，也对她非常好。他每个周末两天，除非有特别紧急的事情，一定会来王冠生物楼咖啡餐厅，陪刘娟一起吃午饭。当然，还有那个总说要去做教授却总也不走的红脖子。刘娟把他那个世界先进水平大教授那一套听得都能背下来了，实在是烦得受不了。

有一次肖君杰来电话，她便提议："要不咱们换个地方吃饭？"肖君杰自然同意。从此他们打一枪换一个地方，总算摆脱红脖子的骚扰。这小子还不知趣，有几次路上碰到刘娟还嚷嚷："你们到哪里吃饭去了？怎么不叫上我？"

刘娟又好气又好笑，回道："减肥，不吃午饭。"

红脖子继续喊叫："你这个身材是最好的，再瘦就没有曲线了。"刘娟被他上下打量着很不舒服，赶快逃走。

这样一来，刘娟跟肖君杰的关系算是前进一步，等于说他们每个周末都有二次单独约会，尽管时间短，环境差，可总是见了面，聊了天。肖君杰自然要想办法讨刘娟的欢心，听刘娟说她喜欢看芭蕾舞，便问刘娟什么时候有时间，他很想请她一起去欣赏。他知道这个丫头太忙，不事先问好，买好票也去不成。刘娟犹豫一下，觉得这个诱惑大到无法抵挡，便说周五或周六晚上吧。当然她没有敢提叫上郑卫俩口，她不是不上档次的人，不会把肖君杰当成冤大头狠宰。可是没有了两个朋友的保护，她也就失去了安全感。

过了两天，肖君杰打电话来说，他买到两张芭蕾舞票，传统名剧《天鹅湖》，星期六晚上八点，在纽约百老汇。刘娟觉得有点远，可是人家票都买好，还是去吧，正要说谢谢，突然觉得不对，她问肖君杰："那几点钟完？怎么回来？"

他说："十点多结束，有一点点晚，我们住一天旅馆再回来就是。"

刘娟心里一颤，冷冷地问："你想干什么？"

肖君杰一愣："我……干什么？噢，我的上帝，对不起，我没有说明白，我订好两个房间，不会有问题的。"他一急，满嘴的英语往外冒。

刘娟受到惊吓，已经兴致全无，当即拒绝说："我最近很忙，没有时间，你另外找别人吧。"

肖君杰马上把订旅馆的回执电邮给刘娟，还附上一句："我已经把剧票和宾馆退掉了。周末见。"刘娟一看，他果然订好两个房间，而且订房的时间是昨天，不可能骗她。她有点后悔，自己怎么这样神经质，不问清楚就乱发火，同时也感激肖君杰的好脾气。不过，这么一折腾，她对肖君杰信任很多，待他也热情不少。

后来肖君杰请她出去吃饭，她便跟着去过几回，都是高档西餐馆，法式的、意大利式的、地中海式的、中东式的，都很好，也挺贵。刘娟可不愿意欠别人太多，肖君杰请她两次，她一定坚持回请一次，但她一个穷学生，经济实力比金融界的精英相差太远，一顿饭几乎吃去她半个月的房租，这种浪漫她可玩不起，后来就不太愿意去了。她倒是很想周末在家包包饺子、听听音乐、聊聊天，放松放松，但是又不敢让肖君杰去自己屋里。她现在一个人住，弄不好搞成引狼入室就麻烦了。

虽然没有看成芭蕾舞，虽然有时他不得不看着刘娟买单，肖君杰对刘娟的印象却更好了。他发现这个女孩不仅聪明漂亮，而且非常自重，非常认真，同时有很好的家教，不像有些女孩，用起男人的钱跟抢劫似的。他现在认定刘娟正是他想要的妻子，只要刘娟同意，他愿意马上跟她结婚。可是他也明白，刘娟这样的人，不会轻易委身于一个条件不错的男人，因为她根本不需要依靠男人生活。

另一个当事人刘娟却觉得，肖君杰这个人好是好，很绅士，很稳重，按部就班，踏踏实实，就是有点像自己，太闷了。他可没有郑卫那种机灵劲和满嘴跑火车的可爱及可笑。他们俩在一起时，总是你一句，我一句，好像是没话找话说，热烈不起来。她觉得他总是差着那么一点，可以做丈夫，却不可以做情人。要是能两者兼顾就好了，可是这种人又到哪里去找呢？

郑卫又是鞠躬、又是道歉、又是装傻、又是卖愣，总算把杨小静哄得差不多，可是他却不肯保证一定会把博士读下去，只是说走着瞧，搞得杨小静还是很不高兴。可是她对老公也没有什么办法，想起还有无穷多实验要做，只好转身跑回实验室。郑卫靠不住，要是自己再丢掉工作，他们俩口就只能抱团跳海了。看郑卫一副心事重重的样子，她也不敢逼得太紧。美国这个地方，杀人的、跳楼的、自残的、神经的，什么可怕的事都有，她可不想把老公逼出一个好歹来。他说走着瞧，那咱们就走着瞧吧。

郑卫嘴上模棱两可，心里却实在不愿读下去，要不是有家有口，有老婆的严厉监督，他早就放弃了。可是现在，吃苦受累，命都搭上半条，好容易做出一点东西来，又被别人抢了先，看来真是老天爷都不帮忙呀！小静已经有工作，挣得不算少，自己又何必非要费那个劲死读下去？据说王冠每年的淘汰率达到两位数，自己自动退出，也不是太丢人。算了吧，算了吧，他到王冠来转了一圈，读完所有课程，又通过了博士资格考试，就算最后只拿到一个硕士，也可以说得过去，运气不好，不怪自己，就这样吧，还是尽快毕业，尽量和小静一样，在王冠找一个实验员的工作。那样的话，他们的生活就安定下来，这辈子也算很不错了。

杨小静拒绝了老板的厚爱，心里不是没有后怕，毕竟在为人家打工，工作能力又很有限，老板要找一个理由让她滚蛋，实在太容易，虽然她相信吉姆不是那种人，可是她还是深深地担忧，只好更加拼命地苦干，不让他抓住把柄，也尽可能多学点东西。当然，还有就是逃避生活中的种种不如意，不去看理想与现实的差距。只是在睡意蒙眬的时分，在稍有闲暇的一瞬，她总会突然想起吉姆那炽热的眼神，以及那双深邃的眼睛里的无限爱意，虽然她不肯接受，可还是心存感激，而且也有许多遗憾。如果她有选择，她真的能够抵御得住他的款款深情吗？

郑卫最大的担心，当然是杨小静。他知道她对自己无比失望，可是他本来就不是一个有希望的人，是她的父母硬逼着他来到美国。他把她携带过来，并帮助她在王冠找到工作，可以算是完成了任务。他觉得自己原本就不是搞科研的那块料，能走到今天，已经尽到最大努力。美国当然好，王冠自然牛,可是压力太大,竞争太激烈,这不是他这个混混想要的生活。他想撤退了,而且觉得即使在这里倒下,他也已经达到许多人终生都难以达到的高度,可以无怨无悔了。可是小静呢?她却是永远要求进步,任何事情都不甘人后,她能饶过自己吗?

杨小静时常不由自主地想,自己当初跟郑卫好,是不是一个错误?郑卫深爱着自己,远胜于自己爱他,这是毋庸置疑的,她也很享受他的感情。可是,自己真的爱他吗?

当初她选择他,有对综大学生的崇拜,有对异性的好奇,也有虚荣心在作怪。他们像在玩过家家,没有想太多,也没有想太远,只要眼前好玩就行。可是生活太现实,结婚以后,她需要汽车,需要房子,需要给自己和未来的孩子一个温暖舒适的家。她不想在不同餐馆之间转来转去,也不想和蟑螂住在一起。她需要安全和稳定,她向往高尚而奢华的生活。她喜欢进高档餐馆,逛名牌商店,喜欢看歌舞剧,喜欢听音乐会,喜欢拿着高脚酒杯在衣冠楚楚的名人、富人中间转来转去。这些郑卫都不可能给她,却有一个人能给,也愿意给,可是,她已经嫁为人妇,又怎能接受另外一个人呢?

郑卫单纯,却不愚蠢,他早已隐约发现威胁,也猜到这个威胁越来越大。他知道对方的力量极为强大,可以轻松地捏碎自己和爱人。他唯一能做的,只有寄希望于对方的自律,以及爱人的清醒。他和小静,这么多年共同走过,一起奋斗来到美国,又在异国他乡一点一点地努力走到今天,相濡以沫,同生共存,彼此有着很深的信任和感情。他知道娶一个美女,就得忍受他人的觊觎。如果自己永远春风得意,当然不用担心老婆跑掉,可是自己一旦倒霉,老婆还会不会忠贞不贰,就只能看她本人了。自己的爱人靠得住吗?她会不会珍惜自己有如自己珍惜她呢?

杨小静现在终于有点明白,她进实验室的奇迹是怎样发生的。她猜想吉姆并没有说谎,他起初也许只是喜欢多看一眼美女,让办公室变得青春可爱一些，就像他也喜欢过丽莎一样。问题在于，他们总在一起谈话，在一起聊天，在他家里，在实验室，在咖啡厅，语言的交流可以引致心灵的交流，而心灵的交流又可能引发身体的交流。有几次她也想，要不就跟吉姆悄悄地好？可是她发现自己做不出来。她也明白如果那样做，就是玩火，而玩火者很容易自焚。与其如此，倒不如光明正大、轰轰烈烈地爱一场，可是，她能够抛弃同甘共苦多年的郑卫吗？

郑卫明白，无论比什么，他都无法与那个人相比。他唯一的也是最大的优势，就是年轻。他不相信小静会离他而去，更无法相信她能够看得上一个比她大二十岁的人。她还那么稚嫩，生活才刚刚开始，而对方已经走完一半人生旅程。她有着无穷的活力和远大的前程，而对方已经力不从心，不会再有太多上升空间。当她步入生命成熟的壮年时，对方却已经垂垂老矣，行将就木。难道她真的愿意一个人孤独地走完人生后半程那漫长的岁月？不会的，她不是傻瓜，她的理智应该能够帮助她抵挡住诱惑。她会明白，只有自己才是她可以相伴终生的人。那个人也许可以给她一切，可是又能伴她多久呢？

杨小静也知道，吉姆比她大得多，可是，他身上却有着年轻人无法企及的风度、自信、成熟、耐心和体贴。中年人的风度，是用岁月和金钱堆出来的。中年人的自信，是以成就和能力为后盾的。中年人的成熟，是历经风雨、战胜坎坷的见证。中年人的耐心，是沉稳和容忍的象征。中年人的体贴，是因为他们懂得珍惜和呵护，懂得把握住现在，懂得如何优雅地走向未来。她同他在一起时，心情总是那么放松和快乐，她不需要考虑任何事，她知道他会为自己准备好一切。她总是有那么多可说的，他总是那样地爱听，也总是那样的善解人意，总是鼓励她，总是赞美她，总是能找到她的优点，总是能为她的缺点辩护。她觉得最理解她的人不是郑卫，而是这个不同文不同种的中年人。她和他的心，永远是相通的。离开郑卫她会痛，忘掉吉姆更不可能。怎么办呢？生活中为什么总有那么多两难选择？为什么爱是苦，不爱更苦？

郑卫知道，杨小静最近已经不再跟着老板一起去喝咖啡了。虽然他发现她似乎有点心事重重，可是他信任她，相信他们的感情，而且她自己也一再说过，她不可能跟老板有不正常的关系。他觉得自己胜在年轻，胜在先入为主，所有的担忧，其实都是不必要的，都是自己在疑神疑鬼。好了，不去想它，小静不会有事，还是先解决好自己的问题吧。他知道杨小静事事不甘人后，绝对不可能同意他放弃攻读博士，可是，拿一个王冠的硕士对自己来说就已经很不错了。他认为自己只能先发制人，等到木已成舟，她最后只好承认现实。

郑卫瞒着杨小静，决定在跟巴特曼教授每周一次的专门课题讨论时，提出自己从博士转为硕士的请求。

这天他一走进巴特曼教授的办公室，老板便开口对他说："我已经知道你被别人撞毁的事。这种事故是经常发生的，这就是竞争！你没有跑过别人，你就失败了，这不完全是你的错。当然，如果你能够跑得更快一些，你还是有可能战胜他们的。"

郑卫听后，心情变好很多，紧张情绪也有所缓解。他觉得老板还是可以的，也算公正，却没有听出老板的口气中，其实也有相当的责备意思。既然不是他的错，给他一条生路总是应该的吧。他觉得自己拿硕士走人的想法，可以算是正当要求。

巴特曼教授继续说："现在他们跑到前边去了，要想追上他们会很难，所以我想让你另外选一个课题。你自己有什么想法吗？"

郑卫知道该摊牌了，他想好语序，提出自己的要求："巴特曼博士，我希望你能允许我申请拿一个硕士学位毕业，就用我现在所得到的成果写一个硕士论文并答辩，不知是否可以？"

巴特曼教授略感意外地沉吟一下，说："我很遗憾，我不能授予你硕士学位，因为你是以博士候选人的身份来到王冠大学学习的。你知道，我的实验室从来不招硕士生。"

郑卫很失望，没有想到老板一点通融的意思都没有。他不愿放弃，争辩道："我这个……特殊……我做了很多，可是别人跑到我前面……"

巴特曼教授摊手说："我知道，我知道，每个人都有他的特殊情况。我允许你重新选研究课题，我也愿意继续支持你的研究。你可以在我的实验室里工作更长时间。"

郑卫有点着急，坚持道："可是我不愿意再读下去了，我想要现在就毕业。"

巴特曼教授半扬着头，脸色严峻而傲慢，直截了当地说："你当然可以选择，继续留在这儿，或者离开。如果你要去别的学校，我可以为你写推荐信。不过，我不可能授予任何人以硕士学位。"

郑卫低着头，很长时间说不出话来。巴特曼教授没有时间跟一个不肯努力工作总想当逃兵的外国混混磨唧，结束谈话说："大卫，我想我已经讲得很清楚了。你可以回去好好想一想。你能不能两天后这个时间到这里来，告诉我你的最后决定？"

郑卫痛苦得无以复加。他现在要么流浪街头，要么继续读这个该死的博士。要找工作，没有学位也没有身份。要回国，什么都没有拿到，丢不起那个人，而且杨小静也不可能跟他走。说转学，现在这么差的经济形势，怎么可能申请到新的奖学金？就算他运气极佳，找到另一个学校，杨小静又到哪里去找这么好的一份工作？他不怪老婆，自己不行，她就是家里的顶梁柱，总不能拉着她一起去死吧？他深恨老板，是你选的课题，现在出了事故，为什么就不能放我一马呢？

杨小静见郑卫这两天心神恍惚，沮丧之极，猜到发生了什么事。她天生比郑卫更懂得人情世故，知道他的老板绝对不可能开这个口子，不然以后他的博士生都不用拼命做研究了，谁要是混不下去，都可以要求以硕士毕业。她觉得，这件倒霉事更多应该怪郑卫，既然别人也在做，说明这个课题很有价值，就是他自己东摇西晃耽误了太多时间，才让别人赶超过去。不过，她很小心地什么都不提，什么也不说，她认为郑卫最后只能接受现实，把博士继续读下去。

郑卫见杨小静冷着脸，对自己不理不睬，也不愿意找她商量。找刘娟吧，又觉得自己的这些破事，总麻烦人家太不好意思。郑卫只能自己憋在心里，时左时右地胡思乱想一气，最后还是跟杨小静预料的一样，不得不选择屈服，因为他实在没有任何其他路可走。

巴特曼教授听到郑卫表示愿意继续读下去，马上予以鼓励："大卫，你是对的。你注意过那篇论文是谁写的吗？霍顿大学。他们很伟大，是我们的主要对手。你几乎赶上他们，说明你有这个能力。好吧，告诉我下一步你有什么打算？想做什么课题？"

郑卫毫无兴致地说："我……我不知道。"

巴特曼教授不满地摇摇头，说："那么我给你一些论文，你去读一读，然后告诉我，你对什么最感兴趣。"

郑卫对什么都不感兴趣，对那些论文，他根本读不进去。他觉得读论文真是一种酷刑，比日本鬼子的灌辣椒水、坐老虎凳更可怕，还不如直接枪毙他算了。每当他看到那些论文，就难受得真想去死。他现在明白了，为什么王冠每年都有那么多人从楼顶跳下去，或者躺在澡盆里割破自己的手腕。不是每个人都经受得起如此痛苦的蹂躏，不是每个人都强大到能够面对如此残酷的现实！

刘娟与肖君杰平平淡淡地处着，像朋友更多，像情人更少，连手都没有拉过。他们的关系，只能说是心照不宣，并没有说破。肖君杰是不敢，很怕时间不到，反而弄巧成拙。刘娟则觉得，对肖君杰可以说有点喜欢，却谈不上多少爱情。有时候她想，肖君杰对自己实在很好，他本人的条件也非常不错，自己忙成这样，没有时间折腾，就是他吧。可是更多的时候，她还是觉得心有不甘，人生一世，不管成不成功，总应该轰轰烈烈地爱一场，就像出麻疹，如果你没有出，终身都是危险。难道自己就应该这样无风无浪地渡过青春？没有经历过那种要死要活的感觉，会不会遗憾终生？

他们这种脆弱的感情，很容易就被一件看似微不足道的小事所击垮。有一个周末的傍晚，刘娟好不容易凑出时间，跟肖君杰一起到一家著名的西餐厅去吃大餐。他们正跟着领位员往里走时，迎面过来二男二女四个中年人。其中一个女士是亚裔，她一看到肖君杰，就惊喜地打招呼："哎哟，杰克，是你吗？你怎么会在这里？好久不见啦，你好帅噢！"上来跟肖君杰握手，亲热得很。

她随即转身打量一下刘娟，笑着说："这是你的新女朋友吗？好漂亮啊！你总是有漂亮的女朋友！"肖君杰相当尴尬，可是没有办法，只好把刘娟介绍给她。刘娟也只能上去跟她握了握手，说上几句"你好""幸会"之类的应酬话。

肖君杰感觉不好，怕出事，忙与她挥手告别，带着刘娟往里走。

那个中年妇女说了一声："有时间来庙里看一看啦，大家都很想你噢。"也扭身离去。肖君杰刚松一口气，又听到那个女的在后面喊："杰克。"他回头一看，那个女的向他招手。他没有办法，只好对刘娟说："你先进去好啦，我很快就到。"刘娟听到他的新女朋友之类，心里不舒服，没怎么理他，跟着领位进入餐厅。

领位带着她转过一个圈，把她安排在门旁边靠角落的一张小桌子前。好像走了挺远，实际上也就是在一人多高的入口隔离屏风的侧后边，刘娟可以隐隐约约听到那个中年妇女与肖君杰的说话声。

那个女人说："……很功利的，想骗你的绿卡和钱啦。"

肖君杰连忙否认："不是的，不是的，她比我强得多……"

女的打断他说："她长得蛮好的，肯定也聪明，可是大陆女生很没有家教，你以后会很麻烦，你爸爸妈妈也不会喜欢。他们想要你找陈家二小姐啦，你又不是不知道……"

刘娟一下子气晕了，耳朵嗡嗡响，下面他们说些什么，便没有听到，等她清醒过来，听到那个女人还在说："……好有本领呀，怎么追上你的？"

肖君杰急着辩解："我看上她的啦，还没有追上。谢谢你，你的朋友在等你。好，再见！"过了一会，肖君杰匆匆跑来。他看到刘娟坐的位置，也看到刘娟的脸色，马上知道，完啦！

随后几天，他又是打电话，又是发电邮，还跑到王冠去找过几次刘娟，不停地央求说:"请给我一个机会,请再给我一个机会。我六年级就来到美国,我跟他们很不相同。"

刘娟总是说:"你我不合适,请你不要再来找我。"

肖君杰还是不停地哀求,刘娟很坚决地对他说:"谢谢你看得起我,也谢谢你的照顾。我们还是不要再耽误彼此的时间了。"

她已经看得很清楚,外国人自己固然无法接受,即使港台同胞,相处也很不容易。

本来肖君杰对刘娟只能说是喜欢,甚至理性大于感性。他觉得刘娟美貌聪颖,清纯自重,很适合做太太,可是太严肃,也太沉默,不会像他以前的女朋友们那样撒娇发嗲、装痴卖傻,算不上多么可爱,而他自己的条件有目共睹,所以很自信,觉得没有什么问题,迟一天早一天的事,甚至以为刘娟更急于嫁给自己。

现在他才发觉,根本就不是那么一回事,刘娟毫不犹豫就抛弃掉他,没有一丝留恋。他这时才知道,刘娟这样的女孩,太特别了,真可以说是百年难遇。这是一个完全不同的女生,是一个纯洁高傲到自己无法企慕的女孩。可是人性就是这样,往往在失去后,才觉得珍贵。以前在一起时,他并没有太深刻的感觉,似乎一切顺理成章,如今却因为她的突然离去而痛彻心扉。他清晰地感觉到,自己是多么深刻地爱上了这个女生,无论如何也没有办法把她忘记。

其实杨小静的痛苦,丝毫不逊于郑卫,只不过她很小心地一点都不流露出来。每天晚上,当她躺在床上的时候,吉姆那张真情洋溢的脸,就会无比清晰地显现在她眼前,她甚至能够读出他脸上每根线条的深情厚谊。

她逃跑后的第二个、第三个和第四个晚上,吉姆又都去找过她,像往常一样,继续邀请她一起去坐咖啡厅,每次她都慌慌张张地拒绝了。她不是怕他,而是怕自己,她不知道如果他再次表达爱恋,自己是不是还能够快步跑开。如果她对他无所谓,她很可能会继续跟他交往,慢慢让他死心,毕竟他是老板,她不能得罪他,也不想伤害这个钟情于自己的好男人。可是,她无法面对他，她真的不知道，如果他坚持每天晚上都来找她，自己又如何抵抗得住。

还好，或者更坏，吉姆明白她的意思，不再来邀请她了，而她却从此难以自拔，无时无刻不在想念他。有的时候，她甚至恨起吉姆，为什么他要闯进她的生活？为什么他要爱她？如果他把她当成普通人看待，也许她现在还在餐馆里为一两块钱小费而耿耿于怀，还会忍受被人捏屁股的屈辱，可是她至少会小心崇拜地跟着丈夫，而不在乎丈夫会做出什么样的选择。如果他只是作为一个很好的老板对待她，那么她这一辈子都会像仰望珠穆朗玛峰一样凝视着他，心里永远充满感恩和敬佩。可是现在，他要求她完全改变自己的生活轨迹，走上他所想要的道路，却不顾及她所要经受怎样的痛苦和损失，这公平吗？这合理吗？

可是，都在一个实验室里工作，就在吉姆的手下讨生活，杨小静又怎么可能完全逃离他呢？他开全实验室大会时，他来到她的实验室检查工作时，他们总要见面，总要说几句话。尽管他现在完全是以一个老板的身份公事公办，亲切自然，她却再也不敢看他的眼睛，只能低着头唯唯诺诺。好在总是在大庭广众之下，她不用担心有什么"可怕"的事情发生。吉姆有好几次当众表扬她，说不用告诉静什么时候应该工作，而要告诉静什么时候必须休息。她确实干得极其卖力，每天不到把自己累得爬不起来，绝不会离开实验室。她一半是想弥补自己的"过错"，另一半是想逃避那无穷无尽的思念。而同事们也不再传播她与吉姆的流言蜚语，因为她已经不再与他幽会，也因为没有人能像她一样干得如此拼命。

杨小静终于不得不单独面见吉姆了，因为每年一度的个人评估，老板要与实验室的每一个员工谈话，告诉你他对你的评价，什么是好的，什么应该提高，还有涨多少工资。

她垂头耷脑，像一个等着受气的小媳妇般走进吉姆的办公室，他却热情洋溢地接待她："来吧，静，为什么你这样压抑？你是我最容易评价的一个职工，所有选项都是优秀，如果有更优秀的话，那你就是更优秀。"

她很拘束地低着头，轻声说："谢谢！"

他继续笑容满面地说："其他人工资涨百分之三到五，我给你百分之十。静，你真的是最好的！"

她无法表达，只是继续说："谢谢。"

他站起来送行，紧紧地握住她的手，说："谢谢你为实验室做的一切。"

她自他们分手以后，第一次看着他的眼睛说："谢谢你！"

他也收敛起笑容，非常认真地说："谢谢你，静！"

杨小静从吉姆的办公室走出来，跑到楼下，坐在那张她熟悉的长椅上，马上就哭了。她以为他会报复她，她以为至少他会忘记她，可是他没有，他对她还是那样好，一点排斥都没有。这样的男人，真的是无法抵抗！她没有办法了，她完了！

晚上，到了往常他们一起喝咖啡的时间，她的心乱得什么都干不下去，而且完全控制不住自己。她几乎是梦游般地走出实验室，悄悄地走向咖啡厅。她不想见他，也不敢见他，她只想远远地看他一眼。她知道他会坐在哪一张桌子上，知道他会面向哪一个方向，所以她绕到他背后，小心翼翼地、战战兢兢地探出头去。果然，他一个人坐在那里，果然，他在喝他所喜爱的意大利咖啡，只是，他没有了白天在别人面前所呈现出来的神采飞扬。他微微低着头，一小口一小口地喝着咖啡，像一只战败的公鸡。她突然心疼到难以忍受，她真想冲过去告诉他，你非常好，你非常可爱，你也非常值得爱……

鬼使神差似地，他突然转过头来，而且一下子就看到她。隔着遥远的距离，四目相对，他们立即都读懂了对方，都知道该来的终究会来，躲不过去的永远躲不过去！

杨小静回头就跑，吉姆跳起来就追。终于在楼道里，他追到了她。他一直叫着："静，静……"她一回头，他就把她抱在怀里。

他不停地喃喃低语："静，静，我爱你，我没有办法！我什么都可以失去，就是无法忘掉你！你为什么在这里？"

杨小静试图挣脱他,可是又浑身乏力,她流着泪,不停地摇头:"我忍不住!我忍不住!我实在忍不住!"

他对她深情地说:"让我们相爱吧!让我们相爱吧!让我们永远相爱吧!"

她却不停地流泪:"不可能呀!不可能的!不可能啊……"

015　从结束到开始

　　杨小静临近午夜才回到家里。她一直心乱如麻，不知道如何面对郑卫，也不知道应该何去何从。可是回来一看，郑卫却没有在家，她稍稍松一口气，因为这样可以推迟一会再做决定了。她洗漱后躺在床上，却怎么都睡不着。她静静地审视内心，觉得自己真正喜欢的，还是吉姆，可是郑卫一向对自己不错，他又把自己带来美国，两个人还是合法夫妻，要她像抛弃旧物一样踢开郑卫，她也实在做不到。怎么办？怎么办？

　　迷迷糊糊地似乎小睡一会，杨小静突然惊醒，睁眼一看，已经凌晨三点，郑卫还没有回来。她担心起来，会不会出了什么事？她已经有好几天没有在实验室里见到过郑卫了，他就是去图书馆看论文，也不可能这么晚还不回来。难道他真的钻进论文里去了？不，不可能，那不是郑卫！

　　她赶快爬起来，给郑卫打手机，没有人接。她等待一会，越想越害怕，她知道郑卫最近读论文很痛苦，而且对自己的心事也有所察觉，会不会……不，不可能，郑卫这种马马虎虎的性格，不至于走极端。那他能去哪里呢？

　　杨小静觉得不能再等，无论如何必须马上搞清楚，郑卫到底去了哪里，有没有出事？她把电话打到经常跟郑卫一起胡混的一个死党家里，那个小子接起电话，睡意深浓地含糊着说："他十二点多走的……对……打牌……这家伙手气真好！去哪了？没回去？我也不……对了，他说要去哪儿打游戏来着？反正你别担心……"

杨小静放下电话，脑子里一片空白，其实在那一瞬间，她在潜意识里已经做出决定，只是她自己还没有敢去深想。这样的人，不可救药了，迟早也是散，长痛不如短痛，算了吧，算了吧！本来她还想，如果郑卫保证刻苦读下去，一定要拿到王冠的博士学位，她还是愿意跟着郑卫过日子。她爱吉姆，可是她并不天真，她知道离婚再嫁，又是跟一个中年美国人，自己的老板，肯定是一个巨大的挑战。还是继续过现在的生活吧，虽说不满意，可也不是过不下去，爱情归爱情，婚姻是婚姻，有多少爱情能够成为婚姻呢？你爱的每一个人都会跟你走进婚姻殿堂吗？

可是，郑卫今夜的表现，已经让她彻底明白，她跟郑卫的路，已经走到尽头。她不是不能忍受艰难，但是不能没有希望。对于郑卫，她已经完全绝望。她明白该结束了，必须结束了！

直到早晨七点多，郑卫才摇摇晃晃地回到家里。他虽然困得要死，累得要命，可是却笑容满面，吹着口哨。昨天夜里，他在牌桌上和游戏机前都大获全胜，无人能敌，他就是那个最牛的人！不爱读书，怎么了？读不懂论文，那又怎么样？本人就是聪明，就是能干，你们谁能比得上？他一看到那些杂志和论文，心里就自卑和痛苦得难以忍受，只有在牌桌上，在游戏里，他才能找到叱咤风云的感觉，找回所有的自信和骄傲。他现在什么都不愿意想，什么也不去做，就是不停地玩，把自己玩昏，把自己累死，忘掉一切烦恼，忘掉那些狗屁论文，忘掉什么博士、硕士……

太太已经起床，正在梳洗，听见他回来，连头都没有转。郑卫讪讪的，不好意思地解释几句："放松放松，呃，忘了时间，忘了时间……"见杨小静拿起东西往外走，他跟上几步说："我……睡一会，马上去实验室。"杨小静转过头来，狠狠地盯了他一眼。那一瞬间，他吓得呆住了，因为从太太的眼睛中，他看到的是无尽的绝望甚至深深的憎恨。他想追出去道歉，可是实在太困，一头栽倒在床上，马上昏睡过去。

起床后，他并没有如约去实验室，也没有读论文，而是又一次跑出去找人打牌、打球、打游戏，直玩得昏天黑地忘掉一切。等他再次回到家时，又是新的一天，又是一个新的早晨。这次太太已经不在，他也不用再说什么，不用内疚，不用解释，不用害怕。他又一头栽倒在床上，再次死睡过去。

醒来的时候，已经是下午。他躺在床上，舒舒服服地伸一个懒腰，又小睡片刻，才爬起来上厕所。从厕所里出来，他准备找一点东西吃，突然觉得有什么地方不对劲，仔细一看，屋里好像少掉一些东西。他吓了一跳，坏了，被人偷了，再仔细看看，自己的东西都在，只是杨小静的衣物用品几乎全部失踪。他大吃一惊，意识到出了大事。

果然，他马上在桌子上发现一封信，上面是杨小静的字迹，写着"郑卫启"。他的手有点颤抖，抽出信一看，不长，只有几句话："郑卫：我走了，不要找我。我觉得我们已经无法继续生活在一起了，还是分手吧。很感谢你这几年对我的照顾，也感谢你把我带到美国和帮我找到工作。银行卡和密码附上，里面有两万多美元，全部归你。多保重！"

郑卫有如五雷轰顶，当时就疯掉了。他了解杨小静，在女孩子当中，她算是相当理性的，不会靠一哭二闹三上吊来要挟老公。她做出的决定，大多经过深思熟虑，很难改变。现在她把自己的东西带走，把钱全部留下，说明问题很严重，非常非常严重。郑卫全身抽紧，僵硬片刻，赶紧给杨小静的手机打电话，可是没有人接。他随即跑到实验室去寻，也没有来。把所有的朋友包括李三姐处都找遍了，还是没有找到。

他知道现在只有一个地方极为可能，那是他想都不愿意想的，可是现在却不得不面对现实。他开车冲到巴特曼博士的家，拼命敲门，却没有人回应。对面一个老太太打开门说，教授一大早就出门走了。郑卫问清楚是他一个人离开的，心里稍觉安慰。他回到王冠，又去问麦瑞。老太太说吉姆在院里开会，静打电话请假。郑卫这时多少放下点心来，至少杨小静没有出事，也没有跟老板在一起，可是，她能跑到哪里去呢？

整个下午，郑卫给杨小静打去无数个电话，她就是不接。他觉得他们的老板巴特曼教授很有可能知道她的去向，可是他实在没有胆量去找老板的麻烦，一想起老板那严厉而轻蔑的眼神，他就不寒而栗。整整一夜，他一分钟都没有合眼，一会给杨小静留言，一会给她发电邮，认错、道歉、保证、发誓，他能想到的办法，都试过了，可就是没有任何回音。思前想后，他觉得只能试一下最后一条路了。

郑卫知道巴特曼教授一般早上七点钟左右会到达办公室，开始一天的工作，所以他一大早便在巴特曼教授的门口等待。可是这天直到八点钟，巴特曼教授才匆匆赶到。见到郑卫，他微微一怔，随即打声招呼："早上好，大卫。"然后开门见山地说："你要找静，对吗？"

郑卫远没有他镇定，哆哆嗦嗦地说："是的，你知道……你知道她在哪里吗？"

巴特曼教授顿了一下："这个，是的，我知道，但是我不能告诉你，我向她保证过。"

郑卫心头火起，不顾一切地说："你把她藏起来了！"

巴特曼教授高傲地仰着头："不是，我只是把她送到她想去的地方。"

郑卫气愤地叫道："我要报警！"

巴特曼教授耸耸肩说："没有问题，可是你想告诉他们什么呢？我看不出来我或者静做过任何违法的事情。"

郑卫没有办法了，他虽然非常着急，可是也知道自己抓不住巴特曼教授的把柄。老婆出走，她的朋友帮一下忙，并不违法，况且巴特曼教授树大根深，他一个外国学生，根本斗不过人家。

他服软了，只好说："对不起，巴特曼博士，我只是想把她找回来。"

巴特曼教授也松一口气，他并不想把事情搞僵，毕竟美国是一个人人有枪的社会。他放缓口气说："这是你和静之间的私事，我只不过是帮一个朋友一点小忙。如果你是我，你也会这样做，对吧？"

郑卫不得不微微点头，继续央求道："巴特曼博士，我求你了，请告诉我，静现在在哪里？"

巴特曼教授摇摇头说："我不能，大卫，你应该想一想，你有什么地方做得不对。她一直在哭，一直说，她太失望了，太挫败了。她不肯告诉我，到底发生过什么。"

郑卫心虚，知道再说下去，自己的麻烦更多，只好说："请告诉她，我在找她，请她回来。请告诉她，我一定会改变。"

巴特曼教授只是淡淡地说了一句："我会帮你转告，我也希望能经常在实验室里看到你。"

可是这个时候，郑卫怎么可能有心思去实验室里干活读论文？他仍然在不停地寻找，不停地查询。他想，这么大一个美国，巴特曼教授要是把杨小静藏起来，他肯定找不到。他只好又给杨小静打电话和发电邮，可是仍然没有回音。他太累也太饿了，吃一点面包，喝两口自来水，就倒在沙发上昏睡过去。

起来时已经是下午，还是没有一点消息，郑卫的心慢慢冷却了，明白老婆很有可能不会回来了。他非常痛苦，也极其沮丧，他明白自己有很大的过错，可是杨小静怎么能如此绝情？真的就这样跑掉吗？而且，她跟巴特曼教授到底是什么关系？尽管杨小静一再否认，他也认为自己有独特的优势，可是她出走时，还是找那个老头帮忙。看来，她是非常信任也非常依赖这个美国大佬。虽然他不敢明确去想，可是他仍然意识到，如果杨小静真要投奔一个人，那就只有这个巴特曼教授了。

他不愿意把自己的丑事闹得满校园都知道，可是再瞒着刘娟就不对了，而且她也是自己唯一可以信任也可以寻求帮助的人。他去找刘娟，刘娟一听也非常震惊，马上跟着他跑了出来。

他们俩在校园里分析讨论情况，尽管郑卫吞吞吐吐，还一再为自己辩护，刘娟仍然很快就搞明白杨小静为什么出走。她知道郑卫现在已经非常难过，没有再责怪他，坐在那里，思索一会，说："她一定有外援，不然不会跑。"

郑卫知道没有办法隐瞒，只好说："是我们老板。"然后把他的怀疑以及跟老板的交涉都说出来。

刘娟沉默好一阵，才又说一句："不该让他们接触太多。"郑卫悔恨地点头。又过了一会，她又说一句："不乐观。"是呀，这边推，那边拉，那个教授又不是等闲之辈，现在杨小静跑都跑掉了，想要挽回，确实很困难。

可是郑卫不可能放弃，他一会一个主意："我去悄悄跟踪我们老板，他晚上肯定会去找小静。"

刘娟说："如果被他发现，叫来警察，你就完了。"

郑卫又说："那我去他家门口等着。"

刘娟说："他还是会叫警察。"

郑卫再说："那我去找警察报告小静失踪。"刘娟说："她留下了一封信。"

郑卫急了："那怎么办呀？总不能就在这儿干坐着吧？"

刘娟权衡一下他的几个主意，觉得去老板家侦察一下风险最小也最现实，便说："我去把剩下的实验做完，没多少，然后去你们老板家。"

郑卫说："不耽误你，我自己去。"

刘娟说："不行，万一有什么事，有我一个女生在旁边，会好得多。"郑卫知道她说得很对，便不再坚持，不知不觉间，他已经把班长当成自己的心理依靠，如果没有刘娟，他真不知道自己会不会做出什么冲动的蠢事来。

他们到达巴特曼教授家时，天色已经微黑，来回环绕几圈，看到整个房子里没有一点灯光，他们俩确信杨小静不在里面。郑卫心里更加难受，不用说，巴特曼教授也不在家，那他肯定在杨小静那里。刘娟虽然不吱声，心里也清楚情况越来越糟糕。

回校的路上，她说："我给小静打一个电话。"

郑卫灰心道："她不会接的。"但他还是把车停在一家商店门口。刘娟拨过去，果然没有人接听，便留言道："小静，我是刘娟。我听郑卫谈了你们的情况，也请你给我讲一讲你的理由。旁观者清。如果你是对的，我帮你劝他。"

他们继续开车回家。两个人都不说话，也不敢抱什么希望，可是几分钟后，刘娟的手机响起，一看，果然是杨小静。郑卫急忙把车停在路边，刘娟接通电话，向郑卫做了一个嘘声的手势。

刘娟刚说一声："喂，小静。"就听到那边的哭声："娟姐，我实在受不了啦！他自暴自弃，很久没有来实验室了。他白天睡觉，晚上玩，一玩一个通宵。这样的人，没有救了呀！"刘娟知道是郑卫的错，他这样混法，在学业上完全是自杀行为，可是这个时候，她能说什么？只能劝合不劝离。

刘娟劝道："小静，我已经说过他了，他保证绝不再犯，你还是回来吧。"

杨小静哭道："没有用，他……没救了，实验室都不来……"

郑卫本来在旁边贴近旁听，这时要抢手机，刘娟伸出一只手按住他，继续劝杨小静说："也许他最近太累。你再给他一次机会，好不好？"

杨小静泣不成声："他改不了，他改不了啦！没有希望……真的！我忍了很久，怎么劝都不听，我没有办法……我太累了……我不想回餐馆……我不容易呀……"

郑卫不顾一切地扑过去，从刘娟手中抢过电话，狂声喊道："小静，我改，我一定改！我要是不改，天打五雷轰，不得好死！小静，原谅我，原谅我哦！都是我的错，是我的错！告诉我，你在哪里，我来接你。我真是会改的，绝对改！"

电话那头沉默着，郑卫不停地道歉、认错、发誓、保证，那边却总是不作声，最后郑卫叫道："小静，说话呀！你在哪里？我来接你回家。我一定会改的，我以后天天跟你一起上下班，再也不离开实验室。回来吧，小静，回来吧！"

终于，他听到杨小静缓慢而带哭泣的声音："对不起，我……喜欢……别人了。"

郑卫非常非常在乎杨小静，最不能容忍的，就是她移情别恋，他所有的耐心，一下子全部消失，所有的愤怒，像火山一样爆发出来："你给我滚！滚去找你的老洋狗吧！滚你妈的蛋！你这个臭女人！你这个死贱人！早就勾搭上了，是吧？早就想跑了，对吧？你们就是奸夫淫妇，一对狗男女……"

那边的电话已经挂断，他还在不停地骂，凶狠恶毒地大骂。刘娟看见他浑身颤抖，面目狰狞，愤恨至极，吓坏了，不停地拍着他的胳膊叫："郑卫，郑卫，别这样，别这样……"边劝边哭了起来。郑卫还在恶狠狠地狂骂，直到他发现刘娟在哭，才突然停了下来。这还是他第一次见到刘娟哭泣。

当天夜里，刘娟坐在郑卫家的沙发上，看住他，生怕他做出傻事来。郑卫时而愤怒大骂，时而沉默不语，一会躺在床上像是睡着了，一会又跳起来在屋里急速走来走去，闹腾整整一夜。

接下来的几天，刘娟也是一直盯住他，一再劝他，要想开点，过去的事，就让它过去吧。她觉得自己第一次像一个老大妈似的，不停地说，不停地劝，把搜肠刮肚所能想到的安慰话，讲过一遍又一遍。郑卫时而骂人，时而自责，一会痛苦，一会沮丧，渐渐地，也只好接受现实。

他还能怎么样？就算他找到杨小静，就算他能把她逼回来，她的心也跑了，这样待在一起，还有什么意思？再说，杨小静有那么一座巨大的靠山，自己身小力薄，根本不可能斗得过人家，不仅如此，以后他还要瞧着那个人的脸色讨生活，他又怎敢闹得太过分？

这些天来，郑卫根本没有心思看论文，也很少去实验室。他只能躲在阴暗的角落里，悄悄地舔着自己的伤口，等着它慢慢结疤。杨小静也一直没有上班，不知道在什么地方准备着开始新的幸福生活。

郑卫见刘娟一直跟着自己，耽误很多时间，心里非常过意不去，一再对她说："班长，谢谢了，没有你，我真不知道会怎么样！现在没事了，你忙你的去吧，别耽误你。我死不了的，也不会跟他们拼命，为那个贱人，不值得。我这样的垃圾，混一天是一天吧。人家想丢掉我，就让她滚蛋吧！没事，没了了。"刘娟一再要他保证不走极端，不去找巴特曼和杨小静闹事，他都一一答应下来，刘娟这才急匆匆地跑往实验室。

随后几天，刘娟还是每天都到郑卫家或实验室去看他。大多数时间，郑卫都在家里昏睡，或者坐在沙发上发呆。有一天晚上，刘娟到他家拉他出去吃饭，只见他手里拿着一封信，脸上充满极端的愤恨，咬牙切齿地说："这个贱人！这个臭女人！她要跟老洋狗跑，那就滚蛋，我不稀罕！还想拿几个臭钱来可怜我，老子就是去要饭，也不要她的臭钱！臭女人，死贱人，带着你的臭钱，滚你妈的蛋！想收买老子，没门！"刘娟接过信一看，是一张离婚委托书，还附有一张纸条：

郑卫，求你了，放我一条生路吧。我今后一定会尽力帮你。咱们的存款，全部归你。你如果还需要钱，请对我说，我会尽力而为。好合好散吧，你一定会有更好前程。

杨小静

刘娟知道这是迟早的事，问郑卫："你打算怎么办？"

郑卫恶狠狠地大叫："我签字，让她滚！臭女人，烂货，她就是想回来，老子也不要！"

刘娟听到过很多人拖来拖去，互相伤害，最后还是一个离，心里也赞同他们痛痛快快地分手，便说："留不住，就算了，她肯把钱都给你，也算有良心。"

郑卫瞪眼大叫道："我不要她的臭钱！我不要她可怜！我自己能养活自己！让她滚！去找她的老洋狗吧！带着她的臭钱滚！"

刘娟虽然欣赏郑卫的硬气，可是她本能地预感到，事情没有那么简单，手里没有一点钱，太不安全。她只好折中道："要不，一人一半吧？"

郑卫正在火头上，气愤至极，为了发泄自己的怒火，拿笔在纸条下面写上："拿上你的臭钱，滚！"把银行卡和离婚委托书及纸条一起放回信封，说："我这就给那个臭女人寄回去。她要拿她的臭钱给她赎身吗？我又不是老鸨！让她跟她的嫖客私奔吧！"虽然郑卫骂得难听，其实他还是尽量控制着自己，不好在刘娟面前骂太脏的话。刘娟看到，回信地址是他们老板家，也不好再说什么。

那天晚上，刘娟陪郑卫在外面走到半夜。郑卫一会大骂前妻，一会又故作洒脱，说自己离了婚更自由，不用再看那个女人的脸色。刘娟就怕他从此自暴自弃，一个劲地劝他要振作起来，努力学习，一定要拿到博士学位。

郑卫根本听不进去，心里还埋怨怎么杨小静刚走，又来一个刘娟，都逼着他学习。他不敢冲刘娟发火，而且心里也清楚，不继续读下去，他又能干什么？就算他愿意到修车铺去修车或者去餐馆端盘子，他一个外国人没有正当身份，别人也不会要他。他知道自己根本无路可走，只能回去继续给老板打工，等着老板给他发文凭，可是一想到以后还要天天见到那个臭女人和她的老洋狗，他就气得要死，恨得要命！

是吉姆开车深夜载着杨小静离开她那个穷人区里的破旧公寓的。一路上，杨小静一直哭，却不肯告诉吉姆，到底发生了什么事。吉姆是郑卫的老板，如果杨小静把什么都说出来，郑卫马上就会被踢出实验室。即使到后来，她也只是对吉姆说，她与郑卫争吵太多，感情不和，无法再一起过下去。吉姆想把杨小静带回家，她坚决不同意，因为她还是郑卫的妻子，而且也知道郑卫马上就会去吉姆家找她。吉姆说把她安排到自己的朋友家，她也不同意，她很清醒地想要保住自己的尊严和清白。她让吉姆把她送到一个不起眼的小旅馆，在那里一直住到吉姆拿来郑卫签上字的离婚委托书。

其实在此之前，杨小静心里是非常忐忑不安的。离婚是一件很不容易的事，为了争夺财产，为了赌气，甚至纯粹为了折磨对方，很多人坚决不离，拖死你、整死你、气死你。她听说过太多这类事例，心里充满担心。当她看到郑卫不只是马上签了字，而且不肯要她一分钱时，她坐在那里，低着头，很久很久说不出话来。

她一会摇头，一会流泪，真的没有想到，事情会如此简单，如此容易，出乎意料地顺利。她这时才发现，郑卫虽然不爱读书，是一个混混，却有着许多男人少有的骨气和傲气，没有当今许多男人身上流行的猥琐与阴险。她觉得郑卫没有完蛋，这样的人不可能完蛋！她也深深地感激郑卫的宽容和大度，有一瞬间，她甚至有一股冲动，想要撕掉离婚申请，回去与郑卫和好，跟着他继续过下去。可是，当她看到那个"滚"字时，她明白彼此伤害得太深太烈，他们两个人，再也不可能回到从前了。

吉姆很有风度地坐在远处，关切地注视着杨小静。他不会去窥探她的隐私，也不会急于逼问事情的结果，可是他双手紧握，一直忍受着内心的巨大煎熬。他真希望这个他深爱着的女子兴高采烈地跳起来，对自己说，一切都解决了，让我做你的新娘吧，可是，杨小静长时间地凝视着那个离婚委托书和一张小纸条，一会叹息，一会摇头，一会流泪，一会哽咽，犹豫不决，痛苦万分。

他不懂中国人，无法想象他们对婚姻的看法。当年他离婚的时候，两个人平平静静地交换意见，平平静静地谈条件，平平静静地分手，以后还成为好朋友。为什么中国人的离婚会这样感情激烈，悲痛欲绝？

直到这个时候，杨小静才开始觉得，自己有一点对不起郑卫。先前她总是对自己说，郑卫出国，她家里帮过大忙，也掏出很多钱，所以他带自己来美是应该的。他帮她找到工作，也就是提供一个信息，只要朋友，都能够做到。他自己不争气，无穷无尽地瞎混，怎么劝都不听，自己实在是没有办法，所以不欠他什么，可以心安理得地出走，自由自在地找寻自己的幸福。

可是现在，她却发现，自己其实欠郑卫不少。她知道郑卫深爱自己，远胜于自己爱他，即使这样，他也一点没有为难她，宁肯本人忍受痛苦，马上就在离婚书上签字。不仅如此，他也没有趁机讹诈，两万多块钱，对谁都不是一个小数字，对郑卫这样的穷学生来说，更是如此，这些钱，够他买一辆新车，或者生活两年。她知道郑卫平常相当节省，这些钱怎么说也应该有他一部分，他却不肯要一分钱，都还给她。这样的人，受到这么大的伤害，还能这样善良，她怎么能够不感动呢？

杨小静知道，吉姆还在等待她的决定。她仔细审视一遍自己的内心，发现自己真正爱着的，还是对面坐着的这个男人。吉姆有风度，有教养，有文化，才学出众，成绩斐然，出任世界一流大学的教授和系主任，而且用自己的科研经费培养一大批人。

跟吉姆比起来，郑卫太青涩，太不成熟，也太懒散，而且以他这种混法，在美国待下去都很难，更不用说会有任何建树，对于进入美国的上流社会，只能是一个永恒的梦想。

当然，杨小静谈过恋爱也结过婚，已经很能读懂男人。她知道吉姆是真心爱她的，是爱她爱到骨子里去了，对她更是无可挑剔地好，而她也真的喜爱这个成熟能干的中年男人，她同样喜欢他所拥有的一切，也包括他的地位和金钱。她已经很清楚地理解这个社会，爱情不是建立在虚无缥缈的空中楼阁上的，它需要实实在在的载体，就像男人喜欢女人的青春美貌一样，女人也需要一个温暖安全的家，一个舒适可靠的未来。她不是圣人，要她抛弃向她热烈招手的富贵荣华，再去过穷日子、苦日子、没完没了地争吵抱怨的日子，她做不到。回是回不去了，她只能跟着吉姆走，郑卫的情，郑卫的义，以后尽量还吧！

杨小静终于站起来，对吉姆低声说："咱们可以走了，我可以去办离婚手续了。"

吉姆松一口气，不由地问道："但是，为什么……"看到杨小静的表情，他停住了，走上前来，抱住她说："静，我爱你，我深深地爱着你！"

杨小静依偎在他的怀里，大哭失声。她不知道应该怎样告诉他，因为他的爱，自己承受了多少苦痛，又怀抱着多少希望呀！

委托办理离婚手续后，杨小静马上便成为吉姆的女朋友，搬到他家与他同住。几乎一夜之间，她便跻身于美国的上流社会，开始过上奢侈豪华的富裕生活。她可以每天尽情地享受各国的种种精美食物；她可以去纽约买各式各样高档漂亮的衣服，还可以穿上它们去参加一些名流的社交聚会；她可以去百老汇欣赏歌舞、戏剧、芭蕾和音乐会；她也可以在他们那个雅致舒适的豪宅里睡懒觉或者浇浇花、看看电视，悠闲地度过整整一天。她现在再也不用为将来发愁，不用为了几块钱小费而忍羞挨辱，不用看着别人的豪宅靓车而眼红。她想要什么，差不多就有什么。她现在已经过上成功的美国人无忧无虑的快乐生活。

吉姆的求婚也来得很快。那是一个化装舞会，参加者大多是吉姆的朋友。她与吉姆及他的朋友们跳过几曲舞后，来到休息时间。舞会主持人宣布要玩一个游戏，由妻子寻找老公或者女士寻找男友。

这时马上有人推荐杨小静，说因为她跟吉姆在一起的时间最短，最不容易找到自己的心上人。杨小静不好意思，可是大家都起哄要她上，吉姆也眨着眼睛说："宝贝，来一场简单的检测吧。"杨小静只好勇敢地迎接考验。

绅士们全部走进另外一个房间，女士们则在大厅四周坐好。杨小静被安排站在场地中间。灯光转暗，主持人一挥手，乐队开始奏乐，接着一排头戴面具身穿黑色燕尾服的绅士们鱼贯而入，围着杨小静站成一圈。主持人再一次挥手，乐队停止奏乐，灯光恢复明亮。

主持开始搞笑，说："静，你要明白，如果你选错人，你就会被巫师下咒，变成睡美人。你将沉睡七年，直得你的王子詹姆斯·巴特曼找到你，并给你一个深吻，你才会再次成为公主，嫁给你的王子。你不会让可怜的吉姆再等七年吧？所以你必须选对！"全场哄笑连连。一些女士也在插嘴逗笑，有人要上来替杨小静选，说变一回睡美人是她的梦想，还有人说自己的老公一定很希望杨小静选错人。

杨小静也是笑容满面，觉得这个节目挺有意思。她主持过多年晚会，一点不怯场，动作表情都优雅大方。

主持人一说开始，她就说："让我先去掉那些明显不可能的，可以吗？"

主持人说："你可以用你认为最好的方法。"

杨小静便把那些太高、太矮、太胖、太瘦的一一去掉。每去掉一个人，那个人便摘下他的面具，大家一通哄笑。一个大肚如鼓的胖老头被淘汰后，一个胖老太太从椅子上跳起来，奔向他喊道："亲爱的，我太怕你被那个漂亮的小妞选走了。这下可好了，我又有丈夫啦！"边说边抚胸做后怕不已状，全场大笑不止。

最后只剩下四个高矮胖瘦都与吉姆差不多的人，杨小静让他们把手摊开，发现有两个戴着结婚戒指，立即把那两个人淘汰掉。最后的两个人，杨小静也有点说不准。她想了一下，凑到跟前去用鼻子闻了闻，发现左边这个人身上的香水味她熟悉，右边那个人却不对，于是她指着左边的人说："这个是吉姆。"

主持人故弄玄虚地问:"你敢确定?"

杨小静回答:"是。"

主持人再问:"最后答案?"

杨小静自信地说:"最后答案。"

主持人一挥手,乐队开始奏乐,鼓点响起,两个最后的绅士慢慢摘下面具。左边的那一个,果然就是笑眯眯的吉姆。他和杨小静一起走向对方,在全场的欢呼声中,紧紧拥抱。

这时灯光突然变暗,乐队也停止了演奏,周围的人都不再喧哗,一束强光打在吉姆身上,只见他慢慢地蹲下身来,单膝跪地,从面具中取出一枚戒指,对杨小静大声说:"最最亲爱的静,我爱你超过爱我的生命!我请求你嫁给我,你愿意吗?"

杨小静这时明白,这一切都是吉姆事先安排好的。她很感动,没有女人会在如此浪漫的场合无动于衷,但她还是装模作样地做思考状,然后动人地一笑说:"这个,让我想一想,嗯,好吧!"大家一起鼓掌。

吉姆站起来,把戒指给杨小静戴上。在温柔的乐曲声中和众人的欢呼口哨声中,两个人当众拥吻。

当他们分开的时候,吉姆看见杨小静的眼睛里满含热泪。他以为那是杨小静激动的泪水,可实际上只有杨小静自己知道,那泪水的含义复杂得多,有幸福,有感慨,还有一丝愧疚。

杨小静与吉姆订婚后不久,他们就举办了婚礼。两个人都是二婚,都很成熟,也相互认识相当长时间,不需要做更多考查。吉姆人到中年,算是老树开花,很想马上把这个东方小美女正式娶回家。杨小静已经向未婚夫兼老板辞掉工作,所以她的H1B工卡已经失效,需要申请婚姻绿卡,也应该尽快结婚。吉姆深恋杨小静很久,现在美梦成真,当然人生得意须尽欢,想要大操大办,好好庆祝一番,把朋友、亲戚、同事都请来参加。杨小静却希望简单地办一下手续,能静悄悄地过去最好,一则她不想再刺激郑卫,二来她也不愿炫耀,不愿在中国人圈中引来更多非议。最后,他们达成妥协,对吉姆的家庭朋友中高调,而对杨小静的同事和朋友则尽可能保持安静。

当吉姆很自然地拿着婚前财产公证来让杨小静签字时,她虽然不动声色并且笑嘻嘻地马上就签上自己的名字,心里却不无悲凉。郑卫那么穷,还是他把自己带到美国,又是自己主动离开他,他却既没有为难自己,也不肯要自己一分钱;而吉姆天天说无数遍如何爱她爱得要死要活,却很清醒地防着她,怕她不是真心,怕她以后分走他的财产。这大概就是中国人与美国人的不同吧,中国人太感性,美国人又太理智。她爱吉姆,愿意嫁给他,也明白这样做可以避免很多纠纷,可是在内心深处,她还是有点难以接受美国人的这种"清楚",尤其是在他们的大喜日子之前。

几天之后,杨小静小姐正式嫁给詹姆斯·巴特曼博士。吉姆租用一个豪华山庄,举办一个小型豪华婚礼,请来亲戚好友庆贺一番,行礼如仪,然后他们坐上加长豪华轿车直奔机场,坐进飞机的头等舱,飞往夏威夷度蜜月。按照美国传统,婚礼的费用大部分应该由女方家掏出,可是他们的情况特殊,吉姆自愿出资包办。杨小静仍然坚持拿出一万美元,以自重身份,也向吉姆显示,自己嫁给他并不是为了钱财。吉姆也不推辞,马上就接受入怀。想起这些钱本来是属于郑卫的,尽管是他本人坚决不要,杨小静心里怎么都有些不好受。

蜜月过后,吉姆回王冠上班,早出晚归,忙忙碌碌。杨小静自己在家过起阔太太的生活,安逸舒适,轻松随意。前几年压力太大,现在能这么清闲地过日子,她很享受。刚来美国时,她也在家里待过,那时却坐不住,现在想起来,关键还是没有安全感,不知道自己的未来在哪里。如今该受的苦都受够了,该受的累都受尽了,该拼的命也拼掉半条,可以好好休息一下了。既然没有压力,也就没有动力,她并不急于出去上班挣钱。当然有时候会觉得无聊,一如当年她盼着郑卫回家一样,现在也盼着吉姆早点归来。吉姆保证周末尽量在家陪她,晚上也尽可能按时到家。

她的社交圈子基本上都是美国人,大多是吉姆的朋友、同事和邻居,想起来"嫁鸡随鸡,嫁狗随狗"这句名言,跟着郑卫时感觉不明显,现在却成为事实。以她在王冠大学中国人圈子里的名气,是可以交到许多中国朋友的,而且她确实也认识很多中国人,可是现在她明白,不管她怎么说、怎么做,那些中国同胞只会认为她攀龙附凤、嫌贫爱富,为了身份和地位而抛弃自己的中国丈夫,转嫁给半老洋人。郑卫肯定是人们同情的对象,而她只能是反面人物,是中国人民的叛徒。她又怎么敢去自找没趣呢?还是在家里好好待着吧。

平心而论,那些美国人对她至少在表面上还是挺不错的,都夸她年轻、漂亮、聪明、可爱,而且英语说得很好,可是时间稍长,她就看出,他们是以一种居高临下的心态来对待她的,以一种近乎怜悯的口吻与她交谈。他们并不认为她嫁给一个中年人是她的牺牲,反而觉得,一个来自第三世界的女孩,能够找到一个肯收留她的美国人,实在是她的幸运。有时他们的言语之中甚至带有讽刺和无礼,他们以为她听不出来,却不知道她的英语水平已经足以体会出其中的含义。

吉姆总是尽可能地保护她,有时候还委婉地替他的朋友道歉,说有钱、有地位的人,不一定就是有学识、有教养的人,更不一定是一个公正公平、毫无偏见的人。这一点她当然知道,她已经不是谁哄就对谁笑的三岁小孩,她在餐馆打工的经历太有教育意义了,她知道美国和美国人,尤其是上层美国人,远不像表面看上去的那么纯洁无瑕。

有一次,在一个社交酒会上,一群人边喝酒边聊起各个电视台的优劣。有一个胖胖的中年妇女突然问杨小静,中国的电视能看到多少个频道。杨小静计算一下说,公共电视台大概有十几个吧,有线电视五六十到七八十个频道都有。那个女人故作吃惊的样子说,真的吗?真是很不少!说完哈哈大笑,旁边一些人也跟着笑,显然觉得杨小静在吹牛。她甚至听到有一个人以很快的语速低声说了一句,很多频道,一个内容。

她双手抱在胸前,仰脸低眼扫视着这群人。她听吉姆说过,他们中间的很多人,是靠着父辈、祖辈留下的遗产,过着寄生虫一样的生活。她不明白,这些并不是靠自己的学识、才干和努力得到财富的人,有什么资格看不起能力和品格都不比他们差的人。她心里恨恨地想，我们中国现在是比你们美国穷，可是中国进步得非常快，看你们还能笑几年！

跟美国人接触越多，她越发现，虽然她嫁给了美国人，也算融入了所谓的主流社会，可是在内心深处，她还是觉得，自己怎么都是个中国人，基因决定的，无法改变。她也清晰地看到，一些中国人极力想变成美国人，而美国人永远都把他们当成中国人。

她不屑与那种人为伍，她想要让吉姆明白，她可以接受西方文化，但她不可能变成美国人，她可以向吉姆靠拢，但吉姆也要向她靠拢，要学习东方文化，学习中国人的长处。吉姆对中国人倒没有什么偏见，他带过很多中国学生，也去过日本和泰国。他说他以后一定会跟着杨小静去中国看一看，他特别想看的是长城和故宫，还有吃北京的烤鸭。自打认识杨小静之后，他阅读过很多有关中国的书籍和资料，在他那个小圈子里，他可以算是中国通了，可是杨小静还是觉得，他对中国的认识，还不如中国的小学生，顶多相当于幼儿园大班的水平。

杨小静很快开始怀念起中国人的圈子，她跟他们才是自己人，有更多的共同语言，有更多的共同感受，也能从他们那里得到更多的理解和尊重。许多很微妙的东西，只有相同文化的人才有共识。而且总是待在家里，她也觉得苦闷，虽然衣食无忧，却实现不了自己的价值，仿佛废物一个，真的成为寄生虫。她也想过干点什么，读书或者工作。读书她不喜欢，一读很多年，她也受不了。工作累点她倒不怕，可是该怎样面对郑卫呢？出去找别的工作吧，她又会干什么？想起这些，她就头疼，一犹豫便拖了下来。

天天吃西餐，她觉得倒胃口，还太容易长胖，所以特别想吃点中餐。附近的中餐小外卖，又都是美式中餐，吃起来不中不西，更加难受。就为吃顿正宗中国饭，跑去纽约唐人街，也不值得。

跟吉姆聊起这些，他便建议说："你以前打工的餐馆不太远吧？我们可以去那里吃。"杨小静有点犹豫，不知道怎么跟李三姐她们解释自己的情况。吉姆继续说："我听你讲过那么多关于'亚洲村'的故事，我希望能去那里看一看。"杨小静想，要重新回到中国人的圈子里，如果连李三姐都不敢见，肯定不行，再说多多少少也有一点虚荣心，当年的女跑堂，如今已经成为洋少奶奶。反正是给她们送生意，她们还能不欢迎？思索一番后，她便点头同意。

在去"亚洲村"的路上，杨小静一直在心里祈祷，千万不要碰上"当牛做马的"。她觉得李三姐能够理解自己，牛和马却不可能。可是运气很不好，她一进门，马上看到牛、马两个人在靠近厨房的那张桌子上折餐巾布、包筷子。李三姐和牛、马见到她，都愣了一下，从她们的眼神里，杨小静立即知道，她们早就已经听说过她的故事。

她赶快介绍说："这是我以前的老板李博士，她帮过我很多忙，教会我很多东西。这位是牛太太，这位是马太太。这位是我的先生詹姆斯·巴特曼博士。"

李三姐非常职业化地说："欢迎光临！羊，谢谢你回来看我们。"然后径直带着杨小静两口子去餐桌，并亲自为他们服务。

马却很不客气地上下打量一番杨小静和吉姆，然后说："羊，发达了嘛！你这身衣服，得好几百块吧？"

牛抢着说："你怎么这么没眼力？至少要上千美元！对吧，羊？"

杨小静尴尬地回答："没那么贵。你们都好吧？"

马酸溜溜地说："好什么呀？没法跟你比呀！"

牛接着来："你也好意思跟人家比！瞧你那身衣服，值不值人家的零头？"杨小静不理她们，心里大大地后悔，真不该跑到这儿来自找没趣。

李三姐平平淡淡，不近不远，该干什么就干什么，不套近乎，也不得罪顾客。杨小静几次想亲自动手，都被李三姐礼貌地谢绝。

马叫唤："羊呀，别把衣服弄脏了。"

牛嚷嚷："别把手弄粗了，教授会不喜欢的。"杨小静镇定地笑笑，不去搭理她们。

吉姆问她牛和马说什么，杨小静故作随意地说："她们在开玩笑。"她心里明白，李三姐亲自服务他们这一桌的用意，是不想让她太难堪。李三姐跟牛、马不一样，心里的想法，脸上不会露出来，毕竟他们是顾客，是给餐馆送钱来的。牛和马可不在乎这些，她们只想发泄自己的羡慕、嫉妒和愤慨。

　　杨小静接着给吉姆介绍一番自己在哪个地方做领位，又怎样被小黑孩抢走所有的钱，还有她在哪个桌子被人捏过屁股。吉姆一直夸她能干，又对她以前的不幸遭遇表达了充分的同情。

　　杨小静知道吉姆爱吃什么，也知道自己应该点什么，所以他们要的饭菜对于两个人来说，相当可口。可是，"当牛做马的"却不会让她舒服了。

　　他们刚开始吃饭，坐在离他们不远的马就开口了，很后悔的口吻："你说我这个人傻不傻呀？非要自己在这里拼死拼活地干。你说我要是把老公踹掉，找一个洋人老头子，不就立即过上好日子了，是不是？"

　　她对面的牛却以一种大义凛然的口气说："你傻不傻我不知道，反正我是做不出来那种缺德事！我老公再穷再惨，就算跟着他去要饭捡垃圾，我也绝不会去攀洋老头的高枝，丢中国人的脸！"

　　马以一种讽刺的语气说："哟，你可真是老古董呀，还从一而终呢！这都是什么时代了？你知道什么叫'识时务者为俊杰'吗？就是猴子上树，拉着一个树枝，再跳上更高的树枝。你懂不懂啊？"

　　牛可是坚定不移："我不懂。我就懂得要吊死也只吊死在一棵树上！老公不行，我自己能干呀！我靠自己的双手，养活全家还有富余。我是站得直走得端，在谁面前，我都是昂首挺胸！"

　　马继续阴阳怪气地说："那你是能干呀！要是像我这样，打工干不动，去实验室也干不了，还想过舒服日子，那不就只好嫁洋老头了？"

　　牛恶狠狠地喊："那是你自己笨，怪不得别人！不过人可以笨死穷死，也不能把自己给卖了！人不能没有良心！"

　　马坏笑道："人家自己混不下去了，却能卖个好价钱，干嘛不卖呀？良心值几个钱？要是能卖给什么教……"

李三姐本来装作没有听见,这时觉得这两个老娘们实在太损,出口叫道:"喂,你们俩,集中精力干活!少说几句不行吗?"

杨小静在旁边气得眼泪直在眼眶里打转,强忍住才没有流出来。她真想跳出来对"当牛做马的"说,她是因为爱情才嫁给吉姆的,根本不是为了攀高枝。不过她也清楚,这两个人根本不可能相信她。她们笑话她笨,说她是因为实在混不下去才嫁美国老头的,其实根本不是这样。她端盘子是不如她们,但在实验室干得非常好。她想跟她们吵,可是她知道,即使再加上十个杨小静,撒泼骂街也不是人家的对手。况且吉姆还在旁边,她可不想让他看到中国人之间内讧,她也做不出牛、马当年打架那样的事来。

她实在吃不下去,放下筷子。吉姆见她脸色不好,眼睛里似乎还有泪水,问她怎么了。她说没有什么,只有想起过去的一些事。吉姆轻轻拍拍她的小手以示安慰,然后慢条斯理地继续享用着自己的美餐,嘴里还说:"宝贝,这里的牛肉饭的确很好吃,以后咱们应该经常来这家餐馆吃饭。"

杨小静本来想多给一点小费,被"当牛做马的"一通难听话,气得也不想充大头,只放下百分之十五。出门的时候,她看都不看牛和马,只跟李三姐打了一个招呼就走了。

李三姐看到吉姆很绅士地替杨小静推开餐馆门,又帮她打开车门,等她坐好后,自己才转过去开车,便对"当牛做马的"说:"这个教授是真的对羊好,羊肯定也喜欢这样。"

牛和马还在为郑卫打抱不平,说:"那个小男孩挺好的,她凭什么把人家蹬了呀?跟着一个洋老头跑了,亏不亏心啊!我们就是要教训教训她。"

李三姐看得开些,说:"那个教授跟我差不多大吧,也不算太老。"

牛和马看到吉姆的凯迪拉克,羡慕得不行。牛撅着屁股扒在窗前,流着口水说:"这车可真好呀!谁要是送我一辆,我也得跟着他跑了。"

马朝着她的屁股就是一巴掌:"就你这个屁股这么老大,谁要你呀!"

牛回过头去追着打马:"你的屁股比我的还大,更没有人要!"

杨小静一上车就对吉姆说:"甜心,我希望马上回实验室去工作。"

吉姆有点吃惊,说:"宝贝,你没有必要去工作,我们有足够的钱用。"

杨小静坚持说:"我不是为了钱,我只是想工作。你知道,我是一个闲不住的人。"

吉姆想了一想说:"好吧,每个老板都希望招收能干的员工,我决定雇你了。"

杨小静抱着吉姆的胳膊撒娇道:"太谢谢你了,老板。"吉姆笑了。

他没有看到杨小静马上抿紧嘴唇,他也没法听到杨小静心里的呐喊:"我可以挣钱,我可以养活我自己!我一定要干出一番事业来让你们看一看!我一定要证明我比你们强,强得多!"

016　不眠之夜

　　杨小静静悄悄地回到实验室上班了。她仍然跟以前一样，拼命地干活，拼命地学习，非常努力。除了复杂的眼神和隐约的流言外，同事们没有其他异常表现，好像一切正常，什么事都没有发生过。毕竟，木已成舟，多说无用，况且那是人家的私事，又不违法，谁也管不着。

　　更重要的是，大家都端着老板的饭碗吃饭，谁都不敢跟老板过不去。在美国，第一惹不起的是老板，第二惹不起的是警察，所以甭管这件事道德不道德，正派不正派，没有人敢当面指责那两个人，没有谁愿意跳进来趟这趟浑水。

　　至于倒霉蛋郑卫，好心人也只能劝他节哀顺变，胳膊拧不过大腿，人在屋檐下，不得不低头嘛。还有几个中国人，给他大讲特讲同胞的老婆被洋人拐跑的各种惨事，仿佛别人的不幸，能够减轻郑卫的痛苦似的。

　　还好，杨小静懂得人情世故，她不但没有因为新的特殊身份而趾高气扬，反而变得比以前更加低调，更为谦恭，见到实验室的人，甚至是一副怯生生的模样。一则她很清楚别人会怎么看她跟吉姆的这件事，她没有浅薄到要拿这种东西去炫耀，去惹来更大的反感。再则她更明白，威望和信任，都是自己挣出来的，不是别人可以赐予的。吉姆是吉姆，她是她，她要靠自己的努力去变成强者，去赢得别人的尊重。

当然，她尽可能地躲避着郑卫，很害怕他会来找自己的麻烦，比如跑到她的实验室里大吵大闹，甚至打她、骂她。如果他骂出什么难听的脏话来，会使她的名誉更加扫地。如果他打人被警察抓起来，不仅对他本人不好，她自己也会又成为校园的新闻中心，以后更没有脸面见人。不过，这些可怕的状况，一直没有出现。她稍稍松口气，又一次对郑卫心怀感激。她觉得这是她所能想象到的最好的情况了，她和郑卫可以算是好合好散。

其实两三个月过去，老婆变成老板娘已经有好一阵了，郑卫胸中的冲天怒火，也变得黯淡下来。时间是最好的疗伤药，无论当初伤得多重，只要有足够的时间，一切都会过去。况且郑卫再不理智，也很清楚，这就是"爱到尽头，覆水难收"，怎么都不可能挽回。再说这贱人已经变成老板夫人，他寄人篱下，不可能不投鼠忌器。他本来的退路诸如转硕甚至退学，都是以太太有工作收入且能办绿卡为前提的，杨小静这么一跑，他一点退路都没有了，除了自己继续奋斗，真是别无他途。

当然，仇恨入心，也不是那么容易抹去的。有一次杨小静从厕所出来，正好迎面碰到郑卫。她吓坏了，低着头贴着墙根，想从他身边溜过去。郑卫看到她，故意昂起头来，做出一副极度不屑的样子。在他们交错的那一瞬间，她清楚地听到郑卫低声骂道："贱人！臭女人！呸！"她的泪水一下子冲出来，捂着脸哭着跑回实验室。

杨小静干活更加拼命。她一定要干出一番事业来，证明给郑卫、"当牛做马的"、还有那些看不起她的人看一看，她改嫁吉姆不是为了钱，她自己能够养活自己，她干得绝不比任何人差。

吉姆现在晚上时不时又要去泡咖啡馆，不是为了跟谁聊天，而是要等待杨小静。每每看到杨小静累到话都不想说，有时候躺在车后座上就睡着了，他都是既心疼又无奈。无论他怎么劝，他的宝贝总是说："甜心，别担心，我很好，我很快乐。我喜欢我的工作，喜欢这样的生活。你不懂得，有工作做是多么幸福！"

这天杨小静又是干到深夜才摇摇晃晃地走出实验室。吉姆陪着她一起走向室内停车场，就是郑卫当年经常跑来参观靓车的那一个。杨小静挽着吉姆的手臂，拖着疲惫的步伐走着，突然看到最明亮的那盏路灯的正下方，停着一辆崭新的红色敞棚小宝马，真是帅呆了、酷毙了、漂亮死了。

她不由地瞪大眼睛叫道："哇，好可爱！"

吉姆问她："你想不想要一辆这样的车？"

要是以前对郑卫，杨小静早就喊着想要了，可是对吉姆，她并不想显得太贪婪。她摇摇头说："不要。你说过这种车是富家子弟开的，我以后买一辆职业人士开的车就行了。"

吉姆叹口气说："我很遗憾，这么说我只好把它退回去了，本来我是想把它作为礼物送给你的。"

杨小静大吃一惊，难以置信地看着吉姆："你开玩笑吧？我的上帝呀！这是真的吗？"

吉姆微笑着按了一下手中的遥控器，那辆小宝马立即清亮地回应一声，前后的灯都放射出欢快的光芒。杨小静冲到小宝马跟前，左摸右看，喜欢得快要发疯。

突然，她不动了，眼泪慢慢地流下来。她慢慢地走到吉姆身旁，慢慢地扑进他的怀里，抽泣着说："甜心，你对我真是太好了！谢谢你，太感谢你了！"

吉姆看到她激动得直哭，拥着她笑说："其实我是自私，想让你以后自己开车上下班，我就不用再等你了。你为什么会高兴成这个样子？好像咱们结婚时，你都没有这么快乐。"

杨小静抹着眼泪说："因为我们已经结过婚了！现在你就是不送给我汽车，我仍然是你的妻子。这辆车证明了你对我的真爱！"

吉姆深情地抱紧她说："静，我爱你，非常爱你！爱，就要表现出来！"

与杨小静不同，郑卫的研究工作却总是没有多少进展，本来他一读论文就头痛，如今遭此大难，愈加心绪不宁，更为看不进去。巴特曼博士先是沉浸在爱情之中，再就是去旅游结婚，一直没有工夫管他。等到度完蜜月回来，便把郑卫找来讨论工作。郑卫一来恨死了这条老洋狗，二来虽然断断续续查过一些资料，阅读一些论文，可是点点块块的东西却总是联结不到一起去，形不成一个系统，便说自己还在学习，没有太大进展。

巴特曼博士很不满地说："大卫，你必须快点行动，你的进展不是能令人满意的。"

郑卫心里大骂："你他妈的做了这么缺德的事，还有脸来催我干活，真他奶奶的无耻！"点点头没有吭声就出来了。

郑卫本来因为善修车、太能混而小有名气，再沾上年轻美貌的著名女主持人太太的光，俨然算是王冠的校园小名人。现在他的老婆居然跟着他的老板跑掉，郑卫立即成为万分火爆的王冠超级明星。无论走到哪里，都会有人在远方近处悄悄地冲着他指指点点。

他经常能听到有人在耳语："就是他！他就是那个……"然后就是从幸灾乐祸到高潮迭起的各种眼神。有好几次他都要冲过去打人，可是只要他红着眼睛一转身，别人马上把脸转往其他方向，摆明了根本不认识他，也与他没有任何关系，他就是想发火都找不到理由。他尽可能躲着别人，有时实在不凑巧碰到熟人，人家都是打哈哈，绝口不提此事。

只有红脖子有一次兴高采烈地劝慰他说："大卫呀，你小子抱着美女睡了好几年啦，不亏呀！下次回国找一个更年轻更漂亮的，你也算夜夜有新人啊！"要不是害怕更加臭名远扬，郑卫一定上去给他两个大嘴巴子，把他那一个红脖子上面的两个老脸蛋也打红。

郑卫不是没有想过转学，他甚至跑到王冠的国际学生办公室询问过。人家查阅他的学历后，马上劝他读下去，因为通常大学只承认三门外校课程学分，他如果转学，基本等于重读，几乎所有课程都要重新上一遍，博士资格考试也必须再来一遍，研究更是重头做起，实在是亏损巨大。

更关键的是，现在经济这么差，哪个学校会给他奖学金呢？巴特曼教授会给他写一封好推荐信吗？这是美国，连造假都不可能，对方一个电话，他马上就会露馅。几乎刚一琢磨，他就发现此路不通。不管老板多可耻，前妻多恶心，他都只能跟着他们混下去，命中注定的劫难，连躲都没有地方躲。

可是，就算郑卫咬牙忍辱负重，想在王冠坚持到毕业，老板给不给他这个机会，也是一个极大的问题。

这天郑卫临近中午才去实验室，进门就有人告诉他："麦瑞打来两次电话，让你去她那里一趟。"

郑卫本能地感到不妙，问上一句："为什么事情？"那人说不知道。

郑卫去麦瑞办公室找到她，老太太拿出一个文件夹，把郑卫领到会议室，请他坐好，然后很正式地说："巴特曼博士本来想亲自跟你谈，但是没有找到你，现在他开会走了，让我通知你。"

郑卫马上明白大事不好，果然，老太太清理一下嗓子，说："大卫，我们很遗憾，巴特曼博士和其他教授都认为，你很聪明也很能干，他们都很喜欢你，可是你知道，现在经济不好，吉姆的经费有限，他已经无法再支持你在这里继续读博士了。你如果出去找工作，他可以为你写推荐信，你如果要去其他学校读书，我可以帮你办理所有转学手续。他说他希望你有一个更好的未来。"说完就从文件夹里拿出一封信，递给郑卫。

郑卫机械地接过来一看，是一张正式的公函，下面有巴特曼博士的签名，内容与麦瑞说的差不多，诸如由于经费不足，无法再支持郑卫先生在巴特曼博士的实验室继续攻读博士，到这个周末将中止与郑卫先生的所有关系，并将此事通知王冠的国际学生办公室云云。

郑卫的脑子里一片空白，有一会儿停止运作，不知道自己应该怎么办。老太太一脸公事公办的模样，平平静静地说："对不起，大卫，不是你做得不够好，实在是我们没有钱了，巴特曼博士也没有办法。你如果需要什么帮助，请告诉我。"

郑卫现在明白，自己完了，彻底完蛋了！他几乎是本能地央求道：

"我……我没有美国的工作许可，根本不可能找工作。要换一个学校也需要时间。能不能……让我把这个学期读完？"

麦瑞大概见惯了这种场面，很熟练地应付道："我很遗憾，但是我们没有办法让你继续读下去。我们也很想帮助你，可是，我们做不到。"

郑卫虚弱地问了一句："那……我只好回国了，可是……我父母……"

麦瑞既虚伪又无情地说："我们很欢迎你留在美国，不过，你来美国留学时，已经发过誓，会回自己国家的，对吗？我会让你们实验室的人帮你收拾东西。"

这沉重的一击，一下子把郑卫打醒，他明白乞求没有任何作用。他猛然抬起头来，挺起胸，咬着牙盯着这个翻脸不认人的洋老太太的胖脸，目光里有着轻蔑，也有着仇恨。他拿起那封信，揉成一团，扬手扔进屋角的垃圾桶里，然后站起来说："好吧，就这样吧！"说完就往外走。

麦瑞有点心虚，赶紧说："我很感谢你曾经帮过我很多忙，你看我用的这台计算机还是你帮我装起来的。我会请系里面的教授帮你打听哪个学校有位置……"郑卫没有理她，头也不回地走了。

郑卫铁青着脸走下楼，在校园里一通狂走，满心、满肺、满脑子都充满极端的仇恨。他一下子就想明白了，肯定是那个贱人、那个臭女人使的坏，就因为自己骂了她几句，她就让她的老洋狗把自己赶出王冠，把自己往死里整。什么没钱？前两天实验室还庆祝巴特曼博士又拿到一大笔科研经费，老洋狗还说他打算多招几个博士生。对别人都有钱，对自己就没钱，不就是要让他滚蛋，让他去死吗？

他仰头看了看身旁的高楼，这些年来，光自己知道的从上面跳下来的学生，就有六七个。哼哼，你们想让我也从上面跳下来，没门！想逼死我，可以，不过要死咱们一起死！你们以为我也跟那些软蛋一样，只会自行了断？不可能！老子拉你们同归于尽！我要你们死在老子前头！拼一个够本，拼两个赚一倍！老子死了也是侠客，为民除害，杀了你们这两个狗娘养的奸夫淫妇！我要把你们碎尸万段！你们等着吧，老子来了！我要宰掉你们这两个该天杀的王八蛋！老子要宰了你们！把你们千刀万剐！

刘娟接到郑卫的电话，说他下午想放一些东西到她家里。她问为什么，他说他要搬家，不想住在原来那个地方了。她问什么时候搬，他说最近吧。刘娟答应下来，觉得郑卫的口气有点怪，不过她并没有多想。最近她跟郑卫见面少多了，因为她觉得他已经稳定下来，自己前一段忙他的事，研究工作欠账很多，必须补一补。他突然说要搬家，她没有听他提到过，当然，不愿意再住在伤心地，也是情有可原。

她回到家没有一会，郑卫就来了。他一进来，她就觉得他身上有什么地方不太对劲，似乎有些紧张，还有一种说不出来的味道。他把他值钱一点的东西，都搬了过来，还有一些小东西，同学、朋友送的，父母给的。

刘娟笑说："你怎么把全家都搬过来了？"

郑卫"嗯"了一声，没有说什么。

刘娟又问："你要搬到哪里去？"

郑卫说："附近找吧。"

刘娟奇怪："你没有找到房子，怎么就搬家？"

郑卫说："放你这里安全。"

刘娟有点不安："你没有出什么事吧？"

郑卫勉强笑着说："该出的都出了，是吧？"

刘娟宽慰他说："过去了，就算了。"

郑卫把东西在墙角放好，想起自己犯了事，警察肯定会来找刘娟的麻烦，心里很过意不去，可是这些东西扔掉太可惜，留给她，也算对好朋友的一点补偿。他还有一点钱，已经签写一张支票放好，还有一些金银首饰什么的，都留给班长吧。

他指着一个小箱子对刘娟说："我的一些贵重一点的东西，都在这里面。这个锁的钥匙在这个大箱子里。这个大箱子没有锁，钥匙藏在这儿。"刘娟笑了笑，觉得郑卫的做法很奇特。

郑卫拍拍手，又在衣服上擦擦。刘娟叫他去洗一下手，郑卫说："算了。"转身准备出门，又回过头来四周看了看，再仔细看了看刘娟，想起自己还从来没有跟刘娟正式握过手，回身进入洗手间，洗好手擦干出来，对刘娟笑着说："班长，我可以握一下你的手吗？"

刘娟笑着伸出手来，说："你今天怎么了？"

郑卫伸出双手握住刘娟的一只小手，非常真诚地说："班长，这些年一直麻烦你，都不知道怎么报答，来生转世吧！"说完出一口长气，松开手，转身往外走。

刘娟了解郑卫，她知道出事了，而且是出了大事。她本来不是一个有急智的人，那一瞬间，不知道为什么，她的头脑转得既冷静又快速。

她开口叫道："郑卫，等一下，你帮我把这个箱子移一下。"

郑卫正准备慷慨赴死，听刘娟叫他，回头看看说："放那儿不是挺好的吗？"

刘娟说："我不喜欢，挪这儿吧。"郑卫回身去搬箱子。刘娟不知道哪里来的力气，使劲拉过身旁的桌子，一下子顶在门上。

郑卫回头一看，叫道："班长，你干什么？"

刘娟喘着气站在桌前护住桌子："郑卫，你说，出了什么事？"

郑卫佯笑道："你看你，瞎猜什么呀？没出什么事。"

刘娟叫道："不对，你一定出事了！说吧，怎么回事？"

郑卫笑不出来了，强辩道："真没有什么事。已经这样了，他们还能把我怎么样？"

刘娟突然猜到："你被开除……"她用手捂着嘴，为自己说出这么可怕的话而感到吃惊，吓坏了。

郑卫压抑已久的愤怒像无法控制的火山一样汹涌而出："他奶奶的臭女人、老洋狗，想赶我走，想逼死我，老子先宰了你们这一对奸夫淫妇！他妈的没有绿卡不卖给我枪，你以为我没有办法吗？我开车去撞死你们这两个不要脸的狗男女！你们不想让我活，你们也别想活！我此仇不报，誓不为人……"他大喊大叫着，脸涨成猪肝色，发疯般地冲过来拉桌子。

刘娟死命顶在桌子上，嘴里大叫着："郑卫，别这样！不要走极端！"

郑卫已经丧失理智，压根不听，平常他根本不敢碰刘娟，此时也不管了，见无法拉开桌子，就一把抱住刘娟，把她拖开。刘娟拼命挣扎，可是她的力气实在没有办法跟发了疯的郑卫相比，被他硬生生地拉开。

郑卫转身去拉桌子，刘娟回身抱着他，使出全身力气想拖住他，嘴里叫着："郑卫，郑卫，不能这样，你会毁掉自己的！"

郑卫一边拉桌子，一边狂喊骂道："我他妈的已经毁了！我一个人换他们两条命，我值！我宰了你们，宰了你们这两个狗娘养的王八蛋！我他妈的宰了你们！"

刘娟死命拉住他，大哭道："你不能这样，不能这样呀！还有我呢！我会帮你的！我不让你去！"

郑卫根本不听，大叫道："你管我干什么！我这样的垃圾、废物、渣滓、狗屎，留下有什么用？你让我去死吧！我这样的人就该死！让我去死吧！让我跟那两个狗娘养的王八蛋一起去死吧！"他已经拉开桌子，伸手拧开门，就要往外冲。

刘娟实在拖不住他，也没有任何办法拦住他，绝望中激愤地大叫："你自己不争气，都怪别人吗？"

郑卫抓住门把的手猛然停住了，接着全身瘫软下来，一点力气都没有了。刘娟突然发现自己可以拉动郑卫，赶紧一使劲，居然把他拉了回来。她抱紧郑卫的胳膊，把他拖到沙发前，按着他坐在沙发上，自己又奔回去关上门，使劲拉过桌子，重新顶在门上。这时候，她也是一点气力都没有了，全身都被汗湿透。她一屁股坐在桌前地上，望着郑卫，大哭起来，直哭得梨花带雨，柔肠寸断。

郑卫低着头坐在沙发上，完全垮掉了。先前他急火攻心，恨透那个臭女人和她的老洋狗，觉得就是他们残害自己，把自己往死里逼，他们是自己不共戴天的敌人，他要跟他们拼一个鱼死网破！

刚才刘娟的大吼，可以说是突然把他叫醒，他猛然明白了，像自己这样的垃圾、废物，人人都看不起的东西，老婆不要你是正常的，老板不要你也是正常的，没有人要你更是正常的！不是人家在逼你，是你自己不争气！你既挣不来汽车洋房，又不能搞科研出成果，人家为什么要你？要你有什么用？你这样的渣滓、狗屎，根本就不应该到王冠来丢人现眼！现在人家赶你走，你哪里有资格不服气？本来就应该这样！你还想去拼命，去杀害精英，你有这个资格吗？你凭什么呀你？

这天下午快下班的时候，杨小静到顶头那个小实验室看了一眼自己的一个实验的情况，又急急忙忙往回跑，因为她在这个实验室也有一个项目同时在做。路过一个实验室门口时，隐隐约约听到吉姆手下的两个中国老太太在议论，一个说："这么快，真是太狠了！平常看着挺好的。"另一个说："美国人都这样，翻脸不认人，两面三刀，笑面虎，白眼狼，狠着哩！"这个又说："再加上中国人的阴险狡诈……"另一个抢着说："咱们以后都不要活啦！"

杨小静马上觉得不对，可是又不好过去问她们。她思索着慢慢走回实验室，几个实验员都在忙碌，见她进来，都抬头看她一眼，谁都没有说话，眼神却都有些古怪。她心神不定地做了一会实验，决定还是要把这件事搞清楚，因为她本能地感觉到，此事很可能与自己有关。

杨小静跟一个日本小姑娘关系最好，便把她拉过来，悄悄地问："和子，你知道实验室里出了什么事吗？"

和子犹犹豫豫吞吞吐吐地说："听说……实验室……开除了一个博士生。"

杨小静一惊，脱口叫道："大卫？"

和子点点头说："是。"眼睛里分明在说："不用瞒我吧，你应该早就知道吧。"杨小静一下子呆住了，怔了几秒钟，急忙跑到系主任办公室去找吉姆，没有人，麦瑞也已经回家。她在走廊里站着思考一会，跑回自己的实验室，停止那里的工作，又跑到顶头实验室，把那边的实验也停掉，然后冲下楼，开起她的小宝马就往家赶。

回到家，吉姆还没有回来，可能还在学校哪里开会或者跟人谈话，还在忙。通常吉姆会比杨小静回来得早一些，有时候他工作到很晚，也会到实验室找她一起回家。今天是从来没有过的，杨小静先到家。她坐在主厅的沙发上静了静心，想了一会，觉得不能像以前对郑卫似的，想说什么就说什么，想怎么闹就怎么闹。她跟吉姆一向是相敬如宾，这次也只能平心静气地同他慢慢谈。她打一个电话给一家西餐厅，订购两个菜，让他们送到家里来，然后又细细地琢磨一番自己应该提出的各种理由。

吉姆开车进车库时，看到杨小静的红色小宝马，有点惊讶，进屋后果然见到夫人笑嘻嘻地迎过来同他拥抱。

他问道："宝贝，你今天为什么回来得这么早？"

杨小静答道："因为你总对我说，'你不可能马上做完所有的工作'。"

吉姆努力想了想，想不起来今天是什么特殊的日子，或者发生过什么特别的事情，笑一笑也就算了。餐馆把饭送到后，两个人说说笑笑地一起吃饭，比他们每天晚上各吃各的要温馨许多。吃完饭后，杨小静把盘子、刀叉放进洗碗机里去冲洗，又做好两杯咖啡，端给吉姆和自己。

杨小静浅酌一口咖啡，开口了："甜心，我听说你要让大卫走，是吗？"

吉姆马上明白为什么她今天会回来这么早。他微笑一下，按照标准答案回答："是啊，我没有更多的资金继续支持他了。"

杨小静也很平和地问："你刚刚拿到一笔不错的科研经费，是吗？"

吉姆知道，这种表面上的借口，实际上是为郑卫下台阶用的，对杨小静大可不必装模作样，便说："宝贝，你知道，他的研究进展始终不能令人满意，我只能请他去做更适合他做的工作。"

杨小静建议说："恐怕我比你更了解他。他是一个很聪明的人。也许你可以给他更多一点时间。"

吉姆并不喜欢这样的谈话，可是他还是耐着性子解释说："我支持他很久了，我也不想浪费掉我前面的投资，我已经给他足够多的机会，可是，我不认为他能够做出任何东西来。"

杨小静帮郑卫辩解道："你知道，他的运气不好，跟别人撞车了。这并不全是他的错。"

吉姆觉得她是在责怪自己，因为是他让郑卫去做那个课题，不由地提高声音说："他应该更快一点，他是有机会撞赢的。"

这是杨小静第一次与吉姆争辩。她不想惹丈夫生气，可是她知道郑卫的未来甚至一生，都系于自己身上，她无法放弃。

她求情道："甜心，你可能不知道，他是外国人，没有美国身份。那些签证的事情很复杂。如果你把他踢出实验室，他就只能回中国。"

吉姆也放缓和说："宝贝，我很遗憾听到这些，可是我不能因为他必须回国就降低我的学术标准。"

杨小静继续求道："那么能不能再给他一些时间？至少让他有时间申请转学去别的学校。"

吉姆坚持道："我已经给过他足够的时间，而他并没有做好。他未来的人生规划，只能由他自己去做，我并不想参与其中。"

吉姆从来都是对杨小静宠爱有加，她也从没有求过他什么，可是今天他却如此不讲道理，杨小静心里很不高兴，可是她仍然极力忍耐道："他现在的进展，似乎比以前好些，为什么以前你没有让他走呢？"

吉姆觉得没有什么可隐瞒的，说："因为如果以前我让他走，你也会跟着他走掉，我可不想失去你。"杨小静心想未必，她可以继续工作并且养着郑卫，可是很显然，那样的话，她就很难嫁给眼前这个人了。

吉姆的算计，使她很不满意，不由得说："可是我们一结婚，你马上就让他走，是不是不够正派合理呢？"

吉姆也生气了："反过来说，正因为你，他还在我这里多工作好几个月，他应该心存感激才对。"

杨小静提高声音说："因为我跟你的事情，他的情绪可能受到影响，研究进度也许会慢一些。"

吉姆反驳道："工作是工作，不能受私人事情的影响。"

杨小静觉得，这简直是不讲道理，自己爱的人跑掉了，他怎么可能不受影响，他又不是毫无感情的机器。她说："你可以给他几次警告，如果他仍然做得不好，你再让他走也不迟。"

吉姆强调说："我警告过他很多次，他并没有改变。"

杨小静问道："你明确通知过他，你有可能让他走吗？"

吉姆不屑道："他应该知道，他的工作没有达到要求。我没有必要再给他任何明确的警告。"

杨小静急道："你应该留下他，他是一个很有天赋的人，他可以做得非常好。"

吉姆更生气了："宝贝，我尊重你的观点，可是这是我的责任，我是老板，我要为我的科研项目负责，你不应该干涉。"

杨小静没有办法，只能正面出击了："他是我的前夫，你是我现在的丈夫，你把他踢出去，所有人都会认为，是我要求你这样做的。"

吉姆叫起来："这是我的工作，这是我的实验室，跟我的太太没有关系。"

杨小静大叫道："可是别人都是这样认为的，人们都在讲这类传言！"

吉姆昂起头，高傲地说："我为我的工作负责，我不在乎别人的流言！"

杨小静喊起来："可是我在乎！我不想在别人的眼中成为一个阴险、狠毒的女人！"

吉姆也大声说："你跟他已经离婚了，你和他都是独立的，没有任何关系。"

杨小静大喊道："他是我的前夫，是他把我从中国带到美国的，我不能不管他。"

吉姆大叫道："这是我的事务，不关你的事。我不可能变成太太操纵的木偶！你跟他分开后，也不应该再管他的事情。"

杨小静喊道："我是中国人！我跟他分开了，我也要为他负责！"

吉姆站起来对着她大吼："你们中国人，不可理喻！"

杨小静也站起来冲着他大喊："我们中国人，有情有义！"吉姆不理她，一甩头走进书房，杨小静也流着眼泪跑进太阳屋。

　　天黑了，杨小静坐在太阳屋里的藤椅上哭泣一会，渐渐平静下来，陷入沉思。这是她第一次跟吉姆争吵，许多以前隐隐约约的感觉，现在都清晰起来。她发现从本质上讲，吉姆跟她碰到的那些无知而自大的白人是一样的，把前辈留下的资产，当成自己天生的优越。他们自私、冷酷、虚伪、傲慢、狭隘、无知，对于来自贫穷国家的人，有一种骨子里的轻蔑。他们可以高高在上地施舍，却不能把她当成一个与自己平起平坐的人。她所嫁的这个男人，可以对她很好，可以给她一切，就是不能给她尊重。他对待她，就像对待宠物狗一样，他可以对你爱意深浓，却不允许你有自己的意志和决定。

　　可是，她是人，她不是狗，她有她的自尊和人格，她不能允许别人，尤其是自己的丈夫，一个声称可以为她去做一切的人，蔑视自己。她一直扮演的，都是一个百依百顺、温柔体贴的小妻子，吉姆也对她疼爱有加，可是当她提出唯一的一个请求时，却被他无情地拒绝了，而给出的理由，又是那样的无耻和不近情理。他不在乎郑卫的死活，也不在乎自己的感受，他要保持的，只有他自己的权威。这就是她所爱的人吗？这就是她抛弃一切所嫁的那个人吗？她突然觉得自己活得很假，很压抑，她不知道经过这件事后，她还如何跟这个老男人朝夕相处。

　　她现在才想起郑卫的种种好处。郑卫虽然年少无知，不爱学习，可是他真诚、善良、单纯、可爱、活泼、忍让。她开始跟着郑卫的时候，只是一个子弟班的学生，什么都没有，而他却从来没有瞧不起自己。她刚到美国的那几年，过得那么落魄，他也从来没有说过一句难听的话。那个时候她虽然没有钱，也看不到前途，可是却轻松自然，想说什么做什么，从来不用顾忌。她跟郑卫在一起，就像小孩子过家家，一会儿亲亲爱爱，一会儿吵吵闹闹，可是彼此信任，谁都没有藏着什么、掖着什么，而且他对自己是十二万分的尊重，除了学习，任何事情都是她说了算。可是在自己的生活有了好转，他的处境最艰难的时候，自己却离开了他。即使这样，他也并没有为难她，甚至不肯要她一分钱。

郑卫是骂过她，可是她不是那种一碰就跳的蠢女人，她知道郑卫是因爱生恨，觉得那是因为他在乎她，忘不了她，所以才骂她。她不记恨他，她仍然认为，他是一个真挚的人，一个好人。像他这样的人，如果是这样的下场，天理何在？公义何在？而对他下手的，居然是自己的现任丈夫，她又怎么能够坐视不管？

她突然觉得很累，很难受，没有意思，这样生活下去没有意义。她知道吉姆，在他已然成功的事业方面，傲慢得近乎固执，绝不允许任何人干涉，不可能听取她的任何意见。她唯一能做的，只有离开这一切，为了自己的良心，也为了向郑卫和其他人证明，自己绝对没有落井下石，她真的没有做过如此缺德的事。吉姆的确对自己很好，她也不是不留恋这里的事业、爱情、地位，还有富裕的生活和光明的未来，可是她不能在屈辱和轻蔑中生活，也不能看着郑卫遭遇如此致命的打击而无动于衷。别人可以装傻卖呆，她做不到，她实在没有办法那么卑鄙，她还有一点理想主义，她还没有泯灭良知。如果她在这个时刻抛弃郑卫，她永远都不会原谅自己，也永远瞧不起自己。她救不了他，但她必须为他做点什么，即使于事无补，即使自己必须做出牺牲！

她咬牙下定决心，去书房找到吉姆。他正在那里读着一本有关中国的历史书。她对他说："对不起，吉姆，打扰你了。也许从你的角度来看，你是对的，你有你的职责，可是从我的角度看，我无法接受这件事情。大卫对我来说，不是一个无关紧要的人，他是我的前夫。吉姆，对不起，我要离开你，我明天将回中国。是大卫带着我来到美国，现在我也随他一起回去。"

吉姆一惊，随即马上镇定下来，两眼盯着她，冷冷地说："你是在威胁我！"

她嘴角抽动一下，似乎想微笑，却又笑不出来，只能尽力保持冷静，说："没有，你应该知道我是怎么样的一个人。你坚持你的决定，我也做出了我的决定。就是这样。"

他生气地问："你是想用你的决定来否决我的决定，对吗？"

她镇定地说："我知道你是不会允许别人改变你的意志的，可是每个人都有自己不可逾越的底线。我已经伤害过大卫一次了,我不能再一次伤害他。"

吉姆愤怒地叫道:"这是我的事情,跟你没有关系!"

她也不客气喊道:"可是你是我的丈夫,我宁肯离婚,也不能允许我的丈夫做出这样的事情!"

吉姆气得脸色铁青,咬着牙冰冷地说道:"我也不可能允许你干涉我的工作!如果你坚持要走,那是你的自由!"

刘娟一直盯住郑卫,直至夜深人静。她生怕他冲出去跟杨小静和她的新丈夫拼命,始终不敢离开房门半步。她现在又累又饿又困,还觉得身上黏糊糊的,特别想洗一个澡。

她想现在已经很晚了,郑卫就算跑出去,也找不到那两个人,便站起来,一边揉着酸疼的腰身,一边对郑卫说:"郑卫,总归会有办法的,车到山前必有路。你不要动,我去做点吃的,好吗?"

郑卫还是一动不动地坐在沙发上,深深地低着头,背部弓起,一声不吭。平常都是郑卫说话,她听着,今天是她不停地劝说,郑卫就是不回应。她知道这个打击实在太大,如果是自己,也无法承受,所以几乎不敢让郑卫离开自己的视线,怕他一冲动,再来一个自杀、自残。郑卫本来属于那种脾气很好、性格开朗的人,今天却闹着要拼命,可见他的愤恨有多深、怒火有多大、受伤有多重。他这么长时间不吭声,应该已经通过极点,正在慢慢恢复。

她转到电炉前,开始煮面条,同时时刻注意着沙发方向的动静,防止郑卫趁她不备,冲了出去。还好,郑卫就像打坐一样,始终保持一个姿势,一动不动。她端起一大碗面条给郑卫,郑卫不理,她推推他,他摇一下头。从面部表情看,他现在是极度沮丧和痛苦,而不是激愤。她虽然替他难过,却也有点放心,因为她感到,他不会再有过激的举动。她自己吃了几根面条,也没有什么胃口。

收拾一下后,她犹犹豫豫地想去洗澡,可是郑卫在旁边,实在不好意思。想起自己从来不跟男人拉拉扯扯,刚才却跟郑卫近乎贴身搏斗,现在也不用太害羞，便对郑卫说："郑卫，我去洗一个澡。你不要动，好不好？"郑卫很轻地点一下头。她打开壁橱拿衣物时，很小心地不让郑卫看到自己的内衣裤，其实郑卫一直低着头，她就算大大方方地拿，郑卫也不可能看见任何东西。

她进入浴室，锁上门，洗了澡，又穿戴整齐出来，见到郑卫还坐在那里，放下心来。她站在屋子中间，一边用一个干毛巾擦干头发上的水气，一边说："郑卫，我刚才想过，你可以随便找一个学校注册，先保住身份，再申请别的学校。钱我这里有，你拿去用，好不好？"

郑卫微微抬头看刘娟一眼，又深深地低下头去。他知道这大概是自己现在唯一可以走的路了，要不然就只能一无所得地回国。他马上想到杨小静所上过的那个罗格克大学，又正好看到刘娟跟杨小静一样，用毛巾擦头发，内心的苦痛，有如斧劈刀绞，现在他跟那个臭女人正好掉了一个个，他从王冠发配去罗格克，而她却从罗格克升到王冠，而且住上豪宅，开起宝马，还要把他赶出王冠。他是骂过她，可是就为了那几个字，就要置他于死地吗？这个女人，真是狠如毒蝎啊！

刘娟实在是太累太困了，她非常想睡觉。平常她基本上是按时睡眠的，而今天早已晚过上床时间，再说，她又不敢让郑卫走，两个人总这样耗下去，也不是一个办法。除了父母之外，如果说这个世界上还有一个人是她可以完全信赖的话，那就是郑卫。不管它，睡觉吧，她拿来一个毛巾被，对郑卫说："郑卫，你就在沙发上睡一会吧。我睡床上。"

郑卫仿佛又一次入定，一点反应都没有。她推一下他，他也不动。刘娟没有办法，只好打开台灯，关掉大灯，和衣躺在床上。看着剪影中郑卫那痛苦万分的身躯，想起自己不到十八岁就认识他，大学四年都是好同学，来到美国后，异国他乡更是只有他这么一个朋友，所谓不是亲人，胜似亲人，真的是这样！如今他遭受如此大难，穷途末路，她心里真是为他难过。想着想着，她的泪水又一次渗了出来。

刘娟不知道自己什么时候睡着了，醒来的时候，天已经大亮。郑卫还是坐在那里，还是那个姿势，也不知道这一夜他动没有动过。刘娟爬起来问："郑卫，你睡觉了吗？"郑卫摇一下头。

刘娟说："那你睡一会吧。"郑卫又摇一下头。

她只好说："你吃点东西吧。"郑卫还是摇一下头。

刘娟去洗漱一下，换身衣服，又回来烤好面包片，抹上果酱，还煎了两个荷包蛋，一起端给郑卫。郑卫不接，也不动。刘娟只好自己吃点东西，边吃边劝郑卫，说还是赶快找学校要紧。

刘娟还没有吃完，郑卫突然站起来，摇摇晃晃要往外走。她吓得猛扑上去，抓住他，问道："你……你干什么去？"

郑卫嘶哑着嗓子说："太闷了，出去走走。"

刘娟怕他又要跑去拼命，使劲拉住他说："不行，你不要再去找他们。"

郑卫痛苦地摇头："我这样的垃圾，有资格找大教授的麻烦吗？放心吧，我认了！"

刘娟看他满脸疲惫，眼睛里满是血丝，非常不放心，可是也不能永远把他关在自己的房间里吧，便说："去哪里？我跟你去。"

郑卫说："不知道。随便吧，散散心。"

郑卫蓬头垢面地走向停车场，刘娟抓住他的胳膊跟着他，生怕他跑掉。郑卫直接走向自己的汽车。刘娟说："我来开车。"郑卫说："不用。"刘娟了解郑卫，知道他要是去撞人，不可能带上自己。自己的开车水平不如他，又不知道他要去哪里，就没有坚持。

郑卫开车带着刘娟来到王冠，在校园里转了几圈。两个人都默默无语，看到校园里熟悉的景色，心中都是悲痛不已。尤其是郑卫，以前恨死王冠，现在被人家踢出去了，才发现实在是非常非常舍不得，这里的一砖一瓦，一草一木，都是那样地亲切，那样地可爱，那样地美丽动人，可是，他就要走了，不得不离开了，再也见不到它们了。他的心一揪一揪地疼，压抑得难以忍受，便开车驶出王冠，直奔海边。刘娟坐在旁边，什么也不问，什么也不说，不管他去哪里，她都愿意陪着他，她能够体会到郑卫的痛苦，非常希望自己能为他分担哪怕最小最小的一部分。

郑卫开着车在海滨大道上奔跑一会，看到上次他们在港口所望见的海边小山，便把车开过去。山下有一个小停车场，郑卫把车停下，便顺着小道往山上爬。刘娟亦步亦趋地跟着他。还好路不算难走，也没有什么人。正如肖君杰所说，这里并没有开发，山顶上有一个天然的小平台，没有什么遮挡，山边的悬崖下面，就是灰蒙蒙的大海。天气并不好，阴沉沉的，风很大，吹得他们衣服都鼓起来。远处的港口看不太清楚，那里正是他们以前吃过饭去游玩的地方。

刘娟不知道他跑到这里来干什么，怕他想不开走极端，伸出双手紧紧地抓住他的衣服。

她害怕地伸头看看脚下高高的悬崖和下面深不可测的大海，警告他说："你要是跳下去，我就跟着跳下去！"

郑卫咬牙道："我不会跳下去的。他们想逼死我，没那么容易！"他突然向着大海高声呐喊起来："臭女人，老洋狗，你们想逼死我，没那么容易！老子偏不死！老子要跟你们斗到底！我打死你这个臭女人！我撞死你这个老洋狗！你们这两个无耻之徒，死后要下十八层地狱，永远不能超生！你们这两个奸夫淫妇，不得好死！你们这一对狗男女，死有余辜！王八蛋！……"

郑卫激动得浑身发抖，两眼血红，不停地向大海挥舞着两个拳头，仿佛对面就站着那一对恶男烂女似的，他就要冲上前去跟他们拼命。刘娟向后弓着身子，尽力抓住他的衣服，防止他滑下去。她知道郑卫太痛苦、太压抑、太难受了，又没有办法找自己的仇人算账，只好到这里来喊叫几声，咒骂两句，发泄一番。让他骂吧，骂出来会好过一些。除了骂，他还能做什么呢？风太大了，铺天盖地地吹过来，仿佛要把他们两个人吹到天空中去似的。在山海茫茫之间，他们显得非常渺小，非常柔弱和无助，好像马上就要被天地吞没一样，可是他们依然矗立在那里，坚持在海边、在山顶、在风雨中……

第三部　美丽的崛起

Rising from the Ashes

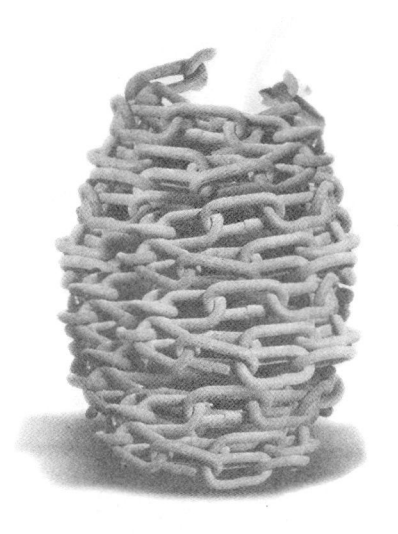

017　救命之恩

　　暴怒过后，郑卫陷入深深的痛苦、迷茫和自责。他开着车载着刘娟往回走，却开得相当慢，远低于限速，一点不像他以往的风格，似乎想要尽力延长离开王冠前的时间。他的明天会去哪里？是那个叫罗格克的烂学校，还是家乡那个破旧的小县城？他此生还能做什么？是去修理汽车，还是到中学去教生物？没有美国的绿卡，也没有国内的户口，更没有国外的文凭，又有谁会要他？他光光鲜鲜地出国，牛皮轰轰地四处秀漂亮老婆，现在如何交代？学习不努力，一无所得，灰溜溜地回去，老婆还跟老板跑掉，他有何面目去见家乡父老？他总算体会到当年项羽宁肯自杀也不过江东的悲愤心情，可是人家是英雄，自己算是一个什么东西？只是一个连老婆都保不住的窝囊废罢了！他当年的学习成绩那么差，在国内想考研究生都很难，王冠却破格录取他，给予他一个全世界青年都向往的机会，现在他学得怎么样呢？居然混到被王冠开除！还有身边的班长，聪明绝顶，美若天仙，一直对自己极好，一直高看自己，可是自己不用功，不求上进，混到这种地步，对得起她吗？自己怎么会失败、堕落成今天这个样子？

　　他已经完全绝望，前途一片黑暗，没有一丝亮光，活着也全无意义。他不仅恨死了那两个把自己往死里整的人，也恨透了百无一用的自己。如果不是自己太差劲，太不争气，怎么会走到今天这般穷途末路？自己这样的垃圾、渣滓，就应该滚蛋，就应该被淘汰，就应该被人抛弃。他对自己也完全丧失信心，真觉得像自己这样的人，生来就是废物，就应该赶快死掉，不要再留在世间丢人现眼。如果不是刘娟坐在身边，他真想眼睛一闭，油门一踩，把一切都抛弃，让一切都结束，再也不用去读那些该死的论文，再也不用去争那个要命的学位，再也不用为老婆跑掉而愤恨不已，也再也不用看老板那张狠毒淫荡的脸，可是，他还不能走，只要班长还在身旁，他的生命就不是百分之百的黑暗，她就是他的心理支柱，整个世界都抛弃掉他，可是只要刘娟还支持他，他就不能放弃自己，他无论如何都要坚持下去，无论如何不能让这个全世界最好、最美丽、最可爱的女孩失望。

郑卫的手机突然响起，他从裤兜里掏出来看一眼，没有理睬，扔到汽车驾驶台上。稍过一会，手机"嘀"的响一声，表明来电人留了言。郑卫仍然没有管，刘娟忍不住问："谁？"郑卫摇摇头，没有回答。

刘娟拿起手机看看，是一个不知名的号码，心想也许是广告，可是这个时候，任何消息都有可能非常重要，她还是想搞清楚，便对郑卫说："我听一下吧？"郑卫"嗯"一声。

刘娟播通留言信箱，听了一下，随即叫道："说有好消息，你快听。"随即她按下手机的重播键，递给郑卫。在这种时候说有好消息，真是天籁之音！郑卫马上把手机按在耳朵上，是实验室的一个同事，说刚刚找到他的电话号码，麦瑞半个多小时前打电话来找他，说有一个好消息，让他尽快去她的办公室见她。

好消息？会是什么样的好消息呢？难道有什么变化？而且是好的改变？郑卫头脑飞快地转动，想象着各种可能，只有一个晚上，又会有什么事情发生呢？老板会收回成命吗？那个臭女人会饶过自己吗？真的会有奇迹出现吗？难道前一天夜里发生了什么重大转变？

前一天晚上，夜已经很深，杨小静独自一人坐在主厅的沙发上，似睡非睡。吉姆刚才恨恨地上楼睡觉去了，她没有理睬他，想要在离开美国之前，自己单独静静地待一夜。事情都过去了，一切都决定了，她的心情有一种从没有过的轻松，甚至还有一丝愉快。她突然很想念北京，想念父母，想念自己的发小、同学和朋友，还有那么多好吃的、好玩的东西。来美这几年，一直是忙碌和艰难，高压及惨痛，从来没有放松过，总是在不停地跑，或者就是不住地发愁。现在好了，回国去，马上走，什么都不要，也就没有任何负担。回家多好，她一定可以每天睡足睡够，然后去美容院做美容，再去体育馆做健身，再去吃各种美食，再去会朋友逛大街，那简直就是天堂般的日子。以后的生活，她一点都不担心，自己肯定算是海归，英语没有问题，又有美国著名大学生物实验室的工作经验，还有父母的关系，找一个好工作应该有如探囊取物。再找一个丈夫，应该也不是问题，自己依然年轻美貌，又有一般女孩所没有的阅历和自信，还有中美两地的生活经验，应该能碰到好男人，说不定还可以傍一个帅哥大款……

不知什么时候，她睡着了，迷迷糊糊中，听到旁边有动静，睁眼一看，吉姆穿着睡衣，坐在那里。她愣一回神，想起所有的事情，又是夫妻一场，还是好合好散吧。

她笑一笑，问候道："甜心，你下来了？"

吉姆双手揉揉脸，低沉地说："我睡不着，下来一看，你睡着了，还在笑。"

她微笑道："我很想念中国，也很想念父母，马上就要见到他们，我的确感到高兴。"

吉姆痛苦地问："你一点都不留恋这里，不留恋我吗？"

杨小静伸手握住吉姆的手说："我留恋这里，也留恋你，谢谢你一直对我非常好。"

她不想再引起争论，也就不提郑卫的事："可是我在这儿，总怕自己做得不好，总怕别人会对我失望，我已经让很多人难过了，不想再让更多人痛苦，回到中国，我会轻松很多。"

吉姆还是很在乎最关键的问题："你爱我吗？"

杨小静点点头，怕他太难受，又说："我不会嫁给一个我不爱的人。我会想念你的，也许你以后会去中国看我。"

吉姆的表情轻松一些，又问："你爱你的宝马吗？"

杨小静回答说:"我也很爱它,可是我无法带走它,你可以把它送给另外一个女孩。"

吉姆摇摇头,再问:"你还有什么东西要带走吗?"

杨小静回答说:"我想带走我所有的衣服,恐怕那不是别人可以穿的。"

吉姆点点头说:"还有什么吗?比如说,钱、财产。"

她摇头笑道:"甜心,没有了,不用担心。我自己的账户上还有一些美元,在这儿不算什么,回到中国,我就很富有。"

吉姆也微笑了:"宝贝,我相信你,有的人说,你嫁给我是需要美国的绿卡和我的钱财,我从来都不相信。"

她平静地笑着说:"也许有人会为了这些嫁人,可是我不会,中国的确比美国穷很多,但是北京不一样,我的父母的情况则更好,他们会照顾我,我是他们唯一的孩子。如果我喜欢美国,我可以自己申请绿卡,如果我需要钱,我可以自己挣,我相信我自己。"

吉姆也点点头说:"我也相信你。你不是一个平常的女人,我不希望你走。"

杨小静叹一口气,伤感地说:"有的时候,我们都别无选择。"

吉姆停顿一下,盯着杨小静看了一会,然后说:"我的决定已经做出,就不能再改变,在我这个位置上,我必须说话算话。"她点点头,准备起身开始打点行装,可是吉姆继续说:"宝贝,我信任你,因此也相信你的判断。也许,大卫真的是一个聪明人,梁也这么说,所以我做出另一个决定,在大卫被开除之后,我可以马上重新招收他回来,做我的试读生,试读期一年,我可以指导他并提供给他一切研究条件,但是我将不再付给他生活费,一年之后,根据他的研究进展,我再决定是否应该让他留下来继续完成博士学位。"

杨小静猛然激动一瞬,又冷静下来。吉姆这个既像是妥协又带有许多条件的决定,有太多值得她思考的东西。她飞速地想了想,觉得这已经是他所能做出的最大让步。钱不是问题,自己可以出,反正自己的这点钱,原本就是说要留给郑卫的,现在已经花掉一半,剩下的就给他做今后一年的生活费吧。不管怎么说,自己的努力有了结果,郑卫算是留下来了,真是太好啦！她心里也暗笑，吉姆不愧是系主任，很有点政治家的奸猾狡诈，居然想出这么一个办法，既保全他的尊严，也照顾到自己的要求。

她笑着说："我很感谢你的新决定，我相信它是正确的。你是一个了不起的男人，永远会做正确的事情，而我呢，只是一个小女人，我的决定是可以随时改变的，我明天上午将会去实验室里继续做我的实验。"

吉姆笑了，做着怪脸问："你不打算回中国了？"

杨小静也做一个怪脸回答："等你有时间，我们可以一起回去。"

吉姆又笑着问："你是想独自在这里待着呢，还是跟我一起上楼？"

杨小静又笑着答："如果你抱我上楼的话，我不会反对。"

吉姆上前抱起她，往楼上走，边走边在她的屁股上狠打两巴掌，嘴里恨道："你这个强硬的小东西，马上就要有大麻烦了！"

不管是什么好消息，对于已经遭受灭顶之灾的郑卫来说，都是太重要太关键了，他立即把车开得飞快，往王冠方向赶。

刘娟说："不行，你先回去收拾一下。"郑卫一看自己这个形象，也觉得不妥，便开车先回宿舍。

刘娟琢磨道："是不是你们老板改主意了？"郑卫想一下，摇摇头："如果是就好了。那个老洋狗，特别自高自大，说过什么，肯定不会改，再加上那个臭女人在旁边挑拨，说我怎么骂她，还有如何差劲，他是绝对不会饶过我的。"

刘娟没有埋怨郑卫，年轻人，谁没有冲动，谁又没有惹过祸？她知道郑卫是真性情的人，对杨小静用情太深，因她的负心而气愤开骂，完全可以理解，至于他的不用功，现在还是不提为好。

郑卫继续猜测，慢慢地说："也许，是到期末才让我滚蛋？要不，就是有哪个教授帮我推荐去别的学校？管他的，已经这样了，还能更坏吗？"

刘娟安慰他道："多待一天是一天，你也有时间另谋出路，如果能去别的学校，也好过随便找一所社区大学。"

郑卫还是无精打采，现在经济这么差，到哪里去找钱？再说转校就是重读,这要读到什么时候?麦瑞那里,他实在不敢企盼会有什么奇迹发生。他知道洋人喜欢夸张,屁大点事,就说得像天大的好事一样,如果他兴冲冲地跑回去,麦瑞来一个"我可以帮你办离校手续",那不是雪上加霜吗?

他们回到郑卫的宿舍楼下,刘娟待在车里,郑卫上楼去洗澡、刮胡子、换衣服。二十多分钟后,郑卫下来,刘娟开车把他送到实验楼,再把车开回去,停在郑卫的宿舍楼前。等她走回医学院时,郑卫已经在楼下等她了。

见到郑卫这几个月来脸上难得的笑容,刘娟看到了希望:"快说,什么好消息?"

郑卫说:"挺奇怪的,我也搞不懂,那个老洋……"他摇一下头,改口道:"噢,我们老板,说他认为我还是有一定科研能力的,如果我愿意,他可以马上重新招我回来做他的试读生。"

刘娟听不明白:"什么?试读生?重招?怎么回事?"

郑卫解释说:"意思是这样,开除还是把我开除了,但是就在把我开除的同时,马上又把我招回来,仍然做他的博士生。"

刘娟惊喜道:"那就跟从前一样?太好啦!"

郑卫进一步解释说:"不,不一样,以前我是正式学生,现在是试读,一年时间,干不好还得滚蛋,而且,实验一样做,可是他不再发给我生活费,他说他确实经费紧张,但还有免学费的名额。"

刘娟从狂喜落到失望又回到高兴,双手抱在胸前庆幸道:"不管怎么说,总算留下来了,起死回生呀!钱你不用担心,有我吃的,就有你吃的。太好了,太好了,真是太好了!"她想到郑卫可以继续读下去,一切都会好起来,幸福得满脸容光焕发,愈加显得美丽无比。

郑卫从未见过刘娟这么激动,再说这次真的是死里逃生,刚才还觉得自己彻底完蛋了,无路可走了,现在居然留下来,还能在王冠读下去,又有可能拿着博士学位毕业,自己也兴奋无比,叫道:"对啊,真的跟做梦一样!老天开眼,居然饶我不死!班长,来,你踹我一脚,让我感觉一下,这不是在做梦吧?"刘娟在别人面前总是一副正儿八经的样子,就是跟郑卫能疯得起来，看到这一段时间郑卫实在太痛苦，昨天差一点要冲出去跟老板和老板娘拼命，现在好容易有一点喜事，就当凑兴吧，提腿真的踢郑卫屁股一脚。

郑卫揉揉屁股体验道："嗯，能感觉到疼，好，不是做梦，太好了，真是太好了！我都以为我死定了，没想到居然活了下来！走，走吧，咱们去麦当劳庆祝一番，我饿得要命。"刘娟其实不饿，可是郑卫突然能留下来，实在太开心了，便跟着他一起去庆祝。

他们一边走，一边东张西望，都是一副不可思议的表情，仿佛刚从噩梦中醒来，还有一种担惊受怕、难以置信的感觉。路过一棵大树，郑卫上去踹一脚树干，路过一座楼，他又过去用力拍拍砖墙，他像是在证明这一切都是真的，又像是在跟自己的老朋友打招呼。刘娟看着他，一直笑着，也是从未有过的幸福。郑卫一会点头，一会摇头，一会笑容满面，一会垂首叹息，实在是感慨万千，真是生死线上走一回呀！已经判处死刑，居然莫明其妙地改判了，简直是不可能的奇迹！有了这么一次经历，他才真正感受到，生活是多么的美好，王冠又是如此的可爱！

刘娟知道这一次实在过于惊险，以后无论如何不能再如此身陷绝境，提醒郑卫说："这次真是太危险，下一次不可能再有这么好的运气，你一定要好好学，把博士拿下来！"

郑卫这下子也深知轻重，严肃认真地郑重表态："绝对！都这样了，我哪敢再混？要不是我们老板不知道为什么突然发了善心，我就完蛋了。真险呀！班长，你放心，我绝对会拼命干的！"边说边握起拳头狠狠地挥舞一下。

刘娟又说："也不要再去骂小静。"

郑卫脸色黯淡下来，摇摇手说："不敢了，那个臭女人，狠着哩！惹不起，躲得起吧，以后我不理她就是，只当她不存在。"

刘娟思忖道："也不一定是小静的错。"

郑卫咬牙切齿地喊："不是她，还能是谁？把我往死里整，臭女人！"

刘娟皱眉道："你不要总骂得这么难听。"郑卫扭过脸去看着别处，没有再骂，可是仍然恨得要命。

刘娟心想，以郑卫这种混法，别的老板一样不会饶过他，可是他对杨小静恨之入骨，就把一切都推到杨小静身上。她劝解说："我觉得她不像那种人。"

郑卫极恨道："得了吧，最毒莫过妇人心！"

刘娟有点不高兴："别那么极端。"

郑卫转头看着她又说："最好也莫过妇人心！"想一想，叹口气："为什么你好得像天使，她又坏得像恶魔？"

进入麦当劳，郑卫点一个巨无霸套餐，又点一个麦香鱼套餐。

刘娟忙说："我吃不了那么多。"

郑卫说："不是给你点的，两份都是我的。你说你要什么？"

刘娟说："一个小汉堡就行。"郑卫坚持又给她点一小杯苏打水。

他们一边吃一边聊，郑卫心情复杂，不能说不高兴，也不是太高兴，只能说是极为庆幸。回首往事，真是惊险万分，他一边吃一边感叹："真跟过山车似的，还不让扎安全带！好歹留下来了，不幸之中的万幸呀！"

刘娟说："你现在要做的，就是好好干。我那里有钱，你拿去用就是。"

郑卫摆手感谢道："班长，你的心意我领了，患难见真心呀！不过，我还是自己打工赚钱吧。刚才我从麦瑞那儿出来就计算一下，把现在的房子退掉，找别人合住，加上吃喝，一个月五六百应该够，我只要每个周末去打两天工就行。"

刘娟忙说："不行，那要耽误很多时间，我这里有钱，你就拿去用。"

郑卫看着刘娟，缓缓地说："班长，我不能靠在你身上。我就不信，我真的就那么提不起来，连一点吃饭的钱都挣不到？我也是一个男人，你就让我自己去拼一回吧。"刘娟不好再坚持，她感到这是郑卫最后一点自尊。她理解他的心情，也欣赏他的志气，反正有自己的钱做备份，他怎么都应该能够挺过这一年。

从麦当劳出来，刘娟看郑卫虽然情绪大好，却明显疲惫不堪，他已经有将近两天两夜没有合眼，便对他说："你回家先睡一会吧。"

郑卫说："不行，老板刚刚同意我留下来，马上就见不到我，非生气不可，我怎么也要干到晚上老板离开再回家。"刘娟看他知道努力了，也感到欣慰。

他们穿过校园时，郑卫再一次感慨万千，说："生死线上走一遭，感觉太不一样，以前没觉着这个校园有什么，失而复得，才觉得真的是挺漂亮、挺亲切的。"

刘娟感同身受，也说："你能留下来，还真是失而复得，真是奇迹！"郑卫点点头。

临分手时，他又对刘娟说："班长，我上辈子不知积下多大的德，这辈子交上你这样一个朋友，我欠你的情，都不知道应该怎样还，以后有什么要我做的，尽管说，我是赴汤蹈火，在所不辞！"

刘娟认真地说："你把博士学位拿下来！"

郑卫咬碎钢牙，狠狠点头。都走开很远了，他又回过头来对刘娟大喊："班长，你救了我的命呀！大恩大德，永世难报啊！"

可是，想挣一点钱，远没有郑卫想象的那么容易。他到图书馆、餐厅和体育馆等地方都去问过，现在是学期中间，他们人早已招满。下一个学期怎么样，那要等到开学前才知道。对方让他留下联络方式，就把他打发走。他又到学生办公室贴广告，也是什么回音都没有。朋友们都说，美国学生现在都找不到工作，你就别抱希望了。更糟糕的是，几乎没有什么学校工作只在周末做，就算他找到工作，如果要求上班时间干活，他也不敢去。他要是在上班时间动不动就不见人影，老板还不是又要找他的麻烦？所以他基本上放弃在学校内部找到工作的希望。

作为一个外国学生，在社会上找工作是非法的，所以虽然郑卫很想到修车铺去干活，很多地方也缺人，可是没有人敢雇他。刘娟也劝他千万别冒险，万一被抓住，移民局会直接把他送回国。剩下的唯一出路，只能是去中餐馆打黑工。他厚着脸皮敲开几家门，尽管他胡吹自己做过，把杨小静当年讲给他的餐馆故事，都搬到自己身上，别人还是说，现在不缺人，让他留下电话号码等通知。他一直不好意思到"亚洲村"去丢人现眼，更不想跟那个贱人的过去有什么联系，可是现在走投无路，只好打算找时间去求一求李三姐。

刘娟过几天问一下郑卫的情况，见他一直找不到工作，就劝他别再找了，集中精力读论文做实验搞科研吧。王冠的学生，哪一个不是一周七天白日黑夜地连轴转？你一周打工去掉两天，怎么可能追得上别人？郑卫不听，还在那里穷折腾。他本来是很随和的人，经过离婚、开除等连番打击，现在性格上刚硬许多。刘娟觉得，他是想证明自己，这倒也不是坏事，男人嘛，没有一点狠劲、韧劲，是不会有出息的，可是总要面对现实吧，一文钱难倒英雄汉，这不是你有志气就能马上解决的问题。她计算一下，自己存的钱也不够他用一年，就把车卖掉，反正以后要用车，找郑卫就行。郑卫听说后，大感奇怪，问她好好的车，为什么卖掉？她找借口说，父母要来，她想买一辆好一点的汽车，以后带父母出去玩。郑卫马上说，他可以帮刘娟找车、查车、买车，刘娟忙说不急。

郑卫在这边为挣钱而发愁，杨小静在那边却为送钱而难受。她跟吉姆达成妥协时，根本没有想到送钱也会如此不容易。郑卫留下来后，她在全实验室大会上见过他两次，郑卫一副苦大仇深、怨天恨地的样子，谁都不理睬，更不用说对她这个"罪犯"了。她心中盘算，如果她去送钱给郑卫，郑卫打死都不会收，肯定还会觉得是侮辱，那她不是费力不讨好吗？她便想悄悄把钱转给刘娟，让刘娟说是自己的钱，再借给郑卫用，先救急，以后再说，可是杨小静给刘娟打电话时，刘娟一听到是她，马上就把电话挂断。她没有办法，只好厚着脸皮到刘娟实验室去找刘娟。她刚叫一声"娟姐"，刘娟就板着脸打断她说："我不认识你，请走开！"说完就背过身去不理她。杨小静也生气了，凭什么你们都对我凶呀？我可是来送钱的，转身就走了。

杨小静生一阵气，等气消了，想来想去，还是要把钱转给郑卫，一则这钱本来就是他的，二来他没有钱，只能抽时间去打工，而吉姆正紧盯着他找茬，这不是自投罗网吗？如果他的课题做不好，一年后吉姆肯定会把他再次踢出去，要是那样，自己连救他都找不到理由。她也想明白了，刘娟是不太可能跟她一起瞒着郑卫的，这条路也行不通。一个念头猛然跳出来，郑卫要是找工打，能去哪里呢？十有八九会去找李三姐。对呀，因为她当初的关系，郑卫和李三姐见过几次面，互相认识，当时李三姐还说："你爱人怎么就是一个小男孩呀？一点不像王冠的博士。"想到这里，杨小静不由得苦笑一声，是啊，他差一点就不是王冠的博士了。她了解李三姐，觉得李三姐会帮自己这个忙。

杨小静调整一下做实验的时间，下午三点多钟开车赶到"亚洲村"，她知道这段时间顾客最少，李三姐不会太忙。进门后她向"当牛做马的"招招手，算是打个招呼，然后对李三姐说："三姐，我有一点事情想找你商量，请你出来一下好吗？"李三姐明白她有事不想让"当牛做马的"知道，就跟着她走出餐馆。

出门后，杨小静马上问："三姐，郑卫来找过你吗？"李三姐摇摇头。

杨小静继续说："如果郑卫来找你，想来这里打工，请你不要收他，请你帮我把一笔钱转借给他，行吗？"

李三姐开口了，很简短："为什么？"她脸上的表情并不友好。

杨小静知道，不解释清楚不行，只好一点一点来："我们之间的事情，你肯定听说了。"

李三姐略带讽刺地说："你是王冠的名人嘛，你的事情，所有人都知道。"

杨小静微微摇头说："你也说过，夫妻之间的事情，说不清楚。郑卫他不学习，天天混，后来一夜一夜通宵打牌玩游戏，还说不读书了，要去修车，我怎么劝，他都不听……"杨小静的眼泪差点流出来，她吸一口气，平静一下，继续说："我说把我存下的所有钱都留给他，他死活不要……都是我在你这里打工挣的钱，还有在王冠实验室工作挣的钱……我一天干十二个小时，有时候十四个小时，周末从来不休息，累到连梦都不会做，他可是连实验室都不去……"杨小静忍不住抽泣起来。

李三姐见多识广,明白了事情的原委,也知道如果这样,夫妻迟早会分开,她理解地说:"这孩子也是,太不懂事!王冠哪里是混的地方?"

杨小静擦擦眼泪,继续讲述事情的缘由:"他不好好干,吉姆,就是我现在的老公,也是他的老板,你见过的,就说要赶他走。我闹了一夜,说他要回国我就回国,是他把我带出来的,要走我跟他一起走。我把行李都打好了,什么都不要了,吉姆没有办法,才答应让他留下来继续读博士,可是不给他生活费。他很可能会来找你要求打工,你不要答应他……"

李三姐打断她说:"我给他工作不就行了?哦,你怕耽误他的时间,对吧?"

杨小静忙点头道:"是啊,在王冠读博士,拼命都不一定行,他还要打工,怎么成?所以我想把我的钱转给你,你再借给他,让他一定把博士读下来。"

李三姐明白了:"你是想帮他?好事呀,没问题。你做人还是挺讲良心的。"

杨小静眼泪又流出来,抽泣着说:"你知道的,夫妻一场……他的事,我不能不管……"然后又急急忙忙地强调:"他真的很聪明,真的!他就是不学习。他要是发奋用功,谁都比不上,真的!"

李三姐点头道:"你也不错嘛,走自己的路,又尽量少伤害对方,做人能做成这样,也很不错了。"

杨小静垂首摇头说:"我已经伤害他了,很深的……没有办法,尽量补偿吧。"边说边掏出支票。

杨小静走后,李三姐回到餐馆,"当牛做马的"急忙跑来问:"她来干什么?"

李三姐淡淡地说:"没什么,打听一个人。"

"当牛做马的"又问:"那她为什么哭?"

李三姐说:"我问她为什么离婚。"

牛来劲了:"我就是再穷再苦,也绝不会离开我老公。她还好意思哭,什么东西!"

李三姐说:"每个人的情况都不一样。她这个人并不算坏。"

马趴在窗户上,望着奔驰而去的红色小宝马,对牛说:"你也就是没人要呗。要是有人也送给我一辆这样的小宝马,我马上跟他走。"说完急忙伸手护住屁股,果然牛一巴掌打过来,正好打在马的手上,两个人哈哈大笑。

过了两天,正是晚上吃饭的高峰期,李三姐果然看到郑卫随着人流走进来。她发现郑卫已经不再是那个乳臭未干的小男孩,脸上多少有了一点成熟男人的沧桑。她收拾一下心绪,按照设计好的剧本往下演,对郑卫微微一笑说:"大卫,来吃饭呀?几个人?"

郑卫有点局促,要笑不笑地咧一下嘴说:"三姐,你好,不好意思,你正忙着,还跑来打搅你。我想问一下,你这里缺不缺人?"

李三姐说:"哦,你是来找工的,你等一会,我把这边安排好再说。"说完就去招呼客人,把郑卫晾在门口。

郑卫看着餐馆里人来人往,"当牛做马的"跑前跑后,心里七上八下,三姐要是再不给他工作,他可就真是没有地方挣钱去了,难道只能厚着脸皮用刘娟的钱?自己这个男人做的,要靠班长救命,还要靠班长给饭吃,实在太丢人!他心想,无论如何要央求李三姐给他一个位置。

李三姐把顾客安顿好,过来对郑卫说:"大卫,让你久等了。你不是有奖学金吗?怎么还要出来打工?"

郑卫支支吾吾地说:"我们老板说,他没有钱了,不再给我发生活费,所以……"

李三姐问:"你一点存款都没有吗?"

郑卫不知道该怎样解释,只好说:"没……没多少,支持不了多久。"

李三姐又问:"那你做研究忙吗?"

郑卫实话实说:"很忙。"

李三姐再问:"很忙?那你怎么打工?"

郑卫叹一口气:"唉,没办法,总要吃饭嘛。"

李三姐一脸正儿八经地说:"对不起,我这里现在不缺人。"

郑卫大失所望,只好哀求道:"三姐,帮帮忙吧,我真的是没饭吃了!"

李三姐觉得,戏也演得差不多了,别把这孩子急出点什么毛病来,就亮出底牌:"我这里是真的不缺人,现在生意不好做,我还准备裁人哩。你不就是缺钱吗?我借给你就是。"

郑卫吓一跳,心想自己最近是怎么回事,什么稀奇古怪的事情都能碰到,有的坏得要死,有的好得要命,太不可思议了!要知道美国是号称"三不借",不借车,不借钱,不借老婆,自己的老婆被别人拐跑了,现在却有人主动借钱给自己,这个世道也太奇怪了吧!

他很小心地问:"你是说你愿意借钱给我,对吗?多少?"

李三姐问:"你要多少?"

郑卫算了算,说:"八千……嗯,要不七千……这个……六千也行。"

李三姐说:"不借,要借就是一万。"

郑卫更奇怪了,他跟李三姐只能算是点头之交,人家凭什么把钱借给他呀?他要是拿着钱跑了呢?可是这种好事,再不赶快接受,岂不是太傻?只好问:"那什么时候需要还?有什么条件?"

李三姐说:"没什么期限,二年、三年、四年都可以,条件是你必须毕业,不然你怎么还我钱?另外,就是要送给我一张你戴着王冠博士帽的照片。"

郑卫太奇怪了:"那你图什么呢?"

李三姐心想:"你拿着钱走人拉倒,哪那么多废话?"只好充大个说:"我是老板,这点钱,小意思,看你人不错,又倒了霉,帮你一把。"

郑卫一看,原来是大老板怜悯自己,平常还可以充硬汉,现在根本没有其他办法,只好满嘴称谢道:"三姐真是好人,我一定还,一定把博士读下来!"

把支票递给他前,李三姐还让他写下一张借条,反正演戏就要演像,再说也好给杨小静一个交代,她还要求郑卫写上,如果读不下来博士,加收利息两千。

郑卫猛保证:"三姐你放心,我绝对把这个博士读下来,你对我这么好,我一定不会让你失望。"

李三姐知道这孩子玩心太重,想转变并不容易,仍然一再叮嘱道:"你能进王冠,实在是太幸运了!全世界有多少人想进都进不去!你一定要珍惜,一定要抓紧!这么多人对你好,就是希望你能把王冠博士拿下来,我们没有机会,你帮我们圆梦吧,听到了没有?"

郑卫深深点头,一再保证:"一定,一定,三姐你放心,我绝对努力!"

郑卫一走,李三姐立即打电话通报给杨小静。杨小静连声称谢,说这下子她就放心了。

郑卫回来后,高兴地把这件事情报告给刘娟,说自己居然借到钱了,不用去打工。刘娟也是从学校到学校的小丫头片子,不太懂得社会之复杂、人心之叵测,跟着感叹说,世界上还是好人多啊!如果是杨小静的话,肯定会发现这件事情不太对头,老板是有钱,可是人家做生意还要周转呢,哪会有这么一笔闲钱正好等着你来借?再说救下你一个穷鬼,后面还有一堆更穷的,她是救还是不救?社会上好吃懒做之徒、坑蒙拐骗之辈多得很,谁能救得过来?她要是真的那么傻,怎么可能当得上老板?

杨小静自己,也遭到老公兼老板的突然袭击,在一次实验室大会上,吉姆宣布把杨小静调往另一个实验室去做另一个项目。杨小静虽然觉得突然,却也欣然接受,毕竟吉姆有他的考虑,而且人家是老板嘛,老板的话就是圣旨。

吉姆回家后问她,对自己的决定有何看法,她笑嘻嘻地简单回答:"你是老板。"

吉姆笑说:"如果是别人,我会事先跟他商量。"

杨小静说:"对我你不必,只要能干活,我去哪里都可以。"

吉姆苦笑说:"你就是一个工作狂。"

杨小静再次说:"你不懂得有工作做是多么幸福。"

改换一个工作位置,杨小静的压力虽然增大不少,因为要学许多新东西,但这样她以后能干的活也多些,更不怕没有工作可做,所以她做得很起劲。

跟往常一样,她又是早起晚归,发奋苦干,绝不偷一秒钟懒。不仅是分内的活,她自己能想到的活,别人请她帮忙的活,还有大家不愿意干的活,她都干,而且抢着干。有不会做的,她肯定会虚心求教。如果活做得不熟或不好,她肯定道歉,而且下次一定能够做好。她非常用功也非常用心,进步可谓神速。她的积极努力和工作态度,得到同事们的一致称赞。

  时间久了,大家对她的看法逐渐好起来,都说这个女孩其实还是不错的,尤其是当上老板娘,一点架子不摆,也从不搬弄是非,找别人的麻烦。甚至有人欺负她,把她做的活说成是自己做的,她都没有反驳,安安静静地接受了。有老太太问她为什么,她说:"我要是没有工作,吉姆会养我,他要是丢掉工作,就麻烦了。"结果大家对她的印象越来越好,都说静这个人并不坏。其实这些都是她妈妈耳提面命教她的,吃点小亏不必计较,日久见人心嘛,以后总会得到厚报,她现在想要的,其实就是人心,是社会的承认。

  在生死线上走过一回,郑卫深深地体会到,这该死的老板比亲爱的父母更重要,你跟父母怎么吵都没有问题,可要是得罪老板一次,你肯定死翘翘!他现在不敢再把德高望重的巴特曼教授称为"老洋狗",也不敢把尊敬的老板娘叫成"臭女人",可是让他再像以前一样,对老板毕恭毕敬、崇拜万分,那也是不可能的,所以他不再叫老板为巴特曼博士,而是学着美国学生的样子,直接叫他吉姆。至于杨小静,死罪可免,活罪难逃,当面不理,背后改称"贱人"。这个老吉姆也是一根筋,对你是叫他博士、教授还是直呼其名,根本不在乎,你跟他说话时是面带媚笑还是公事公办,他也不在意,他要的就是真金白银,就是要你告诉他,你到底做出什么来了。

  郑卫又发现,因为自己英语不够好,自信心不高,所以总是做到十分只能说出六分,而那些美国学生、印度学生,仅做一点点,就能吹得天花乱坠,结果老板很欣赏。当年他还教刘娟学会吹牛,没有想到,自己最后吃亏多少也吃在这上面。既然被吉姆开除过一回,又被他剥夺去生活费,郑卫对老板也不再那么畏之如虎,在实验室大会上虽然依旧一言不发,跟吉姆单独讨论汇报时，却是不管说不说得清楚，一定有多少说多少，绝不谦虚。实验中或读论文时，碰到问题或者有些什么小主意，他也会给吉姆发电邮，表明自己在干着、在想着、在进步着，再加上他坚持天天待在实验室，老板什么时间来检查，他肯定都在，吉姆对他的脸色，也就逐渐柔和起来。

可是郑卫还是没有自信，一碰到困难，马上就认定是自己不行，差得太远，自怨自艾，甚至自暴自弃。刘娟总劝他，说你很聪明的，别人能行，你就能行，可他就是看不起自己，不敢迎着挑战往上冲，总是想躲，总是想逃，而且自从发现那些华而不实的窍门后，他吊在高空的心，总算降到半空，时间略长，老毛病又犯了，他又开始懒散起来。工作日他不敢不在实验室里熬时间，周末老板看不到，他就能偷懒就偷懒，起初是周末晚上不去了，看看电视、玩玩游戏，放松放松，后来是早上也不去了，睡一个好觉，磨刀不误砍柴工，最后干脆找理由整天都不去实验室，反正看论文头痛，努力没有方向，也不相信自己这种垃圾能做出什么东西来，还不如待在家里混着舒服。

这个周末，郑卫又没有去实验室，躲在家里玩游戏，只有在游戏世界里，当他通过一关又一关，打遍天下无敌手时，他才能找到自信，才能找到成就感。正玩得高兴，他突然听到砸门声，懒洋洋地问一句："谁呀？"接着就听到一声怒喝："郑卫！"当时吓得他一哆嗦，他最怕的就是这个声音，他再混球，也知道这个样子对不起刘娟，对不起班长，对不起自己的救命恩人。

他赶紧把游戏机关掉，开门一看，果然是怒目圆睁的刘娟，不等她开口，郑卫就赶紧说："班长，我正要去实验室，这就去实验室，咱们一起走吧，你怎么来了？"

刘娟板着脸，也不进门，只说一句："跟我走！"

郑卫乖乖地跟着她下楼。刘娟一伸手："车钥匙。"郑卫把钥匙递过去。

刘娟喊："上车。"自己坐上驾驶位，等郑卫一上来，开车就走。

郑卫知道不妙，实在害怕把刘娟气坏了，忙着要贫嘴："去哪儿呀，班长？我还得去实验室哩。你要玩自己去玩好啦，不要耽误我的宝贵时间……"刘娟不理他。

郑卫说了几句，说不下去了，看看脸色铁青的班长，终于开始求饶："班长，我错了，你就饶过我这一回吧！我再也不敢了，我以后一定天天坚持去实验室。班长，我……"刘娟仍然不理他，直着眼，咬着牙往前开。

等看到海边的小山，郑卫沉默下来，过一会，他垂下头说："我在玩游戏，而且看电视、睡懒觉……反正我不行……我他妈的就是垃圾，没希望，太对不起你……"

刘娟把车往山下的停车场一停，下车就往山上爬，郑卫蔫头耷脑地跟在后面。上到山顶，刘娟说一声："跟我喊。"接着就对着大海高声大喊："我要用功！"郑卫跟着喊："我要用功！"刘娟又喊："我要努力！"郑卫跟着喊："我要努力！"刘娟再喊："我要克服困难！我要迎接挑战！我一定要拿到博士！我一定要对得起自己！"郑卫涨红着脸，直着嗓子跟着班长大吼大叫："我要克服困难！我要迎接挑战！我一定要拿到博士！我一定要对得起自己！"刘娟哭着喊："我是中国人！我要记住耻辱！我不能混！不能再混了……"刘娟喊不下去了，双手捂着脸，蹲在地上大哭起来。

郑卫知道刘娟性格内向，沉默寡言，今天跑到这里来大喊大叫，肯定是实在气急了。他更气愤，比谁都气愤，他没有停下来，双手挥舞，继续狂喊，越喊越愤怒，恨得咬牙切齿："郑卫，你这个混蛋！你这个王八蛋！你对得起班长吗？你他妈的是一个男人吗？你他妈的不知羞耻！你借了钱还混！你做试读生还混！你被开除了还混！你老婆跟老头跑了还混！你他妈的还是个人吗？你这个垃圾！你这个狗屎！你这个不要脸的东西！你他妈的死了算啦……"

刘娟怕他真的寻短见，起身抓住他的衣服，抽泣着说："说，你要做一个男子汉。"郑卫发狂般地大喊："我要做一个男子汉！我要做一个顶天立地的男子汉！"刘娟又说："说，你要努力，要尽最大努力。"郑卫挥舞着双拳激愤万分地继续大喊："我要努力！我一定要努力！我一定要拼命努力！我一定要尽最大的努力！你们看着吧！你看着！我他妈的就是不信了！你读一遍我读十遍！你干一个小时我干十个小时！我就不信我不行！老子拼啦！老子拼啦！……"刘娟拽他走时，他还在回过头来不停地大喊："郑卫，你这个臭狗屎！你这个王八蛋！你要做一个男人！你要做一个男子汉！你不要躲！你要往前冲！你他妈的给我冲！冲呀，冲啊……"

018　夜半惊魂

郑卫终于脱胎换骨，洗心革面，重新做人，他从小混混变成工作狂，一周工作七天，每天工作十多个小时，只要不是饿得受不了，困得顶不住，都在拼命干，算是成为杨小静第二。除了做实验，其他时间他都在读论文和各种资料。老板给他的，只是一个大方向，实际上做哪一部分，详细掌握、创意假设、环境调查、可行性研究、具体实验设计等等，都要靠他自己。他读论文还是头痛，但他给自己下死命令，什么时间，必须读完哪一篇，读不完，就不准吃饭，不准睡觉，而且不准找任何借口。有的论文因为背景知识不够，实在搞不清楚或者看不明白，他就死记下内容，等读过更多论文、学会更多知识后，再回过头来重读。有的关键性论文，他实实在在地阅读几十遍，把每一个细节，甚至所有索引都搞懂弄通。

郑卫也把游戏机砸坏，把扑克牌烧掉，把修车工具送人，跟过去彻底决裂。他还把汽车卖掉，得款七百多元，把一室一厅的房子也退掉，搬到离王冠更近的一个两室套间，挤在一个没有窗户的杂物间里。刘娟劝他别搞得那么惨，他说除了睡觉，自己从不回家，住哪里都无所谓，再说，借的钱总是要还的，能省一点是一点。他现在不做饭，都是买着吃，也不便宜。刘娟叫他每个周末去她那里，一起做一些好吃的。郑卫说："我现在吃快餐都习惯了。"刘娟说："我还是要吃中餐，你来吧。"刘娟的意思，是让他至少周六晚上休息一下，细水长流，不要累出病。

吉姆每周跟郑卫面谈一次，他能够清楚地感觉到郑卫前进的步伐，也发现郑卫提出的问题越来越到点子上，也越来越不好回答，有时候他只好给郑卫指一个方向，让他自己去找答案。郑卫逐渐开始提出自己的创意，起初有些不太靠谱，越往后就越有意思，并不是说郑卫的想法都对，可是他那些奇怪的思路和宽广的范围，还是让吉姆吃惊，因为其他人根本不会那样想。每次谈话完毕，他说"好"的次数越来越多，甚至发展到"十分优秀"或者"太棒了"。人的自信，都是在不断的进步中逐渐积累的，郑卫也越来越敢想，越来越敢说。有些方向，有些细节，吉姆都比不过他，毕竟是年轻人，记忆力好，活力足，接受新东西快，也掌握一些现代技巧。吉姆鼓励郑卫，看准一个方向，准备提出自己的博士论文提案。

吉姆并不是一个小气的人，也没有必要跟自己的学生较劲，回家后对杨小静提起郑卫时说："宝贝，你是对的。我以前认为大卫不行，不适合做研究，现在我改变了我的看法。他反应很快，概念抓得很准，也有一些新奇的主意，确实与众不同，只是有时候我并不确定，他提出的到底是好主意还是不切实际的想象。"

杨小静高兴地看着思考中的丈夫说："大卫这个人的确很聪明，他的老师和同学都这么认为。"然后又大而化之地说："有主意总比没主意强，一百个主意当中，即使九十九个失败，只要有一个成功，他就成功了，对不对？"

吉姆吹一声口哨："噢，宝贝，你不仅漂亮，而且聪明，你有很好的通用常识。"

杨小静既高兴又不太好意思地摇摇头说："我说的只是理论，具体到项目，我就不知道了。"

吉姆继续思考着说："他大局观不错，又读过很多经典和最新的论文，我也知道这里面有很多东西可挖，可是，我不知道要挖到多深才能看到成果，挖的地方又对不对。"

杨小静知道自己不能过于明显地偏向前夫，只好泛泛地说："科学总是要冒险的，有你的指导，他不会走错。"

以前有车时，刘娟总是在傍晚回家一趟，做好当天的晚饭和第二天的午饭，再开车回实验室继续干活，那个时候，停车已经不要钱了，半夜回家时，她便开车走，这样既安全又快速。后来她把车卖掉了，她只好跟同学搭伙一起走，要不就叫郑卫或者哪一个同事帮忙送一送。再后来郑卫把车也卖掉了，她就不好总叫郑卫送她，尽管郑卫一再保证，他可以来送，出来散散步也是很好的休息，而且可以边走边思考问题，很多好主意都是散步时想出来的，可是刘娟看郑卫整天忙得要死要活，实在不愿意占用他的时间，不到万不得已，就不去找他。

这天夜里，刘娟结束实验时已经太晚，同学、同事都已经离去，她知道郑卫还在实验室，犹豫着要不要打手机把郑卫叫下来送自己一趟，后来便打算到楼门口看一看，要是能碰上熟人，就不用麻烦郑卫了。

她刚走到门厅，正好碰到红脖子出来。他见到刘娟，很高兴，用英语大喊大叫道："凯瑟琳，你好吗？哎哟，你看上去真好！你一个人走吗？我送你回家吧，我开车来的。"刘娟实在不喜欢他，可是想想让他送总比一个人走夜路安全一些，便点点头。

红脖子高兴疯了，在走往停车场的路上，一个劲地猛吹自己又拿到几个面试，马上就要去什么什么大学当教授。不过，他这个教授可没有多少教授的样子，吹到兴奋处，总是用胳膊去撞刘娟，以强调自己的伟大。刘娟躲来躲去很难受，可是这个时候也没有办法了，再想去叫郑卫已经来不及。

坐到车上，红脖子突然不吹自己了，边开车边开始关心起刘娟来："凯瑟琳，你还是一个人吗？有男朋友没有？"

刘娟为人心善，没有好意思冲他一句："你管得着吗？"只是简短地回答："有。"

红脖子怔了一下，用中文说："谁呀？杰克？不像啊，最近一直没有见到他来找你嘛。"刘娟气得要命，不理他。

这老小子继续猜："大卫？我有时看见你们俩在一起。你怎么可能看上他嘛？他就是一个失败者！连老婆都保不住，跟别人跑了，而且你说他老婆跟谁跑不行，偏偏跟着他们老板跑了，那老家伙四十多岁，离退休都不远了。大卫太丢人、太失败了！没见过他这么悲惨的！像我这样，才叫做成功职业青年，给我介绍对象的人，多得要排大队，我都懒得理。谁要是跟着我，那就像进入天堂一样，幸福死了！"

他未来的老婆是不是会幸福死，没有人知道，刘娟现在可是后悔死了，真不应该坐上贼车，也没有见过这么可怕的人！

红脖子突然把车拐进路边的一个商业中心停车场。刘娟一看商店早已经关门，除了昏暗的路灯之外，周围没有一个人，急忙问："你干什么？"

红脖子停下车，解开自己的安全带，转身对刘娟说："凯瑟琳，你跟我好吧。我马上要去当教授了，你跟我走吧！"边说边去解刘娟的安全带。

刘娟吓得大叫："不行！不行！别过来！"一只手死死地按住自己安全带的解扣，另一只手急忙去开自己这边的车门，可是车门打不开，她去拨车锁也没用，原来红脖子早有预谋，把主驾驶这边的全控按钮按下去了。

红脖子挺起身子扑过来，想要抱住刘娟，嘴里不停地嚷嚷："凯瑟琳，跟我结婚吧！我要当教授了！"

刘娟双手死死顶住他，也在不停叫："让我出去！让我出去！我要叫警察了！"

红脖子趁机解开刘娟的安全带，全身压过来。刘娟拼命推开他，嘴里大叫："来人啊！救命呀！"

就在这万分危急时刻，一辆汽车突然冲进停车场，并直直地停在红脖子的汽车后面，那辆汽车的远光大灯已经打开，明晃晃地照过来，把四周照得一片雪白。红脖子一下子吓呆了，知道情况不妙，他赶紧缩回自己的座位，极力往后看，想看清楚是一辆什么车，谁在里面，可是后面的车灯太亮，他什么都看不到。

刘娟死里逃生，生怕这辆车开走，使劲砸着车窗，拼命喊叫着："开门！开门！"

这时，后面汽车的车门打开了，一个高大的剪影随之出现，红脖子吓晕了，因为他觉得只有美国警察才会这么高大，要是被警察抓住，刘娟再说他企图做坏事，他这辈子就完蛋啦！他吓得不敢动弹，屏住呼吸，呆呆地看着那个巨大的身影一步一步走近，突然，他发现来者并不是警察，但比警察更可怕，居然是杰克！原来杰克真是刘娟的男友，这下子完了，不死也是残废！杰克过来敲一敲窗户，红脖子想不开门都不可能，对方一脚就可以把玻璃踹烂，他只好打开全控按钮。

刘娟打开车门冲出来，看一眼肖君杰，回头就向自己家的方向跑。肖君杰一边跟上去，一边叫："凯瑟琳，我开车送你。"刘娟不理他，只是从小跑变成急走。肖君杰跑到她跟前问："要不要叫警察？"刘娟还是不理他，继续往家奔。肖君杰只好不管自己的车，跟着她往家急走。红脖子一看有这么难得的机会，立即关上车门，开车溜掉了。

刘娟和肖君杰两个人一前一后快走着，直到看到自己家的宿舍楼，刘娟才放慢脚步。走进停车场，她突然双手捂脸，大哭起来，边哭边走，一直哭着打开楼门进去，也没有理睬肖君杰。肖君杰在后面看着她那纤弱抽动着的身影，那么可怜，那么娇柔，那么楚楚动人，心里怜爱到极点，他默默地发誓，一定要对这个女生好，不管她怎么样，不管她要不要自己，他都要对这个女生好，一定要让她快乐，一定要让她幸福，绝不再让她受一点委屈。

郑卫周六晚上去刘娟宿舍吃饭，意外发现多出一个人，即使早就知道应该是这样，突然在刘娟屋里看到肖君杰，他还是有点不适应，以前总是他们两个人单独在一起，做菜、吃饭、洗碗、聊天，现在一下子变成三人行，怎么都觉得有点不舒服。他暗骂自己，像你这样的垃圾，难道还想"独占"班长？赶快调整一下心态，以一种老相识口吻说："嗨，杰克，很久没见，今天怎么过来了？"

刘娟解释说："他帮了我一个忙，请他过来一起吃饭。"

肖君杰忙说："偶尔碰到，理所应当。"

郑卫问是怎么回事。

肖君杰说，他去王冠朋友处，回家时正好碰到一个男生好像要对刘娟不恭敬，他就上去把汽车门敲开，把刘娟送回来。郑卫又问刘娟，她大体讲述一下过程，说真没有想到红脖子那么无耻，幸好杰克及时赶到。

　　郑卫一晚上都没怎么说话，脸色也不好看，刘娟以为他是不愿意见到肖君杰也在这里，对他远比对肖君杰亲切，以示自己不会忘掉老朋友。肖君杰也以为郑卫是在吃自己的醋，显得颇为尴尬。看见刘娟对郑卫那么好，他心里也是五味杂陈。郑卫吃完饭，说要回实验室干活，刘娟说她也要在家读论文，叫肖君杰早点回去休息。

　　郑卫和肖君杰一起出门，肖君杰说："大卫，我送送你吧。"郑卫点点头，坐上他的BMW。

　　两个人默默无语一会，郑卫突然说："你每天晚上都去王冠看她吗？"

　　肖君杰吃一惊，说："正好碰到的。"

　　郑卫不满道："行了吧！你既知道她在那一辆车上，又正好在他们停下后两分钟赶到，你要不是跟踪她，怎么可能那么巧？"

　　肖君杰难堪地道歉说："对不起，对不起，我没有恶意啦。"

　　郑卫庆幸道："幸亏你跟着他们，不然就坏大事了！"

　　肖君杰说："我看到他们车停下来，就觉得奇怪，我不好停车，只有从他们旁边开过去，结果看到有人在车里打架，我马上开回去，还好，没有出事！"

　　郑卫感谢说："谢谢你！要不是你……你应该主动送她。"

　　肖君杰叹一口气说："你不晓得，她不愿意见我啦。我怕她晚上出状况，所以有时候过来看一看。我要是看到她跟你一起走，就不管，她要是跟别的女生走，我就跟着。那天她坐上洪博士的车，我很不放心。"

　　郑卫叮嘱道："以后你多送她，她一个人，很不容易！"

　　肖君杰忙说："你要是有时间，还是你送她吧，她不喜欢我啦。"

　　郑卫沉默一会说："我也不知道她怎么想，以后要是我没有办法帮她，就全靠你了。"肖君杰不明白他说这话是什么意思，觉得他说得蛮沉重的。

郑卫这两天没有全力以赴搞科研，他有更重要的事情要做。他每天晚上花一两个小时等待、跟踪和观察红脖子的活动规律，并做好自己的行动计划，再加以必要的练习，毕竟这么多年没有打过架了。这件事情并不难，郑卫知道红脖子的实验室在哪里，也知道他会每天工作到深夜，还从刘娟和肖君杰那里打听到他大概什么时候回家及怎样走。

郑卫现在要做的，只是确认一下，这几天他是不是仍然那个时候离开，以及哪一辆汽车是他的。很快，郑卫就决定在停车场采取行动，因为王冠医学院的教学实验大楼里任何时候都有不少人，这一批人工作到深夜还没有走，另一批凌晨来上班的人就到，他要行动很不方便，如果有人看到后报警，他的麻烦就大了。而红脖子晚上总是开车回家，只要他钻进汽车，郑卫也拿他没有办法，唯一的机会，是在离大楼几百米的露天停车场，那里人不多，红脖子也还没有钻进汽车。

停车场有路灯，不过光线并不明亮，东北角有一个方形配电箱，郑卫把自己的伏击出发点就安排在箱后的黑暗里。可是他埋伏了几个晚上，都没有找到好的机会，因为这几次红脖子来开车回家时，不是跟别人一起走过来，就是正好还有其他人来停车场停车或开车。在配电箱后面熬时间时，郑卫想，说不定肖君杰也正在什么地方等着送刘娟，只不过人家肯定是舒舒服服地坐在自己的宝马车里，而不像自己只好藏身在野地上，这哥们对刘娟还真是很痴情，而且他条件那么好，迟早应该能够追上。想到这里，郑卫心里有点酸酸的，他知道自己连喜欢刘娟的资格都没有，可刘娟要是跟别人好，自己怎样都会有一些难过。他给自己脑门一巴掌，骂道："班长对你那么好，你还敢存私心？真他妈的不是人！"

直到星期四夜里，郑卫终于看到红脖子一个人向停车场走来，而且停车场上及四周没有其他人。是时候了，他对自己说，俯身悄悄地跑到离红脖子汽车不远的地方，躲在一辆汽车的后面。他全身紧绷，手心冒汗，一边紧盯着红脖子，一边在脑子里最后温习一遍自己的行动方案和出现各种情况的应对之策。他觉得自己比红脖子年轻许多，又是突然袭击，应该能狠狠地教训他一顿。

红脖子走近自己的汽车，刚用遥控器打开车门，郑卫从旁边的车缝里突然冲出来。红脖子大吃一惊，也不撒英文了，用中文大喊一声："谁？"郑卫不吭声，冲到他面前，左手虚晃，当红脖子本能地用右手去挡时，郑卫的右拳狠狠地砸在红脖子的左脸上，红脖子"啊"的一声惨叫，摔倒在地。郑卫左手接着挥出，却没有打正，只是在红脖子的右脸上划了一道，他本来准备用拳击中的左右勾拳，左右开弓打红脖子一个满脸开花，没有想到这老小子如此不经打，一下子就栽倒在地。郑卫只好冲上去，用脚狠踢他的屁股和大腿，他知道脚太重，踢头或者上身，恐怕会把红脖子踢死。

红脖子躺在地上，杀猪般地用英文大叫："救命啊！救命啊！"

这时，他认出袭击他的人，大叫道："大卫，我要报警！"

郑卫本来就没有打算隐藏自己，就是要让红脖子明白自己为什么挨打。郑卫继续踢他，嘴里骂道："王八蛋！你竟敢性骚扰女学生！你报警？我还要报警哩！打死你个王八蛋！"

红脖子一面翻滚，一面高声大叫："我没有，我没有呀！"

郑卫骂道："你他妈的还敢狡辩？走，跟警察说去！"看红脖子想爬起来，郑卫又当胸一脚把他踹倒在地。

这时，郑卫感觉差不多了，总不能把红脖子打成残废吧，便停下来喘着气说："有本事跟我一起找警察去，我有两个证人，你呢？"他左右各扫一眼，见远方有人活动，就对嘴角冒血、呻吟不已的红脖子匆匆说："我这样的人，无所谓了，大不了回国。你他妈的干了这种肮脏事，还想当教授？做你妈的大头梦！以后不准靠近凯瑟琳，听到没有？不然下次老子打死你，不信你就试试看！老子打死你就跟捏死一只跳蚤似的！你他妈的王八蛋，以后给我老实点！"说完不敢久留，拔脚急奔而去。

红脖子没有敢报警，别人问起来，只好说自己晚上不小心摔倒碰的，因为他以为是凯瑟琳派大卫来打自己，他报警，警察抓大卫时会问，你为什么打人，大卫肯定说是因为自己性骚扰凯瑟琳，凯瑟琳肯定支持大卫，加上杰克作证，这官司他肯定打不赢，而且那样的话，自己这辈子就算完蛋了，显然不可能有哪个学校敢让一个有性骚扰前科的人去做教授。大卫说不定连开除都不会，顶多一个警告，因为美国的法庭是由陪审团断案的，那些人十有八九会把大卫当成见义勇为的义士，从轻发落。想来想去，红脖子只好自认倒霉，谁叫自己为美色所惑？想起杰克当时没有打自己，就算很幸运，凯瑟琳没有说出去，也不错，不然暗恋她的人那么多，自己以后晚上再挨谁一黑砖，岂不是更悲惨？

郑卫算到红脖子不敢上告，可是心里还是犯嘀咕，怕他报复，所以晚上回家路上，总是很警觉，还在自己的书包里放进一根铁棍，随时准备拼命，直到听说红脖子离校，到什么大学去做教授了，他才放松下来。其实一来红脖子自觉理亏，二来他把郑卫当成别的本事没有、只会耍狠玩横的地痞流氓，根本不敢跟他纠缠，就算他能找到人打郑卫一顿，郑卫这种没有什么可以失去的亡命徒，也一定会报复，到时候吃亏的，还是他可怜的红脖子。

星期六晚上，郑卫又去刘娟屋里吃饭。他到达时，肖君杰已经在那里，这个高个子永远会早到，却没办法晚走，因为只要郑卫说走，刘娟就会让他一起离开。刘娟正在切菜，旁边放着肉馅和小面粉袋，看样子是要包饺子。

刘娟见到郑卫，板着脸问："郑卫，你干什么了？"

郑卫满不在乎地随口回答："没干什么。"

刘娟生气地继续问："你是不是打红脖子了？"

郑卫反问："他自己说的？"

刘娟一听郑卫的意思是承认了，更加生气："没有，不过别人都说他被人打得很惨。你怎么能打人呢？"

郑卫一脸狠劲眼冒凶光地说："他敢碰你，我就打他！他要是真敢欺负你，我就宰掉他！反正我活着也没有什么意思！"

刘娟气得直跺脚，高声叫道："你知不知道你会被开除的！好容易……好不容易……"她说不下去，泪水流出来，转身跑到沙发那边哭去了。

肖君杰痴痴地看着刘娟，这是近几天来，他第二次看到刘娟流泪，不过这次他是在正面看到她生动的表情,她脸上的每一丝变化,马上永久性地铭刻在他的脑子里。他有一种想要跑过去把她抱在怀里的冲动,他想要用自己的生命保护她,尽力为她做自己所能做到的一切,可是那一瞬间,他也明白,自己几乎没有希望,他真恨自己为什么那么愚蠢、那么懦弱,为什么当时就没有挥起拳头,狠狠地砸在红脖子的脸颊上?他只想到去叫警察,这样怎么会讨得这个娇柔少女的欢心呢?

郑卫最怕的就是班长,看见刘娟被气哭,便不敢再犟,赶紧跟着想过去劝,走到半路,又觉得不好,回身把发怔的肖君杰也拉上。他们一起过去,看到刘娟坐在沙发上垂泪,郑卫连忙认错:"班长,我错了,我再也不打人,再也不让你为我操心了。我算着红脖子不敢报警的,别担心,不会有事。"

他悄悄捅一下肖君杰,肖君杰赶紧说:"凯瑟琳,没事的,大卫在这里,好好的。"

问郑卫:"你什么时候打他的?"

郑卫回说:"星期四晚上。"

肖君杰又问:"警察有没有来找过你?"

郑卫说:"没有。"

肖君杰分析道:"他没有报警啦。当时没报,过去两天了,怎么报?"

郑卫又赶着表功:"我要是不打他,他还会来纠缠你,对他这种人,只能来狠的!"

肖君杰也说:"他很难缠的啦,脸皮好厚!"

郑卫又说:"班长,要不你吩咐一下,我跟杰克都该干些什么,我们来做,你先休息一会,我这都饿得不行了。"

刘娟用面巾纸擦擦眼泪,抽泣着低声问:"真的没事?"

肖君杰分析说:"他要有伤,现在都快好了,他要是现在才去报警,警察肯定会问他,为什么当时没有报告?他怎么解释?没事的啦。"刘娟这才放下心来,一边揉着眼睛,一边跟着两位男士一起回到厨房。

刘娟心情慢慢平静下来,开始指挥两个同伴一起做饭,让郑卫和面,又给肉馅里加上调料、植物油、酱油和水，让肖君杰朝着一个方向使劲搅拌。肖君杰问为什么不用搅拌机，刘娟和郑卫都说，这样好吃。肖君杰又问为什么要向一个方向转，刘娟和郑卫回答不上来，只好又说，这样好吃。肖君杰摇头说："怎么会这样子？太神奇啦。"刘娟和郑卫都笑。

等面和馅都准备好，刘娟擀皮，郑卫包饺子，肖君杰什么都不会干，只好负责打杂。刘娟问起郑卫怎么打的红脖子，郑卫见刘娟不再生气，而且自己打从老婆跑掉后，从没有这样开心过，便开始大讲特讲自己的得意之作，从如何准备和等候，到怎样从黑暗中冲出去，对着红脖子拳打脚踢，还有就是提醒他不要报警。郑卫讲得兴高采烈，还时不时比划几下。肖君杰说他太野蛮，郑卫说对付野蛮人就只能变得更野蛮。刘娟跟着笑，她已经很久没有见到郑卫这么高兴，为他的高兴而高兴，也为他的真诚而高兴。郑卫见刘娟一直笑，心里明白，其实她也恨透了红脖子，只是怕打他一顿，会给郑卫本人带来麻烦。

饺子快出锅时，郑卫说："我来尝一尝熟没熟。"捞起一个饺子就往嘴里送，烫得他一边吸溜一边叫："太好吃了，太好吃了！"

刘娟笑说："你别烫着。"

肖君杰笑道："他打了人，高兴得很，不怕烫的。"三人都笑。

郑卫说："我打他的时候，心里想着打的就是那个贱人和她的洋姘头，也算出一口恶气。"神色黯淡一会，又摇头笑道："我这个人也许不适合读博士，倒适合做杀手。"

肖君杰问："你敢杀人吗？"

郑卫笑说："游戏里经常杀。"

三人又笑。

郑卫吃饺子又多又快，刘娟笑他是馋鬼，他说他打来美国，就没有吃过这么好吃的东西。肖君杰问他西餐不好吃吗？他说感觉不一样，毕竟是家乡的东西，以前可是过年才能吃得到。刘娟也吃不少，说吃撑着了。肖君杰说好吃，却吃得不多。郑卫说他天天吃好的，把嘴吃刁了。肖君杰说他要保持体型，晚上不可以多吃。刘娟便说她今天晚上要多做半个小时健美操。两位男士一致认为刘娟体型很好，不用担心。郑卫还说，整天累得要死要活的，怎么可能发胖嘛。

吃完饭后，大家一边聊天，一边收碗筷吃水果。郑卫劝刘娟赶快买一辆车，说："你不能总让杰克每天晚上跑大老远来送你回家吧？"

肖君杰连忙说："没问题的，我可以的。"

刘娟说："那你们帮我买一辆车吧。"

郑卫问她："多少钱的？"

刘娟说："新一点的二手车就行，我没有概念。"

郑卫琢磨说："二手的？美国车太烂，欧洲车修起来太贵，日本车保值，抢的人多，也不算便宜，这个，还是碰吧。哎，杰克，你是老江湖了，你说什么车好？"

肖君杰小心翼翼地对刘娟说："要不，我把我的车转让给你吧？我想买一辆新的。"

刘娟傻傻地问："多少钱？"

肖君杰犹豫着说："八千……噢，不，不，不是的，五千……嗯，这个，不，不用，三千就行，朋友啦。"

刘娟奇怪道："你的车很好，怎么这么便宜？"

郑卫哈哈大笑："班长，你可真是聪明一世糊涂一时啊！他这不是想送给你吗？这车在外面卖，怎么也得三万以上，宝马呀，开玩笑哩！"

刘娟听说是肖君杰想送给她，脸红了，可还是忍不住问："不是BMW吗？什么宝马？"

郑卫笑得更凶，肖君杰也跟着笑，郑卫摇头晃脑地解释说："宝马就是BMW，BMW就是宝马。"刘娟脸更是红得可爱，低下头，抿抿嘴，又轻轻撇一下，哼了一声。肖君杰在旁边看呆了，爱死了。

郑卫很想促成这笔生意，忙叫唤："杰克，不准后悔！班长，你还价二千八。"

刘娟抬头瞪郑卫一眼："郑卫，你去给我另外找车。"

郑卫大大地扫兴，说："哎呀，我还想坐一坐你的宝马哩！"

两位男士准备撤退时，刘娟把剩饺子分成两份，给郑卫一份，肖君杰一份。

肖君杰说："你为什么没有留下一点点？"

刘娟气道："都是郑卫吃得太多。"

肖君杰说："我这份留给你啦。"

刘娟推说："不用。"

郑卫出馊主意道："下次包饺子，你可以订两个菜带来，这样我就不会吃那么多，你就有饺子带走了。"

肖君杰老实，忙说："好的，好的。"

刘娟笑道："别听他的，下次多包几个就是。"

郑卫还在叫唤："这叫做杀富济贫。"他难得今天心里高兴，又有点恢复混混本色。

郑卫提着他的饺子往外走，嘴里唠叨着："明天中午又是过年。"

肖君杰知趣，对郑卫说："大卫你等一下，我送你，你不是要坐BMW吗？"

两个人走到门口，刘娟突然说："杰克，你先走，郑卫，我有话跟你说。"

肖君杰心里颤抖，脸上依然笑着，说："好吧，再见，祝你们晚上好。"说完出去了。

郑卫遵命留下，问刘娟道："班长，什么事？"

刘娟说："你再喝一点水。"

郑卫说："好，好。"拿起水杯喝两口茶。

刘娟脸有点红，犹豫一会说："谢谢你！"

郑卫跳起来，说："班长，咱们谁跟谁呀？你说这些干什么？好啦，我去实验室了。"

刘娟在后面追着说："你要小心，不要再惹事！"

郑卫一边往外跑一边回道："知道啦！"

郑卫出来后四处张望，看到肖君杰的宝马，便走过去拉开门，笑说："知道你没走。"

肖君杰笑道："送你去上班啦。"

郑卫也笑说："还有打听一下她留我干什么，对吧？她叫我不要再给她惹麻烦。你尽管追吧，要我帮什么忙就说，比如说下周六我不来了，你自己来。"

肖君杰苦笑道："那她会把我赶出去的，唉，她不喜欢我啦，她喜欢你。"

郑卫自豪地说："那当然，我们认识都有八九年了，上本科时就是好朋友，到美国以后，只有我们两个人在这所学校，可以说是相依为命，除了……"他想起杨小静在这里的那几年，说不下去了。肖君杰知道他想起前妻，不好再说什么。

郑卫停一会，稳定一下自己的情绪，接着说："你放心，她对我好，是因为我们是老朋友，不是那一种喜欢。你条件这么好，配她最合适，换了别人，我还不同意哩！"他把自己当成刘娟的娘家人。

肖君杰半真半假地说："现在你也是单身啦。"

郑卫叹气摇头说："我这样的垃圾，根本不用痴心妄想。"郑卫刚刚兴奋没有一会，现在的心情，又一次回到万丈深渊的最底层，想起自己差成这样，老婆跟别人跑了，而且还是跟的自己的老板，一个中年男人，自己又差一点被开除，直到现在都没有生活费，靠借钱度日子，还要到朋友家里蹭吃蹭喝，郑卫自卑地真想往车子底下钻。他这样的人追刘娟，打死他，他也不敢！

郑卫沉默片刻，痛苦万分地说："说实话，我也喜欢她，刚上大学时就喜欢，她这样的女孩，谁不喜欢呀？她一直都是我们系所有男生的梦中情人。可是我还喜欢太阳、喜欢月亮呢，有什么用？不属于你的，就不是你的，喜欢也没有用。我离了婚，老婆跑了，老板看不起我，课题能不能做出来也不知道。我他妈的，就是个失败者！我他妈的……"他说不下去，咬牙闭眼垂头，痛苦万分。

肖君杰不知道应该怎样劝他，只好漫无目标地说："没关系的，你很好的。"

郑卫继续说："我这样的人去追她，那才是天理难容！你们好吧，啊，我不会吃醋的，没有那个资格，只要她好就行！"

肖君杰为他的直爽真诚所感动，劝他说："不要这么说，每个人都有倒霉的时候。你相信自己好啦，凯瑟琳总说你很聪明的。"

郑卫伤心道："得了吧，她这是安慰我。我这样的垃圾，就算拼掉老命，也不知道能不能拿得到博士。真要是拿到了，赶快走人，离开这个鬼地方。"

肖君杰想要转移话题，而且确实对一些事不能理解，请教郑卫说："我不晓得啊，为什么凯瑟琳不肯报警？"

郑卫解释说："树大招风嘛，她在王冠的名气这么大，传来传去不知道会成什么样，再说，打官司很需要时间和精力，她实在太忙，还是揍那个王八蛋一顿最好。"

肖君杰想了想，叹口气说："你是对的，凯瑟琳如此出众，做什么都会引起风浪。"

郑卫接口说："是啊，她太优秀了，反而不好找。你知道她前边那个男朋友为什么吹掉？就是他总觉得配不上她，压力太大，那个哥们是我们宿舍的，也非常厉害，可是我们班长最厉害，别人都没有办法。"

肖君杰说："我不厉害啦，我也配不上她。"

郑卫认真地说："可能是差一点，你挣钱很多，条件很好，可惜不是博士，不过，我看到的人，最合适的就是你，你不追她，难道让她自己就这样过？"

肖君杰笑道："说来说去，你还是向着凯瑟琳。"

郑卫说："那当然，她是老朋友，你是新朋友，我是她的娘家人，以后你可不能欺负她呀，否则我饶不过你！"

肖君杰长叹一口气说："我想要她欺负我，她都不肯，我怎么可以欺负她嘛！"

肖君杰把郑卫送到王冠生物大楼下时，还是说："我觉得凯瑟琳喜欢的是你，这次你为她打人，她很感动的。我太笨了，没有想到动拳头。我不是不喜欢她啦，可是没有可能。"

郑卫为他鼓劲道："你多接触她，尽量对她好，没有人能比得上你，她慢慢就会接受的。我就算啦，钻石应该镶在王冠上，你要是把钻石丢到垃圾里，那才真是对不起人类，对不起地球！"

在新的实验室工作几个月后，杨小静刚刚熟悉这里的情况，正准备大干一场，她的老板夫婿突然又宣布，要把她调往另一个实验室，参加另一个项目的工作。尽管心有不满，杨小静还是二话没说就过去了。除了因为郑卫跟吉姆硬干一场之外，她从来不参与吉姆的任何决策，包括对她自己，她在工作上严格地扮演着一个下属的角色，而不是把自己当成高人一等的老板娘。她对自己的这种定位，使吉姆非常满意，也让同事备感欣喜，因为没有人愿意身旁总站着一个指手画脚的告密者。

不过，总是换新的地方、新的工作、新的同事，也让杨小静压力倍增，工作更累，因为要学很多新东西，也要十分注意熟悉新的环境，还要处理好新的人际关系，可是她反过来一想，这样也能使自己的知识面更广，以后更可以适应各种不同的工作，应对不同的状况，所以很快就心安下来，她对吉姆一句埋怨没有，只是说："我都变成万金油了。"

吉姆问她："什么是万金油？"

杨小静说："就是什么都能干，什么都干不好。"

吉姆笑道："是，我就是要让你变成万金油。"

杨小静不知道吉姆是没有听懂，还是另有打算，反正她隐隐约约地感觉到，他是为自己好。

在这个实验室工作一段时间后，杨小静又开始担心，吉姆不要哪一天又会突然把她调到郑卫的那个实验室，她只好事先给吉姆打招呼："甜心，你让我做什么都可以，只是我请求你不要把我调往大卫那个实验室。"

吉姆会意，说："你不愿意跟大卫一起工作，是吗？"

杨小静无奈说："如果你认为有必要，我会去的，只是，我和他都会觉得尴尬。"

吉姆奇怪："为什么呢？你曾经为了他，要抛弃我而回北京，不是吗？"

杨小静笑着抚摸两下吉姆的臂膀,以表示亲切安慰,斟词酌句地解释道:"那并不仅是为了他,也是为了咱们实验室的工作,为了一种原则。"

吉姆并不深究,说:"不管怎样,他留下来了,他应该感激你,不是吗?"

杨小静摇头苦笑道:"他不知道这件事,他一定以为,是我让你踢他走的。"

吉姆也苦笑了:"是我在当系主任,不是你,为什么我做事情而需要你负责任?"

杨小静解释说:"因为我是你的妻子,中国人都会这么想。"

吉姆说:"所以你帮助过他,他还是恨你,对吗?"

杨小静再次苦笑道:"是啊,唉,人生在世,哪有不受委屈的?"

吉姆不解地问:"你一定知道他会这样,对吧?可是你为什么还是要帮他?"

杨小静知道这事不能解释,也无法解释,只好最简单地说:"因为是他带我来到美国,在这里又遇见你,他改变了我的一生。"

吉姆真诚地说:"你这么优秀,你自己也可以来美国。"

杨小静听后,只有更多的苦笑,这样的事情,吉姆永远不会理解,她家在北京,却连大学都考不上,怎么来美国?就算她想逃荒要饭过来,中间还隔着深深的太平洋哩。她只好淡淡地回应:"也许吧,可是事实上是他带我来到美国。"

吉姆轻轻拍拍她年轻姣好的脸蛋,动情地说:"我喜欢懂得感恩的人,也喜欢聪明而知道怎样对待别人的人。"

提到郑卫,吉姆思考着说:"宝贝,现在我认为你是对的,他比我以前所认为的要好得多。他现在开始用他的脑子,也在向前运动,他的确是一个很聪明的人。"

杨小静不多说什么,只是描述自己的所见所闻:"他是你的学生,我不知道他的研究进展如何,只是我发现,每天我进实验室的时候,他已经在那里,我离开的时候,他还没有走。"

吉姆点点头说:"是啊,他在努力,非常努力,所以他的进步比我所能想象的要快很多。"每个老板都是喜欢努力工作的下属,这也是为什么每个下属都会在老板面前做出努力工作的样子。

吉姆显然对郑卫的表现感到高兴,杨小静趁势提醒他道:"可是他仍然是一个试读生,他没有钱支持他的生活。"

吉姆凝视着她,脸色严肃起来:"我明白你的意思,可是我还需要再看一看,而且你要明白,在我这样一个负责任的位置上,不能轻易做出决定,也不能轻易改变决定。"

杨小静撒娇地抱着吉姆那个已经有些花白头发的脑袋说:"老顽固!不过,我理解你,管理那么多人,一定要按规则办事,不能对待不同的人采用不同的标准。"她知道郑卫的钱支持一年应该没有问题,现在提醒一下吉姆也好,只要到时间吉姆能把郑卫转回正式学生并发给他生活费,他就可以坚持到毕业。

回到实验室,郑卫就必须面对现实。美女对你再好,你也必须自己努力,除了你本人,没有人可以救你自己。他阅读了大量的论文和资料,也感觉懂得不少东西,可就是总觉得还有层薄雾罩在眼前,还有许多东西看不清楚,他对自己仍然没有多少信心,顺利时会得意一阵子,一遇到挫折马上就觉得自己不行,仍然是一个垃圾加废物。刘娟总劝他:"容易的别人早就做完了,剩下的都是困难的,对谁都不容易。别担心,你行的!"

郑卫的方向感很好,可就是细节掌握得不够,容易为一些小问题所困扰。刘娟劝他打好基础,开始可能觉得慢,以后就会越来越快,而且也只有这样,才有可能达到顶尖水平。

郑卫起初不听,总想碰到问题再补,可是后来发现这样一步三回头其实更慢,只好回去捡起学过的东西恶补。他的回顾补习,远不像他事前想象的那么艰难,因为他已经知道整个构架和后续知识,只是补充一下,把模糊的东西搞清楚,所以很多时候其实是一目十行,很快就全部捡了起来。他年轻,记忆力好,折腾这么久,理解力也增强许多,所以可以举一反三,触类旁通,进步飞快。刘娟虽然对他的研究方向了解得并不太多,可是都是做生物的，大体感觉还是有，听他每个周末的说法，感觉他确实上了道。他本人也比以前自信一些，可是刘娟还是觉得，跟他的实际水平相比，他还是有点谦虚得过分了。

自从上次跟肖君杰聊过之后，郑卫周六去刘娟那里便有意晚到半个小时，给肖君杰和刘娟单独相处的时间。刘娟很不满意，每次都责怪郑卫不守时，郑卫便推说看论文看忘了，或者做实验没有做完。刘娟一则是喜，一则是愁，喜的是郑卫如此努力，必定有好的收获，愁的是跟肖君杰单独相处时，多多少少总有些不自在。她倒不是怕肖君杰图谋不轨，而是一想起那个台湾女人的说法，就浑身起鸡皮疙瘩，怕别人认为是她在打肖君杰的主意。

肖君杰也悄悄对郑卫说："大卫，请你以后早些来，你不在这里，凯瑟琳很紧张。"

郑卫出主意说："你多讲讲笑话，说说故事，她就会放松下来。"

肖君杰照做，回头又跟郑卫说："不行的，我说笑话，她不笑，我讲故事，她总往门口看，就盼着你快点来，她好像把我当成红脖子啦。"

郑卫笑了一下，只好说："那我就准时到，然后你再讲笑话说故事吧。"

下个周末郑卫按时到，肖君杰讲述几件美国趣事。有一个人找到一个女朋友，他养的狗吃醋，总对着女孩发狠、吼叫，很不友好，后来男生让女孩把狗狠打一顿，自己在旁边加油，这条狗才算最终摆正自己的位置。还有一对美国小青年结婚，结果在婚宴上公公和岳母对上眼，两个人后来悄悄私奔，把婆婆和岳父气得总骂媳妇和女婿。刘娟果然笑了好几次，还说肖君杰英语好，联系广，可以从老美那里听到很多稀奇古怪的故事。

吃完饭后，郑卫打了一个大呵欠，说："困死我了，真想好好睡它一天！"

刘娟说："那你就在沙发上睡一会吧。"

郑卫说："不行，我这一睡，不知道什么时候才能醒来。"又感叹道："唉，我也没有什么想法呀，就想混个三饱一倒，怎么就这样难？"

肖君杰不懂就问:"三饱一倒?不晓得什么意思。"

郑卫问他:"你一天吃几次呀?"

肖君杰说:"噢,就是吃三顿饱饭,一倒……就是睡觉,对吗?可是应该叫一躺啦。"

郑卫笑说:"躺太慢,倒快点。"

肖君杰说:"吃饱没有问题,睡觉可能不容易够。"

刘娟总结说:"美国就是激流,你在里面,要不冲上去,要不落下来。"

郑卫叫道:"太精辟了,班长!"

肖君杰也说:"不让停啦,不让停的!"

019　西洋美少女

　　经过日积月累，朝思暮想，加上不断地与导师研究探讨，郑卫终于确定下来三个课题研究方向。其中一个虽然很不错，可是他发现另外一所名校的几个人已经有好几篇论文发表，他如果再去做，说不定又会发生撞车事故，只能遗憾地放弃。另外一个，虽然别人做的可能性不大，可是发展前景并不好。一个人的学术生涯，多半是从博士研究开始，很多人读博士时研究哪一个方向，一辈子也就做那一个方向。郑卫不想一出校门马上就必须从头再来，而且以后找工作也不太容易，所以对这个研究方向并不满意，可是吉姆属意这个课题，他觉得郑卫做它有把握，时间不会太长，花费也不会太多，郑卫可以顺利地拿到学位，自己的实验室也算有一个新的成果。

　　郑卫自己更希望做的，却是第三个方向，T因子和R因子的关系研究，因为这两个因子的交互作用，好则能使生命体保持健康，差则导致许多疾病，非常有研究价值。吉姆当然比他更清楚这一点，可是此前许多人投入大量的时间、精力和资金，都没有得到比较出色的成果，他便不鼓励郑卫去冒这个险。

　　他对郑卫说："你作为博士生，最主要的是要拿到学位，这么深的课题，最好由教授或者研究科学家去试，反正他们即使没有挖出东西，也不会有大损失。"郑卫想一想也对，万一累得要死，最后因为做不出成果而拿不到学位，岂不是太冤枉？便同意了。

可是按照吉姆确定的方向工作了几天,郑卫怎么都觉得不舒服。他又查看一些论文,仔细想过很多遍,觉得T因子和R因子的关系研究虽然很难,要搞清楚它们之间所有的联系也不是几年、十几年的事,可是做出部分成果却不是不可能,自己已经有好几个创意,都是可以试一试的,想来想去,总觉得这是一个金矿,只要肯去挖,就算发不了大财,搞一个温饱应该不成问题。他那个敢想敢干的天性一发作,便又去找吉姆谈,说自己还是很想做T因子和R因子方面的研究。吉姆犹豫起来,说他要好好想一想,他要为自己的钱和郑卫的学位负责。

吉姆思考再三,倾向于同意郑卫的请求,让每一个人都去做他最喜欢也最擅长的事情,一直是吉姆的第一选择。他要问一问自己心爱的小妻子,她也许比自己更了解那个学生。

"宝贝,你怎么想?你觉得大卫能做得出来这个项目吗?就是T因子和R因子的关系研究。"

杨小静谨慎地回答:"甜心,你知道,我不懂科学,所以我无法说。"其实她心里跟丈夫以前想的差不多,更倾向于让郑卫做一个保险一点的项目,能拿到学位就行。她见吉姆还在思考,便加上一句:"他还年轻,也许不应该冒太多险。"

吉姆笑了:"我也是这样对他说,可是他说他想要做这个更具有挑战性的课题。"他想想又说:"我已经完全改变了我对他的看法,他确实是一个能做研究的人,当然,他也改变了他的工作态度。你以前说过,科学需要冒险,我有一个感觉,他能够成功。"

杨小静不懂这些,可是她相信郑卫,知道他发起狠来,确实力大无穷,也许丈夫的预测是对的,也许郑卫确实能干一番大事业,她赞同道:"我信任你的判断。"

吉姆又仔细考虑一会,计算一番,下定决心:"好,就让他冲一下,我出钱出地方,我负担得起!"

定下来支持郑卫上项目后,吉姆继续琢磨道:"这不是一个容易的项目,也不是一个小项目,他又比别人起步晚一些,什么时间他才能够做出来呢?"

杨小静小心翼翼地说:"从管理的角度来看,为了加快速度,通常都是增加设备或人手。我不知道……"

吉姆对她的想法有点吃惊:"给一个学生配一个研究助手?唔,很大胆也是很好的设想,我想起来了,你学过MBA。"

吉姆看一眼自己年轻娇小的妻子,对她有了新的认识,他当即做出决定:"好吧,就让金去跟他一起干。"

杨小静表面上在忙着收拾东西,心里实际上也一直在飞快地盘算。她一听就知道不行,让一个中年自负的男人给一个学生打下手,不会有好结果,但她也懂得自己不宜直言,所以她笑一笑说:"金不错,很聪明,做事快,手也巧,是一个好人,要是他能与别人相处得更好一些的话,那就更加理想。"

吉姆自然问:"你是担心他们两个人合作不好吗?"

杨小静婉转说:"也不一定,只是他们两个人的母语都不是英语,也许会有语言障碍。"

吉姆笑说:"应该可以,他们只需要谈怎么做实验,并不需要讨论哲学和艺术。"

杨小静笑道:"你说得对,实验就那么几句话,加些这个或者那个、培养多少个小时等等。"接着她又做思考状说:"金是你雇来的,你有很高的声望,他会很尊重你,可是,我不知道,他是不是愿意听一个学生的。"

吉姆对妻子的细心很欣赏,也明白实验员看问题的角度会与系主任不一样,赞成说:"这倒是一个问题,让我想一想,除了他,还能让谁去。"

杨小静知道应该找谁,但她不能说,她必须掌握分寸,她知道吉姆最恨别人干涉他的工作。她说:"我想不出来。你拿的钱比我多,这是你的责任,找出那个人来。"说完对着丈夫妩媚一笑,继续忙自己的事情。

吉姆看着可爱的小妻子,也笑了。他在脑子里把部下所有人都搜索一遍,然后说:"丽莎,让她去。"这可正中杨小静的下怀,丽莎并不比金更能干,但肯定比金更容易指挥,因为她比郑卫还年轻,资历也更浅,只是一个本科生，让一个博士生做实验设计，而由一个研究助理去做实验，再没有比丽莎更合适的，再说，男女搭配，干活不累，这是自从有人类以来就存在的真理。

不过杨小静并没有表现出欣喜，反而做出有些疑惑的样子问道："丽莎？她手上的项目完成了吗？"

吉姆说："她的项目只剩下一点了。"

杨小静松一口气，立即祝贺吉姆，像美国人一样夸张地说，他又做出一个伟大的决定，她抓住丈夫的手说："甜心，咱们明天去哪个饭店庆祝一下吧？为你的英明决策。"

接下来的问题是，让郑卫在哪里做他的项目。吉姆让杨小静提建议，可是她提出几个方案，吉姆都否决掉，他认为妻子过于谨小慎微，决定说："把那个小实验室给他，我要给他最好的条件。"

杨小静有点吃惊，因为吉姆手下的几个小教授都没有自己独立的实验室，问道："这合适吗？你知道，大卫只是一个博士生。"

吉姆明白太太担心的是别人的反应，可是在他的实验室，他是一言九鼎，他很自信地说："我认为，重要的是大卫能做出什么东西来，而不在于他是谁。这是研究上的需要，我会向其他人解释。"

杨小静知道自己的丈夫在用人方面有其独到之处，并不总是按牌理出牌，而效果却相当好，当年他就是这样把郑卫招进王冠的，而自己也因此而来到美国，并因此而进入王冠。她笑着说："是，老板，按你说的做。我相信你总是对的，这就是老板与雇员的差距！"吉姆也笑了，很高兴地接受了太太的恭维。

第二天刚上班，吉姆就打电话把郑卫叫到自己的办公室，对他说："大卫，我认为你是对的，我们可以冒这个险，让我们一起往前冲锋吧。"

郑卫感谢道："谢谢你，我一定尽我最大的努力！"他知道能够得到老板的支持很不容易，这意味着吉姆愿意出钱和出地方让他上这个项目，以后成不成功，什么时候能够做成，就看自己的本事了。他全身一下子紧绷起来，开始做冲锋陷阵的准备，脑袋里也开始紧张地思索，第一步应该是什么，整体规划又应该是什么，可能的结果还会是什么。

吉姆又说："你去给我准备一个单子，告诉我，你认为你需要哪些东西，大体的步骤，大概需要多长时间，下个星期之前给我。"

郑卫发现吉姆做事确实干脆利落，回应道："好的，我这就去做，谢谢你！"说完站起来准备去干活。

吉姆做了一个让他等一下的手势，对他说："另外，这个项目很大，也很复杂，你一个人做，时间是一个问题，我们不能拖，我也不想让你再被别人撞死，所以我要给你配一个助手。"

郑卫很惊讶："给我一个助手？"他从来没有听说过给博士生配助手的，只有教授们才会有，而且要从他们拿到的科研经费中出钱，可是他既没有钱，也没有资格雇一个助手。

吉姆知道他为什么惊讶，说："当然，由我出钱，她是给我干，我指派她来帮助你，而由你全权负责安排她的工作。"

郑卫感谢道："我真的非常感谢你！你知道，我正在为这件事发愁，就怕拖得太长。谢谢你考虑得如此周到！"这是他发自内心的话。他一个小博士生，以前做得又不怎么样，现在为了他的一个主意，吉姆不但同意给钱，还愿意出人，实在出乎他的意料，要知道，美国的人工是很贵的，而且出人不仅意味着出更多钱，还意味着给予郑卫一种地位，远远高于其他博士生的档次。

吉姆可没有工夫扯这些细节，他继续说："是静的主意，这个小女人的脑子很好使。"郑卫又是一惊，来不及思考那个贱人为什么会这么做，是不是又想加害于自己，可是他本能地感觉到，这里面不太可能有什么阴谋，他没有想到自己最恨的人，居然似乎在暗中帮助自己，一时呆住了，不知道该说什么好。

吉姆说："这个人我已经为你找好了，就是丽莎。"吉姆不认为自己应该征求郑卫或丽莎本人的意见，直接就做出决定。郑卫接着再吃一惊，他最希望分给他的，是一个心态平和的中国老太太，可是老板却配给他一个桀骜不驯的西洋小美女。以后怎么相处？他指挥得动吗？

吉姆说："她过两个星期开始跟着你干活。你先做准备工作吧，麦瑞会找人帮助你。"

郑卫有很多疑虑，可是不管怎么样，他都没有选择，只好说："谢谢你，我这就去做。"

吉姆再一次让郑卫等一下，问他道："你想过没有，在哪里做你的实验？"

郑卫已经应接不暇，犹豫着回答："还没有，要不……就在我现在的地方？"不过，他也觉得，对这么大的一个项目来说，他现在所能支配的地盘太小，而且丽莎也没有地方跟着他一起做实验。

吉姆说："这个我已经为你准备好了，我把靠拐角的那个小实验室给你，你们就在那里发起冲锋吧。"

郑卫大吃一惊，这连串的超级待遇，已经让他头晕目眩，没有想到吉姆居然又要给自己一个单独的实验室。他结结巴巴地说："可是……我只是一个学生……我也不知道……能不能做出东西来……"

吉姆笑了，为自己的雄才大略而自豪，他安慰郑卫说："你不用担心任何事情，你的目标就是给我一个成果，最好的成果！"

郑卫这下子真的是非常非常感谢老板，这个中年美国人虽然在生活上淫荡无耻，可是在工作中绝不含糊，人家这么看得起自己，自己无论如何都要好好干，做出东西来，他几乎是喊着回答："我将做到最好！"

丽莎一接到让她跟着郑卫干的命令，就知道这是老板的报复。有恩报恩，有仇报仇，美国可不存在什么以德报怨之类迂腐说法。让她给一个学生、一个做不出东西而差点滚蛋的人、一个老婆被老板抢走的失败者做助手，实在是莫大的侮辱。可是，既然她当初在众人面前大扫老板的面子，现在他老人家找自己的茬，就只能算是她自作自受。她需要学术成绩，需要老板的推荐信，也需要钱，所以只好忍辱负重，于是，她冷着脸接受指派，收拾起自己的东西，搬进郑卫刚得到的小实验室，随即摆出一副"废话少说，你给钱，我干活"的架势，向郑卫报到。本来美国人最喜欢虚情假意地客套一番，那也是美国人的长项，可是这显然不合丽莎的胃口，她把那一套全部免除。郑卫自从倒了大霉之后，也养成一种"我是失败者，啥都不在乎"的黑色气质，当即也是公事公办，直接告诉丽莎该做这个、该做那个，省去一切迎新的麻烦。同是天涯沦落人，相逢却就是不相识。

丽莎虽然美若洋天仙，靓似芭比娃娃，身材也火爆如炼钢高炉，看上去总是火星四射，郑卫以前的生活，却跟她没有任何交集。本来他们见面还点头打一下招呼，等郑卫成为王冠著名的失败者兼倒霉蛋之后，他见谁都不理，见到丽莎也就只当她变成透明人。丽莎原本就是一个性格冷漠、牛皮轰轰的主，更没有工夫搭理他这种混不出人样来的外国佬，所以他们之间的距离，比中美之间的距离更为遥远。现在老板突然把这样的两个人按在一起，他们必须朝夕相处，荣辱与共，使得两人都很不适应，都有一种相当奇怪而又惶恐不安的感觉。

郑卫是很正常的男性，看到丽莎这样的美女，还衣着相当暴露，以前眼睛活泼点，也算情有可原，可是现在一则科研和实验的压力巨大，使他基本上没有闲心，二则实验室里大家都是一身白大褂，不管多么美好的身材，都会变成桶状，所以他也就不会分心。丽莎虽然皮肤并不如东方人细嫩，脸形却十分小巧精美，蓝色的大眼睛和高耸的鼻梁，靓丽得使人心醉，不过，郑卫既没有时间也不敢盯着她的脸蛋看，有事情交代时，眼睛总是瞅她一眼，便转往旁边或地上。他知道美国人高兴时搂搂抱抱，不高兴时就控告你性骚扰，而这个性骚扰的定义又十分模糊，一句话说不好，一个眼神不对，都有可能被人起诉。他的麻烦已经太多太多，实在不想再给自己添加更多。

不过，因为郑卫跟丽莎的男朋友聊过美式足球，所以他想，等见到丽莎的男朋友时，打一个招呼，热情友好一点，也算自己做小领导的大度，缓和一下自己与丽莎之间无形的紧张气氛，可是当一个粗大凶猛、两个胳膊上都是刺青的男人来找丽莎时，他才发现人家早已经换掉搭档。他觉得这个丽莎怎么看都像是一个问题女孩，与一般美国少年热情、友好、单纯、可爱大不相同。他很有点担心丽莎能不能做好实验，会不会找自己什么麻烦。

现在他终于看清楚那个贱人出的是一个什么坏招，原来是想利用丽莎来整治自己！

郑卫把自己的担心带到他与刘娟、肖君杰每周一次的见面会上。刘娟不以为然，说："你们老板出那么多钱，不会为了整治你就不要成果。"

肖君杰则说："给你配一个美女呀，你怎么还抱怨？"

郑卫叹一口气道："我就想赶快混一个文凭毕业，什么美女不美女的，我看着就头疼。再说，如果这个美女是来害我的，还不如长得丑点，咱也好防范。"

讨论一阵，肖君杰认为他大可不必害怕，说："你是一个小人物，你们老板那么成功，不会这样吧。"

刘娟也说："他犯不着。"

郑卫想一想也是，老板如果要害他，直接把他拎出去扔下楼就是了，用不着费这么大劲，心里感觉轻松不少。

正如刘娟和肖君杰所说，没有过几天，郑卫就发现自己的担忧似乎并不成立，因为丽莎虽然不搭理他，做实验却干净利落，水平相当不错。有时候她不清楚应该怎样做，郑卫只要稍加指点，她就能立即领会，反应很快，出来的结果也相当漂亮。她有时会晚来，但总会尽量提前打招呼，而且只要晚来，就一定会晚走，不会偷奸耍滑。她虽然很少加班，但每天下班时，总会给郑卫交代清楚，什么是请他晚上继续做的，什么是她自己明天来做的，不会丢下实验不管不顾。郑卫这才发现，这个小洋妞其实很负责任，素质相当高，远不像她表面看上去那么问题多多，看来当初老板招她进实验室时，不光查看了她的脸蛋，也查看了她的实力。

丽莎本来很看不起郑卫，与郑卫担心她的程度差不多，可是跟着郑卫工作一段时间后，她发现这个亚洲人其实很不一般，他的思路非常清晰，十分明白自己想要什么，做起事来有条不紊，环环相扣，哪一步应该做什么，出现什么情况应该怎样应对，都预先规划好，一丝不乱。这与她以前跟的几个小老板那样打乱仗、走哪算哪完全不同，所以她干起活来十分称心如意，很少做无用功。她看郑卫用大量时间读论文、查实验资料，心想也许是他理论水平不够，要不然怎么会差点被老板踢出去呢？

郑卫的问题，其实远比丽莎所猜想的复杂得多。他读过大量论文，学会很多东西，脑子里充满各种知识，一问他，似乎什么都懂，可是，那些东西又都是独立的，各是各的，互不相关，联结不成一个整体。他很着急，总觉得自己不行，于是更努力地去学更多的东西，结果他的脑子里更加混乱无序。有时候他甚至怀疑自己是不是智力有缺陷，怎么别人不如他努力，好像都很清楚似的，只有他总是迷糊。

还是吉姆看出郑卫的问题，他在检查郑卫的工作时说："大卫，你阅读很多，记下不少，也做出一些，可是，想得不够。你要用你的脑子去理解，别人为什么要这样做？他们是怎么想的？有没有更好的选择？如果是你，你会怎样做？如果几个人使用不同的方法，各种方法的优点和缺点是什么？不同理论之间有什么联系？我认为你已经准备得很充分，下面你要做的是思考，是理解，是用你的头脑去抓住它们。"

这真是一语点醒梦中人！郑卫以前读论文查资料时，也本能地想到过这些方面，可是因为急着赶去读下一篇，往往来不及细想就跳过去了。现在，他重新翻开那些论文，更多的时候是想，而不再是读。有时候，他把几篇不同的论文摊开，都放在桌子上，仔细琢磨它们之间的关系、差别和优劣。一旦他的大脑高速运转，许多模糊的东西就逐渐清晰起来，他已经能够看到所有的总体和细节，点点亮光也开始连成一片，最后形成一个明亮透明的世界，飘散在四处的零件，也被他一个一个组合在一起，最终装配成为一个功能完备的有机体。终于，他看清楚它们之间的联系，看到一个完整的世界，他发现了科学的奥秘！

从那之后的许多日子里，丽莎都看到这个亚洲人如痴如醉，不吃不睡，不停地思考着。他时而看一眼论文，时而眼望窗外，有时候甚至躺在实验台上，两眼直愣愣地望着屋顶，一躺几个小时。她还看到他两眼空洞、双手比划着、嘴里念念有词地在实验室踱步转圈,一转几十圈。她实在忍不住,问上一句:"大卫,你还好吗?"郑卫"唔"一声,不理她,继续转自己的。丽莎觉得这个人真怪,是不是精神上有点毛病?

可是郑卫看到的,则是一个完全不同的景观,他现在终于明白,原来生命世界是如此美妙与和谐,实在是太诱人、太可爱了,他根本用不着别人强迫,自己就想去钻研、去思考、去追求、去搞清楚为什么会是这样。太好了,真的太好了!这就像是玩游戏,要不停地挑战,不停地试验,直到成功,而通过这一关,就想通过下一关,根本不可能停下来,这正是他所需要的,他终于找到了自己的方向,找到自己的最爱!

他又去刘娟那里参加他们三个人铁打不散的聚会时,刘娟看到他脸上洋溢着激动的光辉,问他有什么喜事。

郑卫微笑道:"班长,我总算有点明白了。"

刘娟问:"明白什么?"

郑卫回答:"生物学。"

肖君杰说:"你学习这么多年生物学,怎么才说明白?"

郑卫说:"以前糊里糊涂,知其然而不知其所以然,现在我总算有点明白了,真的,很奇妙的,很有趣!"

他做饭时也经常琢磨问题,时不时会唠叨两句:"很有意思,真的很有意思!"想一想又说:"非常有趣。"

肖君杰说:"大卫,你休息一下好啦。"

郑卫笑说:"你不知道,这个就像玩游戏,进去就出不来,很上瘾的。"

刘娟看着他笑了,从他眼睛的闪光里,她看到一个新的郑卫,一个对科学入迷的人。

肖君杰问道:"生物学这么有趣吗?说说看,为什么有趣?"

郑卫说:"你想一想是不是很奇妙?你看到好吃的,嘴里就会流口水,对吧?"

肖君杰笑说:"那是你啦。"

郑卫又说："你只要一看到漂亮女孩，就会心生爱恋，想要占为己有，是不是？"

肖君杰赶紧说："那不是我呀。"

郑卫继续说："为什么我们班长的鼻子眼睛都长得那么好看，皮肤一碰就会滴下水来？"

肖君杰急忙问："为什么？"

郑卫庄重地说："这就是生物学的奥秘。"

肖君杰气愤道："你等于什么都没有说嘛！"

刘娟在旁边被他们俩的一唱一和逗得直乐。她知道郑卫一旦钻进去，别人没有办法比，她看到了希望，也看到了郑卫的未来，他一定能够拿到学位，也一定会有所建树，对于郑卫，她比他本人有信心得多。

郑卫的能力，很快就给丽莎留下深刻的印象。她在做一个实验时，要给一种培养液里加入一种溶剂，她查看郑卫写好的实验计划，上面写的是每1000毫升加入15毫升这种溶剂，等24小时。

她不知道是郑卫计算错误还是笔误，疑惑地去找郑卫："大卫，这个实验我做过，是加16毫升，为什么你说15毫升？"

郑卫解释说："我查过好几遍，标准加配是16—17毫升，可是我们的实验略有不同，我觉得15毫升可能更好。"

他详细地阐述一番自己的依据，丽莎并不太懂这些，只是问他："你敢肯定吗？"

这下子郑卫犹豫起来，他对自己还是没有太多信心，可是他真的认为就应该是15毫升，他说："给我1分钟，让我想一想。"他不需要再查资料，一切都在他的脑袋里，他要的是再过一遍他的理论和实践依据，每做一个实验都要花一大笔钱，他不可能不慎重考虑清楚。丽莎看到他两眼凝视窗外，发了一阵呆后，转过身来对她说："我还是认为，16毫升可以给我们不错的结果，但是15毫升应该给我们最好的结果，让我们试一下吧。"

丽莎冷淡地点点头，半信半疑地做实验去了。郑卫是她的顶头上司，他说什么就是什么，反正如果发生事故，他将负责，跟自己没有太大关系，可是她很想把实验做好，因为这牵扯到老板将来对自己的总体评价，她可不想让郑卫耽误自己的前程，如果结果不好，她会毫不犹豫地告诉吉姆，这不是她的错。

郑卫心里也是忐忑不安，当天半夜悄悄去查看好几次，尽管什么也看不出来。他给刘娟打电话，刘娟说："你何必冒险呢？"他心里有点后悔，万一做砸，老板追究起来，自己这个试读生转正可能会受影响，可是，他想过一遍又一遍，怎么都觉得，15毫升是一个更好的方案。

第二天结果出来，郑卫和丽莎一看，的确相当漂亮。郑卫长松一口气，虽然高兴，心里还是想，这种险以后少冒，万一演砸，代价可是太大。

丽莎第一次对郑卫笑说："你很棒，令人印象深刻！"

郑卫回头吹给刘娟听，刘娟也说："你的脑子挺好使的，总有那么多怪念头。"

郑卫虽然得意，却不敢忘形，对刘娟说："班长，你是对的，我现在正倒霉，逞那个能干什么？干好了老板不会奖我，出了差错他非赶我走不可，这种事不能再做！"

可是人在年轻时，就是容易冲动，这是自然规律。没过几个星期，郑卫居然跟老板公开唱起反调。开实验室大会时，吉姆宣布他的一个决定，调杨小静去做麦瑞的助手，职务为助理主管。全场都静悄悄地，没有人说什么，可是大家心里都明白，这就是要开夫妻店呀！麦瑞那么老，早就做不动了，她自己也常说，她想早点退休。现在把杨小静调过去，就是熟悉工作，过几个月麦瑞一退休，杨小静就会变成大家的顶头上司，就是实验室的二老板。

杨小静静静听着，脸上没有任何表情。这次她的老板兼老公事先跟她谈过，她马上就明白，为什么吉姆会调动她各个实验室到处跑，各种实验轮换做，就是让她熟悉人，熟悉环境，熟悉各种实验流程，为这个安排做准备。她也一下子就很清楚，以她的背景和学历，在实验室里做，最多只能是一个打杂听吆喝的，不可能有什么专业建树，更不可能有大的发展，而转往行政管理，肯定是她的最好出路，也是她最能发挥才能的地方。她真的非常感激吉姆的苦心，并没有推让，因为她知道，这样的好运气必须抓住，否则她永无出头之日。

　　除了老板两口子，几乎没有人喜欢这项任命，行政、科研两位一体，以后大家的日子能好过吗？而杨小静这个人，能丢掉青年老公跟着中年老板跑掉，怎么看都是一个狠角色，她要是整起人来，哪可能心慈手软？有几个觊觎这个位置的人，更是既失望又愤怒，可是更无可奈何，谁叫你没有长一个漂亮脸蛋？只有和子和几个跟杨小静关系比较好的小姑娘才相信，静就是这个位置的最佳人选。

　　而在座的人当中，最悲愤的当然要属郑卫，这个贱人，当初抛弃自己，就是为了金钱和绿卡，现在她又要高升，要做实验室主管，要当大官了，以后肯定会爬到自己头上拉屎拉尿，想怎么整治自己就怎么整治自己，自己的实验好容易走上正轨，也有了一些进步，她要是从中捣乱，自己非完蛋不可。他奶奶的，老子的运气怎么就这么差呢？带了一个白眼狼来美国，然后处处受她的气，吃她的憋，以后还要天天看着她的脸色过日子，老子还能有一个好吗？能死得明白吗？

　　吉姆大领导的派头，根本不在乎手下人怎么想，反正你们谁要是不愿做，尽管另谋高就，想进实验室的人，可以排队绕美国一圈，他下面就是审查每个项目、每个实验的进展，要是有问题，马上协调解决。

　　以往都是麦瑞做记录，回头给大家发电邮做备忘录，这次杨小静也忙着在一个小本子上记下要点，她已经开始进入角色。吉姆问到郑卫时，郑卫结结巴巴地介绍一番自己项目的进展，说一切顺利，吉姆说一声："好。"又说："需要什么，找静。"郑卫板着脸点一下头，心想以后只好多麻烦丽莎，他可实在不想跟那个贱人打交道。

　　轮到和子时，她怯生生地汇报说，她的实验没有有效结果。吉姆问为什么，和子说她也不知道。吉姆沉着脸，让她把实验过程讲一遍。听完之后，吉姆也找不出哪里出现差错，便说可能是实验本身什么地方没有做好，让她重新仔细做一遍，领取所需材料可以找静。说完后他望向妻子，目光里满是温柔，还开玩笑说："我相信静会帮助你的。"杨小静也看着她的甜心，妩媚一笑。

郑卫听完和子的叙述，发现这个问题他以前想过，很可能是实验中两个步骤的顺序问题，在某些特殊情况下，应该把次序反过来，可是他自己从来没有做过这个实验，也没有把握真的就是如此原因，所以并不准备发言，就像他进入这个实验室之后一样，从来都是听众，老板不问到他，他绝不吱声。等到老婆跑掉，自己又以戴罪之身留任，他就更不愿意说话，难道自己丢人还嫌丢得不够，还要引得众人来加倍鄙视自己一番？

可是，当他看到那个贱人跟她的老洋狗当众调情的时候，当真是怒从心头起，恶从胆边生，老子就是不信了，难道你们永远正确，我们都是傻瓜笨蛋？

他突然举起手来，大家都很意外地看着他，吉姆威严地点名："大卫？"

郑卫开口了，居然比自己汇报工作时还顺溜："我认为应该是先做步骤B，后做步骤A。"

吉姆怔一下，转向和子："那篇论文上怎么说？"

和子回答："是先做A，后做B。"

吉姆当即说："照论文上的做，小心一点。"郑卫听到后，头一低，眼一闭，来一个老僧入定，心想你们爱怎么着就怎么着，不关老子的事。

和子会后找到杨小静，急得都快哭了，说："我真的做得很仔细，不知道为什么会没有结果，要是再做一遍还是同样怎么办？"

杨小静知道和子是一个非常认真的人，说她在实验中有失误，似乎不太可能，她不懂这个实验，可是她懂得人心，她觉得郑卫如果没有把握，是不会说出来的，便问和子："你想过大卫的说法吗？"

和子说："我觉得有些道理，可是论文上是这样说的，吉姆也让我这样做。"

杨小静当然不想刚上任就跟老公对着干，可是她本能地感觉到，郑卫的说法不容忽视，思考一会，对和子说："这样吧，这次我给你准备两份实验材料，你一份照原方法做，另一份照大卫的办法做，都试一下，小心一点。"她知道这样会多花钱，可是时间比金钱更重要，而且的确值得一试。

和子担心道："要是吉姆知道……"

杨小静说："没关系，有我呢。结果出来后你先告诉我一声，可以吗？"

实践证明，郑卫是对的。杨小静事先把消息婉转透露给吉姆，下一次开实验室大会，吉姆一上来就让和子讲一下她的实验和结果。和子不敢隐瞒，说出杨小静让她以不同次序连做两个实验，并说按照郑卫所说的顺序所做的实验，结论等同预期。

吉姆说一声"祝贺"，然后开杨小静的玩笑说："我看只有我的妻子敢这样做。"接下来他便开始盘问郑卫，为什么会这样想，有什么理由可以认为那篇论文的方法在这里并不完全适用，从理论上的思考到相关实验的借鉴，都一一问到，问得郑卫大出一身冷汗。讨论完毕，他夸赞一句："干得好，大卫，你开始用自己的头脑了！"

郑卫一开始有些担心，怕老板会觉得丢面子，找自己的麻烦，后来看他老人家根本不在乎自己学生的一点小创见，反而很高兴郑卫有主意，帮助别人解决了问题。

郑卫有点佩服，觉得牛人都不是小肚鸡肠，当然他也很快就想明白，吉姆这种档次的人，不会去注意这些实验细节，人家的主要工作，是战略指导和申请科研经费。他要的就是成果，像他这样的大牌，根本不在乎自己在手下的喽啰眼中是什么形象。

而更让郑卫感到意外的，是杨小静的做法，很明显，她信任自己，而且肯冒风险让自己的想法得到证实。其实她说一声按照老板的指示办，谁都说不出什么来，可是她却如此费心，让自己在众人面前大大地露一回脸。他没有看杨小静，却在心里不由自主地对那个贱人有点感激。

其实杨小静的做法，也使得很多人心安，原来她真是帮大伙忙的，不是跟老板串通一气收拾大家的。以后许多人遇到问题，害怕老板生气，都会找杨小静帮忙，她是能帮就帮，能瞒就瞒，尽量为他们分忧解难。吉姆当然知道杨小静的做法，可是他不但不生气，反而觉得很好，有唱白脸的，就应该有唱红脸的，老板不能不严厉，老板娘也不能不温和，总要有人起到缓冲作用，上级和下属如果总是硬碰硬，不利于工作。

郑卫把这件事讲给刘娟听，刘娟又夸他就是聪明，使郑卫的自信又上升一点点，可是郑卫还是说："以后少管闲事，老板可是得罪不起，我的试读期才过一半，到时间还指望他给我转正哩。"

肖君杰从生意的角度看问题说："没有问题啦，你的老板给你投入钱，投入人，不会让你半途离开的，放心吧。"郑卫和刘娟都说他讲得在理，放下不少心。

谈到杨小静的做法，刘娟说这就是收买人心，她当初做班长时，她爸就叮嘱她，领导要哄好，下属也要照顾到，如果部下都不服你，这官当不长。

肖君杰吹捧说："原来做长官有好些学问，我从凯瑟琳这里学到很多。"

郑卫也点头称赞，说："班长永远对，我也不太敢得罪丽莎，她要是总捣乱，我就麻烦了。"

丽莎这时对郑卫已经从信任发展到钦佩，她发现这个小老板很有一套，远不是一般人可比，她原来以为来给郑卫打下手是受到迫害，现在才发现，自己实在是幸运，因为老板厉害，下属才能干得少，出活多，有奔头。郑卫以后出成果，当然有自己的一份，不像有的人，跟着破老板，什么都折腾不出来，老板气不顺时，还要找你出气。丽莎确信郑卫肯定不会挑自己的毛病，而这个小老板又如此能干，自己应该能更快地积累起足够的学术信任分。

尽管在一起工作时间长了，彼此不再那么小心翼翼，郑卫与丽莎仍旧各忙各的，很少交流。丽莎不算开朗的人，而且很有点愤世嫉俗、玩世不恭的味道。郑卫本来性格单纯，喜欢玩闹，因为来美后连遭大难，现在也变得苦大仇深，外加看破红尘。这两个人在一起，能够像现在一样相安无事，就已经很不错。郑卫仍然与丽莎保持距离，凡事公事公办，丽莎对自己的小老板倒是不再有戒心，可是她也不知道该怎样跟这个沉默寡言、面色阴郁的亚洲人打交道。

可能感觉太沉闷，丽莎带来随身听，一边做实验，一边戴着耳机听音乐。郑卫知道，有的实验室的老美用音响大放音乐，也不管别人爱听不爱听，心想这个小洋妞做人还真是很不错，至少懂得为别人着想，而且丽莎每天做完实验后，总会把实验台清理干净才走，这一点也让郑卫佩服，他自己就很难做到。丽莎一般是不加班的，8个小时之内好好干，8个小时之外绝不干，郑卫则是只要醒着，就在实验室里，恨不能一天工作24小时，所以尽管郑卫要读论文、查资料、设计并分析实验，还要写论文，他的实验量却一点不比丽莎少，等于说实验室的活，郑卫一个人做三分之二。有顶头上司的以身作则，丽莎更觉得自己是只赚不赔。

这天丽莎傍晚下班后，没有马上离开，而是坐在电脑前，玩打牌游戏。郑卫偷眼望去，是洋妞们常玩的那种类似打卦算命的翻牌游戏，不由得撇撇嘴，觉得这玩意不值得一笑。

丽莎玩了一会，可能也觉得没有多大意思，看到郑卫跑前跑后地忙实验，便开口问道："大卫，你要什么时候回家？"

郑卫回答道："我不知道，一般一点或者两点，有的时候早一点，有的时候……"

丽莎说："做通宵，对吗？我看到你的睡袋和牙刷在这里。"

郑卫无奈道："有的时候实在太忙，我不得不一直待在这里。"

丽莎继续问："那么你在哪里洗澡呢？"

女孩子心细，她注意到郑卫虽然很忙，可是绝不邋遢，总是干干净净。

郑卫回答说："在楼下健身房。"

这是杨小静当年逼着郑卫养成的好习惯，他也觉得每天冲一个热水澡特别解乏，再说他天天跟丽莎这样一个美女挤在一个屋里，可不想让她觉得自己太脏，这倒不是他有什么见不得人的想法，而是不想丢中国人的脸。

丽莎笑了，说："那么你健身吗？"

郑卫也不好意思地一笑："没有，很久没有了。"

丽莎好意劝道："那样不好，你会消费掉你的健康。"

郑卫双手一摊："我知道，可是，你看，我总是太忙。"说完继续忙自己的实验去了。

郑卫的实验中有一个间隙，可以休息一会，他正准备去自己的办公桌前琢磨一篇新出的论文，丽莎叫住他："大卫，你会玩扑克牌吗？"

郑卫说："会一点。"心里想着，这就是罗切斯特先生问简·爱会不会弹钢琴时她的回答。

丽莎好奇地问："你都会些什么打法？"

郑卫回答："很多中国打法，还有桥牌。"

丽莎有点难以相信，因为桥牌是欧美上层精英们玩的纸牌游戏，难道一个整天在实验室里狂干的外国学生也会？她问："你会打桥牌？你会什么叫法？"

郑卫说："自然和精确，还有些别的，不是很熟。"

丽莎邀请道："那你想不想上网打两局？"

郑卫犹豫了，按说他最没有自信的是学习和研究，最为自豪的就是玩这些乱七八糟的东西，现在可是在美貌小洋妞面前露脸的大好时机，不过，自己已经把老婆玩跑了，学位也快玩丢了，哪敢还玩？

看着郑卫馋兮兮想玩又不敢的样子，丽莎劝他说："来吧，你也应该休息一会。"郑卫心想这是丽莎第一次邀请他，不好不给面子，应该搞好关系，便答应下来，只是说他还要做实验，他不在时，丽莎顶上。

丽莎上网去约网友打牌，问郑卫说："你要什么级别？"

郑卫说："中等吧。"丽莎便定下一个中等等级分。

过一会，网上牌友凑齐，郑卫开始跟别人打，丽莎在旁边看着，间或出出主意，解释一些语言上的问题。郑卫连打四盘，然后跑去做实验，丽莎帮他打两盘，他回来后，又打两盘，一轮过后，他们荣幸升级。丽莎发现郑卫反应快，计算精确，水平很高，就是叫牌不太准，这是郑卫语言上吃亏，跟对家也没有配合经验。她一点没有想到这个亚洲人居然这么牛，比自己都强，狠夸郑卫。郑卫虽然又开始得意，可还是不敢忘形，丽莎叫他继续打牌时，他坚决拒绝。丽莎也不勉强，临走时佩服地对郑卫说："你是一个具有很高水平的牌手。"郑卫苦笑道："这个对我的研究并没有帮助。"

　　游戏的价值类似聚会，有助于拉近人们的心理距离，第二天两个人虽说仍然各忙各的，话不多，心情却轻松不少，不像以前，总像是在戒备着对方。下班后丽莎还是不走，又坐在电脑前玩起电子游戏。郑卫心里直叫苦，这不是诱人犯罪吗？不过他一看丽莎玩的是挖地雷之类慢悠悠的玩意，正是他最烦的，也就比较容易地做到拒腐蚀永不沾了。

　　可是丽莎并没有放过他，自己玩一阵，见他稍有空暇，便叫住他问："大卫，你会玩这些游戏吗？"

　　郑卫又是标准答案："会一点。"

　　丽莎已经知道他这个会一点意味着多少，又邀请道："那你来玩一会吧。"

　　郑卫咬牙推道："我……我太忙，你自己玩吧。"

　　丽莎看出他是想玩而不敢，便鼓励他说："就五分钟，来吧。"

　　这个诱惑已经超出郑卫的抵抗能力，他说："好，五分钟，你要提醒我。"

　　丽莎说："没问题。"还真用实验闹钟定好时间。

　　郑卫两眼放光地说："我不喜欢玩慢的，有没有快一点的？"

　　丽莎打开选择菜单，郑卫看有俄罗斯方块、打坦克等等，都老掉牙了，他选好俄罗斯方块，直接调到最高级，一边按加速键，一边双手翻飞地往下打，直看得丽莎眼花缭乱，如果说打桥牌丽莎还能跟着郑卫凑凑数的话，打游戏她是连郑卫的背影都望不到。

　　五分钟一到，闹铃一响，郑卫赶快放下键盘，说："我打完了，你玩吧。"

　　丽莎夸他说："你是专家！"

　　郑卫叹口气说："是啊，玩这些我都是专家！"

都是年轻人，没有太多城府，很容易沟通，从此之后，他们的话多了不少，见面互相问候一声，聊一两句天气，或者讨论一下周末的活动。丽莎下班后也不急于回家，总要在实验室磨蹭一阵，上上网，打打牌，挖挖地雷，还总想拉着郑卫一起玩。郑卫本来就不是一个意志坚强的人，总能被她说服，浪费一些时间。

郑卫把他遇到的新问题向刘娟和肖君杰做出汇报。刘娟问："每次玩多久？"

郑卫说："五分钟……到十分钟吧。"

刘娟下命令道："不要超过十分钟。"

郑卫狠狠点头保证道："绝对！我生活费都没有着落，哪敢再玩？"

肖君杰则从另一角度看问题："她看上你了吧？"刘娟也看着他。

郑卫觉得这简直是天方夜谭，说："她男朋友多得很，这次又换了一个，个子不很高，但很壮，胳膊上都是文身，一看就是街头小痞子。我们老板当初追的就是她，没追下来，才……这个……贱人……怎么可能嘛！"

果然，没过三个月，麦瑞宣布退休，杨小静正式加冕实验室主管。其后很长一段时间，她都感到压力巨大，毕竟她太年轻，又是外国人，要管理整个实验室的各种杂事，还要处理对外联系方面的各种工作，以及写各种报告，参加各种会议，可以说忙得连上厕所的时间都没有。好在有跟着麦瑞工作近三个月的底子，她又天生善于待人处事，总算顶下来，而且越干越顺手。

表面上看，是她在独立奋斗，实际上她心里明白，如果她不是吉姆的夫人，就算她能做到主管，这条路走下去也会艰难百倍，因为很多人给她方便，都是看她老公的面子，所以她做事非常努力，力求完美，尽可能证明吉姆的选择是对的，她能做好这个工作。

杨小静每天晚上回家，都要坚持写下一天的工作总结，什么是对的，什么是错的，什么应该改进及如何改进，然后就是列出第二天需要做的各种事情，以及需要注意的事项。

每天早上起来，她看一眼自己列好的工作清单，随即奔往办公室马不停蹄地猛干一整天。为此她不可能不冷落吉姆，因为她实在没有时间跟吉姆一起喝一杯咖啡，听一会音乐，看一场美式足球比赛。吉姆开玩笑说，他很后悔，虽然他找到一个很好的主管，却失去了妻子。每到这个时候，杨小静便过去抱着吉姆温存一番，安慰他一下，然后回到自己的书房，该干什么还干什么。没有办法，世界上没有不努力的成功，她以一个综大子弟班的毕业生，能走到今天这个地步，如果对别人说是要拼命的话，那她就是不要命了。

杨小静很知道怎样笼络人心，她知道凡人都喜欢占点小便宜，所以她一上任，只要实验室里有谁过生日，一定会收到以吉姆和静的名义签发的一张贺卡，外加一张乐透彩票，都是她个人掏钱买的。这些对于她来说，花不了几块钱，过生日的人，却可以高兴一年，而且到哪里都会说老板和主管的好话。

在实验室里做，工作忙，工资又不高，大部分人都是中午带饭。实验室的冰箱里有各种药品、样品，不允许存放食物。以前大家都把饭盒、饭包放在门口，时不时有人的饭菜被学生偷吃，或者饭包被拿走。杨小静订购一批中国产的小冰箱，每个实验室发一个，大家的午餐就有地方存放。连郑卫都觉得，这个贱人做起事来，还真是有两下子。

杨小静还经常会买来一堆甜面包圈或硬面包圈，每个实验室冰箱里放一些，告诉大家，谁晚上干活太晚饿了，就可以用来填肚子。丽莎一收到吃的，转身就告诉郑卫说："大卫，静给你送来夜宵。"郑卫虽然很难原谅杨小静，可也知道她是好意。既然是前妻当官，自己吃点东西可算是理所当然。以前他晚上肚子饿时，总是到食物贩卖机去买一个三明治或者热狗，可那些东西实在难吃到让人想吐，现在好了，他每天晚上不客气地吃起面包圈来。

这天下班后，丽莎又坐在电脑前打牌，天黑透才走。过了一会，她又回来了，对正感到奇怪的郑卫说："大卫，你能帮助我吗？我的汽车的仪表盘不亮了。"

郑卫一边忙着做实验,一边问:"你能不能打着引擎?"

丽莎说:"能。"

郑卫又问:"能开动车吗?"

丽莎回答:"可以,不过我可不敢就这样开着回家,坏在路上就麻烦了,我没有AAA拖车保险。你懂汽车吗?"

郑卫还是那句:"懂一点。请等一分钟。"

丽莎放下心,在旁边耐心等待,因为她知道大卫说不懂的意思可能是懂一点,说懂一点的意思就是很懂。

等实验告一段落,郑卫找出一个曲别针,又找到一个螺丝刀和一把尖嘴钳,还找来一个手电筒,拿起来跟着丽莎往楼下走,边走边解释说:"我估计只是保险丝烧断了,可能是线路问题,也可能是打火那一瞬间的电流高峰,当然还有别的可能。"

丽莎说:"很感谢你的帮助。我是一个女人,一点不懂汽车。"

郑卫跟着洋人,嘴巴也学乖巧了,说:"你们女人懂的很多东西我们男人也不懂,这样很好,我们可以互相帮助。"

丽莎带着郑卫往停车场走,问道:"你有汽车吗?"

郑卫说:"以前有,后来卖掉了。"

丽莎说:"汽车是你的腿,没有汽车你就无法走远。"

郑卫苦笑道:"我并不需要走远,能走回宿舍就行。"

丽莎继续说:"可是没有汽车既不安全也不方便。"

郑卫摇着头说:"我知道,我很喜欢汽车,可是吉姆不发给我生活费,我没有钱。"

丽莎气愤道:"他为人很坏!他引诱走静,又迫害你。"

对老板和那个贱人的深仇大恨,一下子又充满郑卫胸间,他差点跟着丽莎一起破口大骂了,可是经历这么多事情之后,他已经走向成熟,知道这件事情很复杂,并不是谁对谁错那么简单。

在他自己钻进科学探索之路之后,在他没日没夜地在实验室苦干很长一段时间的今天，他无数次反过来问自己，如果他是那个贱人，他能允许自己的男人无所事事、整天游手好闲吗？如果他是老板，他能看着手下的人不好好工作而继续为那个人掏钱吗？答案是显而易见的。他长长地吸一口气，又吐出来，慢慢地说："也许，我有我的问题，这件事情很复杂，不管怎么说，我们都要靠着吉姆生活。"

丽莎点着头说："是啊，他是老板。"

郑卫觉得丽莎并不喜欢他们老板，可是又不肯走，她并没有身份或者学位问题，于是问道："你这么年轻，又非常聪明，为什么你不继续读一个学位呢？"

丽莎说："我要去读医学院，以后做儿科医生，我需要存钱，需要论文，需要推荐信。"

郑卫明白了，由衷赞道："很好，医生挣很多钱，很受尊敬，工作也很稳定。"

丽莎说："嗯，其实……我学医并不是为了赚钱，我只是需要独立，虽然我不善于与成年人交往，但是我相信我能够跟孩子们相处得很好。"

郑卫不知道该说什么好。丽莎给人的第一印象是很难相处，可是在一起工作过一段时间就能看出，丽莎实际上是一个相当认真负责而且头脑清楚聪明的人，远不像他当初以为的那么问题重重。他真心地说："你很好！说实话，你刚来时，我还以为是静派你来给我找麻烦捣乱的。对不起，我错了。"

丽莎笑了："我也以为是吉姆报复我，后来我发现，这个项目是我进王冠后工作最顺利也是心情最愉快的一个。我很幸运！"

郑卫侧脸看一眼丽莎清新优美的脸形轮廓，由衷地说："我也很幸运！"

丽莎也转过头来看着他，两个人相视一笑，都觉得自己运气真好，碰到这么好一个同事，交到这么好一个朋友。

郑卫一放松，痞劲又上来了，对身边走着的金发小美女笑着说："不过我认为你是一个坏姑娘。"

丽莎听出他在开玩笑，接口道："对呀，我是一个坏姑娘。你能不能告诉我，我坏在哪里？"

郑卫收起笑容说："如果当初你肯嫁给吉姆，我就不会失去妻子了。嗯，当然，静也很可能会跟着别的什么人跑掉。"

丽莎正色道："我是不可能嫁给一个中年人的，我不想四十岁后就做寡妇。"

郑卫说："可是他很有钱。"

丽莎很不屑："对静来说，他有一些钱，对我来说，他什么都没有。"

郑卫叫起来："他的房子很大，家具很高档，你不觉得吗？"

丽莎猛摇头道："不，不，他的房子相当一般，家具很差，家中摆设也太俗气，他只是一个科学家，没有经过很好的培养，品味相当低下。"

郑卫也摇头。他觉得丽莎有点偏激，冷淡傲慢，看不上一切。他是不喜欢吉姆，可是人总要客观嘛，他的确认为吉姆的房子和家具都很好，那个贱人就是奔这些去的嘛。他想丽莎也许是嫉妒，要不就是恨吉姆，所以才这样说。

这时他们已经走到停车场，就是郑卫收拾红脖子的那一个。他不由自主地四处小心张望，怕有什么人从黑暗中突然冲出来。当然，没有意外发生。丽莎的车是一辆美国车，相当破旧。郑卫打开车前盖，发动引擎，听一听，看一看，没有发现什么问题，又拨开车前灯、后灯各种开关，都没有问题，便对丽莎说："我想不是什么大毛病，可能只是保险丝烧断了。"他打开护板，用手电照着，拔下保险栓一看，已经烧黑，于是他关掉发动机，弯着曲别针连在电路板上，再一启动发动机，仪表盘亮了，一切恢复正常。

丽莎握拳大叫："太棒了！这下子我可以回家了，不用跟你挤在实验室里睡觉。太感谢你！"

郑卫把那个烧坏的保险栓递给她，说："这只是临时措施。你拿着这个，明天早上去汽车零配件店，把它给他们看，说要一个新的就行，拿到这里来我给你换，这样你顶多花几毛钱，千万别去找汽车修理店，他们一定会收你几十块钱，还告诉你有很多地方必须修。"

丽莎接口说："然后问我要的钱，远远超过这辆车本身的价值，对吧？"

郑卫笑道："正是这样。"

丽莎并不忙着回家，而是开始审问郑卫："大卫，现在请你告诉我，你会打乒乓球吗？"

郑卫回答："会一点。"

丽莎再问："你会打篮球吗？"

郑卫说："会一点，可是我太矮。"

丽莎继续问："你会下国际象棋吗？"

郑卫说："不太会，我们下中国象棋。"

丽莎又问："你会打网球吗？"郑卫点头说："会一点。"

丽莎最后问："那么请你告诉我，有什么是你不会的？"

郑卫苦笑一声说："生物学，我就是不懂生物学！"

丽莎笑起来："可是你在读生物学的博士呀！"

郑卫难受道："这就是为什么静要跑掉和吉姆要把我踢出去的原因。"

丽莎已经明白，眼前这个亚洲人是一个回头浪子。她鼓励他说："大卫，你要明白，你是一个天才。"

郑卫吃一惊："谁？我？"要是别人这么说，他一定认为，这是讽刺，而且是非常恶毒的讽刺，哪里会有读不下去、快要被逼死的天才？可是他看到丽莎大大的蓝眼睛里满是真诚，只好苦着脸猛摇头。

丽莎说："你的项目很有价值，你有自己的实验室和助手，你已经超过一般博士生，而且我相信你一定能够成功。"

郑卫痛苦地说："可是我连生活费都没有。"

丽莎说："吉姆到时间一定会给你，毫无疑问。"

郑卫点头道："希望如此，谢谢你！"

丽莎换一个话题，问："你现在约会吗？"

郑卫一下子反应不过来："什么？"

丽莎说："你已经离婚，自由了，那么你跟什么女孩子约会吗？"

郑卫不知道该怎么解释，只好说："我实在太忙，没有女朋友，但是我每个星期六会去见我的一个女同学，还有另一个追求她的中国人。"

丽莎笑问："三角（恋）？"

郑卫反应一会才明白过来，忙摇头说："不是，她是我多年的同学兼朋友，很好的朋友，我离过婚，不可能追求她，她也不可能喜欢我。"

丽莎很奇怪："为什么？"

郑卫非常艰难地解释道："她非常优秀，不可能选择一个离过婚又可能拿不到博士学位的人。"

丽莎认真地说："爱情跟你的过去没有关系，跟你是不是博士也没有关系，爱情来自心中。"

郑卫没有结婚前还相信这个，现在他可没有那么多浪漫和幻想，他不想打破丽莎小姑娘纯洁的期盼，只是说："如果我能够拿到博士学位的话，我会回到中国去，然后在那里找一个女人结婚。"

丽莎笑说："很长远的打算，不过，这个跟你是否离过婚还是没有关系。"

既然丽莎把什么都说开了，郑卫也不再忌讳打听她的隐私，反守为攻问她："为什么你的男朋友不再来接你？"

丽莎满不在乎地说："我们吹了。"

郑卫不知道洋妞吹男朋友的标准是什么，他们当然不会有身份或者学位问题，也不像是金钱问题，便追问一句："为什么？"

丽莎说："他是那样的愚蠢，实际上他根本没有长脑子。"

郑卫奇怪问："那你们是怎样认识的？当初你为什么喜欢他？"

丽莎说："我们是在酒吧里遇到的，当时我认为他很有趣，很能玩，后来我才发现他是一个被娇惯坏的男人，只会享受，不想工作。"

听得郑卫直摇头，他觉得丽莎这种找男朋友的方式实在不靠谱，便说："这样太不好了。"

丽莎也摇头叹息说："美国现在有太多这样的男人，干活的都是你们外国人。"

郑卫建议道："校园里有很多人喜欢你，你可以找一个王冠的学生。"

丽莎摇头说："他们都是书呆子，我不喜欢没有生活情趣的人，他们要是有你的一半，我就会很高兴地接受了。"

郑卫知道西方教育出来的人都非常善于说好听话，可是对丽莎的这种恭维他可承受不起，只好转换话题说："你这辆车太旧，为什么你不买一辆新车呢？"

丽莎说："我要存钱交学费，医学院是不会给我奖学金的。"

郑卫说："你可以贷款。"

丽莎摇头说："我不想贷太多，以后是要还的，我想要自立。"

郑卫问："你以前开过别的车吗？"

丽莎说："开过，很多好车，法拉利，保时捷，还有玛莎拉蒂，可是这辆车是我自己买的，我非常喜欢它。"两个人随即聊起汽车的种种事情，很是投缘。

外面的空气非常清新，开阔的空间也使人摆脱压抑，在朦胧的夜色中，郑卫可以大胆地盯住丽莎美丽的小脸，跟她天马行空般地随意闲扯，享受着这难得的轻松，心情相当好，但是他很注意目光不往下看，因为丽莎奔腾汹涌的波涛会使自己心猿意马。

又过一会，他知道自己应该回去了，便对丽莎说："你知道，我不得不回实验室了，咱们明天见。"

丽莎说："好吧。"突然张开手向他扑过来。他明白这是洋人甜蜜的礼节，可是一点都没有想到丽莎会在这里用起来，几乎是下意识地张开手。丽莎扑进他的怀里，双手环住他的脖子，把身体在他身上贴了贴，在他耳边说一声："祝你晚上好！"然后转身钻进汽车，向他招招手，开车离去。

郑卫机械地挥着手，头脑里一片麻木，这还是他第一次跟西方漂亮的小姑娘拥抱，而且是在四周无人的暗夜里。多么浪漫的艳遇，多么可爱的享受，多么美丽的时刻，可是他居然吓呆了，接触那一瞬间，一点感觉都没有，后来怎么也回忆不起任何东西来。他咒骂自己半天，太没有出息，太不成熟，都结过婚又离过婚，怎么女孩子一扑上来，自己就懵住了呢？真够笨也真够傻的，差成这个样子，不仅博士拿不到，老婆也娶不到！你这辈子算是完了，彻底完了！

周末肖君杰问起他跟小洋妞怎么样，郑卫把他给丽莎修车和丽莎蹬掉男朋友的事说出来，却没有敢提丽莎拥抱他，而自己却被吓呆的丑态。

肖君杰说："好机会呀，你要抓住。"

郑卫摇头："我想拿博士，不想去修车。"

肖君杰说："不冲突，你说她很漂亮的，不是吗？"

郑卫咽口唾沫，点点头又摇摇头说："是真漂亮，而且身材火辣，就是太猛了，我可消受不起。"

肖君杰不明白，问："不是很好吗？怎么又不可以？"

郑卫说："她穿着那么暴露，我哪敢找她呀？谁要是有这么一个老婆，岂不是天天被别人占便宜。"

肖君杰说郑卫太自私，郑卫说这种事没法不自私。刘娟不参与他们的议论，自己忙着做饭。两个男生则为了应不应该允许老婆增添人间春色而争执了一夜。

自从郑卫校正老板对和子实验的指示之后，吉姆对他开始刮目相看，实验室开大会时，有什么问题，吉姆便会叫他讲一讲自己的看法。郑卫本来是习惯于沉默的听众，从不敢提出自己的意见，现在老板非要让他谈一谈，便只好大起胆子说上几句。不知道是运气好还是水平高，大部分问题他都能够蒙对。起初老板只是偶尔问问他，随着他回答的正确率提高，吉姆的提问就越来越多，越来越频繁。

每个人的江湖地位，都是打出来的，每一次你都能打赢，想不当大哥都难，渐渐地，郑卫混成了新生代才子和老板眼里的红人。他思维敏捷，知识面宽广,大局感极强,而且记忆力超众,同时创意十足。即使有几次他的想法不太靠谱,吉姆还是感到惊讶,问他为什么会这么想,郑卫张口结舌地答不上来,只好说:"它正好来到我脑子里。"

杨小静回来对老公说:"我知道大卫,他总有很多新主意。"

吉姆沉思着说:"科学需要创见,我们来看一看他能走出多远。"

丽莎对郑卫已经从钦佩变成崇拜,因为她亲眼看到,这个自称不懂生物的男人,对生命科学的理解是多么的深刻,而郑卫也觉得丽莎实际上是一个非常好的姑娘,很能干,通人情,也极自立。

现在他们两人已经成为很好的朋友,尽管都很忙,有机会的话,还是会聊几句闲话。丽莎很好奇中国的文化历史和外国人对美国各种事情的看法,郑卫则很想知道美国人都是怎样生活的,又怎样看待这个世界。他们都对对方的很多行为和观念感到既奇怪又新鲜,有的时候甚至觉得不可思议,而他们又都从对方的思维方式里,扩大了自己的视角。

这天傍晚,丽莎下班后又没有走,在计算机上翻扑克牌,还说要跟郑卫继续聊天,反正她没有什么朋友,回去也没有事情可做。郑卫觉得,一般女孩子是不会把这样的心事说出来,不过他知道,丽莎是一个我行我素的人,并不在意别人会怎么看,她有什么就说什么,想做什么就去做。他想这样也好,反正有一个漂亮的小姑娘陪伴,他一点都不觉得讨厌。

郑卫一边做着实验,一边对丽莎说:"每个人都有朋友,你是一个很聪明很善良的人,怎么会没有朋友?"

丽莎说:"我以前有一些男性朋友,他们找我的唯一原因是想跟我做爱,现在我已经很厌倦他们,把他们都赶走了。"

郑卫一听,这小洋妞说话可真猛,赶快转移话题:"你可以交一些女性朋友嘛。"

丽莎说:"我与她们很不一样,所以不容易相处,而且我看到她们有不好的地方,就直接指出来,她们会不高兴。"

郑卫好奇地问:"她们都有些什么不好?你能不能举几个例子?"

丽莎说:"比如她们穿着品味太低,化妆太俗。"

郑卫笑道:"那你看我的衣着怎么样?"

丽莎很鄙视地说:"你根本不懂怎样穿戴,不过你是外国人,又天天在实验室里工作,没有人在乎你穿什么。"

郑卫笑道:"我为我是一个外国人深感幸运。你说吉姆的打扮如何?"

丽莎直截了当地说:"典型的科学家,不是一个有品位的人。"

郑卫禁不住又问:"那你看静呢?"

丽莎也看不起:"她刚进来时的打扮像我的祖母那一代人,现在改进许多,但细节上还差得很远。"

郑卫跟她纯属瞎侃,他对此既一窍不通也不感兴趣,他觉得时尚这东西不是科学,没有固定标准,丽莎很可能是欺他什么都不懂而随口乱说,他问丽莎:"那么你是怎么学到这些的呢?"

丽莎犹豫一下说:"我以前受过一些训练,现在也经常读时装杂志。你知道,我喜欢这些东西,这是我的业余爱好之一。"

郑卫可没有觉得丽莎多么会打扮,这可能与他不敢把眼睛往丽莎身上扫来瞄去有关,再说一进实验室,大家都穿上白大褂,再时髦漂亮的衣着,也会变成隐形。他只好应付一句:"很不错的爱好。"

等郑卫忙得差不多了,丽莎也去买来两杯意大利咖啡,递一杯给郑卫,郑卫要掏钱,丽莎摆手,郑卫便说下次他来。

丽莎边喝边聊说:"我几乎不了解中国,也许中国有中国的穿着标准,就像中国有自己的大学一样。"她看着郑卫,继续说:"我唯一知道的中国大学,就是北京综合大学,王冠有很多很好的学生来自那里。它是中国最好的大学,对吗?"

郑卫点头道:"是呀,可以这么说吧。"

丽莎说:"你能上这所大学,一定很聪明很努力,对不对?就像王冠,美国只有最好的学生才可能进来。"

郑卫看看丽莎圆圆的浅蓝色的大眼睛,想起几年前他跟另一个美丽的姑娘聊起同样话题的情景，兴趣快快地说："我并不想努力，可是我的妈妈总打我，我只有上大学才可以躲开她。"

丽莎严肃地问："你恨你的妈妈吗？"

郑卫很奇怪她怎么会这样问，不过还是回答说："不，一点都不，她是为了我好，她爱我胜过爱她自己。她告诉我说，如果我考不上大学，她就去自杀。那时在中国上大学是一件很困难的事情，是她推着我挤进了大学。"

丽莎不由自主地摇起头来："她打你，还推你，你却说她很爱你，我不理解。"

郑卫笑道："中国母亲都是这样。爱有很多不同的方式，她希望我学会本事，以后能自己养活自己。"

丽莎点头表示明白，又问："那么在你长大的过程中，她离开过你吗？"

郑卫想想说："好像没有，她要为我们一家做饭，还要盯着我，逼我读书，她没有办法离开。"

丽莎奇怪："她没有自己出去旅游过吗？"

郑卫回说："没有，那个时候中国不太时兴旅游，她要是去看亲戚或者朋友，也一定会带上我。"

丽莎更奇怪了："为什么要带上你呢？"

郑卫觉得丽莎的问题都真够怪的，想着回答说："我是她的儿子，她怎么可能不带上我？"

丽莎说："她可以让保姆来照看你。"

郑卫摇头笑道："没有，我们家里没有保姆。我奶奶来帮过她，不过总的来说，都是她一点一点把我带大的。"

丽莎想了想，赞同说："是啊，她很爱你。"

郑卫笑说："每个母亲都一样，她们都很爱自己的孩子，你应该比我更清楚这些。"

丽莎低下头去，慢慢地啜吸自己的咖啡。郑卫看到她金黄色的头发在脑后扎成一个小卷，想起曾经听那个贱人说过，洋妞的头发太细太软，不适合扎成辫子。他现在已经养成习惯，看丽莎只看她的脸，而不去注意别的地方，因为丽莎的标准装扮就是大开领太阳服，胸前的两座高峰，除了山顶笼罩在云雾之中之外，山腰以下永远清晰可见，他不是不喜欢欣赏山间景色，可是他知道，那里面一定有悬崖峭壁和激流险滩，明白自己不能再冒任何风险，而且他也非常尊重丽莎，不想让她把自己当成需要防范的色狼。

丽莎停顿好一会，才抬起头来，声音冰冷并充满怨恨地说："并不都是这样，我的母亲就不爱我，我恨她！"

郑卫吓一大跳："为什么？她打你吗？"

丽莎摇着头，脸上不再是那种玩世不恭的冷漠，而是覆盖着无以言说的痛苦。她稍顿一下才说："她从来不打我，也从来不在乎我，在我最需要她的时候，她从来没有在我身边停留过一秒钟。"

郑卫同情地看着她，说："她工作太忙，是吧？"

丽莎又一次摇头："不是，她总是忙着享受自己的生活。我一出生，她就坐飞机去西伯利亚猎熊去了。从此我就从一个保姆的手里，转到另一个保姆的怀中，从来不记得我自己的妈妈长的是什么模样。她还告诉我说，生我是一个错误，耽误她很多聚会和游乐。我成长的过程中，什么都有，就是没有母亲。"

郑卫是做生物的，深知每一个生命体在幼年时多么需要母爱。他只好转换话题方向，轻声问："那你爸爸呢？他照顾你吗？"

丽莎再一次摇头："他每天乘坐飞机在全世界飞来飞去，大概每年会有两次走进我的房间，用指头点一点我的脸蛋，然后就消失了。我也没有父亲！"说完凄凉一笑。

郑卫同情她，便提到自己的问题，以表明每个人都会有自己的艰难："我们家没有钱，所以我的妈妈不能去参加聚会，而我的爸爸到现在还没有乘过飞机，我的妻子也因此离开了我。"

丽莎说："你还是比我幸运。你的确离过婚，可是你已经是成年人。我那时还是一个婴儿，却没有人理睬我，没有人爱我。穷并不都是坏事，正是因为穷，使得你的妈妈爸爸都无法离开你，你也就能时刻享受到他们的爱。"

郑卫觉得这简直就是他上政治课时学的辩证法，而讲例子的却是一个小洋妞，这个世界真是太奇妙了！可是他还是有太多的不解，问道："那你有没有兄弟姐妹呢？"

丽莎说："有，好几个，但他们都有自己的保姆和朋友圈子，我小的时候也几乎没有见过他们。"

郑卫本来不想打听别人的私事，可是这个时候却不得不问了："你的父母……似乎非常富有，对吗？"

丽莎点头说："是啊，他们有很多钱，超出许多人的想象。我从来没有跟别人谈起过这个，几乎没有人知道我是一个亿万富翁的女儿。"

郑卫深感诧异："可是，你的车……"

丽莎说："像块废铁，是吧？那是我自己挣钱买的，我不会要他们一分钱。"

郑卫震惊之余充满钦佩："我明白了，你总说你要独立，就是不想依靠你的父母，所以你要存钱，你也要自己设法申请医学院。"

丽莎点头说："我的父母捐过很多钱给王冠，如果我愿意的话，可以毫不费力地进入王冠的医学院。我的父母可以给我一切，可是没有爱，那些都毫无意义。我要靠自己得到我想要的东西。"

郑卫学着洋人说话直来直去，鼓励她说："你会的！你又漂亮又聪明，你一定会得到你想要的。"

丽莎说："谢谢你。"

两个人都低下头喝咖啡，有一会儿没有说话。郑卫为了缓和压抑的气氛，便半开玩笑地说："我知道我的妈妈很爱我，可是她表达爱的方式让我很难受。你知道吗？她曾经在我的屁股上打断过好几根这么粗的木棍。"边说边用手比划一下木棍的粗度。

丽莎并没有笑，很认真地说："孩子都需要父母的关注，也许你妈妈的关注方法不是很恰当，可是你能感觉到她是爱你的，对吗？"

郑卫赞同道："是啊，我真的觉得她爱我超过爱她自己。"

丽莎注视着他，缓缓地说："你真幸运！我没有学过心理学，可是我认为我很明白儿童的心理，因为我清楚地记得，我自己当时是什么样的感觉。孩子的很多哭喊叫闹，其实都是要求父母表达他们对自己的爱。你这样做过吗？"

郑卫说："好像没有。我记得我总想躲开父母，自己去玩儿。"

丽莎终于笑了一下，说："那是你父母对你的关注太多了。"说完又思考道："男孩和女孩不一样，我的兄弟们好像也不是很在乎我的父母是不是理睬他们，可是我需要父母，我绝对需要他们，但他们却从不肯在我身上花一分钟。"

丽莎轻轻地摇着头，漂亮的小脸上又浮现出郑卫从没有见到过的苦痛和绝望，可是她没有哭，也许，长久的失望已经让她不再有眼泪。郑卫不知道自己该做什么来安慰她，也许，他应该站起来走过去，环住她的肩膀，拍拍她的背，让她哭出来，可是他不敢。

丽莎停顿一会，咬一下牙，脸上又恢复了她惯常的冰冷的美丽："后来我就拼命地闹，大哭大叫，摔东西，砸玻璃，甚至要自杀……"

郑卫吃惊地叫起来："什么？自杀？"丽莎给他的惊奇已经够多了，而他现在感到的是害怕。

丽莎平淡地说："现在我想，当时我并不是真的想要去死，我只是想获得我父母的关注，可是他们只是说，我是一个脾气很坏的小姑娘，缺乏管教，他们派人二十四小时看住我，又给我换了一个又一个更严厉的保姆，还用我们家的飞机载来几个全美最有名的儿童心理学专家给我看病。那些医生都是骗子，他们什么都看不出来，只好给我吃一些镇静剂让我睡觉，所以我决定进医学院去学儿童心理学，因为我知道孩子们最需要的，就是他们的父母。"

郑卫觉得她说得非常对，点头赞同道："你绝对正确。我以前总认为这是理所当然的，没有想到……那么后来怎么样？"

丽莎说："后来我彻底绝望了，也就不闹了，我父母和医生都松了一口气。其实那时候我已经明白，不能再指望他们。我父母对我来说，只是一对给我提供吃穿的陌生人。我长大能够独立后，就马上离开家，再也不回去。"

郑卫理解道："你跟他们没有感情，而且，他们好像也没有尽到自己的责任。"

丽莎摇摇头说："以前我恨他们，现在连恨都没有了。我从来就没有过父母，也从来没有被爱过。我就是从天上哪一朵云彩中掉下来的，就像一根小草一样，自己找地方，自己生长。"她放慢语速，像是自言自语："我不要再过那样的生活。以后我有了孩子，我绝对不会离开他们。我会每天都告诉他们，妈妈在这里，就在你们身边，妈妈爱你们，永远爱你们！"丽莎喃喃地说到这里，浅蓝色的大眼睛里终于充满泪水。

郑卫不知道说什么好，他非常同情这个小姑娘，表面看上去，她是那样地冷傲不合群，而实际上，她比自己艰难得多，因为她的痛苦，都是在她还是婴幼儿时发生的，而且她绝对无辜。他轻声对她说："你一定会是一个好母亲，世界上最好的母亲！"

过去好一会，丽莎慢慢平静下来。她喝完最后一口咖啡，说："大卫，谢谢你听我讲述我的故事，我现在感觉好多了，我以为我永远不会对任何人提到我的过去，可是我还是讲给你听，也许因为你是外国人，而且又是那样地纯洁可爱。"

郑卫也直接夸赞她说："谢谢你的信任，我不会说给别人听。我认为你一直都是一个最可爱、最美丽、最聪明、最能干的小姑娘。"

丽莎高兴地笑道："谢谢你！我要走了。"

丽莎离开时，郑卫一边祝她晚上好，一边送她到门口。丽莎很自然地转过身来，张开双臂，郑卫不无高兴地迎接她的拥抱。

丽莎在他耳边说："再次感谢你！你比那些心理医生强得多！我以后也许会打我的孩子，但我出去旅行时，一定会带上他们。"

郑卫迷迷糊糊地说："谢谢，再见。"

这次他已有准备，能够清楚地感觉到丽莎身体柔软的曲线。丽莎走后许久，郑卫都还在骂自己，人家小姑娘已经这么可怜了，你还往那方面想，真他妈的混帐！怪不得总有人说，男人就是禽兽，永远改不了臭毛病！

020　浪漫与激情

　　郑卫的项目进展相当顺利，他几乎每一周都可以给吉姆大讲一通他又想到些什么，又发现些什么，吉姆当然是满意之后更加满意，夸奖郑卫也成为家常便饭，而郑卫也觉得自己的工作很有吸引力，每天去实验室时，总有一种兴奋的感觉，就像他当年捧起游戏机时一样。当然，也因为身边有一个越来越可爱的西洋小美女，他觉得同丽莎一起工作非常舒服。

　　郑卫的汗水和努力，很快给予他正常的回报。按照吉姆的指示，他把前期的研究工作总结一番，写成一篇会议论文，投递给"全球基因研究大会"，结果他的论文不仅被接受，还选他上台宣讲，评价说他的方法和结论都具有独创性。本来这是一件大好事，可是郑卫却因此发愁，他太知道他这副熊样会给自己带来多少嘲笑。他找丽莎帮忙，请她去开会并代自己宣读论文。丽莎很奇怪，说你是第一作者，怎么会让我去。郑卫只好找理由说自己英语太差、讲不明白等等。丽莎鼓励他说，你的英语很不错，肯定没有问题。郑卫还想推，却被吉姆制止。吉姆在实验室大会上宣布，所有会议论文的第一作者，都可以跟着他去开会，要上台宣讲的，则更不能溜，因为你要回答提问者的刁钻问题。郑卫没有办法，只好抱着视死如归的心态启程前往。刘娟和肖君杰给他送行时，都劝他别在乎那些无聊之辈的流言蜚语，这么重要的会议，如此好的机会，怎么可以放弃？要知道很多人想去都去不了。

北京综合大学生命学院来到欧美发达国家留学的毕业生，比留在国内的还要多，再加上有幸出国开会的国内佼佼者，简直可以开一场综大的精英同学会。大家见面，又说又笑，有吹有捧，既高兴又亲切还热闹。像郑卫这样，既是综大的，又留学王冠，还有论文要上台宣讲，正是翘着尾巴四处炫耀的最佳时刻，要是往常有这样的机会，他肯定会跟张三握手，跟李四拥抱，找这个侃，再跟那个聊，人生得意须尽欢，此时不爽，更待何时？

可如今他却以一副连做过十八件见不得人之丑事的姿态，躲在宾馆的房间里，坚决不出来，拒绝与任何人打交道。综大校友的各种正式或非正式聚会，他也一概不参加。不得不去参加研讨会时，他就往最前排一坐，从此不回头。实在不幸碰到相识的校友，他只是阴沉着脸点点头，几乎不肯说话。他就想把自己变成隐形人，赶快混过这几天，然后回实验室埋头做自己的研究，有可能的话，再顺便找出倒霉蛋们都拥有什么样的基因。

本来他要是装作无事人一般，见人嘻嘻哈哈，说说笑笑，可能别人并不会太注意，可是他这样一耍酷，便把自己搞成鹤立鸡群。很多人都奇怪，互相打听起来，那个小子是怎么回事？怎么这么别扭呀？有了解内情的人，便悄悄传说，是这么这么一回事，老婆变成老板娘啦，哎呀呀，真是丢死人！开会的中国人，来自五大洲四大洋，结果一天不到，郑卫同学的大名便无人不知，无人不晓，迅速臭遍全球！

更为可怕的是，还有人把他的老板兼情敌也揪了出来，只要一见到这两位，便有人暗中指指点点，喜笑颜开，比观看好莱坞大片还过瘾。郑卫本来就害怕会变成"偶像"，如今只要看一看同胞们躲躲闪闪的眼神和挂满暧昧微笑的嘴唇，便知道自己果然成为全世界人民的笑柄。他更加气愤，更加痛苦，也更加自卑，同时更加拒人于千里之外。

吉姆却心情好得很，第一天开完会后，他请所有部下一起去吃意大利大餐。当然，老板的饭可不是那么好吃的，大家一边吃饭，还要一边总结今天开会的收获和下面需要注意的事项。吉姆对郑卫当天的宣讲相当满意，只是说他太紧张，不够自信，技术上没有任何问题，宣讲和答问都很到位。

他还说他看到霍顿大学的费舍尔博士非常认真地倾听郑卫的报告,并让他的一个学生提出一个问题。

说到这里,他笑着对郑卫说:"大卫,你干得很好,这次我们击倒他们了,你复仇成功。"夸奖完郑卫后,话题一转,他又严肃地说:"大卫,你太安静了,我相信你有很多问题,因为我知道你的质疑能力。作为一个专业人员,你必须能够对别人的项目做出自己的判断,这对你的职业生涯很重要。我希望你从明天开始站起来,张口说话。你要小心点,我会派人盯住你。"

郑卫当然有许多问题要问,可是一则他习惯于沉默,二则想避免引人注目,所以一直只听不说。现在老板点到自己头上,他也明白吉姆是好意,再说满腔仇恨更需要发泄,当天晚上便熬到深夜,把明天要去参加的研讨会的论文简介都细读一遍,对每一个宣讲论文都准备好要提的问题。

第二天开会时,如果宣讲者讲清楚他的疑问,他便不作声,如果有疑惑,他就站起来发难。他好像跟谁都有仇似的,提出来的问题往往是宣讲者最想回避、最难以说清楚而又是最关键的。结果几轮下来,大家都知道这小子专门跑来砸人家场子。他只要一站起来,讲台上的人就发憷。而提问本身,也相当考验提问者的水平,他这么一通折腾,大家很快发现,这个怪家伙原来很不一般,不但能上台宣讲,还能提出这么多如此深如此广的问题,于是不经意间,这个老婆被老板夺走的失败者,又变成了传说中的牛人。

这天下午开完会,郑卫照例谁都不理,低着头往外走,却意外地被费舍尔博士从后面叫住。郑卫知道他是霍顿大学基因系的系主任,与自己的老板同级,而且和吉姆既是竞争者,又是好朋友。当年自己的研究被撞毁,就是他的部下干的。

费舍尔博士以很欣赏的口吻对郑卫说,他对郑卫的论文宣讲印象深刻,同时认为郑卫向其他论文宣讲者所提出的,也都是一些非常好的问题,抓住了研究的核心。郑卫自然表示感谢。费舍尔博士接着问郑卫,是否愿意跟他在旁边的小桌子上坐下来聊一会。

郑卫反正又没有另外一个老婆好被他抢走,便答应下来。这一聊,就是两个钟头，从郑卫的研究课题到他对各篇论文的看法，全都扯到了。郑卫说得兴致勃勃，费舍尔博士听得频频点头。过往的各国博士生、博士后、教授博导们一看，作为业内大牛的费舍尔博士，居然像小学生听报告一样地听郑卫同学教导，更是对这个王冠的怪才刮目相看。

他们正聊得高兴，吉姆不知道是听说了还是正好碰上，急急忙忙跑来，见面就对费舍尔博士笑道："不行，不行，你不能打我最好的弟子的主意，我可以给你另外随便三个博士生。"

费舍尔博士也笑着说："吉姆，你这个家伙从哪里突然找出来这么一个天赋极佳的学生？为什么我一直不知道有这样一个人？"

吉姆得意坏了，大笑道："你知道吗？我给予他一个小实验室外加一个研究助理，我必须从他身上捞回成本！"

两个人一起哈哈大笑。郑卫也在旁边跟着羞涩地笑笑，这还是他来这里开会后第一次笑。虽然他认为洋人说话专找好听的说，做事专找阴损的做，可还是觉得跟费舍尔博士聊得非常痛快，而且吉姆在工作上确实帮了自己很大的忙。

风向一变，大家对郑卫的看法也一下子反转过来，都说这小子这么年轻就这么牛皮，前途绝对无量。他老婆怎么会丢掉年轻有为的他跟着一个日薄西山的中年美国佬跑掉呢？这也太不可能啦！一定是这小子放的烟幕弹！十有八九是他蹬掉老婆，而他的老板捡了他的破烂。如此一来，同胞们看他的眼神马上就变了，从嘲笑变成为钦佩，甚至还有崇拜。

会议临结束时，有几个综大刚到美国的小孩，一起怯生生地找到他，请这位牛师兄留下联系方式，希望能以后请教问题，寻求指导。郑卫板着脸给他们写下自己的电邮地址，一句话没说，转身就走开了。其实他心里既诧异又惶恐，不知道这几个小家伙是不是认错了人，怎么会找他这么一个试读生帮忙，这不是误人子弟吗？那几个新生倒没有觉得郑卫有什么不礼貌，他们认为牛人就应该是这种气派，人家愿意留下联络地址，就已经算是很平易近人的啦。

郑卫与丽莎的关系越来越好，对刘娟和肖君杰就越讲越少，他要遵守约定，不能把丽莎的秘密讲出去，尽管那两个人跟丽莎八竿子打不着，更重要的是，他不想提起自己与丽莎的亲密拥抱，虽然这种礼仪在洋人中很常见，可是他怎么都觉得有点儿见不得人。

肖君杰有时候问起："那个美国美女怎么样了？"

郑卫总是敷衍道："还那样，天天干活呗。"

刘娟是一个闷葫芦，看向郑卫的眼睛里面满是疑问，却从来不曾提起。

除了一周七天、一天十多个小时在实验室里猛干，郑卫最操心的，就是肖君杰能不能追得上刘娟，当然他对肖君杰并不怎么上心，最关注的还是他的班长。自己烂人一个，怎么样都无所谓，刘娟那么优秀，学业上、研究上都是一帆风顺，可就是个人感情上总是空白，至今仍然不肯接纳任何人。他知道从小教授到博士后还有各种学生，追求刘娟的人真不少，可是他还是觉得，肖君杰是其中最好的，其他人的毛病更多。肖君杰本人也是千方百计地讨刘娟的芳心，可是刘娟就是不肯点头答应。

自从晚来的计谋失败之后，郑卫忙于学术上的进步与突破，没有太多心思再管肖君杰的情事。肖君杰几次提出要请刘娟单独吃饭或者看电影，都被她以太忙为由而婉言谢绝，于是他们两人的关系就僵在那里，除去每周一次的三人聚会，肖君杰再也没有机会见到心上人，也无法献更多殷勤。

有一次他来吃饭时，给刘娟带来一束鲜花，刘娟虽然不好意思不收，却一连三遍地强调以后不要再送，使他相当尴尬。过情人节时，他找郑卫商量，问可不可以请一个乐队捧着花篮吹奏着小夜曲送到刘娟的实验室去。郑卫说千万不要那样，你这种美国式的浪漫非把我们班长吓坏不可。她这个人天生就是做学术的料，喜欢低调，不愿意引人注目。你这么一搞，第二天她又会成为整个校园的谈论中心，肯定会烦得她要死。肖君杰没有办法，只好赠送一盒高档巧克力给刘娟。

肖君杰无计可施，有一天晚上跟郑卫一起走出刘娟家时，便虚心求教，问郑卫刘娟最喜欢什么，他要送点什么才好。郑卫琢磨一会，说："我们班长虽然不太爱说话，其实是一个很浪漫的人，你应该多跟她玩一些浪漫。"

肖君杰发愁道："我请她看电影，她不肯去。我送花给她，她不愿意要。我还能做什么？我追女生又没有经验，你教教我好啦。"

郑卫不相信："你没有谈过恋爱？不可能吧！"

肖君杰解释道："我当然谈过，可是没有追求的经验。你知道……"

郑卫笑起来："我知道了，你这个家伙的条件太好，都是女孩子追你，对吧？"

肖君杰也笑："不可以这么说，有的是家族的朋友，有的是大家一起玩，自然就好上啦。"

郑卫笑话他："你还谈过不少嘛，多少个？手指头加脚指头数不数得过来？"

肖君杰笑说："没有几个啦，我哪里有那么出众？"

郑卫肯定道："你还是挺好的，要不然我也不能把我们班长托付给你。"又问他："那些女孩后来怎么都不行了？"

肖君杰摇头说："不合适啦，有的蛮漂亮，可是没有头脑，有的很聪明，可是不太好看。"

郑卫点头道："我们班长又漂亮又聪明，所以你才跑来追，对吧？"

肖君杰叹气说："追不上啦，没有办法的，我不够优秀。"

郑卫思考一阵，问肖君杰说："你以前请过她去看芭蕾舞，对吧？"

肖君杰没有信心地说："她不会去的，我再去请她也不行。"

郑卫继续思忖道："她说过她喜欢看芭蕾舞，对吧？"

肖君杰说："是啊，咱们三个人去好啦，她离不开你。"

郑卫推道："我没有时间。"其实也没有钱。他又说："要不，你就买一张芭蕾舞的光盘送给她。"

肖君杰眼睛一亮："好主意，可是她会要吗？"

郑卫肯定说："应该会的，送花是特殊朋友，送光盘那是分享艺术。"

果然，刘娟看到芭蕾舞《天鹅湖》的光盘，喜欢得不得了，当即收下来，还一再称谢。

肖君杰出门就谢郑卫，说："我从没有见过凯丝这么快乐，还是你懂得凯丝。"

郑卫说："多年的老朋友嘛。"

肖君杰叹息道："我比不了啦，哎，为什么你不去追她？"

郑卫摇头说："配不上，你知道我的事情。"

看到郑卫一脸的苦痛，肖君杰忙说："我也配不上她啦。"

下一个周六，他们去刘娟那里吃饭时，她说她已经看过两遍，正在看第三遍，非常非常好看。

郑卫说："班长，这要耽误你多少时间？"

刘娟说："没有，临睡觉前看一会，一天都不累了。"

郑卫忙说："杰克，你是功臣。"

刘娟也说："杰克，谢谢你。"

肖君杰欣喜道："不用谢，你喜欢就好。"

郑卫问："班长，你为什么这么喜欢芭蕾舞？"

刘娟向往道："你看那些女孩，多么纯洁，多么漂亮，跳起舞来，又舒展又大方，好像地球没有吸引力似的，自由自在，随意飞翔。人要是能活成那样，该多好！"

郑卫感叹道："班长，我还是第一次见你聊天时说这么多话。"

肖君杰也说："凯丝很会说的。"

刘娟有点不好意思，又有些感慨，轻声说："总觉得活得太累。"

郑卫很有共鸣："是呀，有时候真是想，什么都不做，爱怎样就怎样吧，可是不行，人总要负责任嘛。"

刘娟垂首摇头低声说："身体累，心也累。"

郑卫奇怪道："我还以为你是女强人，就喜欢叱咤风云哩！"

刘娟嗔道："哪里呀？怎么你也不了解我？"

他们俩一唱一和，把肖君杰晾在旁边，他明显感觉到，在这两位老同学周围，有一层透明玻璃，把他们与其他人隔开，外面的人很难冲进去。是啊，他们俩有那么多共同的过去和相关的感受，这些都是无法与外人分享的。

他觉得刘娟看似距自己很近，实际上离自己很远，尤其是她的心，总是在天边飞舞，永远无法抓住。他看着刘娟白皙姣好的侧脸，心里充满爱慕与无奈。

郑卫也感觉到自己与刘娟靠得太近，尤其是当着肖君杰的面，便笑说："女的总比男的强。我是没有办法，只能自己拼命。我要是女孩的话，就嫁给杰克这样的，以后什么都不用干，天天在家数钞票就行了。"他这话说得有点露骨，刘娟不理他。

肖君杰不好意思地说："我没有那么大本事啦，没有人会要我的。"

郑卫知道刘娟太害羞，不敢再往下说，但只要有机会，总会夸肖君杰两句。

随后几周，肖君杰又送给刘娟两张芭蕾舞光盘，刘娟叫他不要再送，否则她就要自己付钱。肖君杰一看这个办法不再管用，又问郑卫还有什么招。郑卫又琢磨一番，让他送刘娟一些小工艺品，不要贵的，几美元一个的就行，越别致越好。肖君杰注意搜集购买一些，像小瓷器、小雕塑、稀奇古怪的小玩意等等，每周送一个。刘娟很快就看出来了，请他不要再送。郑卫也让他别着急，隔一段时间找一个理由送一个，比如说节假日、学期开始或结束等等。肖君杰照章办理，果然效果好得多。

渐渐地，刘娟对肖君杰的戒心不再那么大，有时郑卫故意来晚一点，她也不像以前那么惴惴不安。肖君杰高兴，郑卫更高兴，他对肖君杰说："你再加把劲，等你们定下来，我也好去别的地方，不然我走了还真不放心。"

肖君杰说："你对你的班长真的很用心哎！"

郑卫说："我欠她的太多，没有她，我早就完了！"说完神色黯然，久久不语。

可是只靠送小东西，无法给刘娟留下深刻印象，也无法展现肖君杰的魅力。郑卫悄悄问他有些什么特长，会不会拉小提琴、弹钢琴、吹双簧管之类，肖君杰说自己不懂艺术，比较喜爱体育，小时候练过游泳、滑冰、篮球和网球。

郑卫心想刘娟喜欢浪漫,最接近的就是滑冰,便替肖君杰留意着,有机会便让他去给刘娟露一手。

这天,郑卫看到王冠中国学生学者联谊会的电邮通知,说周六下午组织大家包场滑冰,他忙给肖君杰打电话,让他准备好,还如此这般地吩咐一番。随后郑卫又去邀刘娟,她有些犹豫,说一去就要花掉一个下午,郑卫劝她说:"那咱们晚上就不再聚餐了,滑完后你直接去实验室干活,就当下午和晚上对换一下。总要参加一些活动吧,是不是?咱们都快与世隔绝了。"刘娟一想也是,便表示同意。

郑卫和刘娟在北京综大读书时都学过滑冰,但郑卫比刘娟滑得好得多,因为刘娟要学习,也就是上体育课时练一练,郑卫却时不时一高兴就旷课到冰上玩儿去了。不过,等他们看到肖君杰一滑,才发现比人家差得太远,到底是受过专业训练的,这哥们正滑、倒滑、花样滑,个个潇洒漂亮。他有钱,又有美国人的派头,为了这次滑冰,还专门去买来一身新滑冰服,跟郑卫这种穿着夹克就上场的学生相比,自然不可同日而语。

郑卫看后猛夸:"杰克,你滑得太棒了,像跳芭蕾舞一样!没想到你还有这个本事!"刘娟看到他滑花样时,也跟其他学生一道,热烈鼓掌欢呼。

郑卫趁势拉肖君杰教他和刘娟滑冰,肖君杰一会做示范,一会校正他们的姿势,很是认真。一些低年级学生也在旁边跟着学,肖君杰好脾气,一起教了。他们正滑得起劲,郑卫的手机响起,他接听电话后说,他的助手丽莎说实验发生一点问题,叫他赶快去。

刘娟怀疑道:"她不是周末不上班吗?"

郑卫说:"今天下午我去不了,就让她跟星期一调换一下。"

刘娟犹豫道:"那咱们一起走吧。"

郑卫忙说:"好不容易来了,哪能滑这么一会就走?你们好好玩你们的吧,我自己去看一看。把你们都带走,我会很有罪恶感的。"刘娟也不好扫肖君杰的兴,只好留下来。

郑卫走后,肖君杰抓紧时机专心致志地教刘娟,十分殷勤,他所得到的回报也很丰厚，因为他可以手把手地帮刘娟摆姿势，有几次刘娟摔倒，他还可以冲上去来一个英雄救美，把她拉起来，尽管隔着厚厚的衣服，他还是非常享受与刘娟这种前所未有的亲近。刘娟的特点是，不怕疼不怕累，十分认真努力，她学会几个简单的花样动作后，心情相当好，确实有自由自在、在长空中翱翔的感觉。她对肖君杰也感觉亲近许多，发现他虽然不是很机灵很能说，滑起冰来确实潇洒，人也很实在，而郑卫现在也深沉许多，好像总是心事重重，很少再像以前一样抖着小机灵胡说八道，所以从玩的方面来说，他们两个人其实差别不大。

　　滑完冰后，肖君杰说自己很饿，要请刘娟一起去吃饭，刘娟也是又累又饿，晚上还要去实验室，没有时间做饭，便答应下来。肖君杰开着他的宝马载着刘娟，直接奔往附近一家法式餐馆。他进门后报上自己的名字，侍者查看一下说："杰克，两个人，对吗？"肖君杰点头。随后过来一个领位小姐，把他们带到一张刚好两个人吃饭的小桌前坐下。

　　刘娟马上就觉得不对劲。她仔细回想一下，自从郑卫离去，肖君杰没有打过一个电话，那么他什么时候订得位呢？很显然，一切都是事先安排好的，而且他早已经确定，只会有两个人来吃饭，也就是说，郑卫提前离开，也是早就设计好的，根本不是有什么急事。她本来已经把肖君杰当成知心朋友，这下子却感到非常不舒服，她实在不喜欢被人算计的感觉。

　　吃饭的时候，刘娟出击了，问肖君杰："郑卫为什么提前走？"

　　肖君杰有点脸红，回答说："比较凑巧吧。"

　　刘娟严肃地追问："那么这家餐馆怎么知道只有两个人来吃饭？你什么时候订的位？"

　　肖君杰知道大事不好，细节出现问题，张口结舌地说："早上订的。"

　　刘娟冷冷地说："你跟郑卫早就串通好了，对吧？"

　　肖君杰冷汗直冒，猛道歉："对不起，对不起，都是我不好。"

　　刘娟什么都明白了："那么送芭蕾舞光盘，还有那些工艺品，都是他的主意？"

　　肖君杰勇于承担责任："对不起，是我不好，总逼着大卫拿主意，我不会追女孩子，没有办法啦。"

　　刘娟觉得他这个人还是很好的，再说也是为了追求自己，不是有什么过错，便缓和气氛说："你以前不是谈过几个女朋友吗？怎么说……"

　　肖君杰摇头说："我没有费心追啦，都是她们错爱。"

　　刘娟沉默一会，对他说："杰克，你很优秀，是我的性格不好，太沉闷，没有安全感，也不容易接纳别人。你……不值得费心。"

　　与刘娟想象的不同，肖君杰并没有生气或者难过，反而似乎轻松下来。他微笑着说："我不优秀，是你太优秀。我早就知道不行，可是又不甘心。对不起，总是打扰你。"

　　刘娟感激他的大度，真诚地说："那天晚上要不是你赶到，不知道……我真的非常感谢你。"

　　肖君杰说："不用啦，应该的，我像一个侦探一样，总跟着你，也是很不好的啦。"

　　刘娟真挚地说："幸亏如此！能有你这样的朋友，我很幸运。"

　　肖君杰也认真地说："我也一样，能认识你就很幸福啦，能成为你的朋友，更是三生有幸。"

　　刘娟说："谢谢！"

　　刘娟回到实验室，马上给郑卫打电话："郑卫，你别捣鬼了！我的事不用你管！"

　　郑卫敬刘娟如女神，一听她不高兴，赶快道歉："对不起，班长，我是觉得杰克人挺好……"

　　刘娟冷冷地说："你怕我没人要，对吧？"

　　郑卫急道："班长，我绝对没有那个意思，谁都知道追你的人海了去啦……"没等他说完，刘娟就打断他的话说："就这样吧。"然后挂掉电话。

　　郑卫马上给肖君杰打电话："你怎么什么都说啦？"

　　肖君杰叹道："她太聪明，瞒不住的。"又向郑卫介绍一番事情暴露的经过。

郑卫遗憾说："那不是前功尽弃了吗？"

肖君杰想一下，理解了他的意思，说："是呀，以前的事等于没有做，没有关系的，这样就很好，大家在一起就很好。"

郑卫还在发愁："可是我们班长怎么办？她谁都看不上，你是最好的，她怎么还这样？"

肖君杰也跟着叹气说："我不行啦，没有办法的。她真的太优秀，她的真命天子应该更优秀。"

郑卫更郁闷了："这要到哪里去找？我就等着你们定下来我好走人，这下子可怎么办？"

放下电话，郑卫很久没有说话。丽莎还没有走，她现在很喜欢待在实验室，跟郑卫在一起。她也不隐瞒这一点，说是跟一个聪明善良的人交谈远比喝酒跳舞舒服。看到郑卫愁容满面，便问他发生什么事。

郑卫大体讲述一番他替朋友做介绍，可是不成功。丽莎再问一些他们的情况，然后说："大卫，我认为凯瑟琳爱的是你，只有你们三个人在一起，她如果不爱那一个，就只可能是你了。"

郑卫大吃一惊，连忙否认道："绝对不可能！我们是同班同学，也是老朋友，彼此非常了解。她不可能爱上我。"

丽莎坚持自己的看法："大卫，你不知道你是一个很有吸引力的男人，也许她一直喜欢你，只是没有坦白出来。"

郑卫压根不敢往那儿想，忙强调说："我与她相比，实在差得很远，而且对中国人来说，离婚是一种耻辱。当时静离开我，就是因为我太糟糕。凯瑟琳是一个极为优秀的女孩，静远远比不上她。我的前妻不肯要我，她就更不可能要我。"

丽莎无法理解："你的离婚跟别的女人有什么关系？你不是静所需要的类型，却可以是其他女孩喜欢的类型。"

郑卫苦笑着说："谢谢你。邻居家的女孩看不上我，公主却愿意嫁给我，这是电影故事，不是真实生活。"

丽莎问他："你相信爱情吗？"

郑卫摇头难过道："还是不要相信为好，博士、房子和钱财更真实、更可靠。"

丽莎同情地看着他说："都是静害了你。"

郑卫对杨小静的刻骨仇恨突然又涌上心头，用中文大骂一句："臭贱人！"

丽莎问："你说什么？"

郑卫抱歉道："低贱的人。对不起，我不像一个绅士。"

丽莎笑起来："好啦，你活得很真实。"

郑卫骂杨小静的时候，她却正在努力为他争取早一点转回正式学生。她一点都不怀疑吉姆肯定会这样做，但是她想要提前做到这一点。她对丈夫说："大卫非常努力，几乎一周七天、一天二十四个小时都在实验室。他的项目进展好吗？"

吉姆说："唔，非常不错，他已经设计出一种快速调节R因子和T因子活性的方法，正在实验证明，我认为很有希望。你知道，以前也有人设计过一些方法，可是都太慢，等他们调节好，病人已经去世了。"

杨小静问："那么你认为他是一个好学生吗？"

吉姆点头赞道："相当有想法，非常有能力，可以说是我最好的学生之一，连费舍尔都看上了他。梁推荐给我的，果然很不错。"

杨小静一笑，她永远也不会对丈夫讲述郑卫和自己当年搞的阴谋诡计，她要说的是另一个："那么你是否愿意现在就把他转为你的正式学生呢？你已经检验他将近十个月了。"

吉姆摇头道："我很愿意，可是我不能那样做，我必须言而有信。"

杨小静拿这个固执的小老头没有办法，而她也知道，作为系主任，吉姆的确不能看人下菜，出尔反尔。她只好给郑卫发出一封公函，塞到他信箱里，上面说，詹姆斯·巴特曼博士非常感谢郑卫先生的辛勤努力，已经决定恢复其为他的正式学生，一年试用期届满将立即执行。她算着郑卫应该还有钱花，这么做的主要用意，是让郑卫不用担心，集中精力做自己的研究。

杨小静本人则又一次给自己加码，现在正在疯狂地准备寄麦特考试（GMAT，经企管理研究生入学考试），要申请入读王冠的工商管理硕士。她刚开始做实验室主管时，还是萧规曹随，一切都跟着麦瑞的路子走，工作一段时间，一切都熟悉之后，她发现一些问题，想改，又感觉水平不够。

王冠对本校职工有免费培训计划，她就想，不学白不学，我就不信我在王冠就不能拿一个学位，况且在王冠这种地方，没有一个牌子也难以服众。她往上一冲，吉姆又开始叹气，说自己娶了一个疯狂的小姑娘做妻子，结果经常还是独家寡人。杨小静笑着解释说，她想趁着年轻多学一些东西。她又开玩笑说，谁叫你让我当实验室主管的，责任太大，水平不够，只能去学习。她的老板只好笑说，这不是你的错，我应该为我的决定负责。当然，如果吉姆有应酬活动，杨小静无论如何都要抽出时间陪吉姆参加，这是她作为妻子的责任，她知道老公永远是第一位的。

郑卫一年试用期一到，杨小静马上帮他办理好转正手续，还立即付给他一个月的生活费，请丽莎拿去让他签字。

丽莎对他说："静在帮助你，一般都是月底付钱，她月初就给你，等于为你争回一个月。"郑卫点头赞同，心里也相信这个贱人似乎对自己不错，可是当初她为什么要让吉姆赶自己走？他至今无法释怀。

吉姆看到杨小静这么做也说："你总是想帮助他。"

杨小静笑着回答说："对不起，甜心，这是我职权范围以内的事。"

吉姆看着说："我赞同你的做法，他干得很好，值得你这样对待他。可是他还在恨你，不是吗？"

杨小静摇头一笑道："随他去吧。"她觉得自己应该赎罪。郑卫是有很多缺点，可是从来没有做过任何对不起自己的事。当年正是由于他的出现，才彻底改变自己的命运。跟自己的今天相比，这点委屈又算得了什么？

郑卫一收到老板发的生活费，马上给李三姐打电话，说老板已经发钱给他，他正在省钱还债，自己手头上还有三千多块，如果李三姐要，他可以先还一部分。李三姐祝贺他学业进展顺利，对还钱的事却不在乎，让他先拿着用，别着急还。郑卫当然是千恩万谢，其实他确实正需要这笔钱做一件事。他这边一放下电话，李三姐马上打电话给杨小静，问怎么办。杨小静说先拖着，等郑卫毕业以后再说。

郑卫转正有钱了，看来拿博士问题也不大了，心里非常高兴。正好刘娟要过生日，他不敢玩什么惊喜，事先打电话跟她商量，说自己和肖君杰准备这个周六的聚餐，提前给她过生日，告诉她不用做饭。郑卫想要全包，肖君杰不干，说凯丝过生日，他不可以没有一点表示。郑卫便同意他买花、买蛋糕和酒，自己订饭菜。

周六晚上，三个人在刘娟处聚齐，肖君杰提来一个大花篮，拿来一个大蛋糕，上面还用巧克力写着"祝凯丝生日快乐"，他带来的酒则是意大利红酒，很不错的那一种，郑卫订的菜是中国菜，他借车跑到"亚洲村"请大师傅做的。肖君杰还把他的高级数码相机也带来，给大家照相，尤其是给刘娟照相。

三个人喝酒、吃饭、唱歌、吹蜡烛、切蛋糕、照相、聊天，玩得很热闹。郑卫觉得刘娟表面上高高兴兴，实际上好像并不太开心。他对他这个老班长真是琢磨不透，不知道她都在想些什么，以她的资质相貌，真的是想要什么就可以有什么，可她却总是把自己藏在角落里，拒绝他人靠近。这个女孩，实在太让人操心了！

因为李三姐不催他还钱，郑卫感觉自己非常富裕，他以前总是指导肖君杰给刘娟买礼物，现在他也有钱，刘娟过生日，他无论如何都要有所表示。刘娟可是他的救命恩人，没有她，自己早就死透了，骨头都烂了，父母都不知道会伤心成什么样子。从国内到美国，他一直跟随着她，她也一直帮着自己。他还记得，当他面临崩溃在悬崖上狂叫时，刘娟死死拉住他，并且在他耳边说，你要是跳下去，我就跟着跳下去。正是她的那一句话，使他相信这个世界还没有完全抛弃自己，这份情义，真是拿命都换不来呀！

他跑到王冠书店，寻找一种既贵重又有纪念意义的礼品，很快，他看上一款金项链，纯度虽不高，却相当精致，而且下面还挂着一个小金牌，上面印的是王冠的校徽。尽管价格不菲，他还是毫不犹豫买了下来，他觉得送给刘娟的礼品值得这个价，而且远比这个高。

刘娟过生日的时候，仍然在实验室里忙了一整天。

郑卫晚上给她打电话，说："班长，一会我送你回家。"

刘娟问："今天你有时间？"

郑卫说："你过生日嘛，我陪你回家是应该的。"

刘娟本来想说算了，因为她早已经让郑卫和肖君杰帮自己买来一辆汽车，一般都是自己开车回家，可是转念一想，特殊的日子，有一个伴更好，便答应了。

郑卫没有车，夜里接到刘娟的电话，便去隔壁楼接上她，一起走往停车场。看到前后都没有人，他掏出那个精美的小盒子，递给刘娟说："班长，一个小礼物，送给你，祝你生日快乐！"

刘娟心情不错，笑着说："不是庆祝过了吗？"边说边接过来，打开一看，吓一大跳，说："你怎么送我这么贵重的东西？"

郑卫很诚恳地说："班长，一点小心意，你无论如何要收下。还记得一年前这个时候吗？没有你拉我一把，我就完了！现在总算熬得差不多了，我也应该好好谢谢你。"

刘娟不肯收，说："你外面还欠着债，这个太贵，你快去退掉。"

郑卫很着急："班长，这些年都是你帮我，我欠你的根本数不清。我这个人再差劲，也还知道感恩图报。你救过我一命，说实话，我连给你下跪磕头的心都有！这不是钱的问题，是我的一点心意，你必须收下！"

刘娟看着他，知道他很认真，想想说："好吧，那我就收下，谢谢你！"

郑卫抢着说："要说谢谢的是我！你帮我的实在太多太多了！"

两个人都不由自主地想起这一路走过来的风风雨雨，心里都是感慨万千，许久没有说话。

郑卫感叹一声："真不容易呀！还好，总算挺过来了，我也算改邪归正了。"刘娟似乎在思考着什么，没有吱声。

郑卫继续说:"本来以为会很痛苦,结果钻进去一看,很有意思,感觉很好,当然也累,不过,心情愉快。"

刘娟说:"可是你好像还是压力很大,也不像以前那么活泼。"

郑卫承认说:"是啊,总怕自己不行,而且,总怕辜负你。"

刘娟说:"我无所谓的,一个小女人。"然后又很少见地加上一句:"我还是喜欢以前的你。"

郑卫愣了一下,长叹一声道:"回不去了,经历过这么多事情,也应该成熟了,像以前那样,只知道玩,只知道胡闹,怎么行?"刘娟也知道他压力大,天天看着严厉的老板和发迹的前妻,也不会很开心。

郑卫开车,刘娟坐在他身旁,有一种很放心的感觉。郑卫时不时聊两句这辆车如何如何,刘娟则心事重重,不太开口。等来到她的宿舍,刘娟突然对郑卫说:"你进来坐一会吧。"郑卫犹豫道:"有点晚了,我还是回去吧。"刘娟坚持道:"进来吧,还有点吃的,你吃些东西再走。"郑卫已经习惯于听刘娟的话,便跟着她一起进屋。

进门后刘娟让郑卫坐下,拿出一些东西来给他吃。郑卫干活很累,时间又很长,晚上总要加一餐,现在正好有点饿,所以吃得十分香甜。刘娟不吃东西,打开郑卫刚送给她的小盒子,拿出项链来仔细看,越看越喜欢。她还脱去外衣,把项链戴上,对着镜子左照右照,又让郑卫评价。

郑卫瞄上一眼,赶快转头,嘴里说:"好看,好看。"也不知道自己是说项链好看,还是说刘娟雪白娇嫩的脖颈好看。

郑卫吃完东西,站起来说:"班长,我走了。"

刘娟看他一眼,突然说:"你就住这里吧。"郑卫大吃一惊,不知所措。

刘娟马上又说:"你睡沙发。"

郑卫张口结舌地说:"我……我……不了……好吗?"

刘娟不看他,坚持说:"去年你不是也在这里待过一夜吗?我不想一个人过生日。"

郑卫心想那不一样,他虽然不知道刘娟是什么意思,可是他知道他必须听刘娟的,刘娟开这个口极不容易,一定下了很大决心。

他只好说:"那……那好吧。"看刘娟似乎相当紧张,他赶快加上一句:"我保证……老老实实。"刘娟不敢看他,很轻地点了一下头。

刘娟到洗手间梳洗一番,出来后低着头对郑卫说:"你要不要洗一下?"郑卫说:"我下午在健身房洗过澡,那我……漱个口吧。"

刘娟拿出一个纸杯子,又找来一个新牙刷给他,还是一直不看他。郑卫一边漱口,一边心里忐忑不安,不知道马上会发生什么事情,他一再对自己说:"也许就是班长感觉太寂寞,千万不要胡思乱想。"

他出来的时候,刘娟已经关掉大灯,只开着一盏台灯。沙发紧挨着刘娟所睡的双人床,但比床矮一些。他看到沙发上放着一个枕头和一张毛毯,不由地既放下心来又有些失望。他不敢脱衣服,和衣躺在沙发上,盖上毛毯,他不知道刘娟脱没有脱衣服,也不敢往那边看。刘娟什么都没有说,随即关掉台灯。

有好一会,两个人似乎都屏住呼吸,都在小心地搜索着对方的声音,虽然什么也没有听到,两个人却都知道对方并没有睡着。

似乎僵持很久,也许只是几分钟,刘娟突然轻声说:"郑卫,来。"

郑卫声音颤抖地低声说:"班长……我……我……不……"

刘娟又说:"来。"

雄性动物的本能一下子占据上风,郑卫跳起来扑过去,上了床才发现自己还穿着衣服,又赶快跳下来脱衣服。刘娟则已经挪到床里面,给他腾出位置。他钻进她的被窝,抱紧她,这时才发现,她只穿着内衣。

郑卫熟练而又急迫地动作着,刘娟则不知道手脚应该往那里放,郑卫不得不帮她摆好姿势,而她也非常温顺,一切都由着他。郑卫亲吻着她,抚摸着她,什么都不想,只等着最高时刻的到来,可是当他覆到她身上,准备进入她的身体时,突然觉得有什么地方不对,他清醒一瞬,想要离开,可是刘娟双手抱紧他,不让他走,他便沉溺下去……

郑卫发泄完毕，理智逐渐爬回头脑，他翻身下床，摸索着打开台灯，看到自己身上沾染的血迹，也看到刘娟略带痛楚的表情，终于明白发生了什么事情。

他面对刘娟跪在床上，深深地低着头，痛悔得无以复加，不停地道歉："班长，对不起，实在对不起……我不知道……我以为……我真该死，我他妈的就是一个畜生……你对我这么好，我怎么能……"

刘娟轻声打断他："没关系，是我愿意的。"

郑卫仍然羞愧不已："那你为什么呢？为什么吗？我这样的人，给你提鞋都不配……"

刘娟从被子里伸出一只手来，握着他的手说："不要看不起自己，你很好，很优秀。"

郑卫还是不理解："可是，你为什么……"

刘娟脸上一边是疼痛，一边又有一点笑容："我都多大……总不能……总这样……"

郑卫有点明白，自责之心稍淡，可是他还是不懂："为什么，你选择我……"

刘娟解释说："我最信任的，就是你。"

郑卫更难受："我不该利用你对我的信任，对不起，实在对不起……我真他妈的不是人……我怎么能……"

刘娟安慰他说："两个人的事情，没有谁对不起谁。"

郑卫想起来："会怀孕吗？"

刘娟摇摇头，微笑一下说："只是挺痛的，我以为你结过婚，懂得的……"

郑卫没有听出她的话里开玩笑的意思，又是深切自责："真对不起，我他妈的就是一个畜生……真是没有人味……我太急……太长时间……"

刘娟只好说："别说了。你说，会大出血吗？"

郑卫吓一跳，急忙说："让我看一看。"伸手要掀被子。

刘娟忙按住不准。郑卫只好让她把卫生纸拿出来，看了一下，血迹不多，犹豫着说："好像没事，如果太疼，或者出血很多，赶快告诉我。"

刘娟看他依然赤身裸体，有点不好意思，对他说："你也去洗一下，穿上衣服。"

郑卫急忙跑到盥洗室去冲洗一遍，再穿上衣服，跑回来陪着刘娟。刘娟微笑着说："我感觉好多了，你回去吧。"

郑卫不想走，可是又不敢不走。他一直把刘娟视为女神，她也救过他的命，可是今天晚上他却夺去了她的童贞，他又一次陷入深深的懊悔，一再说："对不起，班长，对不起，我真是太无耻……我是一个畜生……我不应该……"

刘娟轻声说："别这样，是我要你做的。"

郑卫说："可是你对我这么好，我怎么报答你呢？我欠你的实在太多，今天又加上这个……你让我怎么报答你嘛！"

刘娟又一次伸出手来，握住他的手说："不用报答，你好好干，做一番事业。"

郑卫咬牙切齿地说："绝对！我要是再不上进，那还是人吗？"

那一天晚上，刘娟睡得平静而安详。她没有懊悔，也没有遗憾，只有洋溢的欣喜和无边的满足。她似乎挣脱掉枷锁，进入自由自在的新世界，又仿佛抛弃了青涩，赢得生命的成熟和可爱。她睡得非常深沉，因为她已经没有烦恼，迎接她的是晴空万里任翱翔，她也没有恐惧，等待着她的是确切而美好的未来；她不再犹疑，而是充满自信，她不再退缩，而是勇敢地面对挑战。她已经开启幸福的大门，她将会成为世界上最快乐的人。她相信自己是对的，尽管她也知道，爱，还需要等待。

郑卫却整整一夜没有合眼，他实在难以相信今天晚上所发生的奇迹。如果这件事情发生在其他任何人身上，他都不会觉得太怪异，毕竟彼此都是成年人，又是多年的好友，而且还都是单身，激情一刻不是什么特别了不得的大事。

可是对方是刘娟，王冠中国学生中最出名的冷艳美女，从来不允许任何人触碰，为什么她会突然做出如此离经叛道的事来？难道她真的喜欢自己？不可能，太不可能了！虽然他隐隐约约记得，当他叫喊着要冲出去跟老板和前妻拼命时，她好像说过，自己不能丢下她不管，可是想一想当时的情况，她肯定只是为了劝住自己才这样说的。从那以后，她再也没有提起过，而且也看不出她对自己有什么特别的地方，她所做的，就像是对待一个老朋友、老同学，就像一个班长对待自己没有出息的下属一样。

还有一点没有想到，刘娟居然从来没有过。郑卫一直以为，她跟老七谈恋爱那么久，肯定会有亲密接触，就像自己当年跟那个贱人一样，相爱的青年男女在一起，又都是火爆年龄，怎么会不偷尝禁果？不过，现在想来，也不是不可能，刘娟性格保守，防范心理很强，老七又敬她有如神明，不敢想入非非动手动脚，也就留下她的处子之身。

然而，不可思议的是，女孩子总是很珍重自己的第一次，刘娟应该更是这样，她为什么会把她最宝贵的东西送给自己？送给一个扔出去绝对不会有人捡的垃圾？看得出来，这件事情她已经琢磨很久，今天晚上才下定最后决心，为什么是我？为什么是自己？

郑卫模模糊糊地感觉到，确实有一些人，平时老实内敛，却突有惊人之举，可能是压抑太久，爆发起来更加令人震撼。刘娟从来不与男人拉拉扯扯，可是不能永远这样清纯下去吧？她已经到达这个年龄，而自己又是她最信赖的人，也许这就是她把第一次送给自己的原因。她虽然不见得多么喜欢自己，可是很明显，她觉得自己最可靠，既不会出去乱说，也不会以此为由而对她纠缠不已，应该是这样，很可能就是这样！

郑卫琢磨来琢磨去，想起来还有一个更大的可能，就是她不想让她未来的恋爱对象知道，她如此年龄还是一个处女。无法结束自己的处女生涯，在美国似乎是一件相当丢人的事情，好像这个女孩有些什么问题，或者从来没有人愿意要似的。这么说，她打算谈恋爱了？是谁？杰克？还是那个医学院的高个子欧洲学生？或者是那两个追求她的小教授中的一个？可是她对杰克总是不冷不热，与那个欧洲人接触更少，也就是中午在一起吃饭，连出去约会都没有过。小教授们？好像更远，她躲都来不及。或许，从此之后，她准备接受这几个人中的一个？或者再有追求者时，她不再躲避？她要彻底放开自己、准备好好谈一场恋爱？

第二天一大早，他打电话过去，吞吞吐吐地问刘娟："班长，你……你感觉怎么样？没……没事吧？"

刘娟声音平稳："没事，一直忙。别想太多，你干活去吧。"

郑卫马上又是一通道歉："对不起，真的对不起！我就是一个畜生……"

刘娟打断他："好，别说了，干活吧。"放下电话，郑卫琢磨半天那个"别想太多"，更加坚信自己不能痴心妄想，人家美女看得起自己，给他一夜情，过去就过去了，并不意味着她愿意成为自己的恋人，更不要以为自己可以对她为所欲为，还是应该慎之又慎，对她好上加好。

很快又来到周六，郑卫和肖君杰几乎同时抵达刘娟的住处。见到刘娟，郑卫又是一惊，心里直叫苦，只见她穿着一件低领薄毛衣，露出整个雪白的脖颈，上面明晃晃地戴着自己送给她的那个有王冠标志的金项链。肖君杰那么眼尖的人，当然一下子就注意到了，马上说："凯丝，你打扮得真的好漂亮！这个项链也好漂亮！哇，是王冠的，谁送给你的？是朋友吗？"

郑卫脸红透了，吓得真想夺门而逃，好在肖君杰的眼睛和心思全部在刘娟身上，没有太注意他。

刘娟倒像是没事似的，笑着说："我自己送给自己的。"

肖君杰猛夸："很有情调，很有情调！"

郑卫大松一口气，赶快说："好看……嗯……好看。"

三个人一起做菜，一起吃饭，一起洗碗，一起聊天。刘娟穿得如此引人注目，肖君杰心情很好，盯住她一个劲说话。刘娟也是兴致挺高，说得比平常多得多，脸上还尽是笑意。只有郑卫变成往日的刘娟，光干活吃饭，不怎么说话，心里只奇怪班长怎么会这么开心，肖君杰要是知道他干的混账事，会不会揍死他？

似乎是看出郑卫做贼心虚，肖君杰开玩笑问他："大卫今晚怎么不说话？是不是有什么心事瞒着我们？"刘娟也笑吟吟地看着他，看他怎么回答。

郑卫赶紧打起精神，说："是有点事，下个星期要做开题报告了。"

肖君杰安慰他说："你研究做得很好啦，不用担心的。"

刘娟也说："你们老板不是说，你现在的成果已经可以发一篇杂志论文了吗？"

郑卫一笑，心情轻松起来，谈起自己的课题，他有太多要说，也不管别人爱不爱听，听不听得懂，大讲特讲自己都发现什么，正在做什么，R因子怎么怎么啦，T因子又怎么怎么啦，还要往哪个方向探索，还要做些什么实验，直到刘娟双手捂住自己的耳朵，一副可爱的模样叫道："我们不是你的老板，你不用讲这么细，好不好？"他才兴致勃勃地住了口，嘴里还是禁不住地唠叨："很有意思，嗯，真的很有意思！"

刘娟与肖君杰相视而笑，他们都对这个朋友的显著改变既感骄傲，又觉有趣。

肖君杰说："你这样用功，会赶上凯丝的。"

刘娟笑说："他一冲锋，没有人比得上。我们一起学英语时，他就是这样。"

郑卫忙说："我差得远！你老早就已经做过开题报告，马上要写毕业论文了。我已经迟到了。"

肖君杰笑道："后来居上啦。"

郑卫笑说："能跟上就不错了。"

三个人开心地东拉西扯，郑卫不再像做错事的孩子，刘娟也比往常活泼开朗得多，肖君杰则是刘娟高兴他就高兴，结果两个男生比往常多坐半个多小时。

他们出来回王冠的时候，肖君杰笑着摇头说："你知道吗？凯丝总在笑，我不习惯。"

郑卫问："为什么？这不是很好吗？"

肖君杰感叹说："她应该是女神哎！应该离我们远远的，不可以对我们太好。"

郑卫觉得这话真是说到自己心里面去了，猛点头赞同道："我也是这样认为！她就是我们的女神！"

杨小静如愿获得王冠大学商学院的入学资格。她很高兴，觉得自从嫁给吉姆以后，一切都顺利得出乎意料。本来她的寄麦特成绩一般，可是她的面试成绩很好，因为她本人天天从事的就是管理工作，有相当多的实际经验，远不是那些只会读书的小孩子们可以相比。当然她也清楚，姣好的面容、系主任的妻子，还是本校的职工，都为自己加分不少，面试她的考官甚至跟吉姆一起喝过酒，看来社交网络不可能没有用处。

不过，这次她信心满满，觉得自己的能力还是第一位的，因为她已经拿得起这份实验室管理的工作。努力最重要，她对自己说，她现在就像飞在空中的飞机，只能快速地往前飞，因为只要一停，就会掉下来，而她发现自己飞得很好，很有飞行的天赋。

她的工作实在太忙，所以每学期只能选一门课，即使如此，她还是时常有一种累到要虚脱的感觉，因为她白天要工作，学习和做功课只能是晚上和周末，这样连轴转，实在是一点休息时间都没有。吉姆看着心疼，总劝她不要太苛刻对待自己。

杨小静每次都笑着说："我只是一个在餐馆里端盘子的姑娘，你知道我是多么喜欢我现在的工作。"

吉姆摇头笑说："我很遗憾我把这么重的责任推给你。"

杨小静要操心的许多事，也是吉姆难以想象到的。王冠的实验室里牛人众多，怪人也不少，有些人不拘小节，可能是因为太忙，也可能是因为不在乎，不太喜欢洗澡，身上时常散发出难闻的气味。这种事杨小静做实验员时就很讨厌，现在又有很多实验员找她抱怨，她便给吉姆手下所有人群发一封电邮，请大家每天务必洗一次澡，注意个人卫生。那几个害群之马，并不是敏感的人，几乎没有人就此改掉这个坏毛病。她只好买来一些香皂、毛巾，每人发一份，要求大家必须每天洗澡换衣服，结果有人听了，还有几个人就是不理。她便把这件事捅给吉姆，请他讲一下。吉姆哪有心思管这种杂事，开会时差点忘掉，临散会时，问静还有什么事，杨小静指一下身上，吉姆这才笑嘻嘻地宣布，下次开会时，他要求每个人都必须从他身边走过，如果他闻到谁身上有奇怪的味道，就让那家伙回家去洗一个星期的澡。这下子没有人再敢邋里邋遢，大家由此也明白，老板娘该硬的时候，还是会硬的。实验室的绝大部分人都很感谢杨小静，因为只要有一个人浑身臭味，一屋子人就都变成他的人质，想逃都没有地方逃，太难过了。

杨小静还是有些怕考试，因为从理论水平上讲，她实在比不过那些全美选拔出来的优秀孩子，但是她的展示和许多实践项目都做得非常好，可以拿到相当高的分数，所以她的总评成绩并不差。美国的管理学教育，案例研究占很大比例，而无论从管理的思维、原则、分析还是方法，她都可以马上给出一些非常具体的事例，各种各样的道路，以及非亲身参与者难以想到的各种细节和问题。每次实践项目一布置下来，她的同学都会对她说："静，这是你的时间。"而每次她展示完她的项目，连她的老师都说："静，你教给我们许多。"

当然，她也有很多更快乐的时光。每到假期，吉姆是雷打不动地安排两个人出去旅游。寒、暑假都是出国，春假或者长周末，就拉她在国内找一个地方转一转。她总是舍不得时间，而吉姆坚决地表示她必须放松。她游玩过大峡谷、黄石以及拉斯维加斯，有时也会飞到科罗拉多州或者缅因州的一个小镇上去过一个轻松愉快的周末，滑滑雪、泡泡温泉，在夕阳下细细品尝香醇的红葡萄酒。

当然，她印象最深的，还是吉姆的"老家"，她跟着他，几乎逛遍欧洲的所有国家，他们俩都非常喜欢那里。当她与埃菲尔铁塔合影时，当她在大英博物馆流连忘返时，当她在威尼斯河上泛舟时，她都非常感谢吉姆能带她来到这里，让她实现儿时遥不可及的梦想。当然，她在心里还感激着另外一个人，因为如果不是他，她连认识吉姆的可能性都没有，而那一个人直到现在，依然在实验室进行着无休止的奋战，他几乎任何地方都没有去过，王冠就是他的全部美国。

虽然满怀歉意，虽然再没有机会一亲芳泽，能够得到刘娟这样的著名美女的最大青睐，还是使郑卫颇感骄傲，无形间也大大提升了他的自信。

原本他作为男人最感耻辱的就是老婆夜奔投敌，而现在他却拥有过一次别人想都不敢想的最美丽的艳遇，虽然他永远都不会对任何人说起，但是在他的内心深处，还是感到无上荣光和无比幸福。

这种激动和兴奋，自然难逃整天跟他在一起的丽莎的眼双，因为他在做实验当中，有时会不知不觉地哼起歌曲，还随着节拍摇头晃脑，这是苦大仇深的资深失败者大卫以前从来没有过的。

丽莎好奇地问："大卫，为什么你近来总是这么高兴？"

他还奇怪地反问："我看上去很高兴吗？"

丽莎说："你在唱歌，而且总是很兴奋。"

郑卫只好说："我能看到我的博士学位了，应该高兴的，是不是？"心里却对自己说，要小心收敛，要谨慎低调。

郑卫的开题报告做得非常成功，几乎所有参评的教授都给予他最好的评价，使他备感欣喜，也长长地出了一口气。他的同门师兄、师弟、师姐、师妹以及博士后们，都知道大卫现在是老板眼里的红人，又在全球基因会议上大出风头，都说他要是不过，其他就无人能过了，所以都是以一种理所当然的心态来看大卫走过场。丽莎则比郑卫更高兴，因为她现在已经开始着手正式申请王冠的医学院，她的小老板的成功，就是她的成功，郑卫做得越好，她入读王冠医学院的可能性就越大。

吉姆要郑卫马上把他的研究成果写成一篇论文发表，于是郑卫更为忙碌，有两个星期几乎没有回家，吃住都在实验室。丽莎本来属于8小时工作的本分美国人，此时也自愿帮郑卫排忧解难，每天从清早做实验直到深夜。当然，郑卫的论文她是第二作者，这对她的入学申请大有帮助。郑卫写完后，丽莎帮他进行一些文字润色，又送给吉姆反复修改几次，才投稿到一本很不错的期刊——《美国基因》杂志，并且很顺利地得以刊出。

肖君杰越来越清楚地感觉到刘娟的变化，她比以前爱说爱笑得多，很少再习惯性地板着脸，穿着打扮也开放一些，有时穿短袖低领的衣服，裸露出以往很少见到的部分雪白细嫩的肌肤。

更重要的是,他敏感地发现,刘娟有时会不自觉地往郑卫身边靠,仿佛要寻求安慰和保护,却从来没有对自己这样。郑卫依旧谦恭,也越来越自信自然,跟刘娟在一起时,有更多的默契而不是客气,而且尽管郑卫仍然把自己当成好朋友,却很少再推着他去追刘娟。虽然肖君杰很愿意看到一个开朗可爱的凯丝,也更愿意看到她那白皙的胳膊和精致的小手还有纤细的腰肢,他还是越来越明白,自己距离刘娟越来越远,已经到达应该离开的时候了。

一个周六晚上,他终于宣布,他要搬走,要去纽约华尔街上班。刘娟虽然面带不舍,仍然说:"祝贺你!"

郑卫则大大地惋惜:"哎,你怎么能走呢?你一走,我们这一摊不就散了吗?你也太不负责任了!"

肖君杰说:"你们两个人可以一样聚会啦。我也不想走,没有办法,公司指派的。"

郑卫劝说:"你能不能跟公司商量一下,要求不走,就说,嗯,家在这里,朋友也在这里。"

肖君杰遗憾道:"谢谢,可能不可以,我没有结婚,父母家不算家啦。"

郑卫还是舍不得:"那就没有选择了?"

肖君杰解释说:"其实那边工资高出不少,以后发展也会好一些。"

说成这样,郑卫没有办法了,只好叹气道:"唉,那你就走吧,前途要紧。"

刘娟懂事地说:"以后常来看我们,不远。"

肖君杰感激道:"谢谢你,我会找机会的。"

几星期后,肖君杰要搬家去纽约,郑卫与刘娟一起请他到一家西餐馆吃一顿送别饭。虽说他算是高升,要去好地方,可是毕竟一个经常相聚的朋友离开,无法再周周见面,所以三个人吃饭时虽也说说笑笑,心情其实都不太好,也挺复杂。没有办法,有相聚就有别离。美国这个地方,人们都是逐工作而居,流动性非常大。肖君杰在这边工作这么久,经验能力都已具备,也应该去华尔街大展身手了。

吃完饭，天已经黑透，肖君杰开着他的宝马送刘娟和郑卫回家。来到刘娟住处，刘娟请他们进屋坐。肖君杰说不用了，他还要回去收拾东西。刘娟下车后，肖君杰很礼貌地下车送她。

刘娟伸手与他握手道别，柔声道："谢谢你救过我，也谢谢你一直对我这么好。"

肖君杰也轻声说："应该的，认识你是我一生的荣幸！"

刘娟放开手，转身欲走，又停下来，犹豫一下，再反过身来，张开手，把身体贴近他的怀抱。肖君杰马上敞开自己，他觉得他等待这一时刻，已经有一辈子了。刘娟轻轻地拥拥他，肖君杰也是很轻很轻地抱抱那一个纤细窈窕娇弱的身躯，那一瞬间，他双眼湿润，激动得说不出话来。刘娟松开他，说一声再见，便转身离去，再没有回头。

郑卫在车上看到这一幕，心里也是感慨不已。肖君杰回到车上，许久没有说话。两个人都沉默着，坐在车里，凝视着刘娟窗口闪烁的灯光。

郑卫叹一口气，说："你走了，我们班长可怎么办？"

肖君杰认真地说："有你在呀，你是她最需要的，我知道的。"

郑卫发愁说："我可以帮助她，可以为她做任何事，这些都没有问题，可是，谁来娶她呢？"

肖君杰笑笑说："你可以娶她啦，难道你不愿意？"

郑卫低下头，直摇脑袋："我说过多少遍，我不是不想，是不可能！唉，我以后找一个离过婚的女人吧，反正我都这样了，无所谓啦！"

肖君杰安慰他说："不要这样说，她喜欢的是你。"

郑卫还是坚持说："她绝对不可能看得上我。我自从认识她，她就永远高高在上，可望而不可即。你说她怎么可能会嫁给我呢？跟她比起来，我就是猪狗不如。她要是嫁给我，那不是糟蹋她吗？"

肖君杰很超脱地微笑道："这要看她的感觉，她自己觉得幸福就可以啦，不是你说了算，应该是她说了算。"

郑卫摇摇头，沉默一会，想一想，又摇一摇头："还是你跟她最合适，她也舍不得你走，你应该看得出来。你以后经常回来看她，说不定还有希望。"

肖君杰也摇摇头，沉思片刻，说："我不会回来啦，也不会再见她。告诉你，是我自己决定要走的，以前也有机会，我都没有走，这次我要求走。"

郑卫一怔，说："为什么？你不是喜欢她吗？你看上别的女孩了？"

肖君杰又摇了摇头，说："是因为我太爱她，太崇拜她，所以我才要离开她！"

看到郑卫惊讶万分的表情，肖君杰开始细说自己的感受，他很需要一吐为快："我可以对你说，你不要笑话，其实你笑也没有关系。我很自私的，总觉得自己了不起，因为从来就很受宠嘛，在家里受宠，在女生那里也受宠，从出生到长大都是这样。一开始我追求凯丝，只是想跟她结婚，她好漂亮，好聪明，适合当太太。那时只是喜欢，不能说是爱，没有那么深。后来我看到，她跟其他女生都不一样。我穿名牌衣服，她不看。我开宝马，她不认识。她没有太好的衣服，没有名贵的首饰，可是她真的好高贵好纯洁！她不在乎钱，她说她自己可以挣，不需要好多；她不在乎绿卡，她说她可以自己申请，或者就回大陆；她也不要大房子，她说有一间小屋住进去就可以。我就算想诱惑她，也根本找不到名目。她活在自己的世界里，不食人间烟火。我很着迷，觉得她很特别。她是仙女，不是我可以理解的女孩。后来她误解我，不肯理我了，我才发现，我真的好爱好爱她！我不可能离开她的，实在不能。我每天晚上开车来这里，就是为了远远看一眼她，只要看她一眼就好。后来她遇险，我碰巧帮她跑掉。她哭了，她的背影好可怜好可怜。我几天没有睡觉，睡不着啦，也忘不掉，总能看到她哭泣的背影。我就说，我一定要对这个女生好，永远都要对这个女生好。她叫我来和你们一起做饭吃，我很开心，因为我可以仔细看她了。她不肯说话，一说就说到最紧要的地方。我跟她学包饺子，包得很不像样子，她笑一笑，很好看很好看的。当时我就想，这个女生不可以做太太的，她不是人，是天使，是神仙，她是留着让人膜拜的！我不可以爱她，我没有那个资质！"

郑卫有点理解："我知道了，你爱的其实不是她，是从她身上飞出来的女神。"

肖君杰激动万分："没有错，没有错，她就是一个女神，我的女神！你知道吗？我并不只是星期六才过来，平常晚上只要有时间，我也会开很远的车，到这里来。我不是想打扰她，我只想看看她的窗户。有灯光的话，我就想，她会在做什么？一定在看书做作业，模样一定很可爱，很纯洁，很神圣。没有灯光也没有问题，我就想她在睡觉，一定会做一个好梦，梦见她所心爱的男生。我知道那一定不会是我，可是没有问题，她幸福就可以。哪一天不管怎么样，累啦、烦啦、不开心啦，只要坐在这里看一会，就看一眼她的窗户，我就安静下来，我就可以很快乐地回去睡觉啦。"

郑卫吓一大跳，不知道自己做的龌龊事是否被他看到，吞吞吐吐地说："我没有想到，你居然……每天晚上……"

肖君杰面带笑容地说："没有每个晚上，有时候而已，我不是总有空。我猜得到，那个王冠的金项链是你送给她的。我发现她好开心，我就知道她喜欢的是你……"

郑卫忙解释道："她救过我的命，我欠她的实在太多。我有了点钱，就买一个礼物表示感谢。真的不是想追她，你知道她不是那样的人……"

肖君杰笑道："没有问题，没有问题，只要她开心就好！我刚到她家里来时，有一点点排斥你，以为你要来跟我抢她，后来我看到，你在她就很安全的样子，我就喜欢你啦，我就想要你来。我喜欢看到她开心，她开心我就好开心。你不懂得的，我不是想要她什么东西，我是来膜拜她的。她可以让我为她而死，我一定会去的，我不会后悔的。能够为自己爱的人去死，其实很幸福。人怎么都可以死，撞车啦，生病啦，为什么就不可以为爱而死，笑笑地去死？我什么都有，总是很忙，可是觉得没有意思，不知道自己想要什么，蛮空虚的。见到她以后，我就有了一个可以想念的人，没有事情的时候，就可以想她。我就活得很有意思，很自在。你看我总来找她，以为我在追求她，不是的，我不想要她了，追到就没有意思啦，就要她很神秘的那个样子，很高傲的，不理睬我，就可以啦。我每天都想，怎么样才能讨她的欢心呢？可是我怎么做，她都不要我，我就会一直想办法，一直讨好她，我就有事做，有人想，我就会很幸福很幸福。"

郑卫没有想到还有人这么痴情，比起自己算来算去的小心眼，真是纯洁得太多太多了，不由地感叹道："你是疯了！"

肖君杰笑着说："疯了挺好，你可以为一个人疯狂，是很舒服很高兴的事。要是你从来没有疯狂过，那才是惨剧！你说我脑袋发生问题，是不是？很傻，对不对？可是我很开心呀！你是想做一个幸福的傻瓜，还是做一个痛苦的聪明人？我聪明的时间太多了，傻一点，开心一点，不好吗？我没有觉得有多少丢人，爱一个人怎么会丢人？不会爱，只会做，才丢人。认识她以后，我觉得很舒服，我可以不停地想她。有时候我自己开车到海边，坐在那里，不停地说，说给她听，不是谈情说爱，我是说，不仅仅是谈情说爱，就是跟她聊天，想到哪里，就说到哪里，有时候连工作上的事情都会说。她会跟我讨论，会给我出这个主意，那个办法，她说的我都会去做。"

郑卫想说你这样既耽误自己，也耽误刘娟，可是肖君杰不给他说话的机会，抢着说："我知道你会说，她要恋爱，她会跟别人走。没有问题，没有问题啦！她可以做妈妈，可以做婆婆，都没有问题。我不会再见她，可是我会想念她。能想念她就很好，就很开心。有一个可以让你思念一生的人，不是很好很好吗？我不缺女人，有的是女生愿意跟我上床，我也会找一个合适的女孩子结婚。我要的是一个偶像，一个能让我思念、可望而不可即的女神。她要只可远观不可亵玩，她要很完美，不可以太便宜，不可以对我太好。她就是凯丝！她刚才拥抱我了，我的整个一生，都很满足了，没有一丝丝遗憾！我不会再来看她，可是我一生都会为她祝福，我永远都会崇拜她，永远都不会忘记她！"

郑卫半天说不出话来，知道再劝肖君杰也没有用。他没有想到肖君杰爱刘娟爱得如此深刻，如此无私，相比起来，自己真是一个既无耻又无能的小人。他仰脸看着满脸激动光辉的肖君杰，半天才摇着头喃喃地说："跟我比起来，你就是圣人！跟你比起来，我就是禽兽！"

021　诱惑与忠诚

丽莎看到郑卫一改前些日子高高兴兴的样子，又一次皱起眉头，便问他发生过什么事。郑卫告诉她说，跟他和他的女同学经常在一起聚会的那个朋友，很快要去纽约华尔街工作，他们三个人的周末聚会，可能不得不取消。

丽莎不理解，说："你和你的女同学，仍然可以一起做饭，或者一起去酒吧喝一杯呀。"

郑卫琢磨着说："只有我们两个人，不知道她愿意不愿意。"

丽莎奇怪："怎么会？她喜欢你，不是吗？"

郑卫红了脸，犹豫着说："也许吧，不过，不是你认为的那种……喜欢，我们只是很好的……这个……朋友。"

丽莎不理会他的窘迫，继续问："那你喜欢她吗？"

郑卫更结巴了："我当然……没有资格……不可能的。对于她来说，我就是一块垃圾。"

丽莎笑话他说："也许你是一块很可爱的垃圾。"

丽莎现在成为郑卫名副其实的跟班。她仍然几乎谁都不理，只爱缠着郑卫，上班时间他们在一起，下班后郑卫加班，她要不就在旁边帮忙，要不就是陪着郑卫聊天，或者在计算机上玩游戏。

郑卫问她："你为什么总待在实验室？"

她说："我只有你这么一个朋友，我只好跟你待在一起。"

郑卫心中窃喜，可还是正儿八经地劝她："你应该增加你的社交范围，多交几个朋友。"

丽莎总是说："我不喜欢那些男人。"

郑卫说："那你可以交一些女性朋友呀。"

丽莎又说："她们太傻。"

这天晚上，丽莎帮郑卫做完几个实验，又到计算机前去翻她那个无聊的牌。郑卫一边忙，一边笑话她，说："太没有意思了！如果我有这个时间，我就到酒吧去喝酒跳舞。"

丽莎说："那里总有许多男人试图勾引我，而我看到他们就觉得恶心。"

因为已经很熟，郑卫也不避讳，问她说："那你以前为什么喜欢那些身上布满刺青的人？他们既没有文化，也没有教养，跟你很不一样。"

丽莎的回答很简单："因为他们很酷。"

郑卫摇摇头，心里大不以为然，又不好再说什么，只好来了一句："你的父母不知道吧？"

丽莎冷冰冰地说："当然不，我跟他们没有任何关系。"

郑卫继续走来走去忙着干自己的活。丽莎不打牌了，站起来跟着他开聊："你是不是任何事情都告知你父母？"

郑卫苦笑着说："怎么会？我这么差劲，要是全部告诉他们，他们会担心死的。"

丽莎羡慕道："他们这样关心你呀！他们很爱你！那么你离婚的事情也不告诉他们吗？"

郑卫无可奈何地解释说："这个必须告诉他们，因为过去他们与静的父母是一家人，而现在已经不是了。"

丽莎很感兴趣："你与静结婚，你的父母怎么会和静的父母变成一家人？只能说他们之间拥有一定的关系。"

郑卫解释说："这是中国人的习俗，我们彼此的联系要紧密得多。"

丽莎评价说："你们是跟我们美国人不一样。"

郑卫离开她跑去查看一会显微镜。他回来后，丽莎继续问："那你是不是把离婚的所有细节都告诉他们？"

郑卫尽力帮她理解这些很敏感的事情："没有，我只是告诉他们这件事，不是任何细节都说。"

丽莎说："可是他们一定会问原因，对吧？"

郑卫难受地说："我骗他们说是感情不和。"

丽莎笑道："坏孩子。可是你要怎样才能骗得他们相信呢？"

郑卫苦笑道："我告诉他们，我和静不想吃同一样东西，买东西总有分歧，我们时常吵架，我们对彼此喜欢的事情都不感兴趣等等。"

丽莎叹道："这是一件很艰难的工作，你必须说谎，其实你可以告诉他们实情。"

郑卫摇头道："我不想让他们为我担心，我可以处理好我自己的事，我已经是一个独立的成年人。"

丽莎点头赞同道："是啊，你已经独立，跟我一样。"

郑卫对丽莎已经没有戒心，随口就把中国人爱管闲事的习惯发挥出来："不，你跟我不一样，我已经完全独立，你还没有完全独立。"

丽莎笑容消失了，质问他道："我不依靠父母生活，不接受他们的任何馈赠，也从不与他们联络，为什么我不算完全独立？"

郑卫正在忙，没有注意到丽莎在情绪上的变化，顺口继续往下说："你外表上独立，内心里还没有独立，我才可以算是里外都独立。"

丽莎最骄傲的，就是自己作为一个亿万富翁的女儿，能不依靠父母生活，独自奋斗打天下，可是现在却被她所信任的朋友否决掉。她立即气得花容变色、碧目圆睁："胡说！我是独立的，我不依赖任何人！"

郑卫这才发现情况不对，连忙解释说："对不起，我的意思是说，你在心理上还受到以前那些事的影响……"

丽莎怒气冲冲地收拾起自己的东西，一边离去，一边骂道："你这个混蛋，我把你当成我最好的朋友，你却这样看我！"郑卫想进一步解释，可是一着急语言就上不来，又不敢上前拉住她，只好看着这个怒火冲天的小洋妞气冲冲地走掉。

第二天丽莎来上班，郑卫想找她和解，可是丽莎冷着脸说："我已经不再把你当成我的朋友，我们只是在一起工作。"

郑卫尴尬一会，想想算了，反正自己不欠丽莎什么，由她去吧。虽然身边总是站着一个恶狠狠的小姑娘并不舒服，可是他还是觉得，这个小洋丫头如此聪明，总有一天她会想通的，没有人那么容易转弯，尤其是自己几乎否定掉她的所有生活。

果然，第二天下班后，丽莎马上走掉，第三天下班后她却没有走，过来对郑卫说："大卫，我要跟你谈一谈。"郑卫知道，这个"谈一谈"就是吵架，心想自己这辈子尽跟女孩子吵架了，还一个比一个漂亮，大概自己上辈子是采花大盗吧。丽莎又坐到计算机前翻牌去了，等着郑卫找到时间好过来跟自己干仗。郑卫一边做实验，一边想着对策，他要想清楚，应该如何让丽莎理解自己的意思。

等他找到空闲，刚走过去，丽莎立即发难："大卫，我是独立的，你为什么说我没有？"

郑卫经历过这么多事情，已经比以前成熟许多，他颇为世故地先夸奖丽莎："这个，说实话，就生活独立而言，你比我强得多，如果我的爸爸有钱的话，我一定不会像现在一样努力地工作，我会变成一个无所事事、游手好闲的花花公子。"

丽莎虽然没有笑，但脸上的神情缓和不少，问道："为什么？"

郑卫回答道："因为我天性懒惰，大部分人生来都是如此。"他显然是说丽莎与众不同，具有一般人所没有的非凡而优秀的品质。丽莎的脸色越发好看起来，显然相当受用，她已经不可能再跟郑卫吵架，跟夸奖自己的人翻脸，这种人还从来没有诞生过。

可是她仍然不理解，为什么郑卫说她不够独立，便以西方人特有的认真劲继续往下追："可是你为什么又说我并不独立呢？"郑卫原本只是一种感觉，当时一下子也说不清楚，这两天仔细想过几遍，已经大体找到答案，再说对付丽莎这种外表强悍而内心单纯的小姑娘，他可是既冷静又有办法。他发现自己唯一的毛病，就是一见到刘娟便乱了方寸。

他并不直接回答，而是问丽莎："你认为我是一个男人吗？"

丽莎很客观地回答："是。"

郑卫再问："那么我以前呢？"

丽莎判断道："也是。"

郑卫摇头道："不是，我那时只是男孩，而不是男人。我虽然结了婚，也已经成年，可是在心理上，还只是一个男孩，而不是一个男人。"

丽莎已经被他彻底忽悠晕掉，也忘记自己是来兴师问罪的，忙着关心起郑卫到底算不算男人。

她先确认定义："什么是男孩？什么是男人？"

郑卫简而言之："男孩依赖别人，而男人只依靠自己。"

丽莎好奇："那么为什么你以前是男孩而现在是男人呢？"

郑卫边想边说，慢慢地回到遥远的过去："因为那时候我不是独立的，我总想把自己的责任推给别人来承担。我实际上是在骄纵自己，只想做自己喜欢做而又轻松愉快的事情。我在内心深处并没有把自己当成一个成年人，总以为应该由别人来管教我，而不是我自己管理好自己。我是在自己娇惯自己，把自己当成应该受到照顾的孩子。我结了婚，却不肯养家。我入了学，却不肯学习。我害怕吃苦，不愿努力，总想躲避，总在逃跑，却没有想到，是男人就应该迎着困难冲上去！我不是一个男人，男人不是这个样子！我的妻子一天工作14个小时，我一天玩游戏打牌16个小时。我……我……我他妈的就是一个懦夫，真正的狗屎混蛋……"他的脸痛苦地扭曲着，愤恨得难以自已。他说不下去了，双手抱着头趴在桌子上，满眼都是杨小静离开他时那绝望的眼神，以前他恨透了杨小静，现在他更恨的是另一个王八蛋，那一个不成器的混账东西！

丽莎现在已经完全理解这个阴郁的男人。她站起来，走过去，双手环住他的双肩，把他抱在怀里，嘴里说："大卫，忘掉它吧，现在你很优秀，是一个完全独立的真正男人。"

停了好一会，郑卫长舒一口气，低沉地说："谢谢你。"

丽莎为了帮他转移痛苦，也是为了找到关于自己的答案，继续追问："是的，你已经独立，请你告诉我，为什么我还没有独立？"

郑卫做了一个请的手势，让她坐回自己的座位。他平静一会心情，整理一下思路，说道："你在生活上是很独立的，一切靠自己。这非常好！不过，我觉得，精神上的独立跟外在的独立一样重要。"

看着丽莎思考的样子，他继续解释说："你无法忘掉你父母对你的伤害，仍然生活在他们的阴影里，对吗？"

丽莎不确定地问："你能不能举一个例子？"

郑卫分析说："比如说你以前的一些男朋友，你说他们很酷，可是我猜想，你只是故意要做你父母不喜欢的事情。"

丽莎琢磨着说："我没有这么想过。"

郑卫缓和说："可能是我错了，你并不是故意的，你只是……想这么做，可是你知道，王冠也有许多很酷的人，那些运动员，那些电影演员，并不都是书呆子。你为什么不愿意理睬他们？"

丽莎勉强一笑："也许他们还不够酷。"

郑卫这时已经从一个回头的浪子变成自信的演说家，滔滔不绝地帮丽莎分析着她的问题："我刚见到你时，以为你既傲慢又无礼。你还记得在吉姆家那一个晚会吗？你几乎不跟任何人说话。后来你进入这个实验室，我很担心，怕你不好好做实验，怕你找机会给我捣乱，可是后来我发现，我全都想错了。你不仅仅漂亮，你还是一个非常聪明、非常认真、尽职尽责的人，而且你非常善良，也非常可爱，愿意帮助别人，也从不麻烦其他人。你说你没有朋友，你这么好的姑娘，为什么会没有朋友？我一直都感到奇怪。后来我终于明白了，因为你好像故意不理睬别人，故意要让别人恨你。我觉得，这可能是你父母没有爱你而给你留下的后遗症，你不相信别人会爱你，你也不敢去爱别人。从这个角度上讲，你在精神上并没有独立。"

丽莎一边听着，一边看着他，脸上的表情，既有震惊，又有钦佩，还有迷惘。她是一个善解人意的姑娘，她已经明白大卫是对的，她完全可以开始以另一种方式生活。

郑卫最后说："你的父母是不对，可是他们至少给予你生命，也给予你聪明的头脑和漂亮的脸蛋，就算你无法原谅他们，也不要让他们再影响你的生活，不要再让他们来左右你的行动。你说这样好吗？"

丽莎点点头，爽快地说："大卫，我认为你说的是对的。让过去的过去吧，我应该按照自己的方式生活。"郑卫微笑着点头称好。

丽莎要走了。她长时间地拥抱着郑卫说："大卫，你太棒了！你是一个天才，什么都懂。我要去学心理学，你却帮我做了很好的心理分析。你不应该只在实验室里做，你几乎可以做任何事情。"

郑卫抱着这个小洋妞，感受着她温暖的身体和发鬓的清香，心里既舒服又感动。他笑道："你是说我还是应该去玩游戏和打扑克牌吗？"

丽莎也笑说："你已经强大到可以去做任何事情，所有姑娘都喜欢你这样的男人。"

郑卫连忙称谢，这样的夸奖正是他最需要的，尽管他知道这不可能是真的。他再一次嘱咐丽莎道："爱你自己，也爱别人，并接受他人的爱，你就是一个幸福的小姑娘了。"

丽莎也点头称是。她离开之后，郑卫欣慰地发现，自己居然是一个哄女孩的天才，几句话就把这个漂亮的小洋妞哄成了知己，可是怎么一见到刘娟，自己马上就变成笨蛋了呢？

肖君杰走后，又是一个周末，郑卫给刘娟打电话，吞吞吐吐地问："班长，那个……忙吗？"

刘娟回答说："还可以吧。"

郑卫又问："那……嗯……咱们晚上还一起做饭吃吗？"

刘娟反问道："你说呢？"

郑卫知道去她家可能发生更多的事情，又期盼又胆怯地说："我听你的。"

刘娟很不满意他的态度，停顿几秒钟，说："算了，我快要答辩了，没有时间。"

郑卫很失望，又不敢表露出来，只好说："那好吧，有什么事找我。"

刘娟没有说话，挂掉电话。她很生气，你一个男人，不主动请求来见我，还等着我把你往屋里拽吗？郑卫则很惶恐，本来以为班长会跟杰克，现在杰克走了，他不由自主地觉得自己有了一丝希望，可是刘娟却连见都不肯见他，看来，人家根本看不上自己，以后千万不要再做什么清秋大梦。

下一个周末，郑卫还是很想见刘娟，可是又不敢再提去她家，便给刘娟打电话说："班长，我知道你很忙，那咱们出去吃顿饭吧，用不了多少时间。"

刘娟问："去哪里？"

郑卫又让刘娟决定："你说吧。"

刘娟生气地说："去哪里你都没有想好？那就算了。"

郑卫急忙求情："班长，我真的是肚子里没有油水，特别馋。你还是陪我去一趟吧，真的不会耽误你很多时间。我又没有车……"

刘娟不知道为什么，近来火气特别大："我把车借给你。"

郑卫苦苦哀求："我一个人去有什么意思呀？班长，求求你了，还是陪我去一趟吧。"

刘娟其实也不是不想见郑卫，看他这么心诚，便松了口："那你说去哪里？"郑卫再也不敢让刘娟决定，赶快选择一家比较好的中餐馆，刘娟这才答应下来。

这么一折腾，郑卫算是彻底泯灭掉那一点点狼子野心，只好一再告诫自己，根本没戏，千万别想，一定要记住，自己就是没有人要的垃圾。如此一来，他反而不再紧张，两个人一起吃饭时，他便开始胡说八道满嘴放炮，再加上近来研究顺利，又把美丽动人的小洋妞哄得服服帖帖，自信心增强不少，他那与生俱来的机灵劲也恢复许多。

他一会装模作样地要拉刘娟去纽约看芭蕾舞，说因为杰克已经学会跳芭蕾，要在大剧院跳《天鹅湖》里的魔王。他一会又很神秘地告诉刘娟，说红脖子前两天追女孩，又被人打趴下了。刘娟问他怎么知道，他说是他的拳头告诉他的，因为他这两天拳头疼，逗得刘娟直笑，觉得这样的浑小子郑卫才算正常。

后来两个人形成默契，一到周末就一起去饭馆吃一顿。郑卫身边的笑话不够讲，便把他以前的各种胡闹之事拉出来闲扯，再往后，干脆大讲武打小说里的稀奇古怪故事，时不时加上自己的点评，又大侃一通打牌时如何看准对方的路数，然后设法给别人下套，还有玩游戏时怎样直线不行走弯道、弯道不行往回跑等等哲学玄机。

刘娟是女孩，接触面较窄，又是一个书呆子，这些歪门邪道从来不沾边，自然被他唬得一愣一愣，还很钦佩地说："怪不得你有那么多鬼点子，原来是从这些地方学来的。"许多在郑卫看来只有小混混、坏学生才会感兴趣的玩意，在刘娟看来都是机灵可爱的象征，所以郑卫的即兴瞎扯，却成为刘娟生活中的亮点，也是她对郑卫越来越深的感情之源泉。

从"全球基因研究大会"回来之后，郑卫在学术上的自信心大有提升，大家一起讨论研究课题时，他越来越敢于提出自己的见解，在开学术研讨会时，他也开始发言提问题。在一次又一次的碰撞和争执中，由于他的获胜率较高，逐渐得到同事们的认可。等到他在《美国基因》杂志上发表了论文，他便成为实验室里公认的小牛人。先是中国籍的师弟师妹们有问题上门讨教，接着是别的国家的学生们跟进，到后来甚至有博士后也来找他"讨论"课题。并不是说人家没有自尊心，只是压力太大，科学来不得虚伪嘛，病急也会乱投医的。对于自己清楚的问题，他会当即给出答案。对于复杂艰难的问题，他就要花时间去翻一翻资料，然后再对照着自己脑子里的网络好好思考一番，最后提出自己的看法和探索方向。其实很多研究者已经有自己的思路，只是想请郑大牛人帮自己把把关，这样更有胜算一些。

吉姆现在已经把他当成自己的大弟子，有事情总问他，有时候跟小教授、博士后们开会也叫上他，并不在意他只是一个刚转正不久的博士生。有些小的学术细节问题，他更是让学生直接去找郑卫。有人问他为什么如此高看郑卫，他说："有就是有，没有就是没有。他就是有。"刘娟听到郑卫的汇报，对他的巨大进步深感欣喜，只是担心地问他，总帮别人做项目，会不会耽误他很多时间？郑卫说不会，这些问题有助于他思考，开拓思路，也给予他许多启发。

难得的是，尽管成为别人眼中的牛人，郑卫自己却从来不以老大自居，对找他帮忙的人，相当谦恭有礼。大伙都夸他少年老成，有大将风度，都说经历过挫折然后崛起的人，与一帆风顺的家伙就是不一样。而郑卫怎么都觉得，自己这样的人，能混下来就很不错了，跟牛不牛的，一点不沾边，人家来找自己帮忙，那是看得起自己，感激还来不及，怎么还敢傲慢无礼？如此一来，郑卫的人缘变得越来越好，大家都说大卫真是好人。但在老板和老板娘的注视下，郑卫从不谈笑胡闹，有事说事，没事回去干活，显得十分深沉。本来这只是郑卫的特殊经历迫使他演变成如此性格，可是在他那些师弟师妹们看来，他这种深沉内敛、懂得极多而又从不张狂的气质，才是真正的一流大牛风范。

亚洲学生请郑卫帮忙后，往往会送给他一些吃的或者小礼物以示感谢，欧美学生则大多说一大堆漂亮话拉倒。郑卫什么都不在乎，绝对不跟任何人计较，只是有人要拉他出去吃饭时，他死活不肯，既不愿耽误时间，也不想欠别人的人情。有一位韩国博士后，很要面子，从来不打扰郑卫，可是近来碰到一个问题，他怎么也折腾不清楚，又知道郑卫对这方面很熟，实在没有办法，只好约时间找郑卫请教。郑卫不敢怠慢，仔细琢磨一阵后告诉他，有哪几种可能，有哪些探讨方向，可能会是什么样的结果。那位博士后千恩万谢地走了，第二天给他送来一大瓶韩国泡菜。其后有一些日子，郑卫的夜宵是喝着丽莎买来的咖啡，吃着杨小静送来的面包，就着韩国人带来的泡菜，那味道是相当地独特。

从表面上看起来，丽莎与刘娟有许多相似之处，都是既漂亮又冷漠，既聪明又认真，然而接触一段时间后，郑卫发现，她们两个人其实非常不同。美国人仿佛天生就带有活泼开朗、热情直爽的基因，丽莎的心结消解之后，很快就像是变成另外一个人。她现在跟他人说话了，不再做出一副看不起人的样子，有几次她回来跟郑卫讲笑话，描述她主动跟同事打招呼时，对方吓一跳并不知所措的样子，逗得郑卫直乐。年轻人在一起，总会嘻嘻哈哈，想不热闹都不可能。

可是丽莎既漂亮又性感，她一变得友善，就有人想方设法占她的便宜，说些不三不四的话，或者对她动手动脚，表面上看似开玩笑，或者只是欧式礼节，实际上就是在她身上变相揩油。这些在美国属于司空见惯的事，很多年轻女性都碰到过，忍一忍也就算了，可是丽莎遭受到的攻击和骚扰，远多于其他女孩，她忍耐几天，便再也忍不下去，坏脾气一上来，她就不客气了，有人说话不检点，她就直接叫："住嘴，你不能这样说。"有人想抚摸她，她就喊："不，不要碰我。"后来那些西洋登徒子只好用眼睛往她身上招呼，不敢再说挑逗话或者触碰她了。

比较夸张的是，她说话直言不讳，有人看她总跟大卫在一起，而且总说大卫的好话，多么聪明，多么能干，多么可爱，多么善良，等等等等，就问她是不是爱上大卫了，她马上毫不犹豫地说："是呀，我爱大卫。"郑卫当然明白，她的意思只是喜欢，可是还是受不了，弄得面红耳赤。她好像很喜欢看郑卫害羞的样子，总是以逗他为乐。她问郑卫为什么总是很小心地躲着她，避免碰到她的身体。郑卫说中国人讲究"男女授受不亲"，男人是不可以接触女人的。丽莎马上就问："那为什么中国有那么多人？"郑卫只好又把"不孝有三，无后为大"也讲出来，说就是："每个男人结婚后都必须生尽可能多的孩子，不然就是对不起父母和祖宗。"把丽莎听得云天雾地，不明白自己生不生孩子跟父母和祖宗有什么关系。还好郑卫没有敢提什么"女人是祸水"之类，要不然这个"洋祸水"非掀起滔天巨浪不可。

丽莎如今对神秘的东方文化颇感兴趣，只要有空闲时间，便缠着郑卫问这问那，比如说问他是怎么想到她仍然怨恨父母，是不是跟中国的古老哲学有关。郑卫一琢磨，还真是有点关系，便给她讲了一个中国很多人耳熟能详的故事。

他刚开讲:"你知道,在中国,和尚不可以接触女人,害怕受到女人的诱惑。"

丽莎马上接口道:"你就是和尚。"两个人都笑起来。

丽莎请他继续往下讲,郑卫说:"有一天,两个和尚要过河,正好看到一个女孩想过河却过不去,因为水太深,于是一个和尚便抱起她,把她送到河对岸。两个和尚接着继续匆匆赶路。过了很久,另一个和尚问这个和尚,我们是不能接触女人的,你抱女孩子过河,好像不应该呀?这个和尚回答道,我早就已经把她放下了,你为什么还抱在怀里?"

丽莎听完就明白了,说:"你发现我表面上独立,内心却没有放下,对吗?"郑卫点头称是。

丽莎由此对中国文化的深刻和伟大崇拜得五体投地。以后两个人谁有什么烦恼,另外一个就会劝道:"把它放下。"丽莎对其父母以及郑卫对老板和老板娘的怨恨之心,也就这样在他们的说笑声中,一天比一天平淡下来。

丽莎现在人缘越来越好,时不时找一些女孩子聊几句,经常能给郑卫带回来一些新闻,比如说一个印度博士生马上要回国结婚,是他的家族安排的,因为他很聪明,可家里很穷,便由另一个家族出钱送他来美国读书,而他则必须跟那个家族的一个女孩结婚,并把她带到美国来。

郑卫开玩笑说:"这样简单呀,不用费力去追求女孩。"

丽莎问他,中国有没有类似的安排婚姻,他说有帮忙介绍的,但父母无法包办。

丽莎便问:"我知道你和静是自己掉入爱情的,可是你们是怎样认识的呢?"

郑卫最不愿意的就是谈论有关他和杨小静的往事,可是丽莎却满不在乎地想起来就提,郑卫一不高兴,她还教育他说:"放下吧。"搞得郑卫只好苦笑,谁让他去教育人家来着,这下子自己做不到可不行。现在听丽莎又问他,只好尽量简短地回答:"跳舞认识的。"

好在丽莎没有往下追问,只是有点惊讶地说:"你还会跳舞?对了,你是全懂先生，会一切事情。"郑卫只好尴尬一笑，赶快转往别的地方干活，以便躲开这个全问小姐。

郑卫也问丽莎一些问题，比如，为什么她如今不去逛酒吧迪厅了，不再理那些她曾经觉得很酷的男人。她说她以前就是一个白痴，根本不应该理睬那些人。她说她跟那些好吃懒做、插着羽毛装酷的家伙根本不是一路人，那些家伙会毁掉美国。

郑卫好笑，觉得她太夸张，说："他们就算太懒，只会耍酷，也不至于会毁灭美国。"

丽莎却十分认真，解释道："我偶然听到过这么一种说法，凡是男人懒惰女人勤快的国家，都不是发达国家；凡是男人懒惰女人勤快的民族，都是落后民族。所以我就再也不理那些不爱干活只喜欢玩的男人，我可不想自己受累去养活那些该死的家伙，我也不愿意看到美国因此而变成穷国。"

郑卫怔住了，呆呆地看着她，又低头思考一阵，叹着气说："唉，她是对的！"

丽莎问："谁是她？"

郑卫摇头回答："静。"

丽莎奇怪，这关静什么事，问他道："她什么是对的？"

郑卫难受地说："她不要我是对的，因为我跟静在一起时，正是她勤快而我懒惰。她跟你一样，也不想养着我这样一个该死的男人。"

丽莎天真地说："她可以推着你去干活。"

郑卫更加痛苦："她推过我很多很多次，很长时间，可我无论如何不改，所以她就离家出走了。"

丽莎还想好心地找理由替他辩护，郑卫对她摇摇手说："你不用再说，我已经清楚了，是我不对。女性要生育和抚养小孩，如果男性不干活，那个国家怎么可能发达？那个民族怎么可能先进？"

丽莎点头赞同："你说的很对。"

郑卫还在反思："唉，我是罪有应得！我总是责备小静绝情，吉姆不义，可是我自己呢？就是一个懒蛋！怪不得我的那个朋友骂我，说我自己太不争气，不能全怪别人。"

丽莎安慰他说："好了，你现在超级勤快，你已经是一个新的大卫了。"

郑卫还是摇头，感谢她说："我是在努力，可是我只知道恨别人，却不肯反省自己，也是不对的。丽莎，你是一个好姑娘，你教给我很多。"

过了几天，郑卫带那个骂他的朋友出去吃饭时，刘娟告诉他说，她有几个工作机会，已经电话测试通过，下面就是现场面试。郑卫叫道："太好啦，你要去做教授了！"并义不容辞地保证，肯定到机场去接送她。

祝贺一番后，郑卫情绪低迷下来，对刘娟说："班长，这么些年，你都是我的主心骨，你要是走了，我可怎么办？"

刘娟鼓励他说："你已经做得很好，将来肯定比我强。"

郑卫猛摇头："不行，不行，我哪能跟你比？"

刘娟责怪他："你怎么总是不自信？"

郑卫坦白说："我这样的人，能顶到现在，都是因为不敢辜负你，我哪来的自信？"

刘娟看他是真的怕自己离开，便安慰他说："我们老板早就说要我留下来做博士后，我还是很可能会留下来的。"

郑卫兴奋地叫："真的？那可太好了！"说完又觉得自己太自私，犹豫着说："要不，你还是去做教授吧，不能为了我，在这里熬时间。"

刘娟低下头，慢慢地说："也不是为了你。那些学校都很偏僻，没有几个中国人。我这个年龄，到那里后怎么办？"

郑卫盯着她，张张嘴，想提出自己的建议，可是又实在说不出口，他觉得自己就是一团臭狗屎，一个离过婚的很失败的男人，不仅比不上肖君杰，连红脖子都比不上，怎么可能配得上眼前这位美丽无匹、聪颖无双的王冠女博士？他虽然心有不甘，可是为了刘娟的未来着想，还是问道："不是有两个小教授总来找你吗？你觉得怎么样？"

刘娟皱一下眉头，说："实在没有感觉，看到他们，心口都会疼。"

郑卫一笑，接着也皱起眉头，不知道应该怎么办好。他心里实在舍不得眼前的这个挚爱心上人，可是却根本不敢提出来，并不是怕伤害自己的面子，而是怕玷污这个世界上最可爱、最纯洁的女孩，他已经做过一次错事，绝不会再做任何对不起她的事。

他沉默半晌，才另找理由说："那些学校也一般，你在这里做几年博士后，等积累到更多的学术信用，再找一个好学校当教授吧。"

刘娟点点头："我也是这样想，这几次面试就当是练习，以后还要找工作。"

郑卫在刘娟面前从不敢提起任何敏感话题，在丽莎那里却几乎天天谈到，当然不是他想讲，而是丽莎逼着他说。她对郑卫的一切都感到好奇，提出的问题时常把郑卫弄得尴尬万分。她问郑卫上中学时是不是只知道疯玩？有没有追过女生？郑卫说他心里想过，可是没有追过。丽莎笑话他是胆小鬼。郑卫辩解说，自己那时候被各种考试逼得连跳楼的心都有，哪有时间追女孩？她又问郑卫是不是把处男给予静，郑卫腆着红彤彤的脸蛋点头称是。她又问静是不是也把处女给予郑卫，他也点头称是。丽莎笑话他们过于纯洁，跟她的祖父的祖父和祖母的祖母一样。郑卫只好说，那时候大部分人都是这样，现在中国的年轻人已经很不一样了。

既然她什么都问，郑卫也就不客气，反问丽莎什么时候谈的第一个男朋友。丽莎的回答吓他一跳，她说她十三岁就拥有自己第一个男人，那个人其实是她妈妈的男朋友，很喜欢把她紧紧抱在怀里，还悄悄摸她的屁股。她为了对抗她妈妈，故意跟他做爱，把自己的处女丢给他，还把这件事情告诉母亲。她妈妈很生气，骂了她一顿，然后跟那个男人断绝往来。郑卫听得心惊肉跳，都不敢相信世界上还有这种事情。他问丽莎，那个男人有多大岁数？她说四十多岁，所以她从此不喜欢老男人。丽莎问他，中国现在是这样吗？郑卫说还没有，可能要到他孙子的孙子和孙女的孙女才会变成这样。丽莎却说，千万别这样。

丽莎又问郑卫，是否有过别的女朋友。当她知道郑卫结过一次婚，也只拥有过一个女朋友时，说在美国你这种人会被人看不起，常被人认为是性格有缺陷。郑卫说我们中国人生活认真纯洁，我们不认为异性朋友多是一件值得炫耀的事。他问丽莎交过多少男朋友，她笼统地说，很不少。郑卫心里猜想，可能她自己也说不清楚。丽莎又说，你现在是单身，你可以跟任何女人约会做爱，不过一定要记住戴避孕套，不仅是为了避免过早地当父亲，也是为了防止得性病。她把这话说得像是议论吃饭、喝水一样，郑卫只好无比羞涩地点头称谢。

郑卫问她，为什么现在不去找男朋友了？她说她以前拥有的太多，已经很厌烦。她又说她不喜欢只会读书、干活的书呆子，而稍有生活情趣的年轻人，却都是花花公子。郑卫说人们都是有优点也有缺点，你不能要求一个人各方面都是十全十美。丽莎说至少要平衡，要像你一样，既会玩，又能干。郑卫没有想到自己这种典型的失败者，居然被她说成完美之人，虽然连声否认，说自己实际上既不会玩也不能干，心里怎么说都还是舒服得要命。

既然她有如此多男友，郑卫便好奇地问她，是否约会过黑人，并且跟他们做"那个"。丽莎故意问他："哪个？"郑卫脸又红了，赶快说："算了，忘掉它吧。"丽莎笑起来。她现在比以前爱笑多了，好像她的小老板整天都在给她讲笑话听似的。她笑完之后，很认真地回答："从来没有。你知道吗？美国有一个笑话，说你只要跟黑人上一次床，你就再也不想跟别的人上床了。"郑卫脸红红地问了句："真的？"他还是不习惯跟女孩子谈论这些，跟洋妞还好说点，跟中国女孩那是绝对不能提。丽莎继续说："我不是种族主义者，我也喜欢那些黑人的体育明星、电影明星，但我从来不想跟他们上床。我认为，每个人都是喜欢跟自己长得相似的人，你说对不对？"郑卫想想，觉得还真是这样，点头称是。他也不是不喜欢漂亮的小洋妞、黑妹妹，可是要产生发自内心深处的爱恋，好像还是只有中国姑娘。

郑卫把丽莎的高论说给刘娟听，不过只讲结论，没有提过程。刘娟说："当然是这样，动物也一样，不同的老鼠放在一起，它们都是先找跟自己一类的。"接着又从文化上论述说："不同种族的人，成长环境不一样，吃不到一起，说不到一起，又玩不到一起，当然不好相处。"

郑卫也赞同说："自己人对自己人容易理解，一个小动作都能明白其中的深刻含义，也容易彼此信任，觉得很安全。不过你看，嫁美国人的中国女孩很多，娶美国女孩的中国男人就很少。"

刘娟面容严肃地说："那些人有的是为了钱，有的是为了身份，还有的是因为找不到中国人，没有几个是心灵伴侣。我反正是不可能找外国人的。"

郑卫忙点头称是，说："我也绝对不会，太难彼此理解，总在猜测对方是什么意思，多累呀？上班就累，回家还累，还让不让人活了？"

两个人相视一笑，又赶紧把眼睛转往别处，话题也转向他方，只是心里都轻松许多，有一种心心相印的感觉。

丽莎明显越来越喜欢郑卫，已经远远超过她曾经相处的那些男朋友，可是她的小老板却对她没有一点意思，甚至很少盯着她看，这与她碰到过的所有男人都很不一样。她觉得这是因为郑卫仍然在暗恋着他那个同学兼朋友凯瑟琳，于是她问郑卫："大卫，你很爱凯瑟琳，是吗？"

这次郑卫回答得很干脆："不是。"丽莎不相信："你在开玩笑？"

郑卫严肃地说："没有。我是崇拜她！"

丽莎笑了，说："我也很崇拜好几个电影明星，可是他们并不影响我找男朋友，你也应该去找你的女朋友。"

郑卫没有办法给她解释自己与刘娟之间的复杂情感，只好随口说："我没有时间，还是毕业以后再说吧。"

第二天，丽莎提着一台小录音机来实验室，郑卫以为她要听音乐，可是她并没有播放。晚上到达吃夜宵的时间，丽莎突然提议要同郑卫跳舞。郑卫赶快推脱，说自己太忙，还有什么什么实验要做，希望今天晚上能够赶完。丽莎说只跳十分钟，放松一下。郑卫还是不答应，一个劲地摇手。

丽莎不高兴了，说："你就是不愿意碰我，对不对？"

郑卫连忙否认："不，不，我是尊重你。"

丽莎认真地说："也许我们对尊重的理解不一样，如果你对一个女孩从来不表示一点兴趣,她不会认为你是在尊重她。"

郑卫迫不得已,只好吞吞吐吐地说:"你这么漂亮,而且……这个……有魅力,我当然……很喜欢。"

丽莎笑说:"那咱们一起跳舞吧。"

郑卫一看,今天晚上想逃恐怕是不可能的了,总不能为了这点事跟丽莎翻脸吧,只好勉强说:"那好,我晚睡十分钟。"

丽莎很高兴,转身去脱白大褂,郑卫看到一怔,忙说:"不,不,你不要脱!"丽莎一边继续脱,一边对郑卫说:"你也把你的白大褂脱掉,我们要跳舞,不应该穿得像要做实验一样。"郑卫不好再说什么,犹犹豫豫地自己也脱掉大褂。

可是更大的危机来了,丽莎本来穿着一件紧身小衣服,外加一件外套,她脱掉白大褂以后,又解开扣子脱去外套,一下子曲线毕露,而且几乎有三分之二白皙高耸的乳房裸露在郑卫眼前。这实在超出郑卫的抵抗能力,他急忙把头转向别处,嘴里叫道:"不,不,请穿回去,对不起,请赶快穿回去。"

丽莎不满地叫道:"为什么?你怎么又这样?"看到郑卫眼睛望向别处,一副怕得要死的样子,更生气了:"为什么别的男人都盯着我看,只有你从来不往我身上瞄一眼?要不是你在吉姆家里开酒会时偷偷地看我的胸部,我还以为你是同性恋哩。"

郑卫猛然转过身去,背对着丽莎,手放在墙上,脸埋在手臂里,羞愧地连跳楼的心都有,他没有想到自己当年自以为隐秘的丑态,全被丽莎发现,而且还当面给他指出来。他嘴里不停地叫道:"我实在是太尴尬了,太尴尬了!对不起,非常对不起!"

丽莎没有想到,自己一句话说得小老板如此无地自容,很不以为然地说:"来吧,大卫,那是正常的,看一眼我的身体并不是什么了不起的事,所有男人都急着拉我上床,只有你跟他们不一样。"

郑卫心里哀叹,这位洋姑奶奶实在太直白了,让自己这样一个来自孔孟礼仪之邦的大男人根本受不了。他仍然趴在墙上不敢转过身来,只是伸出一只手向后面摇着说:"我很对不起,丽莎,以后吧,今天晚上我实在是丢尽了人!"

丽莎看到他那个样子,又好笑又好气,知道今天晚上不可能跳舞了,只好穿上衣服回家拉倒。

第二天早晨丽莎一到实验室,就指指自己给郑卫看。这天她穿着一件圆领套头衫,把胸部遮得严严实实。她说她很不喜欢这件衣服,为了跟郑卫跳舞,只好穿上。郑卫满脸通红地笑笑,又说一声"对不起",赶紧给丽莎布置工作,省得她在这个让他尴尬的话题上没完没了。

其实,这一天两个人的心都挂在这件事情上,郑卫是心里想,嘴上不说,丽莎是想到那里,就说出来。吃午饭的时候,她问郑卫:"为什么你会因为看到女孩子的身体而感到难堪?女孩子自己要裸露出来,又不允许男人看,那不是不合情理并为难他人吗?"

郑卫红着脸思索说:"这个问题太难回答!好像中国人的答案是,可以悄悄地看,但不能公开看。"

丽莎笑起来,说:"这是虚伪。"她又说:"你以往还悄悄看,现在从来不看。"

这下子郑卫脸更红了,问她说:"你是怎么知道有没有人在看你?你又没有回头。"

丽莎笑说:"女人不用看,只用感觉就足够了。"

郑卫连称:"太可怕了,怪不得女间谍总是比男特务做得好!"

吃晚饭时,她又问郑卫:"你喜不喜欢女人的身体?"

郑卫像一个没有见过世面的小男孩一样,红着脸羞答答地点点头。

丽莎奇怪道:"那你为什么又很小心地避免看我呢?"

郑卫尽力解释说:"我不想分心,我要专注于我的工作,再说……"

他不知道该如何讲,丽莎帮他说了出来:"你不想给自己制造麻烦,对吧?可是你知道,我肯定不会控告你性骚扰的。"

这种暗示太明显了,好像是告诉郑卫,他可以对她为所欲为,可是郑卫已经被吓破了胆,只求自己能平安毕业,再不要出任何差错。他摇摇头,很认真地告诉丽莎:"我是不会骚扰任何女孩的。"

丽莎点头说:"你是一个正派的绅士。"

郑卫这时候不再谦虚,点头承认,因为他觉得,跟美国人比起来,中国人真的是收敛保守得多。

吃完夜宵,丽莎关上门,打开录音机,拉郑卫跳舞,她可不会像中国人一样躲躲闪闪。郑卫实在不是不喜欢丽莎那火辣的曲线和奔放的性格,对她那双蓝色的大眼睛和精致的小脸,他也是百看不厌。他告诫自己说,跳舞就是跳舞,正常的社交活动,不要胡思乱想就是了。他无法推辞,只好握住丽莎伸过来的玉手。两个人在实验室前很小的一块空地上,拉在一起开始跳舞。郑卫学过两天,大多数却都是在舞场上练出来的野路子,与受过正规训练的丽莎相比,动作并不标准。不过丽莎说他节奏感很好,学起来不会慢。果然没有多久,郑卫就有不小改进。丽莎在边跳边教当中,时常与郑卫抱在一起,磨来蹭去。好在郑卫心无旁骛,意志坚强,才没有产生非分之想,做出不雅之事。本来说好跳十分钟,可是一跳起来,哪里收得住?两人足足搂在一起扭动半个小时,微微出汗才算收场。

郑卫同刘娟一起吃饭时,向她汇报丽莎强拉自己跳舞之事。刘娟面无表情地问:"她是不是对你有点意思?"

郑卫忙说:"根本不可能!我这样的人,谁会看得上?她说过很多遍,她只喜欢白人。"

刘娟继续问:"她还是穿那么暴露吗?"

郑卫说:"我已经让她穿戴整齐,不然我就不跟她跳。"

刘娟悄悄松一口气,有些向往地说:"我很久没有跳舞了。"

郑卫也向往道:"你们毕业典礼后有没有舞会?要有的话,我请你跳。我学会几个新舞步,姿势也提高很多。"

接下来的几个晚上,他们又跳过两次舞。来到下一个星期,丽莎再次上班时,那一身夺人心魂的太阳服又出现了,明晃晃的玉峰再一次裸露在她的胸前。郑卫一看就转过头去，还没有来得及说什么，丽莎就说："我不能每天都穿那几件衣服，别人都以为我变成老处女了。"郑卫既尴尬又好笑，指指她的白大褂。丽莎气愤愤地走过去，摘下它来，穿在身上。

晚上跳舞时，郑卫又是一副怪模样，不是两眼正视前方，就是翻着白眼盯着屋顶，那动作就像是在演滑稽戏。

丽莎发火了："大卫，你为什么要做出这个样子？你有什么问题吗？"

郑卫红着脸笑道："我没有问题，是你有问题。"

看见丽莎要跳起来，他连忙走上前去，轻轻地抱住她，说："是你的吸引力太大了！你知道吗？你真是太美了！"他觉得不能再这样下去，还是谈开为好，他轻轻推远一点丽莎，很夸张地俯下身看一眼她胸前的那对巨乳，然后抬起头来，盯着丽莎的那双蓝色的大眼睛说："她们实在是魅力巨大，我看到她们，马上会陷入休克昏迷，可是你知道，我不能晕倒在地，我必须拿到我的博士学位。请你原谅我好吗？"

丽莎笑了，这还是大卫第一次主动拥抱她，而且坦承自己魅力惊人，他难以抵挡。她现在已经明白，这个害羞的亚洲男人，并不是不喜欢自己，而是不敢分心，更不敢有所表示。她确信并且又一次证明自己对男人无往而不胜的巨大威力。她笑嘻嘻地说："好吧，我原谅你。为什么你对女人的身体如此敏感？"

郑卫红着脸笑道："请相信我，我是一个正常的男人。"

丽莎大笑道："你肯定是！"

第二天，丽莎宣布舞会永久结束，因为她不想跟一个不愿意看到自己的家伙跳舞。郑卫一笑，心中轻松下来，又微微有一点遗憾，可是他太忙，要看论文、写论文、做实验、处理数据，无论是头脑还是身体，都没有一秒钟空闲。对于这些，他已经习惯，而且觉得很好，很充实。每当他的研究找到新的创意，或者有了新的发现，或者产生新的进展，他都感到极其高兴，就像是他以前玩游戏时又通过一关，或者像打牌时又战胜一个对手一样，很有成就感，很舒服，很兴奋，很幸福。

丽莎说他是典型的工作狂，他不承认，他说那些人是强迫自己不停地努力，而他很享受他现在所做的一切。他说除了学位，他不怎么想自己从研究中能得到什么利益，他只是想着从中能得到什么乐趣。丽莎说以他现在的成就，已经可以拿到王冠的博士，吉姆是在压榨他。他笑着回答，那就让吉姆压榨吧，我不在乎。

再一次见到刘娟时，郑卫告诉她，自己已经不再跟丽莎跳舞。刘娟问他为什么，郑卫说丽莎嫌他不肯看自己。

刘娟笑一下，说："美国女孩都是那种打扮。有时候我也想，为什么我就不能那样？她们其实活得蛮潇洒的，想怎么样，就怎么样。"

郑卫点头赞同她的看法，说："中国人是活得挺压抑。"接着鼓励刘娟说："班长，你也随意一点，没关系的。"

刘娟急忙摇头，看一看自己的小开领、半截袖衣服，说："我就是穿成这样，我妈看见都会气死。"

郑卫知道刘娟去学校时，穿着比此时保守得多，摇头说："班长，你条件这么好，怎么总是把自己藏起来？"

刘娟叹口气说："习惯了，改不了。"郑卫想再劝两句，又没有说，他可不敢把自己当成刘娟的什么人。

刘娟沉默一会，叹了一口气说："总觉得累，什么都累，身体累，心里累，感情……也累，不知道自己活着为了谁，为了什么。"

郑卫也是感叹："我总以为你这么完美，要长相，有长相，要聪明，有聪明，应该是活得最幸福，只有我这样的渣滓才会活得累，可是你也说自己太累。究竟谁才能活得幸福呢？"

刘娟想想说："其实傻傻的人最好，自己对自己要求不高，别人对他也没有要求，不就很好吗？"

郑卫摇头赞同道："我以前对自己要求不高，天天高高兴兴的，后来被逼着来到美国，结果越过越惨。好歹快挺过来了，不容易呀！"

刘娟点头道："真不容易！"

郑卫挺起身体，脸上一笑说："想点好事吧。班长，你拿到学位后怎样庆祝一下？这么多年一直拼命，也应该休息几天了。"

刘娟又叹气说："恐怕不行。我们老板催着我赶快去给她做博士后，赶快做新项目。"

郑卫叫道："你总这样会累坏的！别理她，你自己回国玩去。"

刘娟笑一下说："不回国了，我想等稳定一点，接我父母过来住一段，那时候再好好休息吧。"

郑卫问她："你想带你父母去什么地方？"

刘娟说："他们喜欢繁华大都市和有名的地方，这样照些相，回国后好向亲戚朋友们炫耀。纽约和华盛顿是肯定要去的，一个是美国最大城市，一个是首都，不去就算白来美国了。"

郑卫又问："这两个地方不远。你们还去哪里？"

刘娟说："我特别想去西部看一看，去拉斯维加斯和大峡谷。"

郑卫不禁叫道："我也特别想去，那是我的梦想。"想起当年跟那个贱人憧憬去拉斯维加斯和大峡谷，可现在人家都去过那些地方无数次了，自己却一次还没有去过，神色黯淡下来。

刘娟看到郑卫沉思，以为他想念父母，就说："你也邀请父母过来玩吧。"

郑卫长叹一口气，说："我混成这样，他们过来知道了，真会被气死！我还是毕业后回家去看望他们吧。"

回家的路上，两个人都不太说话。刘娟心中多有感触，让郑卫送自己到家门口。她心想要是郑卫跟着她进门的话，她也不会反对，可是郑卫还在为往事伤心难受，把她送到门口，说声"晚安"，便低头匆匆离去。

又过两天，两个人一起喝咖啡吃夜宵时，丽莎说她带来一本自己的照片簿，问郑卫有没有兴趣看，郑卫当然说十分荣幸。他挺好奇，想知道丽莎过去是什么样，而且他也看不出这里面有什么不妥。丽莎从挎包里拿出相册，递给郑卫。郑卫吃完一个那个贱人送来的硬面包圈，一边啜着咖啡，一边翻看着丽莎的成长记录。她儿时的照片很可爱，青春期的照片很漂亮，可是直至看到她戴上学士帽,她都是冷漠地对着镜头,从来没有一丝笑容。

郑卫知道她的情况,很遗憾地说:"这么漂亮的姑娘,应该高高兴兴才对。"

丽莎说:"你知道吗?我以前很少笑。我进入这个实验室以后笑的次数,比我前面二十年加起来的还要多。"说完又笑了,加上一句:"我放下了。"

郑卫开玩笑说:"你身边也有一个可以供你嘲笑的人,对不对?"丽莎笑得更欢了。

郑卫一边笑着,一边翻到下一页,猛然吓一跳,急忙合上相册,嘴里不停地道歉:"对不起!对不起!"

丽莎问:"怎么了?你又怎么了?"她拿过相册,翻开看看,是自己的几张裸体相片,很不以为然地对那个面红耳赤的男子汉说:"我忘记了你的人生哲学,就是不要受女人的诱惑,不过我的朋友都看过我的这些照片,你也是我的朋友,我愿意让你看。难道你没有见到过女人的裸体吗?"

郑卫躲躲闪闪地不敢看她,说:"当然见过,我结过婚,可是你是我的朋友……这太尴尬了……"

丽莎把相册推给他,笑着站起来,说:"我回家了,你慢慢看,明天告诉我照片是否漂亮。"临出门时,她还回过头来对郑卫说:"这也是生活的一部分,为什么不留下自己最美好的时刻呢?你也应该照几张裸体照片。"

郑卫吓坏了,满脸通红地摇手道:"我宁愿被杀掉,也绝不会那样做。"丽莎又笑起来,然后笑嘻嘻地离去,她的这个朋友的确总能使她开心。

丽莎走后,郑卫像做贼似地匆匆打开她的相册,深深看了两眼,又赶快把相册藏起来,继续做自己的实验。等到一天的实验结束,也更加夜深人静,他才把相册悄悄拿出来,仔仔细细地欣赏丽莎的裸体照片。

其实一共只有三张,都是在海边照的,应该是天体浴场,因为她旁边、身后都是一些光着身子的人。一张是她的正面全裸照,双手抬起放在脑后,脸上微带诱惑,双乳骄傲地向前伸出,修长的双腿交叉紧密闭合着,隐秘诱人的三角地带洁白如玉。第二张是她趴在沙滩布上,丰满挺翘的双臀曲线美妙，双肘支撑起的肩膀下面，是款款垂下的两只巨乳。第三张郑卫最喜欢，她背对着镜头，转身往后看，照片上既能看到她脸蛋的侧影，又能看到乳房的高耸，还能看到臀丘的弧线。她那时候比现在更年轻一些，也更瘦一些，除了胸臀，身上几乎没有肉。郑卫把这三张照片看了又看，心想丽莎实在是绝世美女，身材好到难以置信，脸蛋也完美无缺。他几乎立即就承认，她说得对，这个时候如果不留下青春的记忆，以后腰也粗了，胸也坠了，一身肥肉，再照相就吓死人，看一看她身后的那些人，就知道人衰老后会是什么样子。

几乎想都不用想，他就猜到带丽莎去海滩并给她照相的会是什么人。他心里自然涌起一股妒意，马上又摇摇头对自己说："关你屁事！人家愿跟谁去，就跟谁去，再说，她跟多少人上过床都数不过来，这算什么！"他自己笑笑，从中摆脱出来。

另一个他更肯定的事情是，丽莎一定是故意带来这几张照片给自己看的，其中的用意，也不难想象。如果他愿意，他能看到的，就不仅仅是照片，而且还能做很多其他更美妙的事情。他脸红了起来，心也跳得更欢，他知道自己是多么幸运，他的老板追求这位美人而不可得，他的同事想碰她一下都不敢，而只要他愿意，他就可以得到她，可以尽情享用她那性感诱人的身体。

他马上又一次摇摇头，非常非常地使劲，他要驱散在自己心头凝结起来的欲望。不行，不能，不可以，不允许！他不能冒任何险，尽管他实在看不出这里面会有什么风险，他也不能做任何对不起班长的事，尽管他确信班长根本不可能要他，一个什么都不行、什么都不是的人。

第二天丽莎一上班，他就赶紧把相册还给她，然后做出一副忙碌的样子跑开。丽莎满脸笑意，知道自己这个羞羞答答的小老板又不好意思了。这天依然是辛劳的一天，两个人各忙各的，很少有交流闲聊的机会。丽莎一直在做实验，郑卫上午看论文，下午处理数据，晚上做实验。当然，有需要的话，他们会互相帮忙。以往有时郑卫要跟着老板出去开会，或者找吉姆及其他人讨论课题，丽莎就一个人在实验室里忙。这天郑卫没有其他事，一直都在实验室。中午和晚上，两个人都是分别出去吃饭，因为正在进行的实验需要有人盯着。

虽说郑卫结过婚，可是在对待异性方面，丽莎远比他老练，这一天她可以说是声色不露，一切如常，而郑卫想要做出什么都没有发生的样子，却只要一跟丽莎说话就紧张，语速加快，废话连篇。丽莎觉得没有问题了，她知道他跑不掉，她确信自己的魅力，正如往常一样，只要是自己想要的，就一定能够得到。

晚上两个人继续工作，表面上一切如常，心情却都不平静，好像都知道，有什么事情可能会发生，而且马上就会发生。丽莎做实验的时候，时不时笑一笑，仿佛想起什么高兴的事情。郑卫则一直做沉思状，好像在思考着艰深的科学难题。到吃夜宵的时候，丽莎又要去买意大利咖啡，郑卫坚持丽莎跑腿，自己掏钱。丽莎同意，接过钱，跑出去，过了一会，端着两杯咖啡回来。

郑卫的夜宵比丽莎丰富，他一边喝咖啡，一边吃硬面包圈，有时候还加点黄油或奶酪。丽莎怕胖，只喝咖啡，不吃别的。她说她很羡慕郑卫的亚洲身材，怎么吃都不胖。郑卫说工作很累，不会长肉。丽莎说自己只要多吃一点，一定会发胖，无论多么累。她说她每天早晚都秤一遍体重，只要超标，马上就不敢吃东西。郑卫直夸她身材很好。她说这就是她节食的成果，受过那么多的苦，当然有所收获。

吃完夜宵，丽莎说她要回家，郑卫一看什么事情都没有发生，顿感轻松，说明天见，并祝她晚安。丽莎笑说："我希望你把我送到门口。"郑卫笑着站起来送她。丽莎脱下白大褂，露出凸凹有致的身材和大半边雪白高耸的双乳。郑卫看着，心里艳慕不已，自然生出一丝遗憾。丽莎向他挥挥手，说声"再见"，扭着屁股走到门口，却没有出去，而是把门关上。郑卫正感到奇怪，丽莎已经转过身，扑过来，抱住他。

起初，郑卫以为这又是寻常的礼仪，他与这位洋小姐，已经拥抱告别过无数次了，所以他只是轻轻地回抱她，可是他很快就发现，今晚的拥抱很不一样，因为丽莎把他抱得很紧，而且她的腹部紧紧地贴在他的肚子上，同时慢慢地左右蠕动。他是结过婚的人，明白这意味着什么，他轻叫两声："丽莎，丽莎。"不知道是要唤醒她，还是要阻止她。

丽莎把自己的脸从他的肩膀上抬起来，一边吻着他的脖颈和脸颊，一边低低地说："我爱你，大卫，我爱你！"

郑卫用残存的理智支撑着自己说："不行，这样……不好……"可是当丽莎坚持寻找并抓获他躲来闪去的嘴唇时，他那微弱的抵抗立即就被彻底粉碎。那一瞬间，他已经明白，他实际上一直都在盼望着这一刻，他喜欢她，他需要她，他根本无法抵御这样的诱惑！

两个人紧紧地拥抱在一起，热烈地亲吻着嘴唇和舌头，很快，郑卫的身体膨胀起来，丽莎顶在他胸前的双乳和摩擦着他的躯体的下腹，都一再提醒他应该做些什么，必须采取行动。他把丽莎的身体侧转过来，一只手粗鲁地掀掉她的外衣和乳罩，直接抓向那两只他思念已久的丰乳，那种无以言说的柔软和硕大，烧炙着他的手心，那激昂的热力，直扑他的心脏。他的另一只手也往下探去，拍打揉捏着她那挺翘而富有弹性的双臀，仿佛要检验她洋溢的活力，描绘她无敌的曲线。丽莎扭动的身体，配合着他的行动，希望他更快点，更猛烈一点。她一边继续亲吻着他，一边伸手解开他的衣服，她的双手已经开始在他的胸肌上横行，并旋转缓慢地伸向他的腰部。

火热的春情激荡着，两个人都已经准备好了，就要投身于爱河欲水，世界好像已经不复存在，只剩下两个彼此吸引的恋人。两个人的衣服都已经在自己的配合下被对方剥下，他们现在已经坦诚相对，彼此之间没有一丝一毫的阻碍。郑卫的一只手已经攻入她的禁地，正在完成最后的占领，并且已经感觉到她的爱液潮湿。他的另一只手仍然在那两座白净的巨峰间爬上爬下，执著地改变着山峦的模样。迷迷糊糊间，几乎本能地，他比较着手中这双乳房与他曾经揉玩过的另外两对胸乳的不同，同样可爱，同样美丽，同样诱人，只是这一对丰满许多，形状也不尽相同……

突然间，他清楚地感觉到，有一双眼睛在遥远的地方凝视着自己。那是一双美丽而严肃的眼睛，她们督促自己上进，欣赏自己的胡闹，也曾经深情闪现，那双眼睛还会流泪，就像自己要去做自杀性攻击前看到的那样。他浑身打一个冷战，猛然清醒过来，不，不能，不能放纵自己，他不能有昧自己的良心。他是一个人，不是一只动物，他不能做任何对不起那一个女孩的事情，因为她是他的挚爱，她是他的灵魂，她也给予他今天的一切。他骤然停下来，开始缩回自己的身体，同时轻轻而坚决地推开丽莎紧紧缠绕着他的动人肉躯。

丽莎不知道发生了什么事情，仍然继续向他身上扑，嘴里问："大卫，你怎么了？你为什么停下来？"

郑卫坚定地推开她，飞快地穿起自己的衣服，嘴里回答她说："不，不，丽莎，我不能，我们不能这样……"

丽莎大大的蓝眼睛里，一下子充满泪水："为什么？为什么？你不爱我吗？你不能这样！"

郑卫穿上衣服，也帮助美丽全裸的小姑娘被上衣物，在她耳边轻声解释道："对不起，丽莎，我非常非常喜欢你，真的！我从来没有对一个女孩子像对你这样着迷！如果我没有……对不起，我深深地爱着另外一个姑娘，我实在不能这样做。"

丽莎流着泪凝视着这个她爱着的人，任凭他为自己穿上衣服，哭着问道："你是说，你爱的是凯丝，对吗？"

郑卫点点头，摇一下头，又点点头。他对刘娟的感情，是爱还是崇拜？他自己也不知道，也许两者兼有，可是，如果说在这个世界上还有一个人是他永远不能辜负的话，这个人就是刘娟！

丽莎抽泣着继续问："你们同居了吗？"

郑卫回答："没有。"

丽莎再问："她爱你吗？"

郑卫又一次犹豫了，他不知道，真的不知道，他只能说："我不知道。"

丽莎走上前来，抱住郑卫，说："可是我爱你！我并没有要求你一定娶我。我们都是成年人，你们既没有同居，也没有恋爱，为什么我们就不能做爱呢？"

郑卫回抱着她，凝视着她含泪的双眼，微微点头道："我很想，我很愿意，我真的很想要……你知道的……可是我不能……"

丽莎叫道："没有人会知道。"

郑卫抚摸着她的金发，再一次抱紧她，说："我自己知道！爱一个人，就要全心全意！也许，我太傻，也许，她不会要我，可是无论如何，我都不能做一丝一毫对不起她的事情。来，丽莎，我给你讲一讲她和我之间的故事。"

郑卫扶着丽莎，走到桌旁坐下，轻轻地环着她，开始一件一件地讲述往事。他讲到凯丝当年是如何高不可攀，讲到她是如何一直鼓励和帮助自己，讲到前妻夜奔而自己又被老板开除后，他想要杀人自尽，又是她救下自己。讲到自己挺不住时，她是怎样命令自己在山顶上吼叫，逼着自己站起来。他讲到在他已经绝望崩溃的时刻，正是她那一句话"你要是跳下去，我就跟着跳下去"，才使他发现自己并不是没有人要的废物，还有人在关心他、爱护他，他还值得在这个世界上活下去。他讲着讲着，几次停下来，咬紧牙，眼睛望向天花板，不让自己的眼泪流出。

丽莎细细地听着，慢慢地感受着，渐渐地发现，这个年轻人所经受过的痛苦，远远超出自己的想象，尽管这个男人拒绝了自己，她却一点都不恨他，而是非常欣赏他的负责任、有承担、懂感恩和勤自省。她依偎着他，发现另一个女孩对他来说，比自己更重要，因为那个女孩救过他的命，也彻底改变了他的人生。她不无嫉妒，可是更为理解，因为他是一个重感情的人，他是一个正派的绅士，是一个不肯放纵自己并且更加尊重别人的男人。他是她在这个世界上碰到的唯一的一个最不一样的人，一个最好的人！

丽莎临走的时候，环住郑卫的脖子，深深地凝视着他的双眼说："大卫，祝贺你，你找到了真爱！你知道吗？很多很多人毕生都在寻找她，却永远得不到！你是对的，你一定要珍惜这份挚爱！你真是一个天使，我在你身上，看到了人类所有的优点和希望。我以前很少哭，也不会笑，你是让我哭得最多也是笑得最多的人。你让我感觉到生活的乐趣，也感觉到生存的价值。我非常非常感谢你，也会永远记住你！"

郑卫捧着她的小脸，同样凝视着她碧蓝的大眼睛，轻声说："丽莎，请相信我，我是爱你的！我们都爱你！所有人都爱你！你是这个世界上最可爱、最美丽、最善良的女孩子，你一定会幸福的！"

022　计划外成功

　　丽莎到底是洋妞，拿得起，放得下，与郑卫颇感尴尬不同，第二天她该干什么还是干什么，该怎么样就怎么样，一如往常。郑卫见她如此，很快也恢复过来，他觉得丽莎见多识广，经验丰富，跟自己的这点小插曲，实在算不得什么。他们从此都把对方当成平生最好的朋友，彼此信任，互相关心，真诚友爱，无所不谈。唯一的变化，就是郑卫见到丽莎时，自然随便许多。有神秘才有诱惑，郑卫破解掉丽莎的密码后，也就不再对其畏之如虎。直到现在他才明白，自己以前之所以不敢看她，其实是太想看她了。他感觉曲线夸张动人的西方女孩，对男人是很有杀伤力的，尤其是对具有强大本能的青年男人。

　　有几个瞬间，当望向丽莎美丽的脸蛋、性感的身姿时，他也不由自主地有一点遗憾，如果没有刘娟，他肯定会接受丽莎的感情，不仅因为她那常人无法抵御的魅力，更因为她是自己的情敌可望而不可即的女神。假如他得到了丽莎，他就在心理上大获全胜，他就成为所有人包括吉姆的羡慕和嫉妒的对象，他也就再也不用为自己老婆被老板抢走而自卑。可是不行，他还有刘娟！想起丽莎，他的感觉有亲切，有可爱，也有火爆，而想起刘娟，他的感觉有崇敬，有恩情，有深入心肺的温暖，有至死不渝的信任，有深入骨髓的爱恋，还有永远不能辜负的灵魂之交，这些都是丽莎所无法比拟的。

　　这件事的连带效应，就是郑卫对自身的价值给予重新评价，他发现虽然那个贱人踢掉了他，别的女孩仍有可能喜欢他，自己怎么也应该算是可回收性垃圾，并非永远不可利用。

经过这件事，他也极为真切地感觉到，自己实在无法离开刘娟，自己生命中绝对不可能忘怀的，还是这个对自己有救命之恩的美丽班长。可是，班长这么完美的人，能够看得上自己吗？有的时候，他感觉有些可能，而更多时间，他都觉得毫无希望。刘娟留校做博士后，自己很快也要毕业了，不知道会跑到天涯海角什么地方去继续谋生，现在再不向她提出来，以后还有机会吗？要不，就试一试？可是，会不会搞得很尴尬？会不会伤害到班长？

刘娟答辩时，郑卫自然跑去捧场。他给她拍摄好些相片，还借来一台录像机，录下一段她滔滔不绝介绍科研成果的过程。刘娟看后很高兴，说可以留做一辈子纪念，还可以给下一代看。要是对别人，郑卫肯定会凑趣聊几句这个"下一代"，可是对刘娟，他不敢，只好无关痛痒地哼哼几句"是呀""对呀""就是的"等等。不用说，刘娟顺利通过，正式成为王冠博士。

郑卫羡慕得口水直流，说："什么时候我才能拿到这个学位呢？"

刘娟说："你没有问题，一点不用担心。"

郑卫盘算一番，也觉得应该问题不大，可是心总是吊着，不停地唠叨："我得抓紧，要抓紧，一定要把学位搞到手。"

刘娟参加毕业典礼时，郑卫也跟着去了，因为他要负责照相和录像。刘娟上台从校长手中接过博士学位证书时，郑卫的喊声震天动地，比自己拿到博士还要激动，他觉得刘娟真是实至名归，没有人比她更应该拿到这个学位。毕业生们一起欢呼庆祝后，他为刘娟和她的同学照下许多现场照片，单照、合影、这边、那边，高兴得不得了。刘娟的同学看他们是一起来的，就问他要不要跟刘娟一起照相？他怕别人误会，又怕刘娟不肯，没敢上前。刘娟则指指身边，让他过去，于是，他就跟自己的班长留下一张著名的合影，一位头戴博士帽身披毕业服的漂亮女博士，身边站着一个邋里邋遢既兴奋又羞涩的小混混。

晚上大家一起吃大餐庆祝，他作为刘娟的"家属"和随从也参加了。夜里他送刘娟回家时，已经很晚，刘娟死拼这么多年，终于有了成果，心中十分感慨，笑说："今晚肯定睡不着。"

郑卫也很兴奋，叫着："对，咱们玩通宵！"说完又怕刘娟误会，忙解释说："咱们到外面找一个什么地方玩，对了，咱们进城蹦迪吧？"

刘娟不想总跟着一大堆人，她希望能跟郑卫单独庆祝，又不便明说，只好反对道："就在附近吧。"

郑卫发愁："附近没什么好玩的吧？"

刘娟心情极好，罕见地伸手打郑卫一下，有点撒娇地说："你就不会想一想？"

郑卫醒悟过来，看着连嗔带笑的刘娟，心里痒痒的，顺势提议道："要不，咱们去夜游吧？"

刘娟问："什么夜游？"

郑卫说："就是摸黑去游泳。我们以前上中学时经常悄悄去，不记得被老师罚过多少次。你们小区就有一个室外游泳池，对吧？平常人太多，现在应该没有人，咱们去游一会吧？"

刘娟犹豫半秒钟，觉得一男一女穿着游泳衣在黑暗中相对，很危险，可是也很浪漫，而这两点，正是她现在想要的，便"嗯"了一声，算是赞同。

郑卫火速开车回家穿上游泳裤，刘娟则回到房间换上游泳衣，两个人在刘娟家门口会齐。外面是弯弯曲曲的石板道，通向室外游泳池。刘娟刚刚投入室外淡淡的夜幕，心神略有激动和不安，不小心脚底磕绊一下。也许是暗夜给人以勇气，郑卫趁势伸手抓住她的胳膊，刘娟立即把他推开。郑卫有点害怕，正准备道歉，只听刘娟轻声嗔道："这里太亮。"郑卫心头一颤，看到一线阳光。

两个人默默地走着，刘娟隐隐约约地感觉到，郑卫悄悄地贴近自己，像是在闻嗅自己的头发。刘娟悄悄一笑，也不回头，问道："你在干什么呢？"

郑卫急忙拉开身体，故作镇定地说："这个……看风景，真漂亮啊！"

刘娟回头看他一眼，嗔怪道："偷偷摸摸地干什么？"

郑卫尴尬一笑，赞道："你真是……好漂亮！"确实，他发现刘娟的身材也相当美妙，不输于丽莎。

刘娟笑着，有些感叹："有什么用？老了。"

郑卫吞吞吐吐地问："那你以后……有什么打算？"

刘娟有意放低身段，说："没什么打算，能当一个家庭妇女就好。"

郑卫本来想问她个人问题怎么办，看自己有没有机会，听刘娟这么一说，吓得他什么都不敢提了，因为当初杨小静不敢在家里久待，就是觉得自己靠不住，班长大人这么崇高的理想，依靠自己这样的垃圾，可能实现不了。

他们来到游泳池旁，看到池里还有几个半大孩子在玩水。郑卫把身上披的大浴巾往池边的躺椅上一扔，大喊一嗓子："同志们，跟我冲！""扑通"一声跳进水里。

刘娟则是慢慢地卸掉裹在身上的浴巾，走到水边蹲下来往自己身上泼水。郑卫一个猛子扎到水底，潜泳到刘娟面前，突然蹿出水面，同时把一捧水泼到刘娟身上。刘娟一个机灵，猛然站起来，一边拂去身上的水，一边笑着骂道："郑卫，你这个坏家伙！"

郑卫在水里哈哈大笑："班长，快下来，里面可舒服了。"刘娟下到水里，追着郑卫打水浇他。

郑卫不还手，一边逃一边叫："有本事你追上我呀！"刘娟跟着他又是游又是跑，她的游泳技术远不如郑卫，好在游泳池只有齐胸深，不用怕淹到。

两个人一会打水仗，一会比赛游泳，一会捉迷藏，轻松自在，嘻嘻哈哈，高高兴兴。玩过一阵，有一点疲累，两个人靠在池边聊天，都说今天真痛快，好多年没有这么放松了。

刘娟感谢道："幸亏你陪着我，不然我一个人都没有什么庆祝的。"

郑卫忙说："反了，反了，是你给我机会出来放松一下，也让我看到了希望。"

刘娟想到好时光很快就会过去，自己又要一个人在实验室里挣扎，伤感道："唉，不知道什么时候还能再来，还能玩得这么好？"

郑卫觉得这是最后的机会，忙顺杆爬说："你什么时候想来，我都陪你来，好不好？"

刘娟低声说："你迟早会走的。"

郑卫保证道："不会的，我不会走，绝对不会走！"

夜已深，那几个玩水的小孩已经离去。郑卫觉得时机已到，可是长久的自卑压得他喘不过气来，实在不敢直接提，总是在那里东一言西一语地犹犹豫豫。

刘娟感觉到他有话要说，可是等来等去，就是不见他走上正题，便提醒他说："挺晚了，要不，咱们回去吧。"

郑卫忙说："不急，不急，那个……来，我教你游自由泳吧。"刘娟说好。

郑卫做了几个动作，让她学，边教边趁机手把手地指导。学习几分钟后，刘娟说太累，站在水里拂去脸上的水。郑卫看着美女出浴，实在忍不住，失控般突然冲过去把刘娟抱在怀里。

刘娟轻轻挣扎说："别……别这样，别人看见……"

郑卫咬牙不松手，说："没……没人，你真好……真漂亮，我……我……"

刘娟不动，任由他抱着，等待片刻没有下文，只好问："你……怎么？"

郑卫激动地浑身颤抖，哆嗦着嘴说："我……不行，可是我会对你好……很好，要不……那个……要不……咱们俩……凑合吧。"

刘娟实在没有想到，等来等去等待半天，他居然说出这么一句，一下子气坏了，猛然挣脱他的搂抱，冷冷地说："我不跟任何人凑合。"

郑卫真是吓死了，一个劲地道歉："对不起，对不起，是我的错，都是我的错！我这样的垃圾，根本没资格打你的主意！你对我这么好，我却痴心妄想，对不起，实在对不起，我真他妈的不是人！"

刘娟更是气疯了，冲他大吼："你怎么这样？"

郑卫吓得几乎晕死过去，拼命解释："对不起，对不起，我……我是情不自禁……连那个贱人都不要我，你更不会要我！是我癞蛤蟆想吃天鹅肉，对不起，对不起，你骂我、打我都行，杀了我也行……"

刘娟气得说不出话来，转身爬出泳池往回走。郑卫急忙跟在后面，还在不停地道歉："都是我的错！我太无耻了！你别生气，别生气，我再也不敢……真的不敢了……"

从刘娟的毕业典礼归来，郑卫马上开始动手写论文，还是关于R因子和T因子活性的比例调节过程，包括问题的提出、可能的原因、实验的结果、理论的解释、将来的探索方向等等，一一列出。他边整理边写，偶尔还要做一些补充实验，进展并不算快。他觉得自己的成果虽然不算完美，还有许多东西需要进一步探索，却也已经走到这方面研究的最前列，再次登上《美国基因》杂志，应该没有多大问题。

想起自己向刘娟失败的求婚，他还是很难过，他一点都不记恨刘娟，而是不住地责骂自己，你怎么就鬼迷了心窍，居然想入非非，想打刘娟的主意？你一个什么都不行的破混混，一只人人都讨厌的死害虫，连子弟班出身的人都不愿意要你，宁肯跟着半大老头跑掉，你怎么还敢打综大校花及王冠女博士的主意？你可真是一个疯子，脑袋有问题！可能还是刘娟对自己太好，使自己忘掉了自己是谁，以后再也不敢了，恭恭敬敬地保护着她，等到她拥有好的归宿，自己就回国，找一个地方，安安静静地混日子。想起刘娟那天的种种表现，似乎真的是对自己有意，可是为什么自己提出来以后，她又气成那样？他觉得很奇怪，可是又想不明白，唉，女孩子的心，天上的云，自己这样的粗人，怎么都琢磨不透呀！

经过那一个激情之夜以后，丽莎很关心郑卫的恋情，问他最近跟凯瑟琳有没有发展，郑卫伤心地直摇头，说除去有时周末一起去吃一顿饭并聊聊天之外，他与凯瑟琳没有其他接触，两个人都太忙。

丽莎直爽地说："你们这是在浪费彼此的时间。"

郑卫苦笑着点头，又摇头叹道："没有办法。"

丽莎出主意说："你们都认识这么多年了，你就直接买一枚戒指向她求婚好了。"

郑卫敷衍道："以后吧，等我写完这篇论文再说。"其实他是打死也不敢。

丽莎说："你们中国人真不一样。要是我们美国人，早就失去了耐心。"

郑卫解释说："其实也不是中国人都是这样，也许我们的情况比较特殊吧。"

丽莎由衷地感叹："你们是真正的爱情！"

郑卫说了一句："也许。"心里真不知道真正的爱情是不是会有圆满的结果。

丽莎一边帮郑卫做实验写论文，一边申请王冠的医学院。她希望她的本科成绩、麦凯特成绩（MCAT，医学类院校入学考试）、王冠的工作经历、发表的论文，还有吉姆的推荐信等等加在一起，能够帮助她获得王冠医学院的入学资格。她对郑卫的论文很尽心，因为她的英语远远好于郑卫，所以她在郑卫的论文的文字上帮了不少忙。

郑卫把论文底稿送交吉姆看时，吉姆也笑说："我能从你的论文中看到丽莎的影子。"郑卫据实以告，吉姆说："她是一个聪明的好姑娘。我已经根据她的请求，为她写了一封非常强劲的推荐信，希望对她入读王冠医学院有所帮助。"

郑卫在写论文的过程中，不由自主地思考着下一步的研究方向和步骤。虽说只要把这篇论文寄出去，他就可以把现有的成果综合起来写博士毕业论文了，他还是隐隐约约地感觉到，他的研究已经走到突破的边缘。应该从哪里下手？又怎么样才能调节好R因子和T因子活性的相对比例呢？他已经找到办法快速调节R因子和T因子的活性，可是它们总是同升同降，怎样才能把它们分开呢？怎么才能使R因子的活性上升而T因子的活性下降呢？他一直在琢磨着。

这天夜里一点多钟，郑卫终于把论文写完，明天请丽莎帮忙润色一番，再交给吉姆做最后一次审核，就可以投寄出去了。回家的路上，郑卫吹着口哨，看着星星和月亮，心情既轻松又愉快。大概是太得意忘形，上一个马路牙子的时候，脚绊了一下，他打一个趔趄，脚快速往前一撑，才算站稳。

他回头看一眼，笑一笑，继续往前走。没有一会，看着快到家了，他伸一个懒腰，打一个哈欠，准备回去好好睡上一大觉。

这时，一个念头突然钻出来，对呀，刚才脚被绊住了，结果一旦脱离约束，前进的速度更快，要是……他站住不动，陷入沉思，一分钟后，返身往实验室走，走两步又站住，想一下，转过头来，准备继续回家睡觉，可是走到楼门口，他还是进不去了，转身又走回实验室。

郑卫在实验室里几乎熬了一个通宵，直到他下决心认为值得一试的时候，才钻进睡袋蒙头大睡。正睡得香甜，他突然梦见暴雨倾盆满身是水，猛然惊醒，睁眼一看，只见丽莎正拿着一个实验用的小喷壶，在往自己脸上浇水。

他跳起来，抹去一把脸上的水，要去揍这个越来越调皮的小洋妞。丽莎一边逃一边叫："我不弄醒你，你会睡到明天的。"

郑卫一想也是，又想起自己熬夜的原因，忙叫住她："你别跑，我就原谅你。咱们马上做一个实验，很重要。"

丽莎知道这家伙是一个工作狂，不会耽误时间找自己的麻烦，便停步问道："你要做什么实验？"

郑卫详细讲述一番自己的实验构思，丽莎听他说要同时给R因子加加速剂和减速剂，不禁叫起来："这也太荒唐了吧？你开车时，又踩油门，又踩刹车，你到底是让车走？还是不让它走？"

郑卫解释说："你也可以这样想，好比你使劲勒住欲往前奔的烈马，突然一松手，并给它一鞭子，会使它更快地冲出去，对不对？"

丽莎有点理解他的思路，可还是觉得太悬乎，疑惑地问："这有可能吗？R因子不是跑马呀？"

郑卫说："我琢磨一晚上，总感觉有这个可能，不过，我也没有把握。请你不要对任何人讲，咱们先悄悄试一次。"

丽莎不太懂得实验的原理，却很信任郑卫，说："那就让我们开始吧！如果真的能够成功，我们就升入太空了！"

郑卫率领丽莎奔忙整整一天，给R因子同时加上加速剂和减速剂，稳定后再突然增加加速剂，取消减速剂，并加上Ｔ因子的减速剂，然后等着看结果。

丽莎好几次笑话郑卫说："你疯了，把我也带疯了。"

郑卫笑说："我听人家说，科学家都是疯子。我还差得远。"

丽莎笑道："不，你已经疯得很厉害。"

等待期间，他抽空给刘娟打去一个电话，讲述一番自己的设想。

刘娟吃惊道："你怎么连这样的主意都能想出来？"

郑卫并没有把握，说："试一下吧，不成拉倒。"

刘娟钦佩万分："你真是太厉害，迟早能做出大东西来的！有结果马上告诉我。"

郑卫和丽莎一直折腾到晚上九点多，终于得到相当好的结果。

郑卫兴奋地大叫："我们做到了！"

丽莎也大喊："是的！是的！你做到了！"然后扑过去搂住郑卫的脖子，叫道："祝贺你，大卫！你真是一个天才！我还从来没有见到过比你更聪明的人！"

郑卫使劲抱一下丽莎，也喊："祝贺你！祝贺你！"然后轻轻推开她，拔腿往外跑。

丽莎当然猜到他会去找谁，在后面叫道："你一定要抱一下凯瑟琳，搂紧一点！"

郑卫喘着粗气满脸通红地冲进刘娟的实验室，见到她就喊："成功啦！成功啦！"

刘娟惊喜地跳起来拍手叫道："太棒了！太棒了！"两个人扭头一看，实验室里的人都看着他们。郑卫往门外一指，刘娟跟着他跑出来。

一到走廊，刘娟就说："祝贺！祝贺！"

郑卫想起丽莎的吩咐，想给她一个大拥抱，可是伸出手又没敢冲过去，只好抓过她的小手，贴在嘴上狂吻。刘娟吓一跳，往回缩几次手都缩不回来，只好任由他啃。

郑卫突然停下来，双手抓着刘娟的右手，望着笑靥如花的刘娟，有点可怜巴巴地问："班长，你说我……我现在可以拿到王冠的博士了吧？"

刘娟用左手在他的手背上打一下："哎呀，没问题！你已经超过要求了！"

郑卫很高兴："太好啦！我总算混出来了！班长，真谢谢你！要是没有你，也没有我的今天！"

刘娟笑道："你别总叫我班长，好不好？"

郑卫有点迷糊，问她："那我叫你什么？"

刘娟嗔道："难道我没有名字吗？"

郑卫也笑说："好，好，刘娟，刘娟。"又双手团起刘娟的两只小手说："谢谢，谢谢！我得走了，我要去做一下优化，还要给我们老板报告。好多事呀，好多事情要做。"

刘娟望着他跑走的背影，在后面叮嘱道："你休息一下，别太累了！"

郑卫跑回实验室，看到丽莎还在，桌子上摆着两杯咖啡。他也不客气，拿起咖啡喝一大口，对丽莎笑说："我问凯瑟琳了，她说我能拿到博士。太棒啦！"

丽莎笑道："绝对的！你为什么总是缺乏自信？"

郑卫像牛饮一样猛喝几口咖啡，抹抹嘴笑着说："因为我前妻夜奔而逃，而我又被开除了。这么长时间，一想起要拿王冠的博士，就觉得跟做梦一样。对了，咱们应该马上报告那个抢走我妻子并且要开除我的人，咱们的研究发生突破。请你去给他写电邮好不好？我要马上想一想应该怎样优化。"

丽莎答应下来，给吉姆写了一个电邮，让郑卫检查一下，便以两个人的名义发出去。

两分钟后，丽莎还没有走，吉姆的电话就打过来。他开口就埋怨："大卫、丽莎，你们两个年轻人，为什么不让我睡觉？我看到你们的电邮，拿起香槟，就要跳上车跑来跟你们干一杯。可是我的小太太说，今天晚上你就不要去打扰他们了，你应该给他们开一个正式的庆祝酒会。我已经决定接受静的建议。"说完就是"哈哈哈"一阵大笑，明显非常兴奋。

郑卫和丽莎都觉得，老板还是不错的，老板娘好像也不坏，当然，前提是咱们一定要做出东西来，要是没有成果，老板一定不好，老板娘也一定很坏。吉姆又在电话里说："大卫、丽莎，明天我会找你们详谈。祝贺你们！你们的确非常非常棒！"

第二天一大早，吉姆就把郑卫和丽莎叫到他的办公室，要他们详细汇报实验的思路和过程，又跟着他们来到小实验室，仔细检查实验的步骤和结果，花了几个小时，把所有细节都询问核实一遍。郑卫知道，老板这么认真，是要确保实验是真实的、可信的、经得起科学检验的，只要他签上字，以后如果出现问题，他就必须负责。

吉姆完全确认实验非常成功之后，又一次祝贺郑卫和丽莎，并且要求他们马上再做几个关键数据点的优化，然后立即发论文。他说，尽管不太可能，你们还是要抢时间，不要被别人击败。他又一次提到郑卫当年被撞毁的惨痛教训，吓得郑卫和丽莎连连点头，打算连干几个通宵，以保证这次胜利是完全属于自己的。

吉姆离开他们的小实验室后，没过几分钟，郑卫和丽莎正在准备开始优化实验，吉姆的电话又打过来，要他们马上去他的小会议室。他们赶到那里，看见杨小静也在。吉姆连坐都没有让他们坐，直接宣布："我认为你们的成就已经远远超出《美国基因》杂志的要求，你们的论文应该发往《科学》杂志。"

郑卫一惊，重复一句："《科学》？"问完不由自主地望向杨小静，正好她也看向他，两个人马上都把目光移开。他们的脸立即都变得通红，因为他们两个人同时想起当年郑卫不学习、杨小静逼他出会议论文时，郑卫胡吹要写论文上《科学》杂志。经历了这么多年的风风雨雨，经历了无数个日日夜夜的艰苦努力，这一天居然真的到来了。两个人尽管都面无表情，谁也不看谁，心情却都如海中的巨浪，汹涌澎湃，起伏不定。

吉姆点点头，庄严地说："对，你们的成就，意义重大，值得上《科学》

杂志。"

郑卫难以置信地问:"你真的认为,我们的成果强大到足以登上《科学》杂志?"

吉姆严肃地说:"相信我,我知道他们的标准,我确信你们的成果达到了他们的要求。"

丽莎比郑卫更快地接受这个美好的事实,叫一声:"是,太棒了!"扭身与郑卫对掌。

吉姆微笑道:"当然,你们必须做足够的理论总结,仅有实验成果是不够的。不用担心,大卫,我会帮你的。"

郑卫这时已经明白,胜利女神不是在你想念她时,她就会眷顾你,而只要你努力足够,她就会自动为你举起彩旗。他握拳叫道:"好,我们就发《科学》杂志!"

杨小静也在旁边加上一句:"祝贺你们!你们能够做到!"

吉姆当即重新做出工作安排:"大卫,你集中精力进行理论分析和总结,如果需要做任何补充实验,请立即提出来,有什么要求,也请告诉我或者静。静,你帮他们准备好所有实验用具及材料,另外找两个不太忙的实验员,要他们临时跟着丽莎一起干。丽莎,你负责所有的实验工作,全权安排其他实验员的行动。好吧,让我们马上转起来,越快越好。"

几个人齐声喊道:"是!"随即四散冲出去。

随后一段时间,他们都进入疯狂状态,没日没夜地冲刺。郑卫做实验性分析总结已经轻车熟路,但要把它们提升到理论高度,他还是有一点吃力。他参考《科学》《自然》《细胞》等高水平杂志上论文的写法,按照《科学》杂志的要求,不停地想,不停地写,不停地改。每写好一段,就发给吉姆,请他检查,吉姆则帮助他确定什么要写,什么不写,怎样写,写到什么程度。郑卫从中学到很多撰写高水平论文的技巧和方法,也学到严谨求实、一丝不苟的科研风尚。

在实验内容方面,他还要不断加入丽莎小组所得到的最新结果。丽莎有时候工作到太晚，不得不跟郑卫一起挤睡在实验室里。郑卫害怕自己的灯光或者动静打扰丽莎，丽莎疲惫地笑着说："你可以唱歌或者尖叫，我不会醒来的。"她已经把自己有一篇论文发往《科学》杂志写入她的申请信，相信这个成就对她入读王冠医学院有很大帮助。

终于，实验和论文写作都如期完成。郑卫约巴特曼博士一起做最后修改，完毕就可以寄出。吉姆寻找几个时间段，都觉得太短，不够用，因为他是整个实验的老板及论文的通讯作者，要对论文负总责，所以他对这篇论文的重视，不亚于郑卫。最后两人商定，还是晚上下班后，一起在小会议室里加班定稿并发稿。

当天晚上，郑卫和吉姆两个人对着手提计算机的屏幕，一个字一个字地抠，一段一段地改，反反复复，务求完美。起初丽莎也积极参与，可是坐下两小时后，她就有点顶不住，哈欠连天，眼睛睁不开。这一段时间，她实在太累太困。吉姆建议她回去休息，有什么实验上的问题，他们会随时打电话问她。丽莎表达了自己对论文的良好祝愿，随即告辞而去。

杨小静则在隔壁的秘书室里做她的MBA作业，同时也有写作任务。她参与编写王冠的《管理案例集》，负责提供几个她在餐馆打工及在实验室做管理工作时碰到的案例。尽管只有几页纸，她还是尽心尽力地做，因为这还是第一次由她撰写的文字印刷出来供他人阅读，这对她来说极其重要。想起自己这样从子弟班出来的人，居然为王冠这种全球名牌大学的学生提供管理的案例和方法，她实在是很骄傲很满足。她想，幸福也许就是意想不到的成功。

本来以为三四个小时的工作，结果却越拉越长。吉姆和郑卫两个人都是精益求精，务求完美，绝不允许有一点马虎，对一个意思的遣词用句，他们就可以折腾半个小时。杨小静端来两杯咖啡给他们提神，吉姆说声谢谢。郑卫则装作专注于论文，仍然不肯理睬前妻。

午夜之后，吉姆几次叫杨小静先回家，她都不肯走，一直等着老公。直到半夜两点多，当他们终于最后定稿并按键网上投寄出论文后，才发现杨小静已经趴在自己的办公桌上睡着了。

吉姆一边叫醒她，一边笑着生气道："你为什么就不能先回家呢？你为什么总要打败我？你为什么从不允许我打败你一次？"

杨小静夸张地说："我只是想见证一个伟大的时刻！"

郑卫没有心情听这两口子调笑，挥手告辞。他心里想，如果当年自己也是这样干到很晚的话，小静也一定会陪他陪到最后。一个人从底层爬上来特别不容易，所以对自己非常狠，对别人也要求严。现在看来，她好像并不是很坏，她有她的道理。自己如此恨她，从不肯原谅她，是不是有点过分呢？她夜奔投敌这件事，到底是自己的错误多，还是她的责任大？

杨小静善于待人处事，刚柔兼济，人又勤快低调，在实验室主管的位置上，如今做得顺风顺水。因为要工作，要读MBA，还要参与编写管理实践案例集，所以她始终忙忙碌碌，晚上加班加点成为常态。不过，她的心理压力比以前小得多，做起事情也比以前自信得多，所以尽管总是很忙，她的心情却一直不错。

拥有自信，也拥有威信，她便逐渐在实验室的生态中加入自己的元素。比如说隔两三个星期，实验室会举行一次午餐聚会，由实验员们轮流主持，谁主持，谁就有权选择吃什么样的饭菜，但他也必须给大家说几个笑话，讲一个故事，或者介绍一番世界各地的风土人情以及奇闻轶事。工作中大家总会有种种矛盾和不满，但对于这一活动，所有人都一致表示赞同。

只要是有人点吃中餐，杨小静总是会去找李三姐，而李三姐知道这是长期主顾，且为大批量订货，所以每次都会按照杨小静的要求，保质保量地做好，并准时送到，大家对"亚洲村"的饭菜及服务，相当满意。通常是由杨小静打电话下订单，李三姐派人把饭菜送过来，杨小静再开张支票让送外卖的带回去，所以她们见面的机会并不多，杨小静也很久没有见过"当牛做马的"了。

这天，李三姐打电话给杨小静，说"当牛做马的"两个人都要离开"亚洲村"了。明天晚上下班后，餐馆要给她们两人开一个欢送会，就是多炒两个菜，大家聚在一起吃一顿送别饭，问杨小静有没有空参加。杨小静当即说，她一定过来，而且会带两瓶法国葡萄酒，给牛姐、马姐饯行。

放下电话，她心里有些感慨，当年在餐馆打工的经历又一次历历在目。再多的恩怨，时间久了，也就淡了，她现在作为世界一流大学的实验室主管，早已不屑于计较那些陈年往事，而她从"当牛做马的"身上，学到很多，也看清楚很多，是她们，还有李三姐，以及那些形形色色的食客，帮她迈开了走上社会的第一步。直到今天，她的许多认识和做法，多多少少都带有当年打工的烙印，她学MBA所做的一些项目，还有她参与编著所写的几个案例，也来源于她在"亚洲村"的亲身经历。他们对她的影响，可以说会持续一生。

第二天晚上九点多，杨小静略晚才到达"亚洲村"。她走进去时，大家都已经坐好，只等她的到来。她一边道歉，一边解释说有急事脱不开身，同时把两个从欧洲带回来的小礼物赠送给牛和马，又让乌戈帮着打开她带来的葡萄酒，说要敬牛姐、马姐一杯再吃饭。她这一通闹腾，马上就把餐桌上的气氛调动起来，加上几杯酒下肚，大家都又吃又说，相当欢快。

几乎一进屋，杨小静就发现马变了，不再像以前那样粗声大气，吵吵嚷嚷，而是显得文静庄重，相当收敛。牛一般是跟着马的，马不叫了，她也就不热闹了。

杨小静找到机会便问马："马姐，你这是要去哪里呀？我猜一定是好地方。"

马笑笑，还没有开口，牛抢着替她说开："人家升官了，要当老板啦！"

看到杨小静夸张的惊讶表情，马解释说："什么老板？是三姐看得起我，让我多用一点脑子，管一点事。"

牛叫道："是让你上正道，跟羊学。"

马不跟她斗嘴，好脾气地对杨小静说："对，是让我跟着你学，多做些正事。"

杨小静本来并不太关心牛、马的去向，她自己有太多事情要操心，也就没有那些无聊的好奇心，现在她却是真的想知道发生了什么事，因为她立即想到，这可能又是一个不错的管理案例。

她马上转向李三姐，问："三姐，你提拔马姐了？"

李三姐详细道来："是她自己提拔自己。我们两个人合伙在你们王冠旁边买下一家中餐小外卖店，她要去那里做经理，也是老板之一吧。"

马跟着说："我只出百分之三十的本钱，三姐出百分之七十，所以老板还是三姐，我其实连经理都算不上，下面就一个主勺，回头再招一两个学生临时做帮厨。"

杨小静忙端起酒杯，跟马碰杯并祝贺道："祝贺，祝贺！你就是老板兼经理，独当一面嘛。凡事都是一点一点来，慢慢就做大了。"

马很正式地回应道："谢谢，谢谢！"

杨小静跟马干完一杯，又对李三姐说："三姐，那你已经把'亚洲村'全盘下来了吧？"

李三姐笑笑，不直接回答，而是对马说："马呀，我说过让你跟着羊学吧？你看人家的脑子，马上就想到这一节。"

马接口道："我是一个粗人，哪里有她那么多心眼？对不起，羊，我不是骂你，是说你脑子好使。你那边当上实验室主管，三姐这边就训我们，说你们两个只知道傻用力气傻闹，就不能学着用用脑子走正道呀？你们好歹也是读过书的人，难道就端一辈子盘子吗？"

李三姐接着说："羊呀，你当主管很好，照顾我们不少生意。"

杨小静谦虚道："我算是什么主管呀？也就是一个大打杂的。"又端起酒杯敬李三姐一杯，说："三姐，是你先帮的我，不是你当初收留我，我哪会有今天？现在我要订餐，到哪里订不是订？当然找老东家，熟悉，也信得过。"

李三姐喝一口酒，继续说："谢谢。我当时把这家店快盘下来了，就想着怎样扩大生意，可是手下缺人才。马脑子好使，就是不走正道，总折腾些鸡零狗碎的东西，我后来天天盯着教她，现在总算差不多了。"

杨小静扭头对马说："马姐，其实也简单，无论碰到什么事，你就想一想，"

三姐会怎样做，然后你照着做就是。"

马笑起来："你可真是说到点子上啦，我就是这么想的。"

杨小静跟李三姐和马聊得热烈，也没有忘掉牛。见牛坐着旁边不吱声，便过去搂着她的肩膀说："牛姐，你也可以盘一个店自己做呀。"

牛气愤愤地说："三姐重点培养她，嫌我脑子笨，不愿教我。"

李三姐笑说："是你自己要跟老公走，我想教你也来不及。"

马则揶揄她道："人家要当园长了，看不上我们这些卖苦力的。"

杨小静忙问："真的？牛姐也高升了？什么园长？"

牛气道："你听她的！我是想自己开办一个托儿所。我斗脑子斗不过你们，就找不需要脑子的活干呗。跟小孩子在一起，不需要要什么心眼，要力气我可有的是。"

杨小静问："在哪里？就在这附近吗？"

牛说："这儿我哪里买得起大房子？我老公要去中西部一个公司做了，那边房子便宜。我准备买一栋大一点的，装修成托儿所兼幼儿园，考一个执照，看几个小孩。"

杨小静笑说："那太好了！我也挺喜欢小孩子的。做自己喜欢的事当工作，最好了，再说也不是太辛苦，就在自己家里做，不用开车上下班，工作时间还短得多。"

牛高兴起来，笑着说："我以前也想过，就是没有钱，打这么多年工，有点积蓄，就随心所愿吧。"

马说她："她对大人不怎么样，对小孩子可好了。"

牛笑骂道："我对谁不好？我对人可比你好多啦！"

杨小静又大大地恭维"当牛做马的"一番，反正说好听的既不用交钱又不用上税，能想起来的，就使劲往外说。她这一通吹捧，把牛和马都哄得兴高采烈，一点没有想起当初她蹬掉中国穷学生跟着有钱洋老板跑掉的事。其实杨小静已经今非昔比，当上实验室主管，还入读王冠的MBA，这些都给予她足够的自信，不再那么害怕别人的非议。另外她也觉得，自己给"亚洲村"送来的滚滚财源，也为自己赢得不少尊重，没有我改嫁，你们也挣不到这些钱，是不是？

杨小静心里得意，便对李三姐说："三姐，你看，从你这里出来的人，个个都是人才耶。"

李三姐点头道："每个人都是人才，只要给他合适的舞台。"

杨小静赶快把这句话记在心里，同时笑道："三姐，你都成哲学家啦。"

李三姐则很认真地说："我真的是这样看的。每个人都有他的长处，只要你给他合适的机会，让他发挥出来，他就成为人才了。"

一个多月后，丽莎终于拿到王冠医学院的录取通知。她高兴极了，一个劲地喊："是的！是的！太棒了！实在太棒了！我得到了！我得到了！"不用说，她又冲进郑卫怀里，搂着他又蹦又跳，像小女孩对父母撒娇。

郑卫当然替她高兴，却故意开玩笑道："你抛弃掉我，自己溜走啦。"

丽莎笑着反驳道："你就要毕业，也要离开。只要你在这里，我就会经常回来看你。"

郑卫笑说："你会很快忘掉我的，医学院有很多很好的学生，你很快就会在那里找到很多朋友。"

丽莎笑道："他们一定要会玩游戏打桥牌，还要会跳舞。当然，我永远也不会忘掉你这个第一流的生物学家和心理医生。"

随后，郑卫真像她父母应该做的那样，叮嘱她一番，要准备这个，要注意那个，要努力学习，还要勤奋工作。他允诺说，有什么需要自己帮忙的，尽管说，作为她的好朋友，自己一定尽力而为。

开实验室大会临结束时，吉姆当众宣布丽莎的好消息，大家一起鼓掌表示祝贺。

吉姆开玩笑说："丽莎一走，申请来我的实验室工作的人会少掉一半，只剩女性了，而且现在在我这里工作的小伙子们，也会跑掉几个，比如说大卫。"大家都看着他们俩笑，都知道这两个人的关系好得出奇，却不知道这个失败者大卫使用什么魔法，把一个冷冰冰、恶狠狠的不良少女，变成一个热情开朗而又美丽可爱的医学院女学生。连杨小静都觉得奇怪，她知道郑卫有能耐，可是不知道郑卫有如此大的能耐，还是驾驭美女的能耐，简直太难以想象。

丽莎笑着走过去，给予老板一个拥抱，一再称谢。转过头来，她马上又给予郑卫一个大拥抱，而且明显抱得紧得多，时间也长得多。郑卫轻轻地回抱她一下，随后松开手，满脸尴尬的笑容，毕竟这还是他们当着众人的面第一次拥抱。

实验室所有人都看着他们，见丽莎紧抱着郑卫不肯放手，便有人在后面叫道："丽莎，嫁给他！"丽莎头也不回地喊叫道："他不肯要我！"全场哄堂大笑，都认为她是在开玩笑，只有郑卫心里感激不尽，他知道这是丽莎有意在老师、同事、同学当中抬举自己，增加自己在众人眼里的分量。大家都知道，这个牛丫头连老板都不肯要，现在却是郑卫不要她，那郑卫该有多牛！旁边更是有人笑，有人叫，有人吹口哨，有人羡慕，有人嫉妒，有人无奈加愤怒，只有郑卫心里充满欢喜和快乐。他在实验室里充当悲剧人物和倒霉典型已经很久很久，如今总算拥有一点扬眉吐气的感觉。

郑卫送给丽莎一个中国的弥勒佛做礼物，希望她笑口常开，永远快乐。丽莎喜欢得不得了，还心直口快地问郑卫喜欢什么样的礼物。郑卫笑说："你已经送给我了。你知道吗？你当众拥抱我，赏给我很大的面子，那就是给我的最好礼物。"

丽莎上来拉他，大笑道："那咱们出去吧，你想让我在什么地方拥抱你，我就在什么地方拥抱你。"

郑卫忙躲开，笑说："已经够了。咱们如果那样做的话，别人都会说，你这个未来的心理医生，现在就应该去看心理医生了。"

丽莎后来送给他一张照片，是她最近照的，很阳光地笑着。郑卫请刘娟出去吃饭时，把丽莎的照片拿给刘娟看。刘娟是见过丽莎的，看着照片还是说："这个小姑娘真的很好看，你可是饱了不少眼福。"

郑卫反驳道："你以为我整天不用干活，就盯着女孩看吗？"

刘娟半笑着说："休息时总可以欣赏一下嘛。"

郑卫猛然睁大眼睛，狠狠盯着刘娟的脸，粗着嗓子说："现在我休息！"

刘娟一边躲，一边大笑不止。

论文递交给《科学》杂志之后，郑卫立即马不停蹄地开始写自己的博士毕业论文。刘娟已经拿到学位许久，他也应该赶快毕业。尽管所有人都认为，他拿博士就是手到擒来，可是差点被开除的教训实在太深刻，他一点都不敢大意，一再告诫自己，要小心努力，千万不要在最后关头再出什么差错。

因为有四五篇会议论文，一篇杂志论文，还有一篇递交论文，他感觉分量还是足够的。他所要做的，实际上就是系统地汇集总结一下，再按博士论文的格式，写成一部上百页的英文书。他每写完一章，就发给老板巴特曼博士，由他检查并提出更改意见。吉姆有时检查得很快，当天或第二天就把郑卫叫去，跟他讨论怎么写、怎么改。有时又检查得很慢，一两个星期都没有动静。吉姆解释说，他要看的东西太多，资金申请、杂志论文、会议论文，还有毕业论文，因为毕业论文不需要太急，所以优先级低，一拖下来就会很久。不过，他也说郑卫是给他麻烦最少的弟子，因为郑卫的科研内容他很放心，论文英语语法也没有太大问题，他需要改动的地方并不多。郑卫听到吉姆提到语法，不由地一笑，吉姆也笑了，他知道大卫有一个很不错的修改者。

毕业论文基本上算是按部就班，郑卫并不是很担心，他比较挂念的，还是发给《科学》杂志的那篇论文。当初写时，他还是相当有信心的，因为对比《科学》杂志上的那些文章，他觉得自己的发现水平足够。可是过去一段时间，仍然没有消息，他的心里开始犯嘀咕，觉得不应该冒这个险，寄给《美国基因》杂志就行了，如果《科学》杂志不收，他再转寄《美国基因》杂志，又要耽误半年，虽然对他的毕业不会有太大影响，却不利于他找工作，两篇杂志论文比只有一篇要好很多。

吉姆倒是从没有再提起过这篇论文，仿佛已经把这件事情忘掉了。他实在很忙，要四处找钱，要盯着大家搞科学研究，要教本科生和研究生，还有实验室管理以及错综复杂的人事关系。郑卫的这篇论文对他来说，只是很小的一个点，他没有太多时间去注意它。郑卫有一次忍不住问，怎么会还没有下来。他拍着郑卫的肩膀说："年轻人，别着急，要沉得住气，我相信会有好结果的。"

这天，郑卫正在实验室继续写自己的博士论文，吉姆打电话过来，叫他马上去他的办公室一趟。郑卫进去之后，吉姆公事公办地对他说："大卫，恐怕你的博士论文写作需要暂停几天，我这里有一个项目，希望你能抽出时间来做一下。"

郑卫心想，可能又是师弟师妹们研究上出现问题，让他去帮忙解决。这种事情他已经做过多次，作为巴特曼博士最牛的大弟子，他时不时必须代吉姆去做小导师。虽然他并不讨厌这种差事，却也不是特别热心，毕竟这些属于义务劳动，而他自己又有太多的工作要做。

吉姆指一下电脑屏幕，开始正式给他布置工作："大卫，这是一篇论文以及修改建议，你能不能用几天时间改一改呢？"

郑卫扫了一眼，觉得怎么非常熟悉，接着就叫起来："什么……我的论文？"

吉姆继续正儿八经地说："是的，这是你的论文。他们要求你修改一下。"

郑卫惊喜地喊道："这么说……接受了？"

吉姆哈哈大笑起来，对自己的表演才能十分自豪："是啊，大卫，接受了！你真是太棒了！你的论文要上《科学》杂志了！"

郑卫激动得满脸通红，双手握拳大吼三声："是，是，太好了！"接着跟吉姆对掌庆祝，两个人都是兴奋不已，笑容满面。郑卫知道这篇论文对他的一生意味着什么，他很真诚地感谢吉姆说："巴特曼博士，非常感谢你，没有你的帮助，我想都不敢想要把它登上《科学》杂志。"

吉姆笑着回答："其实我也应该感谢你。你给予实验室一篇《科学》杂志的论文，这对我们以后申请科研资助会有很大帮助，而且，你也帮助我们开辟出一个新的研究方向。"

郑卫觉得，老巴尽管人品不怎么样，在学术上还真是没说的。他再次认真地说:"谢谢你,巴特曼博士,你真是一个好导师!"

吉姆则再次笑着回道:"你也是一个很好的研究者,我当然会尽力帮助我的学生,因为你的成果就是我的成果。"说完两个人畅怀大笑。吉姆接着说:"好吧,大卫,赶快去改你的论文吧。要改动的地方并不很多,希望这个周五的早晨,咱们可以把它改好并寄出去。"

郑卫保证道:"没问题,我这就去改。"

吉姆马上问道:"你知道为什么周五上午我们必须把它寄出去吗?"

郑卫猜测着:"越快越好?"吉姆笑道:"并不完全是这样,是因为我和静已经定好,周五晚上给你开庆功酒会。"

郑卫一边道谢,一边挥手道别往外走,吉姆一面挥着手,一面加上一句:"告诉丽莎,我们都更加爱她。"

郑卫走出吉姆的办公室,犹豫一下,并没有马上回实验室去找丽莎,而是下了楼,走进校园,他想要静一静,一个人待一会,好好想一想。他漫无目的地在王冠校园里转悠着,许多往事冲到眼前。对呀,就是在那里,他和刘娟她们第一次踏上王冠的草地;而在那个楼前,他为杨小静拍摄好几张相片;还有这条校园大道,当年他带着刘娟开着车来与王冠道别;再有那个墙角,在他侥幸留下后,曾经拍打着那面墙暗暗发誓,一定要拿到王冠的学位。

今天,他不但就要拿到博士学位,而且他的论文也要在《科学》杂志上发表了,这在以前连当笑话都不敢讲的幻想,现在居然变成现实。当年他连会议论文都写不出来,却恬不知耻地跟杨小静吵架说,自己的论文要上《科学》,上《自然》,上《细胞》,如今他的论文真的登上《科学》,他才知道这一切是多么的艰难。回首往事,他不胜感慨,那么多个日日夜夜,从恐惧到痛苦,再到愤怒,最后才是定下心来,点点滴滴、持之以恒地努力,不容易,不容易呀,太不容易了!他想要赶快回去,与两个挚友一起分享他的感受与喜悦,与那个敢爱敢恨的丽莎,还有那个生死与共的刘娟……

星期五临近中午,郑卫与巴特曼博士一道,终于完成论文的最后修改,并把它呈交上去。两个人都长吁一口气,放松下来。吉姆说:"很好,我们完成了。大卫,你说说看,毕业以后有什么打算?"

郑卫其实已经开始找工作,因为他的毕业论文已经撰写差不太多了,就算他现在找到工作,离开王冠,也还可以以后回来答辩,然而,他总是犹犹豫豫,因为他既不想离刘娟太远,又不愿离吉姆和杨小静太近。尽管他已经"放下了",不再记恨这两个人,可是跟他们在一起,总有一种别扭的感觉,而且也总会唤起别人的记忆。他很想换一个环境,可是刘娟怎么办?他无论如何不能丢下刘娟不管。

郑卫想一想说:"我正在寻找机会,看有哪个地方肯要我去工作。"

吉姆双手交叉抱在胸前,看着他说:"正如我多次向你提到过的,我们很欢迎你留下来,在这个系里从事博士后研究工作,不过……"吉姆离开椅背,挺直身体:"你看没有看到霍顿大学的广告,费舍尔博士那里有一个助理教授的位置。"

郑卫当然已经看到,那个广告已经在几个专业杂志上连登好几期了,可是他想不出那个广告跟自己有什么关系,只好客观地回答说:"是的,我看到了。"

吉姆接着问:"你没有想到要申请那个位置吗?"

郑卫有些吃惊:"我?我觉得那是为做过多年博士后研究的人准备的,你知道,我的博士学位都还没有拿到。"

吉姆重新坐回原位,笑着解释说:"不,所有的工作位置都是给合适的人准备的,而不是给任何特殊的人准备的,我认为你就是合格的人之一。"

郑卫这回没有吃惊,而是微笑了,说:"谢谢你的好意,吉姆,你知道,有的人已经刊发二三十篇论文,都无法进入这种著名高校做教授,而我只有两篇论文,还没有做过博士后或者其他学校的教授,我不认为我有可能得到这个位置。"

吉姆也笑了:"大卫,我已经在这一行工作几十年,我知道一篇真正的论文与一百篇言而无物的文章之间的区别,请相信我,我既然推荐你去那里,就是认为你符合他们的要求,而且很有希望拿到那个位置。"

郑卫这下子真的有一点惊讶,我,当教授,还是霍顿大学?有可能吗?他小心地问吉姆:"这么说,你真的认为我应该去霍顿大学试一试吗?"

吉姆笑着耸耸肩膀:"说实话,我更希望你留下来在我这里做,我知道我还能从你身上得到很多,可是这样对你并不公平,因为我计算一下,可能近两年我都没有办法为你在我的系里制造一个教授的位置,而你现在已经具备教授的水平了。看一看那些整天围着你转的学生吧,他们都快要忘掉我是他们的导师了,所以我必须赶你走。去吧,我会给你一封非常有力的推荐信的。"

虽然郑卫还有觉得太悬乎,可是吉姆说得如此肯定,而且如果能去霍顿,确实非常理想,既离开杨小静,又距刘娟不太远,不管怎么说,试一试总归没有错。他下定决心:"好吧,我就去试一试。非常感谢你,巴特曼博士!"

吉姆高兴地说:"我既然推荐你去,就是认为你有可能拿到那个位置。你知道吗?如果你能去霍顿当上教授,我也会很有成就感,并不是每一个教授的学生都能在《科学》杂志上发表论文,而且能去霍顿大学当教授。"

可是郑卫还是相当勉强:"我想只是试一下,不会抱很大希望。"

吉姆鼓励他说:"我了解费舍尔博士,他的嗅觉很灵敏,我知道他不会放过你。虽然你的论文数量并不比一些博士后更多,但是你更年轻而且更有前途,你的研究方向和研究成果又具有很大的独创性,还有,他跟你谈过,不是吗?他了解你,知道你对这个学科的理解超过大多数人。你去申请吧,除非突然出现另一个难以相信的天才,你就是最有潜力的候选人。"

郑卫表示感谢,但还是觉得有点不可思议:"我本来打算在霍顿申请一个博士后的位置,没有想到现在却要去直接申请教授。"

吉姆探究地看着他说:"大卫,你总是不够自信,你的论文已经出现在《科学》杂志上,你应该相信自己。"

郑卫局促地笑了一下,解释说:"你知道,当年我……差点就不得不离开这里……后来又试读一年……我从来没有敢认为,自己是一个好学生。"

吉姆缓慢点头道:"唔,是啊,当时我差点把你踢出实验室,我很高兴我并没有那么做。"吉姆接着斟词酌句地慢慢解释说："我那时让你走，并不是因为个人原因。你以后也会做教授，也会有自己的实验室和研究人员。你知道，科学是有标准的，不要让任何因素，使你降低你的标准。你理解我吗？"

郑卫点点头，认真地说："巴特曼博士，我很清楚我那时并没有达到你的最低标准，我要感谢你给予我第二次机会。"

吉姆觉得，现在应该把当时的情况告知这个长期心怀怨恨的天才弟子："坦白地说，我也是迫不得已，因为静要抛弃我，跟着你回中国。她强迫我，要我给你第二次机会，她说你非常聪明，一定会成功。她警告我说，她是跟着你来到美国，如果我把你踢回中国，她也会跟着你回中国去。我得承认，她看人十分准确，她告诉我，你很有天赋，这一点我当时并不同意，而今天我认为她是对的。"

郑卫吃惊地半张着嘴，盯着吉姆的脸，有一会说不出话来，他不知道是自己听错了，还是吉姆在撒谎，或者说，自己以前的假设完全是错误的，杨小静并没有加害自己，相反，她却在关键的时刻帮了自己的大忙。

他在心里立即审视一番这几种可能，几乎一瞬间，他就得出结论，以他当时的混法，任何教授都会让他滚蛋，根本不需要有人暗害他。那么，吉姆说的就是真实情况？可是，自己当时的确非常恶毒地咒骂过杨小静呀！

郑卫礼节性地笑一下，以礼貌来缓和气氛，调节心境，并寻求答案："谢谢你，也谢谢……静，因为我咒骂过她，非常粗鲁，所以……我没有想到，她仍然会帮助我。"

吉姆奇怪道："是吗？你什么时候骂过她？她没有告诉过我这件事，她甚至从来没有对我讲过你们离婚的具体原因，她总是说，让过去的都过去吧。"

郑卫睁大眼睛盯着吉姆，心里想着的却是杨小静，那个跟自己一起生活过好几年的人，自己了解她吗？她为什么会这样做？郑卫的心里马上浮现出前丈母娘的影子，要说待人处事，自己的确无法与杨小静比。

郑卫一边思考着，一边问吉姆："那么她提到过其他理由吗？"不管怎么说，他都感觉到，这里面应该还有其他原因。

吉姆点点头说："她还说，如果我让你走，所有人都会认为，是她要求我这样做的。"说到这里，他苦笑着摇摇头："我无法理解，我是系主任，为什么我的决定，需要我的太太为之负责？我重复一遍，你也会做教授的，也会有自己的团队，你只有那么一点点科研资金，你不可能养一些无所事事的人。对不起，也许我当时对你的看法是不真实的，可是你要学会让那些不称职的人去找更适合于他们的工作，不是吗？"

郑卫不得不点头称是，他也不得不承认，杨小静也许并没有整治自己，而是尽力拯救他，甚至连自己骂她的事，都没有告诉吉姆，那么，是什么使自己这么长时间一直深恨杨小静呢？是自己的中国式思维误导了自己？还是自己因为仇恨而丧失掉理智？

他来不及思考，来不及懊悔，吉姆又说出自己的真实想法："我知道你恨她，你在我这里做并不是很舒服，所以我推荐你去霍顿大学，我觉得这对你也是一个更好的选择。"

郑卫这时已经明白，自己很可能错了，完全错了！杨小静和吉姆有他们的问题，而自己的问题更大。他没有时间仔细琢磨，只是对吉姆说："谢谢你，非常感谢你！你是一个很好的导师，我从你这里学到很多。也许我与静之间有误会，但我认为，她是一个聪明能干和善良可靠的人。谢谢你们！"

吉姆笑了，他看得出来，大卫是由衷地说出这些话的，他像聊家常一样地对郑卫谈起自己的妻子："那天晚上，她一夜不睡觉，告诉我说，她什么东西都不要，第二天就回中国。她使我很难堪，可是这件事也让我看清楚，她嫁给我并不是为了我的财产地位，或者那张绿色的小纸片，我比以前更加信任她了。"

即使现在，郑卫也并不完全赞同吉姆的说法，可他还是点头道："是，我很感谢她。"他现在心里想的仍然是，为什么杨小静会那样做？

吉姆继续往下聊："许多人以为，她是一个只会跟着丈夫后面说'是'

的小女人,实际上,她是一个很有主见、敢作敢为、善于理解他人的人,我后来选择她做实验室主管,与这件事有很强的关系。你知道,建立起这么大一个实验室,倾注了我很多心血,我也需要靠它工作到退休,当然,还有许多人需要依靠它生活。如果我不是认为静适合这个位置,我宁肯把她养起来,也不可能让她来毁掉我的实验室。她能够看清楚你,也就能够看清楚其他人,她能够善待你,也就会善待我和其他人。我认为我的选择是正确的,你也已经看到,她现在干得不错,相当不错,这个小女人,总会使人惊奇。"

吉姆笑着,显然为自己心爱的小妻子自豪。郑卫也笑笑,赞同道:"是啊,她做得非常好。"心里却想,并不是她给别人的每一个惊奇都那么可爱,而在这个时刻,几个使他疑惑很久的事情,似乎一下子清晰起来。他急于找到答案,于是设法结束这场谈话:"晚上咱们有酒会,是吗?"

吉姆说:"是的,有酒喝,有饭吃,还可以跳舞。静已经去安排了,她会把一切都准备得尽善尽美。你和丽莎,还有系里的其他年轻人,可以好好庆祝一个晚上。明天你就去申请霍顿的那个教授位置吧,祝你好运!"

郑卫告别说:"谢谢你,非常感谢你,巴特曼博士!我会去试一下的。晚上见!"

郑卫从吉姆那里出来后,仔细斟酌一番吉姆所说的各种情况,然后才去刘娟那里找她,告诉刘娟说,当初开除他,是老板自己做出的决定,杨小静实际上是力保他的。

刘娟理解道:"我当时就觉得,小静不会那么狠心,你一坚持,我就相信了。"

郑卫辩解说:"可是我骂她骂得特别恶毒,她当时哭得厉害,所以我想,一定是她报复我。"

刘娟分析道:"可能她理解,你当时仍然很爱她……"

郑卫坚决否认:"不,不,我是恨死她了。"

女孩天生更善解人意,刘娟解释说:"爱和恨,有时是很难分清楚的,你如果不爱她,也就不恨她了。"

郑卫不服,嘟囔着:"就是恨嘛,哪有什么爱?"

刘娟不跟他纠缠,说:"按道理说,你应该最了解她,她是比较虚荣,特别想出人头地,可是还没有那么坏吧?"

郑卫叫道:"那她怎么跟……"本来他想说,那杨小静怎么会跟吉姆跑掉?可是他马上想起自己当时是多么垃圾,这话就说不出口,难道自己不想活了,自己的太太就必须跟着自己去死吗?这是什么时代了?她活不下去当然就会跑。

刘娟继续琢磨着:"她是不太可能会害你,可是为了你,她宁肯回国,还是比较难理解,也许,你们老板对她有怀疑,觉得她改嫁,是为了绿卡,她的心理压力很大,很难受。"刘娟因为那个台湾妇女对肖君杰说的话,特别能够理解杨小静当时的处境,知道因为没有绿卡而被人蔑视是多么痛苦。

郑卫想的却是另一个问题:"我知道我们老板,表面上说说笑笑,下手非常狠,做出的决定,根本不可能更改,上次他饶过我,十有八九真是小静去拼的命。"

刘娟点头赞同他的分析:"很可能是这样。"

郑卫拍着自己的头悔恨道:"我怎么就这么愚蠢?怎么就没有想到她还有可能拉我一把?后来我明明发现她一直在帮我,可还是认定就是她要害死我。我是一个男人,自己不努力,还这么小心眼,一点不能宽容待人,我怎么就……我真是一个垃圾!"郑卫难受得低着头猛摇。

刘娟宽慰他道:"你那时那么绝望,而且特别艰难,有点偏执情有可原,再说,一个人要是带着情绪看别人,肯定看不准。"

郑卫点点头,知道她在帮着自己说话,看着可爱可敬的班长,想到自己差劲成这样,他觉得离她更远了。

这个疑问一解决,其他问题实际上都迎刃而解。为什么吉姆会破例给他一个小实验室?为什么还派丽莎来给自己帮忙?这些可能都是杨小静的主意。而吉姆的投资、杨小静的下注,现在确实都得到很好的回报。这个结果,对郑卫和吉姆两个人,都是最好的。

另外一个事情，他一直有所怀疑，就是李三姐凭什么那么信任他，一下子借给他如此多现金？现在很清楚，十有八九又是杨小静在暗中帮他，他借来的，根本不是李三姐的钱，而是杨小静的。

郑卫对刘娟说："我猜，不不，我肯定，李三姐借给我的那一万块钱，也是小静的。"

刘娟同意道："很可能是这样。"

郑卫伸手对刘娟说："你把车借给我用一下，我要去找李三姐问一个明白，如果小静借钱给我是真的，那么其他的所有，就都是真的。"

庆祝酒会晚上准时开始。杨小静在校内租借一个中型活动室，请来一个小乐队，在室内的一个角落搭起一个小酒吧，上面摆着红、白葡萄酒和酒杯，旁边则是一个啤酒桶，向大家供应生啤。墙边有几张桌子上摆放着美式自助餐，大家可以依次拿取食物。晚会强调放松，来宾穿着自然，吃喝随意，来去自由。系里的教授基本都现身，要给主任捧场，巴特曼博士的部下，也几乎全部到齐，社交活动，白吃白喝，如果不来，会被当成另类的。

吉姆看到该来的人基本到齐，便拍一拍巴掌，请大家安静下来，他要发表一个非正式的演讲。他先举起酒杯，在空中晃一圈，问大家："你们今天晚上快乐吗？"

全屋里的人都喊："快乐！"

他微笑着看着听众，缓缓而言："你们都知道，我是一个科学家，而不是一个巫师，我从来不会试图预言彩票的号码，所以我不太可能挣到很多钱。"周围一片笑声。他继续说："可是我今天还是要在这里说，如果有一天，有人告诉我，大卫取得巨大的成功的话，我一点都不会感到惊讶。"周围一片掌声。他接着说："他对生命形式的理解和把握，已经超出很多研究者甚至教授们，可能也包括我，因为他把科学研究当成游戏，他很痴迷，也很快乐，这是一个科学家最高的境界。你们都已经看到，他的博士还没有毕业，就已经在研究上取得革命性的进展，并且在《科学》杂志上发表了论文。他是我们这个领域里正在升起的一颗新星，而且发出越来越醒目的光芒。作为他的导师，我感到非常幸运和骄傲，我可以确信，很快就能看到他的更多成果。他会与这个领域内的其他人一起，找到更多的生命密码，为人类带来更多的福音。谢谢大卫！谢谢大家！"

在场的人热烈鼓掌，表示对大卫的祝贺，也赞赏巴特曼教授的演讲。一些人一边鼓掌，一边感叹，当初他们看到老板夺走大卫的老婆，又要把他踢出王冠，都觉得这家伙比恶狼更凶残，比毒蛇更阴损，后来不知为什么，他又把大卫留下来，而且一下子来了一个一百八十度的大转弯，又给他单独的实验室，又给他配助手，大家都不明白这老小子抽的什么疯。现在大卫居然发表一篇论文到《科学》杂志，大家这才发现，人家做老板的，并不是只知道吃干饭，绝对知人善任，不然也混不上名校的系主任。唉，世事变幻莫测呀，所以生活才如此丰富多彩！

郑卫被巴特曼博士吹蒙了，没有想到自己居然如此伟大，更不敢相信他说的那个牛人就是自己。正在愣神间，吉姆用酒杯指一指他，笑问："大卫，你想给我们说点什么吗？"郑卫没有办法，脸红脖子粗地说出两句："谢谢巴特曼博士！谢谢丽莎！谢谢……大家！"然后就尴尬地停住了，不知道应该说什么好。大家一阵笑声，都知道大卫还太嫩，没法跟老奸巨猾的吉姆相比。笑完之后，大家又是一通鼓掌，对他表示鼓励，也许不如给吉姆的掌声热烈，但肯定更加真诚。

领导讲话完毕，宴会正式开始，众人一起吃吃喝喝，说说笑笑。几乎每一个人都过来向郑卫表示祝贺，郑卫也重复了无数遍"谢谢"，不过，他心里最惦记的，还是无论如何都必须去感谢一下那个曾经救过自己的人。他找到一个机会，离开围着他的同事，端着酒杯在人丛中搜寻，正好看到杨小静往这边走来。也许是看到他，杨小静微一低头，想往另一个方向走，躲开此次宴会的男主角。

郑卫急走几步，上前叫道："小静。"

杨小静抬起头来，嘴里立即蹦出三个字："对不起！"

而郑卫也同时说出三个字："谢谢你！"

四目交会，那一瞬间，两个人都是百感交集，思绪万千。

郑卫更有准备一些，把在心里重复过数十遍的感谢话，快速对杨小静讲出来："吉姆和三姐都对我说了，你一直在暗中帮助我，尤其是我要被踢出王冠时，你是宁肯回国也不同意，才把我保下来。你也知道，这么长时间，我一直特别恨你。我以为是因为我骂过你，你要报复我，所以让吉姆把我赶出实验室。今天我才知道，根本不是那么回事，你不但一点没有记恨我，反而在关键时刻救我一命。我真的不知道应该怎样感谢你才好。谢谢你，非常非常感谢！"

杨小静一直忙着筹办酒会，还没有来得及与吉姆和李三姐交流，没有想到郑卫已经知道一切，还过来感谢自己。她一下子不知道说什么好，只是慢慢地摇着头回答："不，不，是我不好！"

郑卫快速摇手抢着说："不，是我的错，你很好！你能够以德报怨，很了不起！"

杨小静仍然摇头，一时不知应该怎样向他解释，便举起手中的酒杯，向他示意。郑卫立即上前，跟她碰杯。两个人都想说点什么祝词，却都不知道应该说什么，只好尴尬地一笑，各自把酒杯端到嘴边。郑卫是喝一大口，杨小静则只抿了一点点。两个人看着对方，都已经明白，他们今后不再是敌人，不再是受害者和加害人，他们终于相逢一笑泯恩仇了。

杨小静仍然觉得，是自己有愧于郑卫，再一次摇着头慢慢说："对不起，都是我不好，在你最困难的时候，我离开了你。我太自私……"

郑卫又一次抢过话头，急急忙忙地说："不，不，都怪我，是我太烂，真是废物加垃圾！我早就已经想明白，对于不求上进的男人，女人就应该不理他。女人就算是自私一点，也是可以理解的。女人是弱者，女人要生孩子，女人要照顾家庭子女，她不能让她的孩子们都去喝西北风。你知道吗？有统计说，凡是男人懒惰女人勤快的国家，都不是发达国家；凡是男人懒惰女人勤快的民族，都不是先进民族，所以只要是男人不努力女人也不许离婚的地方，一定不是好地方。社会进步了，为什么要照顾落后……"

郑卫紧张地唠叨着，杨小静则掩饰不住地惊奇："你怎么还懂得这些？从哪里来的？"

郑卫这才发现自己扯远了，尴尬地一笑。他扭头看去，丽莎正跟和子等一群女孩子在喝酒笑闹，回身对杨小静说："是别人对我说的。"

郑卫这时想起另一件重要的事，伸手从衣服口袋里掏出一张纸条，递给杨小静："这是我从三姐那里拿到的借条，你先收下，等我凑够一万块钱，马上还给你。"

杨小静不接，急速摇手："不，不，这就是你的钱，不要给我。"

郑卫坚持说："我哪有什么钱？都是你打工辛辛苦苦挣来的。我就是一个小混混，只会玩游戏打牌，这都是你一分一厘……"

杨小静打断他，坚持道："不对的，我来美国以后，吃住一直都用的是你的钱……"

郑卫强调："我是男的，那是应该的，这钱我不能要！"

杨小静停顿一下，看着他，缓缓摇头："可是，我后来却走掉了。你不应该养我的。"

郑卫争辩道："不，不对，是我太不争气，是我太差劲。你是没有办法，你劝过我多少次？我就是不听！我现在想起来就恨自己，我就是垃圾，典型的人渣，怎么能……"

杨小静拦住他，很坚决地说："咱们就不要再提过去的事了，好吗？咱们不要再争了，好吗？你无论如何都必须收下这点钱，不然我心里不好受。算我求你了，可以吗？你把它扔掉、捐出或者花掉，都由你自己决定。请你帮我一个忙，无论如何都要收下它，好吗？"

郑卫摇摇头，没有办法。想起这几年来，小静一直尽力帮自己，自己却一直深恨着她，懊悔不已："我也知道你一直在帮助我，可就是不肯原谅你，还骂你，真是太小气了。你大人大量，不要跟我一般见识。"

杨小静这时已经镇定下来，边想边说："我知道你是一个很单纯又很讲感情的人，你骂我，确实是因为我有错，我不会记恨你的。其实我帮你的很少，你帮我的很多。你知道的，我以前连最普通的大学都考不上，非常非常压抑，很绝望很绝望。现在已经过去都有十年了，我还是只要一做梦，就是在考场上，怎么都做不出题来，每次都会吓醒，醒来一身汗，好久睡不着。那种经历，一辈子都不可能忘掉。如果不是你把我带到美国来，我永远不可能有今天……"

郑卫现在也放松一些，想起他们以前在美国领事馆门口开的玩笑，接口说："综大有的是人来美国，你跟谁都可以出来的。"

杨小静否定："那我也来不了王冠，再说，事实上就是你把我带出来的。我有很多毛病，可是这一点点感恩之心还是有的……"

郑卫则抢着说："可是我来到美国后，不努力，不负责任，一夜一夜打牌打游戏，不反省，还骂人……"

杨小静则仍然继续着自己的思路："你改变了我的一生。"

郑卫想起他恶毒地咒骂杨小静时，她在走廊里哭着跑走的样子，不由地说了一声："对不起！"与此同时，杨小静则想到郑卫到飞机场接她时，自己是多么幸福，那真是她一生最快乐的时刻，她同时也说出一句："谢谢你！"

两个人都停住了，凝视着对方，他们都明白，坚冰已经消融，往昔的恩仇，都已经跟着这六个字随风而去。郑卫笑了，杨小静也笑了。

郑卫说："希望我们以后是朋友。"杨小静肯定地说："好朋友！"两个人看着昔日的伴侣，今天的朋友，都是无限感慨，这么多的曲折，这么多的艰难，他们两个人，居然都挺过来了。经历这么多的痛苦，这么多的奋斗，他们两个人都看到了成功。该过去的都过去了，该到来的都到来了，人生如此，又有什么遗憾？

杨小静突然想起来，对郑卫说："大卫，除了吉姆之外，我想第一个告诉你，我怀小宝宝了。"

郑卫惊喜道："真的？太好了！祝贺你！你就要当妈妈了！"杨小静的脸上既有幸福，也有憧憬，全是笑容。

郑卫喝了一些酒，长期压在心里的石头也已经去掉，自然而然开始为杨小静未来的孩子打算:"小孩子最需要的是妈妈,你千万要经常陪着她,要看着她一点一点长大。出去玩时,也应该带着她,不要怕麻烦。她要是太调皮,你可以打她,可是你更要经常告诉她,妈妈就在你身边,妈妈爱你,永远爱你!"

杨小静这下子实在惊奇:"大卫,你怎么什么都懂?连怎么带孩子你都知道?"

郑卫也察觉自己失态,居然指导起女人养小孩来,笑着说:"偶然听到的。"随即转移话题说:"那你父母会来帮你带孩子吧?你太忙了。"

杨小静微微摇头:"我妈会来,我爸不会的。"郑卫会意地微微点头,他知道杨教授的脾气,对这个超龄洋女婿,肯定难以接受,可是怎么办呢?女儿长大了,又在万里之外,他又能怎么样?

这时,小静的孩子的洋爹走过来了。他一看到大卫和自己的小太太把酒聊天,就知道自己中午的解释已经起到作用。他看到小静轻拍一下肚子,便对他们两个人笑道:"我猜我的太太已经告诉你,我们家马上就要诞生一个小巴特曼了。"

郑卫向他举起酒杯祝贺道:"祝贺你,吉姆,你就要成为幸福的爸爸了!"吉姆举杯兴奋地大笑。

两个人喝酒时,郑卫向杨小静摆一摆手,不让她碰酒精。杨小静心中一阵感叹,仿佛又看到当年那个知冷知暖的小丈夫。中国人还是理解中国人,吉姆对她虽然好得不能再好,却不会劝她不可饮酒,不能喝咖啡,不要喝可乐,而郑卫就会,这就是不一样。如果不是因为郑卫当初自甘堕落,她是不会下决心走出那一步的。不过,这一切的一切都不是太重要了,她现在全身心想的,就是她的孩子,那个即将到来的小宝贝。

他们正在闲扯养孩子的不易和父母感受到的无比幸福,乐队开始演奏。丽莎带着几个女孩子过来,要拉郑卫和吉姆去跳舞。郑卫不好意思看到未婚的,就不理当娘的,想跟杨小静多聊一会,摇摇手让丽莎她们先去跳。

丽莎叫道:"你是主角,怎么能不上场?"向女孩子们一挥手,和子便上来，与丽莎一左一右，各抓一只胳膊，把郑卫强行押走。另外两个女孩也学着她们，把吉姆也拖上舞场。郑卫开始有点害羞，随着音乐扭动几下，酒精开始起作用，很快便放开来，跟丽莎、和子等一帮年轻人跳得热火朝天。吉姆老胳膊老腿，轻轻扭动一会，趁别人不注意，溜出人群，跟别的教授聊天去了。

　　杨小静谢绝和子的邀请，跟几个中国老太太说笑几句。她们离开之后，杨小静一个人坐在黑暗里，看着一群年轻人围着郑卫兴奋地跳舞，渐渐地陷入沉思。她突然感觉到，有人走近自己，回头一看，是刘娟做完实验过来了。刘娟向她伸出手，她赶忙站起来，不由自主地说出一声："对不起！"刘娟则同时说出一句："谢谢你！"这个时候，她们都已经明白，是她们两个人，一明一暗，一直帮助着那个欢快跳舞的人，才使他走出困境。她们更为欣慰地发现，她们的努力，得到了最好的回报。

　　那边舞场上，郑卫跳得铿锵有力，丽莎则跳得风情万种，而两个人又配合得十分和谐美妙。系里一群年轻人围着他们，尽情地挥发着青春的光彩。刘娟和杨小静远远地看着郑卫激情四溢、潇洒奔放的舞姿，都知道他已经彻底放下、完全放开，他已经挥别不堪回首的往昔，成长为一个自信自如的男子汉。两个女孩手拉着手，站在一起，回想这几年彼此之间的是是非非、恩恩怨怨和起起伏伏，都是不胜感慨。刘娟感叹说："不容易，太不容易了！"杨小静回应道："是啊，终于过来了！"两个人对视一眼，带笑的眼睛里，都是满含着泪水。

023　旧友新侣

郑卫刚刚走向北京机场的海关出口，马上看到一张似曾相识而又略带陌生的脸，对方显然也在努力辨认着他。只一瞬间，两个人同时确信，对面就是自己要找的人，同时笑着迎上前去，同时伸出手来热烈握手。

郑卫笑着说："四哥，说实话，我差一点认不出你来了。"

小四笑道："老了，是不是？"

郑卫笑说："不是，是成熟，而且，从表情，到气质，再到风度，还有打扮，都完全不一样啦。"

小四开玩笑道："是不是像农民企业家？"

郑卫摇头："我觉得像儒商。"

小四大笑着说："要的就是这个效果！"随即又打量着郑卫说："你也变化够大的。我一看，这是我们宿舍老六吗？以前就是一个赖不唧唧的小混混，现在怎么看也是留洋学者。"

郑卫谦虚道："哪里，哪里，像是实验楼里逃出来的小老鼠，对吧？"两个人握着手哈哈大笑。

郑卫回身准备提起行李跟小四走，小四拦住他说："嗨，回北京了，还用你干这个？"向后一挥手，说："怎么一点眼神都没有？去把箱子拿到车上去。"

郑卫这时才注意到，他身后还跟着一个小伙子。那个年轻人很顺从地说一声："是，表叔。"走上来对郑卫微笑点头，提起他的行李往外走。

小四对郑卫说："这是我们村长的儿子，嫌工地上打工太苦，非要跟着我干。我说行呀，村长照顾我父母，我照顾他儿子，公平合理。现在跟着我跑腿，当司机，兼任秘书，让干啥就干啥。"

郑卫一看小四这派头，就知道当年那个内向胆小的农村孩子，现在已经成为新时代的弄潮儿了。他笑说："四哥，你可是发大啦！"

小四自豪地笑道："也没有多大，用社会上的话说，就是穷得只剩下钱了。"两个人又是一阵大笑。小四指指自己身上笔挺的西装、锃亮的皮鞋，还有高档衬衣和领带，说："我这一身，好几万块。我也不是瞎得瑟，现在社会上就认包装，我要是穿得破破烂烂，别人会把我当成民工，谁还会跟我谈生意？"

郑卫笑道："今天咱们又不谈生意，你没有必要打扮这么正式。"

小四摇头道："有必要，非常有必要，我这是表示尊重。别的同学来，我没有这么隆重，你不一样。来，这边走。"

郑卫一边跟着他走，一边不好意思地说："四哥，你随便点，你这样，我承受不起。"

小四认真地说："一个屋的兄弟，又多年没见，不隆重不行，而且我从来不敢忘记，没有你，就没有我的今天。你比那些跟我谈生意的老板重要得多，这个老板走了，我可以跟下一个老板谈。你不就只有这么一个？"

郑卫笑说："我真是受宠若惊，手脚都没有地方放。"

小四也笑道："我是不能不隆重，你是该随便就随便。现在你跟我去旅馆，你在北京的所有开销，吃喝拉撒睡，我全包了。"

郑卫忙说："四哥，我有钱，够用，我……"

小四摇手，不让他往下讲，说："这个，明说吧，我也有用得着你的地方，在商言商嘛，一会我再跟你详谈。"郑卫还想客气，小四不由分说："你听我的，就是对你四哥好。"

郑卫知道小四早就结了婚，赶紧问候一声以示礼貌："四哥，嫂子挺好吧？"

小四笑道："好，很好，本来说一起来接你的，这不是怀孕了吗？我就说，回头一起吃饭时，你们再见一见。"

郑卫连忙说："哎呀，四哥，你快要当爹了，祝贺，祝贺！"

小四激动万分："已经查过，是一个儿子。我父母高兴死啦，我是独子嘛。当然，我也很高兴。你说我挣钱干啥？不就是留给儿子花嘛。"

郑卫又祝贺一番，随即问道："你跟嫂子是怎么好上的？"

小四说："是林阿姨介绍的。"看一看郑卫的脸色，说："这个，你们那事，其实林阿姨和杨伯伯都是不同意的，可是管不到那么远，没有办法。"

郑卫摇头说："都是我的错，辜负他们了。你知道我的，烂人一个，小静她也是没有办法。"

小四又说："林阿姨哭了好久，杨伯伯气得半年不跟小静说话，后来还是林阿姨劝他，他才接小静的电话，不过，绝对不理那个洋老头。"

郑卫有点出神，喃喃地说："都是我不好，都是我不好，不怪小静，真的不怪小静。"

小四知道此事不宜多扯，便往下说："你们一结婚，林阿姨就让我快找。我看上几个，是俺的学生还有同事，都被林阿姨否决了，说这种花瓶，你养不起，还是找一个实惠的吧。后来她帮我介绍了你嫂子，长相一般，中专学历，身体蛮好，家庭条件不错。她是他们家老闺女，老爸是离休老干部，树大根深，不但有房子，后来我办班办学，她爸还帮过我大忙。我跟你说吧，中国跟美国不一样，美国什么都分得很清楚，让干的就是让干，不让干的就是不让干，咱们中国模糊呀，让干什么，不让干什么，要看你是谁。我走到哪里，只要把老爷子的旗号打出来，事情就好办得多。我能搞起来，还是靠着我这个老岳父，光有本事没有门路，根本没戏。现在公司很红火，儿子也快来了，所以我觉得，当初这一步走得很对。你想我一个外地农村人，在北京这地界，怎么混呀？所以，就得以土地换和平，找一个条件一般、家里根子硬的老婆。我要是也找一个外地的漂亮妞，这两个人那不是要在一起穷死！"郑卫一边听，一边心里琢磨，林主任够实际的，但并不是没有道理，还好美国不是中国，要不然刘娟就只好跟杰克，自己也只能找丽莎了。

他们在机场候机大厅门口边聊边等，过了一会，小四的跟班开着一辆吉普车来接他们。郑卫听说小四四处办班讲授书法，赚到不少钱，看这个样子，还挺大的，上车坐定后便问："四哥，你那个书法班办得不错吧？"

小四哈哈一笑："你说的都是老黄历了，现在是书法学校，我是校长兼董事长兼总裁。"又指指开车的小伙子："他是经理，实际上，正式员工，就我们两人，老师是雇的，教室是借的，还有七八个人，也是兼职的，跟皮包公司差不多。"

郑卫羡慕道："你这么好的车都买下，不能说是皮包公司吧。"

小四很得意，说："这车是二手的，也就二十多万，我准备年底买一辆奔驰，这辆车以后就专门用来拉货，下次你回来，我用奔驰接你。"

郑卫心中感激小四不辞劳苦跑来接机，恭维他道："四哥就是厉害，要学习，学习好，要挣钱，也是最多。"

小四见郑卫在自己下属面前帮他吹牛，更加得意，笑着说："刚开始很艰苦，骑着自行车，风里来雨里去，现在做大了，走上正轨了，我也号称著名书法家啦，发展起来就很快，我不用太累，雇人给我干就行。这次你回来，还想借你的东风，你刚下飞机，我就给你说这些，不像回事，不过，时间就是金钱嘛。我打算请你给我的书法学院学生作一场报告，能不能给一个面子呀？"

郑卫奇怪道："那我说什么呢？我那两笔破字，怎么好意思献丑？"心想总不能找一篇《科学》杂志上的论文讲一遍吧。

小四笑道："你想讲点什么都行，扯哪算哪，无所谓的，要的就是你这块牌子，啊，美国王冠大学的博士，美国霍顿大学的教授，校长的同学、室友加好友，为我撑门面，做广告，懂了吧？"

郑卫基本明白，还有一些小问题："这怎么跟书法扯得上呢？你那些学生，对美国有兴趣吗？"

小四笑道："这你就不知道了吧？我那些学生，大部分是老头、老太太和小孩子，没有见过多少世面，最崇拜的就是美国，让你讲一讲，就是要拿你来唬人。回头咱俩照几张合影，往教室里一挂，这就是学校的最好广告和本人形象的大幅提升。"

郑卫发现人家卖的主要是美国，跟自己关系不大，也就没有什么不好意思的了，嘴上说："没问题。"心里开始琢磨着讲点什么。

小四看郑卫在想心事，有点误解，当即笑道："不会让你白讲的，除了你在北京的花销我全包，另外再给你五千块钱讲课费，怎么样？"

郑卫吓一跳，忙拒绝道："哎，四哥，咱们谁跟谁呀？给你帮一个小忙，要什么钱？不要，不要！"

小四放心地笑了："美国回来的，果然很纯，不过，我这是做生意，不能占你的便宜。上次我找来一个有点名气的演员，写了几个狗爬一样的字，就给她好几万。咱们是兄弟，我现在的底气还不足，只能给你五千，等我做大了，以后你要多少，我就给你多少。"

郑卫一推再推，总觉得都是朋友，白吃白住就过分，哪能胡扯几句就要钱？直到小四生气了，说："你是不是嫌少？一千美元都不到，算什么呀？"郑卫没有办法，只好笑纳。

来到宾馆，一个西装革履的青年才俊出来迎接，郑卫一看，正是老七。他一边跟老七握手，一边笑问："你怎么也来了？没必要嘛。"

老七笑道："王冠大博士光临，我怎敢不来接驾？"

郑卫不好意思道："什么博士不博士的，瞎混呗。"他刚拿到博士没有几天，还不习惯。

老七对着小四指一下郑卫说："你看，他都当上美国名校的教授啦，还说是瞎混。"

郑卫赶快说："你不是也留在综大当教授了吗？比我还早一年。"

老七谦虚道："我是讲师，还要再等一年，不像你，已经是教授。"

郑卫忙解释说："是助理教授，跟讲师一样。"

老七说："可是你已经是博导了呀！中国当上教授也不一定能带博士。"

小四在旁边笑说："你们俩就别光顾着互相恭维了，赶快进去吧。"

几个人走进旅馆房间，小四到处查看一下，说："条件一般，你就将就吧，账我会付的，你就别管。"

郑卫还想谢绝，老七冲他摇摇手，说："你别让了，他拔根汗毛，都比咱们腰粗。"

小四也笑说："我也不是什么博士、教授，只有这么一点优势，你还不让我发挥发挥？"郑卫只好又笑纳了。

小四拿出一部手机给郑卫，说："你在国内，就用这个手机跟大伙联系，钱我已经充到卡上，你随便打。"

郑卫又想推，小四笑说："这种花费都记在公司账上，不是说好了吗？你是我们公司请来的客人，要给我的学生作报告，还要帮我打牌子。你放心，我是商人，不会做亏本生意。"郑卫明白，小四对自己这么好，还是对自己当年帮他留在北京而感激万分。

小四又对老七交代说："这两天，就由你陪他，带他去看咱们班主任和梁院长，咱们后天正式开一大桌给美国佬接风。到时间你把女朋友带来，我也把你嫂子叫来，还有月半两口子，就咱们几个人，亲近点。"又对郑卫解释说："这两天人凑不齐，我那儿事多，也走不开，还是后天晚上吧，正式给你接风。"他显得颇有老板风度，比几年前成熟老练不知多少倍。随后他站起来告辞，说："不好意思，我总是忙，先走了，有什么事情给我打手机。"说完跟郑卫握握手，带着跟班离去。

小四走后，有好一会，郑卫和老七都有点尴尬，不知道应该说点什么为好。他们本来是最要好的朋友，分开这几年，都是历经沧桑，变化颇大，彼此之间，未免感觉生疏，也有点千言万语不知从何说起的感觉。还是老七做过一段学生工作，更善于跟他人打交道，开口询问起郑卫路上是否顺利，现在累不累，要不要休息，下面有什么打算等等，渐渐地，两个人都放松下来。

话题一打开，肯定不能不提起那个两个人都魂牵梦萦的女孩，老七本来想装作很自然地问一下他们的老同学兼老朋友的近况，可是话到嘴边，却变成这样："那个谁……怎么样？"

郑卫答道："她很好，留在王冠做博士后。"

老七再问:"这个我知道。她怎么没有去当教授?"

郑卫解释说:"她有几个录用函,想当教授也能当,可是地点不太好,她不想去。"

老七还是有一点紧张:"她还是……有变化吗?"

郑卫说出自己的感觉:"比以前更好了,长相嘛,没有多少变化,要变也是更好看了,以前是一个小丫头,现在有女人味了,比以前爱说爱笑多了。"他没敢说也爱哭多了。

老七想象着刘娟现在的样子,想问一下郑卫有没有她的照片,又不好意思提,嘴巴动动却没有说出来。郑卫了解老七,忙打开随身带的小提包,抽出一张照片来,递给他。

老七仔细看着刘娟头带博士帽与郑卫的合影,感慨道:"人家永远是最好的,王冠的博士啊,而且既高雅又漂亮。幸亏我没能去成美国,不然跟着她,我可怎么过……"

郑卫替他遗憾:"你这个,也太不走运……"

老七头手并摇着说:"不,不对,我后来想通了,我比人家差得太远,非要高攀,以后肯定会自卑死的。"郑卫猛点头,觉得老七说到自己心里去了。

老七继续说:"男人呀,一定要有自信,不然太痛苦。你不是叫我向她求婚吗?我一想,这不是明摆着想逼她带我出国吗?那我们以后怎么相处?那么大的心理压力,我非心理变态不可!"

郑卫劝慰他说:"不会吧,你也知道,她不是那种人,不可能看不起你。"

老七激动道:"可是我会看不起我自己!我还有一点自尊心没有?我宁死也不能那样做!"郑卫点点头,心里琢磨着,不知道刘娟看不看得起自己?唉,自己比老七都差得远,既是混混,还离过婚,这不是更配不上人家吗?可是,她为什么总是对自己特别好呢?

老七叹一口气,把照片还给郑卫,回忆起当年的痛苦:"说实话,我那时连去死的心都有,后来,一年多萎靡不振。不过,学习还有科研,都还不错,你们好一点的都出国了,就剩下我了嘛。绝望到底,也就什么都无所谓了,反正男人越不自信,女孩就越看不上。我现在这个女朋友,就是被我装牛皮硬追下来的。"

　　郑卫一听，大感兴趣，探过头去问："怎么一个追法？"

　　老七开始讲："她刚读硕士，我去给他们班带实验课，进门第一眼，就看上她了。我先套近乎，有机会就找她，聊聊天，说说笑话，混熟再说，然后我问她，有没有男朋友啊？她说，算有了吧。我说，什么叫算有了？把你男朋友的照片拿给我看，拿不出来，我就是你的男朋友。"

　　郑卫没有想到，老七居然这么牛，这哥们以前追刘娟时，整天小心翼翼怕这怕那，这怎么像变成另一个人似的。老七看出他的疑惑，教导他说："对女孩，你就不要太在乎。你越在乎，就越小心，也就越没戏。你就要显得特别自信，特别牛皮，才能征服她。"

　　郑卫很没有信心地问："真的吗？"心想那是女孩不如你，要是她什么都比你强，你怎么可能牛得起来？

　　老七看到郑卫钦佩的表情，颇感得意地说："就是这样！我是痛苦很久，才算想透，她漂亮怎么样？她能干又怎么样？她不要嫁人吗？她要嫁人，我就是最好的，我就是最合适的。"郑卫在心里问自己，我是最好的吗？我是最合适的吗？

　　老七继续吹自己的恋爱经历："她不理我，我还是去找她。先是拿着两张电影票去，说咱们一起看电影吧。她说不去。我把票往她桌子上一放，转身就走，说我在电影院等你。她没有来，我不在乎。下一次，我又买来两张戏票，又去找她。她还说不去。我又把票往她桌子上一放，走人。她又没有来。第三次，我买的是两张音乐厅的票，我去对她说，我很喜欢你，我认为咱们是最合适的，我很希望你做我的女朋友，不过，我也不想强迫你。这张票留给你，你要是再不来，我绝对不会再找你，我相信，我是不会没有人要的。说完我就走了。第二天他们班有课，下课后，我故意跟他们班另一个女孩一起走，有说有笑，特别亲热。晚上她就来听音乐会了，然后就成为我的女朋友。就这么简单！"

　　郑卫佩服羡慕坏了，叫道："老七，你可真厉害，跟抢亲似的！我要能像你这样就好了！当然，我比你可是差得远……"

老七强调说：“你一点不比我差，你连美国名校的教授都当上了，怎么会比我差？我女朋友说过，她就喜欢我身上的这股子霸气。你需要的，就是鼓起自己的勇气。"看到郑卫思考的样子，接着说：“当然，也要有一点计谋，她后来告诉我说，她看我跟另一个女孩谈笑甚欢，大吃其醋，然后就投降啦。”两个人一起哈哈大笑。

郑卫替他吹嘘道："你现在是追妞高手！"

老七满脸是笑地说："高手谈不上，经验还是有一点。"

吹完牛，老七对郑卫交代："你一会休息一下，晚上我带你去看看咱们班主任，明天我带你去见梁院长。对，就是以前的梁主任，现在是生命科学院的院长。他说他要找你好好谈一谈，还要请你作报告，反正不会让你闲着。你累不累？要不要倒时差？"

郑卫说："没问题，我在美国每天都干到半夜，过的已经是北京时间了。"

梁院长一见到郑卫就说："是你呀，有印象。你们班有两个去王冠的，对吧？刘娟我认识，一直是尖子，长相也出众，当时有几个年轻教师想找她谈对象，被我喝止，老师追学生，那是以权谋私。她出国的时候，专门来跟我告过别。他们告诉我还有一个去王冠的，我想不起来，学生太多，事情也太多。你走之前，怎么没有来看我？"

郑卫心里想，我哪敢呀？嘴上说："当时一忙就忘了。我太不懂事，请梁主任原谅。"

梁院长大度道："你是我的子弟兵嘛，而且我也是王冠出来的，咱们还可以算是校友。可能我对你的关心也不够，所以不太记得你，你也不来看我。后来我出国开会时碰到吉姆，他提到你，说是我推荐的，我想不起来，回来一查，却发现电脑染上病毒，文件都丢失了。"

郑卫暗自庆幸，心想病毒并不总是那么讨厌，嘴上说："病毒挺可怕的，对重要文件，我都做好几个备份。"

梁院长说："是啊，当时不太懂，也没有太在意。不过，从成绩上看，你当年可不算好学生。"

郑卫心里想，您就别客气啦，我是差学生中的最差，嘴上说："成绩不好，混得太厉害，对不起梁主任。"

梁院长问："怎么一到王冠，你就做得那么好了？又发论文上《科学》，又要去名校当教授，很有出息啊！我的学生里，极少有你这么成功的。看来，吉姆很会教育学生嘛。"

郑卫心里想，他可真是太会教育人了，嘴上应付道："是啊，嗯，运气也好吧。"

梁院长随即询问一番巴特曼教授的近况，接着说："他一直做得很不错，很聪明能干的一个人，在王冠能当上系主任，可不是一件容易的事。怎么听说他把你的小媳妇抢走了？"

郑卫心中悲哀，丢人都丢回母校了，嘴里试着解释："也不是的，我们……这个……感情不和，离了婚，他和我的前妻，是后来好上的。"

梁院长释然道："我说嘛，我在那里的时候，他动不动就在实验室里干通宵，把老婆都搞没了，怎么现在会做这样的事？"随后又笑一下，说："当然，美国人嘛，天性风流。他对你怎么样？还好吧？"

郑卫真不知道这种问题应该如何回答，好，还是不好？还是说好吧："还行，这次在《科学》杂志上发论文，他帮过我很多忙，找工作也是，帮我说了不少好话。"

梁院长理解："老师嘛，都希望学生好，学生都很窝囊，那是老师没有本事。"

想起自己的得意弟子，他又问："刘娟也好吧？我知道她在王冠做博士后，好像不如你。"

郑卫心里说，哪里呀？嘴上也说："哪里呀？她比我强得多。她拿到好几个学校的教授位置，都没有去，想在王冠多积累一些学术经验。"

梁院长点头称赞道："这个女孩子很踏实，不会急功近利，人才呀！"随后，他又问起一些综大在王冠的校友的情况，有的人郑卫认识，有的人不太了解，他有多少说多少。

梁院长说："我一直很关心你们，有人回来，或者我出去，都会了解一下。

有一些人学不下去，有一个好像是实验作弊，被开除了，有几个只拿到硕士毕业，还有一些转学的。像你们两个人，都拿到王冠的博士，可以说是学得最好的。"

接下来，梁院长关心一番郑卫的行程。郑卫说自己刚刚拿到王冠的博士，这次回国休息几个星期，看望一下父母和老师同学，然后回美赴霍顿就任助理教授。

梁院长又夸奖他几句，言归正传，介绍说："我一般是上午搞科研，下午做行政。今天特意抽出一个上午来，要跟你好好谈谈，因为你是我们综大的本科、王冠的博士、霍顿的教授，还在《科学》杂志上发表了论文，根红苗正，成绩斐然。一方面呢，我希望尽可能多地了解国际上生命科学发展的最新进展，还有王冠现在的体制，具体工作方式，实验方法，你给我详细讲，有多少说多少，不要保留。我自己也知道一些，但还是想知道得越多越好，越新越好，学习借鉴嘛，不能故步自封。另一方面，咱们学校也在全球招聘，像你这样的年轻人才，是我们最欢迎的，我也想了解一下你本人的情况。"他让郑卫逐一介绍自己的研究情况，巴特曼博士实验室的工作情况，到霍顿之后打算怎么做，以及各种各样其他相关的问题，边听边记，非常认真。

就这样，梁院长跟郑卫长谈一个上午。他问得非常细，连郑卫住在什么地方，怎么吃饭，跟同事相处怎样，与同学打交道多不多等等，什么都问。郑卫一边据实以告，一边奇怪，想来自己的父母对这些事情都不会感兴趣。

梁院长最后问郑卫："你打算在霍顿做多久？对将来有什么打算？"

郑卫回答说："还没有想那么远，走一步看一步吧。"

梁院长又问："你有没有兴趣回综大工作？"

郑卫在美国伤透了心，倒是没有什么可留恋的，可是只要刘娟还在那儿，他就不能走。他犹豫道："我当然挺想回来，不过，过一段时间吧，现在还不是……太方便。"

梁院长理解道："拿到绿卡，拿到终身教授，再回来也不迟。我给你交一个底，根据我对你的考察，我觉得你是我们最需要的人选之一。现在不急,过几年我老了,要交班,会找一个国外名校回来的,成绩突出的,公正无私又能压得住阵角的人接手。我感觉你比较合适。如果你愿意回来,我可以给你一个院长助理的位置,学习过渡一段时间,然后再推你接班,你看怎么样?"

郑卫先是吃惊,接着摇手,很坚决地拒绝道:"谢谢梁主任!回来我是迟早会回来的,但我肯定不会当官。从小到大,我从没有做过干部,做不来,也不感兴趣。请梁主任还是考虑别人吧,有的是人想当官。"

梁院长摇头道:"对那些只想当官不想做事的人,我绝不会给他官做。"

郑卫坚持说:"我不想当官,只想做事。"

梁院长很满意,说:"我就要不想当官的人当官,不然中国的科研就完了。这件事,你对谁都不要提,以后再说。我会多考察几个人,你也需要进一步充实自己,积累经验。咱们走着看,慢慢来。"

中午梁院长请客,还找来老七、郑卫的老班主任,以及院里、系里的一干头头脑脑作陪,很是隆重。郑卫这么一个在美国平平淡淡的人,回来后受到如此重视,想不飘飘然都难,再受到老师们的不停夸奖,他自然而然地觉得,自己还是不错的,怎么也应该算是一个人物了。当然,走出酒店,踏进校园,他马上又想起自己是谁了,因为这里遍布着他和杨小静热恋时的足迹。

下午老七带着郑卫去给学生作报告,郑卫不理解,问老七:"学术报告不是安排在明天吗?让学生一起来听不就行了?"

老七解释道:"这是梁院长帮你挣钱。别的学校作一场报告都给一两千块钱,综大规定只给五百,你给学生讲一场,再给老师讲一场,就可以给你一千。"

郑卫奇怪:"为什么综大给得少?"

老七笑道:"架子大呗,不给钱还有的是人想来作报告哩。"

郑卫笑起来,觉得国内很多事都挺新鲜。

还没有走到教室,老七的手机响起来。他接完电话后对郑卫说:"学生出事了，有一个小子闹着要自杀，我这就赶过去。"

郑卫一听，催他快走，老七不着急，一脸不耐烦："又来一个，烦死人了！这种事我见得多啦！真想死的，直接从楼上往下跳。这小子拿小刀在脖子上比划，又不真扎，根本不是想死，吓唬谁呢？现在这些学生，真他妈的不成气，怕苦怕累，就是不怕死，动不动就闹着不想活了。不就是被女朋友蹬了吗？这么闹不是更丢人？"

郑卫劝他："年轻人，总有想不开的时候，谁都一样。你快去吧，我自己知道怎么走。"

老七生气道："我不去不行，不然学生会说学校不在乎他们的死活……"

郑卫充分理解，推他说："他这是寻求安慰，还没断奶哩，你就去给他做一回爹娘好啦。"

老七苦笑道："保姆吧。我当年可是打碎牙齿和血吞！这样吧，我给太子妃打一个电话，让她帮你主持一下。"

郑卫问："谁是太子妃？"

老七笑说："梁院长的儿媳，在系办工作，你还没有见过。"

郑卫走进教室一看，学生们已经到来不少，前排坐的大多数是女生，男生坐后排，中间夹杂着几对情侣，正忙着卿卿我我。郑卫环视一周，觉得特别熟悉，相当亲切。他看一看表，还差几分钟，太子妃也还没有来，就按照美式习惯，走过去跟前排的几个女生聊两句，以示平易近人。他很和蔼地笑着对前排的学生说："你们好。你们是哪个系的？想听一点什么？"

几个女生一起抬起头看着他，像碰见怪物一般。瓜子脸的那一个撇一下嘴，把头扭向一旁，不屑理睬。另一个染黄头发的女生，满脸讪笑地要看不看地对着他，却不吱声。中间那一个头发剪得很短的女孩，则厉声对他喝道："你干吗呢？快坐下去！美国教授马上就要到了！"

郑卫迷迷糊糊地重复一句："美国教授？"疑惑地又想看表，又想去看教室号码，不知道自己是把时间搞错了，还是走错了教室？突然反应过来，这个"美国教授"，原来就是自己呀！他不禁面露既得意又惶恐的微笑，想不到自己这样的美国垃圾，现在成为"放弃国外高薪，毅然回来报效祖国"的海归，怪不得听说现在留学骗子横行中华哩，这事要是让自己的王冠校友们听说了，肯定会全体笑翻在地，个个满地打滚。

没有办法，他只好对女孩子们自我介绍说："我就是郑卫，从美国回来探亲，梁主……院长让我来给大家讲几句。"

几个女生全都惊呆，数双眼睛盯着他，审查着这个身穿便服、比她们大不了几岁的毛头小伙子。郑卫尴尬地笑笑，耸耸肩膀。女孩子们马上发现，郑卫全身上下都是美国名牌。这些都是他要毕业找工作时，用杨小静的钱，由刘娟帮他武装起来的。

短发女孩怯生生地开口道："老师，你怎么这么年轻啊？"

黄毛也恭恭敬敬地说："你真的是霍顿大学的教授吗？太不像了！"

瓜子脸一脸崇拜地赞道："我们还以为是一个小老头哩，至少人到中年。你可真是太帅啦！"

人们对自己的认识，往往建立在别人的评价上，郑卫真切地感受到，他人崇敬的目光，对自己是多么巨大的肯定，不过，他不想也不需要往自己身上贴金，谦虚道："我刚刚拿到博士，教授还没有去上任哩。"

这时，全教室都安静下来，所有学生都目瞪口呆地看着这个讲台旁的大男孩。他们跟这几个女生一样，都以为要进来的应该是一个前呼后拥、气宇轩昂的中老年胖子，谁会想到一个学生模样的孩子自己窜了进来，还声称他就是那位美国著名教授。这小子是神经病呢？还是来玩微服私访？

这时，一个青年女性匆匆忙忙走进来，见到郑卫就喊："那个同学，赶快坐到座位上去。"全场哄堂大笑。

前排几个女孩一起喊："老师，他就是郑教授！"

郑卫也上前伸手点头说："我就是郑卫。"

太子妃握住他伸过来的手，满脸惊讶地说一句："我知道你年轻，可没有想到你这么年轻。"台下又是一通大笑。

虽然郑卫知道这是误会，可是却一点都不讨厌这种误会。太子妃随即上台，介绍一番郑卫的情况，综大的本科、王冠的博士、霍顿的教授，在《科学》杂志上刊发重要论文，是梁院长最得意的弟子之一，明天将给本校教师们做大型学术报告。这一大堆光辉业绩往头上一戴，郑卫想不牛都不可能，接下来的讲座中，他是风度翩翩，自信自然，古今中外，口若悬河，直吹得一众青年学子心服口服。前排坐着的那几个女生，更是目不转睛地盯着他，像是在凝视着心中的偶像明星。此情此景，谁要是不得意，那他就不是人了，郑卫几次都想大笑三声，然后再高呼一嗓子："想不到我郑混混也有今天！"

讲座完毕，郑卫问学生们，有没有什么问题，后排一个男生突然站起来用英语大喊："郑博士，请你把地址留给我。"郑卫一怔，还没有来得及搞明白是怎么回事，又有几个男生女生举手叫道："也留给我！也留给我！"

郑卫礼貌地解释道："我回去就要搬家，所以……"

一个男生冲上来，把一张纸和一支笔塞给郑卫，叫道："电邮地址就行。"同时一批学生站立起来，都要往上冲。

太子妃跳上讲台，高声叫道："大家都坐下！你，下去！谁都不要动！"然后对郑卫说："郑教授，可不可以请你把你的电邮地址写在黑板上？"郑卫无奈，只好转身把自己的电邮地址留给学生们，同时，他听到背后太子妃在训学生："你们谁学习好，梁院长会推荐给郑教授的。你们不许找郑教授单独联系，郑教授是不会理睬你们的。"

走出教室，太子妃即对郑卫说："这些学生，想出国都想疯了，你那里又是名校，他们想进都进不去，肯定会不停地找你。郑教授，你别理他们！"

郑卫听着她一口一个"郑教授"，实在感到别扭，对她说："你就叫我郑卫吧，我还没有当教授。"

太子妃一笑，说："好，我爸也叫你郑卫。"她回过头看看，周围没有学生，又对郑卫说："我知道你的情况。怎么样，回来带一个出去吧？综大的女生，素质不会差。我看了，这些女生都很崇拜你。我知道她们谁没有对象，谁清纯可靠，我来帮你挑一个，怎么样？"

郑卫一看，她这个节奏也太快了点，当然，人家也是好意，不过，这种险，他可不想再冒，上次带出去一个，被老板抢走，自己也差点死在那儿，这次如果再带出去一个，又被学生抢走的话，自己就直接上吊算啦。他忙推辞道:"谢谢,不用了,不着急。"

太子妃说:"你是不大,不用急,可以先见两个,中意就慢慢谈着,怎么样?"

郑卫没有办法,只好撒谎道:"谢谢,我在美国,已经……有对象了。"心想这真是对刘娟的亵渎。

太子妃忙问道:"真的,怎么样?哪里的?好看不?我怎么没有听我爸提起?"

郑卫只好玩模糊:"还没有定,不一定成,等定下来,我再跟梁院长汇报。"

太子妃保证说:"如果那个不成,就告诉我,你是钻石王老五,我一定给你介绍一个最好的。"

告别了太子妃,郑卫想独自在校园里转一转,重游故地,缅怀逝去的青春和爱情。还没有走出两步,就听到有人在背后喊:"郑教授。"

他回头一看,居然是讲座上碰到的三个女孩。他笑着说:"很巧呀,又碰到你们了。"

短发女孩气喘吁吁地说:"我们一直跟着你。"

郑卫吃惊地问:"有什么事吗?"

黄毛说:"我们想请你吃饭。"

瓜子脸接口道:"请郑教授务必赏光。"

郑卫知道,天下没有免费的午餐,她们肯定是希望自己帮忙去美留学,便推辞道:"我今天晚上已经有饭局了,谢谢你们。"

短发女孩说:"那我们请你去酒吧,多晚都行,喝一个通宵也行。"

郑卫听着可怕,忙说:"明天我有报告……"

黄毛说:"明天晚上也行。"

郑卫推道:"明天晚上同学会餐……"

瓜子脸急道:"明天夜里去酒吧也行,你什么时候有时间都行。"

郑卫笑着摇摇头,坚决推辞道:"我这些天都有安排了。你们想要留学,可以跟我联系……"

短发女孩说:"我们不是想留学。"

黄毛接口说:"去也不敢去你那个学校。"

瓜子脸则娇嗔道:"郑教授就是看不上我们。"

郑卫很奇怪,问道:"那你们找我有什么事呢?"

瓜子脸娇笑道:"想跟你交个朋友呀!"短发和黄毛两个人手拉着手无比坚定地站在郑卫面前,她们俩对视一眼,然后由短发女孩开口摊牌:"请郑教授在我们中间挑一个。"

郑卫脑子短路,茫然问:"挑一个……干什么?"

黄毛回答很简短:"结婚。"

郑卫猛然发现,自己实在是老古董了,在美国时,总觉得丽莎太猛,回国后才知道,国内女孩更猛。他不得不又一次抬出刘娟:"你们,嗯,很好,不幸的是,我已经有女朋友了。"

瓜子脸探究地看着他的脸说:"看着不像。我们猜你是回国找对象的。"

郑卫苦笑一声,心想现在的孩子,个个争先恐后地走在开放的最前沿。他可不是生瓜蛋,你们脸皮厚,我的脸皮也不薄,当即反守为攻道:"你们是想找对象,还是想出国。"

短发立即用英语回答:"两者都有。"

郑卫再攻:"你们三个人,我只能找一个,怎么办?"

瓜子脸应道:"你自己挑呗,公平竞争。"

郑卫一看这些丫头这么大胆,听说现在的女孩是恋得早,换得勤,当即再问:"你们都没有男朋友吗?"

短发说:"我现在没有。"

黄毛说:"我也没有。"

瓜子脸落地有声:"有也可以换!"

郑卫微笑起来,说:"对不起,我可能落后于时代了,我实在不想换女朋友。谢谢你们!"转身去拦路过的一辆出租车。

三个女孩在后面齐声喊:"郑教授,交一个普通朋友也行!"

坐在车上,郑卫突然觉得,杨小静其实很不错,如果跟现在这些姑娘结婚，自己如果不求上进，她们会苦口婆心地劝自己吗？要是离了婚，还去骂对方，她们会感恩图报，忍辱负重吗？也许有人会，绝大多数都不会。而像刘娟那样的圣人，肯定再也不会出现了。倒是肖君杰，到大陆来，想找哪个女孩都没有问题，她有男朋友也不是问题。红脖子更是一点都不用愁，他那样的人回了国，那才真叫做如鱼得水哩！

老同学们为郑卫接风洗尘的聚会，第二天晚上如期举行。郑卫见到老七的女朋友时，怔了一下，感觉怎么有些面熟，随即他发现，她的眉脸有点像刘娟，虽然没有刘娟那么精致，表情却丰富许多，怪不得老七说，一眼就看上她了，思维定式嘛。小姑娘不认生，见面就叫郑卫"六哥"，很能说会道，不停地羡慕郑卫学有所成，美国大教授，把郑卫吹得头昏眼花。小四的太太则是矮小粗壮，老实沉默，跟郑卫握握手，腼腆地说一句："你好，欢迎回来。"就不再说话，一切听小四的。小四对她则是嘘寒问暖，殷勤备至，颇有点模范丈夫的味道。

月半俩口来得晚，小四打电话催促几次，还笑说："明星出场，就是架子大。"另外几个人，都是神秘一笑。过了一会，有人敲门，小四喊声："请进。"一个女服务员打开包厢门，接着一个身材高大、相貌不凡的人走了进来，并直接过来跟郑卫握手。

郑卫怔怔地看着他，大喊一声："张前！"又傻乎乎地问："你怎么也来了？"

张前只笑不答，门外有个人代答："是我带来的呗！"接着满脸笑开花的月半出现了。

郑卫赶快走上前去，跟她握手，嘴里寒暄道："你好，你好，你怎么只带帅哥来？老公呢？"全屋人都笑起来。

月半边笑边叫："你这个家伙，去美国学傻了你！"斜眼看一下张前，无比骄傲地说："这就是我老公！"

郑卫的脑子里，一直想着的都是那一个五大三粗的运动员，这下子惊讶得下巴都快掉下来，喊道："怎么回事？真有你的！你怎么把帅哥搞到手的？你们怎么谁都没有提到过？"

月半得意极了，要的就是这个效果。她伸手挽起张前的胳膊，头侧靠在张前的肩膀上，笑着说："我不准他们说呗！你姐我没什么嗜好，就是有点好色，现在我把小帅哥搞到手了，怎么也得给你一个惊喜吧？"

郑卫无比佩服道："厉害，太厉害了！快给我们讲一讲，你是怎么把帅哥骗到手的。"

这时小四喊道："先入席，先入席，吃着喝着，再慢慢聊。"

众人坐好后，小四举起酒杯说："大家先碰一杯，为老六接风。"几个人纷纷拿起酒杯，跟郑卫碰杯，都说："欢迎回来！"喝完一杯后，小四接着又说："这几年来，大家的事业和爱情，都有很大进展，咱们再碰一杯，互相祝贺一下。"大家又互相敬酒，都说："祝贺，祝贺！"郑卫脸上笑着，嘴里应承着，心里想着，俺把老婆都弄丢了，这也要祝贺？小四接着招呼大家吃菜，酒水随意。

几个人吃喝一阵，老七提议道："月半，你得说说，你是怎么把张前追到手的。我们的情况，你都知道，你就是不肯说你自己的秘密，这不公平。"

郑卫惊奇道："原来你们也不知道，我还以为只瞒着我一个人。"

老七笑道："她谁都不告诉，好像我们会把张前抢走似的。"大家都笑，老七的女朋友歪倒在他怀里笑。郑卫边笑边想，同学们都够成熟，肯定只会问高兴的事，没有人会问自己为什么离婚，自己老板又如何抢走了自己的老婆。

月半不怕人问，只怕人不问，边笑边说："谁追他啦？我们这是天作之合，对不对？"

她扭头问张前，张前点头笑应："特巧，真是上帝安排的！我们其实谁都没提，直接结婚，还特合适。"他这一说，大家更好奇了，都要求他快点讲。

张前笑着指指月半，说："还是请我们家领导讲话吧，我做技术补充。"

月半知道张前会让她来讲，兴高采烈地开吹："我毕业回家后，没待两个月，就烦死了，那个小地方，根本没有办法跟北京比，差得太远，再看看我以前那个男朋友，更加不顺眼，他那些哥们，纯粹就是地痞流氓，打架、赌博、吃药、找小姐，什么坏事都干，我要是跟他结了婚，天天跟这帮人混在一起，非气死我不可。尤其是他的一个最要好的哥们，浑身刺青，在好几个破大学里都谈的有女朋友，一会儿带一个回来住，什么东西呀……"

张前知道，不提醒她一下，她海阔天空地一吹，不知道会跑到宇宙的哪个角落去，便碰碰她，说："领导同志，请拣重要的讲。"

月半扭身捶他一拳，嗔道："你是领导还是我是领导呀？"然后笑着继续往下讲："我一看不行，这样下去，我就完了，就要跟我的男朋友吹。其实他是那帮人中最好的，挺老实厚道的。他不肯，总缠着我。我说你也是一个男人，我已经为你做出这么多牺牲，咱们不是一路人，以后肯定过不到一起去，还是做朋友吧。他大哭一场，痛苦一阵，也就算啦。"

听的人都点头，说："这个人还行。"

月半说："本来就是邻居，一起长大的，谁都知道谁。"

月半吃两口菜，继续往下说："我赶快准备考研究生，回北京呀！英语跟你们一起学过，没什么问题，专业课，我让老七帮我找来一些资料，也容易，没有费多大劲，姐就回来了。"

郑卫插嘴问："你怎么没有回综大，去了科学院？"

月半说："我是死心塌地要回北京，可不想要一个学生户口，以后麻烦，我毕业后，直接留科学院，一步到位。"郑卫点头同意，想起同事对中国地区差别的评价，知道户口的重要性，这一点还是美国好，想去哪就去哪，哪里都差不多。

老七则关心另一个问题："你不是跟你原来那个单位签有合同吗？要不要给人家赔钱？"

月半叫道："嗨，要我给他们赔钱，想得美！我说你们放不放，他们说不放，我就叫来我的前男友，带着几个浑身刺青的兄弟，到领导家门口转悠几圈，他们马上就松口了。"

郑卫吃惊道："还有这样的事？"

月半很不屑地说："怪不得说你们国外回来的都是国际大傻！中国就这

规矩,谁有钱有势,谁能打会闹,谁就是大爷!"

郑卫惊叹道:"你可比以前成熟多了!"

月半既辛酸又得意地说:"你们只要去小地方待半年,想不成熟都不可能。"

老七的女朋友对这些没有兴趣,催促道:"月半姐姐,你赶快给我们讲一讲你怎么钓上帅哥的吧。"

老七抚摸一下女朋友脑后的马尾巴,笑道:"看把你急的,你已经没有希望啦。"

他的女朋友笑得花枝乱颤:"所以听一听别人的故事,过过瘾嘛。"

月半笑道:"姐这不就浩浩荡荡杀回北京了嘛,也就是蹉跎了一年,还行。我父母特高兴,说我总算走上正轨。"

老七的女朋友指着张前问:"那你一回来就去找大帅哥了?"

月半摇头道:"哪里呀?我既没有他的联系地址,又以为他还跟那个漂亮的小护士好,怎么会去找他?"

小四是实业家,郑卫读博士读傻了,老七不愿意揭别人的伤疤,都不去追问张前那些风花雪月的事,老七的女朋友却很好奇,问张前说:"张前哥哥,你是不是见到月半姐姐,就不要那个护士了呢?"张前哼哼唧唧的,还没有想好应该怎么回答,月半就给他全端出来:"哪呀!他还不是又被人家蹬了嘛!"又拍拍老公的肩膀:"你呀,就是等我的命。"张前笑笑,点头称是。

老七的女朋友奇怪道:"你长得又高又帅,还是大学生,她一个小护士,怎么会不要你呀?"

月半摇手气愤道:"跟老外出国了呗!不说了,不说了,越没有本事的女孩,越想嫁老外。"大家都不看郑卫,郑卫却知道月半说的还有谁,他的心抽动一下,却不认同嫁老外的都没有本事。

老七的女朋友夹上一筷子菜,尝了一下,可能觉得不合谓口,就扔到老七碗里,接着往下问:"那你们又是怎么碰到一起的呢?"

张前拍拍月半,让她继续往下说,知道那是她最高兴的情节。月半兴奋开讲："要不怎么说是天作之合、上帝安排的！我回京都快半年了，还没有找到新的男朋友，急死我啦！你想我那时多大了，都快二十四啦！"听的人都摇头，没有谁觉得二十四岁很老。月半继续讲："那天我心里郁闷，一个人去逛商场，只是瞎逛，不想买什么，逛逛心情就好一些。正巧碰到我们系的一个女老师，带着女儿也在逛，我们俩就聊起她买的衣服，贵不贵、好不好什么的，正说着，突然走过来一个大高个，还叫我，我一看，是小帅哥，当时都惊得呆掉了。他也很紧张，一个劲问，你怎么在这儿，你怎么在这儿？我也是一个劲问，你怎么在这儿，你怎么在这儿？那个老师一看，说一声你们聊，转身走了。我们俩，你看着我，我看着你，简直就像是做梦一样。老公，说说你怎么会去逛商场的。"

张前也是满脸笑意，接口道："我自己从来不逛商场，也就是陪……嗯……别人逛，那天心情特别差，觉得自己真倒霉，不管找谁，都被人家蹬掉，就出来自己溜达，路过那个商场门口时，不知怎么就鬼使神差地走进去，瞎转两圈，正准备往外走，突然隐隐约约听到一个声音很熟，当时我是浑身一激灵，转头一看，一下子就看到她，我是想都没想就冲过去……"

月半在旁边插嘴道："你后来说，你就像抓到救命稻草一样，对不对？人家不是给你介绍过好几个女孩吗？"

张前摇头说："都不靠谱，有一个比我大好几岁，还有一个运动员，比我还高，另外一个读硕士的，介绍人唠里唠叨地给我讲了半天，最后说漏嘴，说那个女孩长得太高，实在不好找对象，我一听，这不是让我去学雷锋嘛！"大家边吃边笑，都说个子高有个子高的麻烦。

小四笑得最畅快，对老婆说："我个子矮怎么不好啦？找一个老婆最贤惠。"他太太笑一笑，没有说话，他则忙着给老婆盘子里添菜。

小四又让大家一起举杯，说："来，祝贺帅弟靓姐重逢！"再跟张前碰杯说："多喝口酒，润润嗓子，继续。"

张前笑着继续："我就问她，怎么在北京，她说她回来读博士，在中科院。我一听，高兴坏了，其实当时也没有敢往那方面想，我知道她是名花有主，再说，人家本来就是综大的高材生，现在又回来读博士，我……"看到月半跃跃欲试的样子,就说:"下面请领导讲几句。"

月半强调说:"我以前的男朋友比你差得远了去啦!我怎么可能看不上你?我也没有看出他高兴不高兴,光听他说那太好了,然后他问我,你一个人逛街呀?我心想,这不是明摆着嘛,当时太紧张,不知怎么就说了一句,是,我跟男朋友吹了,没人理我。真丢人呀!"月半哈哈大笑,众人皆笑。

老七评论道:"直接把心里话说出来最好。"郑卫心里琢磨,真的吗?行吗?

张前笑着往下讲:"我一听,有戏呀,当时胆子就大起来,对她说,你有时间吗?要不,咱们找家咖啡馆坐坐聊聊,算是我给你接风。"

月半抢过话头说:"我说是他追我的吧,你们还不信。我一听,正合我意,这机会可不能放过,就说,没事没事,走吧走吧。可是我还有一个关键性的疑问,当时紧张,没敢提,等坐进咖啡馆,聊过一会,我才壮起胆子问,你怎么一个人逛呀?怎么没有带上女朋友。下面是我讲还是你讲?"她问张前,张前说:"你讲吧,又不是什么好事。"

月半笑道:"对我是好事呀!对你其实也是好事,你说对不对?"张前微笑点头。月半接着讲:"他说,吹了。我的心一下子放下来,问他,怎么吹的?他说他的前女朋友在医院做护士,有一个法国人得阑尾炎住院,碰到她就追,她要求那个老外带她出国,那个老外还真把婚离了,带她去欧洲了。"

老七的女朋友惊讶道:"真的呀?这算什么嘛!"

张前则摇着头感叹道:"外国真的是天堂吗?怎么人人都想出国?"

郑卫大摇其头,想到自己的遭遇,真是不知道应该怎么给他们解释。

小四不以为然地说:"读书嘛,可能国外比较好,真要想做一番事业,还是在中国。"大家都点头称是。

月半继续讲:"我当时就说,这下子好啦,我在北京总算有一个朋友了。"

老七逗她说:"难道我和小四不算你的朋友?"

月半斥道:"你捣什么乱?我这不是给他送秋波吗?"

郑卫在旁边做恍然大悟状:"噢,原来秋波是这样送的啊!"大家都笑。

张前边笑边说:"我一看,机不可失,时不再来呀,赶快问她要地址电话,人家都给我了。"

月半大笑道:"你不问我要,我也得给你。然后,他就一个劲献殷勤,说哪有一个馆子多好吃,要带我去吃,哪有一个地方多好玩,要带我去玩,还有……"

张前插嘴道:"你可是一点没有反对。"

月半说:"难道姐不知道'机不可失,时不再来'吗?"大家又笑。

郑卫说:"真是合适的时机,在合适的地点,碰到了合适的人。"众人都说:"真是!"

月半兴致勃勃地往下讲:"我们俩是互相巴结,越谈越投机,谁都舍不得走,一直坐了好几个小时,后来我看实在太久,只好说,走吧,结果我的腿坐麻了,一站起来,晃了一下,他一伸手,我就抓住他。"

张前解释说:"我是怕她摔倒,护着点。"

月半得意洋洋地说:"反正你向我伸手来着,结果我们俩就这样手拉着手,一直走回我们宿舍。他分手时说,做我的女朋友吧。我说,你拉我这么长时间,还想跑?以后记住天天来报到。"

两个人满脸幸福,大家都感叹道:"太神奇了!"

老七笑着补充说:"月半通知我,她要结婚,我还以为她开玩笑,都没有听说她谈男朋友,怎么就结婚了?过去一看,居然是张前,又把我吓一跳。后来我就加快进程,硬把她搞到手。"他指一指自己的女朋友。

那小姑娘边笑边挽起他的胳膊,说:"我当时还觉得,他挺有男子气的,原来是受到月半姐姐的刺激呀!"

月半笑道:"我们只谈三个月就结婚,我是想把生米煮成熟饭……"

张前紧接着说:"我是被人蹬怕了。"

月半大笑道:"是你向我求婚的,对吧?"

张前笑说:"你说你谈恋爱就是为了结婚,我说我也是,你问什么时候,我说越快越好,结果我们马上就办证了。"

月半笑说:"我们家和他们家都满意死了,如果不是前面都有一段不堪回首的往事，我们俩可能现在都还在挑哩。"

张前很懂事地说："我不会，可能你会吧。"大家都笑。

郑卫心想，自己的往事太多，刘娟却没有什么往事。

月半讲完她和张前的故事，大家吃喝一通，有说有笑，又喊又叫，都很兴奋，老朋友重相聚，那感觉真是不一样。说起将来的去向，小四是一心想把公司做大，赚更多的钱，还要把儿子养大，给他提供最好的条件，再也不要吃苦受累，回头还要把两个外甥女、一个外甥都接到北京来，反正现在只要有钱，不在乎有没有户口。老七是留校当老师，以后评教授，最近正在联系去英国，镀镀金。老七的女朋友劝他去美国，老七说他伤透了心，这辈子绝不踏足美国，他就不相信不去美国就没有出息。郑卫表示理解，说英国很不错，美国也就那样。

月半说她马上就要毕业，留科学院搞科研。说到这里，她突然冲郑卫喊道："郑卫，姐回头要出国镀金，你必须收我做你的博士后。"

郑卫几杯酒下肚，又回到过去一起吵吵闹闹的好时光，当即拒绝道："不收！"

月半举手要打，嘴里骂道："你这个混蛋，竟敢不收我！"还没有下手，又觉得不对，尴尴尬尬地把手缩回来。其他人都笑晕了，没有见过打老板强要做跟班的。

小四指着她笑道："他是你老板呀，你敢打他？我手下谁说一句不好听的，我都让他走人。"

老七笑着对女朋友介绍说："她收拾郑卫，都收拾习惯了，这么多年还改不了。"

郑卫笑嘻嘻地看着她说："你这样的，我敢要吗？动不动就打我。别的学生看见了，还会听我的吗？你让我这老脸往哪儿搁呀？"

月半自己也笑得见牙不见眼，觉得自己的要求和行动加在一起，很不合逻辑。她赶紧保证道："我去美国后，一定特别尊重你，还不行吗？来来来，郑大教授，小女子敬你一杯。"边说边要给郑卫斟酒。

郑卫忙抓过自己的酒杯，护着不准她碰，嘴里喊着："你什么都比我强，你去了，是你给我当老板，还是我给你当老板？"

月半叫道："谁稀罕给你当老板？还得付你工资。你给我当老板，你给我钱，把我养起来。"

郑卫笑说："我要是多招几个你这样的，实验室马上就得垮。"

月半坚持说："我会干活的。"

郑卫半开玩笑半认真地说："可是我敢催你吗？不敢吧，这样你也不会出成绩。除非万不得已，你就不要打我的主意了。"

月半一想也是，原本郑卫比自己差得远，现在自己要去跟着他做博士后，两个人都别扭。

她问郑卫："你不要我，我找谁去？姐肯定是要去美国转一圈，而且只去名校，你说怎么办？"

郑卫很有把握地说："好办得很，我在王冠的老板挺信任我，我也了解你的水平和能力，我向他推荐你，他肯定收你。"

月半大叫道："你说什么？让我跟杨小静的那个破老头？有没有搞错呀你？连学生的老婆都抢，什么王八蛋呀！"

本来大家都小心翼翼地不提此事，月半一捅开，几个人都有点不好意思。郑卫沉默一瞬，勉强微笑一下说："也不能这么说吧，是我太差，人家不要我了，跟谁还不是跟？只不过她找的那个人，正好是我的老板。"

月半也觉着不好，忙说："我不是想揭你的伤疤，别担心，姐马上帮你物色一个比她强得多的人。"说完赶快转移话头说："那人不是在那里做主管吗？要我天天看她的脸色行事，多难受啊，以前还那么熟。"

郑卫解释说："她人不错的，后来帮过我很多忙，你去那里，她一定会对你很好。"

月半还是说："怎么都不行！要是她跟我这口子旧情复燃怎么办？那我不是跟你一样惨啦？"说得郑卫一脸惨笑。

张前本来对月半口无遮拦已经习惯，可是猛然听到她的这种说法，还是尴尬万分，面红耳赤地说："人家以前就看不上我，现在又高升了，怎么可能！你以为我是谁？"

月半无限珍惜地对老公说："可是你总比她那个洋老头帅吧？万一她色心大发呢？"

郑卫哭笑不得地插嘴道："你以为谁都跟你一样啊！"

老七也说："人家重事业，哪像你整天帅哥帅哥的。"

张前说："那我还是不去了，省得你担心。"

月半又叫："你不去我更担心！国内多乱呀！我得看住你。"

张前看老婆这么看重自己，心里自然高兴，嘴上说："那我就跟着去，听说有一些女的，出了国就把老公踹掉。"

月半眼睛一瞪："你想得美！"边叫边伸出手去，张前伸手接住，两个人手拉着手，一副无限恩爱的样子。

小四脸一板，装作生气地说："你们俩回家再肉麻好不好？我们还要吃饭哩！"

月半笑骂道："去你的！你都要当爸了，还装什么清纯？"

小四笑着转头，对大肚子老婆说："要不咱俩也肉麻肉麻？"他太太笑着摇摇手。小四便夹起一大筷子菜，送到太太碗里，笑着说："咱们来实惠的，别像他们，净来虚的。"

他太太笑问："你是给我吃，还是给你儿子吃？"

小四笑说："一箭双雕嘛！"大家都笑。

要是以前，郑卫肯定会上去凑趣说几句，可是今天看见人家恩恩爱爱一对一对，自己仍然孤家寡人，不免有点心酸，想起那位时时牵肠挂肚的女孩，便对月半说："那你就去刘娟她们实验室吧，她的老板很好，也很相信她，让她帮你推荐，应该没有问题。"

月半喜道："就是呀！我怎么总盯着你？哎，刘娟怎么样呀？还是一个人吗？"

月半刚说完，马上左右各挨一脚，一边来自张前，另一边来自郑卫。她疼得龇牙咧嘴，还不好叫唤，因为她同时看到老七沉着脸低下头，她没有看到的是，小四也收敛起笑容，脸上的表情很不自然。

郑卫接口说："咱们就不谈别人的私事，好不好？你什么时候定下去美国，说一声就行。"

月半揉着腿，满脸痛苦地高兴道："美国有人就是好，回头姐去看你们。"

郑卫警告她说："那边的工作可是压死人。"

月半信心十足："你们能顶下来，我就能，只当是减肥好啦。"

郑卫起身去上厕所，从厕所里出来时，意外发现老七的女朋友在等他。女孩说："六哥，你能不能把七哥也介绍到美国去？"

郑卫不解地问："他不是要去英国吗？"

女孩说："去不去得了，还不一定，我特别想去美国，英国又小又旧。"

郑卫只好保证道："只要他愿去美国，我一定帮忙，他什么都比我强得多，肯定没有问题。"

女孩再追："那六哥愿不愿意收我做你的学生呢？"

这下子郑卫踌躇了，不知道这里面的水有多深，只能说："等你和老七定好来美国，咱们再商量，好不好？"

女孩说："谢谢六哥，六哥真是好人。"说完指一指包厢门，让郑卫回去，自己转身进入女厕所。郑卫一边往回走一边想，现在的学生，真跟我们当年不一样啊！

郑卫随后返乡探亲两个多星期，看望父母和朋友，享受家庭的温暖和舒适，去中学母校作了两次报告，赴过几次各级地方领导的宴席，还收下好几份顾问聘任书，并作出无数次支持家乡建设发展的郑重承诺。他很快就发现，自己已经从一个小有名气的混混，变成人人敬仰的海外学术明星，走到哪里，都有人堆笑奉承，俨然已是一个人物。等他从家乡回到北京时，神色间已经少去许多诚惶诚恐，增添不少自信自豪。

回到北京后，本来他计划多待几天，有几个合作项目要谈，还想去数个著名旅游景点转一转，一别多年，数度沧桑，不管看到什么，感觉都会很不一样。再过一个星期，他就要去霍顿大学赴任，头四五年肯定会忙得昏天黑地，这几天闲暇，对他来说，相当重要。可是他刚刚回到北京，小四马上定下一个小型酒宴，说是四个最好的老同学聚一聚，聊聊天，结果郑卫的计划因此而完全改变。

宴会开始后，四个人坐定，互相寒暄几句这几天的情况，等酒水、冷菜、热菜一一上齐，小四挥挥手，让服务生离开，并请她关上包厢门，然后清清嗓子，开口讲道："兄弟我痴长几岁，今天这个会议就由我来主持，大家没有意见吧？"

月半和老七点头，郑卫发晕，不是老同学一起吃顿便饭吗？怎么又变成开会？还如此郑重？小四根本不理睬他，接着说："这次会议讨论的主题，是关于刘娟同学的个人问题，主要执行人员，就是郑卫。"

郑卫这下子由迷糊变成惊讶，张口道："什么？怎么回事？咱们讨论刘娟……"

小四做了一个停止的手势，对他说："你先别急，我们问你一句，你回答一句。"他环视一圈老七、月半和郑卫，然后说："现在，由郑卫同学介绍刘娟同学的近况。"

郑卫看着几个老同学，心里开始明白，原来这是一个闭门会议，大家一起来关心一下老班长的个人问题。老七是刘娟的前男友，月半是刘娟最好的闺蜜，小四这是凑的什么热闹？可能是当老板当习惯了，专门来主持会议。既然大家都很关心，他只好边想边讲："刘娟她已经拿到王冠的博士学位，现在在分子生物系做博士后，研究方向是……"

小四不耐烦地一挥手，打断郑卫的叙述："这些我们早就知道，你拣关键的说。"

郑卫心想，关键的东西，我不好说，也不敢说，只好装糊涂："说什么？"

月半直接问："她现在有没有男朋友？"

郑卫只好回答："好像没有。"

老七问："有没有人追她？"

郑卫觉得这个问题可笑："多了去啦。"

小四问："有多少？都是谁？把你知道的，都说出来。"

郑卫不笑了，数着说："小教授，有两三个吧，一个是中国的，一个是韩国的，还有一个是中东什么国家的，都不靠谱。你们都知道，刘娟很传统，不喜欢外国人，说以后活得太累。博士后，还有博士生，那就多了，大多数是中国的，也有其他国家来的华人，还有几个洋人。王冠那个地方，没有几个漂亮姑娘，所以她非常引人注目，出类拔萃，而且人很正……"

小四觉得，郑卫讲的跟他们预想的差不多，总结道："情况跟我们估计的一样，你知道得不少，看来你们的关系很好，对不对？"

郑卫不知道应该说"对"好，还是"不对"好，哼哼唧唧地说："老同学嘛，嗯，这个，国外那个地方，就我们俩……"

月半心急，问："你喜欢她吗？"

郑卫知道瞒不过去的，可是又不敢直说，只好又是模棱两可："当然，老同学嘛……"

老七也是直截了当："她喜欢你吗？"

这次郑卫倒是爽快："不知道。"

小四不放过他："你们经常在一起吗？"

郑卫又开始犹豫："也不经常吧……"

小四追问："一周见几次？"

郑卫实在躲不过去："也就一两次吧。"

小四点头："好，经常见面。"

郑卫辩解道："就我们俩比较熟悉。"

月半再问："那你们有没有什么亲热举动？"

郑卫心想，这事打死也不能讲，只好说："怎么可能？这个……"

小四打断他，继续问："从跟老七吹掉之后，她谈过恋爱吗？"

郑卫思忖道："怎么说呢？有几次好像试了试，不合适。她整天忙得要命，实在没有时间。后来她跟一个台湾人，做金融的，各方面条件都很好，处过一段，也不算正式恋爱吧，不知道怎么就吹了，后来，又好了，最后，还是不成。"

小四又一次总结道："以前有很多人追她，她不愿意，现在仍然有很多人追她，她还是不愿意，这些人个个条件都不错，可是她全都看不上，这说明了什么？说明她心中有人！"老七、月半都点头。

郑卫猛琢磨，有人？可能。谁呢？老七？不会。肖君杰？不像。还有谁呢？

老七却勇于面对现实："这个人就是郑卫。"小四和月半都点头。郑卫从不敢往自己身上想，老七这么一说，心里感觉有可能，可是又实在难以置信，嘴里结结巴巴地说："不……不会吧，怎么……可能？"

月半觉得，只有这么一个答案，单刀直入问："你爱她吗？"

郑卫一惊："谁？刘娟？我……我……不敢。"边说边垂下头，一副畏畏缩缩的样子。

月半追问："为什么不敢？"

郑卫解释道："自从我认识她，她就什么都比我强得多，永远高高在上。老七好容易才追上，我比老七差得远，我这样的……"

老七恨铁不成钢地说："你现在是名校教授，不是比她强吗？"

郑卫还是扶不起来："不能这么说。我还是不行，实在太差，再说，我是离过婚的……"

月半安慰他说："离婚怎么了？现在人人都说，离了婚的男人是个宝。"

郑卫的头都快垂到胸口："是人家抛弃了我……你们想一想，半夜回到家，发现老婆跟着老头跑掉，那是什么感觉？"

另外三个人已经明白，郑卫受伤太深，对自己失去信心。小四劝他道："事情都过去很久了，你就不要总是念念不忘，再说，要不是有那么一个重刺激，你现在还在混，对不对？"

郑卫点头："这事全怪我，搁谁也不愿意找我这么一个整天瞎混的人。小静后来一直尽力帮我，要不然，我也不会有今天。"

月半也说："浪子回头金不换呀！你现在不是改了吗？刘娟又喜欢你，你就大胆去追呗。"

郑卫还是摇头："我不行，真不行，配不上人家。"

老七同情地看着他，叹口气说："唉，跟我当年一个熊样！你上大学时其实也喜欢她，就是不敢追，对不对？"

郑卫点点头说："想都不敢想，更别说去追！"

小四的秘密，再也隐瞒不下去了，他实在憋得难受，猛喝一大口酒，冲大家道："你们说，当年谁最喜欢刘娟？"

郑卫和月半一起看向老七，这还用问吗？老七也当仁不让，指着自己的鼻子说："当然是我。"

小四"砰"地一拍桌子："错了！你算什么？自私自利，一脑门子虚荣！真正爱她的，是我！我比你爱她，爱得深得多！"

另外三个人全都张着嘴瞪着眼睛盯着他，半晌反应不过来。月半叫起来："原来你也暗恋刘娟！"

郑卫恍然道："暗恋她的人很多，原来四哥也是。"

老七也明白过来，指着小四说："原来是这样！怪不得我当时总觉得，你看我的眼神怪怪的。"

小四咬牙切齿道："当初你刚追上她时，我连宰掉你的心都有！"

老七一点没有生气的意思，反而像是找到知音："你就没有想过捅我一刀，或者给我下点毒？"

小四摇头说："那我不会，我是真爱，不是为了占有，只要她活得高兴，我死去都行！"

老七说："你比我纯洁！"

小四点头说："比你纯洁得多！我想过，你最适合她，总不能说，我暗恋她，她就应该一辈子不嫁，对吧？那是心理扭曲，是心理变态，不是爱。只要她幸福，我怎么都行，什么都无所谓。"

老七端起酒杯："来，咱哥俩，情敌，干它三杯！"

小四应战道："三杯算什么？至少六杯！"

老七叫道："六杯就六杯，来，干！"两人不停地举起酒杯，个个一饮而尽。

小四边喝边叹："情敌好，能成为情敌也是缘分，有一个女孩共同思念，不容易。"

老七已经很有点酒意，摇摇头说："你比我强呀！你是纯爱，不像我，自作多情，总想打她的主意，最后还是不成。"

小四也激动不已："对呀，那时候，真纯，百分之百纯洁！以后不可能了！不过，我也做过一件肮脏事。老哥我今天，就把什么都说出来。"

老七鼓励他道："说吧，对兄弟，你什么都别瞒。"这两个人，已经忘掉今天开会的宗旨，全身心地沉浸在往事当中。

小四讲述道："你们还记得那次郊游回来，我一直用一个一次性纸杯喝水吗？你们还一直笑话我，知道那是谁的杯子吗？告诉你们吧，那是刘娟的杯子。"

老七用手指着他，喊道："啊，我知道了，你偷了她的杯子。"

小四校正说："不是偷，是悄悄地换。她用过的东西，都是宝贝，比任何东西都金贵。"

月半问："连她不要的纸杯也是？"

小四不停地点头："是，绝对是！连她坐过的地方，我都会去悄悄坐一下，我几乎能记住她坐过的所有地方，也能记住她跟我说过的每一句话。唉，你们不懂，你们不懂啊！"

郑卫仍然呆张着嘴，看着小四和老七，心里直叫，比起人家，自己简直不是人！老七醉醺醺地说："你他妈的，就是贱！"

小四舌头都直了："我是贱！贱咋地啦？人生不贱那么一回，就算白过啦！"

老七叹道："我不如你，没有自知之明，我也应该贱一点，多好，何必死乞白赖地硬缠着她？悄悄地爱一场，也行！"

小四则指着老七说："不，不，总要有人照顾她。那时候，看到你每天跟她在一起，我既气愤又高兴，每天晚上，我既想给你盖好被子，又想趁你睡着，把你扔到楼下去。"

老七笑道："那你怎么没有扔？"

小四红着眼睛说："我要为她着想！只要你对她好，就是对我好，就当你是我的替身吧！你为她做的每一件事，都是我想帮她做的。我到现在都还嫉妒你，你到底亲手帮过她，我这辈子，没有希望了。"

老七点头说:"是呀,是呀,我这辈子,没有白过!"

月半在旁边,实在看不下去,叫道:"哎哎哎,你们两个怎么回事?你是结过婚的,你也已经有女朋友,怎么说起以前的暗恋对象前女友,你们就变成这个鬼样子了?"

小四醉醺醺地摇头道:"不一样!"

老七点头附和道:"根本不一样!"

月半叫:"有什么不一样?说!"

小四说:"我是崇拜,他是爱。现在这些,就是喜欢。"

月半摇头:"哪有什么不同?说!"

小四想着说:"她要叫我死,递一个眼神就行,我不问理由,直接就从楼上跳下去。她要叫老七死,老七会问问为什么,然后再为她拼命。我老婆叫我死,那不可能。结婚,过日子,喜欢,就够了。"

老七拍着小四的肩膀说:"团委的,说得就是好!"月半直摇头。那两个哥们搂在一起,同时点头。

郑卫看到这阵势,吓得酒也不敢再喝,生怕自己喝多说漏嘴,泄露出自己和刘娟的特殊关系。那件事要是被这三个人知道,他敢肯定月半会大嘴巴子抽他,老七会掐死他,小四则会把他碎尸万段。

可是,老七和小四并没有放过他。老七转过身来,指着他骂道:"你他妈的狗东西,什么便宜都让你小子占了!"

小四命令道:"去追吧,追不上就直接跳大西洋,别他妈的回来见我们!"

老七正告他说:"告诉你,其实你碰她一个指头,我都想宰掉你。四哥说得对,要不是为了她的幸福,你要是敢打她的主意,我们两人绝对不会饶过你。"

小四则说:"现在只有你最合适,就派你去帮我们照顾她吧。没人在乎你,这里有的是女孩愿意跟你去美国。我们在意的是刘娟,她必须幸福,不然我们心有不甘呀!"

老七接着喊:"我们死不瞑目啊!"

郑卫很能理解这两个哥们的感觉,月半可看不惯这两个家伙提到往昔心上人的那副不舍模样，不耐烦地挥着手叫道："你们怎么喝成这样？走吧，你们，别在这儿捣乱了，郑卫的事，交给我来处理。"

小四和老七摇摇晃晃站起来，走过去，一人给郑卫脑袋一巴掌。

小四开骂："妈的，王八蛋！"

老七跟骂："王八蛋！"

小四喊一声："滚回美国去！"

老七跟着喊："快滚！"

然后两个人搂在一起，歪歪扭扭地往外走，嘴里还哼着小曲："不知道为了什么，爱情她缠绕着我……"

他们离开后，月半开始单独审问郑卫："说吧，你追过她没有？"

在女孩子面前，总是好说一些，郑卫也不想再隐瞒："追过。"

月半问："你向她提出来了？"

郑卫点头："嗯。"

月半再问："她怎么说？"

郑卫摇头："她不愿意。"

月半想一下，问道："你是怎么提的？"

郑卫缩着肩膀答道："我问她……我问她……愿不愿意，跟我凑合……"

月半勃然大怒，举起手来就要揍他，看在好朋友刘娟的面上，才没有把郑卫打成猪头。她恶狠狠地大叫："滚！你这个窝囊废，你要气死我呀！有你这么求爱的吗？她就是再喜欢你，也不能答应呀！你就不会直接说吗？"

郑卫的头，快要低到地板上去了，嗫嚅着说："我……不敢……她跟别人不一样，我也跟别人不一样，我……不配。"

看到郑大教授一脸畏缩的样子，月半觉得还是应该鼓励为主。她喝一口水，尽可能平静一下，然后说："我知道刘娟，比你还傻，幻想太多，不现实，生活就是生活嘛，结果比过程更重要！她那种人，你这样的求爱方式，对吗？"

郑卫老老实实地认错:"不对。"

月半问:"那你应该怎么办呢?"

郑卫低声说:"我不知道……我总是害怕……"

月半明白,郑卫被长期的自卑压得失掉勇气,她耐着性子启发他:"她拒绝你后,还对你好吗?"

郑卫回忆道:"挺好,好像……比以前更好。"

月半说:"你想一想,如果她不喜欢你,肯定不会再理你,对不对?"

郑卫头抬起来了:"是呀,不过,老同学了……"

月半再问:"她对你,有没有什么暗示?"

郑卫琢磨道:"暗示?好像没有……不好说……"

月半继续问:"她的性格有没有什么变化?"

郑卫说:"这个……变化不小,比以前爱说爱笑,爱发脾气,耍小性子,还……撒娇……有时候我觉得,她都不像她了。"

月半笑了,郑卫的眼睛里也有了光。月半笑说:"这你还不明白,她这是芳心暗许。"

郑卫思考着说:"我也……就是不敢往那儿想。"

月半猜测着问:"她有没有什么特别的举动,比如说,让你读什么书,拉你去看什么电影,或者重复说什么话?"

郑卫努力回想:"她就是……嗯……总爱听一首歌,反复听,还拉我听。"

月半大感兴趣:"什么歌?"

郑卫说:"我也不知道,爱情歌曲吧。"

月半问:"你记得它的曲调吗?"

郑卫哼唱两声,月半大叫道:"《爱情的故事》呀!你听没听到它的歌词是什么?"

郑卫愣住了:"我没有注意。"

月半骂道:"你这个笨蛋!给你听过好多遍,你都不明白,有你这么愚蠢的吗?你注意这一句'只要你能说声爱我',懂了吧?"

郑卫眼睛大亮,猛地站起来,看着月半,说不出话来。

月半大声命令道："你赶快回去，给她一个惊喜，马上走，一分钟也不许耽误，快走！"

这一天凌晨，天色还不到黎明，刘娟的手机突然响起。她惊醒一看，是郑卫的电话，忙接过来问："你回来了？在哪里？"

郑卫的声音："昨天晚上回来的，打了一个出租，已经到家。"

刘娟问："怎么提前回来了？"

郑卫说："有一个要紧的事情必须马上办，就赶回来了。"

刘娟心想，肯定是工作那边的事，没有多问。她看看时间，打一个哈欠："这么早，你还是北京时间吧？"

郑卫说："你起来，我带你去看日出，来王冠这么多年，还没有到海边去看过日出哩。"

刘娟笑了，要是别人，她会觉得唐突，可是郑卫不一样，她了解他，总是有那么多新奇的花样，而她也最喜欢他的活力和推动力。

坐上汽车，刘娟还是有些困，闭着眼睛养神。郑卫一边开着车，一边悄悄地转过头来，仔仔细细地欣赏她。刘娟没有睁开眼睛，却突然微笑一下，说："你看我干什么？"

郑卫像是做贼被识破似的，赶紧转过脸去，问道："你怎么知道我在看你？"

刘娟浅浅笑道："我有超自然感应力。"

郑卫没有笑，而是说："月半、老七和小四他们都问你好。"

刘娟说声谢谢，问起那几个老朋友的情况，郑卫一一做了介绍。说起月半的老公原来就是张前，刘娟也大感惊讶。谈到老七新交的女朋友，刘娟说早就应该。提及小四快要有儿子，刘娟笑说，咱们马上要做叔叔阿姨啦。

郑卫把车直接开到海边那座小山底下，借着东方微微的晨光，他们一起往山上爬。上山时，郑卫伸手一把拉住刘娟的小手，刘娟本能地甩了一下，郑卫则坚持不松开，刘娟就只好由他抓住。

郑卫回国的这一段时间，刘娟想过很多次，凑合就凑合吧，生活很多都是凑合。她清楚郑卫对自己的感情，他不肯说，那就不用说了，反正自己只有跟郑卫在一起，才感觉到安全、轻松和快乐。这么多年，从上大学到在王冠拿到博士，他们一直都挨得这么近，再陌生的两颗心，都应该长到一起了。就跟他一起走吧，就这样手拉着手，一起走，不管是上山，还是下坡，无论是朝天坦途，还是崎岖小道，有一个亲爱的人拉着手一起走，就是一生的幸福。

爬到山顶，看着海空深处渐渐升起的丝丝霞光，刘娟感叹一句："真美呀！"心想他们来对了，郑卫也学会浪漫，真好！郑卫没有回答，仿佛在紧张地思考着什么。

突然，刘娟听见郑卫大喊一声："刘娟……"声音中有一丝羞涩和犹豫。

刘娟侧头看向他，只见他面朝大海，在红色的朝霞中，他的脸上布满真挚和决心。她以为他要开什么玩笑，伸手拍拍他的胳膊，嘴角露笑道："你干什么……"

这时，郑卫使出全身力气，大喊一声："我爱你！"刘娟一下子呆住了。

郑卫喊出第一声，多年的自卑和胆怯就随风而去，他继续使出全身力气，鼓起所有的勇气，不停地对着海上初升的太阳大喊："刘娟，我爱你！刘娟，我爱你！刘娟，我爱你！……"

刘娟已经明白，她等待多年的时刻，终于来到了！在这美丽的红霞中，在这个见证他们生命几次转折的地方，郑卫终于喊出他压抑在心底已久的声音。泪水渐渐涌出她的双眼，开始流向她的脸颊。她微微抽泣着，开始轻声回应着："郑卫，我爱你！郑卫，我爱你！……"她的喊声越来越大，于是在太阳升起的时刻，在大西洋的上空，交织着男女声双重合唱："刘娟，我爱你！郑卫，我爱你！刘娟，我爱你！郑卫，我爱你！……"

郑卫听到了，他终于听到了，他转过身来，轻轻搂起刘娟，凝视着这张世界上最美丽、最可爱、最珍贵的脸蛋，再次大喊："刘娟，嫁给我！刘娟，嫁给我！刘娟，嫁给我！……"刘娟跟着他，哭着喊："郑卫，我愿意！郑卫，我愿意！郑卫，我愿意！……"

这个时候，郑卫的眼泪汹涌而出，这么些年来，无论多么艰难、多么绝望，他从没有流过一滴泪，而今天，在自己的心上人面前，他无法控制地大哭起来。他一边哭着，一边从怀里掏出一只闪闪发光的钻戒，给刘娟戴在手指上。同时他仍然在拼命地喊："刘娟，我爱你！刘娟，嫁给我！"刘娟看着这个象征着终生的钻戒，也哭着拼命喊："郑卫，我爱你！郑卫，我愿意！"

这么多年了，这么多的痛苦，这么多的期待，今天，他们终于走到一起。两个人不停地喊，不停地哭，不停地抱，仿佛只要一停下来，对方就会消失似的。终于，他们用尽全身的力气，也完全确信他们将永远相爱相守，他们不再叫喊，而是长久地隔着泪眼凝视着对方，在满天的朝霞中，在一个新的早晨……

太阳终于完全跃出水面，温暖的阳光亲切而慈祥地沐浴着这一对年轻的恋人。郑卫和刘娟仍然紧紧地拥抱在一起，仍然哭得泪流满面，就像傻小子和傻丫头一样。

出版后记

改革开放以来，尤其是20世纪80年代末 90年代初以来，一大批国人背起行囊，背井离乡，远赴大洋彼岸，去追寻自己的"美国梦"。这其中不乏刚刚走出大学的天之骄子们，他们希望能够通过自己的努力去创造更好的生活、实现自身的理想和价值。

本书的主人公郑卫正是留学大潮中的一员，但与其他人略有不同的是，他出国留学是"被迫"的。正如他从小每次升学考试都饱受来自家庭的压力，在留学美国这件事上，女友及其家人更是背后的一大推力。郑卫作为全国顶尖高校的学生，他的学习生涯关键词不是"刻苦"或者"进取"，而是"混"。凭借自己的小聪明，郑卫在校园里混得风生水起，不仅毕业无忧，更有美人在怀。即便是在申请美国名校的过程中，起决定性作用的还是他的小聪明，而不是他临时抱佛脚的突击学习。他把"混"的毛病一路带到美国，带进了全球顶尖的大学。在千辛万苦来到美国之后，他们发现生活并没有像他们在国内想象的那样好起来，反而有了许多从前不曾面对的困难。在经历妻子劈腿、濒临退学等一系列沉重打击之后，郑卫终于学会重新认识自己，不再逃避困难，不再混日子，实现了从混混到学霸的完美蜕变。

围绕在郑卫身边的，有看似虚荣、努力上进的杨小静，有冷艳寡言、不言放弃的郑娟，有苦苦痴恋、怯懦自卑的老四，有英俊潇洒、胸怀大爱的肖杰克，有公私分明、严酷多情的巴特曼教授，有爱憎分明、活泼自强的丽莎……每个人都经历着各自的苦辣酸甜和情非得已，故事里没有谁是好人，谁是坏人。虽然现实中每个人的生活各不相同，本书中的情节对你来说仅仅是故事，但我们谁都可能遭遇挫折。当你受挫时，与其坐在原地抱怨环境和他人的不公，不如站起身来从努力奋进做起。这也是作者希望通过郑卫和身边人的故事想表达的。

　　本书的作者海攀，作为20世纪90年代留美学生的一员，将在美求学期间所见所闻的留学故事汇聚起来，在真人真事的基础上进行文学加工和再创作，才有了这本书。他在不惑之年回顾那段充满激情的岁月，少了冲动的情感发泄，多了理智冷静的思考。从某种角度来说，这本书是改革开放后那代留学生的"致青春"。

　　服务热线：133-6631-2326　188-1142-1266
　　读者信箱：reader@hinabook.com

后浪出版咨询（北京）有限责任公司
2014年5月

《我在美军航母上的8年》

著　　者：海攀　一鸣
推荐者：尹　卓　宋晓军
版　　次：2013.8
书　　号：978-7-5100-6007-6
定　　价：36.00元

· 首位驾驶美军航母的中国人，从迷茫、无奈的垫底学生到全航母最优秀水兵，艰辛、荣耀，真实再现！
· 一部尚未出版就在军内外悄然流传的书稿
· 关于美军航母航空兵招收、训练、战斗及生活的文献性真实记录

内容简介

　　这是一部关于美军航母舰载航空兵的招收、训练、战斗及生活的真实记录，讲述了一名去到美国的中国青年加入美国海军，经过严酷训练成为美国海军航母舰载航空兵，在美军中服役8年，在航母上经历了战火的磨练，实现了他的蜕变成长。

　　本书内容十分丰富，既有大国雄兵的航母战略制定，又有普通士兵的日常工作和训练；既有美军在国内的战备情况介绍，又有美国航母战场运作的详细描述；既有美军官兵的人员组成、福利待遇和激励机制，又有他们的恋爱婚姻、艰苦奉献、吃喝嫖赌以及光荣与无奈；既有国与国之间的政治军事算计及合作与对抗，又有世界各地的旅游见闻和男女兵共浴等花絮，为读者呈现一个精彩独特的世界。

著者简介

　　海攀，本名潘海，旅美学者，兼职作家，主要创作纪实性作品。其早年毕业于北京某著名大学，20世纪90年代出国留学，现在在美国首都华盛顿从事人类脑功能研究、军人战场脑损伤的诊断及治疗研究。

　　一鸣，美籍华人，1982年出生于中国甘肃兰州，1997年随母移民美国，高中毕业后参加美国海军，在航母上担任飞机维护长、飞机发动机的维修技师，并分别乘卡尔·文森号及斯坦尼斯号航母两次赴波斯湾参加战争。